CW00747083

sociología
y
política

traducción de
ELIANE CAZENAVE-TAPIE

EL MUNDO EN EL SIGLO XXI
Una teoría de los sistemas mundiales

por
ROBERT FOSSAERT

siglo
veintiuno
editores

siglo veintiuno editores, s.a. de c.v.
CERRO DEL AGUA 248, DELEGACIÓN COYOACÁN, 04310 MÉXICO, D.F.

siglo veintiuno de españa editores, s.a.
CALLE PLAZA 5, 28043 MADRID, ESPAÑA

portada de germán montalvo
primera edición en español, 1994
© siglo xxi editores, s.a. de c.v.
isbn 968-23-1930-7

primera edición en francés, 1991
© librairie arthème fayard
título original: *le monde au 21e siècle. une théorie des systèmes mondiaux*

derechos reservados conforme a la ley
impreso y hecho en méxico/printed and made in mexico

ÍNDICE

SEGUNDA PARTE: EL MUNDO EN EL SIGLO XXI (DE 1990 A 2100)

ANEXOS

¿UN NUEVO MUNDO?

¡Nos acordaremos de este planeta!

VILLIERS DE L'ISLE ADAM

Nadie parece dudarlo, ha nacido un nuevo mundo. ¿Pero cuándo? ¿y cómo? En 1991, la guerra hizo estragos en el Golfo. En 1990, la RDA* se fusionó con la RFA. En 1989, la URSS perdió el control de su glacís europeo y Japón concluyó la era Showa al momento de enterrar al emperador Hirohito. En 1987, el planeta rebasó los 5 mil millones de habitantes.

Se podría alargar la lista de los acontecimientos inaugurales del nuevo mundo, pero sería en vano pues casi no se aclararía la pregunta central: para ubicar el principio de un mundo, es necesario saber lo que significa mundo. Se procede del detalle del suceso hacia una visión más amplia, observando que un mundo significa, en resumen, un periodo de la historia del sistema mundial formado por el conjunto de los países interactuantes. Pero la pregunta central sigue inalterada: ¿qué es un mundo?, ¿en qué puede ser nuevo, es decir diferente del mundo anterior? Dicho de otra manera: ¿cómo se reconoce la originalidad de un sistema mundial entre los mundos que han dejado su huella en la historia?

Hoy en día, la Tierra posee un solo conjunto de sociedades interdependientes, pero este mundo único no es más que una variante de la larga serie de sistemas mundiales que durante milenios se sucedieron o coexistieron.

En lo sucesivo, cuando sean descifrables las huellas brutas de la aventura humana, se conocerán mejor los mundos del pasado. Las ciencias del porvenir descifrarán el patrimonio genético de las poblaciones para moderar las leyendas que los pueblos se cuentan. Geografías cada vez más audaces considerarán a los territorios como palimpsestos en los que no dejó de inscribirse el trabajo de los hombres. Los datos así extraídos del material humano y terrestre enriquecerán las paleontologías, las arqueologías y las etnologías con ilimitadas curiosidades, las lingüísticas comparativas y las

---

* Al final del volumen, un cuadro explica las siglas utilizadas.

[11]

antropologías culturales cuyas investigaciones desbordarán el Occidente ombliguista, las historias que harán documentos de todos los hechos para contestar a las preguntas que planteará la actualidad.

Sin embargo, la diversidad de los mundos ha provocado ya innumerables descripciones útiles. Más aún, se desencadenó una verdadera mutación desde que la descolonización multiplicó las perspectivas. Aunada a la proliferación de las ciencias sociales, esta pluralidad de los objetivos retrospectivos no cesa de enriquecer la representación de los mundos anteriores.

Los sistemas mundiales son ininteligibles para quien no los simplifica. La interacción de millones de hombres produce una neblina de sucesos opacos. La visibilidad se construye. Para este fin, los métodos son múltiples, con frecuencia inconscientes, algunas veces razonados. De ellos, la teoría es la más exigente porque expone los conceptos que elabora, las hipótesis en las que se basa y no sólo los resultados que presenta.

Las reglas que garantizan su distanciamiento crítico con respecto a los mundos que debe analizar tienen que ver con la escala de las representaciones, tanto como con su naturaleza. Antiguos o no, los mundos se vuelven inteligibles si se observa su espacio primero a escala de los continentes, sus evoluciones a escala de los siglos, sus actividades a escala de millones de hombres. A tan pequeñas escalas, se desvanece lo trivial de los acontecimientos y la pesada repetición de las actividades humanas revela las estructuras en las que se moldean.

Para el análisis del mundo actual se duplica la dificultad porque el observador, impregnado de las ideas que prevalecen en su sociedad, tiende a sobreestimar su experiencia personal. No puede escapar de la influencia de las ideas recibidas más que si compara constantemente el mundo actual con los mundos desaparecidos, para abarcar sus rasgos comunes y discernir sus respectivas especificidades. Pero también tiene que recordar las repetidas advertencias de Gouldner contra la *personal reality*, esta experiencia social infusa que estorba a todo hombre con certezas o con intuiciones que deben ser cuestionadas para dejar lugar a los hechos bien establecidos, a las generalizaciones demostrables, a las hipótesis explícitas.

El lector accederá a esta precaución ideal, si reflexiona en los prejuicios masivos que su familia, su educación, su país de origen, su experiencia profesional, su propia edad han podido instilar en él: así podrá juzgar tendencias que debe combatir.

La misma localización de las tendencias subjetivas debe aplicarse evidentemente a los especialistas cuyas obras serán ofrecidas como contribución por la presente investigación, insistiendo sobre todo en sus deformaciones profesionales más frecuentes. Así se procurará evitar las trampas en las que el nacionalismo y el desprecio por los modelos teóricos hacen caer a demasiados historiadores. Asimismo, se combatirán las tendencias psicologizantes de los sociólogos, los positivismos cartográficos de los geógrafos, los adornos matemáticos de los economistas y demás manías disciplinarias.

Los resultados de estas disciplinas fragmentarias deben ser globalizados para concurrir con las inteligencias de los enormes objetos que son los sistemas mundiales, pero se verá que esta simplificación tropieza con un límite, como si el análisis de las sociedades no pudiera reducirse a menos de tres dimensiones: la de lo económico que abarca todo lo que atañe a la subsistencia de los hombres, de las técnicas productivas a los consumos finales; la de la política, en su sentido más amplio, cuyo objeto es todo lo que atañe a la organización social, de la propiedad al poder, como de la dependencia a la ciudadanía y desde la colectividad más minúscula hasta la ONU, etc.; en fin, la de lo ideológico o de lo cultural, que abarca en su más amplia extensión, todas las prácticas y todas las ideas, de las más modestas a las más etéreas, en tanto los hombres manifiesten sus representaciones del mundo en el que viven.

Económico, político, ideológico (o cultural): el lector evitará muchos malentendidos si sabe que estos términos siempre se emplearán en la más amplia acepción posible, para designar la totalidad social —el conjunto del sistema mundial— captada bajo uno de esos tres ángulos de análisis. Y que, por lo tanto, el término *social* no se empleará más que para designar de manera sintética una realidad que se considera simultáneamente con base en sus propiedades económicas, políticas y culturales.

Puesto que el objetivo es comprender en qué es nuevo el mundo actual, la respuesta será proporcionada por un doble planteamiento en perspectiva: retrospectiva y prospectiva. Como los sistemas mundiales anteriores a la revolución industrial capitalista dejaron huellas en los pueblos y las civilizaciones actuales, se les consagrarán breves capítulos en los que se percibirá aún mejor el sedimento de varios milenios porque les fueron consagradas numerosas y sabias investigaciones.

A los mundos capitalistas que se sucedieron después de la revolución industrial se consagrará un poco más de espacio, porque vale la pena examinar de cerca los numerosos dispositivos económicos o político-culturales que se crearon durante los siglos XIX y XX y que hoy en día con frecuencia siguen siendo activos. Después de ello, el nuevo mundo en vías de emergencia podrá revelar sus actuales características y sus potencialidades ante el horizonte del próximo siglo.

PRIMERA PARTE

LOS SISTEMAS MUNDIALES
HASTA FINES DEL SIGLO XX

1

MÚLTIPLES MUNDOS ANTIGUOS
(De los orígenes al siglo XVIII)

1. EL ASENTAMIENTO DE LOS PUEBLOS

Todo hace pensar que durante largo tiempo la Tierra estuvo casi desierta de hombres. Los demógrafos concuerdan mal que bien en una cuenta atrás de la población planetaria: 200 millones de hombres, en época de Carlomagno y de Harun al-Rashid, hacia 800 d.C. La mitad, trece siglos antes, cuando Darío reina en Persia y cuando los etruscos toman Roma, hacia 500 a.C.; sólo 50 millones hacia 1000 a.C., o 4000 a.C., según las fuentes.

Al principio, el asentamiento de los pueblos fue una lenta dispersión de los grupos animales-humanos a merced de las mutaciones climáticas y de los riesgos ecológicos. Al multiplicarse a causa de raras invenciones —el lenguaje, el fuego, la ganadería, la agricultura, algunas herramientas de piedra, después de metal, etc.— estos grupos dieron origen a razas, lenguas y culturas diversificadas en los lugares dispersos en los que los depositó su aventura, un poco por todas partes del planeta.

Durante largo tiempo, el vagabundeo fue común para todos los pueblos. La agricultura lo interrumpió. Los grandes valles aluviales, las riberas inundables y los suelos fácilmente irrigables se transforman así, del 7o. al 4o. milenios, en las primeras zonas de sedentarización masiva, del Huang-ho —o Río Amarillo— al Nilo y al Éufrates, luego al Indo. En otras regiones, empezando quizá por las altiplanicies de los Andes, de México, de Etiopía y del Yemen, la sedentarización fue más tardía.

La ciudad protege la agricultura sedentaria, pero para establecerse necesita una campiña ya productiva. Una campiña cultivada por 8-9 habitantes por km² y que produce un excedente alimentario igual al 10% de las cosechas puede alimentar a una ciudad de 1000 habitantes, en un círculo con un radio de 18 km. Es decir, el privilegio de las zonas sobre todo fluviales, en donde la agricultura

[17]

permite un asentamiento de 200 a 400 habitantes por km^2 [4, 35].

A menudo, las ciudades primitivas exhumadas por la arqueología parecen tan exiguas que es difícil decidirse a distinguirlas de los pueblos, salvo por sus originales rasgos: una artesanía de tiempo completo; una muralla frecuentemente fortificada (salvo en Egipto); una población densa; sólidas condiciones de alojamiento, alineadas alrededor de calles y plazas; una ocupación duradera, a diferencia de los campamentos móviles de los príncipes y de los ejércitos. En chino como en ruso, una misma palabra designa la ciudad y la ciudadela [4, 31], pero en otras partes las ciudades tienen también una función militar. Sin embargo, cuando los peligros del vagabundeo parecen descartados, los comerciantes se multiplican, mientras los estados y las iglesias establecen sus aparatos.

El vagabundeo de los pueblos se carga de significados contradictorios. El nomadismo, el pillaje y la conquista se cantan como aventuras exaltantes, en tanto que los sedentarios lamentan estas invasiones bárbaras. El invasor que asalta a un pueblo sedentario raras veces es el iniciador del movimiento que transmite. El atropello de los pueblos es requisito indispensable, alrededor, luego en el seno de los imperios chino, romano, hindú, etc., a partir de vagabundeos iniciados por algún pueblo de la gran estepa que se extiende del Amur a los Cárpatos. Por lo demás, esta estepa en donde la sedentarización no se logrará hasta el siglo XX no es la única reserva de los pueblos condenados al vagabundeo. Al sur de China, la expansión de los Han hace retroceder a diversos pueblos que se dispersarán después en todo el sudeste asiático. La ola árabe-musulmana hacia España, luego hacia la Insulindia, atropella a varios pueblos, sobre todo en Irán y en la India. Los imperios precolombinos tienen el mismo efecto en México y en los Andes. Por todos lados, los vagabundeos se propagan en cascada.

Con frecuencia también, las migraciones amalgaman a pueblos diferentes. Los germanos de los siglos V y VI y los eslavos de los siglos VIII a X son tan heteróclitos como lo eran los galos, durante la conquista romana. Los árabes que entran a España, al principio del siglo VIII, cuentan con muchos más contingentes reclutados en Egipto y en el Maghreb que descendientes directos de árabes. A menudo, los pueblos migratorios son residuos de avalanchas, jamás corrientes puras de nieve.

El efectivo de los invasores siempre adquiere proporciones grandiosas en los pueblos asolados, cuando en todas las épocas, son muy minoritarios los pueblos errantes que se aventuran en las zonas densamente sedentarizadas. Su fuerza proviene de la necesidad que los atropella, de la brutalidad que manifiestan algunas veces; además, es el resultado del temor de los pueblos ya instalados.

Los pueblos cuyo asentamiento es tan caótico, parecen constituir una unidad histórica mediocre. Sin embargo son el tipo más resistente de agrupamiento humano, no obstante las transformaciones que experimentan.

Hablando estrictamente, un pueblo es el conjunto de hombres reunidos con una misma formación ideológica, es decir con una estructura que se impone tanto como un Estado o un modo de producción, pero que tiene otros rasgos distintivos y otra extensión. En cada formación ideológica, todos los hombres son controlados por lazos muy estrechos: su familia, su actividad, su hábitat y todas las demás necesidades de su vida práctica, como todos los otros hábitos comunes a su vida social (costumbres, ritos, fiestas, etc.) los inscriben en múltiples grupos de convivencia que se imponen a ellos, con la fuerza inerte de los usos tradicionales. Atrapados en esta red de grupos interconectados, los hombres viven juntos, están unidos en un mismo pueblo. Localmente, la interconexión se opera de hecho, en la escala de los grupos de trabajo y de las condiciones de alojamiento. A corto alcance, se prolonga por los lazos de vecindad y de intercambio entre las comunidades sedentarias o nómadas. A mayor distancia, las formas de sociabilidad más episódicas, pero igual de limitantes, establecen, con fines ceremoniales, mercantiles u otros, las ocasiones de encuentros o de intercambios.

El pueblo inscrito en este tipo de red de convivencia no puede salir de los límites del vecindario rural más que si sólidos puntos de apoyo permiten enganchar una a otra, las múltiples redes más o menos similares. Con respecto a ello, las ciudades brindan las mejores uniones: cada una de ellas constituye en su entorno un país —en el sentido que *pagus* tiene en latín (pueblo, aldea)— que, a su vez, puede relacionarse, de ciudad en ciudad, con todo un racimo de pueblos. Después de las ciudades, un Estado y varios aparatos ideológicos contribuyen con nuevas extensiones de la red.

Salvo lagunas importantes en la documentación sociológica, histórica y arqueológica, toda red puede ser objeto de una investigación empírica y, por consiguiente, es posible localizar y circunscribir a cualquier pueblo, a condición, toda vez, de que también sean inventariables las distorsiones que puede experimentar la red.

De estas distorsiones, la más fundamental es la idiomática: la convivencia, garante de la unidad de un pueblo, presupone un lenguaje común. Pero la comunicación no es solamente el lenguaje: usos y costumbres insólitos, hábitos extraños, ritos desconocidos, etc., provocan también diferencias. Así dos pueblos yuxtapuestos o entremezclados en un mismo territorio pueden permanecer extraños el uno al otro: la proximidad no ocasiona la convivencia, mientras no opere la red.

Todos los pueblos manifiestan una identidad fuerte y distintiva, que se expresa por una denominación y por muchos otros rasgos: una memoria común, una historia legendaria, un conjunto de normas y de ritos y así sucesivamente, hasta abarcar, en todos sus aspectos habituales, toda la vida real e imaginaria del pueblo identificado.

Se puede enfocar esta identidad —o esta cultura— de dos maneras principales. Una que es una práctica corriente en la etnología, es dar atención a los contenidos de la cultura-identidad, de especificarla en su propia singularidad. El otro enfoque que es propiamente macrosociológico, es situar la identidad de un pueblo elegido, en la escala de los desarrollos culturales observables en la sociedad, no para singularizarla, sino con el fin de tipificarla. Desde este segundo punto de vista, los pueblos de los antiguos mundos parecen primero pequeños pueblos primitivos: comunidades que reunían a lo más algunos cientos de hombres o tribus que congregaban durante algunas generaciones, miles de hombres, o más. En favor de una sedentarización duradera, de una trama urbana ya sólida y de un marco estático estable, puede cambiar la escala de los pueblos. Algunos adquieren el tamaño y el vigor de etnias, con vocación perenne, constituidas por decenas o centenas de millares de individuos. Salvo las muy grandes avalanchas de pueblos y las guerras de exterminio —propiamente etnocidios— los pueblos que crecieron hasta este estado de identidad y cultura ya no tienen más que dos porvenires: ya sea fusionarse en una nación mediante un proceso dominantemente estático, o escapar de ese proceso y reducirse al estado de jirón, en un mundo lleno de estados-naciones.

Las relaciones entre un pueblo y su idioma tienen una simplicidad equívoca. Todo pueblo practica la lengua que le es común, pero, por el contrario, muchos idiomas son hablados por pueblos distintos, hasta hostiles. Además en ese caso se trata de pueblos y de idiomas prácticamente emparentados, a lo que se agregan las complejas conexiones lingüísticas que la historia enterró bajo las nuevas aportaciones.

Más que a los parentescos arcaicos, hay que prestar atención al presente de cada idioma. En efecto, el parentesco de las lenguas se juzga primero por su práctica. Es verdadero cuando los hombres que provienen de pueblos diferentes se pueden comunicar entre ellos; es parcial y frágil cuando esta intercomunicación se opera a costa de un *sabir* simplificado; se vuelve raro cuando indica una cultura sabia o, por lo menos, un esfuerzo especial de aprendizaje. Algunas lenguas adquieren una fuerza excepcional por los privilegios que les otorgó la historia. La primera de estas valorizaciones resulta de la escritura, inventada por separado en Egipto, en Sumer y en China —y cuya creación fue interrumpida por los conquistadores, en un México azteca ya hábil en los pictogramas. Flexibilizada por el uso fenicio del alfabeto, la escritura da una mejor consistencia a los idiomas, al principio poco numerosos, de la que se benefician. Este privilegio se manifiesta sobre todo por el contagio de sus signos más allá de su zona de origen. Así, sucesivamente los coreanos, los japoneses y los anamitas tomarán prestados de China sus ideogramas, al igual que los pueblos europeos adoptaron el alfabeto romano.

El escrito es valorizado por los escribas de los estados y por los sacerdotes de las religiones del *Libro*, sin importar cuál sea este libro. Así se establecen las probabilidades de una larga supervivencia del sánscrito, del hebreo, del latín, del árabe, etc. Las élites que se forman en las dependencias de las iglesias, utilizan lenguas sagradas que transforman en sabias, es decir aptas para tratar las cuestiones que van más allá de las capacidades de las lenguas ordinarias. Algunas lenguas se vuelven entonces vectores universales, a escala de sus respectivos mundos. Ahí donde distintos mundos se entremezclan temporalmente, la alta cultura se reconoce por las grandes bibliotecas y por los talleres de los traductores y de los copistas, sobre todo en Alejandría (hasta el incendio final de 645), en Córdoba (hasta la *Reconquista* española de 1236), en Bagdad (que un hijo de Gengis-Khan saqueará en 1258), etc. De esta manera se establece una jerarquía móvil: de la aportación indiscriminada de los dialectos habituales se desprende una élite de idiomas escritos bajo la preeminencia de algunas lenguas sagradas y sabias, conservadas por diversos aparatos ideológicos. A lo que se agregan algunas otras lenguas privilegiadas por los comerciantes, para sus propias necesidades.

2. EJÉRCITOS Y RELIGIONES

En los antiguos mundos, a menudo guerreros poco numerosos libraron guerras, pero bastan algunas pandillas para diezmar o someter a un pueblo exiguo. De ahí el terror que pudieron originar los muy grandes ejércitos como el que Alejandro condujo a la conquista de Persia (hacia 330 a.C.). Algunas veces, al terror se aunaron la extrañeza y la crueldad de los asaltantes. Así sucedió con los mongoles que bajaban hacia Persia y Rusia, con cuatro u ocho monturas por jinete, para repetir sus ataques.

Sin embargo estas masas son raras. En la mayor parte de las antiguas sociedades, la participación al combate es un deber de todo hombre sano y libre. Marca su pertenencia a la comunidad. Los estados más extensos sustituyen el llamamiento de todos los hombres por el levantamiento de contingentes, de tal manera que el servicio militar se emparenta entonces con el tributo o el impuesto. Los imperios que recurren a los servicios mercenarios de pandillas que provienen del exterior dan un paso más hacia la profesionalización de los ejércitos.

La verdadera dificultad reside en disciplinar perdurablemente a estos ejércitos. Con frecuencia se valoriza a los hombres de armas, se ennoblece a sus jefes, se cantan las virtudes guerreras de los príncipes. El otorgamiento de tierras a los soldados-colonos o el pago regular de un sueldo ofrecen una mejor garantía contra las frecuentes deserciones.

Los constructores de murallas y de fuertes, los herreros, los arquitectos navales y los ingenieros de las máquinas de sitio cuentan con el favor de los príncipes. Pero las verdaderas innovaciones en el arte de la guerra provienen más de la organización que de las herramientas. Hicieron época el empleo de arqueros nubienses, la participación de los hoplitas, y después la creación de las legiones romanas o la utilización de la caballería ligera por los árabes y los mongoles.

Por lo demás, los combates, las tácticas, los armamentos y las tropas dan una visión fenomenal de las guerras, pero no explican su perpetua repetición. El examen de las causas inmediatas de los conflictos prácticamente no las explica más. El gran juego de los príncipes que amplían sus dominios, de los herederos que se disputan sus sucesiones, de los usurpadores despojando sus dinastías, conduce a una sabiduría corta en la que se disputan la palma, la inmutabilidad de la naturaleza humana y el eterno retorno de las cuestiones sociales. La protección de los pueblos sedentarios y el vagabundeo de los pueblos desenraizados conducen también a una pequeña evidencia: los nómadas no se interesan en las ciudades y molestan a los agricultores. La prevención de las rebeliones internas, la reconquista de los estados invadidos y la reconstrucción de los imperios desunidos escapan de esta dialéctica simplista, pero insisten unilateralmente en las consecuencias de acciones cuyos orígenes permanecen oscuros. En resumen, las causas de las guerras sólo indican sus motivos, no su razón de ser.

La naturaleza de las guerras se vuelve más clara cuando se toman en cuenta simultáneamente las relaciones sociales internas de los estados y las relaciones internacionales* en las que participan.

Para todas las sociedades hasta la primera mitad del siglo XX incluso, la función principal de los estados, en el orden interno como en las relaciones internacionales, es garantizar su área de dominio, es decir el espacio del que las clases dominantes del Estado considerado obtienen sus poderes, sus prestigios y sus recursos. Esta área debe ser controlada contra las rebeliones de los pueblos recién sometidos y de todo tipo de clases dominadas, contra las disenciones que podrían debilitar el orden establecido, contra las incursiones de los pueblos exteriores todavía insumisos y contra los eventuales apetitos de los estados vecinos.

El dominio ejercido por los estados no garantiza su duración más que si armoniza con las principales disposiciones internas, empezando por las de la producción. A este respecto, las antiguas sociedades pueden ser clasificadas en dos categorías principales: unas son formaciones tributarias o esclavistas que pueden alcanzar un tamaño muy grande; otras, generalmente pequeñas, sólo dispo-

---

* Hablando estrictamente, no puede haber relaciones *internacionales* más que entre naciones o estados-naciones, pero se estableció la costumbre de llamar *internacionales* a todas o a parte de las relaciones entre las sociedades o los estados de un mismo sistema social. En lo sucesivo emplearé entonces el término sin comillas, pero con las reservas que planteará poco a poco el análisis teórico (núm. 15).

nen de modos de producción de vasallaje o campesinos, es decir colectivos.

La solidez y la extensión de las sociedades tributarias depende de múltiples eslabonamientos que aseguran su coherencia. El cobro sobre la producción de un tributo masivo permite asentar diversas redistribuciones: a los representantes y servidores de los príncipes; al ejército, guardián del orden establecido; pero también considerando las obras (sobre todo de irrigación) que, si son bien concebidas y mantenidas con regularidad, pueden incrementar fuertemente la producción y la población, por consiguiente, la base tributaria. Además, la recaudación del tributo en especie puede ser prolongada por un reclutamiento de hombres, para las grandes obras productivas, como para reabastecer al ejército, sin que este reclutamiento dañe a la producción.

Los rituales de la sumisión y de la fiscalidad colectiva de forma tributaria se pierden en cuanto la fuerza armada deja de imponerlos. La esclavitud suple al sistema tributario, cuando éste no puede proporcionar ninguna ventaja de productividad. En efecto, convierte a los amos de esclavos en la misma cantidad de soberanos locales que aseguran, en su escala, el orden público que les conviene, al mismo tiempo que desvían una parte de sus productos para el mantenimiento de un príncipe y de una administración cuyo ejército es valioso. Cuando la esclavitud se desgasta, por el espaciamiento de las guerras o por la evolución de las costumbres, sus derivados del vasallaje y sus sustitutos latifundistas pueden aún proporcionar un marco local que sustituye más o menos al del príncipe y de su administración.

Los antiguos mundos, hasta los más favorecidos, son poco productivos. La agricultura, la ganadería y los oficios absorben a casi toda la población en edad de trabajar. Como máximo, queda de 3 a 4% de la fuerza de trabajo para otras actividades, empezando por el ejército. A menudo, estos hombres liberados de la producción se concentran en los palacios y en las ciudades.

En todas las sociedades en las que un Estado adquiere presencia, un aparato fiscal asegura el gasto público. Es aún más tardía la especialización de un aparato judiciario, formado por jueces profesionales. De ahí el privilegio duradero del derecho elaborado para y por esos jueces, como el derecho romano, codificado por Bizancio, del cual hará gran caso Europa.

En cuanto los estados se extienden, dos aparatos dominan lo

judiciario y lo fiscal. Uno está formado por los representantes del príncipe que cuidan sus intereses en cada provincia. El otro constituye el núcleo de todo el aparato del Estado y controla el buen funcionamiento de todos los negocios locales. Además es necesario que la información circule bien de la periferia hacia el centro y viceversa: de ahí el renombre del *cursus publicus* romano, del correo mongol o de los corredores de los incas.

La fuerza armada se puede volver más discreta cuando una religión común a numerosos pueblos los inclina a *dar al César lo que es del César*. A través de los siglos, la película en cámara rápida de la historia religiosa permite percibir claramente el refinamiento que operan las iglesias. Por todos lados, su materia prima es una mezcla original de creencias y de ritos, creada por cada pueblo para manifestar sus orígenes, organizar sus deberes y garantizar su supervivencia colectiva. Retrabajada incesantemente, a merced de las experiencias, esta sabiduría en acto dispone de sus guardianes, con nombres y funciones muy variados según los pueblos. Las diversas iglesias depuran las creencias locales y se esfuerzan por unificar las prácticas de múltiples pueblos.

Las primeras depuraciones permiten la subsistencia de las prácticas que, más tarde, adquieren su autonomía como astrología o magia, o incluso como atracciones de verbena. O bien, confunden los dioses y los príncipes, la iglesia y el Estado, como será frecuente entre otros en Egipto, en Mesopotamia y en la América precolombina. Luego el refinamiento se torna más sutil. En su variante hinduista, se abre un panteón para todos los dioses locales y se aceptan múltiples ritos. En su variante china, inspirada por Confucio (563 a 483 a.C.), los ritos y las coacciones se reducen al mantenimiento de una moral social, liberada de toda metafísica. Pero esta variante elitista no penetra a las profundidades populares más que al mezclarse con las prácticas menos altaneras del taoísmo o del budismo.

En otra variante derivada de Budha —casi contemporáneo de Confucio— la sabiduría religiosa se desencarna todavía más. Se enfoca según prácticas de generosidad y de meditación que variarán de un país y de un siglo a otro.

Tras milenios de una obra religiosa, rica en innovaciones —entre las cuales está el monoteísmo que sella la alianza de las tribus judías— el Cercano Oriente produce por su parte una religión que se extiende poco a poco al universo romano. Este cristianismo, plagado de diversas herejías, se divide tras la desaparición del imperio de Occidente.

El islamismo, otro retoño del monoteísmo del Cercano Oriente, empieza por absorber muchos elementos de imperios anteriores, de Siria en Persia y de Egipto en España, para edificar, en poco más de un siglo, un imperio que, de hecho, se dividirá tan pronto como se construye, pero que se prolongará por la perseverante extensión de una red mercantil por medio de la cual el islamismo conquistará India, Insulindia y hasta las Filipinas.

Una vez debidamente consideradas todas las variantes, son sorprendentes las conexiones entre los imperios y las religiones *universales*. Las religiones suficientemente depuradas para convenir a diversos pueblos, ganan terreno en los imperios en formación o ya formados, antes de proyectarse hacia los pueblos vecinos, vasallos, clientes o hasta asaltantes por pacificar.

Todas las religiones universales son manejadas por un clero especializado cuya formación y actividad parten de un aparato apremiante. Los lugares de culto son dirigidos por este clero. Los textos sagrados que fundan su doctrina son interpretados por doctores de la fe. Los nuevos monjes y sacerdotes son formados y reconocidos según procedimientos explícitos.

Los estados nunca ignoran estos aparatos eclesiásticos. Con frecuencia, los incorporan, al lado de sus ejércitos. En todos los antiguos mundos, una religión envuelve el universo mental de los hombres. Somete a su hegemonía sus raras actividades intelectuales especializadas y su vida práctica.

3. EL ARMAZÓN DE LOS IMPERIOS

Los antiguos imperios pueden ser inmensas construcciones, si se establece una relación entre sus dimensiones y los medios de transporte disponibles; pero ligeras, si se comparan sus magros aparatos con las burocracias actuales. Están formados por sociedades muy pequeñas que se aglutinan y transforman poco a poco. Los mismos nómadas son un instrumento del imperio, así como los pueblos que se vuelven errantes por algún trastorno.

En los confines de China, de Persia y de los imperios que se suceden alrededor del Indo y del Ganges o del Bósforo, se observan, en todas las épocas, poblaciones en vías de asimilación. Asimismo a menudo, confederaciones tribales, formadas en las estepas de Asia y de África o en las planicies de América se transforman, durante dos o tres generaciones, en el armazón de imperios vagos y móviles.

El asentamiento de las sociedades se estabiliza en las campiñas productivas en donde se forman ciudades y se extiende, mediante el apilamiento de zonas constituidas por ciudades, después de lo cual áreas menos densas o menos estables son a su vez anexables.

Así, Mesopotamia recorrió en treinta siglos un trayecto que la llevó de un florecimiento de ciudades-estados, luego de pequeños imperios como Sumer o Akkad, a un conjunto babilónico, luego asirio al que Egipto —originado por un recorrido análogo— se encontró anexado.

La historia de los espacios indios es bastante similar a la de la Mesopotamia. La de China se compara más bien con la aglomeración inmensamente amplia, llevada a cabo por la Roma del siglo II, excepto porque, hasta el siglo XVIII, China siempre se reconstruye y se extiende de más en más.

Por todas partes el apilamiento imperial por lo menos se esboza, como en África, desangrada por el tráfico, en donde, antes de la colonización, se vislumbran modestos imperios a lo largo del Níger y del Zambese. En Asia, se forman agregados más sustanciales durante los eclipses de los grandes imperios vecinos, al sur del mar de Aral. Asimismo se forman pequeños imperios en el archipiélago que los japoneses conquistan del siglo II al IX; en las islas y penínsulas del sudeste asiático, del siglo IX al XIV, entre el desarrollo del imperio kmer de Angkor y el del imperio javanés de Majapahit; en las altiplanicies de América, entre la construcción de Teotihuacan (siglos IV-VI), que fue la cuna de los imperios mexicanos y la de Machu Picchu, foco del imperio inca de los siglos XIII-XVI.

En cuanto gana en extensión, un imperio controla un territorio heterogéneo: un mosaico de pueblos, una red de idiomas y de religiones, una superposición de áreas económicas controladas por diversos modos de producción y de áreas políticas e ideológicas que sus aparatos militares, fiscales, judiciales, eclesiásticos y demás urden para sus propios fines.

El espacio controlado por un Estado constituye un área de dominación, una propiedad superlativa, un dominio eminente.

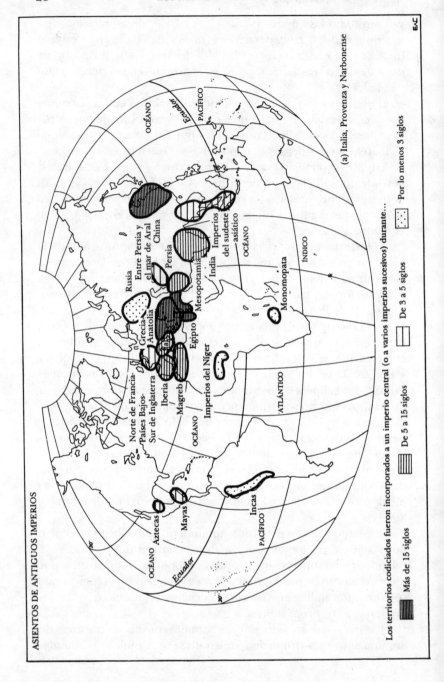

ASIENTOS DE ANTIGUOS IMPERIOS

(a) Italia, Provenza y Narbonense

Los territorios codiciados fueron incorporados a un imperio central (o a varios imperios sucesivos) durante...

Más de 15 siglos

De 5 a 15 siglos

De 3 a 5 siglos

Por lo menos 3 siglos

Todos los demás recortes espaciales experimentan, de alguna manera, la prioridad de esta área política.

El modesto *territorio de nomadismo*, ocupado por una tribu o una federación de tribus, es un primer tipo de territorio político, como lo atestiguan la recurrencia de las confederaciones y de los imperios de las estepas.

Un segundo tipo, netamente caracterizado, es el de los *países*, es decir de las áreas de vecindario rural ordenadas alrededor de una ciudad o, ya de manera más compleja, alrededor de un racimo de ciudades controladas por una cabeza de distrito. Todos éstos son términos que evidentemente es necesario relativizar: la ciudad que funje como cabeza de distrito puede ser un puerto, o la isla principal que polariza la vida de todo el archipiélago.

Una catástrofe natural o una masacre pueden acabar con un *país*. Una guerra devastadora, una desviación comercial, una mudanza administrativa o religiosa pueden hacerlo debilitarse. Si no, la duración endurece al *país* como el sol cuece el adobe. Pero los imperios edificados con este tipo de tabiques tienen una arquitectura delicada.

La dificultad proviene de las distancias. En un día, un hombre puede transportar de 35 a 40 kg más o menos 35 km, pero su alimentación cotidiana representa aproximadamente 1 kg de carga [4]. El transporte por mulas o camellos, los tiros y los barcos amplían el radio de acción, pero a costa de relevos, de depósitos organizados y de controles reforzados. De tal manera que los primeros *imperios* apilan pocos *países*, salvo si disponen de un eje fluvial fácilmente navegable.

Para convertir estos aglomerados en provincias más amplias, se requieren nuevos lazos: una red de ciudades (de campos, de puertos, etc.); un correo con relevos bien atendidos; el armazón por fin, de fronteras y algunas veces de murallas para proteger a las provincias ricas y albergar a los ejércitos de refuerzo. La inmensidad de los imperios se obtiene mediante la larga duración que consolida provincias, ellas mismas formadas por *países* (aldeas) acostumbrados a una vida común. Más aún que los *países* (aldeas), las provincias son los materiales merced a los cuales se reconstruyen imperios sobre las ruinas de imperios muertos.

Pero, al margen de los antiguos mundos, algunos desechos de imperios o ciertos nuevos agregados experimentan, llegado el caso, íntimas transformaciones: se transforman en *reinos*. Este cuarto tipo de territorio —distinto de los *imperios* como los mares lo son de los océanos— se reconoce por diversos rasgos. Lo defiende un ejército más numeroso que el de los imperios, proporcionalmente a su población. Está cuadriculado por una administración más estrecha, alimentada por impuestos o tributos más sustanciales, se entiende que en valor relativo. Practica una religión común y exigente. Está habitado por un pueblo que borró el recuerdo de las anteriores diferencias étnicas, en favor de una identidad única, con frecuencia definida por oposición al imperio vecino y anexionista. Los *reinos* maduran contra un *imperio*, a la manera de Corea, del Tíbet, o del Annam.

Gramsci describe gustoso a la antigua Roma como "un bloque mecánico de grupos sociales a menudo de razas diferentes". Un bloque en el que "la presión político-militar" que vela por el levantamiento de hombres y la recaudación de impuestos y el respeto de los dioses agradables al príncipe, puede "adoptar en ciertos momentos una forma aguda", sin que los pueblos sometidos pierdan, por ello, su vida propia y sus instituciones específicas [*Cuaderno 3*, 18]. En efecto, si se acepta el exilio que sanciona a las rebeliones o las mezclas que resultan del recibimiento de nuevos inmigrantes, los pueblos subalternos de Roma —como de todo imperio— siguen viviendo, durante siglos, según sus propias costumbres, bajo amos algunas veces lejanos.

En estos imperios heterogéneos, las luchas de clases son fraccionadas según divergencias variables, porque las castas, los rangos y los estados con base en los cuales estas clases representan sus jerarquías, varían de un pueblo al otro. Se necesitan circunstancias excepcionales para que las rebeliones de esclavos, de tributarios o de campesinos adquieran resonancia. Salvo las catástrofes naturales y las invasiones mayores, casi las únicas que provocan amplios contagios son políticas principescas: las fiscalidades anormales de los tiempos de crisis y de guerra y las competencias dinásticas parecen transformarse entonces en el motor de la historia [16, 480].

Los imperios ubicados en el centro de los antiguos mundos con frecuencia sueñan en extenderse hasta los confines del mundo conocido. El imperio universal nunca existió de hecho, pero fue considerado existente cuando los pueblos que habían permanecido en las tinieblas exteriores no se acercaban nada al poder y a la organización del imperio central. Así, los egipcios opusieron el orden de su mundo al caos de una periferia desértica. En su apogeo del siglo II, el imperio romano redujo sus márgenes a los bárbaros germanos y berberiscos y a los robustos enemigos que eran los partos. Los chinos de la dinastía Han estimaron que no existía más que una sola sociedad en el mundo y que todos los pueblos periféricos debían, por lo menos, rendir homenaje a su emperador [6]. La variante musulmana del sueño universal se tradujo en una división del mundo en dos espacios, el territorio de la justa ley coránica y el de la guerra, llamado a ser convertido por las armas.

En cada mundo, el imperio central es el blanco al que apuntan los pueblos nómadas que aprovechan todas sus fallas. Es también el crisol en el que los elementos de los pueblos bárbaros anexados o acogidos, se fusionan con la cultura china, romana, india, etc., por el lento trabajo de las sucesivas generaciones. Por último es el modelo del que los pueblos que se resisten a la anexión imitan la escritura, la etiqueta y las instituciones y cuyos pueblos herederos recuperan lienzos completos para construir nuevos estados.

La verdadera Edad Media, los largos siglos oscuros subsecuentes a la caída de los imperios antaño brillantes, son aquellos en los que los materiales que también están disponibles para reconstruir, no son más que ruinas inutilizables. Pero, basta, por el contrario, que sobrevivan los reducidos, como Bizancio después de Roma o como China del sur, largo tiempo cerrada a los mongoles, para que el imperio se prolongue o renazca tras un mínimo de adaptación a las nuevas circunstancias, en cuanto se aplacan los invasores. De ahí las largas series de imperios emparentados que se suceden durante milenios sobre sitios idénticos o agrandados.

4. LA ESTRUCTURA DE LOS ANTIGUOS MUNDOS

Que sea pequeño o inmenso, es posible hacer un modelo de un antiguo mundo como un conjunto de círculos concéntricos, más o menos recortados. El círculo central está ocupado por la capital, algunas veces suntuosa. El segundo círculo está formado por el propio imperio. El tercer círculo es el de los pueblos vasallos o en vías de anexión, cuya sumisión se transforma en resistencia cuando lo permite la distancia, cuando el imperio se debilita o cuando los estados locales adquieren suficiente consistencia. Finalmente, el último círculo es un espacio salvaje en el que viven pueblos más diseminados, con frecuencia nómadas. Los desiertos, las estepas, las montañas y los mares recortan a menudo los círculos exteriores. Pero el impulso imperialista que viene del centro tiende a hacer retroceder el círculo de lo desconocido y a dominar plenamente el círculo de los príncipes vasallos o clientes.

La jerarquía de los rangos o de las castas —que traduce, valga lo que valga, la estructura subterránea de las clases sociales— se mezcla íntimamente con la de los pueblos, en combinaciones variables de un mundo al otro. A la larga, dos transformaciones simplifican este complejo: la etnia dominante aumenta por la asimilación de tribus y de otras etnias, en tanto que, en los rangos y castas subalternos, el estatus social domina sobre el origen tribal o étnico. A lo largo de los siglos, estos dos movimientos pueden llegar hasta la provincialización de pueblos antes diferentes, es decir a su fusión, provincia tras provincia, en un sistema único de identidades jerarquizadas, lo que marca una etapa importante hacia la maduración social. Egipto, la China de las dieciocho provincias y ciertas regiones de India ilustran este proceso, del que hay otros ejemplos más modestos, de Marruecos a Camboya o de Java a México.

El sistema mundial de tipo antiguo es un aislamiento, porque es un mundo cerrado que el lejano comercio entreabre apenas, salvo cuando la expansión de un imperio que llegó a ser excesivamente poderoso le permite integrar otros imperios antes alejados. El aislamiento también puede romperse por la implosión de un amplio imperio cuya caída provoca, poco a poco, ondas de pueblos emigrantes y de estados herederos.

El imperio que ocupa el centro de un antiguo mundo goza de privilegios. Su historia hace época, su duración imprime una marca original en el espacio, por la edificación de murallas y de ciudades, de palacios y de templos, pero también por la realización de grandes obras productivas. Con frecuencia el imperio central es la única sociedad lo bastante rica para mantener, en las inmediaciones del poder, a una élite de artistas y de sabios que producen una cultura refinada.

En cada sistema mundial, todo tipo de prácticas y de representaciones proceden ya sea de la actividad ordinaria que los hombres ponen de manifiesto en sus redes de convivencia, ya sea de actividades especializadas a las que se consagran los aparatos ideológicos. Las redes y los aparatos interactúan de este modo, aunque su escala sea diferente: cada pueblo tiene su red, pero cada aparato puede tender a trabajar simultáneamente entre todos los pueblos que reúne un imperio, incluso entre todos los pueblos del sistema mundial, como una iglesia universal.

Cada sociedad sometida a un Estado propio comunica un discurso social total, un lazo de culturas populares y de una cultura sabia. Al paso de los siglos, un antiguo mundo o una sociedad que fue preeminente en él podrán ser considerados ejemplares por las nuevas sociedades que son o creen ser las herederas. De esta manera, se estableció la costumbre —en Francia, a partir de los siglos XVII y XVIII— de llamar *civilización* a todo lo que las sociedades antiguas permiten ver de sí mismas. Poco después, una costumbre alemana hizo del término *cultura* —*die Kultur*— el equivalente aproximado de esta civilización a la francesa. Puestas en movimiento por los arqueólogos y los etnólogos, cultura y civilización se extendieron entonces hasta abarcar el *discurso social total*, que incluye evidentemente todos los instrumentos, documentos y monumentos sin los cuales las prácticas y las representaciones ideológicas no serían más que fantasías vaporosas.

En los antiguos mundos, los contagios que se operan de un pueblo al otro, a la larga alcanzan su máxima intensidad en los imperios, pero no se detienen en los límites de éstos.

En todo caso el poder y el resplandor no caminan al mismo paso. Resultan algunas veces primacías desfazadas o desplazadas. La civilización griega, que maduró durante los tres siglos que precedieron a la anexión romana, florece más que nunca en el imperio romano y hasta en Roma. Bagdad que era una ciudad de cultura iraní cuando fue conquistada por los árabes, alcanza su plenitud algunos siglos después de la fragmentación del califato omeya, no obstante la atracción rival de Córdoba, y luego de El Cairo. La primacía de una civilización se afirma mucho después de las cabalgadas guerreras y se alimenta de las riquezas ya acumuladas por las sociedades anteriores.

En muchos de los mundos antiguos, los imperios triunfan al amanecer, las civilizaciones brillan al atardecer. Las civilizaciones que logran durante un cierto tiempo alguna excelencia, dejan a menudo huellas importantes, tesoros arquitectónicos y artísticos. Otros cuatro patrimonios, con frecuencia enterrados por la evidencia de lo cotidiano, son todavía más ricos.

De generación en generación, los pueblos transmiten y transforman un patrimonio *genético* en el que la civilización sale ganando, por la adaptación de la especie humana a los medios en los que vive.

Un segundo patrimonio, apenas menos discreto, puede considerarse *paisajero*. Resulta del trabajo milenario por medio del cual los pueblos domesticaron a las especies animales y vegetales y dieron forma a la tierra que cultivan, hasta darle algunas veces la suntuosa belleza de las terrazas de Bali. La Mesopotamia en donde el desierto enterró tantas civilizaciones antaño florecientes muestra lo que sucede cuando el patrimonio paisajero carece de cuidados.

El patrimonio que llamaremos *arquitecturado* es sin lugar a dudas más visible, aunque su parte esencial se disperse en la abundancia de vías de agua, caminos y obras de arte que inervan los terruños. Durante largo tiempo, esta riqueza *enterrada* es la mejor parte del capital fijo, aquella cuya ausencia obstaculiza el desarrollo de los pueblos.

Llegamos, por fin, al patrimonio *incorporado*, del que todos los hombres son por sí mismos portadores y transmisores: las riquezas prácticas e imaginarias que comunican sus idiomas y sus gestos, los conocimientos y el tacto de los que dependen su producción, su vida cotidiana y sus respuestas a las principales etapas de la vida y de la muerte: en resumen, su *discurso social común*.

2

LA HIEDRA DE LOS MUNDOS MERCANTILES
(De 800 a.C. a 1300)

5. UN COMERCIO LEJANO Y MARGINAL

Los sistemas mundiales más arcaicos no tienen nada de mercantiles. En ellos los productos circulan según procedimientos de reciprocidad o de redistribución de los cuales los etnólogos encuentran huellas aún en la actualidad. Luego, a partir de múltiples centros, empezando quizá por la Fenicia de los siglos IX-VI, los antiguos mundos se enriquecen poco a poco por medio de los desarrollos mercantiles. El comercio florece sobre todo en las sociedades que los imperios centrales satelizan mal, porque operan simultáneamente hacia varios de ellos. Su vivaz hiedra se prende a las murallas de los imperios masivos.

El comercio se depura y se extiende lentamente, sin carecer de agresiones. Se aparta de la reciprocidad cuando el trueque se desvanece frente a la moneda, se aleja de la redistribución cuando los impuestos y los regalos dejan de ser aleatorios, contrasta plenamente con el pillaje cuando ya no son admisibles la razia y la carrera. En los antiguos mundos, se conserva largo tiempo exiguo. Las huertas, la alfarería, los telares y algunas otras labores domésticas o artesanales proveen localmente la parte esencial de los recursos necesarios para la existencia de los hombres. Los encuentros ocasionales entre nómadas y sedentarios o entre habitantes de *países* no demasiado distantes bastan para satisfacer las carencias locales y hacer circular los productos más especializados de la pesca o de la herrería.

De entrada, el comercio es *lejano*, en relación con las capacidades de transporte disponibles, pero contamina los intercambios locales. Las ocasionales ferias y los mercados regulares ven aparecer productos lejanos, sobre todo especies, mientras los comerciantes se esfuerzan por obtener los productos locales que podrán vender lejos. Los artesanos abren tenderetes. Los vendedores ambulantes empiezan a despertar nuevas necesidades en las campiñas en donde su pobre tráfico ayuda a propagar el uso de la moneda.

El comercio lejano transporta durante milenios ciertos productos raros, como el ámbar del Báltico o la seda de China —*Cîna*, la seda da a esta región su nombre europeo— las especias de Asia y de África, etcétera.

A fines del siglo XVI, la flota hanseática podía transportar alrededor de 60 000 toneladas métricas [13, 179], y la flota holandesa tenía una capacidad cuatro veces mayor (*ibid.*, 424) pero se dispersaba ya en todos los océanos del mundo, por lo que se resentía su velocidad de rotación. Por su parte, las flotas mediterráneas podían transportar algo como 300 a 350 000 toneladas [10-II]. En cuanto a las flotas atlánticas, es dudoso que hayan rebasado las 150 000 toneladas [13, 424]. Es decir, un generoso total de 850 000 toneladas. Que yo sepa, no se intentó hacer la evaluación de las flotas no europeas que operaban en los océanos Índico y Pacífico, pero lo que se sabe de los tráficos en estas regiones hace pensar que el tonelaje alcanzaba a lo más el doble de la capacidad europea. Es decir, como un nuevo total generoso, algo como 2.5 a 3 millones de toneladas para el conjunto de la Eurasia. A fines del siglo XVI, el comercio marítimo representaba en el mejor de los casos cinco millones de toneladas métricas por año: es decir, más o menos, el tonelaje neto *importado* por la pequeña Australia de 1913.

Sin ninguna duda Bairoch tiene razón de evaluarlo, como máximo, en 2-3% de la producción total de la Europa ya muy extrovertida del siglo XVIII [4, 43]. Dos siglos antes, las importaciones totales de Europa debían ser del orden de 100 000 toneladas por año [4, 491] y el comercio lejano intereuropeo dos a tres veces superior.

El comercio por intermediarios múltiples que enlaza mundos totalmente ignorantes el uno del otro (como Europa e Insulindia hasta los siglos XV-XVI) es ultramarginal. El comercio que conecta mundos distintos como la Rusia de las pieles y la Europa de las ciudades es apenas menos marginal. En cuanto a lo esencial, la actividad de los hombres sigue siendo puramente local.

El comercio lejano no experimenta la improvisación. Organizan sus convoyes de acuerdo con firmes costumbres. Asimismo por tierra, la mutua ayuda caravanera es obligatoria, partiendo de Palmira y de Petra, hacia Persia, el Golfo Pérsico o Arabia; de Bujara y Samarcanda hacia los oasis de Tarim desde donde se accede a China; o de los puertos africanos, de Ceuta a Zanzíbar, hacia las profundidades del continente. En el siglo XIV, las caravanas llegan hasta los Balcanes, en lo sucesivo controlados por los turcos.

Amenazados en el camino, pero no obstante llevando su tráfico a lo lejos, a regiones que les son extranjeras, los comerciantes mantienen entre ellos una estricta disciplina. Sus asociaciones —llamadas corporaciones, guildas, hansas, etc.— la vigilan, en sus ciudades de origen como en sus lejanos escritorios o durante sus trayectos. Así se constituye, a mediados del siglo XII, la célebre Hansa en la que son federados los mercaderes de las ciudades costeras y fluviales, de Zuydersee a Livonia.

Los florentinos en Londres, en los siglos XIII y XIV; los venecianos en Constantinopla y Alejandría, luego en Estambul, del siglo XI al XVII; los alemanes en Venecia y los genoveses en Brujas, a partir del siglo XIII, luego en Sevilla; los judíos en Venecia o en Lisboa; los armenios en Persia; y sin duda también los árabes, hindús y malasios instalados los unos en casa de los otros son albergados, al igual que los hanseatos, en pequeñas colonias permanentes dotadas de un estatus especial.

A estos enclaves, se agregan otros relevos: los de los señoríos y emiratos, protectores de las ferias periódicas, como los condes de Champaña de los siglos XI-XIII, o los kans de Bujara y Samarcanda, antes y después de la conquista mongol; por último los de las ciudades abiertas al comercio por ciertos imperios centrales que —como China— rechazan todo privilegio, pero no dejan de proteger las actividades comerciales.

Para los comerciantes en tierra extranjera, la exclusividad importa más que la protección, porque permite monopolizar las compras. El control de las compras y de las ventas puede adquirirse también por medio de la técnica de la etapa impuesta. La etapa de las lanas inglesas en Brujas, extendida después a la sal y a los cereales destinados a la rica Flandes y que trata también de aplicarse a la exportación de tejidos flamencos [13] es un ejemplo de un procedimiento del que, desde luego, Europa no posee el monopolio. Alejandría o Estambul son etapas impuestas a los compradores europeos y, de Petra a Ormuz, de Bombay a Ceylán, como de Malaca a Bantam, se perciben otras etapas impuestas que, a menudo, segmentan los largos itinerarios mercantiles según el recorte de los antiguos mundos.

Pero, para ayudar a los monopolios de la compra o de la venta, nada equivale al monopolio de los transportes. La Hansa obtiene de ello gran parte de su riqueza, hasta que la flota holandesa penetra por la fuerza al Báltico en el siglo XVII. Las Actas de la Navegación por medio de las cuales los ingleses reservan para su pabellón los servicios de comunicación de sus puertos —salvo para las mercancías importadas por barcos que tengan el mismo origen que ellas— son una variante extrema de una protección que se adquiere mediante el control de los estrechos (Lübeck, Constantinopla, Malaca, etc.) o por el poder excesivo de una flota (Génova, Venecia, Amsterdam, etcétera).

En los mundos mercantiles, las áreas de dominación que las guerras defienden o conquistan incluyen los tentáculos comerciales que prolongan los territorios.

Si el comercio estimula la guerra, también fomenta el derecho. Cuando el intercambio prevalece sobre el pillaje, la equivalencia, admitida por las diversas partes afectadas, llega a ser su norma. Eso supone pesos justos, monedas de buena ley, pero también reglas claras y juicios respetables.

En Occidente, como en Asia, el derecho se aplicó también, empíricamente, al reparto de los riesgos del comercio lejano. Aquí y allá, al tanteo, los riesgos debidos a la piratería y al naufragio fueron asegurados mediante diversas técnicas.

Durante los veinticinco siglos que separan la expansión fenicia de los triunfos holandeses e ingleses, la red de los itinerarios es, de hecho, un conjunto de ramales añadidos cuyo régimen económico y el estatus político son de lo más variables. La seda que se almacena en Luoyang y que llega, uno o dos años más tarde, a Venecia o a Amberes, en camino cambió de seis a diez veces de manos y, según las épocas, pudo haber sido considerada aquí como regalo; allá, como tributo; más allá, como un objeto de trueque; todavía más allá, como mercancía.

Así, los itinerarios por los que circulan productos no son, en todos sus ramales, caminos plenamente mercantiles.

El triunfo de los mercaderes tiene como primer indicio el recurso general a la moneda para evaluar y pagar los productos. Pero la moneda conoce largos eclipses. Desaparece con los imperios que acuñan moneda, se desvanece en los tesoros amasados por los temerosos, se exilia al azar de los pillajes. Después de cada uno de estos síncopes, es necesario aclimatarla de nuevo, lo que lleva mucho tiempo. Así, en el siglo XV, en el espacio hanseático, las oficinas del este dudan aún entre el trueque y la moneda.

La moneda, futuro *equivalente universal* de los intercambios, tarda tanto en imponerse cuanto que es acuñada por todos lados, por lo que se hace un oneroso recurso a los cambistas. Además, huye periódicamente, porque los países de Oriente y de India venden más de lo que compran.

En efecto, dos peligros amenazan a las especies metálicas: las modificaciones impuestas por los soberanos que acuñan moneda y las fluctuaciones de la reserva monetaria disponible, que no forzosamente coinciden con el volumen de los intercambios por pagar. Las exoneraciones de los cambistas y las prudencias de los mercaderes sancionan las monedas que los príncipes maltratan con fines presupuestarios. En cuanto a la rareza del numerario, sólo el crédito lo remedia, pero éste suscita más que desconfianza. En tierras de cristiandad o de islamismo, el pueblo no comprende que tenga que devolver más de lo que pidió prestado y los cleros convierten sus prejuicios en dogmas. En Asia, en donde el préstamo usurario es quizá más extenso, es igualmente detestado, pero las religiones se inmiscuyen con menos frecuencia.

Los instrumentos que desmultiplican la circulación monetaria y que, a menudo, dispensan la transferencia de las especies por caminos peligrosos, se separan poco a poco de las operaciones originadas por las mercancías. La letra de cambio que da a un pariente o a un socio la orden de pagar, en otro lugar o más tarde, mercancías que recibe aquí y ahora, puede funcionar también sin referencia a ninguna mercancía.

Se instaura otra técnica merced a los libros de crédito llevados por las municipalidades o las guildas. Los mercaderes pueden inscribir en ellos los préstamos en especies que otorgan a otros mercaderes, lo que oficializa sus créditos. Esta fórmula inventada en la China de los Tang, en el siglo VIII [6, 299] fue reinventada en Lübeck hacia fines del siglo XIII [13, 253] luego utilizada en la Hansa, tanto como en el Mediterráneo.

La deuda genovesa es más inventiva. Un tipo de oficina municipal —*la casa de San Giorgio*— alberga las asociaciones de acreedores que se crean para suscribir los préstamos municipales. Los traspasos de créditos, efectuados por transferencia sobre los libros de *San Giorgio*, acaban por transformarse, en el siglo XV, en forma de pago aplicado a todo tipo de transacciones.

Cuando sólo la moneda existe, a menudo el envite es imponer el monopolio de los príncipes, pero este derecho de regalías es frágil. Se llega a una segunda fase, no cuando príncipes o mercaderes reciben ocasionalmente préstamos, sino cuando el crédito se transforma en una práctica que suele relacionarse con el comercio, es decir cuando el empleo obligatorio y regular de las letras de cambio [10-II, 119] salda los intercambios, al mismo tiempo que los desdobla en una circulación material de productos y una circulación financiera de reglamentos.

Los productos de la ganadería y de la agricultura se incluyen muy poco en el intercambio monetario [10-II, 42]. En toda Europa, el mercado de los productos rurales no capta más que los excedentes, en tanto que las campiñas reúnen todavía casi el 90% de la población.

Las ciudades y los puertos están aún mejor monetarizados, porque el capital mercantil reúne en ellos a todos los hombres que emplea en sus depósitos y sus astilleros. En resumidas cuentas, mucha gente en las ciudades concernidas, pero muy poca en la escala de las sociedades que enlaza el comercio: sin lugar a duda menos del 1% de la población activa total de toda Europa o del Asia del siglo XVI.

Los efectivos empleados por el modo de producción artesanal pueden adquirir más amplitud, porque el comercio incita a los oficios a extenderse más allá de la economía doméstica o palaciega. El trabajo a domicilio, pero para el mercado, los talleres con compañeros, algunas veces prolongados por tenderetes, los equipos municipales o corporativos que controlan los productos, su peso y su marcaje constituyen en conjunto el modo de producción artesanal.

Los límites de este modo de producción se rebasan únicamente en las ciudades, en donde los mercaderes someten a las condiciones que imponen ciertos oficios —sobre todo el textil— al acaparar toda su producción. Por esta sumisión formal de la artesanía, el comerciante utiliza su posición dominante para influir en los precios en su favor y orientar los productos hacia las calidades aseguradas de los mejores mercados, pero sólo acepta el riesgo de una venta inferior en cantidad y calidad de un lote de mercancías, sin invertir en el financiamiento de máquinas, de materias primas o de salarios, como lo hará más tarde el capitalista industrial. Así, el capital mercantil estimula la producción, pero dentro de los estrechos límites de las capacidades propias de la artesanía.

6. MUNDOS MERCANTILES Y ANTIGUOS MUNDOS

Cada tela de araña mercantil es tejida con hilos ligeros, pero sólidamente sujetos. Sus contactos son puertos u oasis cuyo estatus político responde a las necesidades del capital mercantil. De ahí el éxito de los archipiélagos de ciudades-estados que complicaron el renacimiento de los imperios a la antigua, pero que proporcionaron al capital mercantil sólidas bases de acción.

Las luchas de clases de las ciudades son complejas y con frecuencia se reactivan. Repartidas en decenios o siglos, abarcan el movimiento general de la revolución municipal, rica en grados. Su mínimo resultado es asegurar a los mercaderes una suficiente libertad comercial. Sus cimientos se consolidan cuando conquistan el derecho de elegir a un consejo para dirigir a su antojo las cuestiones municipales y para equipar su ciudad de murallas, depósitos, peso público y otros atalayas que convienen a sus intereses.

Se alcanza una tercera fase en las ciudades en las que el patriarcado, prudente o forzado, comparte su poder por lo menos con una parte de las clases populares, como en Rostock, después de 1311. Estas innovaciones más radicales, relacionadas sobre todo con las Reformas del siglo XVI, a menudo se bañan en sangre. La democratización de las ciudades no madura en ningún lado.

Fuera de Europa, a falta de ciudades autónomas —aunque es posible esperar de la historiografía india o indonesia muchas sorpresas a ese respecto— los mercaderes se protegen en pequeños principados musulmanes, de Kuwait a Malaca y a Brunei. Cuando los príncipes locales son poderosos, las comunidades musulmanas mercantiles se incrustan sin embargo prestando a estos príncipes la ayuda militar de sus flotas: así sucedió en Calicut, Cochín y demás puertos de la costa del Malabar de donde, en los siglos XV-XVI, los portugueses tendrán grandes problemas para sacarlos.

Menos bien conocidos, pero no menos presentes en el sudeste asiático, los mercaderes chinos no parecen haber fundado establecimientos autónomos, puesto que es cierto que en la propia China, estos comerciantes no adquirieron ninguna experiencia de las cartas y franquicias citadinas.

Sus ciudades y puertos, con un comercio tan activo, permanecieron, como Cantón, enclavados en los sucesivos imperios.

La estructura de los mundos mercantiles difiere radicalmente de la de los antiguos mundos, por lo menos cuando éstos no absorben a aquéllos.

En el corazón de todo mundo mercantil, una ciudad maestra —que puede ser un oasis, un puerto o una ciudad más banal— controla una parte sustancial de los itinerarios del comercio lejano, por medio de sus monopolios de compra, de venta o de transporte, por su función de depósito y algunas veces también por su crédito.

El territorio que rodea la ciudad maestra es modesto. Vale más como glacís defensivo que para sus huertas, porque la ciudad que crece se libera de la producción local. Prospera como bomba aspirante e impelente de un comercio lejano.

La ciudad maestra de un mundo mercantil, autónomo o enclavado en un principado benevolente, ocupa algunas decenas o centenas de km²; algunos miles, a lo más, en la Holanda útil del siglo XVI. Pero, a semejanza de Tiro o de Venecia que llevan sus tráficos hasta 2 500 o 3 000 km de distancia, proyecta largos tentáculos que fija a todos los puntos de apoyo disponibles, de donde parten filamentos adventicios. De esta manera, cada centro mercantil construye su *ruta de las Indias*, enriquecida por medio de ramificaciones terrestres o navales, hacia fuentes y mercados accesibles.

Cada mundo mercantil se codea con uno o varios imperios, acojedores o reservados, salvo en las zonas atormentadas —como la Europa occidental de los siglos VI-XVI— en donde un imperio está en ruinas o en reconstrucción. La historia china sugiere que los síncopes medievales son favorables a la extensión del comercio, o por lo menos a su seguridad. La historia bizantina de los siglos XIII-XV, muestra que un imperio debilitado puede volverse cautivo de un mundo mercantil. Pero en regla general, los antiguos imperios dominan las actividades mercantiles que se ejercen en su seno. Los mundos mercantiles se abocan a su comercio en las etapas en donde los aíslan los imperios.

El comercio lejano, parcialmente encerrado en un imperio central, lo refuerza. Lleva a la monetarización de los impuestos y de las rentas y procura nuevos recursos fiscales y aduaneros. El aparato del Estado, mejor irrigado, puede mantener más apretado un bloque de pueblos eventualmente ampliado. La China de los Tang y de los Song, del siglo IX al XIII o la de los Ming y de los Quing, del siglo XV al XVIII ilustran suntuosamente este rejuvenecimiento comercial de los antiguos imperios.

Los mundos antiguos y mercantiles poseen, los unos y los otros, un centro y una periferia, aunque de naturaleza diferente. En un antiguo mundo, el centro es la capital del imperio que reúne o sateliza a todos los pueblos. En un mundo mercantil, es el foco de una red de intercambios que dominan a diversos pueblos a los que explotan o descuidan según su potencial comercial.

El comercio promueve ciertos idiomas. En el Cercano y Medio Oriente, contribuye con el éxito del arameo y del griego, luego del árabe y del persa. En los confines de la India, de Persia y de China, valoriza sucesivamente el kuchán, el sogdién, luego el turco, en algunos por lo menos de sus dialectos. Ayuda a la formación del urdu en el que tienen una función el árabe, el persa y el hindi. El malasio triunfa de Malaca a Manila. El comercio árabe-africano da origen al swahili de las escalas del Océano Índico. En el Mediterráneo y hasta el mar Rojo bajo control otomano, difunde una lengua italiana a la que son numerosas las aportaciones árabes y turcas. Al norte de Europa favorece los dialectos bajo alemanes en el espacio hanseático y las lenguas neerlandesas en las costas del Mar del Norte.

Los mundos mercantiles crean o difunden otras disposiciones del pensamiento. La imprenta se importa de China a Europa, enriquecida por sus perfeccionamientos coreanos del siglo XIV. Las herramientas y las técnicas de navegación progresan al sur y luego al norte de Europa. También al sur el cálculo, la contabilidad y el afinamiento del dibujo —sobre todo por la perspectiva— maduran de concierto. El derecho se reanima y se perfecciona. Pero sobre todo, el comercio procura la necesidad y el medio de una relativa expansión de los efectivos intelectuales, fuera de las iglesias. La autonomización de muchos aparatos ideológicos data de su florecimiento: artistas, médicos, pedagogos y otros intelectuales pueden vender sus servicios, a medida que se consolidan las costumbres mercantiles.

En los mundos mercantiles en los que convergen estos diversos cambios, se modifica el *clima* —como diría Montesquieu. Dicho de otro modo, adquiere forma, se construye un nuevo espacio-tiempo, que difiere del de los antiguos mundos. No obstante las semanas de trayecto impuestas a los correos y los meses de viaje requeridos para el transporte de las mercancías, los mundos mercantiles son recorridos por las noticias y las novedades. El flujo de los productos y, pronto, el de las monedas se acompaña por una circulación de hombres y de informaciones, entre mundos casi extranjeros los unos a los otros.

No obstante, los mundos antiguos y mercantiles conservan un rasgo común totalmente esencial: su vida cultural permanece sometida a una hegemonía religiosa, a la que sólo modera la coexistencia eventual de varias iglesias o la multiplicación de las sectas y de las herejías que ajustan una religión universal a las particularidades de las sociedades a las que atiende. Los cismas y las herejías de la cristiandad y del islamismo originan una buena cantidad de conflictos entre los principados, mercantiles o no, que se multiplican, cuando los imperios romano, bizantino, abasida u otomano experimentan eclipses. Las cruzadas no son más que una variante de estas guerras de religión.

La cruzada se inicia por la *Reconquista* española, a partir del siglo XI. Como la conquista árabe, esta reconquista de la que nacerán la España y el Portugal modernos, es una batalla de monjes musculosos —sobre todo los Hospitalarios— y de barones ávidos de feudos. Las ocho cruzadas que intentan conquistar Palestina en los siglos XI-XIII, son más ricas en connotaciones mercantiles, puesto que Bizancio —en donde se considera al islamismo como una herejía cristiana entre tantas otras— y Venecia —en donde ya se codicia el control comercial del Mediterráneo oriental— mezclan sus intereses a los de los cruzados prosélitos y conquistadores.

Todavía en el siglo XVI, la coalición que vencerá a los turcos en Lepanto tendrá carices de cruzada; pero la defensa de Viena contra estos mismos turcos, un siglo después, no tendrá éxito.

Salvo en las raras ciudades perdurablemente autónomas en donde los intereses comunes abarcan una hegemonía ciudadana, la hegemonía religiosa, común a los mundos antiguos y mercantiles brinda así una dimensión religiosa a los conflictos cargados de intereses seculares.

3

LA EUROPA MERCANTIL Y COLONIAL
(Del siglo XIV al XVIII)

7. FUSIÓN DE LOS MUNDOS MERCANTILES EUROPEOS

Después de la caída de Roma, en Europa occidental, no se impone ningún imperio a la antigua. Desde luego, Bizancio y el califato heredan pedazos completos del imperio romano que transmiten en parte a los otomanos, pero Italia, luego Iberia escapan bastante rápido de esta sucesión en la que no figuran Galia, Germania y las Islas Británicas.

De hecho, Europa multiplica los sistemas mercantiles respaldados por ciudades numerosas y algunas veces poderosas. Poco a poco, su encaje de señoríos y de principados es federado por un nuevo tipo de estados que se equilibran celosamente, privándose los unos a los otros de toda posibilidad de formar un imperio central: Bonaparte hará por última vez la experiencia.

En el siglo XII, Europa era todavía un mosaico de pequeños mundos mercantiles que se interconectaban conflictivamente, en el Mediterráneo y en los mares del Norte, con escasas rutas terrestres entre el sur y el norte. El siglo XIII termina por la apertura de las rutas marítimas de Génova (1271) y de Venecia (1314) hacia Brujas. La interconexión de los mundos mercantiles se prolonga hacia Fez, Alejandría, Damasco, Constantinopla y el Mar Negro, pero con mayor frecuencia llega entonces a mundos antiguos poco porosos. En el siglo XV, la Europa mercantil se desborda hacia África, que los portugueses rodean; hacia el Océano Índico en donde se instalan, seguidos de cerca por los holandeses; y hacia las Américas cuyo descubrimiento corona este siglo.

Los *grandes descubrimientos* son llamados erróneamente. Su motor es la ganancia, más que la exploración; su principal objetivo es evitar los monopolios establecidos por los comerciantes rivales. Así, los portugueses rodean Venecia por el cabo de Buena Esperanza y transfieren a Lisboa el principal mercado europeo de las especias.

Por el contrario, para los españoles, la colonia prevalece sobre el comercio, pues el impulso de la *Reconquista* se prolonga por las conquistas americanas productoras de metales preciosos que hay que pillar, luego extraer de ricas minas. España y Portugal no tardan en prolongar la experiencia de los venecianos, al multiplicar las plantaciones en las tierras calientes en donde se aclimatan fácilmente los productos exóticos. Rodeo mercantil, posesiones territoriales, metales preciosos, plantaciones exóticas: la extroversión europea multiplica así sus justificaciones.

En resumidas cuentas, varias transformaciones convergentes dan origen a un nuevo sistema mundial. El imperio, que ha llegado a ser imposible en Europa, es suplantado por nuevos tipos de Estado cuyas ciudades mercantiles son el primer motor. Estos estados variados y rivales descubren, a lo lejos, nuevas posibilidades de expansión territorial, cortejando a los comerciantes, habituados al comercio lejano y dotados, en lo sucesivo, de flotas de largo alcance y con mejor capacidad. Así, los comerciantes, luego los soldados y hasta los misioneros consuman la interconexión de los sistemas antiguos y mercantiles que ya habían esbozado los conquistadores mongoles y los comerciantes árabes.

Se puede subrayar, con razón, la audacia de los comerciantes-aventureros que construyeron este nuevo mundo —de los cuales, en el siglo XVI, el tercio o cuarta parte morían a cada ida y venida lejana, pero no se puede ignorar lo que obtuvo Europa. En 1400, medio siglo después de la peste negra, 40 millones de hombres vivían al oeste de una línea Lübeck-Roma-Lisboa, es decir 11% de la población planetaria de aquella época. En 1750, el nuevo sistema mundial centrado en este espacio y que se extiende en lo sucesivo a toda Europa y a sus lejanos imperios —salvo el otomano— reúne 200 millones de habitantes, de los cuales 80% en las colonias, es decir 28% de la población de un planeta en vías de unificación [30].

Sin embargo, los años 1400 y 1750 no limitan rígidamente el periodo en el que se despliega el nuevo sistema mundial. En la linde del siglo XV, los cambios no adquieren un valor de augurio más que para quien conoce la continuación de la historia. Un siglo después, los viajes de Colón dan al Nuevo Mundo una imagen tangible, si no central. De la misma manera, al final del periodo, no se percibirá ningún límite antes de que el nuevo mundo capitalista del siglo XIX logre subrayar las promesas del siglo XVIII.

Los portugueses que se adueñan, en el siglo XV, de las Islas

Orientales del Atlántico, buscan en ellas productos exóticos y crean algunas veces plantaciones de caña o de algodón. Sin embargo, de Madera (1418) a Japón (1542), su progresión cambia de sentido. En cuanto pasan el cabo de Buena Esperanza, penetran a mundos mercantiles respaldados por potencias hostiles. Llegar a Ormuz o a Calicut (1498) es más fácil que establecer ahí una oficina. La instalación en Malaca (1511) y hasta en Macao (1557) es menos controvertida, pero en China es limitada. En cuanto a Japón, se cerrará casi completamente a partir de 1639.

La dificultad aumenta en cuanto otros mercaderes europeos se aventuran a su vez hacia los océanos Atlántico e Índico, porque todos intentan eliminar a los competidores ya establecidos. El comercio lejano está ávido de monopolios y no teme hacer la guerra para lograrlo. De esta manera, se inicia una suerte de salto al burro que durará del siglo XVI al XIX, en las costas de África y de Asia, como en el Caribe y en varias costas de las Américas. Sin importar si cambian de manos, las compañías mercantiles se erizan de defensas contra las potencias locales y los comerciantes rivales.

El lento desarrollo de la emigración europea enriquece a los envites coloniales. La emigración mezcla flujos inconexos: las disidencias mercantiles que permiten a voluntarios (o a prisioneros por deuda) comprar sus gastos de transporte y de mantenimiento y adquirir una parcela a cambio de algunos años de trabajo, como *indentured servant*; las otras compañías mercantiles que dan cuerpo a sus oficinas de pescadores, de campesinos, de artesanos y de antiguos soldados pagados con parcelas; éstas son las principales fuentes de una colonización orientada sobre todo hacia las tierras templadas de América septentrional, de África austral y, más tarde, de Australia.

En las colonias donde se mezcla la compra de esclavos —en dosis al principio modestas— a la inmigración europea, esta última complica la situación política local. El distanciamiento de las metrópolis, la modestia de los ejércitos, la disponibilidad de espacios libres y, con frecuencia también, la disidencia religiosa conducen al *self government*, o a una plena autonomía.

Compañías mercantiles-coloniales obtienen por carta real, el monopolio del comercio de y hacia un destino preciso, definido en términos muy generales. Virtualmente, la compañía se transforma en autoridad plenipotenciaria en una colonia —que tendrá que edificar contra todas las compañías rivales y contra los poderes locales. Éste será, particularmente, el caso de las dos inmensas compañías de las Indias Orientales, creadas por Inglaterra (1600) y por Holanda (1602).

En todos los mundos mercantiles, la frontera entre la guerra y el comercio es de lo más clara. La distinción se borra aún más cuando las expediciones mercantiles desembocan en la conquista de colonias. Se trata entonces de reducir a las potencias locales, con frecuencia más tenaces que los imperios azteca o inca, pero también de mantener las posiciones conquistadas contra los rivales que provienen de toda Europa o están instalados desde hace mucho. Así, la conquista de territorios, la piratería fomentada por los rivales, la carrera o el contrabando favorecidos por los estados, y hasta la guerra abierta entablada por estos últimos, se entremezclan en conflictos largo tiempo renacientes.

Los primeros en haber llegado, los portugueses son también los primeros expulsados. Los holandeses les arrebatan, con Bantam (1596) varias de las ricas islas de la Sonda, así como Malaca (1641), Ceilán y la escala del Cabo (1653); durante toda la primera mitad del siglo XVII, les disputan también la costa septentrional de Brasil. Su ejemplo es imitado, en el Caribe, por los ingleses y los franceses que se distribuyen y se redistribuyen las islas de las que los españoles son desposeídos.

Las batallas coloniales no permanecen fragmentarias y locales. Interfieren con los conflictos europeos, en el siglo XVII y sobre todo en el XVIII, hasta la guerra de los Siete Años (1756-1763) que es, en resumidas cuentas, la primera *guerra mundial*, es decir, en escala planetaria.

La expansión colonial complica los envites guerreros. España, que defiende sus puntos de apoyo contra Italia y los Países Bajos y que trata de mantener sus lazos dinásticos con Austria, expone así sus galeones a los corsarios de todas partes. Holanda, que privilegia en toda ocasión su comercio, se ve sin embargo implicada en una larga guerra de independencia contra España, seguida por guerras comercial-coloniales contra Inglaterra y por varios conflictos contra Francia. Los envites coloniales casi no complican la espantosa guerra de los Treinta Años, pero se vuelven totalmente aparentes durante las guerras del siglo XVIII: la de los Siete Años, que concluye con un tratado de París (1763) que consagra el triunfo de Inglaterra en las Indias y en Canadá; la de los años de 1780 que emancipa a Estados Unidos; y sobre todo las de la Revolución y del Imperio

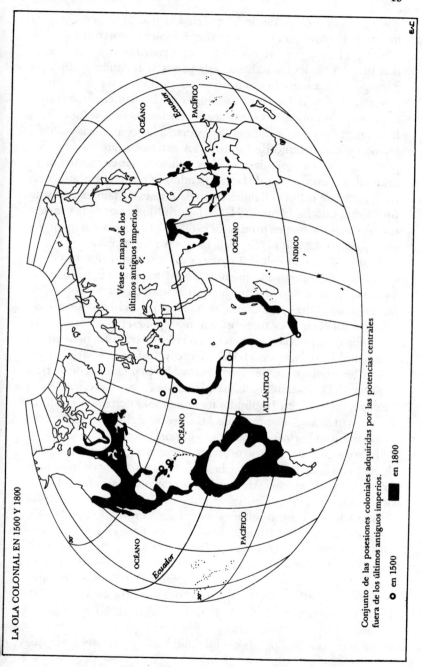

LA OLA COLONIAL EN 1500 Y 1800

Conjunto de las posesiones coloniales adquiridas por las potencias centrales fuera de los últimos antiguos imperios.

○ en 1500   ■ en 1800

que se llevan a cabo, desde luego, en Europa, pero que también hacen de Inglaterra el gran vencedor del salto al burro colonial.

Las guerras se vuelven onerosas. La paga de las tropas mercenarias que las ciudades italianas, alemanas u holandesas utilizan gustosas, el mantenimiento de ejércitos permanentes, la artillería terrestre y naval, las fortificaciones que la artillería hace más complejas, imponen pesadas cargas con las que los estados con frecuencia deben usar ardides. El recurso a las compañías coloniales-mercantiles es uno de los arbitrios extremos que aligeran los presupuestos. Las colonias de otros estatutos tienen, también, su utilidad: así, en vísperas de la independencia norteamericana, más de la mitad de la flota atlántica de Inglaterra es de fabricación y de propiedad estadunidenses [24, 282]. Por último, por todas partes, los impuestos sobre los productos exóticos proporcionan un ingreso apreciado. La colonia financia las guerras coloniales.

El nuevo mundo colonial y mercantil suscita un renuevo de la esclavitud de la que los pueblos de África son las principales víctimas. Este modo de producción, todavía practicado en los imperios bizantino y otomano, se había suprimido en el resto de Europa. En el siglo XV no subsistían más que esclavos domésticos, numerosos en Lisboa o Amberes, y esclavos en tránsito, mercancías que Venecia recogía en el Mar Negro y Lisboa en África, para venderlos, algunos en Alejandría, otros a los plantadores de las islas atlánticas. El desarrollo de las plantaciones en América, en el Océano Índico o en Insulindia incrementa la demanda hasta los siglos XVIII y XIX, mientras que Marruecos, Egipto y el resto del Imperio turco permanecerán como importantes salidas.

En los siglos XV-XVIII, no obstante la ayuda algunas veces masiva de las Indias y de la Insulindia, la producción de esclavos se localiza principalmente en una África en lo sucesivo cercada por oficinas de trata, proveídas por diversos pueblos africanos especializados en la razia. La captura alcanza su máximo entre 1700 y 1850, y provoca importantes estragos demográficos, pero en parte invaluables, pues ¿cómo determinar la pérdida de nacimientos debida a la exportación de los esclavos? Sea lo que fuere, el África sudsahariana que sin lugar a dudas pasó de 52 a 60 millones de habitantes durante el siglo XVIII [30] —es decir un aumento anual promedio de 80 000 personas— perdió cada año, en ese mismo siglo, de 50 000 a 60 000 hombres y mujeres a menudo jóvenes.

En términos demográficos, las Américas fueron afectadas más

profundamente que África. Se enriquecieron en mestizajes por la destrucción de una gran parte de los pueblos amerindios y por la transferencia masiva de esclavos africanos, luego de inmigrantes europeos.

Se discute mucho acerca de la población de las Américas antes de 1492. Una tradición bien establecida evalúa su total en 14-15 millones, pero recientemente se ha esbozado una tendencia que lleva a un total de 80-100 millones. Braudel considera esta última cifra romántica [10-I, 6]. Chaunu se inclina hacia los 25-30 millones y, más recientemente, Bairoch desplazó este justo medio hacia la barra de los 40 millones [4, 492].

Alimentado por la imprecisión de las primeras estimaciones coloniales y por las incertidumbres de las comparaciones entre los imperios precolombinos y otras sociedades similares, pero mejor conocidas, este debate plantea también una dimensión ética, porque los datos relativos al final del siglo XVI y al XVII se discuten menos: se trata entonces de evaluar el número de los amerindios que fueron masacrados por los soldados, los inquisidores y los colonos venidos de Europa o que murieron por las epidemias contra las que no estaban inmunizados. No hay duda de que estas matanzas y estas enfermedades tuvieron efectos totalmente masivos. Pero sin duda seguirá siendo totalmente imposible de decidir si acabaron con la cuarta parte o las nueve décimas de las poblaciones precoloniales y —en mi opinión— no es esencial.

El hecho es que los conquistadores y sus sucesores esclavizaron o acabaron con todos los amerindios que no huyeron hacia regiones inhóspitas; que la cacería de los indios, para asegurar las faenas en las minas y para proporcionar esclavos a las plantaciones, fue proseguida, en los siglos XVI y XVII, hasta el punto en que los jesuitas, más preocupados por evangelizar que por producir azúcar, opusieron a los *bandeiras* de los cazadores de esclavos brasileños, reductos —*reducciones*— en los que, del río Paraná al Orinoco, fueron protegidos los pueblos indios; que, no obstante, la cacería se prosiguió, incluyendo el norte en donde los colonos libres que provenían de Europa exterminaron a muchas tribus, del Atlántico a las Rocallosas. A menudo la colonización fue más feroz que las *grandes invasiones* (núm. 2), por su aspecto metódico y obstinado.

Las catástrofes demográficas que padecieron las Américas, del siglo XVI al XVIII, fueron originadas por muy pocos colonizadores: 10 000 españoles, quizá, durante todo el siglo XVI y un poco más

TRATA AFRICANA Y ASENTAMIENTO EN LAS AMÉRICAS

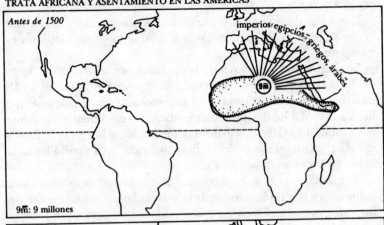

Antes de 1500

imperios egipcios, griegos, árabes

9m

9m̄: 9 millones

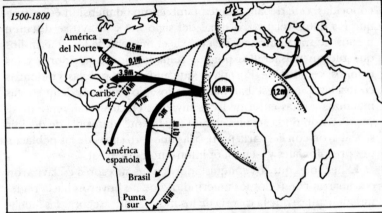

1500-1800

América del Norte

0,5m̄

0,3m̄

0,1m̄

3,9m̄

Caribe

0,4m̄

1,7m̄

3m̄

0,1m̄

10,8m̄

1,2m̄

América española

Brasil

Punta sur

0,1m̄

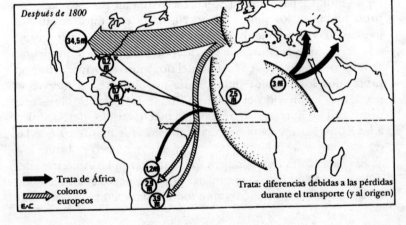

Después de 1800

34,5m̄

0,2m̄

0,7m̄

3m̄

2,5m̄

1,2m̄

2m̄

1,6m̄

→ Trata de África

▨ colonos europeos

Trata: diferencias debidas a las pérdidas durante el transporte (y al origen)

de europeos, de toda proveniencia, durante los dos siguientes siglos, de manera que en el momento de las independencias americanas, al norte luego al sur, la aportación europea, limpia de los regresos, puede ser evaluada en alrededor de un millón de colonos de todo estatuto. Pero, a semejanza de los algunos miles de franceses instalados en Quebec, estos colonos fueron prolíficos: a fines del siglo XVIII, el conjunto de las Américas contaba con 8 millones de habitantes de descendencia europea, es decir el tercio de su población total.

Muchos de estos colonos llegaron gota a gota por inmigración voluntaria. Poblaron las trece colonias del (futuro) Estados Unidos, las costas del San Lorenzo canadiense y diversas costas sudamericanas, de Venezuela, concedida por España a los Welser (núm. 13) hasta el Río de la Plata. Con mucha frecuencia se agruparon por afinidades de origen, según la tradición de las colonias mercantiles [24, 57].

A fines del siglo XVIII, América es, en su tercera parte, de proveniencia europea, y en una cuarta parte, de origen africano. En efecto, 6 de los 24 millones de americanos de 1800 son negros o mulatos, en su mayor parte esclavos, instalados principalmente en el Caribe y en Brasil. Las evaluaciones disponibles sobre las capturas en África y acerca de los habitantes de las Américas permiten calcular el enorme costo humano de la esclavitud: 10 millones de africanos trasladados en tres siglos hacia las Américas, pero sólo 6 millones de descendientes de estos esclavos en las Américas de 1800 y, como máximo, algunas decenas de miles de retornos de emancipados y de fugitivos hacia lo que sería Liberia o Sierra Leona. La esclavitud acaba con más hombres de los que proporciona el aumento demográfico de los esclavos. Tras dos siglos de incremento demográfico subsecuente a las enormes pérdidas iniciales, las poblaciones amerindias o mestizadas alcanzan alrededor de 10 millones, hacia 1800, y se localizan principalmente en el espacio colonizado por España [30].

Por su parte, la Europa de los siglos XV-XVIII no es en lo absoluto un mundo muy denso. Globalmente, continúa reuniendo 19-20% de la población mundial, es decir un poco menos que antes de la gran peste del siglo XIV [30].

En Francia, luego en Inglaterra y en otras sociedades, disminuyen las tasas de mortalidad, de manera lenta pero casi continua a todo lo largo de los siglos XVI-XVIII, de tal manera que aumentan las esperanzas de vida y que poco a poco se modifican los comportamientos. Así, se esboza una transición demográfica cuya importancia llegaría a ser planetaria.

Las colonias ofrecen nuevas oportunidades y nuevos productos. Todavía en el siglo XVIII, casi en toda Europa, la gran ganancia mercantil es muy superior a la gran ganancia industrial o agrícola [10-II, 378]. De tal manera que Francia hace una elección política aparentemente racional, cuando en 1763, abandona a los ingleses los *kilómetros de nieve* de Canadá, para sólo conservar en América del Norte el acceso a las grandes pescas en Terranova, la propiedad de Santo Domingo y otras islas azucareras de las Antillas y vagos derechos (vendidos a partir de 1801) sobre una Luisiana que abarca todo el valle del Misisipí.

El crédito y la banca estimulan la euforia mercantil. El uso de la moneda se extiende, pero no elimina ni el trueque arcaico, ni el atesoramiento que retira de la circulación una parte del efectivo. El recurso al crédito se extiende, también, bajo las formas tradicionales de la usura como por el uso más frecuente de las letras de cambio. Se opera una innovación por la unión progresiva de la moneda al crédito que establece el punto de partida de los verdaderos bancos. No hace mucho, los banqueros desplazaban el dinero: de una moneda a otra, como cambistas; o de un lugar al otro, como pagadores asegurando el movimiento de los fondos y la compensación de los tratos entre los diferentes lugares. En lo sucesivo, llegan a recibir depósitos, a prestarlos y a extender sus préstamos mucho más allá de los depósitos cobrados. De esta manera, la moneda metálica de los príncipes y la moneda mercantil de las letras de cambio son respaldadas por una moneda de banco, con una elasticidad totalmente diferente, pero que es necesario aprender a dosificar. La experiencia lo enseña poco a poco, sin carecer de dificultades, algunas veces dramáticas.

8. EL EQUILIBRIO EUROPEO

El crédito a los estados se vuelve menos peligroso. Ha pasado la época en que los príncipes confiscaban algunas veces las riquezas de los mercaderes-banqueros. En cuanto a las bancarrotas públicas, se rarifican después del siglo XVI. Un príncipe o un Estado desfa-

lleciente se expondría de ahora en adelante a la desconfianza de
los bancos y de las nacientes casas de bolsa, no podría obtener
nuevos préstamos en Génova o en Amsterdam.

La producción enfrenta asimismo varias innovaciones, a medida
que el mundo mercantil y colonial se extiende. La agricultura
altamente productiva de Lombardía y de Flandes permanece excepcional hasta fines del siglo XVII, después de lo cual Inglaterra,
luego toda Bélgica, el norte y el este de Francia y Suiza conocen,
en el siglo XVIII, una profunda mutación de las costumbres culturales y de la ganadería [4, 338]. Además, la utilización de altos
hornos desde fines del siglo XV, desemboca en una multiplicación
de las fraguas y de las fundidoras en el siglo XVII y más aún en el
siglo XVIII, con la utilización del carbón de tierra.

Asimismo aumenta la artesanía. La seda, producida en Italia
desde el siglo XIV, llega a Lyon a principios del XVI. Los telares de
lujo hacen la gloria de París, Londres y Amsterdam. Los lienzos de
lana son producidos, en el siglo XVII, en una zona que se extiende
de la Picardía a la Renania y de Inglaterra a Suiza, zona en donde
el lino, luego, en el siglo XVIII, el algodón, adquieren una creciente
posición. Pero el principal cambio atañe al modo mismo de producción. Un poco por todos lados progresa la subordinación de las
actividades artesanales a un capitalismo mercantil que las domina,
sin transformarlas. Poco a poco, esta sumisión, de formal se transforma en real: de ahora en adelante el capital se invierte directamente en ciertas producciones. Financia los equipos, las materias
primas y los salarios y elimina a los maestros artesanos y sus
compañeros, lo mismo que a las corporaciones que los unían.

Por lo demás, las innovaciones monetarias y manufactureras no
deben ocultar lo que el mundo colonial y mercantil tiene aún de
arcaico y de heteróclito. El arcaísmo se manifiesta sobre todo en
las colonias en donde se prolongan o renuevan las formaciones
tributarias: éste es sobre todo el alcance de la encomienda española
y de su homóloga brasileña [11, 245]. En el siglo XVII, estas formaciones retroceden en provecho de las plantaciones esclavistas
—incluyendo sus excrecencias seudomanufactureras para el refinamiento del azúcar— o de las haciendas casi vasallistas, mientras en
la propia Europa, el vasallaje se extiende nuevamente, de Rusia a
Polonia y a las regiones del Danubio, en toda la zona drenada por
los hanseatos y los holandeses, para proporcionar cereales a Europa
occidental y mediterránea.

En esta última, por el contrario, retrocede el vasallaje. Le suceden formaciones latifundistas y explotaciones campesinas libres con más velocidad cuanto que la creciente demanda de las ciudades ofrece salidas rentables. Asimismo, el campesinado libre se despliega en ciertas colonias, sobre todo norteamericanas.

Así, las manufacturas realmente capitalistas, el artesanado masivo de la *manufactura dispersa* y las empresas extraordinarias que son entonces los bancos y las compañías coloniales-mercantiles se perfilan como excepciones potentes pero cortas, por encima de las inmensas masas del artesanado banal, de las vastas poblaciones campesinas europeas y de las formaciones más arcaicas de las colonias. Sin embargo en lo sucesivo una nueva lógica económica tiende a imponerse por todos lados.

En el mundo de la producción tributaria, el producto total se fragmenta en dos partes: lo necesario acordado a los propios productores y el tributo llevado a los príncipes, a los sacerdotes, a los soldados y a demás improductivos. Con los modos esclavista o vasallista, el reparto primario se vuelve tripartito: lo necesario permanece, pero el tributo se fracciona entre la propiedad y el poder, en renta o en impuesto, no sin infinitas variantes. En los antiguos mundos en los que se organiza de esta manera la producción, la única lógica de la economía es producir una gama de valores de uso, cuyo contenido varía además de un mundo al otro.

En los mundos mercantiles —y en los antiguos mundos suficientemente irrigados por el capital mercantil— la lógica económica en vigor participa en las viejas tradiciones del valor de uso, pero les adjunta, en dosis variables de un mundo al otro, nuevas consideraciones inspiradas en el valor de intercambio que se esboza en el comercio lejano y que contamina los intercambios locales. En el mundo colonial y mercantil de los siglos XV a XVIII, se acelera la transición del valor de uso hacia un valor de intercambio.

Dicho de otra manera, el mercado adquiere consistencia. No el mercado como plaza pública en donde se traban los intercambios locales, sino el mercado como sistema general de intercambios económicos debidamente monetarizados, que despliega libremente sus efectos. El mercado que se instaura en el siglo XVII en toda Holanda, si no es que todas las Provincias Unidas; que se extiende a todo el Reino Unido una vez que la unión de Inglaterra con Escocia (1707) haya creado la más grande zona de libre intercambio entonces existente. El mercado cuya abolición de los impuestos sobre las mercancías transportadas, los peajes y otras aduanas interiores permite retrazar los progresos.

El nuevo tipo de Estado que se esboza, hacia fines del siglo XV, en Inglaterra, en Francia y en España tarda en propagarse al resto de Europa, porque su progresión es frenada al principio por la multitud de ciudades autónomas y de principados italianos, alemanes o suizos que se derivan de ellas.

De estos diversos movimientos, el más original se observa alrededor de la ciudad de Amsterdam que domina su provincia de Holanda, esta última preponderante entre las Provincias Unidas, bajo un soberano que prefigura los monarcas constitucionales de los siglos ulteriores. Lo importante funciona con múltiples asambleas y según normas bien establecidas: el juego del contrapeso —*checks and balance*— del que con frecuencia se da el crédito a los países anglosajones fue inventado en Holanda. Pero sin lugar a dudas fue en Inglaterra donde se moderó más rápido el nuevo Estado aristocrático, cuando su autoritarismo se afirma en España y en Francia.

El nuevo tipo de Estado aristocrático presenta múltiples cualidades. Por su mayor influencia territorial y por su trabajo nacionalista sobre las provincias que reúne, transforma a los pueblos que controla. La dominación que ejerce asegura la cooperación del patriciado mercantil de las ciudades, de las compañías coloniales y de las jóvenes instituciones financieras con la nobleza terrateniente de los dominios latifundistas en donde el vasallismo cede el lugar a un campesinado libre.

Este Estado aristocrático es más denso que los principados anteriores. Su aparato se espesa. Además de un ejército permanente, y de una marina indispensable para los lazos imperiales, necesita de una justicia detallada que respalde, en apelación, a los magistrados de las ciudades y de los señoríos rurales, así como de servicios diversificados, alrededor de la cancillería central y de los ministerios que, pronto, se especializan. La recaudación de los impuestos y la gestión de los gastos públicos adquieren una importancia decisiva para asegurar la subsistencia de este aparato militar y modestamente burocrático.

El adelanto inglés en materia de presupuesto, de mercado, de manufacturas se acompaña por una clara transformación política. Después de la revolución de los años 1642-1660, la realeza británica pierde parte de su autoridad en provecho de un gobierno que un parlamento —desde luego censatario y mal elegido— controla cada vez mejor, de tal manera que la conversión progresiva del Estado aristocrático en un Estado aristocrático-burgués sería un hecho a partir del inicio del siglo XIX, si no fuera por las urgencias y el renuevo temporal de autoritarismo que provocan las guerras napoleónicas.

Cuando en el siglo XV se esboza el mundo colonial y mercantil, la península Ibérica cuenta con cinco estados, incluyendo Granada y Navarra; tres siglos después, no queda más que una España y un Portugal, de hecho sometido a España de 1580 a 1640; entonces: cinco estados reducidos a dos. Durante el mismo periodo, la reducción es de tres a uno en las Islas Británicas en donde Inglaterra, ya dueña del País de Gales, se anexa Escocia y coloniza Irlanda. En el siglo XV, la futura Francia cuenta con seis o siete estados principales que se reducen a la Saboya que perdura y a Francia que recoje todas las demás apuestas. En resumidas cuentas: quince estados del siglo XV reducidos a cinco potencias del siglo XVIII. Pero no sucedió lo mismo en el resto de Europa en donde Italia cambia poco, Alemania se reagrupa poco a poco, de los tratados de Westfalia (1648) al de Viena (1815) y en la que los príncipes y los imperios del norte y del este fluctúan, pero no desaparecen, salvo Polonia. La pluralidad de las potencias rivales y desiguales es pues la regla.

Guerreros, coloniales o fiscales, los recursos de los estados traducen bien la jerarquía de estas potencias. Sólo España, Francia e Inglaterra brillan constantemente en el mundo colonial y mercantil en el que Portugal y Holanda, después de haber tenido enormes éxitos, acaban por caer el uno y la otra bajo la influencia británica, en tanto que en el centro y al este del continente —en donde Turquía retrocede— se consolidan tres nuevas potencias en el siglo XVIII: Austria, Rusia y Prusia.

Entre estos estados y sus fluctuantes aliados se inventa poco a poco el juego de la báscula político-militar, llamado del *equilibrio europeo*. Se trata de apartar "el peligro de una monarquía universal o de un solo Estado que dicte sus leyes a Europa"; de edificar "un sistema de contrapesos"; de "no tolerar jamás que un solo Estado alcance un poder tal que la coalición de los otros no pueda resistirle" [2-I, 436]. Este *equilibrio europeo* sería el contrario exacto del *imperio central* de los antiguos mundos, si su búsqueda no fuese más que militar; pero presenta otros aspectos.

Tratándose de un mundo colonial y mercantil, adquiere evidentemente una forma económica cuya expresión son las políticas mercantilistas. Estas políticas tratan de mitigar el insuficiente desarrollo de la moneda y del crédito, prohibiendo en vano la exportación del numerario. Menos ingenuamente, se esfuerzan por maximizar a corto plazo la ganancia de los mercaderes y de los financieros al fomentar sus depósitos y sus monopolios, es decir al imponer, por medio de las Actas de la Navegación inspiradas en el modelo inglés, el monopolio de los barcos del país para los transportes destinados a este o partiendo de él. Por último, algunas veces intentan apresurar la formación de arsenales y de manufacturas, para alcanzar y competir con otras potencias. Así, una mezcla empírica de proteccionismo y de inversiones públicas prolonga las guerras, en el plano económico.

El *equilibrio europeo* no se parece a la lucha de todos contra todos, de la que Hobbes describe entonces los perjuicios. Es un juego de guerras, pero también de intercambios y de negociaciones, entre estados de los que cada uno se transforma en un islote de paz. Es, en resumen, un *concierto de las naciones* en el centro del nuevo sistema mundial. Pero ningún *concierto de los imperios* le hace eco, en las lejanas periferias en donde el juego de salto al burro colonial prosigue salvajemente.

El aparato político de los imperios coloniales es ligero, pero la dependencia que consagra no lo es. Mientras los europeos son solamente mercaderes preocupados por respaldar su comercio con sólidos puntos de apoyo establecen alianzas, de las que no resulta ninguna dependencia aparente, con comerciantes locales, llamados *compradores* por sus colegas portugueses. El mismo término designará más tarde a todos los colaboradores interesados de las potencias coloniales.

La dependencia es más clara, pero algunas veces disfrazada, en los protectorados, que van de la ayuda militar que los barcos mercantes proporcionan a veces a los príncipes locales, hasta la sumisión plena y total a ellos. La penetración inglesa en India presenta, en esta materia, toda una gama de variantes. Por regla general, los protectorados proporcionan a la potencia imperial el apoyo de los reinantes locales, cuyos privilegios consolidan. Algunas veces, también, llegan a la creación de nuevos señoríos o principados, para satisfacer las necesidades de una administración colonial que prefiere operar indirectamente, a la inglesa.

Las colonias propiamente dichas se visten de otra manera. Establecen localmente un tipo de calco del Estado metropolitano, a la manera de los virreinatos españoles en las Américas. Estos retoños de los estados aristocráticos están sometidos a la tutela de las metrópolis europeas, por lo menos cuando la posición de las compañías coloniales-mercantiles pierde su ambivalencia. Éste será el caso de las Indias inglesas, tras la *Regulating Act* de 1773 que establece un control directo del gobierno sobre la Compañía.

Se observan también otras formas, más originales, como las *reducciones* jesuitas, enclaves parecidos a las construcciones políticas de las órdenes militares de la Reconquista o de las cruzadas en el Báltico; así, también las comunidades de negros cimarrones —es decir escapados de las plantaciones, con o sin rebelión masiva— que se establecen a partir del siglo XVII, en las montañas de Jamaica o en tierras adentro de Bahía, en Brasil.

Pero la más rica de las innovaciones es sin duda la república campesina que trasplanta, a América del Norte, un modelo al principio surgido en Europa por la aglomeración de comunidades campesinas libres, enriquecidas por un poco de artesanía y algunas aldeas. Nada demuestra que haya habido una filiación directa entre las comunidades arcaicas de los Pirineos vascos, del Tirol o de los primeros cantones suizos con los vástagos norteamericanos, aunque la experiencia estadunidense de la Nueva Suecia y de la Nueva Holanda incitaría a buscar antecedentes frisones o normandos. De todas maneras, las colonias norteamericanas que no derivan hacia la explotación esclavista se transforman en el asentamiento de una evolución interesante, bajo la tutela forzosamente ligera de Londres o de Versalles. Su autoadministración vuelve a crear estas repúblicas campesinas en la débil federación de Estados Unidos que ha logrado su independencia.

Sin embargo, estos originales retoños, cercanos a la autonomía local más que a la soberanía de estado, no deben distraer de lo esencial. En América como en otras partes, los imperios coloniales difieren radicalmente de los imperios a la antigua, por su dispersión geográfica; por la clara diferencia de las estructuras políticas entre la metrópoli y sus dependencias; y por la pluralidad y lo disperso de sus posesiones.

Así, el nuevo mundo colonial y mercantil —que el capitalismo industrial pronto trastocará— transforma la escala y la estructura del sistema mundial: lo lleva virtualmente a las dimensiones de todo el planeta, pero aligera la pluralidad de los estados en el centro de este mundo, como la pluralidad de los imperios, en sus lejanas periferias.

9. OLAS NACIONALISTAS Y CRISIS RELIGIOSAS

Contaminada por el intercambio, la vida cotidiana se modifica poco a poco en Europa, empezando por las ciudades más ricas.

Marineros y peregrinos, soldados y estudiantes transmiten las novedades, seguidos, poco después, por los libros y otras hojas impresas. Estos movimientos de ideas, de hombres y de mercancías cruzan ciudades cuyo tamaño y número crecen y que agrupan a regiones más numerosas. Sus redes más apretadas se vuelven buenas conductoras del discurso social común.

El enriquecimiento de las redes de convivencia se atrasa, salvo en el oeste europeo y, más aún, en las lejanas colonias. Allá, los recién llegados imitan bien que mal las formas de sociabilidad de las metrópolis, pero, con el tiempo, sus sociedades se diferencian de los modelos europeos. La originalidad colonial de los siglos XVI a XVIII se observa sobre todo en la América azteca e inca en donde los supervivientes de las matanzas y de las epidemias del siglo XVI son sometidos a una perseverante evangelización, mientras que en los colegios a cargo de los religiosos se da instrucción a una parte de la juventud noble o mestiza. La lengua española margina a las lenguas indias. La cristianización del matrimonio y de los demás ritos temporales corrompe las antiguas costumbres, en tanto que la confesión cura las almas una a una [11, 168].

Los pueblos trabajados de esta manera resisten. Sus lenguas sobreviven y sus religiones contaminan al catolicismo reinante. Sin embargo, las epidemias, la trata y los reagrupamientos destruyen a las antiguas etnias y crean nuevas, produciendo el mestizaje en diversos pueblos, que incluye a los elementos que provienen de España.

Las identidades colectivas evolucionan de otra manera en la Europa de las dominaciones aristocráticas-nacionalistas. Los príncipes, comprometidos en las guerras del equilibrio europeo, desearían acabar con las facciones y las reformas religiosas que distraen sus ejércitos, desordenan sus regímenes tributarios y perturban su justicia, para consagrarse a los enemigos hereditarios de los que no carecen. En este turbulento contexto, el trabajo nacionalista no corresponde a un propósito bien claro, sino que resulta de iniciativas dispersas. Se esbozan nacionalidades entre las élites del poder, de la riqueza y del conocimiento, y llegan a las élites provincianas originadas en los pueblos todavía muy diversificados. Observado en su labor secular, este trabajo nacionalista es una especie de etnólisis: disuelve los pueblos, antes distintos, en provincias homogéneas cuyas clases superiores tienden hacia una nueva unidad, en la escala de un Estado agrandado. Etnólisis, entonces, porque la superación de las antiguas etnias se vive con frecuencia con una feliz indiferencia, sin que se alteren súbitamente los usos y los dialectos locales.

Este trabajo nacionalista se beneficia del respaldo de los nuevos aparatos ideológicos que empiezan a comunicar, en cada Estado, la lengua del rey más que el latín de los clérigos.

La imprenta, la edición y la librería —todavía mal separadas— no son los únicos aparatos mercantiles. Los preceptores domésticos ceden su lugar a los colegios. La Europa pensante se equipa con instituciones en las que se deteriora la escolástica medieval y en donde la ortodoxia religiosa pierde crédito.

Para las iglesias europeas, los siglos XVI a XVIII son un periodo tormentoso. La rica Iglesia católica, que había triunfado sobre muchas herejías en los siglos XIII a XV es sometida en lo sucesivo a asaltos más difusos. La riqueza de sus príncipes y la falta de cultura de muchos de sus clérigos suscitan tensiones que envenena la lectura de los Evangelios y del Antiguo Testamento. Se multiplican los proyectos de reforma, por iniciativa de Lutero (1517), de Zwingli (1523), de Calvino (1541) y de otros fundadores de iglesias disidentes. La Iglesia católica coordina sus reacciones en el concilio de Trento (1545). Sus represiones, con frecuencia confiadas a una Inquisición que había dado prueba de sus aptitudes en España, contra los marranos —es decir los judíos sospechosos de falsa conversión— se traducen algunas veces en expulsiones masivas: los moros andaluces, fieles al islamismo, son expulsados, en 1600, hacia el norte de África, privando así a España del 5% de su población. Pero la Iglesia romana se reforma, también: vigila más a sus sacerdotes y confía a la nueva orden jesuita la tarea de guiar a las clases superiores, en lo sucesivo menos incultas.

Guerras religiosas que podrían llamarse *civiles*, tanto como *inter-*

nacionales, desgarran a los estados que tratan de consolidarse en Europa, sobre todo Inglaterra y Francia.

Antiguas o reformadas, las iglesias se comprometen con ardor en la colonización. La conquista de América prolonga la Reconquista española y establece 32 obispados, supervisados por seis arzobispos y respaldados por varias órdenes misioneras. A partir del siglo XVI, se destruyen los templos paganos, a menos que sus pirámides sean coronadas con iglesias. La Inquisición hostiga la idolatría. La Iglesia de América es menos densa que la de España, puesto que, en 1800, emplea al 0.5% de la población de Perú y al 0.15% de México contra el 1.25% en España [11, 420], pero su influencia ideológica no por ello es menos decisiva. En los países en donde maneja la enseñanza se vuelve el principal prestamista de fondos, luego —por el cobro de sus fianzas— el principal hacendado y adorna todas las ciudades con maravillosas iglesias barrocas.

Poco evangelizadores, los portugueses favorecen sin embargo la instalación de una Iglesia brasileña del mismo tipo, pero la intervención holandesa obstaculiza su acción en las costas del noreste. Aquí, como en ciertas islas caribeñas, la colonización es impulsada por la compañía holandesa de las Indias *occidentales*. Prima de la célebre compañía de las Indias *orientales*, ésta recién llegada, creada en 1621, espera mezclar al comercio del azúcar y a la trata de esclavos, un ardiente proselitismo calvinista, pero la mezcla crea problemas. La compañía debe ser sacada de apuros a partir de 1667 y pronto no le queda más que Surinam y Curaçao en donde su tráfico se proseguirá sin celo religioso.

El proselitismo es más agudo en las colonias de América del Norte en donde diversas iglesias protestantes se reparten zonas de influencia bien delimitadas. Sólo la colonia de Penn —que se transformará en Pennsylvania— constituye, desde su origen, un espacio de tolerancia deliberada. Por lo demás, Estados Unidos se vuelve poco a poco un territorio globalmente abierto a todas las iglesias, pero atiborrado de estados, de condados y de ciudades en los que se organiza con firmeza la intolerancia.

Así, la hegemonía religiosa se conserva como la regla en el conjunto del mundo colonial y mercantil de los siglos XVI a XVIII, salvo en los raros espacios de tolerancia en donde el bien común de la ciudad domina sobre cualquier otra exigencia, aunque sea eclesiástica: algunas ciudades de la Hansa, ciertos periodos de la historia veneciana o genovesa y unas regiones de las Provincias

Unidas, empezando por Amsterdam en donde el calvinismo madura más ágilmente que en Ginebra.

Las mutaciones culturales que se operan en Europa, del siglo XV al XVIII, emanan de las élites de la riqueza, del poder y del conocimiento. Los que ejercen el poder del Estado, dirigen los aparatos de Estado, componen los aparatos ideológicos o viven familiarmente con los precedentes, suelen estar relacionados entre ellos por diversas formas elitistas de convivencia que los constituyen en una o varias redes secundarias, en la corte como en la ciudad y en todos los demás lugares en donde, lejos de las preocupaciones del trabajo productivo, los retienen actividades más refinadas.

Las redes secundarias que se despliegan al centro del nuevo mundo colonial y mercantil se distinguen de sus predecesoras por un efectivo quizá superior y que crece considerablemente durante el siglo XVIII. Al desbordar de las cortes principescas y de los hoteles patricios, se enriquecen con nuevas formas: academias, cafés, clubes, palcos, gabinetes de lectura, etcétera.

El movimiento iniciado de esta manera se desvía algunas veces por los tumultos de las reformas y de las guerras, pero no obstante se amplía. Los idiomas valorizados por el uso de las cortes y de las capitales reciben sus cartas de nobleza. El francés de la Pléiade y de Malherbe, el inglés de Shakespeare, luego de Milton, se unen al florentino de Dante y de Maquiavelo, el portugués de Camoens, el español de Cervantes y hasta el alemán de Lutero en la fila de los idiomas enriquecidos por obras maestras literarias y reglamentados por exigentes gramáticas. El latín de la Iglesia, arrinconado entre estas lenguas que son exaltadas por el teatro y la literatura y el griego resucitado por los editores filólogos, perdería todo prestigio si no fuera por Virgilio y Cicerón.

Como los hombres cultos, las ciudades se adornan con nuevos gastos. Los castillos dejan de ser concebidos como fortalezas. Las iglesias se inventan nuevos estilos. Los edificios burgueses de los oficios y de los patricios se embellecen. Las capitales se adornan con grandiosos palacios, imitados de Versalles, y las campiñas con villas paladinas que Inglaterra toma prestadas de Venecia.

En todas las redes secundarias de Europa, luego en sus prolongaciones americanas, la gente se transforma en *filósofo*, es decir llevado a los debates de ideas en donde se supone que la razón debe triunfar sobre la ignorancia, el prejuicio y sobre todo argumento de autoridad, en donde los escritos, a menudo venidos de París

—antes como después de la *Enciclopedia*— son ardientemente anali-
zados y en donde maduran los proyectos y las utopías como los
nuevos conocimientos. Los grandiosos textos que orquestan la
independencia estadunidense y las revoluciones europeas de los
años 1780 a 1800 resumen estos debates, los cuales se llevan a cabo
de ahora en adelante en la plaza pública.

La noción de civilización que corona el pensamiento del siglo,
no pierde sus ligas con las cortesías de la buena sociedad; sin
embargo se carga de un significado más global, para denotar el
conjunto de los procesos por medio de los cuales una sociedad
educa a sus clases más zafias o mejora otras sociedades todavía
bárbaras. La civilización se proclama ejemplar, generaliza la práctica de los soberanos europeos que, tras dos siglos, conceden cartas
coloniales disponiendo, por plena soberanía, de las tierras supuestamente *vírgenes* o *nuevas* de otros continentes.

10. LA ESTRUCTURA DEL MUNDO COLONIAL Y MERCANTIL

Las islas, las Indias, los mares del Sur: mientras Europa sueña con
los espacios que descubre y controla, se transforman sus propios
territorios. Las ciudades de por lo menos 5 000 habitantes reunían
un poco menos del 11% de la población total, en 1500; rebasan el
12% a partir de 1650, y se mantienen cerca de este porcentaje hasta
1800, cuando la población total aumenta considerablemente [4,
284]. Europa se vuelve por todas partes urbana, y Holanda rompe el
récord cuando la mitad de sus habitantes viven en la ciudad. Un
trabajo de Estado perseverante transforma los espacios así ocupados.

Desde un punto de vista económico, el cambio es muy claro. La
propiedad se decanta, se depura de sus recargos políticos. La
propiedad eminente de los soberanos pierde su fuerza, el feudo y
el conjunto de vasallos pierden su importancia, el suelo se vuelve
un mosaico de dominios cesibles, mediante un precio en el que los
economistas aprenden a reconocer una renta del suelo capitalizada.

Desde un punto de vista político, la apropiación y el recorte del
espacio adquieren también precisión. El control de un príncipe
sobre su territorio trasciende la propiedad en soberanía. Paralelamente, el poder vela a la continuidad de su territorio, con respecto
a los soberanos rivales que hacen lo mismo. El encaje comunal es

remplazado por un tablero de territorios con fronteras mejor marcadas, hasta sobre el terreno.

Por último, desde un punto de vista ideológico el espacio controlado por los estados cambia de naturaleza y de escala. Al espacio real del territorio existente —que se representa y se mide cada vez más seguido, por medio de mapas, de encuestas y de censos— se une poco a poco una especie de territorio imaginario que es el sistema de los intereses comunes de los súbditos de un mismo príncipe: los discípulos del renaciente derecho romano evocan a este propósito la *res publica*, en tanto que Inglaterra inventa la idea del *Commonwealth* para decir casi lo mismo.

De todas estas invenciones progresivas, la de más rico porvenir es seguramente la de las fronteras. Vauban alineando las ciudades fortificadas ilustra una etapa transitoria, en la que la frontera es una organización para los tiempos de guerra. La última etapa, la de los trazados lineales localizados sobre el propio suelo, acabará por ser vulgarizada por la Revolución francesa, en cuanto a sus principios, y por el Imperio napoleónico, en cuanto a sus trabajos prácticos. Pero los mares son libres, por no poder ser cercados. Esta tesis es evidentemente apoyada por las Provincias Unidas, que poseen la más poderosa marina del siglo XVII, pero Inglaterra se la apropia bastante rápido, al mismo tiempo que refuerza su flota y, poco a poco, los países con marinas más débiles se alían. Se acompaña de una casuística delicada acerca de la soberanía que se ejerce a bordo de los barcos, sobre todo cuando anclan en puertos extranjeros o están expuestos a los controles de un bloqueo.

El nuevo tipo de soberanía territorial que se afirma en Europa llega difícilmente a las lejanas periferias. Cuando los estados locales son lo bastante poderosos para exigir el respeto de los mercaderes venidos de Europa, éstos sólo logran incrementar sus primeros puntos de apoyo mediante la técnica capciosa del protectorado, que tiene un alcance territorial de lo más vago. La soberanía se afirma más claramente en los imperios conquistados por los españoles y en las tierras supuestamente vírgenes, en donde se instalan colonos europeos y esclavistas.

Aquí, la frontera se extiende como frente de ataque en donde los tramperos y los traficantes preceden a la colonización. Cuando, algunas veces, el límite lineal se crea, por ejemplo, para separar administrativamente colonias norteamericanas, no es raro que los trazados al cordel se alineen sobre algún meridiano [24]. Las fronteras a la europea, contorneadas por las guerras, serán casi desconocidas en el momento de las independencias americanas, incluyendo el imperio español en donde las subdivisiones administrativas se transformarán con frecuencia en estados.

Así, el mundo colonial y mercantil de los siglos XV a XVIII comprende finalmente dos tipos principales de territorios. En Europa todo tiende a hacer del reino un modelo preponderante, puesto que es el más grande de los territorios aptos para resistir a otros territorios, en el atormentado juego del equilibrio europeo. Del oeste al este, este modelo afirma sus características: una sólida red de ciudades mercantiles, administrativas y religiosas; una red reforzada de defensas militares y navales; un sustancial ejército permanente; un aparato administrativo detallado en el que el fisco y el juez empiezan a estar rodeados por otros funcionarios.

El imperio colonial comparte la estelaridad con el reino. Este territorio saca su originalidad de su dispersión. La dependencia colonial crea un nuevo espacio geopolítico en el que el reino colonizador se vuelve metrópoli ante sus colonias, no obstante que éstas se transforman, políticamente, en las posesiones de la lejana metrópoli. En un sistema mundial en el que prevalecen las zonas definidas por la interacción de los estados, el imperio colonial aparece como una forma específica, por su propia discontinuidad. Se define por lo que mantiene unidos sus elementos dispersos, por lo que concretiza espacialmente el dominio colonial y por lo que separa del resto del mundo a los elementos unidos de esta manera.

En el sistema colonial y mercantil, el lazo interno de cada imperio está constituido por una marina y por los muelles que la protegen. Mercantil y guerrera, la marina siempre está armada y atendida por los astilleros, arsenales y convoyes protectores que requiere. Las debilidades coloniales de Francia durante los siglos XVII y XVIII dependen esencialmente de las insuficiencias de sus flotas. España y Portugal disponen de marinas apenas más poderosas que la de Francia, pero sus posesiones bastante reunidas y sus posiciones marginales en las guerras europeas, compensan esta relativa debilidad.

Además es necesario que la marina esté respaldada por poderosos apoyos— y no sólo por la metrópoli. De las Indias a las costas norteamericanas, Inglaterra dispone entonces de muelles, menos poderosos que los de España en Cuba y en México, pero pronto superiores a aquellos de los que puede disponer Portugal. Por su lado, Holanda se apoya en el Cabo y se instala por la fuerza en Java. En cuanto a Francia, se distingue de las potencias coloniales menores, como Dinamarca o Suecia, por la construcción de apoyos que serían similares a los de Inglaterra, si no fuera por la guerra de los Siete Años que prácticamente la expulsa de India y por completo de Canadá.

El mundo colonial y mercantil está obsesionado por un doble movimiento de *territorialización*: en Europa, forma reinos; ahí donde Europa ha sido aceptada, recorta imperios. Movimiento esencial, puesto que este mundo es también en el que se define la *extraterritorialidad* de las embajadas y de los barcos, la que subraya los progresos de la territorialidad.

Por su génesis, el mundo colonial y mercantil parece ser un lazo de los mundos mercantiles del cual cada uno se enriquecería con posesiones coloniales. Pero la interconexión y la extensión de estos mundos producen considerables innovaciones. El volumen del comercio europeo se multiplica por un factor 1 000 en cuatro siglos. La producción agrícola y artesanal desemboca cada vez más en intercambios mercantiles. La agricultura comunal con renta monetarizada gana terreno, salvo en las plantaciones coloniales esclavistas y en las propiedades latifundistas y vasallistas de la periferia europea. Termina el reino del valor de uso, se anuncia el del valor de intercambio.

Las innovaciones coloniales completan estas innovaciones mercantiles. Las minas americanas colman a Europa de oro y plata. La trata se transforma en un comercio importante. Las colonias se agregan como posesiones que las metrópolis europeas organizan en imperios de un nuevo tipo. Los pueblos sometidos son dirigidos de cerca, pero gobernados de lejos, en beneficio de las clases dominantes que con frecuencia permanecen en la metrópoli. El comercio lejano se conjuga de ahora en adelante con un poder lejano.

La Europa de las metrópolis coloniales se afirma como un sistema de estados rivales a los que nuevas potencias complican más, de siglo en siglo.

En el corazón de estos estados, los pueblos europeos se transforman, también, tanto como cambia su vida. El comercio activa una circulación de productos y de ideas en la que se hilvana el exotismo. Las iglesias, aun católicas, se reforman, algunas veces sus fieles saben leer, sus libros sagrados se hacen la competencia. Por todas partes la coexistencia provincial triunfa sobre las diversidades étnicas mientras las élites esbozan nacionalidades más grandes.

Se crea una Europa de las Luces en la *buena sociedad* de las redes secundarias, pero los reflejos de este *Aufklärung* casi no salpican a los lejanos pueblos de las posesiones coloniales. Salvo las raras élites mestizas de América Latina y las muy raras mentes curiosas de Nueva Inglaterra, los pueblos coloniales padecen los manejos culturales que son, de hecho, los subproductos de las especulaciones mercantiles, de las tratas esclavistas y de los montajes políticos de los que son objeto.

Del siglo XV al XVIII, algo esencial cambió. La ciudad central de los mundos mercantiles es remplazada en lo sucesivo por un espacio central con una creciente especialización y múltiples mandos. Evidentemente es un espacio económico en el que reinan las finanzas desde Londres, después de Amsterdam y de Génova; pero en el que el negocio tiene diez puertos principales y en donde las artesanías rentables y las agriculturas modernas se extienden a diversas zonas. De otra manera es un espacio político en el que la nivelación europea no cesa de modificar el peso de las principales capitales. Luego, todavía de otra manera, es un espacio cultural en el que el papa de Roma pierde crédito en favor de las novedades en las que termina por sobresalir París, pero sin ningún monopolio. De tal manera que el mundo colonial y mercantil es, finalmente, el inventor de un abundante policentrismo, pero de extensión limitada. La pluralidad de los estados, la abundancia de las élites cultas y, sobre todo, la acumulación en diversas ciudades de riquezas que estados mercantilistas tratan de retener bajo su dominio, delimitan un *centro europeo* que, en lo esencial, cabe en el triángulo Londres-Amsterdam-París, aunque algunos de sus atributos sean observables en el casi cuadrado que delimitan Londres-Berlín-Nápoles y Madrid.

Así, el centro del mundo colonial y mercantil no ocupa más que una débil parte de éste. Más allá se extienden amplias periferias, nada homogéneas. En Europa, las regiones que Braudel llama *segundas* y que Wallerstein considera como *semiperiféricas*, no difieren del centro más que por aislamientos aún reducidos: menos ciudades, menos intercambios, más producciones arcaicas, menos centros culturales; pero, en resumidas cuentas, nada comparable a los crecientes aislamientos que el capitalismo creará en el siglo XIX. Lejos de Europa, las diferencias con el centro son más variables. La riqueza de las Américas o de la India es comparable a la de muchas sociedades de la periferia europea. Sólo las dos extremidades de la trata esclavista —África y las plantaciones— imponen a masas de hombres una miseria evidente.

En este espacio jerarquizado, se afirman nuevas temporalidades. Desde luego, las epidemias y las hambrunas continúan interrumpiendo, en catástrofe, la historia de muchos pueblos; pero estos gajes pierden su frecuencia y su vigor en Europa. Se dibujan nuevos ritmos que ya no dependen de los riesgos naturales, sino que resultan de la estructuración de las propias sociedades. Con la pluralidad de los estados, Europa se vuelve el teatro de una *situación* política, en permanente evolución. Por su parte, la abundante actividad de las élites acaba por ordenarse en una *actualidad* cultural. Por último y sobre todo, la vascularización mercantil que desborda de las ciudades hacia sus campiñas, multiplica a tal punto los intercambios, que una verdadera *coyuntura* económica empieza a hacer sentir sus fluctuaciones.

Coyuntura económica, actualidad cultural, situación política: bajo estos tres ángulos, el mundo colonial y mercantil manifiesta, en su propio corazón, que es un mundo *orientado* hacia una gama de porvenires menos aleatorios que antes. En el antiguo mundo que soñaba con el eterno retorno de las cosas sublunares, el mundo colonial y mercantil sustituye a un sueño de progreso que idealiza indebidamente su realidad. Los múltiples dinamismos que lo obsesionan no ocasionan un adelanto racional hacia un porvenir radiante, pero modifican las condiciones del equilibrio y de la reproducción del sistema mundial.

Después de todo, puede sorprender que la extroversión de un sistema colonial y mercantil de alcance virtualmente planetario, tenga por único centro Europa, puesto que varias regiones de Asia parecieron presentar, a partir de los siglos XIV y XV, condiciones igual de favorables. De los confines árabe-pérsicos a las penínsulas indochinas y a las islas de la Sonda, los sistemas mercantiles, a menudo autónomos y diversamente unidos por sus bordes, fueron numerosos y muy activos, del siglo XV al XVII. Las actividades artesanales casi por todas partes acompañaron a este comercio, sobre todo en la desembocadura de los grandes ríos de India.

Braudel sugiere con frecuencia que el principal déficit asiático se situó en la etapa de lo que llama *capitalismo* y que es, en realidad, la actividad del gran negocio, de la banca y de la bolsa. Subraya este déficit para India [10-II, 102] como para China [*ibid.*, 113], pero Turquía, Persia y Asia del sudeste no están mejor favorecidas. En todo caso, si se le sigue en este punto, se confundiría el efecto con la causa: el capital mercantil se enriquece con prácticas financieras sofisticadas, cuando ya ha tomado su impulso hacia la sumisión formal de la artesanía, la multiplicación de las plantaciones y el control de posesiones coloniales con fines productivos, tanto como mercantiles.

Braudel es más convincente cuando evoca "la administración imperial" que, en China, "bloqueó toda la jerarquización de la economía" [10-II, 113] y la "máquina pesada, pero eficaz" que el imperio mogol recobró, en India, del sultanato de Delhi [10-III, 441].

La extensión del nuevo mundo impulsada por Europa no encontró más que un solo obstáculo duradero: los imperios centrales de los antiguos mundos. Obstáculo duradero, pero sólo algunas veces, porque los débiles imperios de África y de las Américas fueron fácilmente dominados, así como los pequeños imperios y reinos entre India y China lo fueron en la medida en que su lenta destrucción se consideró interesante. India misma ofreció más botines que resistencias, no obstante el reciente poder del imperio mogol. Los holandeses actuaron de la misma manera en Java en donde anclaron su imperio.

Pero otros antiguos imperios supieron resistir. Así, en varias ocasiones Turquía prestó refuerzos a los despachos y a los emiratos árabes del este africano y del oeste indio, en tanto que Persia se benefició de las rivalidades entre ingleses y rusos. En todo caso la resistencia más fuerte se manifestó en el Extremo Oriente.

China, es cierto, está en sus mejores condiciones hacia fines del siglo XVIII. La sangría del siglo XVII —durante la cual la conquista manchú acabó con una sexta parte de la población [30, 172]— está más que compensada, ya que el espacio chino incluye en lo sucesivo Mongolia y Manchuria, así como el Tíbet y Xinjiang.

Ahora bien, esta China mantiene a los europeos en recelo. La corte imperial se enfrenta a la suerte que le corresponde en Filipinas y la conquista que cercena al imperio mogol.

El imperio japonés es aún más desconfiado. Después de haber expulsado a los misioneros cristianos, se cierra a todos los extranjeros (1639). La única excepción es la bahía de Nagasaki en donde algunos juncos chinos y dos barcos holandeses pueden venir a traficar, cada año, en el islote de Deshima.

LOS ÚLTIMOS ANTIGUOS IMPERIOS

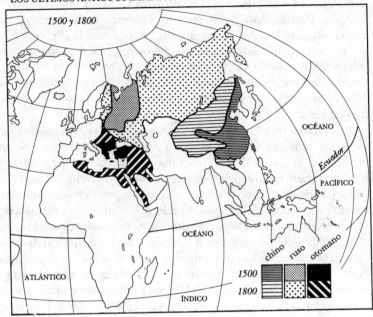

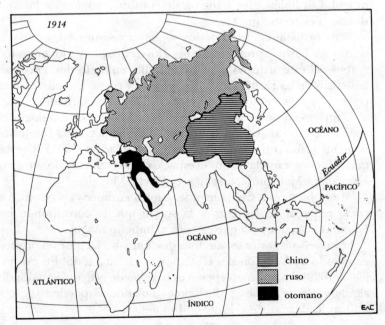

En Asia, que se crispa de esta manera, los antiguos mundos sobrevivientes pierden mucho de sus características. Los imperios centrales ya no tienen periferias. Se unen por sus bordes y sobreviven como las afueras molestas de un nuevo sistema social que, pronto, los absorberá.

Después de todo, la situación es la misma en la inmensa frontera continental que separa la antigua Asia de la nueva Europa. Turquía y Rusia se disputan el oeste de esta zona, en tanto que Rusia y China terminan por compartirse los sectores orientales.

Rusia sería de Asia y de modelo antiguo si no fuera por su inserción en los complejos juegos del *equilibrio europeo* y al ser penetrada por el capitalismo europeo. Durante su vida, Marx dudará entre los dos términos de esta contradicción, denunciando primero la potencia reaccionaria del zarismo, antes de insistir en el potencial revolucionario de una Rusia en la que lo arcaico y lo moderno se casan extrañamente.

4

EL MUNDO PRESA DEL CAPITALISMO
(Del siglo XVIII a 1914)

11. LA REVOLUCIÓN INDUSTRIAL CAPITALISTA

En el siglo XVIII, en Inglaterra, las minas, las manufacturas y los astilleros se vuelven ávidos de novedades rentables. Primer símbolo de esta nueva era, la máquina de vapor desagua las minas, anima las hilanderías, se transforma en locomotora y caldera de barco. La producción del carbón —su combustible, pronto único— mide los progresos de la industria. Hasta 1913, aumenta 4% por año.

La mercancía que abunda al salir de las industrias siempre mejor equipadas disimula el carácter esencial de la revolución que se lleva a cabo: no es ni mercantil, ni industrial, ni técnica, sino, ante todo, capitalista. Después de Smith y Ricardo, Marx claramente desmontó los resortes. El enorme crecimiento de la producción surge de la unión del capital invertible y del trabajo asalariado, luego de la reproducción, siempre incrementada, del capital adicional que esta unión procura.

Desde hace mucho existen los trabajadores, libres de toda servidumbre personal, pero desprovistos de tierras y de herramientas —y entonces dispuestos al salariado—, como jornaleros, soldados y vagabundos o, en el mejor de los casos, como mano de obra para la artesanía y la tienda. El aumento de la renta de los bienes raíces que procuran la mayor demanda urbana y el mejoramiento de la productividad rural, incita en lo sucesivo a aligerar las campiñas de los brazos excedentarios. Las tradiciones familiares y pueblerinas que exigían hacer lugar para todos, caen en desuso, por necesidad.

Por su parte, los capitales listos para ser invertidos en construcciones, máquinas, existencias y salarios, se vuelven menos raros a medida que la producción manufacturera, luego fabril, se revela más rentable que el comercio lejano, por no decir más honorífica que los bienes raíces. Las jóvenes industrias no exigen entonces, es cierto, más que muy pocas inversiones: 1% del PNB anual para equipar la textil, 2% para dotar la siderúrgica, ya más pesada. Una vez iniciado, el proceso capitalista se alimenta con su propio plusvalor.

El capitalismo se extiende como mancha de aceite. Al viraje del siglo XIX, este modo de producción venido de Inglaterra está presente en Bélgica, en Francia y en Suiza. A mediados del siglo, se extiende a Estados Unidos tanto como a Alemania y al imperio austriaco. Con frecuencia precedido por el riel, llega después a España, Italia y Rusia. Hacia finales del siglo, se instala en Escandinavia, toma una enorme amplitud en Estados Unidos, penetra Canadá y diversos países de América Latina y arrastra a Japón hacia una renovación a marchas forzadas.

PRODUCTO NACIONAL BRUTO POR CABEZA
(en dólares y precios estadunidenses de 1960)

Años	Europa occidental	América del Norte	Japón	Europa oriental	Resto del mundo
1800	215	239	180	177	188
1913	693	1333	310	412	175

Tomado de: 5

El capitalismo es un poderoso productor de riquezas, pero también de desigualdades. Bairoch midió sus efectos reales, para el conjunto del siglo XIX, dividiendo el mundo en cinco zonas y utilizando filtros estadísticos que eliminan tanto como sea posible los parásitos debidos a las fluctuaciones de los cambios y de los precios.

Al principio del siglo —salvo la ventaja económica de los colonos estadunidenses, desprovistos de propietarios de bienes raíces y poco competidos por las plantaciones esclavistas— las diferencias son débiles, aunque Europa occidental haya iniciado ya su desarrollo capitalista. En 1913, la diferencia es de casi 1 a 8, entre un *resto del mundo* en el que vive el 68% de la población planetaria y una América del Norte en donde la penetración estadunidense se vuelve patente. Pero se esbozan netamente el despertar de Japón y la progresión diversificada de Europa.

Desbordando de las zonas que industrializa, el capitalismo hace del mundo un inmenso mercado en el que se multiplican los negocios y las casas de bolsa. A medida que los estados despejan los obstáculos que entorpecen los intercambios, convierten sus territorios en *mercados nacionales*. Contenido o estimulado, el comercio exterior adopta los caminos abiertos por el capital mercantil y abre nuevos. La exportación de cotonadas y de rieles proporcionan de ahora en adelante más beneficios que la importación de especies y de sederías. En reciprocidad, los minerales y los víveres inspiran una ecuación simplista: productos industriales de Europa contra materias primas y alimentarias de los demás continentes.

Excepto el imperio británico, el comercio con las colonias es mediocre. Alemania y Francia ilustran este punto, la primera efectuando, de 1890 a 1914, más del 75% de su comercio exterior con Europa misma, la segunda al no realizar con sus colonias de 1913 más que el 10% de sus intercambios fuera de la metrópoli [9-II, 224]. Así, los intercambios progresan en tres círculos bien jerarquizados: para lo esencial, en el corazón de cada mercado nacional; a título complementario, entre los mercados nacionales de los propios países capitalistas; por último, a título subsidiario, entre metrópolis y colonias.

En el siglo XIX, el incremento en la reproducción del capital no puede operarse sin desproporciones anárquicas. Las empresas trabajan para un mercado cuya demanda desconocen, puesto que todas las grandes fábricas textiles inglesas tienen menos de 300 asalariados. La producción se entorpece de vez en cuando en una sobreproducción, para la cual entonces no se conocen más que dos remedios: conquistar nuevas salidas o reducir los costos de producción. Así se encadenan las crisis cíclicas.

La disminución de los costos de producción adquiere formas brutales en las fábricas del siglo XIX. Se trata de incrementar la duración y la intensidad del trabajo y de reducir los salarios, por medio de la contratación de niños y de mujeres lo mismo que por la disminución de las tasas ofrecidas a los hombres adultos. Así, el valor producido se divide entre los magros sueldos y un excedente que se fragmenta en impuestos, deducciones de la autoridad, y en seudoprecios: rentas de bienes raíces envueltas en los precios de las materias primas y la renta de los inmuebles; beneficios comerciales disfrazados de comisiones y corretajes; agios, intereses y demás precios del dinero; y, como saldo, beneficios industriales, que la distribución de dividendos disfraza en el precio del capitalacciones, a menos de que se pongan en reserva para el autofinanciamiento, es decir para la reproducción del capital en función en las empresas.

De todos estos movimientos de los que Marx detalla el análisis, el más rico en efectos, en cuanto a la estructura del sistema mundial, resulta del juego nacional e internacional del valor del intercambio. En cada mercado nacional, el valor producido depende fundamentalmente del tiempo de trabajo invertido por el conjunto de los productores, en las condiciones sociales promedio de producción. Las empresas que se activan en condiciones superiores al promedio, gozan de una rentabilidad suplementaria, en tanto que a la inversa, las empresas con retraso sobre el promedio son penalizadas por este hecho. La quiebra de los rezagados y la preferencia de las nuevas inversiones para las empresas más rentables o para los nuevos sectores de actividad desplazan sin cesar las condiciones sociales promedio de la producción, en el interior de cada mercado nacional. Cada uno se ve sometido así a su propia ley del valor, que es tanto más eficaz cuanto que los obstáculos internos al desarrollo de los intercambios y del capitalismo están suficientemente despejados. Por el contrario, pueden subsistir desniveles locales o sectoriales, por el efecto de las aduanas interiores, de las tradiciones restrictivas, de corporaciones aún poderosas, de antiguas escalas de precios o de salarios que han permanecido vivaces, etc. La lógica del valor de intercambio tiende no obstante a limar estas diferencias, es uniformadora.

Pero, en el orden internacional, esta lógica se enfrenta a la diversidad de las herencias históricas, de una sociedad a la otra, y a la pluralidad de los estados soberanos que las dominan. A partir de entonces, la ley del valor tarda en unificarse en la escala del capitalismo mundial. Los desniveles entre los diversos cantones nacionales del mercado mundial provocan un *intercambio desigual* descrito por sus síntomas —desigualdades de salario, de los niveles de vida, etc.— pero raramente analizado en relación con sus causas.

De hecho, la eficacia del capital invertido en un país dado y del trabajo que lo pone en práctica resulta de dos series de condiciones cuyos efectos entremezcla la producción corriente. La primera serie depende de las propias empresas capitalistas: de la calidad de su capital fijo y de su organización del trabajo, como de la intensidad de la explotación que practican. La segunda serie de condiciones se determina fuera de las empresas, pero sin embargo pesa mucho en la fijación y en la evolución de las *condiciones sociales promedio de producción* para un país dado: es el sistema de las cualidades instiladas en la fuerza de trabajo por la formación que recibió y de las comodidades facilitadas por los equipos públicos que aseguran los transportes, las comunicaciones y otras externalidades favorables a la eficacia de las empresas.

En la raíz del *intercambio desigual* entre los diversos mercados nacionales, se descubre entonces una realidad no mercantil. Es la riqueza antigua, ya acumulada en equipos públicos, en medios de formación, en niveles culturales adquiridos por la fuerza de trabajo que mantiene esta desigualdad, al casarse con la producción de empresas cuyo capital fijo, tiene él mismo una edad técnica diferente, de un país al otro.

La desigualdad es particularmente sensible en materia bancaria. En los principales países capitalistas, la moneda adicional proviene en parte de los bancos de emisión que reciben del Estado un monopolio explícito —aunque Suiza y Estados Unidos no reconocerán esta necesidad más que a principios del siglo XX. En efecto, es importante fortalecer la confianza del público en los billetes de banco que desmultiplican los fondos del banco de emisión.

En los intercambios entre industriales y negociantes, la vieja moneda de los mercaderes —es decir la letra de cambio— se conserva preponderante. Su descuento hace florecer, en todas las ciudades activas, bancos locales, que presentan después las mejores letras de cambio para un redescuento con el banco de emisión. Pero Inglaterra, pronto imitada en el continente, crea nuevos bancos para reunir los depósitos de los particulares y de las empresas, descontar las letras de cambio y operar en la bolsa. Las múltiples agencias de estos bancos comerciales dominan los bancos locales y relegan a segundo plano la antigua *Alta banca*, especializada en los préstamos a los estados y en las operaciones bursátiles. Los bancos comerciales se transforman entonces en los cajeros de las empresas, a mismo tiempo que acostumbran a las burguesías a las operaciones bancarias y bursátiles.

Londres reina en la cima de la jerarquía bancaria al asegurar el descuento y el cobro de una parte esencial del comercio internacional. Su función resulta de la preponderancia del comercio británico. Otros bancos europeos y, a fines del siglo, estadunidenses, participan asimismo en este tráfico mundial, pero en segunda posición. La libra esterlina es la divisa clave, la que los bancos centrales empiezan a guardar, como reservas, a mismo título que el oro. En todo caso, este último conserva su prioridad en los diversos países en los que sigue en vigor la convertibilidad en oro de los billetes de banco.

A lo largo del siglo, llegan a ser abundantes los movimientos internacionales de capitales. Las operaciones a más largo plazo incluyen pocos créditos bancarios. Son transferencias de capitales destinados por las empresas capitalistas a la creación de subsidiarias industriales o comerciales, en el extranjero. Aún con más frecuencia son transferencias de capitales reunidos por emisión de acciones o de obligaciones, en las bolsas de Londres, París y otras plazas, por cuenta de sociedades o de estados extranjeros.

Los capitales exportados durante el siglo XIX sirven a medias para financiar ferrocarriles, puertos, canales y otros equipos públicos; las minas, las plantaciones y, más raramente, las empresas industriales reciben apenas un tercio del capital y el saldo se dispersa en instalaciones comerciales, bancarias y de otro tipo.

Hacia 1913, en Inglaterra, la inversión necesaria, en promedio, para cada puesto laboral, se reparte entre 6 y 13 meses de salarios, según las ramas, cuando a principios del siglo XIX equivalía aproximadamente a cuatro meses. Este entorpecimiento se acompaña por una transformación estructural de las empresas, por la asociación de los capitalistas en *sociedades anónimas*, luego por la formación de *grupos* de sociedades anónimas, bajo el báculo de una *sociedad matriz*. En estos grupos, a menudo están presentes los bancos, como socios predominantes o como observadores.

12. REVOLUCIÓN DEMOCRÁTICO-BURGUESA E IMPERIOS COLONIALES

El capital industrial y financiero trastorna las economías europeas, pero no sin retraso. La artesanía persevera al lado de la industria. El capital mercantil pierde el control del gran negocio y de la banca, pero se desarrolla en una posición inferior, pues el siglo XIX es la edad de oro del comercio. En el corazón de Europa, los modos de producción latifundista y campesina continúan compartiendo las campiñas en donde el capitalismo tarda en penetrar.

El capitalismo altera las formaciones comunales-mercantiles, pero a costa de sobresaltos políticos. Inglaterra anula las leyes protectoras de la propiedad de bienes raíces —las *corn-laws*— apenas en 1846. Las revoluciones de 1830 y de 1848 ayudan a liberar un capitalismo francés que se desarrolla bajo un Segundo Imperio. En Alemania y en Italia coinciden el camino del capitalismo y el de la unificación nacional.

Las transformaciones económicas son continuas, las mutaciones políticas son más bruscas. La revolución democrático-burguesa progresa a saltos y retrocesos, como antes la revolución comunal (núm. 6). El adelanto político de Inglaterra, adquirido en el siglo XVII, acaba con la Revolución francesa que estorba al equilibrio europeo. Se requiere tiempo para que se establezcan nuevas dominaciones liberales-burguesas en las que los sujetos se transformen en ciudadanos y electores, en donde la libertad de asociación y de religión se consolide y en la que la monarquía ceda finalmente su lugar a las instituciones republicanas. Una buena parte de este camino es recorrido, desde antes de 1875, en todo el centro europeo, pero no en sus periferias.

En efecto, los grandes propietarios con pretensiones nobiliarias siguen siendo poderosos, de España y del sur italiano hasta Escandinavia, pasando por los imperios austriaco y ruso en donde persiste el vasallaje. No obstante las olas de 1848, los estados aristocráticos de esta Europa periférica tardan en convertirse al modelo aristocrático-burgués inventado por Inglaterra a partir del siglo XVIII.

Al otro lado del mar, el contraste es aún más grande. En Estados Unidos, los campesinos y los comerciantes avanzan hacia el oeste, en detrimento de las tribus indias, pero no se establecen rápido. Los mandatos de 1787 y de 1854 que reglamentan la concesión de las tierras, ofrecen lotes poco onerosos, revendidos a menudo por colonos más especuladores que agricultores [24]. La movilidad obrera no es menor, por mucho que el oeste, la artesanía y el comercio ofrezcan posibilidades y espejismos. Sin embargo, el inmenso mercado norteamericano y la diversidad política de los estados, bajo una lejana federación, dan libre curso a un poderoso capitalismo, que copia los productos europeos antes de hacerles competencia y que se concentra en grupos tan poderosos que, a inicios del siglo XX, la federación debe moderar por medio de algunas leyes anti-*trusts*.

La organización política de Estados Unidos es igual de contrastada. Su federación se consolida a principios del siglo XIX, pero casi no extiende sus capacidades, de tal manera que esta república burguesa coordina una colección de estados semiautónomos, dominados unos por una aristocracia esclavista o un patriarcado mercantil y burgués, los otros por los representantes de clases más modestas, a semejanza de las repúblicas campesinas. Además, el mosaico político de Estados Unidos perjudica la maduración del movimiento obrero al que fragmenta.

Los otros retoños europeos con dominante anglosajona parecen un Estados Unidos obstaculizado, en cuanto a lo que se refiere a su desarrollo económico.

La independencia de las antiguas colonias latinoamericanas, salvo las islas del Caribe, es más antigua. Se adquiere durante los años 1820-1825, por ruptura con las metrópolis, pero sin redistribución de las tierras y sin conversión de los indios y de los esclavos en ciudadanos libres. Brasil será uno de los últimos países en abolir la esclavitud, en 1888. Siguen predominando las grandes propiedades, explotadas por aparceros o peones. La supresión de las manos muertas eclesiásticas no modifica nada: así, no obstante la Reforma de 1860, los nueve décimos de las tierras fértiles de México son latifundios. La gran propiedad obtiene aun terreno en las ganaderías de la pampa argentina en donde, de 1876 a 1903, mil ochocientas personas se apropian de 40 millones de hectáreas [11, 297]. De Brasil a Guatemala, las plantaciones se reparten a medida que el mercado mundial ambiciona sus productos. México en donde, a partir del siglo XIX las minas y las manufacturas producen casi el 40% del PNB [10-III, 361] es, entonces, una excepción. Tan desarrollado como muchos países europeos, domina en una América Latina en la que la industria no progresará hasta los años de 1880, alrededor de tres polos: Monterrey (México), Medellín (Colombia) y São Paulo (Brasil) [11, 322].

Dominada por sus propietarios de bienes inmuebles, por los compradores que se enriquecen con las exportaciones y por los notables de algunas profesiones liberales, la América Latina del siglo XIX está dividida entre estados aristocráticos, moldeados en las antiguas subdivisiones coloniales y dirigidos por notables con pretensiones militares, los caudillos, a los que expulsan los frecuentes golpes de Estado. Los estados más modernos, de tipo aristocrático-burgués no adquieren forma más que hasta fines del siglo, en las sociedades en las que, a semejanza del México de Porfirio Díaz (1876-1910), el ferrocarril y la industria dan vigor a una joven burguesía. Pero sólo en los países en los que la inmigración europea se vuelve masiva, se esbozan repúblicas burguesas, a principios del siglo XX, sobre todo en Chile y en Uruguay. Observada desde Buenos Aires, Argentina parece, también, convertirse en una república semejante, pero todavía no es más que un barniz —una *forma de régimen*. En este país en el que progresa la gran propiedad, la revolución democrático-burguesa sigue inacabada, como en casi toda América Latina, no obstante la Revolución mexicana de 1911.

Japón muestra cuánto pueden relajarse los lazos entre la revolución democrático-burguesa y la revolución industrial capitalista. Este país brinca de una formación semivasallista hacia un rápido desarrollo capitalista, metódicamente impulsado por el Estado, tras una crisis política (1868-1870) que desgarra su clase dirigente y la abre a nuevas influencias mercantiles y militares que el capitalismo complicará poco a poco. Así, su Estado aristocrático se transforma, más lentamente que en Rusia o en Brasil, en un Estado aristocrático-burgués; se precipita hacia la modernización industrial, militar e intelectual, para escapar de la casi colonización que lo amenaza, tras su fractura comercial.

Japón es una excepción. Todos los demás países de Asia que escapan de una colonización formal lo deben a las rivalidades de los potenciales colonizadores. El Imperio otomano, Persia, Afganistán y Siam conservan así una precaria independencia, combinada con un mediocre o nulo celo modernizador.

La situación en la inmensa China es bastante similar. Las dos guerras del opio (1842 y 1860) abren a este producto de la India inglesa una salida rentable, pero no permiten renovar los resultados del siglo anterior, por una lenta destrucción del Imperio chino, pues este viejo imperio unificado, acosado por múltiples pretendientes europeos, estadunidenses y japoneses, les opone una enorme inercia.

Ninguna potencia escapa de la tentación colonial. Así después de 1896, Estados Unidos despoja a España de Cuba, Puerto Rico, Hawai y las Filipinas, en tanto que Japón, ya dueño de Okinawa desde 1879 y de Taiwán desde 1895, agrega, en 1905, algunas bases manchús tomadas a los rusos y, en 1910, toda la península coreana. En 1914, los imperialistas europeos, estadunidenses y japoneses se distribuyen todo el planeta.

El mundo capitalista del siglo XIX transforma el equilibrio europeo en un nivelamiento mundial, igual de conflictivo.

Inglaterra se aprovecha de las guerras continentales de los años 1792-1815, para saquear algunas colonias aisladas de sus metrópolis —como el Cabo— y para perfeccionar su policía de los mares. Las campañas contra la trata esclavista le permiten visitar los barcos, entre 1840 y 1870. El joven Estados Unidos va más allá: la doctrina enunciada por el presidente Monroe, en 1823, busca proteger de la Santa Alianza de los monarcas europeos, a los nuevos estados independientes de América Latina. Inglaterra evita este obstáculo por medios comerciales y bancarios que garantizan su influencia hasta que Estados Unidos haya adquirido suficiente poder.

Esta subida se acelera cuando Texas, un tiempo independiente (1835-1846), se une a la federación norteamericana, poco antes de que una guerra despoje a México de casi la mitad de su territorio. Veinte años después, Rusia cede, por 7 millones de dólares, Alaska y el norte californiano que ocupaba, permitiendo así que Estados Unidos se extienda del Atlántico al Pacífico.

En Europa, la potencia ascendente de la segunda mitad del siglo XIX es Alemania. Hereda la función del principal perturbador, hasta hace poco perteneciente a Francia y antaño a España [1, 69]. Su preponderancia continental se manifiesta durante las conferencias de Berlín sobre las cuestiones balcánicas (1878) y africanas (1884-1885).

Sin embargo, lo inesperado viene de muy lejos. La guerra de Secesión estadunidense (1861-1865) y la Revolución mexicana que se inicia en 1911 son ignoradas por Europa, no obstante los estragos que provoca el armamento industrial. Por el contrario, el recién llegado japonés que inflige una grave derrota terrestre y marítima al imperio ruso, sorprende a una Europa en donde se propaga rápido el mito de la *amenaza amarilla*.

Así, el mundo capitalista produce un nuevo tipo de imperialismo, radicalmente diferente del antiguo imperialismo generador de bloques mecánicos de pueblos (núm. 3). Mientras que son abrogados los derechos de aduana sobre los trigos importados (1846), Inglaterra se vuelve adepta de un libre intercambio al que se unen Bélgica, Holanda, luego Francia (1860) y algunos otros estados. En Asia, este libre intercambio es impuesto a China, mientras que, en la mayor parte de las colonias, el comercio se reserva a las metrópolis. En América, las luchas del *partido europeo* libre intercambista y del *partido estadunidense*, tan proteccionista como el propio Estados Unidos, llenan todo el siglo XIX.

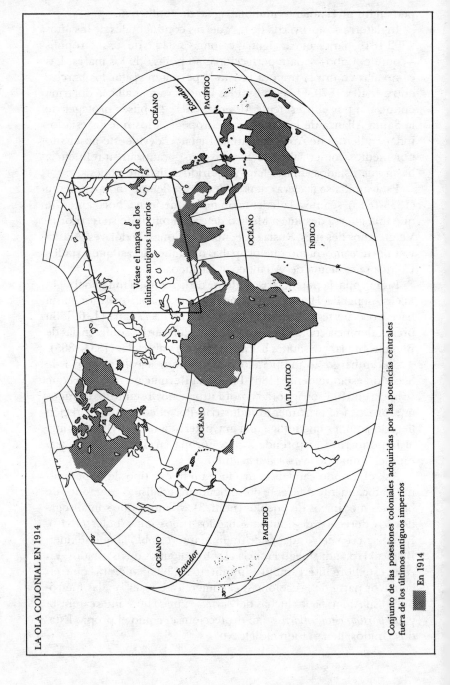

LA OLA COLONIAL EN 1914

Conjunto de las posesiones coloniales adquiridas por las potencias centrales
fuera de los últimos antiguos imperios

En 1914

El primer competidor del libre intercambio es la unión aduanera que permite a las jóvenes empresas capitalistas activarse en un *gran territorio económico* [18, 445]. Alemania, del *Zollverein* de 1834 al imperio de 1871, da forma a un territorio de este tipo, así como Italia en vías de unificación y los imperios austriaco y ruso. Estados Unidos depende evidentemente del mismo caso. El *gran territorio* es benéfico sobre todo cuando, según los consejos de List, impone *derechos educativos* [18, 411], que protejen a las poderosas industrias hasta que logran ser aptas para competir en el mercado mundial. Alemania y Estados Unidos hacen prueba, a este respecto, de una tenacidad que sólo rebasará Japón: desarrollan su propio capitalismo, en contracorriente con el mercado mundial entonces dominado por Inglaterra.

A medida que la concentración del capital forma grupos industriales o financieros bastante amplios para concebir una estrategia internacional, la política económica de los estados cambia de sentido. Anteriormente, estas elecciones podían ser influidas por las opiniones industriales colectivas —según el ejemplo de la industria textil de Manchester solicitando la libre importación de trigo— o por maniobras sectoriales, como las de los bancos, ávidos de agios sobre la exportación, o de las siderúrgicas, colocadoras voluntarias de rieles en todos los países. En lo sucesivo, estas presiones se complementan con objetivos mejor orientados: tal grupo enfoca tal proyecto en tal país e intenta encontrar, con tales ministros y tales aparatos de Estado, los apoyos necesarios para sus empresas. Recíprocamente, los ambiciosos estados encuentran en su seno —o constituyen, al estilo japonés— grupos bastante poderosos para cooperar en los fines que conciben sus diplomáticos o sus estados mayores. El imperialismo moderno puede entonces desplegarse.

Las políticas practicadas por los estados en todos los campos ricos en incidencias económicas —transportes, comunicaciones, armamentos, etc.— modifican poco o mucho el campo de las fuerzas imperialistas. Favorecen o estorban la acumulación del capital en sus respectivos territorios; orientan más o menos el desarrollo de las industrias; favorecen o no la calificación de los trabajadores, el progreso de las técnicas, la extensión de los equipos colectivos; crean o no un *gran espacio económico*, proporcional al desarrollo capitalista adquirido, etc. En pocas palabras, atenúan o refuerzan los desequilibrios capitalistas.

Éstas no son entonces ineludibles, puesto que casan una incoercible tendencia económica con los riesgos históricos de la geografía económica y con las eventuales correcciones que pueden aplicarles sus estados. De ahí la importancia cada vez más decisiva que adquieren en el mundo capitalista, los efectos de la dependencia política. En el anterior sistema mundial, la colonización creaba *asimetrías*; en lo sucesivo, acentúa las *desnivelaciones*.

La existencia o no de un Estado propio, es decir de una dominación política enraizada en un territorio dado, se vuelve entonces un elemento decisivo para el presente y el porvenir del o de los pueblos que habitan este territorio. Una sociedad es independiente, cuando un Estado de este tipo la dirije y cuando este Estado goza, en el juego internacional, de una total capacidad militar y diplomática, pero también fiscal, aduanera y monetaria. Su dependencia se inicia en cuanto la imposición de un protectorado lo priva de ciertas de sus competencias. El grado último de la dependencia se logra en situación colonial, sobre todo si desaparece toda autonomía local: los aparatos administrativos llegan entonces a reglamentar su acción en función del único interés de los poseedores coloniales y de las clases metropolitanas a las que sirven.

Entre la independencia y la colonización —maquillada o no como protectorado— las situaciones intermediarias son inestables. Una posición semicolonial —Turquía, China, Persia— se desliza hacia la repartición territorial, a menos que una guerra o una revolución modifique su curso. Por el contrario, la autonomía interna acordada a una colonia puede hacer madurar en ella irresistibles olas independentistas, como las que manifiestan los *dominios* británicos hacia la plena soberanía, a partir de principios del siglo XX. En toda hipótesis, la pregunta clave es saber en dónde se encuentran las clases dominantes de un territorio dado: ¿en el lugar o no? Puesto que, en lo que hay de esencial, el destino de una sociedad se juega en el lugar.

La población del primer mundo capitalista aumenta tres veces más rápido que la del anterior sistema mundial. Principal beneficiaria de esta ola, la Europa de los años 1750-1913 aumenta 0.7% por año, contra un pequeño 0.6% para el promedio mundial [30]. Reunía el 19% de la humanidad en 1750, agrupa casi el cuarto en 1913, no obstante una fuerte corriente de emigración.

El siglo XIX europeo corresponde a la delicada fase de la transición demográfica en la que la disminución en la mortalidad no se compensa todavía por una reducción en la natalidad. La mortalidad, reducida por los progresos de la agricultura, disminuye de nuevo por el efecto de la higiene y de la medicina, de Semmelweiss a Pasteur. Las olas de excesiva mortalidad infantil —como la de Inglaterra, durante el primer tercio del siglo— se reabsorben merced a las leyes que frenan el trabajo de los niños. La esperanza de vida de los europeos se duplica durante el siglo XIX: en fechas variables según los países, se eleva, en promedio, de 25 a 50 años aproximadamente. Pero la disminución en la fecundidad es más tardía, salvo en Francia. Inglaterra lo suple por una emigración masiva.

Europa se llena y se vacía al mismo tiempo: la emigración adquiere proporciones extraordinarias.

De 1800 a 1914, 70 millones de emigrantes abandonan Europa, sin carecer de reflujo: Bairoch estima estos regresos en 40% de las partidas [4, 379]. La evolución de los flujos por países muestra claramente que los progresos geográficos del capitalismo inducen a la emigración durante varios decenios. A principios de siglo, los salientes son británicos. Después de 1845, el exilio aumenta partiendo de Irlanda y recibe un neto refuerzo alemán. Sus siguientes picos, en 1850, 1870 y 1885 permanecen esencialmente británicos y alemanes. Luego el desarrollo capitalista de Alemania aminora su emigración, en tanto que Escandinavia toma el relevo, a partir de 1885. A lo que se agregan, sobre todo después de 1900, los enormes flujos que salen de Italia y Rusia (incluso de Polonia).

Europa se derrama por todos lados. Siberia duplica su población en el siglo XIX, al recibir de Rusia, siete millones de inmigrantes, incluyendo algunas decenas de miles de relegados. África recibe dos millones de hombres. Australia y Nueva Zelanda acogen, también, tres grandes millones de británicos.

Pero el principal flujo se dirige a América en donde se rompen récords demográficos. Este continente ve aumentar su población de 1.5% por año, entre 1750 y 1900. Pasa así de 2 a 9% del total mundial. Cada año, Estados Unidos recibe crecientes aportaciones de Europa y de Canadá, no obstante una pausa entre 1860 y 1880. La afluencia neta es de treinta y nueve millones, de los cuales cinco provienen de un Canadá que, por su parte, durante el siglo, recibe nueve millones de europeos. De su lado, América Latina se reparte trece millones de europeos, venidos sobre todo de los países latinos y que con frecuencia se establecen en el cono sur, a finales del siglo.

Por todas partes, el grueso de los inmigrantes afluye después de la abolición de la esclavitud.

En otra parte, lejos de Europa y de sus sobresaltos, la demografía es totalmente diferente. África, aún sangrada por la trata (núm. 7) cae de 9 a 7% del total mundial, entre 1750 y 1900. La enorme Asia retrocede también, de 69 a 60% de la población mundial, durante este mismo periodo, pero esto significa simplemente que crece menos rápido que los otros continentes. Pues, en el absoluto, su población aumenta más que nunca.

La ocupación del mundo termina, en el siglo XIX, en el interminable Canadá, como en el oeste norteamericano: en 1907, en Oklahoma se venden los últimos lotes, ahí mismo en donde la sequía de los años 1930 hará destrozos. América del Sur se llena también, de los llanos venezolanos a la pampa argentina. Asimismo, el asentamiento australiano se despliega, desde el sudeste inicialmente ocupado. En África austral, los boers huyendo de los ingleses hacia el norte, cruzan la última migración de los zulús hacia el sur. Las manchas blancas desaparecen de todos los mapas. Del Far West al Extremo Oriente, Europa bautiza un mundo del que cree ser el ombligo.

En Europa misma, la territorialización va a buen paso. El capitalismo es expansivo, pero lagunoso. En el siglo XIX, se establece en las minas de hierro y de carbón y en los bordes de los ríos y de los canales por donde sus aprovisionamientos y sus productos circulan a buen precio. Su gran negocio es el trazado de nuevas vías férreas. La innovación territorial tiene interés en esta vascularización de la industria. El ferrocarril transporta las mercancías, pero también a los viajeros y los estados mayores lo miran de reojo desde antes de su trazado. El correo, el telégrafo y los otros medios de comunicación tienen la misma polivalencia. De tal manera que la nueva geografía del capital fijo se duplica por una geografía de las vías de transporte y de comunicación cuyo interés militar, político y cultural es inmenso.

Más avanza el siglo, más se acentúa el constraste entre los *mercados nacionales* y las *posesiones coloniales* que algunas metrópolis aglomeran en imperios. La principal malformación de las colonias resulta de su territorialización excéntrica. Los caminos y las vías de ferrocarril se orientan de las minas y plantaciones hacia los puertos accesibles a los barcos metropolitanos. Las interconexiones son raras, las ramificaciones casi inexistentes, salvo en la India en donde, sin embargo, la red de ferrocarriles tiene, en 1914, una densidad tres veces menor a la red europea. Las vías marítimas que aseguran el acceso a las colonias y el servicio de comunicación comercial de otros territorios son las mejor cuidadas. Sus escalas se vuelven ocasiones para encontrar víveres, agua y el carbón necesarios para los *steamers*. Sus estrechos y sus canales adquieren un valor estratégico, en Suez y Panamá como en Gibraltar o Malaca, etc. Así, el capitalismo que metamorfosea los territorios europeos, transforma igualmente las tierras y los mares hacia los que irradia su influencia. Su geopolítica mundial marca todas las geografías locales.

13. NACIONES Y CLASES

En el siglo XIX, la revolución industrial parece circunscribirse a la industria y a los transportes públicos. Sólo el gas de iluminación, la máquina de coser y la bicicleta adquieren un uso común. Las máquinas de cajas y de oficinas tardan en remplazar a los empleados. Sin embargo, las informaciones con las que se alimentan los aparatos de Estado y las ideas que difunden los aparatos ideológicos, circulan más rápido que las mercancías y los viajeros. El siglo nace con el semáforo y termina con el teléfono y la radio. Lo impreso se vuelve ilustrado; la fotografía se anima en cine; la palabra y la música acaban por dejarse fonografiar. La prensa y la edición sacan provecho de estas novedades. En lo sucesivo, se crean libremente empresas capitalistas, en Inglaterra (1859) y luego en Francia (1866). Después de la sociedad anónima, la libertad de asociación llega a las inmediaciones de la industria. Las cajas de solidaridad, las mutualidades y los sindicatos suceden a los compañerismos artesanales.

Las flexibilidades del mercado, la libertad de asociación y la rapidez de las comunicaciones multiplican los aparatos ideológicos e imponen múltiples revisiones a los aparatos de Estado. El ejército se subdivide para adaptarse a la creciente variedad de sus medios. También en el trabajo gubernamental aumenta la especialización.

El eslabonamiento de las provincias se vuelve más apretado, mientras aumenta la diversidad de los servicios locales, de la policía a las administraciones técnicas. La escuela acaba por movilizar más hombres que las iglesias y llega a ser el signo distintivo de las sociedades en las que se despliega el capitalismo.

Estos movimientos masivos se detallan en cambios más sutiles que afectan la vida de todos. Se forman nuevos grupos de convivencia. La fábrica reúne más hombres que el taller artesanal. Los barrios industriales, los suburbios obreros tejen nuevas relaciones de vecindad. Se forman otros grupos, siempre renovados, en los ejércitos de conscripción, las escuelas de todo nivel y las instituciones en donde se reúnen presos, enfermos o ancianos.

Entre estos grupos, en lo sucesivo las relaciones se enriquecen de múltiples maneras. Las vías llevan lejos. El libro y el diario se encuentran por todos lados. La escolarización enriquece los intercambios. Así los racimos de pueblos o regiones pierden su aislamiento, y se establece un apretado enrejado en el mercado nacional.

Las redes secundarias cambian aún más. La abundancia de los aparatos ideológicos, el incremento de los efectivos universitarios y las curiosidades que estimulan la prensa, el libro y las asociaciones, amplían estas redes más allá de la *buena sociedad*, en tanto que cierta especialización las segmenta en *medios* —literarios, científicos, artísticos— distintos sino herméticos.

Salvo el centro europeo, la evolución de los aparatos y de las redes es muy desigual. El retraso de Estados Unidos se atenúa. Hacia 1900, las principales diferencias provienen de la fuerte descentralización de este país y de su inmenso espacio.

De México a Argentina, los arcaísmos de la propiedad de bienes raíces retrasan la cristalización del capitalismo y las estructuras ideológico-políticas padecen por ello. Una fiscalidad de estilo antiguo, en la que los derechos de aduana son largo tiempo el principal recurso; las pesadas iglesias, medio abandonadas por Roma [11, 419] pero durante largo tiempo ricas en tierras; las logias masónicas, fuertes en la ciudad, pero cuya doctrina envejece; los colegios desquiciados por la dispersión de los jesuitas después de 1767; universidades envejecidas; y, como vaga relación entre las redes primarias de las campiñas latifundistas y de las comunidades indias, y las de las ciudades administrativas y mercantiles, cadenas de caciques locales y notables urbanos: así se estanca América Latina, en su primer siglo de independencia.

Las demás sociedades formalmente independientes, como Turquía o China, intentan modernizar sus aparatos de Estado, pero no se renueva un ejército al simplemente dotarlo de cañones. La única excepción es la de Japón en donde la imitación de modelos europeos debidamente seleccionados, termina, en varios decenios, en una modernización real del ejército y de otros aparatos, así como en una diversificación de las redes ideológicas.

La evolución de los aparatos y de las redes es todavía más contrastada en los imperios coloniales propiamente dichos.

Las diferencias de método que distinguen a las diversas metrópolis —administración directa a la inglesa, administración directa a la francesa, administración con alto rendimiento económico al estilo holandés— casi no modifican los resultados. Por todas partes, la fiscalía y la administración están subordinadas a los fines coloniales mientras que el recurso a los idiomas metropolitanos deforma las redes ideológicas.

País, nación, Estado, patria: estas palabras que el siglo XIX maneja a menudo como sinónimos requieren no obstante de muchas precisiones. Así, el concepto de nación se aclara, cuando designa la identidad colectiva del pueblo, virtualmente unificado, cuya vida se desarrolla en la red ideológica primaria que abarca todo el territorio de un Estado, él mismo atento a la identidad de su población. Las primeras naciones maduran en el siglo XIX.

La revolución industrial agita a los hombres. La conscripción, el reclutamiento de los funcionarios, la extensión de las ciudades contribuyen con esta mudanza del territorio. El matrimonio, el trabajo, el domicilio se emancipan de los límites provinciales.

La nación madura como forma de identificación del discurso social que se vuelve común a los pueblos, antes portadores de distintos discursos sociales; el lenguaje es el principal vehículo de este discurso, su forma, pero no su sustancia.

En el siglo XIX, la conversión de los pueblos todavía diversos en una nación tan homogénea como posible llega a ser una prioridad para muchos estados europeos.

El eslabonamiento administrativo y judicial más apretado, el mercado transformado en *nacional*, el ejército *nacional* en el que el reclutamiento sustituye al mercenarismo, la cultura *nacional* cuyas glorias se honran y, sobre todo, la escuela *nacional*, propagadora de la lengua *nacional* contra los dialectos y jergas locales, institutriz de una historia *nacional* y seno de una moral cívica cuyo valor supremo es evidentemente la patria *nacional*: éstos son los principales aspectos de un trabajo que encuentra su coronación en la *nacionalidad* jurídica cuyo guardián es el Estado.

Francia, Inglaterra y España ilustran bien este proceso, no obstante los retrasos del capitalismo, en el último caso. Asimismo Italia y Alemania, puesto que su integración nacional es una de las grandes innovaciones del siglo XIX. Pero, ¿qué sucede con las dos sociedades que llegarán a ser preponderantes un siglo después?

El caso de Rusia es complejo, pero no dudoso: la nación que se prepara se esboza apenas en las ciudades en donde, precisamente, las revoluciones de 1905 y 1917 harán sentir sus efectos destructores y aceleradores.

Estados Unidos está menos adelantado que Rusia a principios del siglo XIX, pero con un cariz más libre. Ninguna herencia señorial o campesina obstaculiza su joven capitalismo, aun en los estados donde se extiende la esclavitud. Casi por el mismo movimiento, Estados Unidos puede edificar su industria, extender y ocupar su *gran espacio económico,* importar millones de europeos y forjar una nación. Desde luego, se forman grumos en su *melting pot,* a partir de los años de 1850, con las llegadas masivas de alemanes, de italianos y de polacos. Pero, finalmente, el crisol estadunidense rechaza un solo elemento: los negros, largo tiempo esclavos y siempre aislados en el sur. Excepto este enclave racista, Estados Unidos inventa poco a poco una variante original de la nación: la que mantiene la diversidad cultural, en su seno, en beneficio de instituciones políticas muy descentralizadas.

En todas sus variantes, la nación no designa un Estado, sino un proceso. A los antiguos imperios que no pueden reunir más que bloques *mecánicos* de pueblos diversos (núm. 3), las nuevas sociedades capitalistas oponen un conjunto a menudo más numeroso, en el que inmensos pueblos se solidarizan por los lazos *orgánicos* del mercado y de la nación.

A fines del siglo XIX, Japón agrega un nuevo modelo a las variantes europea y estadunidense. El eslabonamiento administrativo y mercantil progresa rápido, la escolarización se acelera: 28% de los niños están escolarizados en 1873 y 98% en 1904. Pero sin embargo no desaparecen las jerarquías tradicionales de los pueblos y de las ciudades [25]. La nación japonesa presenta entonces dos rasgos originales: no se acompaña por una revolución democrático-burguesa, pero se aureola con un nacionalismo aún más virulento que los de Europa y de Estados Unidos.

Los modelos nacionales se propagan desde antes de 1914. La

variante norteamericana se reproduce, en escala más modesta, en los dominios de Nueva Zelanda, de Australia y de Canadá. A principios del siglo XX, llega también al sur de América Latina, pobre en amerindios y enriquecido por los inmigrantes italianos e ibéricos. En otras partes, las etnias indias de Perú y de México, así como los esclavos tardíamente liberados de Brasil, permanecen enquistados en estas amplias sociedades cuya maduración nacional está atrasada otro tanto. Aun la enorme revolución posterior a 1911 no bastará para acabar con todos los aislamientos mexicanos.

La variante europea es también contagiosa, pero menos de lo que lo afirma el *principio de las nacionalidades* que sustituye las antiguas pretensiones dinásticas de los estados. Atropellada por la revolución de 1848 y por los resultados italiano y alemán, Austria se resigna a un condominio austro-húngaro para resistir a otras aspiraciones nacionalistas que la obsesionan y que Bauer caracteriza como el *despertar de naciones sin historia*.* En su terminología, las *naciones sin historia* designan a los pueblos carentes de clases dominantes y sometidos a dirigentes —y a menudo a propietarios latifundistas— salidos de los pueblos conquistadores: es el caso de los irlandeses sometidos por los anglo-escoceses, los checos por Austria o los eslovacos bajo la dominación húngara. Bauer observa las transformaciones que la industria capitalista y la modernización del Estado inducen en estos pueblos sometidos. En algunos decenios, la escuela, la administración que se detalla por un reclutamiento local y las concentraciones obreras, se transforman en el mantillo de sindicatos, de asociaciones, de partidos y de diarios que se dirigen al pueblo en su lengua habitual. Así aparejada, la aspiración nacionalista se transforma en una fuerza tanto más urgente cuanto que las luchas de clases —por ejemplo entre obreros checos y capitalistas austriacos— sobredeterminan las tensiones nacionales.

En las sociedades capitalistas en donde la nación madura como identidad colectiva de un pueblo virtualmente unificado, se opera la segunda transformación de la identidad: las diferenciaciones internas de estas sociedades tienden a expresarse en términos de clases sociales. Dicho de otra manera, la nación y las clases se desarrollan en concierto, en el discurso social común.

La existencia de clases con estatus contrastados precede por mucho el capitalismo, pero estas diferenciaciones —que resultan de

* Otto Bauer, *La cuestión de las nacionalidades y la socialdemocracia*, 1906, ed. esp.: México, Siglo XXI, 1979.

la organización de la economía y de los aparatos— se refractan en diversas jerarquías de las concepciones del mundo, sabias o populares, que entran en vigor antes del siglo XIX. En este siglo en el que todo cambia, la identidad de las clases se vuelve más precisa.

Esta evolución debe poco a las *conciencias* que, por *íntima convicción* individual, originarían una *conciencia de clase*, al igual que las conversiones, hombre por hombre, ocupan poco lugar en las propagaciones religiosas. El proceso que la ocasiona es de orden social, en sus progresos, como en sus retrasos o sus fallas.

Las naciones se ordenan en la dependencia de una burguesía que absorbe poco a poco al patriarcado mercantil y a los propietarios de bienes inmuebles.

Esta burguesía tiene frente a ella una clase obrera lentamente despojada de su ganga artesanal y a la que el trabajo de los niños, de las mujeres y de los ancianos da, durante un tiempo, una consistencia excepcional, en las zonas en donde la concentra la industria. Entre obreros y burgueses, las clases medias se decantan poco a poco. Las sociedades anónimas hacen de ciertos empleados verdaderos ejecutivos técnicos o dirigentes, que se distinguen de los empleados de las oficinas o de las administraciones con los que se confundían mucho tiempo atrás por una formación escolar común. Alrededor de las clases impulsadas por la ola capitalista, las pequeñas burguesías de la artesanía y del comercio o del campesinado que es aún menos homogéneo, tardan en aceptarse como clases medias. Las nuevas identidades tienen propagadores de los cuales los más originales componen el amplio conjunto de los aparatos ideológico-políticos que impulsan el movimiento obrero. Tres tendencias, desigualmente desplegadas de un país al otro, se combinan en este movimiento.

La más propagada lleva de la huelga ocasional a la confederación sindical nacional, por intermedio de sindicatos de empresa, después agrupados por oficios, por ramas industriales o por regiones. La segunda tendencia va de la prensa liberal al partido nacional y a sus eventuales alianzas internacionales. La tercera tendencia se hace sentir, lejos de las fábricas o de la escena política por la creación de cooperativas, de mutualidades, de cajas de ahorro, de sociedades deportivas, de orfeones y fanfarrias, etc. Esta abundancia se desborda de la clase obrera, pero, en numerosos países, los partidos socialistas logran controlarla, al mismo tiempo que influyen en la organización sindical. Así se forma la constelación socialdemócrata que asienta duraderamente la identidad y la influencia de la clase obrera, sobre todo en Gran Bretaña, en Alemania o en los países escandinavos.

El movimiento obrero propaga una identificación de clase cuyos contornos y acentos varían de un país a otro. Inglaterra valoriza los oficios; Europa central profesionaliza sus sindicatos y sus partidos; Francia teoriza su ineptitud a unificar el movimiento obrero; Estados Unidos en donde este movimiento permanece incoordinado experimenta, por ello, muchas desviaciones, en el espacio incierto que separa la negociación salarial del *racket*.

En el uso común, las nuevas identidades diferenciales se desprenden difícilmente de las antiguas jerarquías sociales. La supervivencia de los arcaísmos es favorecida por la persistencia o la extensión de agenciamientos sociales que contrarían la unidad ideal de la nación o la generalización de las nuevas clases sociales: abolición tardía de la esclavitud o mantenimiento de los ex esclavos en una posición subordinada y desvalorizada; existencia, en el territorio controlado por un Estado, de minorías extranjeras cuya integración nacional es rechazada, por estas mismas minorías o por el Estado nacionalizador de la mayoría; flujos masivos de inmigración eventualmente cristalizados en minorías localmente muy densas; comunidades que competen a diversas diásporas; etcétera.

Estas diferencias que el siglo XIX llamaba a menudo *raciales* —y que el siglo XX que acaba definirá más bién como *étnicas*— no pueden disolverse en la nación y las clases, si no es por medio de un trabajo extremadamente perseverante, cuyo éxito de hecho nunca es total, pues minorías irredentistas y comunidades diaspóricas pueden rechazar duraderamente la total asimilación.

De hecho, las naciones nacen por etnólisis, es decir por la fusión de etnias en una comunidad más amplia en la que se aminoran las diferencias de origen y de tradición, en favor de los nuevos lazos que una red ideológica más amplia autoriza y que el Estado ayuda a entretejer. Aun iniciada mucho tiempo atrás, en provincias bien estables, esta fusión es una inmensa labor que debe abatir todas las barreras entre los pueblos antes distintos: barreras de lenguaje desde luego; pero también prácticas culinarias, higiénicas, estéticas y demás; tradiciones vestimentarias; usos domésticos; costumbres y prácticas sexuales; ritos religiosos; valorizaciones relacionadas con las particularidades físicas, las enfermedades, las lisiaduras;

ritos de transición; y así sucesivamente, al infinito: todo discurso social común debe pasar por ello.

Las diferencias perceptibles en el seno de las naciones resultan de los retrasos o de las fallas de la integración nacional. Se mantienen por medio de diversos bloqueos políticos y culturales y no pueden desaparecer más que por un descondicionamiento que deben tomar a su cargo las escuelas, las iglesias, los sindicatos, los partidos y otras asociaciones. A falta de ello, las escorias de una historia que entretejió pueblos y la espuma de las corrientes internacionales de población alimentan un racismo —o una etnofobia— de la que ninguna nación es *a priori* indemne.

Asimismo, la diferenciación de las clases sociales es perturbada por la persistencia de las divergencias étnicas, sobre todo cuando éstas son subrayadas por discriminaciones deliberadas.

A fines del siglo XIX, los intelectuales socialistas debaten largamente acerca de las capacidades respectivas de la clase y de la nación. La alianza internacional de las clases obreras contra las burguesías imperialistas a menudo se desea y algunas veces llega a presentarse como ineludible o virtualmente realizada: es para olvidar que el conjunto de los lazos sociales *en vías de nacionalización* —el mercado, la escuela, el ejército, la prensa, el parlamento, etc.— entorpece las eventuales solidaridades internacionales de las clases obreras, puesto que este internacionalismo está muy mal aparejado, aun en el seno de los imperios virtualmente multinacionales, como Rusia y Austria, en donde los partidos y los sindicatos tienden a fragmentarse según las nacionalidades.

Entre las clases y la nación, como entre la nación y las minorías nacionales, el Estado hace toda la diferencia, porque sostiene *su* nación con su fuerte armazón y asegura de esta manera su preponderancia sobre identidades de diferencias mucho más débilmente aparejadas.

14. LA ESTRUCTURA DEL PRIMER MUNDO CAPITALISTA

Este equipo más ligero es el de la *sociedad civil*, que no designa una parte o un sector de la estructura social, sino enfoca su totalidad *considerada bajo un cierto ángulo*. Salvo las comunidades demasiado pequeñas para dar origen a un Estado y a reserva de los periodos de crisis aguda durante los cuales un Estado cae en ruinas, entonces, en lo ordinario del funcionamiento social, el Estado domina en el centro de las actividades políticas, como pabellón de las capacidades debidamente aparejadas. Su poder es central, pero jamás único. A su lado o lejos de él, empresas, asociaciones, aparatos autónomos y familias reunidas en comunidades pueblerinas o urbanas, ejercen, para sus propios fines y en sus respectivas áreas, una autoridad que repercute sobre el Estado: todas estas instituciones concurren así en el funcionamiento político de la sociedad. *Bajo el ángulo político,* la sociedad civil designa el conjunto de los poderes que se ejercen fuera de la jerarquía del Estado.

Durante el siglo XIX se opera una importante transformación política: la débil sociedad civil de los mundos antiguos y mercantiles se convierte en una cadena de fortalezas en la que romperá la enorme ola revolucionaria posterior a 1917.

Cada país capitalista se llena de manufacturas, de fábricas y de bancos con patrones poderosos, de sindicatos pronto sustanciales, de asociaciones por todos lados proliferantes, de partidos y de *lobbies* orientados hacia las instituciones electivas que se multiplican entre el Estado y la sociedad civil. Organismos culturales de toda índole completan o compiten con los aparatos ideológicos del Estado. Así se forman las libertades religiosas, comerciales, de empresa, de palabra, de opinión, de prensa, de asociación, etc. La sociedad civil de tipo liberal se transforma en una de las características del centro capitalista, salvo en los países en los que el Estado de tipo aún antiguo obstaculiza, durante un tiempo, su libre expansión.

Así se desarrolla una contradicción original en el seno del sistema mundial: la industria crece según un modelo *jerárquico,* casi militar y el Estado infla sus administraciones de más en más *burocráticas,* pero la sociedad civil se despliega *con liberalidad* y, para rematar todo, los regímenes políticos tienden a *democratizarse.*

En el siglo XIX subsisten varios antiguos regímenes, como el zarismo ruso, el absolutismo austriaco y sus variantes atenuadas —después de 1848, en Austria y después de 1905 en Rusia. De Escandinavia a Iberia, se presentan ejemplos análogos. El Reino Unido de los años 1840-1870 parece igual de anticuado que el Imperio austro-húngaro, pero su sustancia política es totalmente diferente. Aquí, el gobierno y el parlamento ejercen el poder, en un Estado cuya forma monárquica enmascara mal la dimensión democrático-burguesa. Su régimen está adelantado al de Francia, casi hasta fines de los años de 1870 en que, en París, la república democrático-burguesa acaba por triunfar de hecho como por derecho.

Estos proyectos llegan a ser un componente perdurable de la opinión, es decir de las reacciones que suscita, en las profundidades de la red primaria, de la circulación de las noticias y de los rumores.

Las necesidades cambian, provocadas por los nuevos productos. Las *Luces* se banalizan también. En el panteón de las élites cultas, el artista y el sabio suceden al filósofo. Los rudimentos del conocimiento son comunicados por una escuela primaria cuya obligación se propaga, no sin variantes: Francia se quiere laica y desea que se ame al libro, Alemania promueve los estudios técnicos que ponen en valor el oficio, Inglaterra reserva sus mejores esfuerzos para las élites, etc. El ferrocarril enrarece los aislamientos rurales. Aun si sigue siendo excepcional, todos experimentan el viaje. Las clases adineradas amplían sus peregrinaciones hasta Egipto o América. Ayer espantoso, la alta pradera y la ribera se vuelven terrenos de deportes.

Sucede lo contrario en el corazón de Asia y de África en donde los tipos de vida permanecen enviscados en una miseria milenaria, carente de lujos extravagantes y donde la colonización, la dependencia imperial, el resplandor comercial y la agregación nacionalista privilegian algunos idiomas. La proliferación de lenguas que caracterizaba hasta entonces la historia de los pueblos (núm. 1) empieza a invertirse. Babel se aleja.

En Europa y en Estados Unidos, los recursos de la hegemonía religiosa (núm. 6) ya no bastan para asegurar la calma de las mentes. Roma se rebela ante la Revolución francesa, su constitución civil del clero (1790), su venta de los bienes eclesiásticos, o la libertad que otorga a los protestantes y a los judíos (1791). Más las sociedades se vuelven liberales, más se borran las discriminaciones confesionales. La situación es peor en Estados Unidos en donde es imperativa la libre empresa religiosa.

Lejos del centro, la situación religiosa no es mejor. Se acabó con las evangelizaciones a la española. El tratado de Nankín (1853) que abre China al comercio, impone asimismo la libre entrada de los misioneros, pero los cristianos chinos y los misioneros europeos serán debidamente golpeados por la rebelión de los *Boxers* (1900). En Asia, el islamismo es el único que progresa aún, en el Turkestán y en India, en donde motiva el Motín de los Cipayos (1857-1859).

En América Latina, se resquebraja la envoltura religiosa. Los sincretismos ya no se embozan, como en México, en los pliegues de un catolicismo indigenizado, se exponen como el *santerismo* (Cuba), el *vudú* (Haiti), el *changó* (Recife), el *candomble* (Bahía) o la *macumba* (Río). Sólo África ofrece un terreno favorable para las misiones cristianas, puesto que éstas sirven a menudo como hospital y escuela. Sin embargo, el islamismo conserva ahí su fuerza: inspira los mesianismos somalio (1883) y sudanés (guerra de Mahdi 1881-1898) y progresa entre las poblaciones berberiscas del Maghreb.

Cada religión es a la vez la forma de un lazo social y la concepción normativa del mundo. No se ofrece ninguna opción, en el primer mundo capitalista para remplazar simultáneamente esta forma y este contenido, no obstante las tentativas masónicas, revolucionarias o de Comte. El relevo se opera entonces empíricamente por disyunción de la forma y del contenido.

El derecho ofrece la nueva forma. La Europa capitalista, heredera del derecho romano, del derecho comercial de los mercaderes y de algunas otras materias jurídicas, enriquece esta herencia por medio de codificaciones y de innovaciones de las cuales algunas atañen al derecho comercial y laboral, pero de las cuales las principales tienen que ver con los individuos. La nacionalidad, la ciudadanía, el estado civil y los derechos patrimoniales proceden de una misma tendencia: el progreso de la igualdad entre ciudadanos de un mismo Estado. En este movimiento, la Francia revolucionaria es productora de modelos. Su repertorio constitucional y sus códigos inspiran las limitaciones tanto como las reacciones.

En el espacio jurídico-político que se formaliza así, las más diversas concepciones del mundo se enfrentan de más en más libremente, las religiosas tanto como las otras, de tal manera que la hegemonía parece fluctuante, hasta dudosa. De hecho, su nueva sustancia se decanta, por añadidura a pesados sedimentos religiosos, de nuevos estratos depositados por el debate político, la experiencia de la vida social y el hábito escolar. Fuera de los periodos de crisis aguda, cada sociedad manifiesta su consentimiento de las maneras de ser, de actuar y de enfrentarse que se tornan acostumbradas. Así se establece una nueva hegemonía, de forma jurídica y de escala nacional, puesto que ésta es la dimensión que los estados capitalistas hacen preponderante en la Europa del siglo XIX.

No sucede lo mismo en las posesiones coloniales en donde el

derecho metropolitano se aplica poco y mal. Aquí, el apremio casi no busca envolverse de consentimiento. Si es posible, se echa mano de las jefaturas locales y los príncipes resignados al protectorado, las religiones tradicionales y las misiones importadas, pero la colonia obtiene también su prestigio de las técnicas, de los modos de vida y de los conocimientos que manifiestan los colonizadores. Más profundamente, altera las costumbres, modifica los idiomas y coloniza hasta los topónimos [21-II, 118]. En pocas palabras, se establece una hegemonía colonial. Sin embargo, la religión sigue siendo impuesta en muchos territorios, de tal manera que la hegemonía colonial debe ajustarse, valga lo que valga, a esta situación. De ahí un conflicto potencial, ya perceptible en India y en algunas zonas islámicas, y que el tiempo reavivará, cuando se dibuje una reinversión anticolonialista de ciertas religiones.

Europa canta sus actuales héroes, sus máquinas, su hada la Electricidad. Glorifica sin demora a los Bessemer y los Pasteur, los Hugo y los Wagner, sin importar sus áreas de excelencia. Pero las pretensiones nacionales son fuertes. La gloria adquirida por París en el siglo XVIII es sometida a la eficaz competencia de Londres. Los códigos, el sistema decimal y el resplandor político posterior a 1789, hacen frente a la competencia de otros valores. En Londres, la industria tiene su primera exposición universal en 1851, y los refugiados políticos encuentran su principal asilo. Habrá que esperar los años de 1880 para que Francia vuelva a encontrar una notoriedad internacional de mejor ley que su fiesta imperial de los años de 1860. Sin embargo, el siglo XIX es británico, tanto como industrial.

Inglaterra es flexible como el inglés que, desde hace tres siglos, se vuelve la lingua franca del planeta. Sus piratas y sus mercaderes de paños y de esclavos edificaron un archipiélago, una marina y un imperio que sus marinos ampliaron más al codiciar la trata y la piratería. Sus posesiones, a menudo disfrazadas de compañías comerciales o protectorados, no se vistieron de púrpura imperial más que en la India, en una época en que Europa festejaba los imperios. Sus paños y sus máquinas, mucho tiempo sin rivales, luego sus colonias, largo tiempo inigualadas, supieron ceder el lugar a los recién llegados del mercado y del poder, pero sus banqueros conservaron su imperio.

Su reino, unido como pueden estarlo la miseria irlandesa y el orgullo inglés, sin embargo logró fusionar galos, escoceses, ingleses y muchos

irlandeses en el lejano crisol de los dominios en donde todos se transforma-
ron en británicos cien por ciento convencidos. Su monarquía victoriana,
tan venerada como decorativa, virtuosamente disfrazó el surgimiento de
una república parlamentaria, a menudo ejemplar.

Salvo la imposible Irlanda, sus guerras se volvieron pronto deportes
coloniales y expediciones marítimas, hasta los sombríos años de 1940 en
que Londres y su Inglaterra padecieron valerosamente.

Hoy en día, Inglaterra termina el inmenso ir y venir de una ciudad
que dominó una isla, luego un archipiélago, antes de conquistar el mundo,
desde donde tuvo que recobrar el archipiélago –cercenado por los irlande-
ses– luego abandonar una buena parte de la isla primitiva, para la cacería,
la pesca y el golf, como para los baldíos industriales de Lowlands, *de*
Midlands *y del País de Gales, de tal manera que Inglaterra vuelve a ser*
una ciudad, un Londres de hecho desdentado por sus puertos. Pero una
inmensa ciudad, rica, dinámica, una Urbe más poderosa que todas las
antiguas Venecias, rodeada por un amplio condado de Home Counties
en el que la industria, la ciencia y las finanzas apilan sus modernismos y
sus promesas de porvenir, lejos de los andrajosos de Liverpool y de los
gritones de Glasgow.

Así sucede en Inglaterra, país avaro en esperanzas religiosas o revolu-
cionarias, en tanto que el inglés, relevado por todas las Nuevas Inglaterras,
de Boston a Sidney, y por todos los medios de comunicación, de Hollywood
a Singapur, ofrece al mundo, a falta de esperanza, un esperanto.

El primer sistema mundial capitalista se formó por el derrumba-
miento del antiguo mundo colonial y mercantil (núm. 10). La
erupción empezó en el centro de este último, con el capitalismo
manufacturero de Inglaterra, en los años de 1760, luego con las
olas revolucionarias de los años de 1780, sobre todo en Francia. Al
generalizarse, desordenó el flanco mediterráneo del antiguo centro, luego promovió, poco a poco, Bélgica, Suiza y muchas regiones
de los imperios austriaco y alemán como de Estados Unidos. En
1913, el nuevo centro ya casi no cuenta con grandes potencias que
lo preceden, pero su geografía es totalmente diferente: cabalga en
lo sucesivo el Atlántico.

Más dinámico que nunca, este centro cambió de motor. Las
ambiciones dinásticas y territoriales, los apetitos mercantiles y
coloniales son en lo sucesivo destronados por la acumulación del
capital y por el desigual desarrollo que provoca. El primer mundo
capitalista es aquel en que, sin saberlo a fondo, Estados Unidos

domina en un siglo a Inglaterra, a Alemania y a todas las demás potencias.

El centro es el hogar de la industria, de la banca, de la bolsa, de los seguros; la fuente de los estándares, de las normas, de los códigos y de los modos; el creador de modelos para la empresa, la administración, el ejército; y el promotor de lenguas, de ciencias, de técnicas, de artes y de escuelas.

Los grandes estados son buscados: disponen de un *gran espacio económico,* juegan con la agilidad militar y estratégica que el espacio brinda, se benefician del recurso demográfico que autoriza la extensión. Los países pequeños necesitan vecinos que se neutralizan recíprocamente para compensar sus déficits en estos tres niveles.

La calidad de los estados centrales proviene también, más secretamente, del espesor de sus redes ideológicas, del equilibrio que se establece entre los aparatos de Estado, de la proliferación de las sociedades civiles y, más generalmente, de la buena dosis de la coacción y del consentimiento que proporciona, cada vez más seguido, una república burguesa relacionada con una hegemonía jurídica. Así el centro dispone de largos periodos de paz. Sus conflictos sociales son menos salvajemente reprimidos, sus rivalidades culturales y sus querellas de escuelas se vuelven más fecundas.

Sin embargo, el nuevo mundo capitalista es estructuralmente desigualitario, produce muchas desnivelaciones económicas y culturales. La preponderancia de la Gran Bretaña, casi en todos los campos, no la hace gestora del sistema mundial. Superpotencia, maneja con violencia sus propios intereses y juega al equilibrio mundial, como ayer al equilibrio europeo. Los estados de rango inferior juegan, también, con todos sus triunfos y se agrupan para hacer contrapeso a los estados demasiado pesados. El centro es tranquilo, pero como el ojo de un ciclón, se encuentra en el seno de las contradicciones mundiales entre las potencias.

En efecto, casi 90% de la población mundial que vive fuera del centro, se clasifica en zonas de diversas edades y reacciona en forma diferente a los impulsos centrales. De Turquía a China, los restos de los antiguos imperios se desmoronan bajo la presión de las metrópolis rivales. En América Latina, débiles estados independientes se emancipan de la influencia inglesa sólo para padecer la de Estados Unidos. Bien que mal, de Ottawa a Canberra, se fundan nuevas Inglaterras, mientras Estados Unidos, mucho más avanzado en esta vía, se vuelve —casi a sus espaldas— la Súper Gran Bretaña. Toda África, las laderas del sur de Asia y las islas, del Caribe al Pacífico, están repartidas entre media docena de imperios coloniales. Por último, la periferia europea se deja penetrar fácilmente por un capitalismo cuyos puestos avanzados se multiplican de Bilbao a Milán y de Trieste a Cracovia y a San Petersburgo.

Ninguna primacía, entonces, entre la vieja Asia de donde Japón se lanza solo, hacia una modernización aventurada y América hispanizada hacia independencias inciertas; entre la India ampliada, sacudida, despertada algunas veces y el África mantenida en su pulverización étnica o aún tribal; entre Canadá o Italia que sus vecinos arrastran y las Indias insulares que los neerlandeses confinan a las plantaciones; etcétera.

Los rasgos comunes son impuestos desde el exterior por las potencias europeas, exportadoras de idiomas y de productos, algunas veces de religiones, a menudo de soldados y de administradores, de precauciones sanitarias, siempre, pues las epidemias circulan cada vez mejor, como los hombres y las mercancías.

Muchas sociedades periféricas carecen de Estado propio o no conservan más que la decoración, de tal manera que sus contradicciones no tienen resultantes locales, pero entran, de lado, en más amplios conjuntos de contradicciones, manejadas en otra parte, por otros estados o por otras instituciones de menos envergadura: sociedades mineras o de plantaciones más atentas al mercado mundial que a las economías locales; bancos que conocen mejor las monedas que los pueblos.

A primera vista, las transformaciones del siglo XIX prolongan las que obsesionaban ya al mundo anterior: expansión mercantil, armazón territorial, accesos nacionalistas, para el centro; propagación mercantil y expansión colonial del centro hacia las periferias; en el centro todavía, vida social ritmada por una coyuntura económica, una situación política fluctuante y una actualidad cultural móvil. Pero el parecido es superficial. Desde todos los aspectos, el mundo capitalista es cualitativamente diferente de su predecesor.

Su expansión mercantil no deja de acelerarse, arrastrada por una acumulación del capital cuyo crecimiento económico es el corolario. Asimismo, el armazón territorial cambia de sentido al intensificarse. El Estado está surcado por carreteras y por vías férreas, por administraciones y por escuelas, por líneas telegráficas como por distribuciones periodísticas, por comités electorales como por sindicatos. Una poderosa sociedad civil adquiere consistencia y lo ayuda a convertirse en una república burguesa. Asimismo, el Estado ya no es nacionalista pero se vuelve nacional. Envuelve en la pesada pasta de una identidad común a toda una nación que abarca a las clases sociales y contiene las eventuales minorías consideradas extranjeras.

Las inflexiones son menos nítidas en las posesiones coloniales en donde, llegado el caso, se prosiguen las exterminaciones de autóctonos y donde la supresión de la esclavitud termina con la trata, mientras las administraciones inventan nuevas formas de trabajo forzado. El principal cambio interviene en las colonias de asentamiento en donde la exuberante Europa vierte sus sobrantes. Las Américas, al norte y luego al extremo sur, y los futuros *dominios* se benefician así de una transfusión de familias, ya con un barniz de civilización europea y que transportan, con sus fuerzas de trabajo, sus conocimientos y sus esperanzas.

Por lo demás, la colonización no es más que un aspecto de la dominación que ejerce el centro. De hecho, la acumulación del capital no tarda en producir nuevos lazos propiamente imperialistas, de los que los bancos y las casas de bolsa son los agentes, más discretos que los ejércitos. Las desnivelaciones técnicas y culturales, que no dejan de marcarse, incrementan en la misma medida el adelanto industrial, la rentabilidad y la preponderancia de las potencias capitalistas. Por ello, el alcance de estas potencias se vuelve cada vez más difícil: se requiere la protección de la distancia y la trasfusión masiva de hombres ya calificados, en el muy grande espacio económico virtual de Estados Unidos; o el armazón violento de un gran espacio, por un Estado resueltamente proteccionista como Alemania; o, por último, la imperiosa movilización de un Estado altamente disciplinado, como Japón. Tres logros, entonces; pero también, tres excepciones.

Además se aceleran los ritmos de la vida social. La coyuntura económica de los siglos anteriores se llena de crisis periódicas, con geografía variable. Las crisis políticas son menos regulares y de diferente naturaleza. El siglo XIX europeo es barrido por varias olas revolucionarias de amplitud desigual, a las que se mezclan, poco a poco, los plazos normalizados de las elecciones. Los ritmos culturales se enriquecen, también, por el efecto de modas, de conflictos de escuelas, etc. En sus inicios, el siglo XIX acompasa todavía cada año al ritmo de las estaciones; cuando termina, el año escolar, modelado en función del año agrícola, inicia su largo reinado que trastornará toda la vida social, en el seno de los sistemas mundiales del siglo XX.

La formación de los estados territoriales-nacionales especifica perdurablemente el sistema mundial como un *juego de lugares reservados*: un juego de territorios a los que deben adaptarse las naciones; un juego de mercados nacionales que segmentan un mercado mundial todavía virtual; un juego de estados y de sociedades civiles en el que se forjan las legislaciones y las costumbres.

En este mundo en el que la geoeconomía de los mercados, de los recursos, de los movimientos de capitales y de los bancos ya es bien visible, la geopolítica sigue siendo sin embargo preeminente. El recorte de los mercados, como el de los pueblos resulta principalmente de la jerarquización de los estados.

En sus posesiones coloniales como en otras partes, Europa cree transmitir al mundo un mensaje de higiene y de progreso, de conocimiento y de modernidad, en resumen de civilización. Pero su civilización, supuestamente ejemplar, es de alcance siempre más difícil, en lo que concierne a su motor esencial: la industria, extendida por la acumulación capitalista, alimentada por las ciencias y puesta en funcionamiento por trabajadores mejor especializados y más calificados.

5

EL MUNDO DE LAS GUERRAS MUNDIALES
(De 1914 a 1945-1950)

15. GUERRAS Y REVOLUCIONES

Agosto de 1914. Berlín prepara un nuevo Sedán, París sueña con un nuevo Jena, pero tres meses después el frente se petrifica: será Verdún. Se ha iniciado la *gran* guerra. De entrada, se vuelve mundial por el concurso de los dominios británicos y de Japón.

Noviembre de 1917. La revolución que dura desde marzo provoca reacciones en cadena. Los ejércitos alemanes avanzan a Ucrania y a los países bálticos. Las tropas aliadas vienen para reforzar los ejércitos de la contrarrevolución. Se emancipan colonias, en Turkestán y en la Transcaucasia. El ejército rojo de Trotski sale victorioso de estas largas guerras, pero el contagio revolucionario deseado por Lenin se apaga rápido. Las rebeliones alemanas son sofocadas; la revolución húngara fracasa; el ejército rojo es derrotado en Polonia. La URSS está aislada.

Octubre de 1922. La marcha sobre Roma de las milicias fascistas remata una contrarrevolución en la que se inspiran los regímenes antidemocráticos de Lituania y de Portugal (1926), luego de Yugoslavia (1929) y de Polonia (1930).

Octubre de 1929. Se desencadena una crisis económica en Estados Unidos, luego afecta a Austria y a Alemania, antes de extenderse a toda la zona capitalista.

Abril de 1931. El ejército japonés ocupa Mukden. Toda Manchuria es capturada a partir de 1932. En 1937, el ejército japonés ocupa todas las provincias densamente pobladas de una China en la que los comunistas sobrevivientes de la *Larga Marcha* (1934-1935) y las tropas regulares de Chiang Kai-shek les entablan una guerra con frentes movedizos.

1933. Roosevelt promete a Estados Unidos un *New Deal*. Hitler convierte a Alemania en un Estado nazi en el que los judíos, los comunistas y los opositores de todo tipo sólo escapan de los campos de concentración por el exilio. El nazismo alemán inspira una nueva ola reaccionaria en Austria (1933), en Letonia, en Estonia y en Bulgaria (1934), en Grecia (1936) y en Rumania (1938). Una guerra civil retrasa esta ola en España.

Marzo de 1938. Alemania se anexa Austria. Empieza a desmantelar a Checoslovaquia en septiembre, para terminar con el recorte en marzo de 1939. La alianza germano-japonesa, concluida en 1936, bajo la forma de un *Pacto anti-Komintern*, recibe en 1937 el respaldo de Italia. En agosto de 1939, un pacto germano-soviético aísla a la alianza anglo-francesa.

Septiembre de 1939. Estalla una segunda guerra mundial en el seno de la vieja Europa de la que Alemania toma pronto el control total, salvo de la URSS en donde sus ejércitos se hunden en junio de 1941 y de Inglaterra que sirve después de base a la contraofensiva estadunidense. Asimismo en Asia, 1941 es el año de los desastres, de Pearl Harbor a Singapur. Luego la era de las guerras y de las revoluciones se calma tras las capitulaciones alemana y japonesa de 1945. De la destrucción de Hiroshima (1945) a la independencia de la India (1947) y a la victoria de los comunistas en China (1949), se esboza un nuevo sistema mundial.

El ferrocarril permite a Alemania luchar en dos frentes y al ejército rojo correr de un frente al otro de la inmensa Rusia. Los barcos producidos en serie exportan las armas y los víveres estadunidenses. De los gases a las bombas nucleares, se multiplican las nuevas armas.

El comportamiento de los ejércitos se adapta a los nuevos armamentos, con grandes costos humanos. Las trincheras de 1914-1918 consumen millones de hombres. Las batallas posteriores a 1939 son igual de sangrientas, pero menos estáticas, pues China y España ofrecieron sus campos de pruebas para los aviadores y para los tanques.

La guerra industrial es costosa. En cada uno de los dos conflictos mundiales los gastos anuales totales de los beligerantes alcanzan alrededor de 60 mil millones de dólares, a los precios de 1970 [26, 27]. Las pérdidas en hombres, independientemente de sus efectos diferidos, se calculan, para la primera guerra mundial, entre 8.5 y 9.5 millones de soldados y entre 6 y 10 millones de civiles, diferencia debida sobre todo a la Revolución rusa. Para la segunda guerra mundial, las incertidumbres son aún más amplias: 15 a 22 millones de pérdidas militares y 6 a 28 millones de pérdidas civiles, según sea que se incluyan las víctimas de las masacres y de las hambrunas (sobre todo en China). ¿Pero cómo ignorar estas matanzas, fuera de la batalla, cuando la Europa del siglo XX renueva un salvajismo digno de los conquistadores mongoles?

¿Industriales y salvajes, las guerras de 1914 y de 1939 son todavía muestra de las teorías inspiradas en Clausewitz por los éxitos napoleónicos?

Para Aron, como para Clausewitz, la guerra sigue siendo *la continuación de la política por otros medios*. Pero Aron insiste en el hecho de que Clausewitz busca precisamente la *política de Estado* [2-I, 104], que se encarna en la decisión del legítimo jefe de Estado que expresa "todos los intereses de la totalidad de la sociedad" [2-II, 60].

Lenin admira a Clausewitz, pero no a Weber. Su reflexión busca desnudar los intereses de las clases que las guerras expresan y a orientar la acción de las clases obreras hacia las políticas —pacifistas o guerreras, según el caso— mejor adaptadas a sus intereses revolucionarios. Las guerras le parecen justas o injustas, según sean revolucionarias o imperialistas, en función de las clases a las que sirven.

Lenin no puede ser seguido sin reservas, por lo mucho que el voluntarismo abruma su juicio. Es cierto que toda guerra expresa los intereses de las clases, generalmente mediatizados por los estados que la llevan a cabo, pero ninguna formación científica da a ningún dirigente político ni a ningún partido —aunque sea leninista— la capacidad de reconocer soberanamente los intereses de las clases enfrentadas en una situación dada.

Las únicas certezas obedecen a la naturaleza de los estados en guerra cuyas clases reinantes —es decir el gobierno, el estado mayor, los dirigentes de los demás aparatos de Estado, etc.— suelen expresar los intereses de las clases dominantes, utilizan siempre las guerras para redoblar su control político y el adoctrinamiento ideológico de las clases dominadas y se sirven algunas veces de estas guerras para usar ardides con las tensiones sociales internas que llegan a ser inmanejables. Pero, de estos principios a los juicios precisos acerca de una guerra en especial, en sus diversas peripecias, hay lugar para un debate concreto, que se torna muy difícil por la guerra misma. Sin embargo este debate se libra, entre fuerzas políticas oficiales o clandestinas y, más aún, en el foco de los ejércitos y de los pueblos en donde las fluctuaciones de la *moral* expresan el resultado.

La primera guerra mundial escandaliza a los pueblos europeos. Sus clases reinantes y dominantes se disgustan aún más por la Revolución rusa. La de marzo de 1917 —llamada de *febrero*, a causa del calendario local— es resentida como una traición. En noviembre, la revolución llamada de *octubre* hace desbordar el vaso: son intolerables sus proposiciones con miras a una paz sin indemnizaciones ni anexiones.

Es necesario intervenir para ayudar a los *blancos* a derrotar a los *rojos*, pero los amotinamientos de las tropas aliadas imponen su repatriación a partir de 1919. Finalmente, los bolcheviques se resignan a ratificar la secesión de los pueblos occidentales al imperio ruso, de Finlandia a Bessarabia. Se forma un *cordón sanitario* para contener la epidemia revolucionaria.

Este cinturón de estados, no detiene la nueva Internacional Comunista, creada en Moscú a partir de 1918. Las rebeliones de Alemania y de Hungría son sofocadas, pero las policías y las contra-propagandas no refrenan la influencia comunista en los sindicatos y los partidos del movimiento obrero. Por medio de escisiones o de creaciones el comunismo se organiza en grupúsculos o en partidos más sustanciales.

Sin embargo, Rusia abandona el concierto de las naciones. A partir de 1917, repudia sus deudas, con gran perjuicio a sus prestamistas franceses. Se aísla del mercado mundial, de tal manera que su comercio exterior permanecerá estacionario, de 1918 a 1945, salvo una pequeña subida, durante la NEP, antes de 1930. Su aislamiento político es apenas menor, no obstante los reconocimientos concedidos en 1924, por Inglaterra, Italia y Francia. Sólo con el triunfo de Hitler en Alemania (1933) y tras haber sido reconocida por Estados Unidos y muchos otros estados, Rusia se adhiere a la Sociedad de las Naciones (SDN) en 1934 y amplía sus contactos diplomáticos.

Nacida escandalosa, escandalosamente aislada en el sistema mundial de los años de 1920 y 1930, luego escandalosamente incluida en la coalición victoriosa de 1945, la URSS lleva a cabo, de 1917 a 1945, una dramática transformación. Su historia no es más que una larga huida hacia adelante.

Al principio, la supervivencia de su revolución importa sólo a los bolcheviques. La distribución de las tierras legaliza los repartos iniciados a partir de 1917. El establecimiento de las fronteras sanciona asimismo el hecho consumado. Se emancipan pueblos bajo nuevos estados, cuando la URSS no tiene la fuerza de conservarlos. Pero, en Armenia o en Georgia se anula la independencia, a partir de 1922, pues Turquía, también en efervescencia, no tiene la fuerza de implicarse y bloquea el paso a las eventuales intervenciones occidentales.

El ejército rojo, indispensable para la supervivencia de la revolución, nace por la oportuna amalgama de reclutas a menudo motivados y de oficiales con experiencia en el frente. Tras sus victorias, su conversión en *ejército de trabajo* fracasa en seguida, pues la tropa aspira a trabajar sus propios campos. Las rebeliones populares que la extrema pobreza y la dureza del *comunismo de guerra* hacen estallar, sobre todo en Kronstadt (marzo de 1921) son dominadas, no por este ejército popular, sino ya por tropas especiales, al principio improvisadas, luego profesionales. Todo se improvisa, incluso el propio partido comunista. Sus 5 000 afiliados de 1905 llegan a ser, a lo más 40 000 en febrero-marzo de 1917. 300 000 afiliados son representados en el congreso de marzo de 1919 y el doble un año después, tras la prohibición de los otros partidos, como de las tendencias en el seno del PC.

La revolución triunfa en una Rusia agotada. En 1921, la nueva política económica anula las coacciones del *comunismo de guerra*. El campesinado, el artesanado y el comercio reinician la vida, se reparan los transportes, pero las fábricas tienen todavía dificultades. Perdieron muchos ingenieros, técnicos y obreros calificados y reciben pocos fondos para invertir. El nivel de vida obrero vuelve a subir poco a poco hacia su pobre nivel de 1913 que será recobrado en 1928.

No obstante los vacíos causados por la emigración, la propia sociedad civil se reactiva, y la vida intelectual se reinicia en las grandes ciudades. Pero no así la vida política. La glaciación del partido, iniciada a partir de 1920, se acelera tras el fallecimiento de Lenin, en enero de 1924. A la cabeza del PC, las alianzas son fluctuantes, pero crece la influencia de Stalin y de su secretariado. Su *socialismo en un solo país* —consigna de 1925— gana contra las esperanzas de *revolución permanente* alimentadas por Trotski.

En 1928, el primer plan quinquenal exige una elección decisiva. Reclama, en ese año, el cobro de un *tributo* excepcional al campesinado, para financiar un plan quinquenal cuya terminación será reclamada en cuatro años, a partir de 1929. Este tributo se adquiere a costa de una revolución anticampesina: la formación acelerada de koljoces.

La revolución de los años de 1930 no crea ninguna cooperativa y debilita al país. Asimismo da origen a un modo de producción en los campos de concentración. Los campos de trabajo, que sustituyen a las ejecuciones sumarias de los años 1918-1920, se llenan de *kulaks* a menudo imaginarios.

El campesinado, que representa en 1928 como en 1913, el 82% de la población total, provee lo esencial de los efectivos de los campos de concentración hasta 1934. Se vierte también en la nueva clase obrera urbana: durante el primer plan (1928-1932), el efectivo de los obreros de fábricas pasa de 11 a 23 millones. No sin inmensas dificultades, la URSS de los años de 1930 rebasa sus capacidades de producción de antes de la guerra y empieza a edificar una sólida industria pesada.

Así adquiere forma el principal modo de producción soviético, el que da su tonalidad a toda la estructura económica. La colectivización integral de los medios de producción y de intercambio transforma los capitales en inalienables e intransmisibles y aísla la economía del mercado mundial por medio de todo un juego de esclusas comerciales y monetarias. La gestión y la coordinación de las compañías llegan a ser una cuestión administrativa, dirigida por un conjunto de aparatos especializados bajo el control del partido. Nace una formación estato-socialista, caricatura improvisada de un socialismo, cuya doctrina había sido muy debatida, de Marx a Lenin, pero de la que los contornos industriales habían permanecido muy vagos.

En 1933-1934, se esboza una cierta relajación. Las deportaciones masivas de campesinos cesan, las hambrunas terminan, el nivel de vida obrero, fuertemente deprimido desde 1928, reinicia un curso ascendente que le hará alcanzar, en 1940, el umbral de 1913 y de 1928. Pero las dificultades del segundo plan, los mediocres resultados de las campiñas, las coacciones del rearmamento y la necesidad de *enemigos del pueblo* que caracteriza al régimen staliniano, conducen a nuevas purgas de las que el partido y el aparato de Estado son los principales blancos.

El partido que contaba con 3.5 millones de miembros y de candidatos en 1932, ya no tiene más que 2 millones, en 1939, tras tres purgas metódicas cuyas víctimas son descalificadas y hasta deportadas.

En 1937-1938, concluye el régimen staliniano. Sus principales rasgos durarán hasta casi 1955: Estado y partido entremezclados, sociedad civil inhibida, dominio burocrático-partidario, hegemonía comunista sostenida por un control detallado de todos los aparatos ideológicos —estos mismos incluidos, lo más frecuente, en el aparato de Estado. Este nuevo tipo de formación social, improvisada al azar de las tempestades, sale reforzado de la segunda guerra mundial. De nuevo, la urgencia asegura la supervivencia del régimen.

Tres decenios de improvisaciones, de impulsos y de masacres transformaron al imperio ruso en una fortaleza que las esclusas del comercio exterior, los canales subterráneos de la Internacional y las barreras de la propaganda aislaron del sistema mundial. Este país con 19 000 km de fronteras terrestres [15] recorrió, dando tumbos, un extraño camino. Dio forma a una nueva estructura política antes de reconstruir su economía, luego de esbozar una nueva cultura. Inventó un nuevo tipo de sociedad industrial en la que el Estado alcanzó su pleno desarrollo sin contrapesos.

El costo en hombres de esta mediocre invención es difícil de estimar, por falta de censos confiables. Aparte de las pérdidas debido a las rectificaciones de fronteras y a la evolución de los comportamientos, se puede estimar sin embargo que de 1914 a 1950, el imperio que se transformó en la URSS perdió entre 50 y 60 millones de hombres, a causa de las dos guerras mundiales, de las revoluciones, de las hambrunas y de las deportaciones.

16. CRISIS MONETARIAS Y ECONÓMICAS

La Revolución soviética afecta poco a las economías europeas. Las guerras mundiales son más devastadoras. La primera arruina Bélgica y el noreste de Francia. La segunda destroza toda la industria europea, excepto Bohemia, el Ural y Escocia. Sólo Suecia y Suiza, cuya neutralidad es respetada en dos ocasiones, pasan por estos conflictos con un auge industrial.

De una guerra a otra, aumenta la función de los estados. Controlan las compras de armamentos, de materiales y de víveres, así como su financiamiento y su transporte. La reparación de los daños de guerra y la ayuda a los veteranos se vuelven una cuestión de las administraciones perdurables. El petróleo, la producción de aviones y la investigación militar son objeto de intervenciones públicas.

La paz recobrada, las redes telefónicas y radiofónicas atraen, también, a los estados. Hacia 1935, Alemania y Estados Unidos financian las primeras autopistas. Pero, sobre todo, los principales estados se interesan en las redes aéreas cuyas líneas comerciales pasan de 5 000 a 500 000 km entre 1920 y 1937.

Sorprendidos por la duración de la guerra, los beligerantes de 1914-1918 debilitan sus monedas al saldar sus déficit presupuestarios por medio de emisiones de papel moneda, a falta de impuestos y de suficientes préstamos. El restablecimiento de las monedas estables requiere de muchos años. Hacia 1925, parece restablecida la larga paz monetaria del siglo XIX. Se romperá a partir de 1931.

La vulnerabilidad depende primero de las deudas de guerra. 26% de los préstamos ingleses de 1913, 50% de los préstamos franceses y 83% de los préstamos alemanes se volvieron incobrables por la Revolución rusa y el incumplimiento turco. Los países antes prestadores tuvieron que endeudarse cuando las compras de guerra desequilibraron su balanza comercial: Francia, a partir de 1915; Inglaterra después de 1917. Al final de la guerra, los créditos estadunidenses alcanzaban 11 mil millones de dólares de los cuales Francia debía más de 4 e Inglaterra casi 5; además, Francia debe a esta última el equivalente de mil millones de dólares.

Francia, es cierto, espera pagar a los países anglosajones con una parte de los 11 mil millones (de equivalente en dólares) que Alemania le debe, a título de indemnizaciones de guerra. Otros deudores de Estados Unidos tienen la misma esperanza. Pero su acreedor rechaza cualquier compensación.

La crisis económica zanja el debate. En 1932, el presidente Hoover otorga una moratoria de un año a los deudores de Estados Unidos y la conferencia de Lausana pone fin a las indemnizaciones alemanas. Estados Unidos debe constatar después, no sin crujir de dientes, que sus deudores europeos son prácticamente todos desmemoriados. Las deudas alemanas e interaliadas se desvanecen en discordias que no serán saldadas antes de los años de 1950.

En el mundo capitalista anterior a 1914, la libra servía de moneda internacional. De 1914 a las estabilizaciones de 1924-1928, las transacciones internacionales se equilibran con un gran respaldo de dólares y de arbitrios. Este nuevo dispositivo es débil.

Inglaterra se retira en 1931. Su libra flota a merced del mercado y empieza por perder 30% de su valor. Su libre intercambio secular es abandonado, en provecho de *preferencias imperiales*. El mundo estalla en distintas zonas monetarias, se multiplican las barreras aduaneras, se debilitan el comercio y el crédito internacional.

Hasta casi finales de los años de 1920, la producción industrial mundial crece 4.5% por año. A fines de 1928, rebasa por 42% el nivel de 1913. La sobreproducción que empieza a manifestarse en diversos campos, sobre todo en Estados Unidos, no tiene entonces nada de excepcional: se esboza una crisis cíclica, como de costumbre. Pero todo envenenará esta crisis hasta hacerla catastrófica. La bolsa de Nueva York, embriagada por el desarrollo de Estados Unidos, especula con gran cantidad de créditos bancarios, luego padece, en octubre de 1929, una caída brutal de los créditos. Poco reglamentados y mal controlados, 4 000 bancos estadunidenses hacen quiebra, sin carecer de contragolpes de todo el mundo. Los esfuerzos estadunidenses y europeos para aligerar los efectivos industriales, disminuir los salarios, reabsorber los déficit presupuestarios, reducir las importaciones e impedir los desbocamientos del crédito producen un resultado imprevisto pero inevitable: la producción industrial baja 50% en Alemania, 45% en Estados Unidos, 37% en Francia y 26% en Gran Bretaña, entre 1928 y el fondo de la crisis al que se llega, según los países, en 1932 o 1933. Esta depresión, prolongada por el desorden monetario, repercute en todos lados. Los países de América Latina en los que la guerra de 1914-1918 había desencadenado una cierta prosperidad económica [11, 463] se encuentran entre los más destrozados. La amplitud mundial de la crisis se mide en el comercio internacional: de 1929 a 1932, su volumen disminuye en 36%; aumenta poco después, pero el desplome de los precios continúa, de tal manera que, de 1929 a 1936, el valor de este comercio se reduce en 66 por ciento.

Cuando Keynes publica su *Teoría general*, en 1936, algunos gobiernos empiezan apenas a relanzar empíricamente sus economías nacionales, inflando la demanda efectiva por medio de un poco de ayuda, de inversiones públicas y de rearmamento. Así, Alemania, vuelta nazi en 1933, logra aumentar su producción 40% entre esta fecha y 1939. Sus 6 millones de desempleados ya no son más que 1.6 millones en 1935 y desaparecen antes de 1938. Las otras potencias no recuperan sus niveles de producción de 1928-1929, salvo Inglaterra. Sólo la guerra pondrá fin a esta crisis, para gran beneficio de la industria estadunidense.

PRODUCTO NACIONAL BRUTO POR CABEZA
(en dólares y precios estadunidenses de 1960)

Años	Europa occidental	América del Norte	Japón	Europa oriental	Resto del mundo
1913	693	1333	310	412	175
1928	784	1657	430	426	194
1938	868	1527	660	566	192
1950	928	2364	405	588	202

Tomado de: 5

Las desnivelaciones que garantizan la preeminencia de las potencias centrales, continúan creciendo, pero menos rápido que en el siglo XIX: las guerras frenan el avance europeo, la crisis rompe el desarrollo estadunidense. Además, algunas sociedades periféricas aprovechan las convulsiones guerreras del centro, para desarrollar una industria que abastece a Europa o que sustituye las importaciones faltantes. Varios países de América Latina lo logran pero de manera frágil. Japón lo logra mejor, merced a su capitalismo de Estado original. La URSS lo logra totalmente, durante los años de 1930, pero a costa de un socialismo estatal mechado de espantosas coacciones.

Así, se moldean nuevas estructuras económicas en el sistema mundial. Hasta 1945, el socialismo de Estado es una exclusividad soviética, pero el capitalismo de Estado no se limita en modo alguno a Japón. Italia confía a un instituto financiero estatal la salvaguarda de las industrias amenazadas por la crisis. Francia crea varios bancos públicos y diversas sociedades de industrias de armamento. Pero en ningún lugar estos elementos del capitalismo del Estado adquieren un peso suficiente para que el capitalismo privado se subordine a él.

La competencia que se mantiene predominante inspira nuevas industrias y creaciones de empresas. Guía la selección de los intereses con los que se alían los gobiernos para el establecimiento de metas de guerra, de tratados de paz y de ofensivas diplomáticas.

Los estados adquieren así el aspecto de imperialismos rivales. Las guerras que originan sus rivalidades y las revoluciones que algunas veces las sancionan, dan al sistema mundial su característica principal, claramente anunciada por Lenin: el mundo posterior a

1914 entra a la *era de las guerras y de las revoluciones.*

Después de 1918, las potencias victoriosas recortan los imperios de Europa central y oriental. Francia se regocija de este recorte de estados de los cuales muchos se transformarán en clientes de sus bancos y discípulos de su Estado mayor. Inglaterra se interesa más en los despojos otomanos de una zona que, según su costumbre, empieza a ser designada como Cercano y Medio Oriente.

El reparto de los despojos petroleros alemanes conduce, tras diversos intermedios, a la formación de una *Irak Petroleum Company* controlada por los ingleses, pero en la que Estados Unidos y Francia poseen cada uno 23.75% del capital. Todo el imperio colonial alemán es repartido en protectorados japoneses, australianos, sud-africanos, ingleses y franceses.

En materia colonial, la única innovación política del periodo entre las dos guerras mundiales concierne a los dominios británicos en donde, de Canadá a África del Sur y a Nueva Zelanda, se prosigue el deslizamiento hacia la independencia iniciado antes de 1914. La conferencia imperial de 1926 formaliza este movimiento presentando a los dominios y al Reino Unido como un *Common-wealth,* es decir como un grupo de comunidades autónomas en el seno del Imperio Británico a las que une una común fidelidad a la Corona. A partir de 1932, la conferencia anual del *Commonwealth* explicita las preferencias financieras y aduanales que sus miembros se otorgan recíprocamente. Inglaterra debilitada necesita aliados.

Mientras tanto, los tratados de los años de 1920 no se reducen al reparto de los despojos imperiales y coloniales. El de Versalles organiza una Sociedad de las Naciones (SDN) destinada a garantizar la seguridad colectiva de los pueblos —o, por lo menos, de los estados. No obstante el rechazo estadunidense, la SDN reúne vein-tinueve ex aliados, y otros trece estados invitados a unirse. Estos 42 afiliados en 1920 llegarán a ser 60, en 1934, cuando la URSS se adherirá a su vez, tras la evicción de Japón —conquistador de Manchuria— y de Alemania —rearmada más allá de los límites impuestos por el tratado de Versalles— pero antes de la evicción de Italia, que será condenada por haber invadido Abisinia, otro Estado miembro de la SDN.

La SDN reúne a los estados de Europa y de América Latina, con los dominios británicos y algunos estados de África o de Asia que gozan de una independencia verdadera (Persia, Siam, etc), formal (Irak, Egipto, etc.) o simplemente prometida (India). Esta amplia asamblea sólo tiene un poder simbólico. Sus votos —o los de su consejo permanente— disfrazan ciertos protectorados de *mandatos internacionales*, censuran a algunos agresores y convocan a varias conferencias sobre desarme, pero ningún brazo secular conforma las sanciones que raras veces decide por medio de un voto unánime de la asamblea. La SDN es un simple foro diplomático. Sus organizaciones satélite son un poco menos impotentes: la Organización Internacional del Trabajo —antecedente del BIT— favorece la aclimatación, en diversos países, del sindicalismo y del derecho del trabajo, el Comisariado para los Refugiados proporciona a los apátridas —originados por las anexiones y los nuevos recortes de los tratados— pasaportes llamados Nansen, según el apellido del director noruego de esta institución.

Bajo la influencia de los conflictos internacionales, el mundo de los años 1914 a 1945 presenta una particularidad política discreta: se esbozan tres nuevas formas de dominación durante este breve periodo, para propagarse después, revelando más claramente sus rasgos esenciales. En Europa occidental y nórdica, la dominación democrática burguesa inicia, bajo regímenes muy contrastados, su conversión en una dominación intervencionista burguesa, rica en porvenir. En Europa oriental, el aislamiento soviético experimenta, a tientas, la nueva forma de Estado que difundirá después de 1945. Por último, un poco por todas partes —sobre todo en México y en Turquía— empieza a tomar forma una nueva dominación, que promete tener un gran porvenir. Es militar en tanto la multiplicidad de las tensiones internas incita a utilizar frecuentemente la fuerza armada; pero también nacionalista, pues se aplica a las sociedades en las que una nación se cristaliza, bajo un Estado que, para favorecer su maduración, intenta apresurar la modernización económica, administrativa y cultural del país.

17. LA ESTRUCTURA DEL SEGUNDO MUNDO CAPITALISTA

La vida cambia. En Europa, las cesuras de las guerras subrayan las novedades. La posguerra es la época en la que se propagan la electricidad, la radio y el automóvil. Los camiones prolongan hasta las campiñas alejadas los transportes ferroviarios a los que hacen duramente la competencia, a partir de los años 1930. La enfermedad, los accidentes de trabajo, la ancianidad, el desempleo dejan de ser, por todas sus consecuencias, desgracias individuales. Pero este cambio esencial procede por tirones. No es un efecto del mercado, sino un envite político.

La vida cambia sobre todo en la imaginación de los pueblos centrales. En tanto que la escuela primaria se generaliza, la prensa, la radio, el cine, la fotografía, el fonógrafo enriquecen las mentes con palabras, imágenes y nuevos mitos. Las competencias deportivas imitan los conflictos, los Juegos Olímpicos se reinician en 1920, en Amberes, pero Alemania permanecerá excluida hasta los de Amsterdam (1928).

El turismo popular progresa bajo diversos regímenes. Menos visible, pero más profundo, se opera un deslizamiento en la población femenina en la que el trabajo pagado, los estudios secundarios, el retraso de la edad de matrimonio, la evolución del vestido y de las costumbres inician una conquista de la igualdad con el otro sexo que el siglo XX no bastará para consumar, en el centro del sistema mundial.

Estos cambios se difunden según un recorrido raras veces desmentido: de las ciudades hacia el campo, de las clases ricas o cultas hacia el resto de la población, de las sociedades centrales hacia las periferias.

Las redes primarias están también en plena transformación. Sus mallas se estrechan, a medida que se confirman las vías de comunicación. Mejor, estas redes se desdoblan, pues la radio empieza a tejer vías de comunicación indiferentes a las distancias. Estados Unidos precede a Europa con sus 50 000 aparatos receptores de 1921 que llegan a ser 10 millones a partir de 1929, luego omnipresentes durante el siguiente decenio. Pronto, todo el centro ve cómo se duplica su enrejado de grupos de convivencia por un enrejado hertziano. En cuanto a las redes secundarias, cambian de alcance: el buque trasatlántico y el avión permiten a los ricos europeos acceder fácilmente a Buenos Aires, El Cairo o Nueva York.

En cuanto a lo esencial, los aparatos ideológicos se multiplican a la manera de las escuelas. La radio traspone modelos ya bien experimentados por la edición y la prensa o por el teatro y el concierto. Los nuevos aparatos son raros, pero pesan: extensión de la publicidad; aparición de la propaganda, la cual se desarrolló en Rusia y en Alemania.

Las revoluciones, entre ellas la freudiana, la surrealista y la seriada trastornan las artes y muchos conocimientos. Las ciencias físicas son revolucionadas por las teorías de la relatividad y de los quanta. El cine inventa su lenguaje y sus primeros estilos. Pero, de Einstein a Eisenstein, ninguna innovación es recibida sin luchas. La ebullición de 1900 en Viena o en París, se vuelve la norma de muchas ciudades: Moscú hacia 1920, Berlín hasta 1933, Londres siempre y París todavía más dan un impulso que el aislacionismo inhibe en Estados Unidos, por lo menos hasta el gran éxodo provocado por el nazismo.

La historia verdadera de Rusia no puede confundirse con la del comunismo que adquiere una fuerza político-cultural de alcance mundial. El primer congreso de la III Internacional, en marzo de 1919, es realmente internacional. De todas partes, socialistas, anarquistas, pacifistas y neófitos llegan para unirse a los bolcheviques rusos. El cansancio de los pueblos asolados por la guerra asegura su audiencia. Las hecatombes guerreras exoneran la barbarie de la Revolución soviética. En esta época en que la vida humana vale poco, la Internacional brinda la esperanza de una revolución mundial y se organiza para este fin.

Durante el segundo congreso, en 1920, el balance es dudoso: Kronstadt se rebeló, la revolución fracasó en Berlín y Budapest, pero los partidos socialistas de Francia y de Italia parecen caer hacia el comunismo, en tanto que secciones de la Internacional despuntan, ya, en numerosos países. Ha llegado la hora de la organización, la liga descabellada de los revolucionarios se convierte, no sin conflictos, en una milicia internacional bastante parecida a una orden militar-religiosa. Su dirección permanece internacional, incluso en su componente rusa, formada por revolucionarios cosmopolitas. La propaganda, la agitación, la acción abierta o clandestina movilizan tesoros de entusiasmo y un poco de oro de Moscú.

A partir de 1924, la glaciación staliniana se extiende poco a poco a la Internacional. El partido ruso controla los servicios de ésta a partir de 1927-1928, pero su autoridad es menos nítida en las secciones nacionales. En China, la Larga Marcha emancipa la dirección china. En Francia, la autoridad de Moscú es casi completa hacia 1933-1934, en el partido *interior*, pero es muy débil sobre el enorme partido *exterior*, es decir sobre el flujo de adherentes suplementarios que provoca el ascenso del Frente Popular. Sucederá lo mismo cada vez que una nueva afluencia de adherentes llegue para rellenar, durante un tiempo, las pérdidas provocadas por choques tales como el pacto germano-soviético de 1939. Sólo los países en los que la Internacional no puede más que implantar una secta, serán de una fidelidad a toda prueba a la dirección moscovita.

Durante los años de 1920, las campañas anticoloniales, las tentativas revolucionarias, de Hamburgo (1923) a Shangai (1927), la influencia sindical adquirida principalmente por medio de los cargadores de los muelles, marinos y ferroviarios y una propaganda multiforme inflan la imagen del comunismo que una contrapropaganda convierte en la *amenaza roja*. La prohibición de los partidos y de los sindicatos supuestamente comunistas es obligatoria en los estados aristocrático-burgueses del *cordón sanitario* y de los Balcanes, pero las repúblicas burguesas no pueden resolverse a ello sin violar su propia legalidad. Remplazan esta prohibición por una vigilancia policiaca y por diversos contrafuegos: ayuda a los necesitados, expansión de las mayorías políticas a los partidos socialistas antes reprobados, etc. Los patronatos que se creen amenazados, las iglesias que el comunismo trastorna, los partidos que se consideran vulnerables y diversos ayudantes reclutados entre los antiguos combatientes y los nuevos desempleados proporcionan ayudas financieras, morales o musculosas, a los nuevos partidos que elaboran doctrinas anticomunistas con base en el nacionalismo, el corporativismo y la xenofobia. Italia es el primer país en el que esta reacción conduce, a partir de 1922, a un cambio en el régimen político. Once años después, Alemania es la primera gran potencia en seguir este ejemplo. Su extremo fascismo, reforzado por explícitos proyectos guerreros y por un sangriento antisemitismo, transforma el clima político y cultural de Europa y da un nuevo impulso al comunismo.

La III Internacional cambia de rumbo en 1935. Preconiza de ahora en adelante la alianza de todos los partidos afianzados en el movimiento obrero y la extensión de esta alianza a las fuerzas políticas más hostiles al fascismo que al comunismo. Los grandes procesos stalinistas de los años 1937-1938 inquietan a los partidos invitados a dichas alianzas, pero casi no alteran las opiniones públicas en lo sucesivo atentas a los progresos del nazismo.

Los éxitos económicos de la URSS —que asegura el 18% de la producción industrial mundial en 1940— y las supuestas virtudes de su planificación contrastan con la crisis de los países capitalistas. Los estímulos otorgados al rearmamento occidental —sobre todo por el pacto Laval-Stalin de 1935– tranquilizan a las opiniones nacionalistas. El apoyo otorgado a España, contra el golpe de estado franquista y sus apoyos italo-alemanes, dan testimonio que el antifascismo de la URSS no es simple propaganda. Pero sobre todo, Alemania se vuelve repulsiva en tanto que la URSS sabe esconder sus más siniestras realidades. Socialistas, judíos, intelectuales y otros emigrados alemanes hacen públicas en Europa, luego en Estados Unidos, las fechorías del nazismo, mientras que las ofensivas diplomático-militares de Alemania confirman, a partir de 1936, los proyectos guerreros del *Mein Kampf.*

La pregunta de los años de 1920 era: ¿revolución o contrarrevolución? A finales de los años de 1930, la pregunta se había vuelto: ¿es peor el nazismo que el comunismo? Los partidos socialistas y los grupos trotskistas de la IV Internacional —creada en 1933– casi no tienen ilusiones sobre la URSS, pero dan al antifascismo la misma prioridad que los gobiernos de París, Londres y Washington, que se resignan poco a poco, sobre todo después de Munich (1938), a la perspectiva de una guerra antialemana –y antijaponesa.

Así, el antagonismo al comunismo y al fascismo se vuelve el eje ideológico del sistema mundial, el tensor de las opiniones y de muchos debates ideológicos.

La nueva red de estados, recortada después de 1919, no hace triunfar el principio de las nacionalidades, pero da un impulso a la difícil fusión de las etnias en naciones. No todas las víctimas de este proceso están expuestas a un etnocidio, como los armenios. Los kurdos, divididos en tres estados, los árabes repartidos en múltiples emiratos, los griegos expulsados de Anatolia, las minorías diseminadas de los Balcanes y los alemanes que pronto perturbarán Polonia, Austria, Checoslovaquia y otros países en los que sus minorías son más pequeñas: ésta es la lista no exhaustiva de las principales alteraciones al reino del Estado-nación, en una Europa y un Medio Oriente que prefiguran, a partir de 1920, el mundo descolonizado de los años de 1960 (núm. 26).

El doloroso parto de las naciones se acompaña de una relativa clarificación de las identidades diferenciales en el seno de cada Estado. Este trabajo, emprendido hacía mucho en las sociedades capitalistas más avanzadas, se acelera por todas partes, en Europa, por el efecto de la agitación comunista y de las reacciones que acarrea. Ante los partidos y los sindicatos obreros, se organizan los campesinos, los artesanos y los comerciantes. El antagonismo de las clases burguesa y obrera refuerza la especificidad ideológico-política de estas clases medias. La gestión más original se esboza en los países escandinavos en donde el movimiento obrero atrae el grueso de las clases medias y asienta mayorías políticas, hostiles a los trastornos revolucionarios, pero atentas a los intereses de las clases populares.

A ejemplo de Inglaterra o de Francia, ciertas sociedades capitalistas centrales permanecen sometidas a una hegemonía jurídica que intentan extrapolar, en el orden internacional, en ayuda de la SDN. Guiadas por Italia, luego por Alemania, otras sociedades inventan un nuevo régimen político en el que la policía, el partido único y la propaganda engloban a la sociedad civil. Esta dictadura no excluye sin embargo un cierto efecto de entrenamiento: el fascismo reina en las mentes, por lo menos mientras acumula victorias contra el desempleo y las conquistas militares.

Asimismo advienen innovaciones hegemónicas en algunas periferias. En América Latina la rebelión universitaria de Córdoba (1918) se extiende rápido, de Argentina hasta México, y provoca una renovación de la enseñanza superior. Por su parte, los dominios británicos se afirman en su impulso. El principal cambio se opera en la URSS en donde la hegemonía comunista presenta evidentes parentescos formales con la hegemonía fascista —partido único, dictadura política, propaganda— sin que sin embargo se pueda identificarlas, debido a que son diferentes los recursos culturales que ponen en funcionamiento, las identidades que promueven y los enemigos a los que apuntan.

Otro cambio periférico, nada despreciable, es el reflujo de las hegemonías religiosas en los países en donde el armazón de una nación opera en crisis. Así, Turquía suprime el califato, en 1924; México, obsesionado por una revolución en la que el catolicismo indianizado del ejército zapatista da testimonio de la perennidad de las tradiciones, debe después pasar por una crisis de irreligiosidad militante, sancionada por la rebelión campesina de los Cristeros (1926-1929) y se transforma, finalmente, en el más laico de los estados americanos; la España del Frente Popular intenta arrancarse a una Iglesia aliada a Franco (1936-1938).

Paradójicamente, el torbellino europeo del fascismo y del comunismo ayuda a diferenciar la primacía norteamericana. En 1920, Estados Unidos se aísla y deja que las potencias europeas ejerzan una preponderancia política que excede de sus capacidades. Veinte años después, mal repuesto de la crisis, continúa viviendo separado del mundo, cuando la afluencia de los emigrados alemanes y europeos se injerta en sus universidades y en otros aparatos ideológicos. No obstante los triunfos de Hollywood y de las agencias de prensa estadunidenses, la civilización central permanece europea.

El segundo mundo capitalista adquirió consistencia a partir de 1914-1917 y desapareció, casi súbitamente después de la destrucción nuclear de Hiroshima, en 1945. Estos brutales cortes dependen de su naturaleza. Los sistemas mundiales anteriores se presentaban como zonas en donde se desplegaban ciertas estructuras económicas e ideológico-políticas. El mundo de 1914-1945 es ante todo un periodo, una fase en la que las estructuras preexistentes son desgarradas por las convulsiones que sus contradicciones económicas, políticas y culturales hacen explotar en cadena. El mundo de 1914-1945 no es una transición, es una serie de catástrofes, una era de guerras y de revoluciones de las que Lenin previó bien el desencadenamiento, por no decir el desenlace.

A lo largo del siglo XIX, el sistema mundial tenía por centro la zona europea del capitalismo (núm. 12) de donde irradiaba la civilización europea (núm. 14). La zona ocupada por la industria capitalista era discontinua, pero el tablero de los mercados nacionales, dirigidos por los estados, aseguraba la continuidad y la red de las ciudades, gloriosas por sus logros científicos, literarios, artísticos, desbordaba aún del centro económico-político.

Las convulsiones posteriores a 1914 trastornan este antiguo centro. Inglaterra decae, no obstante sus bellos restos imperiales y sus grandes pretensiones. Francia, vencedora exangüe de 1919, gendarme altanero de los recortes territoriales, cantor del oro por el cual su economía se debilita, acaba por degradarse ante Alemania vuelta nazi.

Otras potencias, todavía periféricas, pero que tienen un peso importante en el equilibrio europeo, se transforman también. Austria-Hungría estalla, Rusia se aísla, las metrópolis de los mundos anteriores —Holanda, España, Portugal, hasta Italia— permanecen subalternas. Sólo Alemania, herida y reducida por la guerra de 1914, el tratado de Versalles (1919), la inflación de 1923 y las indemnizaciones, recupera sin embargo su preponderancia en Europa, con base en una economía de guerra. Da a la aventura nazi un cimiento económico y militar de primer orden. Sin embargo, la preeminencia alemana es corta, como las victorias japonesas en

Asia. En 1945, Estados Unidos domina por mucho a todas las demás potencias.

En este momento termina el andar de cangrejo que practica desde finales del siglo XIX. Primera potencia industrial, desde los años de 1890, transformado en colonizador a partir de 1896, Estados Unidos parece no interesarse más que en su continente: sus intervenciones disciplinan el Caribe, su comercio y sus finanzas dominan los de Inglaterra en América Latina. Su contribución a la primera guerra mundial es decisiva, pero inexplotada. Sin embargo, su potencia financiera, por fin coordinada desde 1913 por un banco central —el *Federal Reserve Board*— se impone de hecho en Europa. Pero su aislacionismo se redobla con la crisis. Se necesitará de un largo decenio y de una dura guerra contra Japón y Alemania, para que se equipe con una policía federal, una administración central sustancial, un poderoso ejército, un servicio de información y una diplomacia profesional. El desequilibrio de un mundo mal centrado desde 1914 y la seudocentralización alemana posterior a 1940 cederán entonces el lugar a la poderosa centralización estadunidense después de 1945.

Así, fueron necesarios treinta años de guerras, de Revolución rusa y de crisis económica para que el mundo recuperara de hecho su eje. Pero estos tres decenios tumultuosos no corresponden a un largo síncope del centro, aun si terminan con la ruina material de Europa— y de Japón. En efecto, por debajo de los espasmos políticos del descentramiento, la acumulación del capital asienta más que nunca la lógica del valor de intercambio, el crecimiento del capital financiero, el privilegio relativo de los grandes espacios económicos, el enriquecimiento cualitativo de la fuerza de trabajo por su formación general y profesional y la aplicación de la ciencia a la producción: es decir, el conjunto de los procesos que llevan al creciente desequilibrio de los niveles de vida y de productividad entre los países capitalistas del centro y las diversas periferias.

Simultáneamente, el resplandor cultural del centro permanece tanto más vivo en cuanto que la radio y el cine fundan nuevos prestigios. Los estados, la mayor parte de las iglesias y los medios de comunicación, clásicos o nuevos, cantan las proezas de Europa y de Estados Unidos a los que Hollywood presta su espejo —y callan sus fechorías. Sin embargo, en las cercanías del centro europeo, el gran festival de las naciones por construir que fueron los tratados de 1919-1923 y el gran juego de las promesas nacionalistas no respetadas que acompañó a la primera guerra mundial —judíos, kurdos, o, de otra manera: Egipto, India, etc.— amplían el área de las naciones soñadas o preparadas. Desbordando Europa, se extiende hacia la URSS y el Cercano y Medio Oriente.

América Latina es la principal beneficiaria de los dramas europeos. Las guerras mundiales le dan la oportunidad de industrializarse. Chile, Argentina, el sur de Brasil y Colombia sacan provecho de esta situación, en tanto que Venezuela se vuelve productor petrolero de primer plano. Distraído por su propia revolución, México no participa en este impulso, pero la nacionalización de su petróleo, en 1938, le ofrece recursos que utiliza hábilmente.

El impulso de Japón es más potente. Prolonga el esfuerzo iniciado desde 1868, pero dilapida los beneficios en conquistas coloniales y en armamentos que desaparecerán en las guerras de los años 1930 y 1940. En 1945, ya no es más que un campo en ruinas, ocupado por una amplia población, roto en la industria. En menor escala o de manera menos certera, se perfilan otros impulsos en India y, sobre todo, en los dominios británicos. En resumidas cuentas, se podría decir que el modo de producción capitalista prolifera fuera de Europa, salvo en el enorme aislamiento soviético.

El sistema mundial convulsivo de los años 1914-1945 termina como nació, con una guerra plenamente mundial y más sangrienta que la anterior; también más salvaje, puesto que es cierto que Japón, la URSS y Alemania se dedican a espantosas matanzas, de las que los cautivos desarmados y las poblaciones civiles son las víctimas más numerosas.

El mundo de 1914 contaba con 1 800 millones de habitantes; el de 1950 enumera 2 500 millones. El crecimiento anual promedio es entonces cercano a 0.9%. Es dos veces más rápido que en el siglo XIX y cuatro veces más que en el mundo colonial y mercantil de los siglos XV a XVIII.

En 1925, como en 1914, Europa posee el 24% de la población mundial: ni la primera guerra, ni la Revolución rusa afectaron su lugar relativo. Por el contrario, su peso cae a 21% del total mundial en 1950, tras los estragos de los años de 1930 y de 1940 desde luego, pero sobre todo debido a la aceleración del crecimiento demográfico extraeuropeo.

La Europa convulsiva de los años de 1930 está demasiado atenta a las propagandas sobre el *espacio vital* requerido para la expansión alemana, sobre los riesgos de la sobrepoblación en los estados privados de las colonias y sobre la defensa necesaria de la raza blanca. Ignora que durante el siguiente medio siglo, sus territorios, considerados demasiado exiguos, soportarán con facilidad poblaciones mucho más grandes en tanto que sus agriculturas se volverán poderosamente exportadoras.

6

LA ORIGINALIDAD DEL TERCER MUNDO CAPITALISTA
(De 1945-1950 a 1990)

18. EL MUNDO DE LA DISUASIÓN NUCLEAR

En el centro del mundo, la era de las guerras y de las revoluciones termina de manera tan abrupta como se inició (núm. 15). Los gobernantes y los pueblos habían entrado en guerra, en 1914, como en una breve escaramuza. Salen de la segunda guerra mundial sorprendidos por el relámpago de Hiroshima. Los reencuentros, la reconstrucción y las nostalgias de la buena vida de antes de la guerra no pueden enmascarar las innovaciones que se operan en Europa, bajo la evidente tutela de Estados Unidos o de su competidor ruso. La estructura de un nuevo sistema mundial se edifica rápido, incluso si se necesitaran años para comprenderla.

El nuevo sistema mundial es nuclear en sus arsenales, pero no en sus guerras. Contrarrestado por diversas tácticas soviéticas y por la rareza de las armas nucleares, el monopolio estadunidense del nuevo armamento es remplazado pronto por un tipo de equilibrio estratégico y geopolítico, inestable pero persistente.

Por ello, Estados Unidos y la URSS se privan de la posibilidad de guerrear el uno contra el otro, salvo por vías indirectas. Así, las guerras de las que los estados no (o poco) nucleares no se privan, son sobredeterminadas por las intervenciones de las dos potencias, a menudo designadas como los Grandes, Supergrandes o Superpotencias, todas hipérboles originadas en su capacidad nuclear.

La disuasión recíproca de las dos potencias desborda de lo estratégico hacia lo diplomático. Cada una se conforta por medio de alianzas que delimitan su campo y que lo disciplinan. Todas las sociedades del centro y de las periferias estratégicamente importantes hacen bloque, en uno u otro campo. La neutralidad o el aislamiento son posiciones menores o transitorias, salvo cuando las dos potencias nucleares salen ganando. La firmeza de los campos es requisito indispensable, la infidelidad un despropósito mal tolerado: en cada campo se combaten las rebeliones y las revoluciones.

Sin embargo la descolonización multiplica los estados no alineados, independientes por derecho, pero dispuestos en una jerarquía de potencias en la que las desigualdades estratégicas y diplomáticas son reforzadas por diferencias económicas y financieras. Por esta última razón, la asimetría de los dos campos es manifiesta. La URSS impone a su campo disciplinas estatales socialistas en las que lo estatal tiene prelación sobre todo, incluso por medios militares. Estados Unidos no se priva de recurrir a las mismas armas, pero encuentra poderosos respaldos en las desigualdades que engendra la acumulación capitalista y en la actividad de las agencias internacionales que conforman la Organización de Naciones Unidas.

Privado de guerras y de revoluciones centrales, este mundo deja el campo libre a otros dinamismos. Las economías estatal-socialistas rompen récords de crecimiento extensivo, antes de ser frenadas por sus disposiciones de Estado. La acumulación capitalista se desarrolla más poderosamente que nunca y tiende a disolver los mercados nacionales en un mercado mundial en el que las crisis se vuelven mundiales, como las guerras antes de ellas. Pero para la mayor parte de los pueblos, los logros industriales de las principales potencias son menos fuentes de modelos y de ayudas, que generadores de desventajas difíciles de superar. La desnivelación intrínseca de las sociedades capitalistas, la jerarquía estratégica de las potencias y la pesadez autocentrada de las sociedades estatal-socialistas se conjugan para mantener un subdesarrollo del que los pueblos periféricos no pueden desprenderse salvo por medio de esfuerzos superiores a los que llevaron a cabo, en el siglo XIX, Alemania y luego Japón.

El peso de las coacciones estratégicas y económicas sobre decenas de estados recientemente liberados de su dependencia colonial hace, de todas las periferias del sistema mundial, una zona eruptiva en la que miles de etnias aceptan difícilmente ser reabsorbidas por decenas de naciones; en donde las religiones proponen con insistencia sus no soluciones a los problemas que los estados no saben resolver; en donde la exuberancia demográfica no encuentra exutorio económico a su medida y se establece en abscesos urbanos; en el que, no obstante, las hambrunas se enrarecen, se alarga el término de la vida, la ignorancia retrocede y el vasallaje de las mujeres empieza a ser impugnado.

El mundo de lo nuclear, de los bloques, de los estados por

decenas, de las crecientes desigualdades, de la exuberancia demográfica y de las identidades tumultuosas se estructura rápidamente. A partir de 1949, la primera explosión nuclear soviética anuncia el fin próximo del monopolio estadunidense. El mismo año, la victoria maoísta en China y la descolonización de Indonesia —que refuerza la de la India, en 1947— liberan al 44% de la población mundial de las viejas pretensiones imperiales. El mismo año también, la creación de la OTAN y de dos estados alemanes fija los contornos de la Europa de posguerra. La guerra de Corea (1950-1953) renueva pronto, en Asia, la demostración ya establecida, en Europa, por el bloque y el puente aéreo de Berlín (1948-1949): la intangibilidad de los bloques se vuelve casi perfecta. El tratado de San Francisco (1951) que pone fin a la ocupación estadunidense de Japón remata el esbozo: el nuevo sistema mundial —el tercer mundo capitalista— en lo sucesivo ha quedado bien asentado.

Este mundo tiene como piedra angular la disuasión recíproca de las dos potencias nucleares. Cada una puede destruir a la otra como primer golpe o como réplica a un golpe de este tipo, cada una conserva esa capacidad y conoce la capacidad de la otra. Sus disuasiones cruzadas envuelven las demás relaciones internacionales: estas dos potencias polarizan el sistema mundial.

Inmediatamente después de 1945, Estados Unidos dispone de una existencia mínima de armas nucleares: 13 bombas en 1947, 50 en 1948. Sus aviones B29 no tienen más que un alcance de 7 000 km. La URSS no se siente en lo absoluto disuadida de actuar, además de que sus fuerzas militares son masivas. Consolida su control sobre Sofía en Berlín. Sus fieles toman el poder en Praga, pero fracasan en Grecia y son depuestos en Yugoslavia. Bloquea en vano a Berlín (1948-1949), pero se beneficia del éxito maoísta en China (1949) e intenta llevar su ventaja hasta Corea (1950). Por su parte, Estados Unidos extiende su panoplia: sus bombas equipan las bases inglesas en 1949, después del bloqueo de Berlín, cuando la primera bomba soviética está a punto de ser sometida a prueba.

La bomba H estadunidense data de 1952, la soviética de 1954. Anunciado por el Sputnik ruso de 1957, el primer viaje orbital tripulado se efectúa en 1959. En lo sucesivo, el equilibrio de las fuerzas nucleares es aparente. La crisis provocada en 1962 por la instalación de cohetes rusos en Cuba, da testimonio de la apertura de una nueva fase.

Se establece de ahí en adelante una "casuística de la cooperación entre enemigos para evitar la ascención a los extremos y para asegurar la estabilidad de la disuasión" [2-II, 163].

Se inicia un deslizamiento tras la conclusión, en 1971, de un dispositivo antimisiles alrededor de Moscú y después el perfeccionamiento, ese mismo año, de cohetes estadunidenses con cabezas múltiples diversamente apuntables. En 1972, un primer tratado ruso-estadunidense limita los armamentos que declara *estratégicos* porque su alcance intercontinental permite a Estados Unidos y a la URSS dañarse el uno al otro. Esta seudolimitación se contenta con canalizar el crecimiento de las existencias: permite a cada potencia recuperar su retraso en submarinos, cohetes o aviones y multiplicar los aparatos de cabezas múltiples, pues sólo se descuentan los lanzadores.

En todo caso, la casuística progresa entre las potencias. Ya en 1962, se había establecido un *teléfono rojo* —es decir un circuito directo para la información de los dirigentes en caso de crisis. Los techos fijados en 1972 son respetados.

Luego, en 1979, un segundo tratado, efectivamente limitativo, no impide sin embargo la búsqueda de la ventaja, mediante la miniaturización de los aparatos, el incremento de la precisión y la sofisticación de los portadores —sobre todo por la creación del *misil crucero*, especie de avión sin piloto, de largo alcance.

Asimismo aparecen otras complicaciones, más políticas. Los miembros europeos de la OTAN se inquietan por el despliegue de cohetes soviéticos de medio alcance y, en 1979, deciden que se instalarán en Europa misiles estadunidenses de medio alcance, a menos de que se pueda negociar la supresión de los aparatos soviéticos. El despliegue estadunidense, así anunciado, se inicia efectivamente en 1983. Este mismo año, Estados Unidos emprende un programa de investigaciones —llamado *Iniciativa de Defensa Estratégica (IDS)*— para crear un escudo antimisiles que cubra el conjunto de Estados Unidos o, por lo menos, sus principales lugares. La IDS viola los principios de la mutua disuasión asegurada, cuando la doble decisión de la OTAN se aplica a un terreno preestratégico —es decir de demasiado corto alcance para ser abarcado por estos tratados.

La URSS cede bajo esta presión. Se firma un tratado en 1987 y se le ratifica a partir de 1988 para suprimir en tres años y bajo un estricto control, todos los misiles de medio alcance estacionados en

Europa, en tanto que también se reducen masivamente los misiles siberianos de la misma categoría, orientados hacia China y Japón. Paralelamente, se inician amplias negociaciones con el fin de reducir los armamentos de alcance internacional y los aparatos nucleares cuyo alcance es inferior a 500 kilómetros.

Si se hubiesen tratado a la manera de los años de 1910 o 1939, los años de 1945-1990 hubieran originado guerras mundiales oponiendo la URSS a los Estados Unidos así como a sus respectivos aliados. Ciertas de estas guerras fueron iniciadas, ninguna se generalizó, ninguna vio a Estados Unidos y a la URSS enfrentarse directamente por medios guerreros. La guerra no favoreció más que en forma indirecta a la política de las dos potencias mejor armadas. La fórmula de Clausewitz —acerca de la guerra que prolonga la política por otros medios— fue bloqueada por el arma nuclear, que mantiene como rehenes a pueblos completos, al mismo tiempo que los protege.

La disuasión enturbia la distinción entre la guerra y la paz, constituye, en resumidas cuentas, un tercer estado de la materia internacional. Coloca a Estados Unidos y a la URSS en una posición de *guerra fría*, de guerra *sin batalla* pero con pesados arsenales modernizados en vista de una guerra que no tendrá lugar o que sería ultrarrápida.

La disuasión nuclear aleja las guerras del centro. Las potencias nucleares sobredeterminan todas las guerras excéntricas: emplean, para combatirse, todas las armas del mundo, salvo las suyas.

La disuasión ha permanecido bipolar, no obstante la proliferación de lo nuclear civil. Alentada por todos los países industriales, se aceleró después del encarecimiento del petróleo, en 1973. En 1960, se contaban 22 centrales instaladas en cinco países. En 1992, funcionaban 424 centrales y había otras 72 en construcción, la totalidad repartida en 35 países. Esta difusión tiene efectos potencialmente militares: incrementa la producción de plutonio y sirve de asiento a las técnicas de enriquecimiento del uranio, que son las dos maneras de producir un explosivo nuclear. De ahí la creciente presión ejercida por las potencias nucleares para impedir la proliferación militar del campo nuclear. La Agencia de Viena, creada en 1957, vigila todas las centrales civiles. Las directivas comunes, adoptadas en Londres en 1977, por los países industriales instaladores de centrales —incluso Alemania, Canadá y Japón— refuerzan esta vigilancia, así como las medidas de información y de alerta decididas después del accidente de Chernobyl (1986). Además, Estados Unidos y la URSS se comprometieron a suprimir las pruebas nucleares en la atmósfera (1963) y a impedir la proliferación de los aparatos (1968), pero, no obstante la adhesión de numerosos países a estos tratados, el armamento nuclear se propagó un poco de 1945 a 1990. Estados Unidos y la URSS fueron rápidamente alcanzados en el grupo de las potencias nucleares: oficialmente por Gran Bretaña (1950), Francia (1960), y China (1964); discreta o solapadamente por India (1974) e Israel, pronto seguidos por África del Sur, pero en fechas menos certeras; a lo que hay que agregar diversos países que intentaron o intentan todavía equiparse de la misma manera, pero en forma más o menos clandestina: Pakistán, Corea del Norte, Irak e Irán, sin contar Brasil y Argentina que se prometieron recíprocamente, en 1990, abandonar sus esfuerzos; además, se tendrá que recordar la dispersión, eventualmente duradera, del arsenal soviético entre cuatro potencias, si no es que más.

Las instalaciones nucleares, de carácter civil o militar, suscitan frecuentes alarmas. La confiabilidad de las técnicas de producción, el reprocesamiento de los combustibles, el almacenamiento de los desechos perdurablemente radiactivos y el transporte de los aparatos militares, hasta su eventual destrucción, exponen a riesgos de accidentes, incluso de agresiones terroristas, con respecto a los cuales las seguridades y los controles deben ser constantemente revisados y protegidos de distracciones rutinarias. De hecho, los accidentes han sido numerosos y graves. Las pruebas estadunidenses de Bikini contaminaron las islas Marshall (1954); las instalaciones de Kychtyn, en el Ural, fueron destruidas (1958); la central de Three Mile Island estuvo a punto de explotar (1979), la de Chernobyl efectivamente explotó (1986); varios aviones estadunidenses o rusos perdieron sus cargamentos de bombas, varios submarinos se hundieron. Los accidentes más graves provocaron algunos miles de muertos y algunas veces impusieron la evacuación de amplias zonas.

Sin embargo, los procedimientos se perfeccionan, las seguridades se multiplican, los riesgos debidos a la sismicidad, a los bombardeos o a los accidentes técnicos son mejor prevenidos, sobre todo cuando las opiniones públicas interiores e internacionales permanecen vigilantes. Pero, aunque se enterraran todos los reactores, sólo se podrán aminorar los accidentes, no eliminarlos por completo.

19. LA JERARQUÍA DE LAS POTENCIAS

Desde 1945, las *no guerras* mundiales, las guerras periféricas y las treguas casi mundiales han acompasado tres periodos.

El primero está marcado por el antagonismo de Estados Unidos y de la URSS. Europa occidental reedifica sus ruinas, se beneficia de la ayuda Marshall, se rearma en la OTAN y acaba por unirse en un *Zollverein* de un nuevo tipo. Frente a ella, el *campo socialista* se origina en presiones aún más firmes. Aplica a todos los países ocupados por el ejército soviético, como a sus aliados yugoslavos y a sus adherentes checos, un mismo modelo económico y político. En 1949, se proclaman dos estados alemanes. La escisión termina, Europa ha sido domada.

Fuera de Europa, las Américas aliadas por un tratado de asistencia mutua (1947) y por una Organización de Estados Americanos (OEA-1947) son más que nunca el coto reservado de Estados Unidos. Por el contrario, África permanece casi por completo colonial, cuando, de Delhi al El Cairo, la colonización se deshace. Asia se sacude, pero en desorden. Japón, primero ocupado, permanece sometido a la tutela estadunidense. China obtenida para el *campo socialista* entra a la guerra de Corea en la que, después del fracaso del bloqueo de Berlín (1948-1949), la URSS experimenta de nuevo, de manera indirecta, la resistencia de Estados Unidos (1950). De Taiwán a Irán, todo el contorno asiático entabla los combates de la descolonización y los balbuceos de los nuevos estados.

En el Cercano y Medio Oriente se originan conflictos dispersos. La creación de Israel (1948) cristaliza la hostilidad árabe. La nacionalización del petroleo iraní (1951) conmueve a Estados Unidos quien, a partir de 1953, resinstala al sha y al cártel del petróleo.

Mientras tanto, el mundo vive una especie de tregua. La tercera guerra mundial no se originó en Corea, ni en Suez. Los armisticios coreano (1953) e indochino (1954), así como el tratado de paz que liberaba Austria de sus ocupantes (1955), marcan una pausa en los principales frentes de la *guerra fría* entre la URSS y Estados Unidos. La *no guerra* desemboca en una *no paz*, llena de cicatrices: dos Alemanias, hasta dos Berlines, dos Coreas, dos Vietnam.

La tregua casi no dura y pronto se abre el segundo periodo pues se envenenan los cortes alemán y vietnamita, en tanto que proliferan los estados recientemente descolonizados. Los imperialismos de conservación [9-II, 166] son sometidos a duras pruebas, sobre todo en África.

Las descolonizaciones africanas de los años 1960 casi no atraen la atención de la URSS y no molestan a Estados Unidos. Por el contrario, la descolonización de Cuba escandaliza a Estados Unidos. Esta gran isla, cercana a Miami, era, desde 1896, un casi protectorado estadunidense, rico en plantaciones y casinos. En 1959, la victoria de la guerrilla al mando de Castro y de Guevara trastorna estos intereses. De represalias en retorcimientos, de invasión fallida (1961) en alianza con la URSS, se llega, en 1962, a la crisis de los cohetes. El escándalo se duplica cuando las guerrillas, más o menos inspiradas por Cuba, se multiplican en América Latina. Estados Unidos prodiga su ayuda a los ejércitos y a las policías de todo este continente, para combatir los movimientos presumiblemente castristas. Inversamente, la teoría guevarista propone estancar el imperialismo estadunidense en múltiples vietnam de los cuales cada uno se originará en un foco revolucionario —o cuna rebelde parapetada en un refugio juicioso— de donde la guerrilla podrá obtener fuerza, hasta que se puedan despertar las masas urbanas adormecidas.

De hecho, la teoría del foco da a la experiencia de Cuba, virtudes geopolíticas imaginarias [21-III]. Renueva las tradiciones románticas del carbonarismo y del blanquismo —es decir la creencia en el complot político. Las vanguardias que Guevara exalta se levantan en gran número y son todas derrotadas. Las dictaduras militares se multiplican, de Brasil (1964) a Argentina (1966 y, sobre todo, 1976) y en Chile (1973) o en Uruguay (1974). Cuba está aislada.

Durante estos mismos años de 1955 a 1975, Asia se diversifica sin que la ventaja sea netamente adquirida por una u otra potencia nuclear. La URSS pierde la confianza, luego la alianza de China, sin que Estados Unidos pueda obtener de esta derrota soviética una verdadera victoria. El restablecimiento de sus relaciones con China y el tratado de paz entre China y Japón (1972) entreabren el enorme aislamiento chino, pero sin aliarse a nadie.

Estados Unidos padece, también, una derrota importante en Vietnam. La guerra, mal concluida en 1954, se reinicia en 1957 y la intervención estadunidense no deja de aumentar. En 1964, se vuelve masiva. En 1973, concluye con una retirada lastimosa, seguida, en 1975, por la derrota del Sur y la unificación de Vietnam. Pero, contrariamente a la teoría proferida por Estados Unidos, ninguna ola comunista altera después los *dominios* asiáticos. Vietnam agotado, la URSS debilitada por la hostilidad de China y esta última atascada en su aventurada revolución cultural, están condenados al *statu quo*. La ruptura de las relaciones entre Indonesia y China (1967) dispersa la alianza antiimperialista esbozada, en 1955, en Bandung. La Asociación de Naciones de Asia del Sudeste —ANASE o, en inglés, ASEAN— que se forma en 1967, se orienta hacia el desarrollo económico.

Más al oeste, la URSS es victoriosa, pero solamente en los puntos en que India afirma su predominio en esta región y se alía a la URSS en 1971.

En el Cercano y Medio Oriente, no se da ninguna pausa verdadera hacia 1955-1956, ninguna intervendrá tampoco, hacia 1973-1975. Los conflictos interactivos no dejan de multiplicarse. Después de 1956, el Egipto de Nasser profesa un panarabismo que da origen, en 1958, a una República Árabe Unida de la que Siria se emancipa a partir de 1961. Irak que se libera de la tutela inglesa en 1958 y del pacto de Bagdad en 1959, disputa a Damasco el sueño de una gran Siria y empieza a imponerse a Irán en un Golfo considerado demasiado pérsico. Egipto se orienta en lo sucesivo contra Arabia Saudita a la que sus rentas petroleras permiten ser demasiado influyente, pero que le parece aliada de Estados Unidos. La rivalidad entre la URSS, aliada a Nasser, y Estados Unidos, se manifiesta de 1962 a 1965, por una nueva guerra que endurece la división del Yemen, antaño manejada por los ingleses para establecer su base de Aden.

Las guerras contra Israel no unifican a la *nación árabe*. La de 1967 conduce a Egipto a la derrota y a Nasser a una renuncia que retira, pero de la que no se repone hasta su muerte en 1970. También conduce a la ocupación, por Israel, de amplios territorios, en Cisjordania y alrededor de Gaza, en donde madura poco a poco la rebelión palestina. La de 1973, en la que Egipto busca una revancha, es aún más compleja, porque se aúna a un embargo petrolero y a una ascensión al poder de la OPEP que va a trastornar la economía mundial de la energía.

Europa se introvierte, como lo testifican el retiro francés de la OTAN (1966), el esbozo alemán de una *Ostpolitik* y el reconocimiento recíproco de la RDA y de la RFA (1970) o el acuerdo de Helsinki (1975) que jura fidelidad a las fronteras establecidas.

La pausa marcada así no es tan clara como la *coexistencia pacífica* esbozada entre el armisticio coreano (1953) y las crisis de 1956. Se establece en 1972-1974 en la escala de las potencias nucleares y encuentra su confirmación en China (1972), en Vietnam (1973) y en América Latina, pero el Cercano Oriente continúa desgarrándose y África hace una nueva entrada a la geopolítica mundial, a partir de 1974.

La ocasión la brinda el golpe de Estado militar que libera a Portugal de un régimen anticuado y permite la emancipación del más antiguo régimen colonial, pero también por la revolución que sacude a Etiopía y a todo el este africano. La URSS explota estas dos novaciones. No logra influir en la crisis portuguesa, pero penetra, con el apoyo de contingentes cubanos, en África oriental y austral. Por su parte, continúa enriqueciéndose el sistema de los conflictos del Cercano y Medio Oriente. Bajo las presiones palestinas, israelitas y sirias, Líbano estalla a partir de 1976. Egipto rompe su alianza con la URSS y recupera el control del Canal de Suez. La paz que establece con Israel, en 1978, lo aísla durante diez años, pero le permite enderezar su situación económica. La situación se encona más al este, a partir de 1979: la revolución iraní entrega el poder a Jomeini, la URSS interviene en las crisis internas en Afganistán en las que Estados Unidos se mezcla a su vez, vía Pakistán. Además, los dos pretendientes a la preeminencia en el Golfo, Irán e Irak entablan, en 1980, una guerra que durará ocho años. Luego, en 1982, Israel conduce en vano sus ejércitos hasta Beirut.

El apaciguamiento es más claro entre India y China. Vietnam sale de Camboya que ocupaba desde 1979. La ANASE, alentada por los éxitos de Singapur, se apasiona más que nunca por la economía. Nueva Zelanda, hostil a lo nuclear, se da de baja en la alianza, Australia y Estados Unidos asientan su empresa en la mayor parte de los archipiélagos del Pacífico.

Más al norte, dos aislamientos adquieren importancia: Japón, por sus éxitos económicos, y China, por un desarrollo económico por fin esbozado. El estatuto político de Taiwán se vuelve equívoco, cuando China le sucede en la ONU en 1972, pero el desarrollo económico de esta isla no deja de consolidarse. En 1984, Inglaterra se compromete a restituir Hong Kong a China en 1997. Sólo las dos Coreas parecen inmovilizadas en su antagonismo.

La tercera fase termina con una creciente perplejidad de la URSS y de Estados Unidos. La crisis por la que pasan la URSS y su campo —o lo que queda— es totalmente evidente. La que aflige a Estados

Unidos es menos aparente, ya que la potencia estadunidense se hace sentir en Nicaragua y en casi toda América Central después de 1979, en Granada en 1983 y en Panamá en 1989-1990. Sin embargo, Estados Unidos pierde importancia frente a Japón, que se vuelve su prestador; frente a las Américas endeudadas que vulnera a sus bancos; y sobre todo frente a Europa en la que la unidad alemana trastorna todos los datos.

A diferencia de los dos primeros mundos capitalistas que estaban formados por pocos estados, el tercer mundo capitalista abarcó todo el planeta. La ONU que reúne a los estados soberanos acogió, en 1990, su 160avo adherente. Federa tres diferentes campos: el del Consejo de Seguridad en el que cinco miembros permanentes —Estados Unidos, URSS, China, Francia y Gran Bretaña— establecen la ley cuando concuerdan y casi no son molestados por los miembros no permanentes de este Consejo; el de las agencias especializadas efectivamente operacionales (salud, alimentación, educación, refugiados, etc.), que disponen de autoridades propias, atentamente vigiladas por potencias que se comparten o se disputan la tutela; y el de las asambleas generales o especiales y de las agencias no o poco operacionales en la que los estados debaten como diputados en la cámara.

En efecto, la ONU llevó a los estados a organizarse en especies de partidos, para incrementar sus capacidades de negociación frente a potencias más importantes. Algunos de estos *partidos de Estado* tienen el mismo perfil que los antiguos imperios inglés y francés o lo calcan de las organizaciones continentales, como la OEA y la OUA. Pero, en la ONU, en donde es obligatoria la múltiple pertenencia, otros *partidos de Estado* tienen un significado más voluntarista.

El principal de ellos se originó en 1947, en Nueva Delhi, por la reunión de 25 países de Asia. Formuló su programa —descolonización, solidaridad internacional, no intervención en las cuestiones interiores— en Bandung, en 1955, y se hizo conocer como el grupo de los No Alineados.

A menudo efímeros, los otros *partidos de Estado*, revelan nuevas tendencias en las relaciones internacionales. Así el grupo llamado de Contadora en el que se hacen ilustres Venezuela, Colombia y México hace pensar que las presiones norteamericanas están expuestas a una viva resistencia en América Central, en tanto que el partido de la desnuclearización —iniciado en 1984 por India, Canadá, Suecia, etc.– ataca la proliferación de manera distinta que las dos potencias nucleares.

El sistema mundial posterior a 1945 es un mosaico de estados muy desiguales en el que la jerarquía de las potencias —abarcada por sus economías, sus ejércitos, sus herencias imperiales y sus resplandores culturales— se deforma lentamente, sin carecer de las interferencias que resultan de los enfrentamientos indirectos de Estados Unidos y de la URSS.

Así, Brasil o Irán han sido considerados algunas veces como *subimperialismos*, afiliados a Estados Unidos, antes de oponerse a él. Vietnam, Cuba o Yemen del Sur fueron considerados puestos de avanzada de la URSS, hasta el día en que ésta se encontró expuesta a sus reticencias, incluso a sus golpes de Estado. Egipto y Somalia fueron aliados plenamente controlados por la URSS, antes de ofrecerse a un mismo control por parte de Estados Unidos. Todos estos ejemplos podrían ser multiplicados: los estados soberanos, hasta de débil importancia, fingen rivalidades con las grandes potencias en la medida en que lo permite su entorno regional. De las 150 a 160 guerras que han sobrevenido, en todo el mundo, desde 1945, la mayor parte fueron provocadas por los juegos locales de las potencias no inhibidas por la disuasión nuclear y favorecieron a los intereses locales, sin preocuparse en exceso por los intereses estadunidenses o rusos.

No obstante estas perturbaciones, se percibe claramente la jerarquía de los estados. Las *potencias mundiales* son evidentemente aquellas cuyos aparatos nucleares pueden golpear en todo lugar —Estados Unidos y URSS— pero también aquellas cuya influencia se hace sentir en varios continentes, respaldándose con un armamento nuclear operacional —China, Francia, Gran Bretaña— o casi sin padecer de un déficit nuclear que podría ser rápidamente satisfecho merced a una excesiva potencia económica bien establecida —Japón y Alemania.

Un punto más abajo, las *potencias regionales* se reconocen por la preeminencia que ejercen en su entorno —India, Unión Sudafricana— o que parecen estar próximas a ejercer —Brasil, Australia. Los estados vecinos que tienen la función de retador —Pakistán, Indonesia, quizá Argentina— son potencias regionales virtuales. En Europa y en América del Norte, las potencias regionales serían numerosas, si no alcanzaran ya el rango mundial. No falta entonces más que por anotar a Canadá y a Italia, en espera de que otros estados, como España, hayan logrado consolidarse.

El tercer nivel es el de las *potencias territoriales con pleno ejercicio,* que son estados protegidos por una alianza o por una neutralidad sólida; pero también estados capaces de una autonomía económica suficiente merced a las rentas de sus minas, a la solidez de sus *multinacionales,* a su *gran espacio económico* o a algún otro recurso. Los miembros de la OCDE no clasificados anteriormente figuran aquí, con algunas decenas de otros estados diseminados por el mundo: Hungría tanto como México, las dos Coreas tanto como Colombia, etcétera.

Los dos últimos niveles acojen la gruesa centena de estados rechazados por los anteriores criterios. El cuarto nivel es el de las *potencias territoriales de la base de la escala,* el quinto el de los *estados virtuales.* Estos últimos se reconocen por el hecho de que flotan sin mucho ascendiente sobre el territorio que suponen dominar: por incapacidad duradera para alimentar a su población; por incapacidad militar para controlar a su población, famélica o no; por incapacidad presupuestaria para pagar a su ejército y a su aparato de Estado. Los estados virtuales viven con base en ayudas alimentarias, de limosnas presupuestarias, de asistencia tutelar: es decir que unos cincuenta países de África, del Caribe y del Pacífico son estados virtuales.

Por el contrario, las hambrunas, las guerras interétnicas o las inundaciones que asuelan a menudo a Bangladesh, a Etiopía o a Nigeria, no impiden que estos estados ejerzan, por vía militar o fiscal, un dominio que les permite perdurar por sí mismos. Aun miserables, estos países se inscriben en la base de la escala de las potencias territoriales, con algunas decenas de otros estados menos poblados que ellos.

Las relaciones internacionales imprimen su marca en el seno mismo de las sociedades. Así, la rivalidad entre Estados Unidos y la URSS se grabó en toda Europa y llegó a los demás continentes a medida que se agudizaban los enfrentamientos bipolares. Los partidos y los sindicatos de estos países —cuando, por lo menos, los hay— fueron polarizados por el anticomunismo o el antiimperialismo, no obstante sus propios matices. Los ejércitos y las policías a menudo fueron levantados contra los espías reales o supuestos del otro campo. Las iglesias, la prensa, la radio-televisión y demás aparatos ideológicos fueron movilizados para campañas brutales o insinuantes.

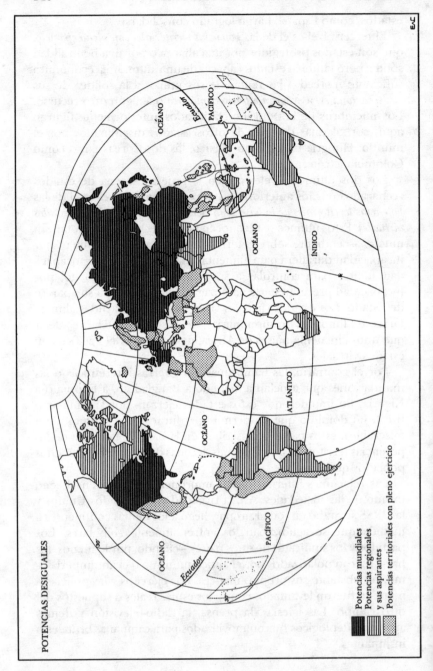

POTENCIAS DESIGUALES

Potencias mundiales

Potencias regionales
y sus aspirantes

Potencias territoriales con pleno ejercicio

En 1945, nada prepara a los estadunidenses para su papel mundial. Sus abuelos huyeron de Europa y mataron indios, ellos mismos aíslan a sus negros y desprecian a sus chicanos: ¿qué esperarían de extranjeros más lejanos?

Estados Unidos, el verdadero, expone sus ciudades limpitas o industriales, sus periferias favorecidas al infinito y sus campiñas vacías, lejos de las cuantas Babilonias en donde los negocios se anuncian y los placeres se esconden. Sus virtudes son provincianas, como sus costumbres y sus curiosidades. El cine y la radio, pronto fusionados en la televisión, le hacen soñar, pero la iglesia, la escuela y la logia domestican sus sueños. La aventura, es el automóvil. El supermercado hace las veces del paraíso. En cuanto al debate político, desborda poco de los partidos, salvo en época de los superpartidos que hacen las veces de congresos para los partidos.

Abierto a los rumores del mundo por la fractura de las guerras, Estados Unidos está ávido de ideas simples. Le gusta que el diablo sea único y rojo –después de haber sido negro, luego amarillo. Le gusta predicar contra este diablo, como sabe predicar contra el alcohol, la droga, el aborto o la pereza de sus pobres. Si hay que luchar, le gusta actuar su western bajo todas las latitudes y se indigna ante las perfidias exóticas de sus adversarios.

Como uvas perdidas en un gran pastel, algunos grupos observan sin embargo, al mundo, desde más cerca. Estas comisiones parlamentarias, estas universidades fuera de lo común, estas redacciones eméritas y estos racimos de militantes ocasionales evalúan contradictoriamente los beneficios que el ejército y la industria obtienen el uno del otro, las apuestas de los conflictos en los que los boys participan, las probabilidades y los peligros en los que América incurre por ello. Aquí fermentan los impulsos patrióticos y las crisis morales, aquí los lobbies no dejan de arar.

Alimentado por estos debates y poco molestado por los resplandores que estos grupos proyectan sobre sus acciones clandestinas, el poder estadunidense padece las mismas carencias que ellos: la guerra y la revolución son las grandes desconocidas de la historia estadunidense. En efecto, Estados Unidos jamás ha sido invadido, ocupado o asolado, si no es por sí mismo durante la lejana Secesión del antiguo Sur. Su experiencia revolucionaria es aún más corta, pues la libertad de los municipios y el desmantelamiento de las propiedades latifundistas no exigieron de ellos ningún combate –incluso en el Sur en donde las plantaciones sobrevivieron a los esclavos.

Antes de Roosevelt, la Casa Blanca era una residencia, más que la sede del poder. En medio siglo, su efectivo político se sextuplicó para coordinar la gestión de los intereses mundiales de Estados Unidos. Más exactamente: para formar un gobierno implícito de los negocios mundiales.

Los brazos seculares de este gobierno están presentes en todo el mundo y a menudo pesan. Pero el Estados Unidos provinciano continúa ignorando al extranjero. En este país-continente en donde los autobuses son aviones, los estadunidenses no dejan de mudarse. La geografía de los alumnos sería siempre diferente de la de los padres, si se enseñara, pero la cultura estadunidense gusta poco de los conocimientos abstractos. Como la industria o el ejército, es técnica, pellizca todos los problemas según una logística infinitamente detallada. La inteligencia europea, refugiada en Estados Unidos de 1933 a 1945, fecundó algunas artes y ciertas universidades, pero no pudo injertar la totalidad del vergel: las manzanas provincianas siguen siendo agretes.

Estados Unidos es rico, algunas veces generoso, nunca caritativo. Cree que su éxito es ejemplar. No puede comprender que todos los recursos del planeta no podrían proveer los tres mil Estados Unidos que el planeta podría crear de aquí a fines del siglo XXI. Ni que las desgracias de los pueblos atrasados son, en una buena medida, los frutos involuntarios de su adelanto.

Todavía nada prepara a los estadunidenses para un siglo XXI que ya no será su edad de oro.

En 1945, Estados Unidos elaboró una doctrina de los negocios mundiales en la que el comercio y la producción son las metas eminentes; en la que las instituciones guardianas del orden público tienen la prioridad sobre todos los demás aparatos; en donde las iglesias son tanto más respetables cuanto que se atienen a las cosas divinas; en la que la libre circulación de los periodistas estadunidenses y, si es posible, de las informaciones que producen, tienen prelación sobre las otras libertades públicas; en la que el eventual parlamento local merece consideración, cuando se abstiene de violar las prioridades anteriores; en la que los partidos y los sindicatos son tolerables, en la medida en que se adaptan al sistema así ordenado.

Tales orientaciones son evidentemente más favorables a la prioridad latifundista que a la reforma agraria; al patronato que a los asalariados; a los militares que a los estudiantes; a las religiones sabias que a las *teologías de la liberación*; y, así sucesivamente, por no hablar de las guerrillas y de los populismos, o de las rebeliones y de las revoluciones.

Por sus medios como por sus fines, la presión soviética es diferente. La experiencia internacional de la URSS es más antigua que la de Estados Unidos. Fue adquirida, desde los años de 1920, por medio de la III Internacional —y se especializaron sus ramas: sindicatos, propaganda, etc.— luego durante los años de 1930, por el desarrollo de los servicios de información, al principio militares y europeos, luego mundiales como los de Estados Unidos. La revolución de la que la URSS deseó ser durante largo tiempo la propagadora y el modelo exclusivo ordenó las prioridades de este aparato internacional y las de los partidos comunistas que permanecieron sometidos: organizar las masas obreras y campesinas; someter a sus organizaciones al control de los PC locales; activar a los asalariados en contra de los patrones, a los campesinos contra los propietarios de bienes raíces, a los artesanos, a los comerciantes y a las pequeñas empresas contra el capital monopolista; respaldar a la URSS en toda circunstancia; apoyar, en el lugar como en las metrópolis, la *liberación nacional* de los pueblos colonizados; en resumen, participar en las transformaciones más radicales, pero con habilidad, reservándose Moscú el apreciar cada coyuntura local según su visión de conjunto.

Estas orientaciones diametralmente opuestas tuvieron diversos efectos según las situaciones regionales y locales pero también en función de la profunda naturaleza de los estados que buscaban influir.

Los estados de tipo soviético se distinguen netamente de las demás formas de estado (núm. 20). Una frontera más sutil divide estas últimas, según sea que una revolución democrático-burguesa —activa o pasiva— permita o no la modernización del Estado. A falta de dicha innovación, los estados se conservan sobrecargados por la propiedad latifundista y por su cortejo de notables y de caciques; de generales, de eminencias religiosas y de diplomáticos embebidos de su casta; de iglesias y de confraternidades arcaicas, sin importar cual sea su confesión; de partidos reducidos a las rivalidades provincianas o clientelistas de sus dirigentes; etcétera.

En Europa occidental, América del Norte y Japón, en donde la revolución democrático-burguesa es un hecho, con variación de algunas secuelas, la república burguesa es obligatoria. Con más frecuencia, su modelo liberal se transformó por intermitencias en un modelo intervencionista que se volvió muy vivaz, aun en los países en los que la desreglamentación es muy apreciada. En otras partes, las repúblicas burguesas son raras, algunas veces frágiles

—como en Argentina o en Chile— y su modelo intervencionista está aún poco propagado.

A falta de revolución democrático-burguesa, muchos estados de Asia, de África y de América Latina deben enfrentar simultáneamente las contradicciones del viejo mundo rural, las de las ciudades industriales y las de los servicios más modernos, todo, en el seno de pueblos con un rápido crecimiento cuya maduración nacionalista está inacabada y con ayuda de aparatos de estado aún poco modernizados. El Estado militar-nacionalista caracteriza a estas potencias, amplias como Pakistán e Indonesia, o pequeñas como los estados de América Central, pero que, en todas, se apoyan principalmente en un ejército cuyas atribuciones desbordan del Estado hacia la economía y hacia diversos aparatos ideológicos. Bien que mal, India y Brasil se desprendieron de este tipo de Estado para entrar a la república burguesa, en favor de las constituciones federales que permiten insertar las provincias más retrasadas en un sistema global más móvil. Pero Egipto, Argelia, Filipinas, Corea del Sur y muchas otras sociedades permanecen bloqueadas en esta etapa o se desprenden penosamente.

Además, África, el Cercano y Medio Oriente y muchas islas del Pacífico salen a menudo de tipos de Estado aún más arcaicos. Arabia Saudita y los emiratos vecinos se conservan estados aristocrático-burgueses. Muchos estados virtuales de África no serían más que simples principados, si no fuese por el barniz que les dan sus voluntarios entre otros ingleses, franceses y cubanos.

20. EL ARCHIPIÉLAGO ESTATAL-SOCIALISTA

La URSS de antes de 1941 era un Estado aislado, flanqueado por una República Popular de Mongolia, tan amplia como vacía. Cinco años después, organiza un *campo socialista*, que posee una decena de estados y redondeado por una *nueva China* (1949).

Este campo dispone de un modelo experimentado: la URSS misma, que reconstruye rápidamente su economía estatal-socialista. La reforma monetaria de 1947 extingue la inflación de la guerra. El koljós recobra vigor, las fábricas se multiplican nuevamente: los mozos de mudanza que habían evacuado la industria hacia Siberia, transportan las fábricas de Alemania del Este, húngaras y rumanas o manchús hacia la Rusia en ruinas. La URSS y los estados de Europa oriental fundan sociedades mixtas, dedicadas a los intereses de la *patria del socialismo*. En 1950, concluye la reconstrucción. En 1953, muere Stalin, en un país que ha recobrado su impulso de los años de 1930, pero cuya producción es tres veces inferior a la de Estados Unidos.

El ejército ocupa el glacís que prolonga en lo sucesivo a la URSS. Contaba con más de 11 millones de habitantes en 1945, no cae por debajo de los 4 millones después. Controla una Europa que los partidarios yugoslavos y albaneses prolongan hasta el Adriático, en tanto que China y Corea del Norte forman en Asia un segundo glacís. Por todas partes se instala el mismo tipo de Estado, a imitación de la república soviética. Controla las empresas y los aparatos de estado e ideológicos. Funciona por doble comando, el partido duplicando los órganos administrativos. En su glacís, la URSS triplica sus comandos, al vigilar de cerca a los PC y ciertos aparatos como el ejército, la policía y la propaganda. En todo caso, se enfrenta a las sobrias prudencias de los estados no ocupados por el ejército rojo: las disidencias yugoslava, china o albanesa vendrán sobre todo de allá.

Sin embargo, todos los nuevos estados de tipo soviético funcionan según un régimen staliniano que no justifica en nada su denominación de *democracias populares*. Los procesos con grandes espectáculos y los encarcelamientos masivos hacen reinar un terror similar al de los años de 1930, en la URSS, mientras la propaganda alaba los esfuerzos y las alegrías del socialismo en construcción. Las únicas excepciones se observan en Polonia en donde el campesinado escapa de la colectivización de las tierras y en la que la Iglesia católica mantiene, de la misma manera, sus raíces rurales; y en Yugoslavia en donde la dirección de las empresas goza de ciertas flexibilidades, bajo la insignia de *autogestión*: pero esta tentativa original se lleva a cabo fuera del *campo socialista* dirigido por la URSS y del que Yugoslavia se emancipa a partir de 1948.

La organización del campo se aclara por la explicitación del pacto de Varsovia (1955). El Comité de Ayuda y Entreayuda Mutua —o CAME, a menudo llamado COMECON— modera la coordinación de los planes nacionales que asegura desde 1949. Pero la inconvertibilidad de las monedas, la gratuidad de las transferencias de tecnología y la rigidez de los sistemas nacionales de precios limitan esta cooperación. El campo socialista yuxtapone varios *socialismos en un solo país*, en lugar de esbozar una comunidad internacional.

El campo se desmorona, en su parte europea del este en donde Yugoslavia falta a un compromiso a partir de 1948 y en donde Polonia y Hungría se rebelan en 1956. En Asia, se reduce a alianzas bilaterales, sobre todo a la de la URSS y de China que se formaliza por un tratado en 1950 y se concretiza por el envío de consejeros soviéticos a China, para construir ahí 366 empresas regaladas por la URSS. Tras el armisticio coreano de 1953, la URSS lleva la amistad hasta restituir, a China, Puerto Arturo antaño anexado por el zar. China, por su parte, no posee otra ambición anunciada más que *aprender de la URSS*. Pero el idilio será breve: a partir del principio de los años 1960, se consuma la ruptura entre China y la URSS.

La URSS compensa sus reveses chinos por diversos éxitos, que mundializan su influencia: Cuba, lanzada a sus brazos por Estados Unidos, en 1959-1960, se vuelve, después, la cuna de las ofensivas panamericanas, desigualmente apreciadas por Moscú; India con la que los lazos se precisan por el tratado de amistad de 1971; Egipto que permanece un aliado cercano hasta 1972; Vietnam del que Estados Unidos se retira en 1973; Etiopía en donde la revolución de 1974 abre nuevas perspectivas; Aden y Kabul en donde los golpes de Estado son logrados, en 1975, por las fuerzas políticas que buscan en Moscú sus apoyos. Además, la URSS refuerza sus bases en el Mediterráneo después de 1966, y en el Océano Índico después de 1969.

Por estos cuantos éxitos, la URSS saca provecho de su nueva política internacional, llamada de *coexistencia pacífica*. En 1953, con Stalin terminó la época de los antagonismos frontales. Poco a poco, mientras Jrushov elimina a los otros pretendientes a la sucesión, la política internacional toma más en cuenta el armamento nuclear. En lo sucesivo, la URSS confía en la maduración espontánea de las contradicciones internas de las diversas sociedades y de los conflictos que el sistema mundial estimula entre ellas. Espera asimismo alcanzar los logros de Estados Unidos y hacer, de su futura riqueza, un uso más ejemplar. Pero, en espera de este Pactolo, sólo dispone de una capacidad de ayuda muy limitada. Financia pocas presas como Asuán, pocas acerías indias. Su cooperación se reduce a menudo a armas y a discursos.

En la propia URSS, el régimen político se suaviza. El centralismo sucede al stalinismo. En 1956, el XX Congreso del PCUS consagra este viraje. El Gulag pierde a la gran mayoría de sus detenidos, el partido

pasa de 7 a 13 millones de afiliados, durante la era de Jrushov.
La desestalinización de la URSS beneficia también al campo de
Europa del Este. El miedo se atenúa. Además, se agudizan las
variantes nacionales: Polonia se proclama más católica que nunca;
Hungría, nada domeñada en 1956, modera su régimen centralista,
en la medida en que es tolerable. Pero la tolerancia de la URSS es
corta: Checoslovaquia en donde la conversión del stalinismo al
centralismo había tardado mucho, se lanza demasiado intrépidamente y padece una brutal parada en 1968.

Paralelamente a las reformas políticas, la URSS de Jrushov
reorganiza su economía, seguida por los demás países de su área.
A partir de 1954, la dirección de Jrushov cultiva las estepas inexplotadas, con la esperanza de que estas *tierras vírgenes* provean por lo
menos dos buenas cosechas por quinquenio. Luego se disminuyen
los impuestos rurales y se elevan los precios; se suprimen las
entregas obligatorias y las centrales de máquinas y de tractores
dispersan sus aparatos entre los koljoces (1958). La producción de
cereales aumenta en un tercio. El resto de la economía progresa
menos claramente, no obstante los éxitos de las jóvenes industrias
espaciales. La descentralización de las administraciones económicas, decidida en 1958, se anula a partir de 1964: los comités
regionales —o *sovnarjoces*— no pudieron despojar a los ministerios
moscovitas. El crecimiento global excede aún del 5% anual, pero
se sofoca. El sistema de los precios se vuelve cada vez más irracional.
Se discute la rentabilidad de las empresas, la función que podría
tener el mercado, las inversiones demasiado largas y demasiado
pesadas, pero sin provecho práctico. Más estatal que socialista, la
economía paga su creciente complejidad por medio de una excesiva
dimensión de la burocracia.

En cambio, varios países del este europeo progresan más rápido
que la URSS. Es el caso de Hungría en donde una progresiva
apertura hacia el mercado mundial estimula la economía y mejora
la cotidianeidad de los ciudadanos o de la RDA en donde se edifica
una base industrial en el sitio y en lugar de las fábricas desmontadas
por la URSS y donde, hacia 1970, el nivel de vida individual alcanza
el de la URSS, antes de rebasarlo netamente. Polonia y Checoslovaquia, que dominaban antaño los logros de Alemania Oriental, en
lo sucesivo padecen para alcanzar a la RDA: Polonia, a causa del
retraso de sus campiñas, de las huelgas que sacuden a la industria
y de las precauciones adoptadas para impedir el retorno de estas

huelgas; Checoslovaquia a causa de la vetustez de un capital fijo, utilizado pero no destruido por la guerra, salvado de las reparaciones y después insuficientemente modernizado.

A partir de finales de los años sesenta, las flexibilidades del mercado —o de la autogestión o de cualquier otro sistema de subsidio contradictorio de los recursos— faltan a las sociedades en las que la infinita ramificación de las industrias ligeras y de servicios no puede coronar una sólida industria de base.

Por todas partes la propaganda atosiga a las clases sociales con un discurso supuestamente marxista, en el que las clases obrera y campesina adquieren proporciones míticas, en donde los partidarios de los aparatos se fusionan con la masa indistinta de los intelectuales y en el que los permanentes del partido tienen como únicas referencias su extracción social y su dedicación a un proletariado del que constituirían, por esencia, la vanguardia.

La variedad es mayor en materia de identidades colectivas. En las sociedades unificadas o que se declaran como tales —Polonia, Hungría, Bulgaria, Albania— se exalta a la nación en los límites de un internacionalismo, a menudo atento a la supremacía de la URSS. Sólo la RDA crea problemas, en esta categoría, pues es evidentemente un fragmento de la nación alemana; lo resuelve por medio de una promesa sugerida: es esta parte de la nación alemana que ya es socialista.

En la URSS y en Yugoslavia en donde son múltiples las nacionalidades y aun en Checoslovaquia en donde los eslovacos se afirman distintos del conjunto bohemio-moravio y en Rumania en donde vive una fuerte minoría húngara, los estados ajustan su labor nacionalista a esta situación más compleja. Minorías alemanas están presentes en Polonia y en Rumania, como en Checoslovaquia, no obstante las represiones de 1945, pero son oficialmente ignoradas hasta finales de los años ochenta.

En la propia URSS, la nación rusa sigue extendiéndose en todas las repúblicas federadas. Con los ucranianos y los bielorrusos que le están emparentados, reúne menos del 80% de la población federal en 1970, contra 7% de los pueblos bálticos, 5% de los caucásicos y 10% para los de Asia central que deforman sus proporciones por su rápido crecimiento.

La federación yugoslava, heredera de pueblos heterogéneos, se esfuerza por moderar las pretensiones de la nación serbia preponderante y de la rica Eslovenia, para dar a cada pueblo oportunidades más parejas. Lo logra en cierta medida, mientras sus dificultades permanecen controlables.

En la URSS y en varias sociedades del este europeo, la atenuación de las coacciones, bajo regímenes en lo sucesivo centralistas, el control de las tensiones entre las nacionalidades, la desorganización de las clases dominadas y un crecimiento económico al principio sostenido, desembocan, durante los años de 1960 y 1970, en una especie de consentimiento resignado al orden establecido. Esta hegemonía comunista no permite a la URSS convertir su supremacía militar y económica en una primacía cultural reconocida allende sus fronteras, salvo quizás en Bulgaria. Por todas partes el aparato asegura su asiento, las clases asalariadas compensan la tristeza cotidiana por medio de un corporativismo poco propicio para la productividad, y los intelectuales se dividen entre el conformismo y la disidencia.

Finalmente, la economía soviética experimenta una desaceleración de más en más clara en lugar de la recuperación antes buscada. Pero las tormentas políticas preceden a las crisis económicas, sobre todo en 1968: motines polacos, reformas de la *primavera de Praga*, invasión de Checoslovaquia por las tropas del pacto de Varsovia. La doctrina Breshnev justifica esta acción: quienquiera que socave el papel dirigente del partido, amenaza la alianza con la URSS y la seguridad de todos los países aliados a ésta. Albania, protegida tras Yugoslavia no alineada, considera que ha llegado el momento de retirarse del pacto de Varsovia (1968). Los raros PC todavía poderosos, en Europa occidental, manifiestan su indignación, sin dejar de subrayar que la doctrina Breshnev se parece bastante a la doctrina Monroe en la manera en que, por lo menos, Estados Unidos la pone en práctica, en el siglo XX, en sus parajes caribeños y centroamericanos.

A fines de los años setenta, mientras el mundo parece tranquilizarse por todos lados —salvo en el Cercano y Medio Oriente en donde la URSS, privada de su base egipcia, tiene como único aliado a Siria— el campo socialista, todavía controlado a la manera de 1950, se reduce a cuatro estados de Europa Central —RDA, Polonia, Checoslovaquia y Hungría— y a la pequeña Bulgaria. Por lo demás, Rumania coquetea diplomáticamente con Estados Unidos; Yugoslavia y Albania intentan ser tan independientes como China; Vietnam, por fin vencedor de Estados Unidos, marca mejor su inclinación hacia la URSS, de tal manera que China trata de infligirle una lección militar (1979); y Cuba, a falta de haber podido consolidar alguna revolución americana o africana, permanece lejos de Moscú —en sentido propio como figurado. El campo socialista podría ser considerado un coco, si no fuera por su creciente armamento.

La eterna amistad entre China y la URSS dura pocos años. A partir de 1955-1957, los dirigentes rusos y chinos multiplican las críticas recíprocas. La desestalinización de 1956 disgusta a Pekín. La campaña china de las *Cien Flores* (1957) es considerada demasiado liberal por Moscú. La ayuda nuclear prometida por la URSS, en 1957, pero cancelada un año después, es percibida por los chinos como el indicio de una voluntad hegemónica y de una desconfianza asimismo imperdonables. El *gran salto hacia adelante* en el que China se lanza, en 1958, es criticado por Moscú. Las entrevistas de Jrushov y de Eisenhower, en 1959, irritan a Pekín. En 1960, las disputas se vuelven públicas. En 1961, Chou En-lai abandona bruscamente el XXII Congreso del PC soviético y vuelve a Pekín. En 1961, también, mientras Liu Shao-chi critica vivamente a Mao Tse-tung, después del fracaso del *gran salto hacia adelante,* China pretende en lo sucesivo *caminar sobre sus propias piernas.* En 1963, anuncia su programa internacional. Su primera bomba nuclear explota en 1964. En lo sucesivo se ha consumado el cisma. Durante casi veinte años, la URSS y China se denunciarán la una a la otra como *revisionista o aventurera.*

Los dirigentes chinos se dividen en cuanto a la mejor manera de *caminar sobre sus propias piernas.* En dos ocasiones, Mao Tse-tung trata de transformar la caminata en galopada. El *gran salto hacia adelante* que él inspira, tras la formación en 1958 de las comunas populares, se salda, en 1960 y 1961, por hambrunas. Alejado del poder, Mao regresa provocando, a partir de 1966, una *revolución cultural proletaria* cuya punta de lanza es la juventud de las escuelas, pronto levantada contra el partido. China se enfrenta entonces a cinco años de propaganda simplista y de iniciativas anárquicas, de las que sólo escapan raras áreas como las finanzas exteriores o el armamento nuclear. Pierde millones de hombres, de años de estudio y de inversiones. Tardará cinco años más en restablecerse, el tiempo que el ejército recobre el control de las *brigadas rojas* rivales, luego de que el orden vuelva a las fábricas, a las ciudades y a las cimas del partido.

Las tergiversaciones se prolongan hasta que el equipo dirigente se estabiliza, bajo el mando de Deng Xiao-ping (1979). De 1979 a 1982, Deng preside el desmantelamiento del 90% de las comunas populares. Las tierras son dadas en arrendamiento a las familias campesinas. Este estímulo permite una duplicación de las entregas de granos entre 1979 y 1984.

El desarrollo de la producción agrícola y de las industrias de consumo libera a China de las hambrunas. Además, en lo sucesivo el régimen político adquiere un aspecto centralista más tranquilo. Por primera vez desde hace un siglo, China vive años felices, ricos, de progresos materiales de los que se beneficia casi toda su enorme población. Alcanza un nivel de desarrollo comparable al de Japón de los años de 1930 [28], a partir de la mitad de un decenio, 1980, en el que el desarrollo de China es, de lejos, la principal novedad de la historia mundial.

Sin embargo no se debe considerar a este enorme país como un conjunto homogéneo que viviría, en todas sus regiones, una historia bien sincronizada. Las minorías étnicas que ocupan el 62% del territorio chino, pero que no reúnen más que el 7% de la población total, ocupan las montañas y los desiertos que rodean las fértiles planicies. Algunas son importantes, como los zuang de Guangxi (14 millones), los uigurs de Xinjiang (6 millones), los tibetanos (4 millones) o los mongoles (3.5 millones) pero otras que viven aisladas o mezcladas a las anteriores son algunas veces minúsculas. China desea ser plurinacional, respeta bien que mal las lenguas y las culturas minoritarias, pero la mayoría Han controla la mayor parte de los puestos clave en las *provincias exteriores* en las que viven las minorías y no duda en reprimir durante las tentativas autonomistas, como las del Tíbet (1959 y 1987).

Sin embargo, las *provincias interiores*, ocupadas aproximadamente por mil millones de Han, no son homogéneas, pues los múltiples dialectos de una sociedad todavía campesina en 75% por lo menos y la variedad de las costumbres locales tardan en fusionarse en una nación unificada. El ejército, el partido y la escuela, en lo sucesivo unidos por una radio onmipresente y por una televisión en rápida extensión, no bastan para unir en un conjunto único a mil millones de hombres imperfectamente escolarizados, sometidos a una administración que, de hecho, es local y provincial mucho más que central, y cuyo horizonte permanece mayoritariamente como el de la pequeña aldea, centrado en algunas villas, en el seno de una provincia inmensamente poblada.

China es tan orgullosa como inmensa. Desde hace más de veinte siglos, su pueblo digirió a todos sus conquistadores. Sus imperios, algunas veces fraccionados durante uno o dos siglos, siempre se reformaron y a menudo se agrandaron. Una corona de antiguos bárbaros, chinos incipientes, abarca la civilización de los Han, de Mongolia a Corea y a Japón, como de Taiwán a Vietnam y al Tíbet. China desea que todos los chinos sean respetados, incluso aquellos a quienes la miseria dispersó en los siglos XIX y XX en todas las islas del sur.

China y el mundo se ignoran por igual. Los gobernantes de Pekín buscan a tientas en una espesa bruma. El efectivo de la población china les es conocido en un 5% poco más o menos, pero el margen aumenta cuando las órdenes del poder y los deseos de los pueblerinos se contradicen demasiado. Los acontecimientos del pueblo dibujan vagas sombras en los cuadros que las provincias hacen subir hacia Pekín, hasta los dirigentes supremos que remplazaron a la corte imperial en el simbolismo popular. China es tan opaca como el elefante es pesado.

China soporta mal a Europa que se impuso a ella por medio de sus barcos, sus cañones y sus vías férreas. Teme y desprecia a Japón, este occidente de pies pequeños que la invadió, pero no la conquistó. Creyó, pero brevemente, que la Rusia soviética podía ser, de Europa, el mediador útil y amistoso. Tanto más odió a Moscú cuanto que la abandonó cuando su modernización apenas se reiniciaba.

China es orgullosa y atribuye el mismo orgullo a las potencias que respeta o teme, de tal manera que sus recriminaciones se expresan primero por vía oblicua. Desde Bandung y a nombre de todos los estados no alineados se proclamaron los principios de independencia y de no injerencia en las cuestiones interiores de los demás. A los revisionistas yugoslavos fueron dirigidas las amonestaciones destinadas a Jrushov. Las lecciones se volvieron directas y públicas, cuando China consideró que había llegado el momento de arrebatar a la URSS la dirección de la revolución mundial.

En vano, por lo demás, pues a falta de tradiciones, China no supo constituir una Internacional. Es fácil construir una vía férrea en África oriental, intentar una revolución en Indonesia, adular a Pakistán o armar a los Khmer rojos, pero no se construye nada perdurable por medio de estos golpes disparatados. China, viejo centro de un antiguo mundo, ignora casi todo del mundo que operó una metamorfosis allende los mares y los montes. ¿Quizás encontrará en los chinos occidentalizados de Hong-Kong, de Taiwán y de Singapur, las mediaciones que necesita?

Entonces China se volverá China: ya no un idioma sabio que planea sobre decenas de dialectos rurales, sino el idioma de una civilización popular; ya no un bloque de pueblos encajados por los siglos, sino una sociedad orgánicamente unida; ya no una pequeña élite de mandarines llamados miembros del personal dirigente, sino un pueblo que llegó a ser soberano; ya no una tradición, sino una promesa para otros estados menos inmensos.

Según Amnistía Internacional, 3 000 estudiantes y otros habitantes de Pekín que participaban en la ocupación permanente de la plaza Tienanmen, en la primavera de 1989, fueron masacrados por el ejército, 4 000 manifestantes fueron detenidos, en Pekín y en otras ciudades, y un número indeterminado de condenas a muerte fue pronunciado después de junio de 1989. Así terminó una crisis en la que, paradójicamente, China padeció las consecuencias de sus tres éxitos imperfectos de los años de 1980.

Primer éxito, de orden político: antes como después del regreso al poder del equipo de Deng Xiao-ping, las manifestaciones de los estudiantes y de los intelectuales fueron aprovechadas por este equipo para consolidar su poder en contra de las nostalgias de la vieja guardia maoísta.

Segundo éxito, de orden económico: la agricultura, después la industria toman el impulso que conocemos y empieza a mejorar el nivel de vida de toda China. Sin embargo el desbocamiento de la economía impone un freno antiinflacionario, a fines de 1988, en tanto que empiezan a hacerse sentir los nuevos apetitos, despertados por un comercio más libre de libros y de videocaseteras. Los estudiantes que manifiestan, en 1989, en Pekín, Shangai y otras ciudades, ya no están aislados. El entierro de Hu Yao-bang, en abril de 1989, atrae una multitud inmensa, como el de Chou En-lai en 1976, luego las concentraciones de la plaza Tienanmen se convierten en reunión permanente, ante las sedes del partido y del gobierno.

La crisis se estanca durante algunas semanas, pues el equipo de Deng Xiao-ping, tan apasionado por la reforma económica, teme las emociones masivas de las que Mao usó tanto para impulsar su *revolución cultural* y no ambiciona democratizar el gobierno y la administración de la inmensa China. La única excepción son algunos grupos de reformadores reunidos —una vez más— alrededor de un secretario general del partido que es expulsado a la hora de las matanzas. Zhao Zi-yang cede así el lugar a Jiang Ze-min, promovido de Shangai a Pekín, por un Deng Xiao-ping, de 85 años de edad, y cuya sucesión reanimará la crisis.

Tercer éxito, de orden diplomático: la relajación de la tensión entre China y la URSS en Siberia y en Camboya permite recibir a Gorbachov en Pekín, después de la reanudación de las relaciones de partido a partido entre la URSS y China. Esta primera visita oficial de un jefe de Estado soviético a China, se lleva a cabo en mayo de 1989, en el momento en que se amplifican las manifestaciones de la plaza Tienanmen. Da lugar a discursos tan educados como prudentes, tras treinta años de ruptura o de desconfianza. Pero la dirección china que hubiera podido saborear su victoria diplomática, está perdiendo la cara, debido al grado en que las manifestaciones estudiantiles entorpecen el protocolo y por lo numerosos que son los periodistas provenientes del mundo entero para la ocasión. La represión de junio es más dura. Pero expresa un endurecimiento del régimen y no el desplome del Estado o de la economía: China se distingue por ello radicalmente de la URSS de 1989.

Respaldada por un potente ejército y por una marina presente en todos los océanos, la URSS de Breshnev parecía serena. Cuando, en 1982, muere Breshnev, el porvenir no inquieta más que a raras minorías: intelectuales disidentes, diplomáticos advertidos de las realidades mundiales, oficiales atentos a la moral de las tropas, ejecutivos policiacos conscientes de la creciente separación entre la realidad soviética y la imagen que de ella da la propaganda.

Andropov que sucede a Breshnev, viene de esas orillas. Antes de dirigir la KGB, fue embajador en Hungría, durante la rebelión de 1956. Testigo y actor de su represión, también observó los éxitos ulteriores de Kadar. En la URSS, selecciona hombres que conocen las realidades del mundo y de su país. Pero muere prematuramente y el buró político —casi octogenario en promedio de edad— designa un anciano para sucederle. El joven Gorbachov (54 años) se transforma en el secretario general, apenas en 1985.

Su convicción es que la URSS en decadencia no será ya, a principios del siglo XXI, más que una potencia de tercer orden.

La decadencia tiene causas profundas a las que Andropov ataca, a partir de 1982, con la ingenuidad de un policía. Desea restaurar la disciplina del trabajo, combatir el robo y el alcoholismo, sancionar los tráficos de influencia. Gorbachov continúa aplicando, sin demasiadas ilusiones, algunos de estos remedios. Los contralogros económicos se mantienen por una ruinosa carrera armamentista y por el estancamiento militar en Afganistán. Para sacar a la URSS del pantano en el que se hunde, decide terminar con los secretos del Estado y del partido, así como con la silenciosa desconfianza de los ciudadanos: la *glasnost* —la transparencia— no tiene otro sentido.

Esta *glasnost* desencadena una verdadera revolución cultural. Los tabús de la política interior caen uno a uno, los debates entre diarios y revistas de diversa orientación remplazan las publicaciones clandestinas del *samizdat*. En 1988 se celebra con gran pompa el milenio de la Iglesia ortodoxa. Luego todo se acelera en 1988-1989, cuando las raras asociaciones de 1987 empiezan a multiplicarse y se aventuran hasta adquirir el aspecto de partidos nacionalistas o conservadores, más o menos opuestos a un PC cuyas tendencias, muy contrastadas, se vuelven visibles en la pantalla de los televisores, antes de cristalizarse en diferentes partidos.

Esta revolución cultural llega a todo el país, pero desemboca difícilmente en una *perestroika*, pues la reestructuración así designada se revela sumamente compleja.

Cuando se inaugura el XXVIII Congreso del partido, en octubre de 1990, la formación política soviética está en plena efervescencia. La sociedad civil aumenta y se autonomiza. El Estado deriva hacia un nuevo tipo, con contornos aún inciertos. La escena política desborda de actividad y se vuelve más visible. El régimen se aleja del centralismo postestaliniano merced sobre todo a una prensa más libre —pero con un estatuto aún mal definido. Sin embargo, esta efervescencia tarda en producir los beneficios económicos con los que se contaba.

Contrariamente a China, la URSS permanece en todo caso prisionera de sus koljoces y sovjoces, como si el establecimiento de arrendamientos rurales a largo plazo, muchas veces anunciado por Gorbachov, violara un tabú.

Por último y sobre todo, el poder soviético no sabe cómo reformar las empresas industriales que pertenecen al Estado. De ellas, las 24 000 cuyo presupuesto asegura la supervivencia, son tan inertes como las demás. La reforma de los precios, el remplazamiento de las órdenes administrativas por la total responsabilidad de las ventas, la búsqueda de una mejor productividad por medio del estrechamiento de los efectivos son siempre debatidos, pero aplazados de año en año. Por esto, el consumo se estanca o retrocede —según las regiones— en tanto que los incrementos de los ingresos, autorizados a los campesinos y a algunos sectores afectados por las huelgas, se disipan en la inflación o se acumulan en ahorros inempleables.

El *campo socialista* —rebautizado *comunidad socialista* por el último congreso del partido de Breshnev, en 1981, está tan agitado como la URSS, durante los años de 1980, pero de otra manera. Los países del pacto de Varsovia se emancipan en cuanto la tutela militar de la URSS pierde su fuerza.

La evolución es más diversa en los países lejanos. Vietnam, agotado por sus guerras, retira a sus ejércitos de Camboya en 1989, como lo desea la URSS. Acaba por imitar las reformas chinas y vuelve a ser exportador de arroz, tras haber sido expuesto a ocasionales hambrunas, pero tropieza con la vía de las demás reformas económicas, en espera de las rentas que le permitan esperar las investigaciones *off shore* hechas por las compañías petroleras internacionales. Sus reformas políticas tardan todavía más.

Por su parte, Cuba sale de África y aplica, en América Latina, una política menos exaltada, pero parece rebelde a cualquier *perestroika* interna, no obstante las presiones soviéticas.

La crisis del socialismo de Estado no perdona a ningún país: ni Yugoslavia y Rumania, rebeldes a la URSS desde hace más o menos largo tiempo, pero expuestas a los mismos bloqueos económicos y políticos y a las mismas tensiones nacionalistas; ni Corea del Norte y Albania, aislamientos más o menos autárticos, pero expuestos a las presiones políticas y mediatizadoras de su medio ambiente.

Las crisis de los años ochenta tienen una dominante común, en todo el archipiélago estatal-socialista, que depende precisamente de su estatismo vagamente socialista y de sus corolarios: partido único, régimen centralista, Estado omnipresente, sociedad civil atrofiada, debates cerrados en las cimas de los aparatos de Estado e ideológicos. Pero esta dominante no debe esconderse de otros rasgos mucho más diversos y cuya importancia se consolida: el crecimiento económico que se prosigue en China; el aislamiento de la URSS; la reinvención de políticas autónomas en Europa oriental y balcánica, como en Vietnam y en Cuba. Sociedades muy diversas salen de un molde que no pudo uniformizarlas, ni coaligarlas, pero que más o menos las transformó. Su porvenir, al principio marcado por esta experiencia común, siempre dependerá más de la diversidad de sus propios impulsos y de sus respectivos entornos.

7

EL MUNDO BAJO EL IMPERIO DEL MERCADO
(De 1945-1950 a 1990)

21. LA REVOLUCIÓN INFORMÁTICA Y LAS MULTINACIONALES

Los repetidos milagros de la tecnología, la expansión de la producción y el poder del mercado mundial atraen la atención general. Más rápida que la revolución industrial (núm. 11), una revolución informática trastorna los medios de trabajo. El maquinismo proliferado, a principios del siglo XX, por el uso de los motores eléctricos o de explosión, adquiría coherencia desde los años treinta, por el encadenamiento de los puestos de trabajo. La reconstrucción de la posguerra permite a Europa y a Japón generalizar los progresos estadunidenses más recientes, después de lo cual se acelera la modernización industrial, por el crecimiento que incita a la renovación del capital fijo. Las máquinas se diversifican; se multiplican los nuevos materiales por polimerización, síntesis o aleación; se incrementa la velocidad y la capacidad de los transportes; la ambición de las obras públicas aumenta hasta cerrar con diques el delta holandés y soldar el archipiélago japonés por medio de puentes y de diques.

El nuevo maquinismo desborda la edad industrial. Sus mecanismos son dominados por los accionamientos automáticos, ellos mismos guiados por instrucciones preprogramadas, por observaciones efectuadas automáticamente durante la operación y por eventuales conexiones con otros mecanismos. El trabajo humano se aplica al margen de estos automatismos. Concibe, construye y controla las máquinas, los programas, las conexiones.

La computadora, nacida lejos de la industria con fines militares, se emplea al principio en el cálculo de trayectorias o de reacciones nucleares, luego se amplían sus aplicaciones hacia la facturación, el manejo de las existencias, la nómina y otras tareas repetitivas. El transistor y el circuito impreso, pronto miniaturizados, disminuyen de volumen e incrementan su capacidad. Paralelamente, la experiencia adquirida por la programación de diversas tareas permite extender en todas direcciones los beneficios del cálculo informático. En lo sucesivo, la computadora se incorpora a todo tipo de aparatos: máquinas-herramientas, instrumentos de laboratorio, bienes de equipo doméstico, juegos, etcétera.

Los servicios públicos de los PTT, los productores de computadoras, también otras sociedades, construyen redes de telecomunicaciones para la transmisión de datos numéricos entre las computadoras, los bancos de datos, las estaciones de radio o de televisión y todos los demás usuarios de informaciones numéricas. La diversificación de las normas técnicas intenta recortar estas redes y las máquinas lo logran, en segmentos monopolizados por tal constructor o tal empresario, incluso en mercados protegidos en favor de una industria naciente, pero este proteccionismo informático es rápidamente evitado.

La revolución informática está lejos de terminar. La computadora progresa en todos los frentes al mismo tiempo. En el campo de los servicios su soberanía está bien establecida, como máquina para el tratamiento de largas series de operaciones, como herramienta auxiliar en las tareas de creación y como agente de enlace. Su miniaturización permite repetir la hazaña de la revolución industrial, al renovar nuevamente las herramientas y las máquinas de la artesanía y del campesinado. Pero en los laboratorios y las oficinas de estudios es donde tiene más efectos, al hacer concebible la automatización de todo tipo de operaciones, productivas o no, y al permitir que las moléculas, las semillas y todos los demás artefactos den origen a una productividad siempre mayor.

La informática transforma la calificación de los trabajadores. Sus beneficios, primero reservados a algunos especialistas, progresan a nuevos oficios, para la concepción, la producción, la venta, la explotación y el mantenimiento de las máquinas, de los logiciales y de las redes. Luego se generaliza la iniciación a la informática habitual, por medio de un aprendizaje sobre la marcha o por una formación escolar. En lo sucesivo forma parte del rudimento, en tanto que los no iniciados se vuelven una nueva variante del iletrado, en el mercado del trabajo, por lo menos en los países industrializados. La informática concluye la descalificación de los trabajadores robustos que el maquinismo industrial ya rechazaba de entre los peones y reduce los prestigios de la habilidad manual, por lo menos para los trabajos repetitivos, sin importar lo delicados que sean. Así, da prioridad a las formaciones intelectuales y técnicas, bien unidas por la escuela y el taller o la oficina. La fuerza de trabajo equivale al "saber hacer" en el que el acento se desplaza hacia el conocimiento, incluyendo el saber-aprender nuevos "saber hacer". De ahí el rápido surgimiento de países —sobre todo asiáticos— en donde hoy en día la ausencia de una tradición industrial es compensada por una escolarización pertinente.

La informática transforma también la organización del trabajo. En la escala del taller, refuerza la integración y la automatización de la producción. En la escala del grupo —que reúne bajo un mismo control un conjunto más o menos coherente de fábricas y de servicios conexos— permite racionalizar la gama de productos, el manejo de las existencias, el empleo del capital fijo, el recurso a los servicios de expertos, la inversión de las reservas financieras, las estrategias comerciales y la localización de cada una de estas actividades. Da así un nuevo impulso a las compañías multinacionales.

Desde 1945, se multiplicaron las *multinacionales* más allá de los pocos ramos en las que se habían manifestado primero: el petróleo, las minas, el refinamiento de los metales, el comercio de los cereales y de algunos productos exóticos. Todavía en 1970, las filiales en el extranjero son a menudo de origen estadunidense, de tal manera que las *multinacionales* se perciben como *un segundo Estados Unidos*. Un informe, establecido bajo la dirección de Tinbergen, estima que en 1971, 20% del PIB mundial —salvo las economías estatal-socialistas— es producido por estas gigantescas compañías [26]. Luego se atenúa la preeminencia estadunidense, en tanto que las *multinacionales*, de origen europeo o japonés, se multiplican en todo el mundo. Después, a lo largo de los años ochenta, la ola hacia Estados Unidos se vuelve una riada y Japón acepta entreabrirse.

La imprecisión del concepto de *multinacionales* y la discreción de las estadísticas acerca de la actividad y de la localización de los grupos, impiden cifrar con certeza su crecimiento relativo, pero se puede pensar que en 1990, su participación en el PIB mundial excedía del 25% —incluyendo a las sociedades estatal-socialistas a las que empezaron a penetrar.

Las *multinacionales* dominan en la cima de la pirámide de las empresas. A menudo se originaron en una concentración del capital perseguida desde hacía largo tiempo y cuyas razones sociales han dejado trazas. Por el contrario, raras son las empresas que, como IBM, acceden a esta cima por la acumulación de sus propios beneficios, sin absorber a sus antiguos rivales. El mercado mundial de capitales está abierto a las *multinacionales*, al igual que los pabellones de complacencia y los paraísos fiscales. Las movilizaciones de capitales a las que los estados europeos tuvieron que respaldar a menudo, en el siglo XIX, para la construcción de los canales y de las redes ferroviarias, se vuelven más fácilmente realizables por estas gigantescas firmas.

Sin embargo su riqueza proviene de las producciones de las que modulan las salidas por medio del desnatado de un rico mercado nacional, luego por una competencia internacional, a menudo coronada por la fabricación de productos en lo sucesivo estandarizados, en los países en donde la mano de obra industrial es barata. Las *multinacionales* juegan también con eventuales protecciones de Estado y las facilidades ofrecidas por las uniones aduaneras o las zonas francas. Se emancipan de las coacciones de su país de origen para aplicar su propia estrategia internacional, de tal manera que los competidores, expuestos a estas estrategias, tienen a su vez que internacionalizarse: la mundialización del capital progresa por ramas completas.

Las *multinacionales* inflan el comercio internacional por medio de sus ventas finales, pero también de sus tráficos internos que adquieren el aspecto de un comercio internacional para los estados relacionados de esta manera. La CNUCED pudo estimar que a mediados de los años setenta, el comercio entre las sociedades-matrices y sus filiales mayoritarias representaba más del 30% del comercio internacional. En 1990, el comercio de las *multinacionales* rebasa probablemente el 50% del comercio internacional. Al estimular de esta manera el comercio transfronteras, las *multinacionales* le permitieron progresar al ritmo de 6.5% por año, entre 1950 y 1990. A este ritmo, el volumen del tráfico mundial aumenta casi 550 veces en un siglo (núm. 11).

El crecimiento de los intercambios internacionales está repartido desigualmente. Los países de la OCDE aseguran los dos tercios, en 1950 como en 1990, tras una punta de 70% en vísperas de la crisis. Los países con un comercio de Estado —es decir las sociedades estatal-socialistas de Europa y de Asia— que se habían elevado, hacia 1960-1965, hasta el 12% del tráfico mundial, decaen después hasta 8-9% en 1989. Las otras regiones del mundo adquieren importancia durante los años setenta y ochenta, pero en forma desigual: sólo aumentan los intercambios de los pocos países

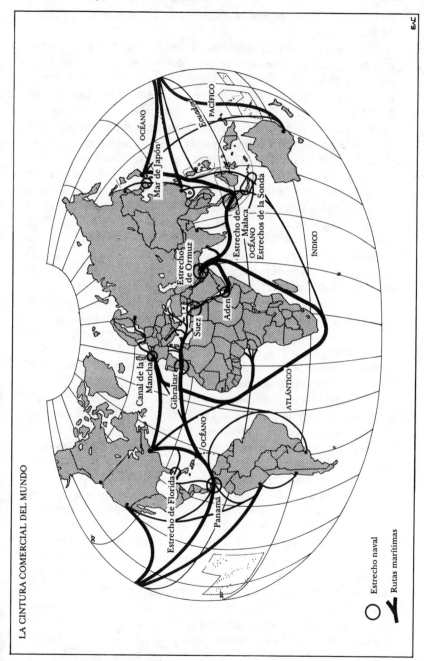

LA CINTURA COMERCIAL DEL MUNDO

Estrecho naval

Rutas marítimas

asiáticos y latinoamericanos en los que la industria empieza a adquirir importancia.

El comercio mundial utiliza medios concentrados. Los dos tercios del tráfico marítimo —cercano a 4 000 millones de toneladas en 1990, de las cuales el 35% en petróleo y derivados— son garantizados por 65 puertos de los cuales 12 se sitúan en América del Norte, 8 en Japón y 45 en la vieja Europa mercantil, incluyendo el inmenso Rotterdam, líder mundial desde hace un cuarto de siglo, en donde no deja de enriquecerse la logística de las mensajerías, de las terminales para contenedores y de los servicios anexos.

El crecimiento del comercio mundial se aceleró hacia 1958, cuando la integración europea y la extroversión japonesa reforzaron el impulso originado por las iniciativas estadunidenses de la posguerra. La principal de estas iniciativas permitió, en 1947, fusionar en un tratado único los acuerdos bilaterales por medio de los cuales los principales países trataban de salir de las restricciones heredadas de los años treinta. Veinticuatro países se aliaron entonces por medio de un acuerdo general sobre el comercio y los derechos de aduana o el General Agreement on Tariffs and Trade (GATT). Para la aplicación del GATT, se creó en Ginebra una agencia permanente. Dirige los procedimientos de arbitraje y proporciona el secretariado de las negociaciones plurianuales mediante las cuales los derechos de aduana que eran cercanos al 40% en 1947 cayeron, en promedio, a menos del 5 por ciento.

El éxito de las negociaciones depende de su carácter global. Los países se otorgan desgravaciones recíprocas muy diversas, en cuanto estiman ganar lo mismo o más de lo que arriesgan perder. Dicho de otra manera, el GATT persigue su ideal de libre intercambio al roer los obstáculos subsistentes —o renacientes, como el acuerdo multifibras, creado en 1935 para proteger las industrias estadunidenses de textiles y de costura, extendido luego a Europa en 1961, y desde entonces siempre renovado, para las fibras naturales o artificiales.

De la misma manera, el GATT se acomoda a las preferencias comerciales, heredadas de los antiguos imperios coloniales y reunidas por la CEE. Admite las nuevas preferencias cuando adquieren la forma de uniones aduaneras, de zonas de libre intercambio o de integraciones más elaboradas. Tolera los acuerdos de autolimitación por medio de los cuales los países más expansivos —como Japón— moderan el crecimiento de algunas de sus exportaciones.

Por último, se acomoda al cordón sanitario mantenido alrededor de los países estatal-socialistas por un comité de la OCDE —el *Coordinating Committee* o COCOM— que vigila, desde 1948, las ventas a la URSS de productos considerados estratégicos y, desde 1950, el comercio hacia China.

El GATT también es ciego a otras realidades. Sólo reconoce a los países cointercambistas e ignora a las *multinacionales*, salvo en los bastidores de sus negociaciones. Sólo reconoce los datos mercantiles e ignora todo de los profundos resortes económicos que enmascaran los precios. Así, el control de las *multinacionales* sobre más de la mitad de las importaciones y de las exportaciones de los países periféricos escapa de su sagacidad, aunque el aplastamiento o la captura de las rentas agrícolas y mineras por parte de las *multinacionales* sea una de las claves del sistema mundial contemporáneo. Al GATT le importa poco.

La renta deriva de antiguos modos de explotación del suelo. Conserva su antiguo significado en lo que queda del modo de producción latifundista, pero se enriquece con nuevas determinaciones cuando los propietarios del suelo y los estados que los dominan tienen que reglamentar el acceso a los recursos naturales que codician explotadores capitalistas: tierras explotables como plantaciones, yacimientos mineros, sitios urbanizables, etc. De la relación de fuerzas que se establece entre estas partes receptoras resulta un costo de acceso, es decir una renta que comparten los propietarios y los poderes públicos. Este costo no es similar al precio de un producto normalmente reproducible. Posee un elemento *relativo* a las comodidades particulares del recurso considerado —fertilidad de las tierras, proximidad de los mercados, calidad de los minerales, etc.— y un segundo elemento común a todos los recursos con esa misma naturaleza y que depende del nivel *absoluto* de su demanda.

GEOPOLÍTICA DEL PETRÓLEO

Nacimiento y reino del cártel

Antes de 1914: tensiones anglo-holandesas en la Insulindia, reabsorbidas por alianza con la *Shell*; concentración en Estados Unidos en la *Standard Oil*; tensiones anglo-rusas en Persia. Después de 1918, reparto de los despojos germano-turcos.

1928: pacto de Achnecarry entre las principales sociedades mundiales; precios controlados, mercados compartidos, competencia limitada a la prospección. Tensiones anglo-americanas alrededor del Golfo árabe-pérsico.

1938: Nacionalización mexicana.

Después de 1945; triunfo estadunidense en el Golfo; fracaso de la nacionalización iraní (1951-1953). La URSS y China se vuelven exportadoras. En 1960, se forma la Organización de Países Exportadores de Petróleo (OPEP) y obtiene diversos aumentos en las tarifas y los derechos pagados por las compañías.

El cártel y la OPEP, enemigos-amigos

1973: fuerte aumento de los precios partiendo de los pozos de la OPEP; este aumento será reforzado en 1979. El impacto de estos dos "choques petroleros" varía, de un país al otro, en función de las fluctuaciones del dólar y de la moneda nacional, y de las sustituciones del petróleo por otras energías.

En Estados Unidos, el costo neto de las importaciones petroleras (en % del PNB) se quintuplica de 1973 a 1980, luego retrocede en más de 70% después de 1980. En Francia, esta carga neta se triplica de 1973 a 1980, para recobrar su nivel de 1973, en 1987. Los incrementos decididos por la OPEP se erosionan en pocos años; la producción de los países externos a la OPEP (Noruega, Gran Bretaña, México, etc.) se quintuplica de 1973 a 1985, a menudo bajo el control del cártel y la OPEP cae de 54 a 30% de las exportaciones mundiales. Además, la guerra Irán-Irak (1980-1988) reduce la influencia de la OPEP en el mercado.

La rentabilidad de las compañías del cártel no se ve afectada por los incrementos de los precios OPEP, ni por las nacionalizaciones operadas por varios países, entre ellos Arabia Saudita.

1990: El conflicto operado por la ocupación irakí de Kuwait hizo rebotar los precios en dólares del petróleo y las fluctuaciones del dólar ante las demás monedas. Es posible dudar que este conflicto baste para orientar el petróleo hacia un incremento debidamente regularizado que sin embargo su potencial agotamiento haría deseable.

A plazo: Las reservas confirmadas de los países de la OPEP ejercerán una influencia preponderante en los precios. En 1990, el 65% de estas reservas se encuentra en la región del Golfo árabe-pérsico; el 80 u 85% se encontrará ahí en 2010, salvo descubrimientos importantes en otras regiones.

Las rentas absolutas y relativas tienen límites objetivos. Cuando el recurso considerado es abundante, la renta absoluta tiende hacia cero, después de lo cual las rentas relativas disminuyen a su vez, concentrándose la explotación en los mejores sitios. La tendencia se invierte cuando el recurso es raro en relación con la demanda. Pero, en este caso, la atracción de los productos de sustitución —naturales o sintéticos— aumenta y acaba por moderar la demanda y la renta. En todo caso las sustituciones son lentas, pues las técnicas de producción y el capital fijo instalado deben adaptarse a las transformaciones de las fuentes de energía o a la introducción de nuevas materias primas, sintéticas o naturales. Las rentas se modifican al mismo ritmo, salvo por los movimientos especulativos sobre los productos fácilmente almacenables.

Desde 1950, los productos con renta fueron sometidos a amplias fluctuaciones, más sensibles aun para las materias alimenticias y los textiles que para los metales y los minerales —petróleo incluido— hacia los cuales la pesadez de las inversiones de explotación a menudo atrajo a las *multinacionales*, aptas para defender sus mercados y sus rentas. Sin embargo, las guerras y las expansiones económicas posteriores a las crisis generalmente permitieron a los productos rentables recuperar el terreno perdido, para perderlo, en realidad, en lo ordinario de los intercambios mundiales. Estos amplios ciclos se complicaron por algunos accidentes: acuerdos de estabilización creados entre empresas productoras y clientes o entre estados productores y consumidores; nacionalizaciones de minas y de plantaciones; ligas de estados productores reforzando un cártel de empresas productoras, a semejanza de la OPEP.

La eficacia de los cárteles, de los acuerdos de estabilización de los cursos o de las ligas estatales depende de una condición difícil de mantener en el mercado mundial. Es necesario poder responder a las contingencias coyunturales y a las perdurables evoluciones de la demanda, por medio de una gestión precisa de la oferta. Prácticamente, esto significa imponer a los principales países productores cuotas de producción —técnica algunas veces utilizada para el café, el cacao, el azúcar, el petróleo, etc.— o jugar con una existencia reguladora de los precios —como a menudo es el caso para el estaño. En el seno de los países más ricos, las corporaciones agrícolas logran disciplinarse de esta manera —incluso en el nivel de la CEE. En todas las demás áreas, la indisciplina de los productores a menudo numerosos, siempre dispersos entre varios países y que se multiplican cuando les es favorable la coyuntura, rompe finalmente los acuerdos, los cárteles y las ligas.

22. LOS BANCOS Y EL FMI HASTA 1970

Después de 1950, con frecuencia se imita el sistema bancario de los principales países capitalistas (núm. 16). Los bancos comerciales están sometidos a un banco central que el Estado posee o controla y que opera como prestamista en último recurso y como emisor de billetes de banco con curso legal: el oro ya no es una moneda. El banco central compra o vende títulos en el mercado o descuenta una parte de los créditos que le son presentados por otros bancos. De esta manera modera o reduce la liquidez de estos bancos comerciales, es decir el volumen de sus recursos prestables, al mismo tiempo que influye en sus tablas, de acuerdo con las tasas que aplica.

Algunas veces, los bancos así respaldados se especializan en el crédito a los campesinos, a los artesanos, a los comerciantes o, por el contrario, en el tratamiento de grandes negocios: creación, control y fusión de empresas; operaciones bursátiles internas e internacionales, etc. Con más frecuencia, se orientan principalmente hacia el crédito a las empresas. El funcionamiento del sistema bancario está rodeado por seguros y por controles para proteger los intereses de los depositarios y hacer respetar las orientaciones decretadas por el gobierno en materia de monedas o de créditos. En todo caso, en esta última área, los bancos centrales tienen una libertad de acción tanto más grande cuanto que el Estado se desea liberal.

Este modelo se propaga, de América Latina a África y Asia. Tiende a eliminar de estos dos últimos continentes a los cambistas, a los usureros y a los demás banqueros de estilo antiguo (núm. 5). Además, a menudo los bancos de los estados inmaduros (núm. 19), sobre todo en el Caribe y en África, son todavía filiales bancarias de las antiguas metrópolis. Algunos países intentan rebasar este modelo al hacer de los bancos los agentes directos de políticas explícitas. Cuando se limitan a fines muy precisos —reconstrucción, inversiones prioritarias, sectores económicos por desarrollar, etc.— estas iniciativas tienen éxito. Pero hasta ahora su generalización ha fracasado: las nacionalizaciones globales del aparato bancario se desviaron rápidamente en Portugal (1974) como en Francia (1976) o en México (1982), por falta de una preparación reflexionada y de un empleo audaz. La banca ha quedado como una actividad eminentemente capitalista.

El aparato bancario se prolonga por medio de las casas de bolsa en donde se intercambian lotes de mercancías y, sobre todo, títulos adquiridos sobre los beneficios *futuros* de las empresas (acciones), sobre su *futura* cifra de negocios (obligaciones, bonos, etc.), sobre los *futuros* presupuestos de los estados y de otras colectividades públicas (rentas, bonos del Tesoro, etc.) y sobre los beneficios que estas empresas y estas administraciones distribuirán en el *porvenir* a las familias (créditos hipotecarios, crédito al consumo).

Una parte creciente de los títulos que inflan de esta manera la capitalización bursátil —es decir el producto (aritmético) del número de títulos cotizados, de todo tipo, por el curso aferente de cada uno de ellos— no modifica las deudas primarias de las empresas, de los hogares y de las colectividades públicas. Forma una burbuja financiera, sin una relación necesaria con las realidades económicas subyacentes. Cuando da vuelta el viento, el rápido desinflamiento de esta burbuja financiera provoca una crisis bursátil con consecuencias más o menos graves. La de octubre de 1929 había sido percibida como la señal de una crisis mayor, pero los *cracs* bursátiles fueron raros de 1947 a 1987, es decir mientras las casas de bolsa tuvieron un papel menor o aprovecharon una coyuntura favorable. Largo tiempo, en efecto, el financiamiento bursátil de la economía se conservó subsidiario. Todavía a fines de los años de 1970 los capitales reunidos en la bolsa de valores cubrían menos del 10% de las inversiones industriales, salvo en Estados Unidos.

En total, la expansión masiva de los años 1945-1974 fue financiada sin accidentes importantes, pero a costa de tensiones inflacionistas. Difícilmente evitables durante los años de la reconstrucción, se prolongaron porque los aparatos bancarios, respaldados por un banco central, él mismo influido por el Estado, ofrecen facilidades. El crédito a la inversión o al consumo supone un control más delicado que el del crédito comercial, ajustado al flujo de la producción. El crédito al Estado permite diferir los incrementos de los impuestos necesarios para el equilibrio de los presupuestos. Los precios o los ingresos garantizados a los campesinos, los sueldos nominales que aumentan demasiado rápido, los excesivos márgenes comerciales, pueden ser mantenidos por un crédito demasiado abundante. Poco a poco, la inflación alimentada por un crédito mal controlado, puede diluir las tensiones sociales, mientras lo permita el ambiente internacional.

Será el caso, hasta finales de los años sesenta, merced al sistema de Bretton-Woods (1944), en el seno del cual figura el *Fondo Monetario Internacional*. Este FMI no tiene nada de un súper banco central, no obstante los deseos de Keynes. No recibe como depósito las reservas de los bancos centrales y no puede otorgar a estos bancos créditos adaptados a sus necesidades. Les sirve simplemente de seguro mutuo: cada país miembro dispone de derechos de voto según su cotización —o *cuota*— que es proporcional a su poder financiero. La cuota, pagada en 25% en oro y el resto en moneda nacional, permite efectuar, en caso necesario, emisiones sobre el FMI que pueden llegar hasta el 125%, luego al 250% de la dicha cuota y que podrán alcanzar hasta el 600% de ésta con las intervenciones ampliadas posteriores a 1975. En todo caso estos *derechos de emisión* están subordinados a condiciones cada vez más severas, según su cuota. Deben servir para ajustar la balanza de pagos y para preservar la paridad de la moneda o para acompañar una devaluación autorizada por el FMI. Éste es entonces el guardián de las paridades fijas entre las monedas, salvo si se les corrige por raras devaluaciones.

Así concebido, el FMI no proporciona las liquideces suplementarias necesarias por la expansión del comercio internacional. Estos recursos provienen de Estados Unidos, que liquida en dólares sus transferencias internacionales —plan Marshall, inversiones en el extranjero, etc.— tanto como el déficit de sus intercambios exteriores. Pero, por un compromiso unilateral renovado en 1947, Estados Unidos, que todavía posee el 75% de las reservas mundiales en oro, compra o vende oro a todos los bancos centrales que lo desean, al precio fijo de 35.00 dólares la onza: así, el dólar es la divisa-clave del sistema Bretton-Woods.

Hasta finales de los años cincuenta la reserva estadunidense de oro se mantiene, no obstante que los bancos centrales incrementan poco a poco sus reservas. El FMI interviene sobre todo para respaldar a las monedas europeas. Tras haber recibido los dólares del plan Marshall —y de sus equivalentes destinados a Grecia, a Turquía y a Alemania— Europa continúa economizando esta moneda, merced a la *Unión Europea de Pagos* creada en 1950. Esta UEP establece, entre los bancos centrales, un sistema de compensación combinado con créditos automáticos con reembolso progresivo. El *Banco de Reglamentos Internacionales* dirige este sistema hasta su supresión en 1956. Luego, en 1958, las monedas europeas, debidamente revigorizadas, restablecen su recíproca convertibilidad. El *yen* que es entonces una moneda débil, esperará 1966 para hacer lo mismo.

Hermano gemelo del FMI, el Banco Mundial — o, más exactamente, el *Banco Internacional para la Reconstrucción y el Desarrollo* (BIRD)— obtiene la dispensa, por el plan Marshall, de participar en la reconstrucción europea. Consagra sus modestos recursos a los proyectos de equipamiento de América Latina y de Asia, luego duplica su capital, en 1959, para hacer frente a las demandas que multiplica la descolonización. En 1961, un *Banco Internacional de Desarrollo* llega para reforzarlo, seguido en 1967 por un *Banco Asiático de Desarrollo* del que Japón garantiza la presidencia.

Hasta casi finales de los años sesenta, la actividad internacional de los bancos comerciales se mantiene modesta. Como las *multinacionales* cuyo desarrollo acompañan, estos bancos son sobre todo estadunidenses. Luego, las redes bancarias de los otros países progresan a saltos. Durante los años cincuenta penetran en América Latina. Desde los años sesenta se tasa a Europa. Viene enseguida el turno del Cercano y Medio Oriente, durante los años setenta. Por último, América del Norte es invadida durante los años ochenta. De estos saltos el principal es el de los años sesenta, pues coincide con una crisis del dólar que arruina al sistema de Bretton-Woods.

Tras el restablecimiento de la convertibilidad de las monedas europeas, en 1958, el FMI recibe amplias solicitudes de fondos para enfrentar las perturbaciones que provocan los movimientos de capitales a corto plazo. Sus cuotas aumentan 50% en 1959, pero no es suficiente. En 1962, los diez principales bancos centrales acuerdan poner a su disposición, si es necesario, seis mil millones de dólares suplementarios. La especulación se prosigue. De 1964 a 1967 la libra peligra varias veces. Se devalúa en noviembre de 1967, con importantes ayudas del FMI. Tras un nuevo incremento de sus cuotas (25% en 1965), éste prevé abrir a los estados *derechos especiales de emisión* (DEE), que se agregarían a sus *derechos de emisión* ordinarios, a condición de obtener un voto favorable de la Asamblea General del FMI.

Mientras se debate esta eventual creación de moneda, no comprometida por una alza de las *cuotas*, la especulación se orienta en lo sucesivo hacia el oro y el dólar, pues las reservas de Estados Unidos caen por debajo de los compromisos del tesoro estadunidense (convertibles en oro): el desfase es de 5% a fines de 1967 y de 34% en marzo de 1968. No deja de aumentar, ya que Francia cede ante el fetichismo del oro, como durante el peor momento de los años de 1930. En la primavera de 1968, los bancos centrales dejan deslizar el oro de 35 a 42 dólares la onza. En 1973, suspenden sus adquisiciones a precio fijo. El oro se transforma en una simple mercancía fluctuando a merced del mercado.

El debate acerca de los DEE termina en 1969. Una primera asignación, equivalente a 9 500 millones de dólares, es repartida por etapas, de 1970 a 1972, mientras que las cuotas del FMI se elevan de nuevo en 25% en 1970. Después de 1973, el FMI aumenta más sus disponibilidades al vender, con beneficio, el oro que posee.

Por su parte, Estados Unidos emite dólares para saldar los déficits que su intervención en Vietnam sigue incrementando. Los bancos comerciales contribuyen, también, al aumento de las liquideces internacionales. Como una reglamentación estadunidense de 1961 limita la remuneración de los depósitos en dólares, los bancos londinenses se ofrecen para otorgarles un interés más alto. Los depósitos en *eurodólares* adquieren amplitud, ya que los bancos centrales encuentran que esta fórmula es más atractiva que los bonos del tesoro estadunidense. Los bancos comerciales así abastecidos otorgan créditos en dólares que, a su vez, incrementan los depósitos en *eurodólares*. Al principio, la creación internacional de moneda bancaria es lenta, pero ningún superbanco central la incorpora. En marzo de 1965, existen apenas 15 mil millones de *eurodólares*; en 1971, el BRI cuenta ya 70 mil millones. A partir del siguiente decenio, esta bola de nieve va a engendrar una avalancha.

23. EL DESORDEN MONETARIO INTERNACIONAL DESPUÉS DE 1970

La ruina del sistema de Bretton-Woods concluye, durante los años setenta, con dos movimientos distintos. El primero, prefigurado de 1969 a 1974 por los cambios en las paridades de las grandes monedas, es finalmente avalado por un acuerdo entre bancos centrales: se abandonan las paridades fijas, los cambios flotarán en lo sucesivo a merced del mercado. El otro movimiento se inicia a finales de 1973, con el alza decidida por la OPEP.

Los países petroleros menos poblados no pueden gastar sin demora sus ingresos suplementarios. Sus excedentes alcanzan 60 mil millones en 1974, luego decaen hasta 10 mil millones en 1978, pero el rebote de los precios, en 1979, los lleva de nuevo a alrededor de 60 mil millones en 1979 y 1980, después de lo cual se desvanecen en pocos años. Para reciclar estas sumas, se abren teóricamente dos vías principales: la del FMI y la del BIRD o la de los bancos comerciales.

El debate no se realiza en términos tan precisos, pues sin esperar los bancos se abalanzan sobre los depósitos de *petrodólares*, pero de todas maneras se lleva a cabo, en los bastidores del FMI, de manera más diplomática. La primera vía daría al FMI y al BIRD una mayor capacidad de intervención, por medio de un crecimiento de la cuota —y del poder— de países como Arabia Saudita, a menos que el FMI se ponga a recoger depósitos y a iniciar su conversión en superbanco central. Ni Estados Unidos, ni sus asociados de la OCDE aceptan esta perspectiva. El FMI en realidad incrementa las cuotas, pero para todos sus miembros, en 1976 (33%) y en 1978 (50%), luego otorga dos nuevas asignaciones de DEE y espera 1981 antes de resolverse a pedir prestado a Arabia Saudita 10 mil millones de dólares de los cuales 8 serían *fuera de cuota*. Así, al permitir que éste país posea el 4% de los votos en su seno —y no el 12% como resultaría del total prestado— el FMI recicla una parte mínima de los excedentes petroleros. El resto se precipita a los bancos comerciales, sobre todo los de Estados Unidos y de Londres, que emplean el excedente en créditos internacionales. Pero el reciclamiento comercial de los petrodólares desemboca en poco tiempo en una larga crisis financiera.

A principios de los años setenta, existían algunos raros lugares *off shore*. Los primeros se habían establecido decenios antes, cerca de las costas de los países ricos, pero fuera de la jurisdicción de un banco central exigente. Así, Bahamas o Jersey acogían bancos cuya clientela amaba la sombra. El desarrollo de las telecomunicaciones y del *eurodólar* permite ubicar estos bancos en lugares más lejanos. Algunos de los nuevos estados independientes después de 1960 se especializan en ello. Otros países, de los cuales Suiza es el prototipo, rodean el secreto bancario con tales protecciones que sus bancos comerciales hacen competencia a los bancos *off shore*. Así, Luxemburgo se vuelve el domicilio de muchos establecimientos que operan en *eurodólares*. Las fronteras del banco ortodoxo, bajo la tutela de un banco central, y del banco no reglamentado, son aún más atropelladas, cuando Estados Unidos comienza a arrebatar a Inglaterra la preeminencia sobre el mercado mundial de dólares *off shore* —eurodólares, petrodólares, etc.— es decir obtenidos fuera de sus fronteras. Con este fin, crea, en 1978 y 1981, una frontera imaginaria que cruza los grandes bancos neoyorquinos para separar sus operaciones normales en dólares estadunidenses de sus operaciones en dólares *off shore*. Durante los años de 1980, esta frontera se vuelve porosa por la desreglamentación bancaria. A partir de 1985, Japón establece facilidades un poco menos flojas que las de Estados Unidos. Por último, la unificación bancaria de la CEE, concluida en 1991, extiende estas facilidades a toda Europa.

Así se establece un mercado internacional en el que el dólar interno y el dolar *off shore* cambian fácilmente a no importa que moneda convertible. Además, la libre transferibilidad permite con mayor frecuencia a los residentes de países con moneda convertible efectuar depósitos en divisas en el extranjero, hasta en su propio país.

Así, el banco se vuelve una actividad mundial, operando en el mercado mundial de las monedas, del crédito y de las inversiones de capitales; en resumen, en el mercado mundial del dinero.

Este mercado se edifica sacudiendo las jerarquías bancarias. Estados Unidos, todavía preponderante en 1970 cede los diez primeros lugares a bancos de Europa, luego a Japón que barrió con todos en 1987-1988, en espera de nuevas redistribuciones. Los actores del mercado son un centenar de grandes bancos comerciales, dos centenares de inversionistas institucionales —es decir inversionistas de ahorros en la bolsa de valores, como las compañías de seguros y las cajas de jubilación— todavía algunos cientos de grandes *multinacionales* y por fin algunas decenas de estados y de organismos internacionales, prestatarios masivos de capitales, a lo que se agrega una infantería de algunos miles de interventores menores.

Las operaciones del mercado mundial del dinero se desarrollan. En 1980, los reglamentos aferentes al comercio internacional alcanzaban casi 8 mil millones de dólares por día, pero las transacciones diarias del mercado de cambios eran doce veces superiores. En 1989, el comercio de bienes y servicios hace transferir, en promedio diario, más de 12 mil millones de dólares (o de equivalentes en otras monedas), pero las transacciones cotidianas del mercado de cambios alcanzan hasta 500 mil millones de dólares (y equivalente). En la fluctuante diferencia entre las operaciones de cambio y las transacciones comerciales se ubican, al lado de las compras bursátiles, las operaciones interbancarias, es decir las compras y las ventas efectuadas por bancos para alimentar sus préstamos, extender sus riesgos, compensar las garantías o los compromisos a plazo que otorgan a sus clientes, etc. Los capitales flotantes (*hot money*) que huyen de una devaluación amenazante, buscan un beneficio en el cambio o corren hacia inversiones más rentables a corto plazo, se ubican en la masa de las transferencias cotidianas del mercado de cambios, sin que se pueda evaluarlos con precisión, pero no hay duda acerca de su contribución a la inflación de las operaciones.

Se entenderá mejor la escala del mercado de cambios si se comparan sus 900 mil a 1 millón de millones en transacciones cotidianas en 1990, con los 800 mil millones de equivalente a dólares poseídos en reservas por el conjunto de los bancos centrales, de los cuales un poco más de 300 mil millones por los bancos del G7 (núm. 25), que se supone intervienen en conjunto para estabilizar las tasas de cambio (núm. 23). Con esta masa de maniobra, la credibilidad del G7 depende por completo de la voluntad política manifestada por los acuerdos de regularización tomados en el *Plazza* (1985), en el *Louvre* (1987) o en *Washington* (1988 y 1989), acuerdos más o menos eficaces durante las pocas semanas en que los gobiernos parecen en efecto cooperar, pero que pierden fuerza ante el menor propósito divergente de un ministro de finanzas cualquiera o de un gobernador de banco central.

De ahí las amplias y aleatorias fluctuaciones de las monedas. El dólar es sacudido por fuertes bajas —de 1970 a 1975; de 1985 a 1987; de 1990 a Dios sabe cuándo— como por largas alzas —de 1980 a 1985 o de 1988 a 1989— en tanto que el marco y el yen se revalúan de manera casi continua, que la libra, tras una calma debida a los ingresos petroleros del Mar del Norte, se vuelve vulnerable y que otras monedas, como el dólar canadiense, la lira o el franco tienden a consolidarse, pero sin garantía de porvenir. A lo que se agregan evidentemente las enormes devaluaciones de las monedas corroídas por las deudas internacionales o las inflaciones galopantes.

Los bancos centrales de los principales países adaptaron sus exigencias al nuevo papel internacional de los bancos comerciales. En 1975 convinieron en que, por el *concordato de Basilea*, la supervisión de los bancos extranjeros es responsabilidad de sus países de origen en cuanto a su solvencia, y del país anfitrión en cuanto a su liquidez. En 1978 precisaron que los bancos comerciales deben consolidar sus cuentas con las de sus filiales en el extranjero, con el fin de someter el conjunto al control de su banco central: España, Italia y Alemania se vieron obligadas de esta manera a vigilar mejor sus filiales bancarias expatriadas, sobre todo en Luxemburgo.

Pero, en 1982, la quiebra del banco *Ambrosiano* —italiano y del Vaticano— que había sido domiciliado en Luxemburgo por la sociedad *holding* de la que dependía formalmente, hizo perder 450 millones de dólares a 250 bancos de todo el mundo. El Banco de Italia se declaró incompetente y el comité basileo de los bancos centrales confirmó que en efecto, un banco central no podía ser considerado fiador o prestamista en último recurso por los bancos que operaban en el extranjero.

A partir de entonces, el Banco de Inglaterra exigió de los bancos extranjeros que operaban en el Reino Unido, que se comprometieran explícitamente a cubrir los eventuales incumplimientos de sus filiales, pero su ejemplo no se generalizó. Un comité basileo, presidido por el inglés Cooke decidió, en 1988, que los bancos centrales exigirían de todos los bancos comerciales un aumento progresivo de sus propios capitales —para llevarlos al 8% de sus compromisos— y una limitación de los riesgos por país y por cliente, de manera que ningún riesgo singular represente una fracción demasiado importante de estos fondos propios.

Varios de los bancos centrales, accionistas del BRI de Basilea, están además asociados en el seno del *Sistema Monetario Europeo* (SME) creado en 1979, tras una primera y vana tentativa de 1972 a 1976. El SME organiza, entre estos bancos, una cooperación menos volátil que la de los acuerdos llamados del *Plazza* o del *Louvre*.

En principio, todas las monedas de la CEE participan, a prorrateo del PIB de su país emisor, en la composición de una unidad común de cuenta denominada ECU —por abreviatura de *European Community Unit*. Las monedas que se alejan de su tasa de cambio ante la ECU de ± 2.5% (o de ± 6% para los recién llegados como España) deben reducir este alejamiento y disponen para este fin de créditos automáticos con los otros bancos centrales asociados al SME. De hecho, las monedas que divergen por lo alto nunca se preocupan por intervenir, de tal manera que el SME es un sistema de defensa de las monedas débiles, por medio de préstamos otorgados en monedas fuertes, pero a costa de los países de monedas débiles. Además, las eventuales devaluaciones y revaluaciones deben ser negociadas en el seno del SME.

El efecto económico de este sistema de paridades semifijas es imponer a los países con moneda débil una prioridad antiinflacionaria, sin importar las tasas de desempleo o de subutilización de las capacidades de producción. El efecto político es someter a todas las monedas europeas a la preponderancia de la *Bundesbank*. Virtualmente, la CEE es una zona del marco.

24. LAS CRISIS BANCARIAS Y BURSÁTILES POSTERIORES A 1982

Sobrecargados con depósitos en dólares y otras monedas *off shore*, los bancos comerciales y sus filiales extranjeras inflan en la misma medida sus créditos a corto y mediano plazo. Estos créditos son internacionales por varias razones: el banco que presta y el prestatario provienen de estados diferentes y el préstamo, a menudo otorgado en dólares, aun cuando proviene de bancos no estadunidenses, tiene un interés valorado indexado al LIBOR, es decir a la tasa del mercado interbancario internacional de Londres. Para el que presta, el riesgo de insolvencia es reforzado por un riesgo-país: ¿permitirán las reservas de cambio disponibles en el país del deudor que éste compre, en buena fecha, los dólares necesarios para el pago de su deuda? Por su parte, el prestatario está expuesto a dos riesgos mayores: la evolución de las tasas de cambio en dólares de su propia moneda y las fluctuaciones del lejano LIBOR. Por estas diversas razones, su impotencia es total.

Antes de 1980, el riesgo-país afectó a algunos países en revolución (China, 1949; Cuba, 1959), o afectados por el agotamiento temporal de sus reservas de cambio (Zaire, Argentina, etc.). De ahí la creación, a partir de 1956, del *Club de París* en donde los deudores de Francia y de otros países europeos negocian el escalonamiento de sus deudas, cuando el FMI no está involucrado. Los préstamos internacionales de los bancos y de las instituciones financieras públicas alcanzan los 50 mil millones de dólares en 1970, pero su total es de 830 mil millones de dólares, en 1982, cuando los principales deudores empiezan a declararse insolventes, a semejanza de Brasil y México, deudores cada uno de un centenar de miles de millones de dólares.

En Brasil, desde 1982, el pago de esta deuda amenaza romper un impulso sin embargo tan impetuoso como el de Alemania hacia 1880 o de Japón hacia 1960. Por lo menos la tercera parte de los 140 millones de brasileños de 1982, está ya entusiasmada por el capitalismo de São Paulo y de Río de Janeiro en tanto que los otros dos tercios se amontonan en las favelas, se extienden en las sabanas del Nordeste o se dispersan a los largo de las carreteras transamazónicas y de las costas antaño dedicadas a las plantaciones.

El viejo Brasil, importador de esclavos y proveedor de azúcar y de café, de tinturas y de algodón, luego de caucho, se transformó en el siglo XX en un nuevo Brasil, enriquecido por los inmigrantes europeos y en poco tiempo industrializado. Hasta 1920, un flujo masivo de italianos y de españoles le dio el aspecto de una Argentina, si no fuera por la aportación continua de portugueses que consolidaron su idioma y la presencia de un pueblo mestizo, originado en la esclavitud, que hizo de él un aparente continuum *antropológico, en donde el dinero establece más una barrera que la complexión.*

El joven Brasil, hoy rico en una demografía exuberante, se aleja a grandes pasos de sus 18 millones de habitantes de 1900. En 2000 contará sin duda con 230 millones, de los cuales el 40% tendrá menos de quince años. ¿Pero conservará el impulso de antes de 1982 que le permitió explotar por su cuenta un Minas Gerais rico como un Katanga; adjuntar a su industria automotriz una aeronáutica y una informática; reducir los costos excesivos del petróleo al utilizar un carburante en el que el alcohol obtenido de la caña de azúcar tiene una gran función; enjaezar el Paraná con una gigantesca presa; extender sus cultivos a costa del bosque, como lo hizo Europa a partir del siglo XII, pero con las duras máquinas del siglo XX; construir, a partir de 1960, a más de mil kilómetros de la costa, el Brasilia que hizo soñar a Cendrars y hacer de él de inmediato una capital federal con pleno ejercicio?

Con un PIB *cuyo volumen crecía un 8% anual hasta 1982 –pero no aumenta más que 3.5% anual desde entonces– Brasil figura en el décimo lugar de las potencias económicas, después de India e Italia, justo antes de Canadá y de México. Pero su deuda internacional lo coloca en los primeros lugares mundiales, con México: era de aproximadamente 100 mil millones de dólares en 1982 y, de reescalonamientos en atrasos, alcanza cerca de 120 mil millones de dólares a fines de 1990.*

La producción brasileña aumenta todavía, pero a costa de repetidas devaluaciones, de planes de austeridad múltiples veces renovados y de una inflación que rebasó varias veces la barra de los 200% anuales desde 1985. El consumo promedio por cabeza ya no aumenta más que 1% por año desde 1982: eso es tanto como decir que se estancó o retrocede para la mayoría de la población, de tan desigual que es la repartición del producto nacional en este joven paraíso del capitalismo.

Paraíso en donde, además, los anacronismos de la propiedad latifundista y los modernismos de la producción de los nuevos terrenos gigantes se unen para mantener las milicias privadas, mimar a los buenos obispos y respaldar a los gobiernos militares. Todas éstas orientaciones acostumbradas de Brasil, hasta por debajo del barniz de una democratización que, después de 1985, sufre para bajar de las capitales a las provincias y de la Constitución a la vida cotidiana.

Los incumplimientos brasileños y otros ocurrieron después de que el LIBOR, arrastrado por el inflamiento de los préstamos de Estados Unidos, se había elevado hasta el 17% en 1981, en tanto que el dólar, a la alza desde 1980, continuaba ascendiendo y que, por su parte, los ingresos por la exportación de los países deudores —hasta los exportadores de petróleo, como México— disminuían sensiblemente. El servicio de la deuda externa representaba para los principales deudores, durante los años de 1970, de 10 a 12% de los ingresos por exportación. En 1982, la proporción hizo más que duplicarse.

Sin embargo, los incumplimientos de 1982 nada tuvieron de accidental, si no es su fecha. El creciente endeudamiento y con condiciones aleatorias, de países generalmente pobres, debía necesariamente llevar a una crisis en un mundo en el que las monedas divagan, en donde las tasas de interés son regidas principalmente por el endeudamiento de Estados Unidos y en el que los préstamos internacionales alimentan la fuga de capitales. En efecto, los 830 mil millones de dólares de deudas internacionales en 1982 se originaron en ofertas bancarias que permitieron a las empresas públicas o privadas, que actuaban con o sin la garantía de los estados y a estos mismos estados, endeudarse para desarrollar sus actividades. Pero, de paso, gobernantes, banqueros, jefes de empresa y altos funcionarios obtuvieron diversos diezmos, exportados sobre todo hacia Estados Unidos en donde se unieron a otros capitales emigrados por razones fiscales, políticas o especulativas.

En junio de 1986, un estudio de la Morgan Guaranty sobre 18 países cuyo endeudamiento total alcanzaba 451 mil millones de dólares, pudo estimar que, desde 1975, 198 mil millones de dólares —es decir el 44% de esta deuda— habían huido de estos países. Posteriormente, varios estudios del FMI evaluaron los retornos de capitales en alrededor de 300 mil millones de dólares de los cuales la mitad provenía de América Latina. La medición es difícil en este campo en el que los datos bancarios son confidenciales y los conceptos imprecisos, pero casi no hay equivocación al estimar que las fugas de capitales hacen volver hacia los países con moneda fuerte y un clima político favorable, la tercera parte por lo menos, del endeudamiento internacional de los países deudores.

Los bancos obtuvieron sustanciosas ganancias de sus préstamos internacionales. Pero estos créditos finalmente agravaron sus balances. A partir de 1987, los bancos estadunidenses empezaron a asegurar sus créditos vueltos dudosos: habían tenido que meter en el granero cinco años de ganancias suplementarias —y algunas veces ficticias— para liberar los recursos necesarios para este fin, sin inquietar a los accionistas por un desplome de sus dividendos.

Es cierto que, simultáneamente, el aparato bancario estadunidense estuvo expuesto a rudas intemperies internas: quiebras de bancos tejanos, después del desplome de los precios petroleros en 1981-1982; la casi quiebra del *Continental Illinois*, 8º banco del país, sacado de apuros por medio de fondos públicos en 1984; la larga convalescencia del *Bank of America*, antaño primer banco mundial; salvamento de múltiples bancos agrícolas titubeantes en 1985-1987; salvamento presupuestario de las cajas de ahorro desreglamentadas, que costará al Tesoro Público más de 300 mil millones de dólares de 1989 a 2000. El aparato bancario estadunidense titubea, en tanto que la crisis financiera internacional se prolonga.

A partir de 1982, los países incumplidos son sermoneados por los bancos comerciales, los cuales les otorgaron plazos de pago y nuevos préstamos destinados a pagar los intereses de sus anteriores deudas.

Otros principios, ligeramente más flexibles, fueron aplicados por el FMI, el Banco Mundial, el Club de París y las otras instancias que regulan el empleo de los recursos que provienen finalmente del presupuesto de los estados que prestan. Aquí, los plazos y los incrementos de los préstamos fueron más sustanciales, pero aunados a condiciones drásticas, para operar lo que el FMI llama el *ajuste estructural* de la economía, en los países excesivamente endeudados: reducción de las importaciones y desarrollo prioritario de las exportaciones, supresión de las subvenciones al consumo como a las empresas, incremento de los impuestos y equilibrio del presupuesto, devaluación de la moneda. Ningún argumento obtenido del desempleo, del bloqueo del crecimiento o de los riesgos de motín pudo moderar las razones de los ajustadores estructurales; ninguna consideración relativa a las fugas de capital, ni a la regulación del endeudamiento internacional pudo enriquecer estas mismas razones.

Así tratados, los países excesivamente endeudados incrementaron su endeudamiento: los 830 mil millones de dólares de 1982 se elevaron al nivel de 1 billón 300 mil millones de dólares alrededor del cual oscilan desde 1988. En este total la parte de los bancos comerciales disminuyó, lo esencial de las nuevas aportaciones fue efectuado por el Banco Mundial y por otros organismos públicos. De tal manera que en 1989, el FMI incrementó sus cuotas en 50% en tanto que el Banco Mundial aumentaba, también, su capital. Además, algunos países, como Francia y Bélgica, abandonaron una parte de sus créditos públicos a los países endeudados más pobres —es decir a sus antiguas colonias de África. Pero, todo bien medido, los retornos de capitales, en principal y en intereses, hacia los países prestamistas excedieron rápidamente de las nuevas donaciones y préstamos, no obstante los retrasos o las negativas de pago de algunos de estos países demasiado endeudados. Globalmente, el reflujo neto fue cercano a 30 mil millones de dólares en 1988 y a 43 mil millones en 1989. Las negativas, es cierto, fueron raras, a diferencia de los retrasos: el principal fue el hecho por Perú y duró casi cuatro años (1986-1990); el más amenazante sin duda fue el de Brasil, en 1989-1990, pues un incumplimiento duradero del país más endeudado arruinaría muchos bancos de Estados Unidos.

Originada en el mercado, la crisis que surge en 1982 escapa entonces de la lógica pura del capital, para transformarse, por último, en lo que siempre fue: una crisis con esencia política. En lo sucesivo, Estados Unidos, muy inquieto en cuanto a la salud de su aparato bancario, se esfuerza por mezclar pequeños sacrificios bancarios con nuevas aportaciones de capitales públicos, para reducir los retrasos de pago y evitar que las negativas de pago se vuelvan contagiosas. Estas soluciones —creadas caso por caso y pomposamente llamadas el *plan Brady*, según el apellido del secretario estadunidense del Tesoro— aligeraron moderadamente las deudas de México (1989), de Filipinas (1990) y de algunos pequeños países, antes de extenderse a Venezuela, Polonia y a otros estados. Respaldadas por todos los estados prestamistas y aceptadas de mala gana por sus bancos comerciales, estas intervenciones provienen del socorrismo más que de la medicina.

Pero, ya, su costo político es elevado. El incremento de las cuotas del FMI no pudo llevarse a cabo más que promoviendo a Japón al segundo lugar de este organismo, detrás de Estados Unidos y antes de la RFA, ella misma seguida, de más lejos, por una Gran Bretaña, ayer segunda y de golpe condenada al cuarto lugar *ex aequo* con Francia.

En tanto que la crisis financiera se prolonga de esta manera, otros circuitos del mercado internacional del dinero son a su vez desreglamentados, luego desajustados por crisis repetitivas. La convertibilidad de las monedas y la transferibilidad de los capitales se aprovechan para interconectar las bolsas de valores nacionales, con tanta más facilidad cuanto que la informática y las telecomunicaciones hacen a estas conexiones automáticas e instantáneas. Además, los bancos y otros intermediarios ponen en circulación nuevos títulos para permitir a los particulares invertir sus disponibilidades en el mercado monetario del día; a los bancos vender sus créditos (titrisación); a las grandes empresas pedir prestado sin la participación de los bancos (desintermediación). El más reciente de estos inventos sacude ya al aparato bancario estadunidense. Se trata de los *junk bonds* necesarios para la adquisición de empresas por parte de sus propios asalariados o de los *raiders*.

Como en 1929, las anticipaciones optimistas sobre el valor futuro de los títulos súbitamente se invirtieron en octubre de 1987 y sobrevino una cascada de bajas por la interconexión mundial de las bolsas de valores y por la multiplicación de los programas automatizados de la gestión bursátil, que operaban por cuenta de los inversionistas institucionales y de los principales bancos. En 1929, los aparatos bancarios nacionales, mal o nada respaldados por los bancos centrales a menudo inexperimentados, se asustaron tanto como las clientelas bursátiles, de tal manera que múltiples quiebras bancarias agravaron la crisis, sobre todo en Estados Unidos. En 1987 los bancos centrales, mejor advertidos, proporcionaron a los bancos comerciales y, por consiguiente, a los inversionistas institucionales, el abundante crédito que les permitió ampliar sus compras de títulos, de manera que pronto se borró la disminución de los cursos. Pero a partir de 1987 en varias ocasiones hubo nuevas crisis bursátiles en Londres, Nueva York, París o Tokio que fueron contenidas, y después corregidas por medio del mismo tratamiento.

Así, las actividades nacionales de las bolsas de valores y de los bancos se entrecruzan en un mercado mundial en el que las tasas de cambio fluctúan, sin que las instituciones internacionales puedan oponerse. Las grandes potencias que anuncian periódicamente su voluntad de canalizar estas fluctuaciones, se muestran indecisas para actuar ante las primeras tensiones intensas. El SME es un poco menos ineficaz, por sus estrechos márgenes y sus automatismos de préstamo, pero no puede corregir las inflexiones que, durante años, proyectan al dólar hacia las cimas o los bajos fondos. Este dólar incierto en realidad ha perdido mucho de su función en los préstamos internacionales y las reservas de los bancos centrales evolucionan de la misma manera: el marco y algunas veces el yen sustituyen poco a poco al dólar, no obstante las reticencias de Bonn y de Tokio, poco deseosos de manejar una divisa clave.

Las tasas de interés no están mejor controladas. Oscilan a merced del mercado y de las inflexiones que le imprimen los bancos centrales de los países más ricos, ellos mismos guiados por consideraciones en las que tiene prioridad el equilibrio económico mundial. A mediano plazo, estas tasas están cada vez más influidas por el endeudamiento internacional de Estados Unidos que hizo de este país, todavía acreedor neto en 1985, un deudor neto de 533 mil millones de dólares a fines de 1989.

El mercado mundial del dinero agrava las tensiones inflacionistas en todo el mundo: da a la inflación un tercer recurso. El primero de estos recursos depende de las flexibilidades del crédito que ayudan a diluir las tensiones sociales (núm. 22). La desreglamentación de los bancos y de las bolsas de valores vigoriza el segundo recurso, pues tiende a borrar las diferencias entre la moneda y el ahorro, de tal manera que los bancos centrales que enumeran las liquideces monetarias se ven obligados a multiplicar los contadores para medirlas, con el fin de regular el débito: el ejercicio se vuelve una apuesta, pues enormes recursos pueden bascular del ahorro hacia la moneda e inflar en la misma medida la demanda, con un gran riesgo para los precios. El tercer recurso, al cual tiende el mercado internacional del dinero, complica más aún la situación de cada país, pues este mercado transmite, a menudo sin demora, los impulsos inflacionistas de un país al otro, sobre todo al diluir en el mundo entero las consecuencias de los desequilibrios estadunidenses o de los cracs bursátiles. De ahí las olas inflacionistas que se multiplican, no sólo en los países latinoamericanos más vulnerables, sino también en la rica OCDE.

25. UNIONES ADUANERAS: EXPANSIÓN Y CRISIS

En América del Norte, como en Europa occidental, la expansión económica es enorme durante los tres decenios de la posguerra, en tanto que el impulso que adquieren, a partir de los años de guerra, varios países de América Latina tarda en romperse. Sin embargo pronto Japón rompe el récord de las tasas de crecimiento, seguido por algunos países de Asia oriental o meridional.

El movimiento imprimido por la guerra a la economía estadunidense se transmite a Europa y a Japón por medio de abundantes ayudas financieras destinadas a su reconstrucción. Estados Unidos asigna el 10% de su ayuda a una agencia que controla su empleo y que es respaldada por una *Organización Europea de Cooperación Económica* (OECE), en la que los estados se hacen reprender cuando sus proyectos disgustan a la agencia estadunidense. El instrumento sobrevivirá a su principal uso: diez años después del fin del plan Marshall la OECE será rebautizada OCDE —*Organización para la Cooperación y el Desarrollo Económico*—, pero persistirá como un club en el que los estados de Europa occidental a los que se incorporan Japón, Canadá y Australia, continuarán evaluando sus respectivas políticas económicas y haciéndose sermonear por predicadores a menudo estadunidenses y siempre fieles al liberalismo económico más ortodoxo. Si no fuera por algunos asociados u observadores de segundo orden, como Yugoslavia, Grecia y Portugal, la OCDE llegaría a simbolizar el centro económico del sistema mundial.

La OCDE es menos importante que la CEE —o *Comunidad Económica Europea*— resultante del tratado de Roma (1956) que da origen, a partir de 1958, a una unión aduanera. Pronto, en realidad, la CEE absorbe a la *Comunidad Europea del Carbón y del Acero* en la que Francia, Alemania y el Benelux —a los que se incorpora una Italia ávida de acero a buen precio— habían mezclado, a partir de 1953, sus *Comités de las Fraguas*. La CEE es más ambiciosa que el cártel oficializado. Después de la terminación, en 1962, de su unión aduanera, pretende establecer entre sus seis estados fundadores, antes de 1970, una libre circulación de los trabajadores, de las mercancías y de los capitales. De no haber alcanzado este objetivo, se consolidará en 1969: el mercado único debe ser logrado en 1980. Mismo juego en 1986, el vencimiento fue fijado, esta vez, para 1993.

En 1959 la naciente CEE es sometida a una contraofensiva británica que se manifiesta en la formación de una *Asociación Europea de Libre Intercambio* (AELE) en la que se incorporan Inglaterra, Irlanda, Escandinavia, Suiza y Austria y que, en pocos años, constituye una segunda unión aduanera. Sin embargo a partir de 1963, Gran Bretaña trata de entrar a la CEE, pero no será finalmente admitida hasta 1973. Irlanda y Dinamarca la acompañarán, en tanto que el resto de la AELE establecerá, con la CEE, una súper unión aduanera, limitada a las mercancías no agrícolas.

Las uniones aduaneras europeas permiten a las empresas extenderse poco a poco fuera de sus países de origen, en tanto que se les unen numerosas compañías estadunidenses, y luego japonesas: Europa Occidental se transforma en el invernadero de las *multinacionales*. Esta ola de inversiones que remplaza a la reconstrucción, responde a poderosas demandas: la de las parejas más numerosas a quienes la industria vende sus automóviles, sus equipos domésticos y sus alojamientos; la de los aparatos, irrigados por presupuestos más generosos para la escuela, la salud, el turismo, etc., pero también para ejércitos mantenidos en pie de guerra y para innovaciones apreciadas por los estados: el átomo, el espacio, la informática y las telecomunicaciones; sin contar con la demanda de las empresas mismas, que rejuvenecen a menudo sus parques con máquinas y amplían sus capacidades de producción.

De los años treinta al principio de los setenta, el comercio internacional se eleva de 9 al 14% del PIB mundial, pero los servicios conservan todavía poco lugar: 5% apenas en 1975. Los decenios de la posguerra se caracterizan, en toda la OCDE, por un examen profundo de los mercados interiores y de los mercados comunes en los que se unen, en Europa.

El examen profundo de los mercados interiores da por resultado políticas que proporcionan solvencia a la demanda: indirectamente, al favorecer el empleo total, el crédito al consumo, el alza de los salarios o de los precios agrícolas; y directamente, al operar múltiples transferencias en favor de los enfermos, de los accidentados, de los desempleados, de los encargados de familias, de los pensionados, etc. Algunas veces analizadas en términos de *welfare*, estas políticas pueden considerarse también keynesianas, pues tienden a reforzar y a regularizar el crecimiento de la demanda efectiva.

En cada Estado la rentabilidad del capital no es obstaculizada por los impuestos y las cotizaciones que financian las transferencias *welfaristas*, mientras las ganancias de la productividad —debidas a los equipos públicos, a las innovaciones técnicas y a los progresos de la organización del trabajo— aseguren el crecimiento del plusvalor relativo y que la captura o la reabsorción de las rentas abunde en ganancias.

Los estados tienen una función decisiva en la compatibilidad de la rentabilidad del capital y de la solvencia de la demanda. Mientras las tasas de cambio se modifiquen poco, que las balanzas de pagos corrientes estén más o menos equilibradas y que las transferencias internacionales de capitales permanezcan controladas (núm. 22), los estados pueden coordinar las presiones patronales, las reivindicaciones sindicales y los proyectos de sus administraciones. El triángulo patrones-sindicatos-administraciones, debidamente dirigido por un Estado, convierte al mercado nacional en un *espacio keynesiano*. Sin carecer de variantes, los principales estados de Europa occidental, Japón y Estados Unidos satisfacen esta condición durante los años de 1950 a 1960. Luego, cuando se separan por una mayor mundialización de los intercambios, hacia finales de los años sesenta, la velocidad adquirida, la atracción internacional de los mercados comunes europeos y el inflamiento de los presupuestos estadunidenses debido a la guerra de Vietnam, remplazan durante cierto tiempo los incumplimientos de los espacios *keynesianos*.

Pero la economía mundial pierde su vigor. En 1975 o a principios de 1980, en varios países de la OCDE, los PNB crecen menos rápido y algunas veces hasta retroceden. La inversión productiva se mantiene estacionaria durante tres años en Japón y diez años en Francia, dispersándose entre estos límites los demás países de la OCDE. La desaceleración del comercio mundial es alarmante: el volumen de los intercambios mundiales no crece más que 3.5% por año, contra

8.1% antes de 1974. El desempleo también aumenta: en 1973, afecta entre el 1% (Japón) y el 5% (Estados Unidos) de la población activa de la OCDE; diez años después sus límites se han elevado de 3% (Japón) a 11% (Francia). Por último, la inflación deja de ser una obsesión alemana, para ser una preocupación común. En la OCDE, su promedio rebasa 10% en 1974 y 1975, luego se mantiene a menudo en este nivel.

Además, se deforma la geografía industrial del mundo. La siderurgia que llega al tope después de 1979, a 500 millones de toneladas de acero por año, en 1986 no produce más que el 49% en la OCDE, contra el 60% en 1973. En cuanto al resto, los países estatal-socialistas continúan, quizá sin razón, incrementando su parte (de 35 a 40%), en tanto que Brasil, Corea del Sur, India y algunos otros países se elevan, todos juntos, de 8 a 11%, por un impulso al que se unen recién llegados todos los años. Las industrias de los textiles y de la vestimenta emigrarían aún más rápido, si no fuera por el acuerdo de multifibras. Las nuevas industrias de la electrónica y de la informática también empiezan a desplazarse hacia el sudeste asiático, como otros ramos usuarios de mano de obra con calificación promedio. La crisis acelera estas tendencias, por el efecto de las *multinacionales* que manejan los costos de producción sobre un teclado mundial.

Sin embargo, la crisis no perdona a estas multinacionales. Las del automóvil, de la química o de las construcciones mecánicas y eléctricas padecen muy particularmente. Durante un decenio, los recortes de los servicios centrales y de las filiales no rentables están a la orden del día, en tanto que se enrarece la absorción de rivales, por fusión o por OPA. Algunas veces hasta los salvamentos adquieren la forma de nacionalizaciones, como en Francia (1982).

Sólo Japón logra salir de apuros, pero a costa de sus competidores. Estados Unidos procede a una reactivación masiva, a costa de un déficit presupuestario pronto enorme y de un déficit de los pagos exteriores que hace de él el principal deudor mundial. En su espacio aún a medias keynesiano —merced a la función internacional del dólar y a su débil tasa de intercambios exteriores— lleva a cabo una política que sería por completo keynesiana si no fuera por las mediocres intervenciones de su banco central para contener la inflación interna. Por el contrario, Europa no logra moderar las consecuencias de la crisis.

Sus triunfos parecen sin embargo decisivos. En 1973, la CEE se

ORÍGENES DE LA PRODUCCIÓN MUNDIAL[1]

	1953[2]	1973	1983	1990
OCDE	62%	60%	58%	58%
(de los cuales Estados Unidos)	(29)	(23)	(21)	(22)
ECONOMÍAS ESTATAL-SOCIALISTAS[3]	20%	19%	17%	16%
(de los cuales la URSS)	(12)	(11)	(9)	(9)
RESTO DEL MUNDO	18%	21%	25%	26%

[1] En % del volumen total del PIB mundial, para el año considerado.

[2] A partir de 1953, las cuentas nacionales —calculadas habitual o restrospectiva-mente— dejan de ser raras.

[3] El conjunto del ex archipiélago estatal-socialista se toma todavía en cuenta como tal, en 1990, pero los datos aferentes a este año son dudosos.

FUENTES: Estadísticas OCDE y BIRD; evaluaciones diversas para las economías estatal-socialistas. Datos enlazados según PPA, a partir de 1973. Resultados redondeados para subrayar el valor limitado a la indicación de tendencias a largo plazo.

amplía a Gran Bretaña y a sus cercanías. Después de 1979, coordina sus monedas en el SME. Su mercado común, tan amplio como el de Estados Unidos, parece ser tres veces más dependiente que el de éste, ante el resto del mundo, pero por una ilusión estadística originada en la suma de los intercambios intra-CEE con los verdaderos intercambios exteriores a la CEE. Más exactamente, la dependencia sería cercana a la de Estados Unidos —es decir débil— si la CEE se sometiera efectivamente a una política económica única y coherente. Pero de hecho, aparte del ramo agrícola, ninguna política común dirige los intercambios externos de un mercado común en el interior del cual nueve estados juegan cada uno su juego, sin coordinación a la japonesa, y casi sin iniciativas a la estadunidense. A diferencia de Estados Unidos y de Japón, Europa es una no potencia económica. Es más, su mercado común, debidamente institucionalizado, reduce los márgenes de acción de cada uno de los estados miembros, en todo lo que atañe a ese mercado. Una impotencia tal se paga con un aumento de la crisis.

A lo largo de los años, en tanto que la CEE se amplía hasta Grecia (1981), y después a España y Portugal (1986), ciertas iniciativas tienden algunas veces a estimular las investigaciones tecnológicas de las empresas (Ariane, Eureka, etc.). Los estados miembros se comprometen de nuevo, en 1986, a perfeccionar la unificación del mercado para 1993. Pero será necesario esperar el estimulante reflujo de la URSS para que Europa recobre su impulso, a partir de 1990.

Que la vieja Europa, antaño centro de un mundo invasor y terreno de tantas guerras, haya obtenido de sus ruinas de 1945 una reconciliación franco-alemana insertada en un mercado común contagioso, parecería milagroso si las alianzas militares de la URSS y de Estados Unidos no hubieran enjaulado a esta Europa.

¡Pero qué importa! De esta coacción nació una dinámica, lenta como un río de planicie, algunas veces perdido en los brazos muertos de la CED (núm. 18) o de la AELE, con frecuencia extendido en los pantanos de las ampliaciones, pero que sin embargo formó un Zollverein con 6/9/10/12 participantes. En lo sucesivo esta nueva Hansa de mercaderes trata de convertirse en una Hansa de estados, tan poderosa como la antigua Hansa de las ciudades (núm. 6) –si no es que más consistente.

La Europa integrada en mercado común es un cantón del mercado mundial, extraído de su banalidad por una tarifa aduanera común, un pacto común con los campesinados locales, y una ayuda colectiva a las antiguas colonias europeas. En cuanto al resto, los capitales son tan movibles como en otras partes y las monedas abundan, bajo la jurisdicción del SME –capital Francfort– y del eurodólar –capital Londres. Un mercado, entonces, de los productos y de los capitales, en el que se prepara, para 1993, una mayor fluidez de los servicios y de la fuerza de trabajo. Un mercado que se pretende comunidad y del que los doce estados miembros hablan gustosos con una sola voz, como los holandeses del Siglo de Oro: para hablar de negocios.

Un mercado, pero por supuesto no una patria. Originada como una Santa Alianza anticomunista de las burguesías europeas, la Europa del (futuro) mercado común, se paralizó pronto en una alianza más concreta: la del Atlántico en la que sus ejércitos nacionales se ubican casi todos, con armas y equipo –a menudo estadunidenses– bajo un mando aún más estadunidense.

Ni bandera, ni moneda, ni impuesto, ni presupuesto propio; por ello, un Parlamento fantasmal; un Consejo de Ministros de visita para representar a sus respectivos estados; y una Comisión permanente, para ejercer los poderes administrativos que el tratado de Roma y sus codicilos establecieron ante un mercado común con inspiración liberal; éste es el no Estado europeo. Es posible esperar que por un vuelco dialéctico de la mejor vena, este no Estado se transformará en un Estado confederado de aquí a algunos decenios. Pero no está próximo el día en que Francia y Gran Bretaña cederán sus asientos del Consejo de Seguridad a una Europa vuelta soberana.

No patria y no Estado, la Europa mercantil tampoco es una cultura en fusión, una identidad en proceso, una supranación en la que las naciones que nacieron primero (núm. 13) tenderían a rebasarse. Europa cuenta con más idiomas que monedas. Es un museo de civilizaciones, una enciclopedia de culturas que gustosas se unifican, pero a título retroactivo: Viena 1900, Berlín 1925, París aún con más frecuencia y muchas otras cunas, son sus sitios privilegiados cuando voltea hacia su pasado. Pero en cuanto se trata de su porvenir, Bruselas, Luxemburgo y Estrasburgo enarbolan sus estandartes, en tanto que Brujas y Florencia albergan sus raros estudiantes. Europa es la cuna de los Cristianismos, de las Luces, de los Liberalismos y de los Socialismos, pero el mejor porvenir común que se le puede desear, para los próximos decenios, es hacer que su pluralidad sea siempre más acogedora, enseñar a sus iglesias, a sus partidos y a sus estados las alegrías laicas de la coexistencia pacífica y mezclar las mentes de sus buenos pueblos con medios menos burdos que sus actuales televisiones.

En América Latina y en África en donde la CEE inspira algunas imitaciones con nombres suntuosos —*Pacto Andino, Comunidad Económica de los Grandes Lagos*, etc.— pero sin alcance práctico, la crisis de la OCDE empieza paradójicamente por estimular la actividad. En efecto, los bancos hinchados de dólares *off shore* multiplican sus préstamos (núm. 23) y los estados de la OCDE, ávidos de pedidos, adjuntan a estos préstamos sus propios créditos, al mismo tiempo que garantizan las deudas de sus exportadores contra los incumplimientos de pago. Así, la crisis se difiere ahí hasta los sobresaltos de 1982, después de lo cual los estragos se mezclan a los del sobreendeudamiento. Aparte de algunos países como Brasil, América Latina y África permanecen sumergidas, a partir de entonces, en una crisis de la cual la salida casi no depende de ellas. Asia está en una postura menos mala, merced a las mudanzas operadas por las *multinacionales* hacia Taiwán, Singapur, etc.; merced también a los efectos del arrastre de Japón en estos pequeños países, como en Corea, Tailandia o Indonesia; por último gracias al impulso conservado por India y China.

En escala mundial, las políticas que favorecerían una reactivación general de la actividad fueron definidas, sobre todo por la

CNUCED (1987) que pone el acento en la revalorización de las materias primas, es decir de las rentas (núm. 21); y por las propuestas japonesas y francesas en el G7 (1988) que insisten en la ampliación de la ayuda internacional.

El G7 es el Grupo de *las siete principales potencias industriales*. Fue creado en 1975 por Estados Unidos, Francia, Italia, Japón, la RFA y el Reino Unido y al que se incorporó Canadá en 1977. Reúne a los jefes de Estado, estudia excelentes expedientes, adopta firmes resoluciones. Pero las políticas nacionales, demandadas por distintos intereses y planteadas por estructuras económicas algunas veces muy diferentes no se volvieron por lo tanto más convergentes.

A partir de entonces, a lo largo de los años ochenta, la crisis tomó un sesgo a menudo dramático en América Latina; mantuvo al África sudsahariana en el marasmo; continúa obstaculizando desigualmente a Asia; corroe los esfuerzos chinos y soviéticos. Pero acabó por atenuarse en la OCDE.

Aquí, en efecto, la situación económica mejora desde 1983, no obstante diversos accidentes financieros. Ni las escaladas y los hundimientos del dólar, ni las crisis bursátiles posteriores a 1987, ni la repetitiva crisis bancaria de Estados Unidos, modifican esta nueva tendencia. En lo sucesivo, los frágiles ramos industriales son reestructurados o emigran. Las *multinacionales* acabaron por ajustar sus estrategias y recuperan sus OPA y sus fusiones en Estados Unidos como en Europa. En su mayor parte, los estados ajustaron sus gastos a sus recursos, calmaron el crédito y moderaron los incrementos de precios. Por último, las opiniones públicas parecen haberse resignado a un alto y persistente desempleo.

La recuperación se adquiere, pero lentamente, por debajo de las tasas de crecimiento de antes de 1973, y sin consolidarse por medio de nuevas capacidades de política económica, de una eficacia comparable a la de las políticas anticrisis de los años cincuenta y sesenta. Además, los mecanismos que transforman en crisis mundiales los riesgos de la coyuntura y las desproporciones de la acumulación capitalista, continúan siendo perfeccionados, con el riesgo de producir efectos acumulativos. La deuda internacional debilita a los países que piden prestado y a los bancos que prestan. Prosigue la fluctuación de los cambios. Las bolsas de valores inflan todavía sus burbujas financieras. El balanceo de los capitales flotantes no deja de aumentar. Los últimos obstáculos del vagabundeo internacional de los capitales y de los ahorros cayeron en Europa a mediados de 1990. Los tres resortes de la inflación permanecen tensos. La conferencia del GATT, llamada *Ronda de Uruguay* anuncia una liberación internacional de los servicios bancarios, financieros, informáticos, del transporte, de las telecomunicaciones y otros.

En resumen, la recuperación posterior a 1983 no es más que una inflexión coyuntural, que atañe más al centro del sistema mundial que a sus diversas periferias. La amenaza de inflexiones contrarias, eventualmente más profundas que las posteriores a 1973, sigue siendo más grave que nunca.

8

EL MUNDO DESBORDANTE DE NACIONES
(De 1945-1950 a 1990)

26. PUEBLOS Y CLASES EN LA RED DE LOS ESTADOS

En lo sucesivo, la rica OCDE cuenta con más docentes que campesinos. Los otros aparatos ideológicos se desarrollan del mismo modo, salvo las iglesias. La edición adjunta a la impresión, el sonido y la imagen; la investigación científica, la medicina y la publicidad se despliegan, las artes y las distracciones multiplican sus formas. Muchos de estos aparatos son empresas mercantiles, incluso *multinacionales*, pues los productos culturales —es decir la ideología enlatada, para uso repetitivo— tienen un mercado de lo más expansivo. Esta abundancia ideológica es producida por poderosos vectores. La televisión sale del laboratorio después de 1950. El transistor banaliza la radio hacia 1960 y le abre regiones no electrificadas. A partir de 1972, los satélites geoestacionarios desmultiplican los enlaces telefónicos y hertzianos. El teléfono transmite datos numerizados que alimentan a las computadoras y permiten que se les descifre en palabras, imágenes o textos.

Así, las familias y los individuos aislados que viven en el centro del mundo actual son atrapados en un enrejado de telecomunicaciones. Este enrejado domina los lazos más tradicionales de la red primaria de la que las mallas se aprietan, también, pues el trabajo, el hábitat, la familia, las distracciones y las asociaciones, las entrecruzan en las distancias que el automóvil y el teléfono, pero también el riel y el avión, alargan en todas direcciones. Así, el avión transportó 1 200 millones de pasajeros en 1990, a distancias cada vez mayores, de tal manera que la red primaria desborda las fronteras, para una creciente fracción de las poblaciones de la OCDE. Este doble enrejado de relaciones tiene dos significados bien distintos. En los enmarañados circuitos en los que los hombres viven su vida, la red primaria es la forma misma de su *convivencia*, la envoltura de su discurso social común, es decir del lenguaje, de los usos, de las prácticas de todo tipo que especifican a los hombres de un mismo pueblo (núm. 1). La *comunicación* transmitida por los modernos vectores opera menos profundamente. Refuerza el trabajo de los aparatos ideológicos que influyen en el discurso común. Se dirige a un amplio público pero en una algarabía de emisoras competidoras, de actualidades perecederas y de espectáculos raras veces nuevos.

La vida cotidiana no deja de transformarse, al centro del sistema mundial. La restauración colectiva, la conserva y la congelación atropellan la alimentación. El vestido acumula la banalidad unisex y el lujo ostentatorio. La televisión funciona, en promedio, durante siete horas por día –si por lo menos el nivel en el que Estados Unidos se encuentra desde principios de los años de 1980 se volviera la norma general. La higiene, los cuidados del cuerpo y la salud entran en el consumo corriente. La domesticidad es un lujo que se rarifica, pero el equipo doméstico invade el hábitat. El automóvil proporciona libertad de movimiento, aparte de los embotellamientos que multiplica su difusión. El avión se banaliza.

La escolaridad de las mujeres alcanza la de los hombres, esta misma se alarga. La libertad sexual y la cohabitación juvenil se acompañan de una despenalización del aborto. El matrimonio se retrasa, el divorcio es más habitual. El empleo se vuelve casi igual de frecuente en los dos sexos, la duración del trabajo se aligera poco a poco. Sin carecer de retrasos ni de bloqueos las carreras femeninas se alinean con las de los hombres.

La pérdida es en otra parte, en la morgue de los hospitales en donde la vida –alargada por medio de cuidados más eficaces– termina casi clandestinamente. Las divergencias de opiniones y de costumbres son subrayadas por una coexistencia de cuatro generaciones, portadoras de recuerdos y de esperanzas diferentes. Las naciones y las clases en las que los pueblos identifican sus colectividades y sus estratificaciones pierden también su nitidez.

Un pueblo se transforma en nación cuando su diversidad étnica o provincial se folkloriza, en favor de una nueva identidad común que el Estado promueve por medio de la acción de todos sus propios aparatos en el territorio que controla (núm. 13). A partir de 1945 esta situación es obligatoria en la mayor parte de los países de la OCDE, es decir en el centro del sistema mundial. En Estados Unidos, un Estado-nación más abierto a la diversidad continúa expandiéndose por la inmigración y empieza a suprimir su racismo antinegros. Los antiguos dominios de Canadá, de Australia y de Nueva Zelanda prosiguen también su maduración nacional, inspirándose más bien en el modelo estadunidense, que se revela infructuoso en la Unión Sudafricana en donde el racismo antinegro se crispa en *apartheid*. Por último, el modelo japonés del Estado-nación se revela resistente, si no es que flexible, e inspira la maduración nacional de Corea del Sur y de Taiwán, no obstante la fragmentación política de los pueblos coreano y chino.

En todas las zonas periféricas donde a partir de los años cincuenta se multiplican los estados nuevos o renacientes (núm. 19), la exaltación de las naciones es de rigor. Sin embargo la realidad es muy diversa. Estos estados heredan poblaciones a menudo heterogéneas y su trabajo nacionalista es de calidad desigual. Sobre todo las redes primarias que enlazan a los pueblos están desarrolladas muy desigualmente. El eslabonamiento de los países que estabiliza a las etnias y el eslabonamiento de estos racimos provinciales en una red apretada que subtiende la conversión de las etnias y provincias en una nación, no se pueden operar más que a costa de enormes inversiones escolares y urbanas, industriales y ferroviarias (o de carreteras) etc. Si no, la nación permanece como una palabra hueca o, en el mejor de los casos, el recuerdo de pruebas compartidas durante una guerra llamada de *liberación nacional*.

El trabajo nacionalista de los estados periféricos a menudo no imita el modelo europeo. En América Latina, los estados ricos en pueblos indios se dedican a incorporar en sus naciones, ya antiguas pero elitistas, a las masas mestizas y los aislamientos indios, siguiendo para ello el ejemplo de México, pero con retraso (Colombia, Perú) o a regañadientes (América Central). En los países en los que los aborígenes son raros y en los que la inmigración se conserva bastante fuerte (Brasil, Argentina), la integración se inspira más en el modelo norteamericano, aun si las estructuras administrativas son menos acogedoras a la diversidad que las de Estados Unidos. Por todas partes, los eliminadores de los aislamientos como lo son el camión y el autobús [11, 215] tienen una gran función, reforzada por el avión y por el helicóptero, apreciada por los militares. Pero los enrejados permanecen flojos fuera de las grandes ciudades y de las raras regiones industriales.

Entre los estados independientes, herederos del imperio otomano las naciones maduran lentamente. En Turquía misma los pueblos de Anatolia se fusionan mal, aun cuando la amplia indecisión entre una laicidad modernista (1924) y el retorno del islamismo (1982) modificó el discurso del Estado y de su escuela. La situación es más clara, si no es que más madura, de Marruecos a Egipto, en donde las luchas descolonizadoras dinamizaron a varios pueblos, provincializados desde hacía mucho. De Egipto a Irán, estados más jóvenes, recortados durante los años de 1920 (Irak, Siria) o esbozados en los años de 1930 (Arabia Saudita) trabajan, a menudo con violencia, para integrar a sus pueblos y para dominarse el uno al otro a fin de edificar una inmensa nación árabe. En el Cercano y Medio Oriente nacen naciones, pero, como por todas partes, a escala de los estados. El Estado de Israel, incrustado en esta región, no escapa a la suerte común, pues tiene que amalgamar elementos de la diáspora, diferenciados por siglos de experiencia dispersa, entre Rusia y Marruecos o Yemen.

En Asia el trabajo nacionalista aprovecha algunas condiciones semejantes a las de Egipto o, por lo menos, de Marruecos: pueblos provincializados por imperios de duración bastante larga forman el núcleo de Tailandia, de Camboya, de Vietnam, de Birmania, de Java o de diversos estados federados en India (Pendjab, Gudjerat, Bengala). Pero, por todos lados, estos corazones de probables naciones están rodeados o entremezclados con etnias heteróclitas, de tal manera que los estados, pequeños como Camboya o inmensos como India, tienen que forjar una nación asimiladora o que edificar un sistema político plurinacional flexible y estable.

La producción mundial de naciones padece otros retrasos en los países africanos cuya estatización fue rota por una colonización tardía —principados del Niger, Madagascar, etc.— o remodelada por una colonización más interesada en los recursos por captar que en los pueblos por administrar. De ahí las federaciones artificiales —como Zaire o Nigeria— y los micro-estados fragmentadores de etnias que saturan el África sudsahariana. La destribalización se conserva como una apuesta frecuente. La provincialización de etnias estabilizadas y sedentarizadas se vuelve delicada por la excesiva urbanización. En lo tocante a la maduración de las naciones, no se la puede esperar antes del próximo siglo, cuando más pronto.

El Estado es omnipresente, pero no la nación. La integración nacional permanece inalcanzada para la mayor parte de la población mundial, empezando por China y, más aún, para India e Indonesia. Los pueblos que se identifican colectivamente bajo formas tribales o étnicas no pueden ser censados fácilmente, pues sus contornos están deformados por la acción de los estados. Sin embargo, es claro que el mundo actual cuenta todavía con miríadas de tribus y miles de etnias, aun cuando dos pequeñas centenas de estados se proponen modelarlas en naciones.

El Estado fragmenta a su (o sus) pueblo(s). En sus fronteras, cambian las monedas y los usos del comercio, así como los uniformes, las señalizaciones urbanas y de carreteras, las fiestas y los horarios, etc. El Estado proporciona pasaportes y otros papeles y formularios. Especifica las tarifas y los impuestos, como los modos policiacos. Así, las fronteras asocian usos particulares a un espacio geopolítico. Fragmentan a los pueblos con los que el Estado forma su población.

El Estado guía la elaboración de los pueblos así fragmentados, hacia una nacionalidad tan uniforme como posible, o hacia una gama de diferencias aceptadas a las que adapta su estructura administrativa. La cultura que difunden la escuela y los medios de comunicación alimenta un común imaginario. A la larga, este trabajo acaba por fabricar *nacionales*, hombres que ven en el Estado no el marco político de su vida pública, sino el hogar de su comunidad, el centro de su patria.

El tercer mundo capitalista heredó dos Irlandas, dos Yemen, un Líbano imaginariamente unificado y tres virtuales Kurdistán. Produjo, inmediatamente después de 1945, dos Coreas y dos Alemanias (así como dos Berlines), luego en 1974 dos Chipres, justo antes de la implosión del Líbano y de la susodicha reunificación de los dos Vietnam, vueltos independientes en 1954. En 1974, asimismo, dos Belfast fueron medio desunidos, en tanto que los dos Jerusalén fragmentados, en 1948, fueron si no reunificados por lo menos unidos bajo el dominio de un solo Estado. Casi todas estas roturas fueron determinadas por el gran desacuerdo entre la URSS y Estados Unidos, pero todas se alimentaron asimismo de las tensiones internas de las poblaciones poco o nada homogéneas. Las cicatrices más visibles son las que la red de los estados impone a los pueblos que controla, pero no las únicas.

En un mundo lleno de estados que se dedican a *nacionalizar* a los pueblos que controlan, existen pueblos o fragmentos de pueblos que escapan, voluntariamente o no, de este trabajo nacionalista. Son *refugiados*, expulsados por las guerras o las matanzas y que, temporalmente aglutinados en las inmediaciones de su país de origen, esperan poder volver a él, a menos que la necesidad o la esperanza los dispersen a lo lejos. Son también los *inmigrados*, masas movilizadas por el mercado del trabajo, donde se experimentan todas las degradaciones de la estancia temporal, de la instalación duradera —en un país extranjero más o menos acogedor, hasta asimilador— y del retorno triunfante o nostálgico al país natal. Son, por último, pueblos en *diáspora*, enriquecidos con nuevos contingentes por el éxodo de los palestinos, de los libaneses, de los vietnamitas, de los camboyanos, etcétera.

Asesinados por los alemanes de 1933 a 1945, perseguidos en varios otros países de Europa —entre ellos Francia—, considerados con recelo en diversos otros estados como Polonia y Rusia, exiliados obligados o voluntarios de los países árabes —salvo de Marruecos— los judíos mantuvieron la atención más que cualquier otra diáspora después de la hecatombe nazi, y luego de la creación del Estado de Israel. En lo sucesivo viven sobre todo en Estados Unidos (36%), en la URSS (20%) y en Israel (20%). Israel no acoge más que a una fracción pues el atractivo de Estados Unidos y de algunos otros países compite con el suyo. La evolución de las relaciones entre el Estado de Israel y la diáspora judía —estadunidense, sobre todo— muestra que ningún Estado puede acoplarse sin dificultades a un pueblo: se esbozan conflictos en cuanto a los criterios del judaísmo y en cuanto a las estrategias de Israel ante los países árabes y al respaldo que merecen.

La nación unificada de estilo francés o japonés; la nación abierta a la diversidad, con sus variantes suiza, estadunidense y otras; la nación predominante, entre otras nacionalidades reconocidas como tales, a la manera soviética; la nación que asimila poco a poco sus reservas indígenas, a semejanza de México, y todas las mezclas y compuestos de estos diversos tipos nacionales nunca constituyen conjuntos homogéneos. Con mayor razón los numerosos estados de África, de Asia y de las islas en donde el trabajo nacionalista está lejos de haber producido sus eventuales frutos, están plagados de diversidades provinciales, de pluralidades étnicas todavía fluctuantes o de competencias tribales con límites movedizos, lo que no les impide contar asimismo con inmigrantes o refugiados.

Entonces no es sorprendente que en cada país, las identidades diferenciales en las que se refractan las desigualdades sociales, se entremezclen, algunas veces indisolublemente, con las identificaciones tribales, étnicas, provinciales o nacionales. Los lazos de castas y de etnias (núm. 9), de clases y de nacionalidades (núm. 13) y todas las demás combinaciones observadas en los anteriores sistemas mundiales, sobreviven en los países menos afectados por las transformaciones de las que el siglo XX es pródigo. El examen de estas combinaciones es indispensable, país por país, pero aclara poco las innovaciones de las que el tercer mundo capitalista es el asiento, en su globalidad. Para percibirlas vale más desplazar la atención hacia lo que —paralelamente a la mundialización del trabajo nacionalista— tiende a transformar a escala mundial los juegos de identidades diferenciales más nuevos, es decir los sistemas nacionales de las clases sociales.

Estas identidades diferenciales, por medio de las cuales los hombres que cohabitan en un mismo Estado, reconocen sus principales desigualdades, son mantenidas por el discurso social común. Se modifican poco a poco, a medida que la opinión común percibe las principales transformaciones de la estructura social. Los aparatos ideológicos que se emplean concurrentemente para influir en esta opinión común, dan una representación de las transformaciones sociales que es o no exacta y completa, al mismo tiempo que contribuyen —sistemáticamente o no— con el trabajo nacionalista polarizado por el Estado. Así, las asociaciones y los partidos más hostiles al Estado se organizan jugando sin embargo con sus leyes y entretejiendo su territorio. El Estado nacionalista obtiene el respaldo de todas las actividades que se inscriben en el territorio que controla.

Sin embargo, muchos aparatos ideológicos —partidos, sindicatos, asociaciones, etc.— se interesan más en los efectos de la propiedad y de la producción, de la administración y de la enseñanza o de los medios de comunicación, que en las gestiones globales del Estado. Las representaciones y las prácticas que inspiran en sus respectivos públicos, contribuyen con la evolución de la opinión común. Las clases moldeadas por la infraestructura de la economía y de los aparatos se encuentran más o menos explicitadas por estas representaciones y prácticas.

A este respecto, la principal innovación posterior a 1945 tiene que ver con la amplitud y la rapidez de las transformaciones *mundiales* cuyos efectos son muy contrastados en escala *nacional* que es donde necesariamente interactúan las identidades diferenciales. Así, la expansión extrovertida de las *multinacionales* modifica la composición y el equilibrio de las clases dominantes, Estado por

Estado. Extrae de las burguesías nacionales, los elementos más dinámicos cuyos centros de interés políticos se dispersan entre varios estados y organismos internacionales (GATT, CEE, OPEP, cárteles, etc.). Por esto, los dirigentes de las empresas públicas poco o nada extrovertidas y, sobre todo, los jefes de empresas medianas y pequeñas son sobrevaluados en escala nacional, principalmente en la actividad política y en los conflictos de trabajo.

Las clases asalariadas se transforman aún más. La nueva geografía industrial que esbozan las estrategias de las *multinacionales* y la multiplicación de los países en los que en lo sucesivo se ha establecido bien el modo de producción capitalista provocan una fuerte reducción de la importancia relativa y absoluta de la clase obrera en Europa occidental y en América del Norte, si no es que ya en Japón. Además, los contingentes inmigrados adquieren amplitud en las industrias de estas zonas centrales −salvo en Japón. Por último, varios países, como Estados Unidos y Gran Bretaña −pero no Alemania− aprovecharon la crisis posterior a 1974 para provocar una relativa devaluación de los salarios. Sin embargo, las clases asalariadas −es decir los detentores de los aparatos del Estado y el conjunto de los asalariados del capital− continúan creciendo globalmente, por reforzamiento de los ejecutivos, ingenieros y técnicos y, aún más, por la multiplicación de los empleados del comercio, de los servicios y de las administraciones públicas.

Estas mutaciones debilitan a los sindicatos, salvo en los países en donde dirigen las cajas de seguro contra el desempleo (Bélgica, Dinamarca, etc.) y en los que su influencia sobre el empleo está bien organizada en escala nacional (Escandinavia, Alemania, etc.) o en ciertos ramos (Estados Unidos). Casi en todos estos países, las tasas de sindicalización son sustanciales en las empresas públicas y en las administraciones y débiles en las empresas privadas. También a menudo disminuyen a medida que se asciende en la escala de las calificaciones. El sindicalismo nació por el impulso de la revolución industrial capitalista (núm. 11) y no ha inventado aún sus fórmulas o sus relevos, adaptados a la edad de la revolución informática y de la extroversión multinacional.

En el centro del sistema mundial, el desarrollo del sindicalismo se opera, paradójicamente, en una clase campesina a menudo aligerada de sus tradicionales vecinos: la propiedad de los bienes inmuebles se vuelve campesina o se diluye en los patrimonios burgueses y la clase asalariada, nunca numerosa, es relevada por

un material agrícola eficaz. La clase campesina así simplificada extiende sus explotaciones y reduce sus efectivos,
   El sindicalismo campesino es mixto. Mezcla las cooperativas de adquisición (semillas, abonos, etc.) y de utilización del material a las cooperativas de venta algunas veces dueñas de empresas agroalimentarias, a las asociaciones reivindicadoras, a las cajas del crédito agrícola y a los organismos de seguros o de mutualidad, todo en dosis variables según el país. La situación eficaz de los campesinos no es la misma según si controlan a sus sindicatos y a sus cooperativas o si dependen de ellos; según la aptitud de estas organizaciones para dominar o remplazar a los proveedores y a los clientes capitalistas de la agricultura; y, por último, según la influencia que estas organizaciones ejercen ante los estados quienes, todos, protegen a sus campesinos de las fluctuaciones del mercado, al disminuir sus costos de producción, al garantizar por lo menos algunos de sus precios de venta y al aumentar sus ingresos finales.
   Las clases ancladas en la artesanía, el comercio al menudeo y en ciertas prestaciones de servicios, intentan algunas veces seguir un camino paralelo al del campesinado. Pero en ningún país su organización se vuelve masiva y duradera. Las alergias fiscales y las defensas corporativas no son intereses comunes suficientemente estables. Sin embargo, estas clases fluctuantes son muy activas, por intermitencias, en los debates políticos.
   Así, la mundialización de la economía valoriza, en cada una de las sociedades centrales, a las clases o fracciones de clases cuyo horizonte es más corto: burguesía nacional más que *multinacional*, campesinado y corporaciones profesionales de las que el Estado rige la actividad. En este contexto, las capas mejor protegidas de las clases asalariadas —los detentores con estatuto público, asalariados de los ramos con fuertes convenciones colectivas— es decir los elementos más sujetos a situaciones localmente adquiridas o a su Estado protector, son también sobrevaluadas en el juego político nacional.
   Lejos del centro, los estatutos y las identidades de las clases presentan una mayor diversidad, salvo en las sociedades estatal-socialistas (núm. 20). El desarrollo mundial de las burguesías y de las clases asalariadas con dominante obrera está evidentemente subtendido por la difusión del modo de producción capitalista. En donde el capital industrial casi no penetra todavía, la multiplicación de los estados favorece a las clases poseedoras y dominantes

ancladas en territorios exiguos, en sociedades irrigadas sobre todo por el capital mercantil [7]. La instalación de compañías provenientes de *multinacionales* introduce a este dispositivo elementos heterogéneos —dirigentes, técnicos, comerciales, etc.— que son poderosos y cuyas articulaciones locales ya no se reducen a los simples lazos de intercambios con los compradores del antiguo mundo colonial y mercantil. Estado por Estado, las configuraciones son tanto más variadas cuanto que nuevas filiales de promoción social hacen competencia a los prestigios tradicionales: los estudios técnicos o secundarios, las carreras militares, las funciones políticas prevalecen sobre los reclutamientos administrativos o sobre las formaciones religiosas, tan apreciadas en los anteriores sistemas mundiales. El ejército es a menudo el circuito principal que conduce al poder y a la propiedad —Egipto, Tailandia, Indonesia, varios países de África y de América Latina— fuera de las vías clásicas del comercio y de la propiedad latifundista.

El desarrollo de las clases asalariadas no es menor en los países donde la industria alcanza o rebasa los niveles de empleo observados en Europa a principios del siglo XX: es el caso de Brasil y de México donde, de 1965 a 1990, la industria se elevó, en porcentaje de la población activa total, de alrededor del 20% a más del 30%. De Corea al sudeste de Asia, estos logros son rápidamente alcanzados, en tanto que en niveles más modestos la industria está presente en lo sucesivo en varias decenas de otros países.

Muchos de ellos reviven la historia que conoció Europa en el siglo XIX, cuando las leyes que limitaban el trabajo de las mujeres y de los niños no existían o eran ignoradas por el empresariado, por falta de sindicatos aptos para imponer el respeto. Así, el BIT y diversas organizaciones humanitarias denuncian periódicamente a India, a Brasil, a Pakistán, a Turquía, a Filipinas y a Tailandia donde del 4 al 8% de los niños de menos de quince años son empleados por diversas industrias.

Las compañías dispersadas por las *multinacionales* no se desean desde luego exportadoras del sindicalismo. Las fábricas que se originan en iniciativas más locales crecen, también, en estados donde están por ser conquistados los derechos de huelga y de asociación. Sin embargo, los sindicatos se desarrollan un poco por todas partes, por medio de luchas tan duras como las del siglo XIX europeo, pero de efecto más rápido. Las minas, la metalurgia y las industrias pesadas son el terreno más fértil, pero los sindicatos las desbordan, generalmente por crisis bruscas. Es el caso de Corea del Sur donde el sindicalismo es en lo sucesivo más vivo que en Japón. Sin embargo, en 1990, por lo menos las tres cuartas partes de los trabajadores asalariados de diversas periferias carecen todavía de la protección de los sindicatos y por consiguiente de la ley. El retroceso del campesinado se observa también lejos del centro. En las zonas periféricas, las clases rurales pierden importancia sin darse bien cuenta. Sus dialectos y sus costumbres son el conservatorio de etnias cuya perennidad se vuelve precaria. Sus costumbres habituales retrasan las disminuciones en la natalidad pero su crecimiento demográfico es tal que las antiguas solidaridades pueblerinas no pueden enfrentarlas. Se requiere todo el rigor del régimen centralista chino para frenar, durante dos decenios, un éxodo rural que aumenta por todas partes.

Este éxodo sumerge a las clases urbanas bajo nuevos elementos, llamados demasiado rápido *informales*. En el primer mundo capitalista, el tránsito del campo hacia el salariado industrial depositaba ya un sedimento excedente, un *lumpenproletariat* de trabajadores potenciales. Esta tendencia se refuerza, en los países con una fuerte expansión demográfica donde los efectivos suplantados de los campos se incrementan claramente más rápido que la creación de los empleos urbanos. Los recién llegados pueblan las colonias pobres, los alrededores o los cuchitriles de los centros urbanos degradados, cuando no desbordan hasta las aceras de Calcuta o de Lima. Sus masas, algunas veces enormes y a menudo crecientes, viven de trabajos oportunistas, de recuperaciones, de limosnas y de rapiñas. Se reparten en grupos *por completo informales* en los que los lazos tradicionales —familia, procedencia, etc.— rivalizan con las formas adaptativas: bandas juveniles, comunidades caritativas, cortes de los milagros y hasta filiales mercantiles. En efecto, ninguna frontera separa los trabajos de la calle y de la zona pobre de la cascada de los subcontratistas de la industria y del comercio.

Las masas así encasilladas en los miserables márgenes de las sociedades periféricas perturban el funcionamiento de estas últimas. Mantienen casi fuera del mercado un amplio contingente de consumidores y de productores potenciales. Incitan a subvencionar prudentemente los alimentos básicos y ciertos servicios públicos —agua, electricidad, transportes, etc.— así no fuese más que al desorganizar la estructura de los precios, en perjuicio de las producciones alimenticias. Forman sin embargo una población flotante de *clases peligrosas* —como decían ya las burguesías europeas del siglo XIX— que pesa sobre el orden público de las capitales, de los puertos y de otras grandes ciudades. En resumen, complican la estructura de las clases, ya tan compleja, de las formaciones de dominio público capitalistas de América Latina, de Asia y de África. A menudo, por ejemplo, los empleos asalariados de tiempo completo se vuelven una especie de privilegio [27, 66] cuyo acceso está controlado en favor de clientelas políticas, de sindicatos musculosos o de otras filiales igual de selectivas.

En estos mismos países, la creciente importancia de las jóvenes generaciones hace sentir sus efectos mucho más allá de las zonas afectadas por la excesiva urbanización. La escolarización a menudo incompleta, el déficit de las ofertas de empleo, la constitución de bandas juveniles y la vacuidad del tiempo disponible se conjugan para dar a estas masas juveniles una influencia muy grande —y algunas veces muy brutal— en la vida social. Todas las crisis políticas juegan con este recurso, todos los motines contra las alzas de precios o la falta de suministro manifiestan la fuerza.

27. LAS CIVILIZACIONES OCCIDENTALIZADAS

En tanto que se arremolinan las identidades de las clases y de los pueblos, los estados más ricos se adornan con representaciones simples: serían democráticos, por oposición a las dictaduras o a los totalitarismos que se repartirían el resto del mundo si no fuese por su ejemplo. De hecho, existen seguramente regímenes *más o menos* democráticos, pero es importante contrastarlos, antes de juzgar otros regímenes establecidos en el mundo.

Los regímenes democráticos se despliegan más o menos, según las disposiciones del Estado y de la sociedad civil y según las relaciones establecidas entre una y otro. Por parte del Estado, la extracción de los reinantes es desde luego decisiva, pero la organización de los detentores no lo es menos. Por parte de la sociedad civil, lo esencial se basa en su abundancia y en la calidad de la institución parlamentaria como principal intermediaria entre ella y el Estado.

Los reinantes son los gobernantes, incluyendo a los altos funcionarios administrativos, militares, judiciales, financieros y demás:

todos ejercen el poder del Estado. La democracia se asienta tanto mejor cuando su elección no depende del apellido, del rango o aun del diploma; cuando el electorado y la elegibilidad están abiertos a los dos sexos; cuando el cúmulo y la repetición de los mandatos se reglamentan para multiplicar a los elegidos; cuando la periodicidad de las elecciones asegura la eficacia ejecutiva del poder del Estado; y sobre todo cuando el control parlamentario y jurisdiccional de todas las decisiones de ese poder se detalla y es público.

Los procedimientos electivos no pueden tener más que una pequeña función en el reclutamiento de los detentores —es decir de los funcionarios, magistrados, policías, etc.–, pero los concursos especializados pueden remplazarlos en las sociedades del centro, incluyendo Estados Unidos donde durante mucho tiempo la función pública federal y local estuvo menos llena que en Europa.

El retraso estadunidense se redujo en tres saltos; después de 1933, por medio de la multiplicación de las agencias, independientes de los nueve secretarios de Estado de aquella época; luego durante los años de guerra, por la adaptación del dispositivo militar y administrativo al nuevo papel mundial de Estados Unidos; por último, a partir de 1965, durante la presidencia de Johnson, cuando el retraso estadunidense en materia de *welfare* empezó a ser reabsorbido. En todos los países capitalistas, el creciente efectivo de los detentores tiene las mismas causas, pero en diversas dosis: ejércitos en pie de guerra fría, extensión de las enseñanzas en todos los niveles, desarrollo del welfare e incremento de los servicios públicos que responden a las necesidades colectivas (transportes, comunicaciones, acondicionamiento, medio ambiente, etcétera).

Un régimen es tanto más democrático cuando después de haber establecido como objetivo el reclutamiento de los detentores de todo tipo, somete sus carreras, sus decisiones y sus expedientes a la publicidad, sin eximir los controles adecuados, ni el ejercicio militar y policiaco de la *violencia legítima*, ni los servicios secretos, las transacciones fiscales, los mercados públicos, las decisiones financieras, etcétera.

La democracia es posible únicamente si la sociedad civil puede abastecerse libremente de empresas y de grupos de decisión poco o nada dependientes del Estado; y si la libertad de empresa y la libertad de asociación pueden ser ejercidas sin anularse recíprocamente, siempre que el parlamento establezca las normas necesarias para este fin. Las asociaciones libremente establecidas deben llenar las funciones más diversas: sindicatos, partidos, iglesias y representación de todos los demás intereses, incluyendo los de los extranjeros que viven en la sociedad considerada.

En la unión de los estados fuertemente equipados y de las abundantes sociedades civiles, los regímenes democráticos son reglamentados por un parlamento cuyas leyes rigen las actividades de los aparatos del Estado y protegen las actividades inscritas en la sociedad civil. La institución parlamentaria es tanto más democrática cuando emana de elecciones preparadas por múltiples partidos; cuando se detalla en las asambleas especializadas en todos los niveles más funcionales; cuando está irrigada por pedidos explicitados por las asociaciones y los *lobbies*, estos mismos sometidos a la publicidad; cuando se adapta, por último, a la evolución de las funciones del Estado y de las actividades de la sociedad civil, al movilizar los recursos de peritaje adecuados para aclarar las deliberaciones parlamentarias y los medios de comunicación necesarios para su publicidad.

Cada una de las condiciones que acaban de ser enumeradas expresa prácticas observables en ciertos regímenes democráticos, pero ningún país ostenta todo el catálogo. En efecto, la democracia no designa un estado de la organización política, si no un proceso cuyos avances y retrocesos se traducen en regímenes desigualmente democráticos.

A menudo, el funcionamiento de los regímenes democráticos suscita un amplio consentimiento que permite aligerar la coacción ejercida por el Estado para mantener el orden establecido. Dicho de otra manera, la sociedad avanza hacia una hegemonía más que hacia la dominación. Para concretar esta hegemonía, el mundo capitalista posterior a 1945 dio una gran amplitud a las intervenciones que se pueden llamar *welfare* inspirándose en el plan establecido, en 1944, por el inglés Beveridge. El conjunto de las transferencias de ingresos que da al lazo social una carga muy sustancial, merece en efecto ser bautizado *welfare* —o bienestar— si se desea reservar el término *social* para designar lo que compete a la sociedad en la plenitud de sus determinaciones económicas, políticas e ideológicas.

El *welfare* se ramificó en instituciones y en circuitos variables de un país a otro. Sus seguros sociales, prestaciones familiares, gastos sanitarios y demás pensiones de jubilación pueden ser completados por las deducciones fiscales o por los gastos públicos de hábitat, de salud, etc.; hasta por créditos bancarios con tasas bonificadas. Sin embargo se puede juzgar su amplitud global haciendo referencia a las tasas globales de las deducciones obligatorias –impuestos, tarifas, cotizaciones sociales, etc.– aun si estas deducciones financian, además del *welfare*, los gastos de equipamiento y de funcionamiento de las administraciones y de los ejércitos. En efecto, los gastos *aparte del welfare* no tienen una importancia muy diferente, de un país al otro, en tanto que las diferencias en materia de *welfare* pueden ser considerables.

A finales de los años ochenta, Suecia rompe el récord al deducir el 59% del PIB, y luego redistribuirlo. Los demás países escandinavos, así como Bélgica y los Países Bajos rebasan la tasa del 45% que Francia alcanza. Por el contrario, España practica la deducción mínima (33%), pero se acerca rápidamente al promedio europeo. El retraso es más claro en Estados Unidos y en Japón, en donde deducciones cercanas al 30% dan testimonio del subdesarrollo del *welfare* en estos dos países más ricos que generosos. Su retraso da crédito a la idea de que el *welfare* europeo es una prima de seguro contra el contagio del comunismo soviético.

Fundamentalmente, los regímenes democráticos remplazaron a la antigua hegemonía religiosa por una hegemonía jurídica (núm. 14), es decir por un funcionamiento social dispuesto en vista de la coexistencia y de la competencia pacíficas de las más diversas concepciones del mundo, en favor de un orden social, atento a canalizar las luchas de clases en conflictos negociables y a corregir los riesgos –de desempleo, de accidente, de enfermedad, etc.– que podrían envenenar estas luchas.

Lejos del centro, numerosos países todavía no pueden establecer un régimen democrático, porque las estructuras sociales necesarias para este fin son demasiado embrionarias. Cuando el capital mercantil casi no está respaldado por la industria, fuera de los enclaves explotados por las *multinacionales*, el recurso del que puede disponer el Estado no le permite mantener un aparato burocrático que surque su territorio; con mayor razón, cuando los reinantes y los detentores conciben sus funciones como una fuente de enriquecimiento personal o familiar [7]. Cuando las redes primarias de convivencia se conservan fragmentadas en *regiones* mal estructuradas y vagamente interconectadas por pocos intercambios, las tribus o las etnias que reúne el Estado –y que, a menudo, lo rebasan–

están todavía lejos de la integración nacional relacionada por todos lados con los regímenes democráticos.

Sin embargo, existen también, lejos del centro, estados en los que las disposiciones sociales que sirven de sustrato a los regímenes democráticos acaban de establecerse —o empiezan apenas a degradarse. Éste es sobre todo el caso de varios estados latinoamericanos. Uruguay de 1944 a 1972, Argentina, menos claramente, Chile hasta 1974 eran herederos de democracias parlamentarias bastante antiguas, pero se volvieron elitistas por la preeminencia de la propiedad latifundista, y después fueron perturbadas por la crisis de los años treinta. Las sacudidas del crecimiento económico, las tentativas revolucionarias de los años setenta y las represiones sostenidas por Estados Unidos pudieron más que estos regímenes, hasta que, diez o quince años después, el fracaso de las dictaduras militares impuso un nuevo periodo democrático que la crisis de la deuda hace precario.

La situación es totalmente diferente en Brasil o en México, ambos comprometidos en una política de expansión económica y de integración nacional que la crisis de la deuda sólo hizo más lentas. Ambos países tardan en desplegar un régimen democrático sólido, por la manera en que el saneamiento de los aparatos del Estado y la libre proliferación de los partidos y de los medios de comunicación molestarían a los intereses bien asentados de la propiedad de bienes inmuebles y del capitalismo, pero también los de las iglesias tradicionalistas, del estado mayor brasileño, del aparato del partido durante largo tiempo único originado en la Revolución mexicana y de diversos otros muros del conservadurismo. Sin embargo, en estos dos países, la sociedad civil adquiere consistencia, los sindicatos se refuerzan, las libertades de asociación y de prensa ganan terreno, los partidos se afirman, los resultados de las elecciones empiezan a depender de los electores, los parlamentos ya no son simples cámaras de registro. Pero la democracia está todavía lejos de su madurez.

En el resto de América Latina, donde los avances democráticos son a menudo más débiles, se instalan frecuentemente otros dos regímenes políticos. Uno es la dictadura militar eventualmente adornada con civiles: este régimen confía al estado mayor o a una junta la selección de los reinantes, con o sin apostilla parlamentaria; se reconoce sobre todo por la coacción que hace pesar sobre la sociedad civil para prohibir o domesticar a los sindicatos y a los partidos, guiar a los medios de comunicación y someter a las iglesias y a las asociaciones a una vigilancia policiaca. El otro régimen es populista —o nacional-popular [7, 166]. Sin repudiar las coacciones y sin hacer gran caso del parlamento, el populismo se adhiere sin embargo a una fuerza masiva que combina en un partido, apoyado por los sindicatos. El apoyo de esta fuerza se adquiere por una dosificación variable del *welfare* —en los pocos países donde las rentas captadas por el Estado son sustanciales—, el desarrollo económico, el apoyo a los precios agrícolas, el establecimiento de un mínimo de derecho al trabajo, etc., todo agregado a una exaltación de las virtudes nacionales, algunas veces acompañada por un esfuerzo de escolarización, de higiene y de equipamiento público, en resumen de integración nacional.

Ni el populismo, ni la dictadura militar se acompañan por una hegemonía jurídica. La dictadura pasa por alto el consentimiento general, salvo para exaltar las virtudes de la patria. Por el contrario, el populismo siempre intenta elaborar un sincretismo ideológico en el que se proclaman las virtudes del pueblo, pero en donde las del derecho o de las elecciones pluralistas no tienen más que un lugar menor. De tal manera que, de hecho, las sociedades sometidas a estos dos regímenes permanecen bajo la influencia de una hegemonía religiosa, a menudo compuesta, que mantienen las iglesias y las sectas enraizadas localmente.

Al permanecer atentos a las transiciones que se establecen algunas veces entre las democracias parlamentarias, las dictaduras militares y los regímenes populistas, así como a las hegemonías que bañan estos regímenes, es posible reconocer, en toda Asia, como en el Cercano y Medio Oriente y en el contorno sur del Mediterráneo, este tipo de regímenes en formas puras o mixtas y estas hegemonías, activas o latentes.

Es el caso de India que ya no es *la más grande democracia del mundo*, sino simplemente un régimen democrático cuya construcción no está más avanzada que la transformación capitalista de la economía o que la modernización de la cultura, en la medida en que sus componentes elitistas y populistas frenan estas inmensas innovaciones. Un régimen, entonces, en el que los milenarios sedimentos de la hegemonía religiosa se resquebrajan apenas y están lejos de dejar un lugar claro para una hegemonía jurídica.

¡Con mayor razón no se puede imaginar que Corea del Sur, Filipinas o Pakistán podrían transformarse en nuevas democracias, por el milagro de las sonrisas femeninas y de elecciones menos corruptas que de costumbre! En estos tres países, las dictaduras militares, con un vigor desigual, fueron quebrantadas en 1987 y 1988, pero la importancia de la propiedad latifundista (salvo en Corea), el mercantilismo de los reinantes, la fidelidad a los intereses estratégicos de Estados Unidos y la pesada mano de los ejércitos y de las policías locales se conservan inalterados. En el mejor de los casos, se inició una transición de la dictadura militar hacia una eventual democracia.

Las trampas semánticas no son menores en materia de hegemonía. Irán se sometió a una hegemonía religiosa, revigorizada por el triunfo de Jomeini en 1979. Pero su régimen dictatorial, asentado por la triple red de las mezquitas, de las cárceles y de las milicias populares, dio a esta hegemonía tradicional connotaciones populistas y fascistas: populistas, por la canalización de diversas tendencias revolucionarias y por el efecto de las limosnas destinadas a los miserables de las ciudades; fascistas, por el incremento de una intransigencia belicosa cuyas oposiciones interiores fueron costosas tanto como para Irak, no obstante la sobrevivencia de un parlamento no carente de diversidad, ni de poder.

La situación no es menos compleja en países como Irak y Siria donde el régimen de dictadura militar, adherido a un Estado heredero de la tradición laica de Ataturk y de Nasser, se dedica a modernizar la economía y a nacionalizar a la población, pero que se enfrenta a las particularidades locales y a la religión acostumbrada. De ahí una mezcla de violencias extremas —como la matanza de miles de *Hermanos musulmanes* en Hama, en Siria (1982)— y de munificencias para los elementos religiosos ajuiciados.

Así, la gama de las hegemonías y de los regímenes experimentados en Europa entre las dos guerras mundiales se exportó a decenas de estados originados en la descolonización, en donde empieza apenas a enriquecerse con variantes.

Entre las instituciones con vocación internacional, las iglesias pierden su influencia. Algunas, como el budismo del sudeste asiático, son revividas durante un tiempo por el refuerzo que proporcionan a las luchas anticolonialistas; otras, como el islamismo, se mezclan con los impulsos nacionalistas, o aprovechan las rentas petroleras, como el wahabismo saudita, y se fragmentan en variantes locales muy contrastadas. La crisis más profunda es la de las iglesias cristianas, traicionadas por un mundo del que su nativa

Europa ya no es el amo. La Iglesia católica está particularmente afectada, porque su rechazo del mundo industrial y sus indulgencias hacia las dictaduras vencidas en 1945 la hacen vulnerable. En 1962-1965, el concilio Vaticano II intenta reconciliarla con su tiempo, pero, en muchos países se esboza una Iglesia de los pobres, casi revolucionaria, contra el episcopado tradicionalista de América Latina.

Más recientes, las asociaciones internacionales de los trabajadores son más frágiles que las iglesias. La Federación Sindical Mundial, constituida en 1946, es desgarrada a partir de 1949 por la guerra fría. Después, las crisis del comunismo, las dudas del sindicalismo estadunidense y las dificultades de los países de la periferia debilitan a las confederaciones mundiales. En tanto que se extienden las *multinacionales*, los sindicatos internacionales tardan en enfrentarlas en buena escala.

Entre las asociaciones internacionales originadas a partir de 1945, algunas adquirieron una notoriedad a menudo merecida: son las *Organizaciones No Gubernamentales* (ONG) reconocidas por la ONU. Caritativas o humanitarias, ecologistas o médicas, estas ONG ejercen algunas veces una influencia política —como *Amnesty International* o *Greenpeace*. Otorgan la voz a intereses comunes que rebasan de las fronteras y que escapan de las prudencias de los estados. Otras asociaciones, discretas como las masonerías, son algunas veces puestas en relieve por la actualidad: es el caso del *Club de Roma* y de la *Trilateral* en donde buenas mentes patronales, políticas, intelectuales y hasta sindicalistas examinan el porvenir del mundo.

Los estados pierden más o menos el poder de enseñar, de distraer y de educar a las poblaciones que controlan. Se inquietan por ello, pero tardan en encontrar la forma de enfrentarlo. Las censuras y las interferencias hertzianas se vuelven obsoletas. Los permisos de emisión pasan de moda en la época de los satélites, aunque el control territorial de las redes hertzianas y cableadas tenga una eficacia extensible por cooperación interestatal.

Entre los aparatos ideológicos con vocación internacional, la agencia especializada de Naciones Unidas en materia de educación, de ciencia y de cultura ocupa una posición fluctuante. En 1970, esta UNESCO desea que se establezca un nuevo orden mundial de la información para contrabalancear la excesiva influencia de los medios de comunicación occidentales. En 1983, ayuda a la Organización de la Unidad Africana (OUA) a lanzar una agencia de prensa, que decae rápidamente, por no gozar de un distanciamiento crítico ante los estados africanos. En 1984, Estados Unidos y Gran Bretaña abandonan la UNESCO: las *multinacionales multimedios de comunicación* no tienen por qué temer el control o la competencia de esta institución internacional.

La actividad de los aparatos ideológicos está favorecida por la reducción del número de idiomas habituales y por el conocimiento mejor propagado de los idiomas extranjeros. En tanto que decenas de estados nacionalizan a sus pueblos, los idiomas promovidos por las escuelas y por los medios de comunicación forman una muestra privilegiada entre los miles de idiomas hablados y los cientos de idiomas dotados de una escritura. A fines de los años ochenta, por lo menos dos tercios de la población mundial naturales o bilingües sólo practicaba veintitrés idiomas. Éste es el caso de los principales idiomas de Asia: los de China y de sus vecinos coreano, japonés y vietnamita, los de India, así como el javanés y el turco. Europa contribuye a esta lista con sus antiguas lenguas imperiales —salvo el holandés— a las que se agregan el alemán, extendido en Europa Central, y el italiano, hablado por un pueblo durante largo tiempo dedicado a la emigración. África estaría ausente de esta lista de premios, si no fuera por el árabe que comparte con el Cercano y Medio Oriente y los pocos idiomas como el swahili y el hausa que ganan terreno. En escala planetaria, se ha iniciado bien la desbabelización.

El emparentamiento cultural de los pueblos está también favorecido por las mercancías, con alta carga ideológica, que brincan las barreras idiomáticas: películas, series de televisión, fotos, discos, casetes, etc. La espectacular transmisión de la actualidad enriquece este fondo común. Cuando Hillary escala el Everest en 1956, sólo la radio refiere su hazaña. Cuando es ocupada la plaza Tienanmen de Pekín, en mayo de 1989, por un pueblo de estudiantes que el ejército expulsa en junio, el mundo entero asiste en directo a estos acontecimientos, salvo en los países cuya comunicación depende de emisoras censuradas. Más banalmente, los campeonatos deportivos mundiales y muchos festivales se mezclan a estos acontecimientos excepcionales. Se establece así un tronco común en las diversas culturas populares. La antigua comunicación internacional entre sabios, escritores o artistas se desarrolla más aún por medio de revistas, de coloquios, etc., en tanto que el público de los viajeros atentos a las arquitecturas urbanas, de visitantes de museos y de exposiciones, de los adeptos de diversas literaturas, no deja de enriquecer sus conexiones internacionales.

Desde luego, la mayoría de cada pueblo se conserva encerrada en su lengua materna, en sus tradiciones y en su comprensión limitada del espectáculo mundial que banaliza la televisión. Pero, cada una de estas mayorías está obsesionada por los insidiosos cambios que, sin ellos saberlo, hacen entrar a los pueblos en resonancia. Estos cambios se relacionan con las mercancías cuyo uso se banaliza. El pantalón de mezclilla y otras vestimentas, la restauración rápida, la moto y el auto, pero también los servicios inmateriales del seguro o del banco tienen el mismo efecto que la generalización del calendario gregoriano o del sistema métrico. Los hombres de los pueblos más diversos incorporan, a sus respectivas culturas, prácticas comunes. Parecen arrastrados hacia una civilización potencialmente común, por un trabajo multiforme que homogeneiza algunos de sus consumos y de sus maneras de vivir, que multiplica sus intercambios culturales, que enriquece un tesoro común de mitos y de leyendas y que reduce o rodea los obstáculos lingüísticos.

La occidentalización resume en una palabra el conjunto de las inflexiones que el capitalismo imprime al trabajo civilizador en escala planetaria. Este trabajo puede detallarse también según sus principales progresos, a saber: la *industrialización* de la producción; la *instrucción* que califica a la fuerza laboral; el *consumo* de las mercancías producidas en serie; la *urbanización* que se adapta a la industria y al uso de sus productos, incluyendo el automóvil; la *comunicación* que pone en circulación diversos productos culturales; por último, la *administración*, por medio de los aparatos burocráticos y financieros de las sociedades en las que se despliegan estos procesos civilizadores.

Muchos países descubren estos progresos en un orden diferente al que experimentaron primero las sociedades centrales del sistema mundial. El consumo ostensivo de los productos occidentales seduce rápidamente a las clases ricas de las sociedades aún no industrializadas. La comunicación con base en emisoras de radio y de receptores transistorizados se instala mucho antes de que se generalice la escuela primaria. La instrucción de algunas élites en las universidades de los países centrales occidentaliza sus necesidades más rápido que sus *savoir faire*. Nada impide a los urbanistas trazar —como en Pekín— amplias avenidas que se anticipan a la circulación del automóvil. Cuando sus diversos progresos llegan a ser todos practicables, la occidentalización se despliega, pero sin carecer de resistencias de las que los estados son los intérpretes, aun cuando su política es deliberadamente modernizadora.

Hasta ahora, la resistencia más radical —de intención si no es que de efecto— se manifestó en la URSS, luego en todo el archipiélago estatal-socialista.

Los resultados son más variados en las otras periferias en donde la resistencia a la occidentalización utiliza algunas veces medios similares a los de la URSS, pero dispone también de recursos más tradicionales que proporcionan a las religiones no cristianas, a las costumbres de los pueblos aún poco modificados por el capitalismo y, más profundamente, a las costumbres populares y los conocimientos elitistas sedimentados por una labor civilizadora algunas veces milenaria. Pero tanto era cosa fácil la conservación de las diferencias en los antiguos sistemas mundiales casi desunidos, como es una empresa delicada la modernización selectiva en un mundo en lo sucesivo unificado.

Paradójicamente, una tercera serie de resistencias se manifiesta en el centro del sistema mundial, es decir en la cuna misma de la occidentalización. Desde luego, su progreso no es impugnado globalmente más que por oposiciones políticas o ecológicas activas pero minoritarias. Por el contrario, resistencias más especializadas surgen en forma continua porque las potencias se disputan la primacía.

Así, las antiguas metrópolis a menudo intentan conservar una influencia preponderante en por lo menos una parte de sus imperios desechos. Gran Bretaña y Francia, seguidas por Alemania, Italia y España tienen una actividad cultural mundial de cierta importancia. Europa occidental dominaría fácilmente a Estados Unidos si reuniera todas estas actividades, pero la suma de sus fuerzas ideológicas es más difícil que la integración de sus capacidades económicas.

La hostilidad a la americanización cultural permanece por debajo de la competencia internacional de las ferias y exposiciones: las del cine, en Venecia y Cannes; las de la moda y del lujo, donde el duelo entre París y Milán se prolonga a Nueva York y a Los Ángeles; las de la pintura donde Nueva York y Londres rivalizan con París, en cuanto a la venta si no es que en cuanto a la creación; y así sucesivamente, de un campo al otro.

De hecho, las competencias por la primacía escapan a los estados. Cada vez con más frecuencia son arbitradas por *multinacionales* que orientan sus actividades —culturales y demás— según la rentabilidad potencial de los mercados a los que se dirigen. La occidentalización no tiene mejor propagador que estas compañías —se entiende que desde un punto de vista cuantitativo.

En todas las sociedades en las que la modernización está a la orden del día, la herencia cultural está sometida a erosión y a reestructuración. La occidentalización es la forma que adquiere la modernización, cuando da libre curso al capitalismo. Pero, como ya lo muestran Japón, que fue el primero en tomar deliberadamente este camino, y varios otros países asiáticos que progresan en lo sucesivo por medio de marchas forzadas semejantes, el modelo occidental no se reproduce en forma idéntica. Injerta nuevos elementos a las culturas que transforma sin renovarlas por completo. Influye en la labor civilizadora local, sin sustituirla. Todo parece acontecer como si la lenta adaptación inventiva de la que las civilizaciones estadunidenses, inspiradas por Europa, hicieron prueba del siglo XVII al XX, se renovara a un ritmo más rápido. Como si la película transmitida antaño en cámara lenta, se proyectara en lo sucesivo en cámara rápida.

Dicho de otra manera, la occidentalización no es un modelo general. Sus atributos industriales y urbanos no predeterminan una organización de la familia, ni una evolución de las costumbres. Sus virtudes administrativas pueden aplicarse a diversos tipos de Estado y de nación. La instrucción y la comunicación que reclama no encierran a las artes, a las letras y a las filosofías en vías predeterminadas. Por último, nada impone a las modas alimenticias, a las de la indumentaria y a las del hábitat que matizan el consumo, a nacer siempre en Europa o en América y a imponerse uniformemente. En resumen, la occidentalización promete más sincretismos que uniformidad.

9

EL MUNDO DEL IMPERIALISMO TRIUNFANTE
(De 1945-1950 a 1990)

28. MULTINACIONALES Y ESTADOS

En menos de medio siglo, el tercer mundo capitalista trastornó las modalidades del trabajo, las técnicas de la producción, la gama de productos y la geografía de las fábricas y de los intercambios, sin que por ello se hayan agotado sus virtudes transformadoras.

El valor de los productos, durante largo tiempo sujeto a su simple uso, se había desplazado antaño, durante algunos siglos titubeantes, del uso hacia el intercambio, dando así prioridad, no a la singularidad de una mercancía, sino a sus condiciones sociales de producción. Desde hace algunos decenios, se inició una nueva transferencia, del intercambio hacia el desarrollo, es decir de las condiciones sociales medias de producción de las mercancías singulares, hacia las condiciones sociales globales de producción de un sistema de mercancías.

Los impulsos hacia esta globalización se perciben hasta aquí, en dos escalas distintas. Primero la de las *multinacionales*, que organizan la producción de toda su batería de mercancías, mezclando a las señales que reciben del mercado, otras informaciones obtenidas de sus contabilidades analíticas y, sobre todo, de sus estudios de mercado, incluso de sus conexiones con centros de coordinación como el Plan francés, el MITI japonés, los mejores bancos alemanes, ingleses o estadunidenses, etcétera.

El segundo impulso es la de los estados en los que esfuerzos sistemáticos regulan el desarrollo de los equipos públicos que condicionan la eficacia del capital (núm. 11); la formación de futuras fuerzas de trabajo; el desarrollo de la investigación científica y de sus aplicaciones productivas; y todas las demás acciones que favorecen a la acumulación del capital.

Las *multinacionales* están lejos de trabajar todas por el desarrollo coherente de sus capacidades globales. No todos los estados tienen la voluntad de coordinar aquellas de sus acciones que favorecen a la producción. El desarrollo empieza a hacer sentir su lógica global sólo en los estados en cuyo seno opera el capitalismo de Estado o el socialismo de Estado. Como las sociedades estatal-socialistas no lograron normalizar y desplegar las potencialidades que la propiedad estatal de los medios de producción hubiera podido conferirles, el valor del desarrollo no tuvo un gran éxito en ellas. El capitalismo de Estado también fue inhibido, pero de una manera totalmente diferente.

Durante los primeros decenios de la posguerra, el *capitalismo* de Estado, embrionario antes de 1939, se amplió a los países de la (futura) OCDE.

Después los contraimpulsos, esbozados hacia fines de los años setenta, se acentuaron durante los años ochenta, a ejemplo de Gran Bretaña y de Estados Unidos cuya doctrina neoliberal fue rebasada pronto por la OCDE e impuesta por el FMI y los bancos comerciales a los estados endeudados. Bajo esta presión, los países deudores algunas veces vendieron empresas públicas o privatizaron ciertos servicios públicos. Europa y Japón siguieron el movimiento por medio de amplios discursos y de raras cesiones. La privatización está de moda, pero su alcance se inventaría mal y su porvenir es dudoso: en el centro del sistema mundial, las formaciones económicas sometidas a una preponderancia capitalista-monopolista y las que mezclan este elemento monopolista con un poderoso capitalismo de Estado mantienen un equilibrio algunas veces indeciso.

Es el caso de Estados Unidos, donde el peso de los aglomerados capitalistas de Nueva York y la región de los Grandes Lagos fue reforzado por los conjuntos tejanos y californianos, pero donde la competencia europea y japonesa estimula un nuevo periodo de proyectos de alta tecnología con el apoyo del gobierno federal. Nunca Estados Unidos desplegó plenamente un capitalismo de Estado, ni su corolario welfarista (núm. 27); pero nunca tampoco, desde 1945, estuvo tan cerca del capitalismo de Estado, para encauzar la irrupción de las *multinacionales* extranjeras.

En Japón la situación es totalmente distinta. El capitalismo de Estado triunfa sin interrupción, desde 1945 —y aun antes. La ocupación militar estadunidense provocó, aquí, una modernización de los bancos, una reforma agraria y un desmantelamiento provisional de los monopolios. Sin embargo, maniobras perseverantes evitaron las adquisiciones de participaciones estadunidenses

PIB/PNB: EL CONTADOR DE LOS VALORES DE USO

El producto bruto de un país es *interno* (PIB) cuando agrega todas las producciones realizadas en el territorio nacional, y *nacional* (PNB) cuando adjunta al anterior la producción de los nacionales en el extranjero y sustrae la de los extranjeros en el territorio nacional. La distinción PIB/PNB sería valiosa para juzgar sobre todo a las *multinacionales*, pero la discreción de las estadísticas la hace difícil: los seudo-PNB de los cuales los casi-PIB.

El PIB representa el conjunto de los *valores de uso*, es decir el conjunto de los bienes y servicios producidos durante un cierto año. Para agregar estos valores disparatados, las *contabilidades económicas nacionales* codificaron técnicas estadísticas. El PIB se calcula en moneda nacional. Sus variaciones de *valor*, de un año al otro, pueden reducirse a variaciones *reales* (o de *volumen*) por la eliminación de las variaciones de precios, es decir por referencia a los precios del año inicial o a los del año terminal. Esta dualidad es ineludible: los PIB ponderan las cantidades de valores de uso por medio de los precios; los índices de precios se ponderan mediante las cantidades de valores de uso.

Comparaciones internacionales

Los PIB de diferentes países emplean diferentes puntos de referencia: diferentes monedas; diferentes precios que varían de manera diferente; producciones con estructuras y variaciones, también diferentes. Las comparaciones internacionales no pueden filtrar todas estas diferencias. Entonces tienen modos muy variables de operación, con resultados muy diversos.

Las comparaciones internacionales más significativas atañen a los PIB calculados a los precios y a las tasas de cambio (de las monedas nacionales en dólares) de un mismo año. En todo caso, los cambios aberrantes después de 1970 imponen el recurso a otro método que sustituye las tasas de cambio por *paridades del poder de compra* (PPC). La tasa de cambio indica que, para tal año, un dólar se intercambia, en promedio, contra (x) unidades de moneda nacional. Para ese mismo año, el PPC significa que para adquirir lo que cuesta 1 dólar en Estados Unidos, es necesario gastar (z) unidades de moneda nacional, en el país considerado.

Correctivos internacionales

Para comparar los niveles de vida per cápita entre dos países, no es poco razonable corregir la diferencia en la tasa de cambio (o en el PPC) por medio de coeficientes de rectificación cercanos a los que indica el cuadro de la siguiente página, es decir *creciendo a medida que aumenta la diferencia en la tasa de cambio*, en espera de que estudios estadísticos a largo plazo y de los PPC considerados en otras monedas y no en el dólar permitan afinar estos correctivos.

Y SUS COMPARACIONES INTERNACIONALES

PAÍS	PIB per cápita, para 1975, calculado...		Coeficiente de rectificación del PIB per cápita en dólares para lograr un PIB per cápita con PPC del dólar
	...en % del PIB per cápita en Estados Unidos, tras conversión del dólar...		
	...a la tasa de cambio corriente	...a una tasa, que asegure la paridad de poder de compra (PPC) al dólar	
	(1)	(2)	(3) = (2) / (1)
Estados Unidos	100	100	1
Francia	89.6	81.9	0.91
México	20.4	34.7	1.7
Tailandia	5	13	2.6
India	2.03	6.56	3.23
FUENTE: Banco Mundial, *World Tables* (I, 568).			

Más allá de los valores de uso

Cuando los estados se hayan decidido, se tendrían que elaborar otros contadores, tan complejos como el de los valores de uso, para medir:

(1) Los *valores de intercambio*, como existencia anual de horas trabajadas por país, siendo las susodichas horas ponderadas por medio de calificadores de la fuerza de trabajo (experiencia, formación, equipo, etcétera).

(2) Las *tomas de la naturaleza*, como existencia anual de los consumos de materiales no reproducibles o no reproducidos y de las producciones de gases o líquidos fluentes y de otros desechos no degradables naturalmente.

(3) Las *transferencias* de valores de uso, de valores de intercambio y de tomas a la naturaleza operadas de un país al otro.

Es verdad que la concepción de esos contadores será difícil —como lo fue la de las *contabilidades nacionales*— y que será oneroso su establecimiento anual: pero en todo caso menos que la actual ignorancia.

en los bancos y las industrias —salvo del petróleo, del aluminio y del caucho. Después, se estableció una discreta coordinación, pero igual de perseverante, entre las administraciones y los monopolios pronto reformados. El MITI fue la cuna de esta cooperación, ilustrada en 1955 por un plan de cinco años para la independencia económica, en 1960 por un plan de diez años para la duplicación del ingreso nacional, luego por otros proyectos, menos grandiosos, pero con frecuencia llevados a término. Japón se conserva como el paraíso del capitalismo de Estado.

A su lado, Europa occidental hace un papel curioso. Escalona sus empresas públicas de las que proviene el 25% del PIB (Austria) o el 23% (Francia) hasta el 14% (Alemania), los otros países se ubican, en su mayor parte, dentro de ese intervalo. Pero apenas alcanza el grado de cooperación japonés, no obstante los explícitos planes a la francesa y el acordonamiento recíproco de los bancos y de los grupos industriales, en Alemania.

En muchos países de Asia, de América Latina y hasta de África, las formaciones económicas —también sumergidas en el mercado mundial— ven enfrentarse tres modos de producción que pretenden predominar: el capitalismo de Estado y los monopolios privados, como en la OCDE, pero a menudo también una propiedad de inmuebles aún latifundista. Si se exceptúan Japón (1946), Corea del Sur (1949) y Taiwán (1953), donde se operó una reforma agraria a instigación de Estados Unidos, y algunos raros países de América como México (1936) y Perú (1969), el reparto de las tierras entre campesinos parcelarios sigue frecuentemente sin ser cumplido o progresa sólo lentamente. A veces incluso es impugnado por los impulsos neolatifundistas, como los que antaño inmovilizaron a Argentina (núm. 12) y que operan hoy en día en Brasil, Pakistán o Filipinas. En estos países, en los que la mano de obra agrícola se conserva abundante, o incluso preponderante, las antiguas vulnerabilidades de las estructuras rurales se conjugan con las tentaciones populistas de un capitalismo de Estado atento a las clientelas políticas y a los populosos barrios pobres [27], como a las presiones de un capitalismo privado, algunas veces feroz (Chile, Colombia, etc.). Así, el crecimiento económico está expuesto tanto a las sacudidas internacionales como a las rebeliones de los campos a menudo miserables y de las ciudades siempre sobrepobladas. Aquí no puede iniciarse aún ninguna transición del valor de intercambio al valor del desarrollo, aun en los países cuyo impulso es potente,

los recursos se canalizan bien o la voluntad política es bastante
firme (Brasil, India, Indonesia, Argelia, etc.). La lógica económica
preponderante sigue siendo la del valor de intercambio, que tiende
a unificarse mundialmente.

En la escala de una sociedad específica, las jerarquías nacionales
de los ingresos y de los precios y las condiciones sociales promedio
en las que se operan las producciones nacionales —duración e
intensidad del trabajo, estructura y nivel de las calificaciones de la
mano de obra, naturaleza y eficacia del capital fijo, comodidades
ofrecidas por los equipos públicos disponibles— son confrontadas
a las de todas las demás sociedades. Más exactamente, esta confrontación es total para los productos de las industrias ya mundializadas,
como el automóvil; tiende a generalizarse en los ramos cuya mundialización está virtualmente adquirida, no obstante algunos frena-
dos retardadores: es el caso de la industria textil y de la vestimenta;
se hace sentir un poco en las industrias de las que sólo algunos
productos están ya banalizados, como la gama inferior de los
materiales electrónicos o informáticos; y permanece latente en los
ramos que, por protecciones locales o por naturaleza —agricultura,
construcción, y muchos servicios— escapan aún a las competencias
directas. Por ello, la batería nacional de los valores de intercambio
por producto está desigualmente ajustada a los valores de intercambio promedio mundiales o, para decirlo al revés, el campo del
intercambio desigual es más o menos extenso, para cada sociedad
considerada en forma aislada.

Las *multinacionales* tienen casi todas por origen un solo Estado.
Su Estado natal es una especie de cónsul protector, del que estos
grupos esperan que apoye su causa, no fuese más que por el recurso
a las armas. Estados Unidos está acostumbrado a estas intervenciones, sobre todo en América Latina en donde utiliza con más
frecuencia a la CIA que a los *marines*. Pero los mejores negocios son
los que evitan las cañoneras: en lo ordinario de los días, un sólido
derecho vale más que la fuerza armada.

Desde el principio de los años ochenta, se relajan los lazos entre
estados de origen y *multinacionales*, por el efecto de las *multinacionales* que despliegan una estrategia europea o mundial. Pero esta
tendencia es todavía limitada. Por regla general, las *multinacionales*
conservan una patria protectora. En 1989, 250 grupos poseían el
90% de los activos franceses en el extranjero. Extrapolado a escala
mundial, su ejemplo sugiere que los grupos *multinacionales* podrían

ser alrededor de 3 000, pero que las *multinacionales* que han llegado a ser apátridas, por verdadera europeización o mundialización, no son todavía más numerosas que algunas pequeñas decenas.

Las relaciones entre las *multinacionales* y los estados en los que despliegan sus ventas, luego sus producciones y sus financiamientos, son más diversificadas. A mediados de los años setenta, estos grupos estaban presentes en las uniones aduaneras europeas y predominaban en algunos países prometedores: así, aseguraban, en aquella época, el 30% de las exportaciones coreanas, el 40% de las exportaciones brasileñas y el 90% de las exportaciones de Singapur [26]. Aparte de este último caso, la situación cambió, así no fuese más que por el desarrollo de *multinacionales* propiamente coreanas o brasileñas, pero también taiwanesas, etc. Los modelos se diversificaron entre los países que, como Singapur, se organizan en zona franca para *multinacionales* y los que, como India, apoyan prioritariamente a los grupos nacionales introvertidos o, como Brasil, promueven *multinacionales* con anclaje nacional, sin contar numerosas variantes intermediarias.

De hecho, la dimensión política por medio de la que se especifican las *multinacionales* depende más de su abundancia que de su funcionamiento. Estos grupos industriales o financieros forman objetivamente la trama del mercado mundial (núm. 21). Sus colusiones con los gobiernos se reducen a algunas áreas, porque, por parte de los gobiernos, la edificación de colonias pasó de moda y la extensión de una zona de influencia desordena el juego mundial de las alianzas, en tanto que, por parte de los grupos, los blancos exclusivos se rarifican, en un mundo abierto a los intercambios a menudo libres y expuesto a vivaces competencias entre *multinacionales*. Sólo algunos productos como los armamentos pesados, los grandes trabajos públicos o la entrega de fábricas totalmente equipadas y listas para ponerse en marcha dan todavía lugar, algunas veces, a presiones conjuntas de estados y de compañías que suscitan de hecho contrapresiones que utilizan las mismas armas: *la propina* más que la cañonera. Dicho de otra manera, los diplomáticos se vuelven los auxiliares de las *multinacionales* de su país, en las comarcas en donde otros diplomáticos y otras *multinacionales* juegan el mismo juego que ellos.

Las manifestaciones guerreras del imperialismo a la antigua no han desaparecido por completo, pero del despojo de Mossadegh en Irán (1953) al de Allende en Chile (1973) y a diversos golpes de advertencia contra el libio Khadafi (1987), estas maniobras, en general estadunidenses, participan sobre todo en el equilibrio —real o imaginario— del sistema mundial contra una URSS sospechosa de respaldar a todos los regímenes que obstaculizan algún interés estadunidense.

Sin embargo se afirma un imperialismo depurado de estas antiguas adherencias con una fuerza creciente y su alcance se vuelve universal. Se ejerce por gravitación, por el hecho mismo de la estructura económica mundial. Su motor es una acumulación del capital de menos en menos separada por las fronteras de Estado. Los estados yuxtapuestos en este asiento económico en vías de mundialización, experimentan por todos lados el nuevo imperialismo: los equilibrios comerciales, los movimientos de capitales, las fluctuaciones de los cambios y las anticipaciones especulativas de las bolsas de valores expresan sin cesar el efecto local. El nuevo imperialismo adquiere así la forma de una *coacción exterior* que se ejerce brutalmente, a ras de los mercados, y que encuentra una expresión más diplomática en sus guardianes especializados: el FMI y el *Club de París*, para la conveniencia monetaria; la OCDE, para el cuadro de honor coyuntural; el GATT, para las buenas maneras comerciales.

El imperialismo adquiere así el aspecto de una naturaleza de las cosas, de una esencia pura del mercado. Su reforzamiento por medios políticos se vuelve una redundancia más peligrosa que útil. Los banqueros comerciales lo han comprendido. bien, cuando fingen, desde 1982, tratar las dificultades de los países endeudados como peripecias económicas locales, pues el apetitoso comercio internacional del dinero, que es uno de los resortes del nuevo imperialismo, padecería eventuales remedios políticos que podrían ser aplicados al sobreendeudamiento. Sus reticencias atañen a lo esencial: la *coacción exterior* obtiene su fuerza de la sumisión de los estados; si refunfuñan, su fuerza apremiante se transforma en una apuesta política.

Subtendido por las compañías internacionales, el campo de fuerzas imperialista asigna a cada país una posición que sólo puede variar —aparte de la acción de las *multinacionales* que desplazan su acumulación de capital— mediante las políticas de los estados *territoriales*. En el grado cero de estas políticas figura el neoliberalismo, cuyo ideal es un perfecto *dejar hacer, dejar pasar*. Las sociedades así gobernadas evolucionan a merced de *fuerzas del mercado* de las que se vuelven el objeto puro. El FMI se esfuerza por guiar a los países sobreendeudados hacia ese ideal.

Un punto más arriba se colocan los países que, sobre la altamar internacional, entran a la estela de un Estado o de algunas *multinacionales* bien lanzadas: es el caso de Singapur, después de su secesión de la Federación Malasia (1965). Más amplios y más diversos que Singapur, Corea del Sur y Taiwán siguieron este camino desde hace tres buenos decenios y acceden a más amplias posibilidades.

Las políticas económicas practicadas por Italia o Francia se diferencian de las anteriores por el adelanto ya adquirido y, en ciertos periodos, por olas de capitalismo de Estado algunas veces bien enfocadas (núm. 28). Pero, en Francia, la última de estas olas se invirtió, desde 1984, en una internacionalización acelerada de los flujos de mercancías y de capitales que tiene una peligrosa ambigüedad: se coronará de éxito, si la internacionalización se convierte en una europeización, por una recuperación política de la CEE (núm. 25).

Alemania utiliza mejor sus triunfos —una dosis promedio de capitalismo de Estado, una subcontratación discreta en RDA— en tanto que valoriza su posición en el seno de la acumulación capitalista: es uno de los primeros proveedores mundiales de máquinas-herramientas, de empresas químicas y biotécnicas y de otros bienes de equipo siempre perfeccionados, producidos por una mano de obra técnica que es, también, objeto de constantes cuidados. Además, los beneficios de esta posición, en términos de balanza de pagos, de niveles de cambios y de flujo de capitales, son dirigidos con un celoso cuidado.

Partiendo de una situación menos favorable, pero jugando con un capitalismo de Estado tan discreto como tenaz, Japón lo hizo mejor que Alemania. A partir de 1975 llegó a ser, desde ciertos aspectos, igual a ella; en 1990, en varias áreas, es competidor acuciante de Estados Unidos.

La potencial originalidad de algunos países, amplios como Brasil e Indonesia, hasta inmensos como India, es todavía más grande, pues sus esfuerzos semiproteccionistas no se aplican, como en el siglo de List, a un mundo de pequeños mercados nacionales, muy parcialmente interconectados y dotados de empresas capitalistas aún pequeñas, de tal manera que sería una inmensa hazaña el eventual alcance de logros comparables a los de Alemania o de

Japón —estos antiguos discípulos de List. Estos grandes países tienen por triunfo la disposición de un *gran espacio económico* en la escala de las capacidades productivas de finales del siglo XX.

En Europa Occidental se esboza un mismo efecto, pero se conserva semivirtual, por carecer de un alto poder para coronar la CEE con una política económica. Unificado desde el punto de vista económico y políticamente acéfalo, el gran espacio europeo no es una ventaja pura, también es una abertura.

El autocentramiento es el grado último de las políticas que intentan compensar el campo de fuerzas imperialista. Una desconexión así puede ser el efecto de un *cordón sanitario* que rodea una revolución victoriosa (URSS, China, Cuba) o resultar de una elección más voluntaria. Es difícil de mantener fuera de las sociedades estatal-socialistas que ocupan grandes espacios económicos. Incluso en ellas, la puerta de la esclusa de las influencias económicas externas se rompió finalmente por el efecto de las crisis internas del socialismo de Estado, no obstante la perseverancia china.

Consideradas en su conjunto, las políticas económicas que intentan resistir al campo de fuerzas imperialista se definen como desviaciones. La jerarquía de las potencias, de los niveles de vida y de las tasas de crecimiento que el imperialismo abarca, no es inmóvil. Está deformada por una acumulación del capital, ésta misma orientada por las estrategias de las *multinacionales* bancarias e industriales. Además, los estados pueden injertar sus propias acciones. La separación originada por sus políticas se manifiesta por una aceleración (a la japonesa) o por una acentuación (a la alemana) de esta tendencia que ya dibuja su entorno internacional. Pero también puede ser una desviación más marcada, que busca constituir un espacio económico más grande (CEE), más autónomo (URSS, China, etc.), mejor protegido (India, de nuevo China), o hacer prevalecer prioridades diferentes a aquellas cuyo vector es el mercado (economía de guerra, *welfare*, etc.). Así, el tercer mundo capitalista hizo surgir una tensión original entre un imperialismo, reducido a su potente pureza económica, y una búsqueda, más política que económica, de desviaciones que corrigen este imperialismo. El balance del periodo de 1945-1950 consagra seguramente el triunfo del imperialismo, pero la tensión persiste y la experimentación de las desviaciones se enriquece con nuevas variantes.

¿Colabora la ayuda a los países llamados *en vías de desarrollo* para que resistan al campo de fuerzas imperialista? ¿Engendra una desviación significativa? ¿O prolonga la humillante ambigüedad de los gastos efectuados antaño por las metrópolis en sus colonias?

La ayuda permite a los países que prestan la ayuda consolidar sus zonas de influencia, estabilizar los mercados de sus compañías y favorecer intereses políticos más circunstanciales. Pero ninguna potencia auxilia a los países ayudados para canalizar a las *multinacionales* bancarias o para nacionalizar sus recursos mineros, lo que erradicaría sus vulnerabilidades mercantiles. De hecho, los ocasionales mecanismos de estabilización de los cursos alcanzan su límite, por agotamiento de los recursos financieros, en cuanto un mayor riesgo sacude el mercado.

La ayuda puede ser aún útil a los países ayudados, cuando tiende a diferenciar en su favor las reglas del GATT. Así, el sistema de las preferencias comerciales que solicitó la CNUCED, en 1964, fue ratificado por el GATT. La abolición de las restricciones toleradas por el GATT, a título del acuerdo multifibras, iría evidentemente en el mismo sentido, pero los países colaboradores no están listos para desproteger a sus industrias del textil y del vestido (núm. 21).

Por último, son útiles las ayudas que refuerzan la coherencia de los países ayudados: al respaldar su autosuficiencia alimenticia, más que al multiplicar los socorros; al consolidar sus acciones de formación, prioritariamente por la formación de formadores; al incrementar el número de médicos y de administradores de extracción local; al favorecer la edificación de infraestructuras locales por medio de la utilización de las capacidades locales de mano de obra más que de empresas internacionales de trabajos públicos.

Una adaptación así a las necesidades y a las capacidades de los estados ayudados no es la característica principal de las ayudas concedidas desde 1945.

La ayuda controlada por la OCDE corresponde, en 1960, al 0.5% del PIB de los países auxiliantes. En 1973, alcanza apenas el 0.34% de este PIB. La *Conferencia de Naciones Unidas para la Cooperación y el Desarrollo* (CNUCED) se esfuerza por persuadir a la opinión pública de los países ricos, de que la ayuda debería alcanzar, cada año, el 1% de su PIB.

Pero estos llamados casi no obtienen eco ni en Alemania, ni en Estados Unidos ni en otras potencias.

De hecho, el logro de la OCDE se conserva cercano a 0.35% de los países ayudantes, no obstante la adopción por parte de Estados Unidos de un *Plan para el Caribe (1983)*, con promesas mal respetadas, y no obstante el respaldo del *Fondo de Cooperación Económica* creado en 1988 por Japón. Además, este 0.35% encubre fuertes disparidades. Holanda y los países escandinavos se acercan regularmente al 1%; Francia frisa el 0.5% —y hasta rebasa el 0.7% si se toman en cuenta las transferencias hacia sus departamentos y territorios de ultramar—; la RFA se mantiene en 0.4%, el Reino Unido en 0.3% y Estados Unidos en 0.2%, etc. La desigualdad no es menor del lado de los beneficiarios, entre los países africanos que reciben a menudo del 7.5 al 15% de su miserable PIB, si no es que más; los países de América Central e Israel en donde la ayuda (sobre todo militar) alcanza hasta 10% del PIB; los beneficiarios menos favorecidos, entre los cuales figuran los países más poblados del mundo: India, Indonesia y China en donde la ayuda es del orden de 0.4 a 0.5% del PIB. Sólo son la excepción, Pakistán (2%) por donde transita la ayuda militar a los afganos y Bangladesh, eterna víctima de las crecidas y de los tifones.

29. TENSIONES DEMOGRÁFICAS INTERNACIONALES

La ayuda más eficaz al desarrollo es la que permite a los países inmensos y pobres frenar rápidamente su crecimiento demográfico. Pero las ayudas de este tipo son modestas e impugnadas. Alcanzan alrededor de 200 millones de dólares por año y provienen, en más de la mitad, de un Fondo especial de Naciones Unidas, alimentado por cotizaciones voluntarias, el resto es distribuido por diversas ONG. Estados Unidos que proporcionaba el 25% de los recursos del Fondo, se retiró en 1984 por hostilidad hacia el aborto y tarda en reconsiderar esta decisión.

En materia demográfica, Europa recupera su antigua posición. En 1990 no reúne más que el 9% de la población mundial —o el 15% si se agrega toda la URSS. En esa misma fecha Asia se eleva hacia el 65% que fue durante largo tiempo su norma (núm. 12), pero no lo alcanzará hasta el siglo XXI. Las Américas, calmadas al norte, pero exuberantes al sur, agrupan permanentemente el 14% de la población mundial que no deja de crecer. La novedad se observa en África, donde los pueblos crecen rápidamente un siglo después de las últimas punciones esclavistas: en 1990 constituyen ya más del 12% del total mundial.

De 1950 a 1990, la población mundial hizo más que duplicarse: 5 300 millones contra 2 500 cuarenta años antes. El incremento de 1.9% por año, parece frenarse durante los años ochenta. Habría caído a 1.8% por año, pero la inflexión es todavía dudosa, en tanto que las estadísticas tienen una calidad desigual de país a país.

Estas reservas no impiden subrayar la enormidad de los suplementos anuales de población en escala mundial: 42 millones en 1950, 94 millones en 1990. Ayer, una Francia suplementaria cada año, hoy un México y mañana un Brasil, pues la disminución de las tasas de crecimiento que parece lograda, se acompañará, aún mucho tiempo, por excedentes anuales de los nacimientos sobre los decesos, que aumentarán en función de las generaciones en edad de procrear. Se observa un mismo contraste en las edades de la vida. En todos los países en expansión, la población de los menores de 15 años aumenta desmesuradamente —hasta representar el 51% del total en Kenia. Pero, a la inversa, aumenta la esperanza de vida: el promedio mundial rebasaba apenas los 30 años hacia 1940; alcanza ya los 63 años y continúa progresando rápido, por eliminación de las excesivas mortalidades infantiles y por el incremento de los sistemas sanitarios.

En las poblaciones con rápido aumento, se debe considerar en serio la urbanización, pues su impulso, antaño dependiente de la industria, del comercio y de la administración, se vuelve más autónomo. Se alimenta del crecimiento demográfico que el campo no puede retener, salvo coacciones rigurosas, como las que China impuso a sus pueblos por lo menos hasta finales de los años setenta. En 1950, las ciudades de más de 5 000 habitantes agrupan el 30% de la población mundial; en 1990, reúnen el 45% y el movimiento se acelera.

La multiplicación de las ciudades millonarias es todavía más significativa: había 11 en 1980, son 225 en 1990, de las cuales la mitad se encuentra en las diferentes periferias. Veintidós de ellas rebasan los 5 millones de habitantes, cinco exceden de 10 millones. Las ciudades gigantes se encuentran en lo sucesivo en China, en India o en América Latina.

¿31 millones de habitantes en la ciudad de México en el año 2000? La hipótesis podría ser desmentida, pero los 19 millones de habitantes de 1990 son reales —a un millón cerca, quizá, por lo difícil que es la cuenta. Así, la aglomeración se sextuplicó en cuarenta años. Rebasa a Shangai, pero

se parecería más bien a Los Ángeles –con sus lujosos oasis y sus largas costuras de autopistas– si no fuera por las zonas pobres que la alargan por todas partes. La ciudad de México conserva el récord mundial de la contaminación atmosférica. Su alta planicie, aislada de los vientos dominantes por un arco de montañas con una altura de más de 3 000 metros, está cubierta por una capa de smog que sólo las lluvias de primavera diluyen poco a poco. Un día de 1987, miles de aves migratorias murieron de golpe. Pero, cada año, un grueso medio millón de recién llegados se instala en los campamentos salvajes en donde el adobe, el agua y la electricidad acaban por normalizar su miseria.

En un mundo que se enriquece de una cantidad equivalente a México por año, México se agranda, también, cada año de una cantidad equivalente a París. Contaba con menos de 14 millones de habitantes en 1900 y todavía en 1920, tras haber perdido un millón de hombres bajo el fuego de su revolución y por la emigración a Estados Unidos. Un siglo después, el México del 2 020 concluirá su transición demográfica con una población decuplicada. La disminución de la natalidad, sensible a partir de 1965 en las clases ricas o cultas, y después en las ciudades, llegó hasta los campos, incluyendo a las comunidades indias en donde vive todavía el 10% de la población. A principios del siglo, la esperanza de vida de los mexicanos era inferior a 30 años; rebasa en adelante los 68 años. Pero México sigue siendo un país joven en el que el 42% de la población tiene menos de 15 años. Y también un país medio vacío en donde la densidad promedio es de 45 habitantes por kilómetro cuadrado.

Durante largo tiempo adormecido, el México de los inmensos dominios y de las riquezas mineras, fue sacudido por su revolución en 1911, luego estimulado, en la época de Cárdenas, por la reforma agraria y la nacionalización del petróleo. Entonces se inicia la principal expansión de los años cuarenta a ochenta, durante los cuales un crecimiento anual del 6 al 7.5% es respaldado por eficaces prioridades presupuestarias: la educación, la salud y la inversión. La red escolar y universitaria y la seguridad social aumentan por saltos, en tanto que las ciudades ven florecer las bibliotecas, los suntuosos museos y, pronto, las cadenas de radio y de televisión, tan densas y mercantiles –si no es que igual de informativas– que en Estados Unidos.

En efecto, tras dos decenios de revolución grandilocuente, luego de la rebelión de los Cristeros –estos campesinos del centro-oeste que guerreaban contra los gobiernos impíos– los movimientos revolucionarios de las ciudades y del campo acabaron por amalgamarse con las clientelas de los notables locales y con los clanes políticos de la capital federal, con el emblema de un Partido Revolucionario Institucional (PRI). Los presidentes promovidos cada seis años por este partido hacen alternar el populismo reformador –del que Cárdenas proporciona el ejemplo óptimo– y el mercantilismo prebendado que dilapida una parte del ingreso petrolero, salvo para asesinar, de vez en cuando, a los militantes campesinos u obreros que se emancipan demasiado y a los estudiantes que cultivan los recuerdos de la revolución. De crisis en flexibilidad, el régimen perdura, merced sobre todo a los nuevos recursos que le proporcionan, durante todos los años setenta, el descubrimiento de enormes yacimientos petroleros, los incrementos en los precios de la OPEP (núm. 25) y los créditos abundantemente ofrecidos por los bancos internacionales.

Luego la tierra tiembla: no en 1988, cuando la candidatura del hijo de Cárdenas hace delicada la elección (fraudulenta) del presidente designado por el PRI; ni siquiera en 1985, cuando un sismo entierra 30 000 mexicanos bajo los escombros de los inmuebles de la capital más roídos por la "mordida"; sino en 1982, cuando México, que comparte con Brasil el récord mundial del endeudamiento, llega a ser, como él, casi insolvente (núm. 24). Incapaz de convertir su deuda en fuerza de negociación y de repatriar los capitales mexicanos que se protegen en Estados Unidos, el único recurso que le queda al país es una larga cura de austeridad. De 1982 a 1990, su producción se conserva casi estancada, su inflación se eleva a 150% por año, antes de recaer hacia el 20%, y su ingreso por cabeza se desploma, en tanto que se desangra el aparato del Estado y que se privatizan poco a poco las empresas públicas no petroleras. La miseria popular y el desempleo serían inmensos, si no fuera por el exutorio norteamericano: legalmente o no, los mexicanos afluyen al norte del río Bravo.

México es a partir de este momento el país hispánico más grande del mundo. Su identidad nacional embebe hasta las últimas comunidades indias y continúa afirmándose contra los gringos, no obstante envidiados, de Estados Unidos, en donde los mexicanos emigrados reconstruyen, en las tierras tejanas y californianas que les fueron arrebatadas de 1836 a 1848, una especie de México en el exilio, mal fusionado en el melting pot *estadunidense.*

La inflación urbana es particularmente dramática en los países sin tradición estatal, sin impulso económico y sin cultura bien anclada. El Cairo, México o São Paulo padecen graves tensiones, pero menos que Kinshasa, Karachi o Lagos.

Por todas partes, el antiguo régimen demográfico en el que se equilibraban más o menos las tasas muy elevadas de natalidad y de mortalidad (núm. 17) cede la plaza a nuevos regímenes. El más expansivo es aquel en el que disminuye rápido la mortalidad, en tanto que la natalidad conserva su impulso tradicional o hasta aumenta, en favor de mejores condiciones sanitarias o alimenticias. En 1990, África entera se encuentra en ese caso, de ahí su crecimiento comprendido entre 3 y 3.5% por año. De Turquía a Bangladesh, el flanco sudoeste de Asia registra un crecimiento apenas menor.

Salvo este espacio africano o musulmán, la transición hacia un nuevo equilibrio es más avanzada, pues es sensible la moderación de las tasas de natalidad. India, Indonesia y toda Asia del sudeste ven sus tasas anuales de crecimiento declinar hacia un 2.5 o 2% por año. El frenado es todavía más claro en China y en América Latina, en donde ya se observan tasas inferiores a 1.5% por año. Por último, la transición concluye en la URSS, aun si la heterogeneidad de los pueblos se acompaña por claros diferenciales demográficos. En promedio, la URSS crece todavía 1% por año, cuando que Europa, en todos sus componentes, y América del Norte oscilan alrededor del 0.5%. A costa de abortos masivos, autorizados por una ley de 1948 y pronto impuestos por una fuerte presión del Estado que se vuelve habitual, Japón alcanzó, en algunos decenios, las normas demográficas del centro europeo y estadunidense, es decir el nuevo régimen demográfico en el que los nacimientos y los decesos tienden a equilibrarse.

Se producen hambrunas, recurrentemente, en varios países africanos —Etiopía, Sudán y la zona sahariana— así como en Bangladesh. De manera más ocasional han afectado también ciertas regiones de India, de China y de Vietnam. Ampliando el inventario de las penurias, el *Consejo Mundial de la Alimentación*, reunido en Pekín en 1987, contó de 500 a 700 millones de mal alimentados, es decir de 10 a 14% de la población de referencia (1985). La *Organización Mundial de la Salud*, que no separa la mala nutrición de las enfermedades que suelen relacionarse con ella, llega por su parte a un total más elevado, del orden de 20% de la población mundial, para 1989.

En todo caso, la mala nutrición y las enfermedades relacionadas no pueden ser imputadas a las insuficiencias de la producción alimenticia mundial, sino local. Las *revoluciones verdes* que se sucedieron, estos últimos decenios, por el empleo de semillas seleccionadas, de plaguicidas y de abonos, por la casi triplicación de las tierras irrigadas, permitieron a las producciones cerealeras aumentar más rápido que la población. Desde 1960 se duplicó el rendimiento de arroz por hectárea y se triplicó el del maíz y del trigo. En todas las zonas de gran producción —Europa, América del Norte, Argentina, etc.— el frenaje de las excesivas producciones se vuelve la regla común para aliviar el financiamiento del almacenamiento de excedentes. Además, importantes países en los que el riesgo de hambruna parecía antaño muy grave, se han vuelto exportadores, empezando por Brasil, Indonesia o Tailandia. China, y después Vietnam se unieron, desde hace algunos años, al pelotón de los países aptos para la autosuficiencia alimenticia.

Las escaseces pueden ser provocadas por azares climáticos —aunque nada pueda sorprender en las sequías del Sahel y las inundaciones de Bangladesh— pero resultan, sobre todo, de carencias nada naturales: déficit en la cosecha; ausencia de silos; mediocridad de los transportes; especulaciones mercantiles; políticas de precios desfavorables a los cultivos locales. A lo que se suman, algunas veces, los desórdenes debidos a las guerras y guerrillas, la insolvencia de los países condenados a la importación y las fallas en la ayuda internacional.

Dicho de otra manera, las carencias alimenticias no resultan de una subproducción. Provienen de errores políticos, por abandono o incapacidad de los estados locales.

Poco atentos a las evoluciones demográficas a mediano y largo plazo, los estados manifiestan, por el contrario, una vigilancia extrema de los movimientos a corto plazo. Los refugiados y los inmigrados mantienen toda su atención, como si estos flujos, ocasionales o duraderos, contaran más que la existencia fundamental de las poblaciones.

En flujos y reflujos incesantes, los refugiados de los últimos años ochenta se evalúan en alrededor de 20 millones en todo el mundo, de los cuales 14 millones son ayudados como tales por el *Alto Comisariado*. En efecto, éste tiene cuidado de limitar la duración de sus intervenciones, de favorecer el retorno de los refugiados a su país de origen, en cuanto la situación militar o política lo permite, y de reubicar el saldo en un país que los acoja. Pero sus diligencias se enfrentan a dos dificultades —aparte de la insuficiencia ocasional de sus recursos: las maniobras de Estado que, como Somalia en 1988-1989, intentan hacer perenne la ayuda a los refugiados, en parte imaginarios; y el recibimiento demasiado medido de muchos países. A este último respecto, los estados se inscriben entre dos límites extremos: el de Canadá, generosamente abierto y que trabaja por la integración de los numerosos y variados refugiados; y el de Japón, prácticamente cerrado a toda aportación alógena.

En tanto que los refugiados estorban en muchas regiones de la periferia, los estados centrales se inquietan ante una afluencia de trabajadores inmigrados que consideran excesiva, en cuanto la coyuntura económica se degrada o que la intolerancia popular se endurece por alguna otra razón. Sin embargo la zona central, que es importadora de mano de obra, no deja de agrandarse por la inversión de las antiguas corrientes. Numerosos países de Europa, a quienes la acumulación primitiva del capital por invertir y del trabajo por pagar, combinada con la exuberancia demográfica del siglo XIX, habían transformado en exportadores de familias completas, se vuelven, después de su propio crecimiento económico y de su nuevo equilibrio demográfico de baja natalidad, importadores netos de fuerza de trabajo. Tras haber repatriado por lo menos una parte de sus antiguos emigrados, se abren a las aportaciones exteriores que a menudo intentan limitar sólo a trabajadores activos, con el fin de impedir la aglutinación de colonias extranjeras duraderas y de conservar la posibilidad de reglamentar el flujo y reflujo de los inmigrados, según la coyuntura. Pero, con el tiempo, una parte de los inmigrados crea raíces, se instalan familias completas, luego se integran en dos o tres generaciones y, de sus países de origen, llegan flujos adicionales de inmigrantes, ricos en esperanzas y en ilusiones u obligados por la miseria.

La inversión es completa en los países que, como Suiza, el Reino Unido, Alemania, Italia y muchos otros, alimentaron largo tiempo la emigración hacia las Américas (núm. 12). Afecta también a los países que, como Francia u Holanda, exportaron mucho menos a los suyos. Por todos lados predomina la inmigración neta. España misma, que cuenta todavía, en 1989, con 1.7 millones de nacionales trabajando fuera de sus fronteras, en lo sucesivo se ve afectada y Portugal o Grecia, revigorizados por su integración a la CEE, evolucionarán de la misma manera. También es posible esperar que Japón, sin importar lo hermético que sea, acabe por aspirar los refuerzos de mano de obra que el millón y medio de inmigrados japoneses, establecidos sobre todo en Brasil y en Estados Unidos, podrán proporcionar.

Las corrientes migratorias tienen como motor principal el mercado del trabajo. Pero el poder de este motor no depende únicamente de las contrataciones deseadas por las empresas. También lo estimulan los cambios de identidad, inducidos por la evolución de la población activa (núm. 26). En efecto, llega un momento en que la mano de obra nacional abandona ciertas actividades que son ocupadas, masiva o exclusivamente, por trabajadores inmigrados. Este deslizamiento se extiende, poco a poco, de los trabajos agrícolas o mineros más pesados, a las funciones industriales menos calificadas y a los servicios —domésticos o colectivos— considerados sucios o mezquinos por la población autóctona. Así se ve cómo en Europa Occidental o nórdica y en Estados Unidos, las hileras de inmigrantes acceden poco a poco a las tareas subalternas de la limpieza urbana, de los transportes públicos, de los servicios hospitalarios, etc., de donde los trabajadores nacionales refluyen deliberadamente. Este movimiento se frena en los países donde potentes sindicatos imponen sueldos elevados y condiciones de actividad decentes que mantienen a los trabajadores autóctonos. Por el contrario, se acelera en los países donde una política deliberada de immigración —de tipo canadiense— hace de estos oficios relativamente simples, las etapas iniciales de la integración.

En 1990, los 12 países de la CEE, cuentan con 13 millones de trabajadores inmigrados, de los cuales sólo 5 millones provienen de países extracomunitarios: Yugoslavia, Turquía, Maghreb. En Estados Unidos, los inmigrados legales o clandestinos son aproximadamente 20 millones. Su número es importante, asimismo, en Canadá, en Venezuela y sobre todo en Brasil, en tanto que América Central —islas y México incluidos— es fuente de emigración.

Las políticas de inmigración adquieren su significado más actual a lo largo de los principales tramos de la frontera del subdesarrollo identificada por Lacoste.* Aquí, los desequilibrios demográficos y económicos del sistema mundial se hacen sentir con creciente fuerza.

La frontera norte de México, prolongada por los brazos de mar que separan el Caribe de Estados Unidos, acusa dos contrastes: las tasas de crecimiento demográfico son cuatro veces más elevadas al sur que al norte, en tanto que a la inversa, el PIB promedio por habitante es doce veces más elevado al norte. Además, los límites

---

* Yves Lacoste, *Géographie du sous-développement* [*Geografía del subdesarrollo*], 5a. edición, París, PUF, 1989, p. 126.

EL LÍMITE DEL SUBDESARROLLO

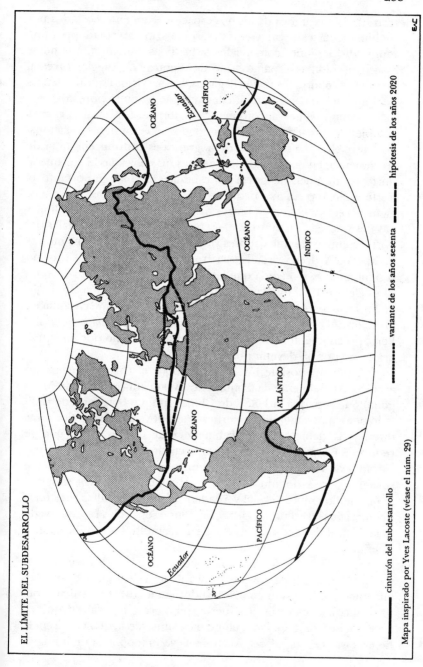

——— cinturón del subdesarrollo

▪▪▪▪▪▪▪ variante de los años sesenta   ▬ ▬ ▬ hipótesis de los años 2020

Mapa inspirado por Yves Lacoste (véase el núm. 29)

terrestres y marítimos de los dos espacios están entrecortados por múltiples enlaces de carreteras y marítimos, y sobrevolados por una multitud de aviones comerciales o turísticos. Por último, el norte es rico en colonias hispánicas que, de Miami a Los Ángeles, ofrecen un asiento sólido a los recién llegados. Los servicios estadunidenses de inmigración controlan difícilmente esta frontera porosa.

El tramo mediterráneo que va de Gibraltar a Estambul es más complejo, pues separa múltiples estados, diversamente relacionados entre ellos. La diferencia demográfica es enorme, con tasas de crecimiento, en promedio, nueve veces más elevadas al sur que al norte; la diferencia de los PIB por cabeza es también importante, el norte es cinco veces más rico que el sur. El Mediterráneo se reduce algunas veces a estrechos brazos de mar, y está surcado por líneas navales y aéreas, en tanto que, en todos los países industriales del norte, colonias de trabajadores venidos del sur ofrecen sus puntos de apoyo. A decir verdad, esta frontera mediterránea se formó recientemente, a medida que la CEE arrastraba al sur europeo en su estela. En 1970 todavía, la verdadera frontera pasaba a lo largo de los Pirineos, cortaba Italia entre Roma y Nápoles y se reunía en los Balcanes con los límites, entonces sólidos, del *campo socialista*. Pero, precisamente, el sistema mundial se define no por un equilibrio, sino por un devenir político.

También es posible interrogarse sobre el trazado del tramo asiático. Actualmente, la frontera de 13 000 km (incluyendo Mongolia) que separa a la URSS de China, aunque bordeada de cada lado por zonas a menudo desérticas, permite sin embargo localizar diferencias demográficas localmente muy fuertes, pero que se reducen, en promedio, a tasas de crecimiento dos veces más elevadas al sur que al norte, en tanto que a la inversa, el norte soviético parece dotado de un PIB por cabeza doce veces superior al promedio chino. Pero el verdadero límite de las altas presiones demográficas pasa por la URSS, en donde separa las repúblicas de Asia central de la República Rusa en sus múltiples ramificaciones siberianas.

Queda la frontera australiana donde, más allá de los semidesiertos de Australia y de Nueva Guinea, Nueva Zelanda y el sudeste australiano contrastan con Asia sudoriental cuyo crecimiento demográfico es dos veces más fuerte y el ingreso por cabeza quince veces menos elevado. Pero, como da testimonio la débil diferencia de las tasas demográficas, Australia lleva una política de inmigra-

ción casi tan activa como la de Canadá, desde que fue superada la
tentación de *Australia blanca*, durante los años setenta.

Ningún determinismo condena a las cuatro principales zonas en
las que las supresiones contrarias de la demografía y de la economía
son fuertes y duraderas, a transformarse por lo tanto en las zonas
más conflictivas del planeta. Pero es claro que va a aumentar su
importancia.

30. UN JUEGO DE ESPACIOS INTRINCADOS

De 1945-1950 a 1989-1990, el tercer mundo capitalista conservó su
estructura original: Estados Unidos y la URSS se respetan; las
fronteras de los bloques tardan en borrarse; las guerras centrales
son evitadas, pero las guerras periféricas ganan en autonomía; los
imperios coloniales estallaron en estados-naciones de los cuales
muchos sufren para transformarse en nación, o hasta en Estado; la
acumulación del capital se prosigue al tiempo que acelera las
mutaciones técnicas, al multiplicar las compañías multinacionales
y al dominar los logros de los países estatal-socialistas.

Los 3 mil millones de hombres suplementarios que hicieron más
que duplicar la población mundial de 1945, moderaron sin embargo el sistema mundial. Casi todas las sociedades y un buen número
de los estados trabajaron para modernizarse, siguiendo los caminos
abiertos por la Europa del siglo XIX, al mismo tiempo que se
defendían de una occidentalización demasiado completa (núm.
27). La gestión de esta contradicción produjo algunos éxitos nacionales y muchos no alineamientos, al mismo tiempo que jerarquiza-
ba claramente a las potencias (núm. 19).

Así, sin perder nada de su estructura específica, el mundo se
transformó, al ritmo de una historia política unificada por las
interacciones de estados y de una historia económica producida
por un mercado cada vez más mundial. Su historia cultural, abundante como los pueblos que la viven y como las civilizaciones que
emparentan a estos pueblos, no se unificó de la misma manera,
pero el sistema mundial sin embargo ganó en sincronización, hasta
en el orden ideológico, de tal manera que las transformaciones de
alcance planetario, ocurridas en todas las áreas, desde 1945, se
ordenan con bastante claridad en tres etapas con validez general.

La primera etapa es una posguerra que termina hacia 1956, cuando el equilibrio nuclear se vuelve patente. Las antiguas colonias vinculadas en Bandung (1955), el XX Congreso del PCUS que consagra la desestalinización potencial de una zona comunista grandemente escalonada y las batallas de Budapest y de Suez, donde la disciplina de los dos bloques se manifiesta sin disimulo, marcan el término. Durante esta etapa, la lista de los mercados nacionales controlados por estados independientes se alarga a costa de los imperios que sin embargo sobreviven. Los principales territorios que se desprenden de ellos —incluyendo India y Paquistán después de la partición— son más anchos que nunca. Como Indonesia o Filipinas —y, más tarde, Malasia o aun Nigeria y Zaire— salen de la era colonial, después de haber sido formados o vestidos por alguna potencia europea. La estabilidad de las fronteras entre los estados se vuelve un postulado mundial.

La segunda etapa dura casi veinte años, el tiempo que la televisión tarda en alcanzar a la radio en su soberanía mundial. Termina en un mundo *invertido* en el que China es reconocida por Estados Unidos (1972); en el que la supremacía de la URSS se desploma, en su campo como en la Internacional; en el que Estados Unidos, siempre superpoderoso, corona diez años de crisis morales con el escándalo de Watergate (1972-1974) y con su retirada de Vietnam (1973 y 1975); y en el que la expansión económica del centro se detiene como consecuencia de una crisis financiera y económica.

Durante esta etapa, los imperios coloniales desaparecen, salvo algunos fragmentos, pero los mercados nacionales que les suceden son de lo más variados. Raros son los amplios estados que adquieren fuerza como grandes espacios económicos (núm. 28), pero numerosos son los Chad y los Mali inmensos y desérticos o los Zaire y los Sudán que una población abundante casi no consolida. A partir de entonces, se acentúa la jerarquía de los estados. Por todas partes, hasta en el África sudsahariana en donde muchos estados son aglomerados de pequeños *países*, punteados de puertos o de ciudades pronto infladas, el respeto de los límites heredados de la colonización refuerza el postulado de las fronteras intangibles. La ONU que extiende las aguas territoriales de 3 a 12 millas apoya esta tendencia (1973) que Europa santifica por el acuerdo de Helsinki (1975).

La tercera etapa es una época de crisis de la que los rebotes terminan con la crisis general del socialismo de Estado. En tiempo

real el mundo se acorta por el efecto de los satélites de telecomunicaciones y de los aviones que enlazan a todas las ciudades
importantes en menos de 24 horas. Los estados cuya soberanía está
limitada de esta manera, cubren todo el planeta y trabajan casi
todos para modernizarse, pero son traqueteados por múltiples
sacudidas: crisis de la economía central, de 1973 a 1982; crisis de
los países endeudados, desde 1982; tensiones recurrentes de las
monedas y de las bolsas de valores; crisis prolongada de los países
estatal-socialistas; crisis de las regiones en las que las guerras y las
guerrillas se eternizan, no obstante las incitaciones pacificadoras
tardíamente prodigadas por Estados Unidos y la URSS.

Para juzgar en lo que se transformó el centro desde 1945, son
posibles varios puntos de vista. Uno es observar las reformas de la
jerarquía de las potencias, desde la solitaria preeminencia de
Estados Unidos, al salir de la guerra, hasta la creciente consideración que este Estado debe manifestar ante el G7 que se reúne
periódicamente desde 1974. Pero lo esencial es localizar las lógicas
que resultan de la estructura misma del sistema mundial, con el fin
de explicar su alcance espacial.

Esta investigación prohíbe sobrevaluar la función nodal de las
ciudades, por ricas que sean. El principal mercado financiero puede
desplazarse, de Londres hacia Nueva York y mañana hacia Tokio,
sin que el mundo se vuelva a centrar, ya que otras ciudades ejercen
simultáneamente su preeminencia —o su competencia— en muchas
otras áreas: el negocio alimenticio (Chicago), el comercio petrolero
(Nueva York, Rotterdam), el mercado del libro (Francfort), el de la
moda de la ropa (París, Milán), etcétera.

El centro del mundo anuda todas estas ciudades y los estados a
los que inervan, en un sistema espacial cuya envoltura externa hoy
en día está dibujada por la OCDE, este club de países en el que el
capitalismo se desarrolla y de países ya arrastrados por su florecimiento, a la manera de los suburbios ligados con la ciudad que los
aglomera. La organización interna de este centro es un enmaraña-
miento de zonas especializadas con un radio variable: zonas industriales de punta —por su importancia, su novedad, su creatividad—
en las que se despliegan los tentáculos mundiales de las *multinacionales*; zonas de negocios en las que los servicios de ingeniería, los
bancos, los seguros, etc., ofrecen sus prestaciones más sofisticadas;
zonas sabias en las que se concentran los centros de investigación
y las universidades eméritas; zonas de creación intelectual, literaria,

artística, cinematográfica, etc., cuyas producciones alimentan las redes de telecomunicaciones y de otros circuitos más tradicionales; zonas de riqueza, de lujo, de gasto ostentatorio, de excelencia arquitectónica, etc. El intrincamiento de estas zonas es complejo por el hecho de que fronteras —de estados, de zonas idiomáticas o culturales, etc.— se superponen a ellas, de tal manera que ningún país puede ser considerado plenamente central. Todos tienen sus provincias alejadas y sus tierras adentro retrasadas que constituyen, en resumidas cuentas, su periferia interna —si se puede plantear esta fórmula que debe más al juego de la inventiva que a la etimología.

En 1945, el centro se reduce a Estados Unidos y al Canadá de los Grandes Lagos. A partir del principio de los años cincuenta, Suiza y Suecia, estimuladas por sus años de neutralidad, se incorporan en compañía de Inglaterra, de Francia y de los Países Bajos belgas y holandeses que han terminado lo esencial de su reconstrucción. Algunos años después, Alemania Federal e Italia del norte extienden esta zona central. Luego, a principios de los años setenta, se logra la inclusión de Dinamarca y de Italia meridional, después de lo cual España del norte y Austria son a su vez anexadas, así como Noruega y Finlandia. A finales de los años ochenta, Irlanda, Portugal, Grecia y Yugoslavia son los únicos miembros de la OCDE cuya posición se conserva periférica. Pero el centro desborda ya hacia otros continentes: Australia y Nueva Zelanda participan en su impulso —y más aún Japón.

El centro merece su nombre porque hace sentir, en todo el mundo, su influencia decisiva. Su lógica económica domina al mercado mundial. Su lógica ideológico-política —llamada del Estado-nación (núm. 14)— subtiende los impulsos de occidentalización como los contraimpulsos (núm. 27).

Por el contrario, el centro no se identifica con la riqueza o la industria. Los estados dotados de una débil población y de un fuerte ingreso petrolero pueden rebasar, por mucho, el PIB por cabeza de los estados centrales, sin que Kuwait o Brunei se transformen, por ello, en elementos del centro: les falta una economía muy desarrollada, un aparato de Estado rico en tradiciones burocráticas y una cultura suficientemente modernizada, todas ellas características que, de hecho, pueden ser adquiridas en algunos decenios si el ingreso petrolero se emplea juiciosamente y si el entorno internacional de los ricos oasis no les impide *centrarse* plenamente. De la misma manera, el desarrollo de la industria, en los países asiáticos inspirados por el ejemplo japonés o en las zonas más dinámicas de Brasil o de México, no basta para llevar a estos países hacia el centro. Se necesita además que su población sea llevada, en su mayoría, hacia los tipos de actividades, los niveles de ingresos, las formas de escolarización y las normas de vida (urbana, administrativa, etc.) que dan testimonio de que la industria no es un aislamiento subordinado, sino más bien una característica profunda de la sociedad específica.

El centro del sistema mundial va a extenderse más, absorbiendo a su periferia más inmediata o incluyendo a aquellos países lejanos que sepan obstinarse en su modernización. Pero habrá menos elegidos que llamados, entre los beneficiarios de las rentas petroleras, los estados en vías de industrialización, los países estatal-socialistas en busca de nuevas vías y las demás regiones periféricas a las que nuevas oportunidades podrían favorecer. En efecto, el centro es, por naturaleza, un club elitista cuya entrada está severamente vigilada. Las desnivelaciones que la acumulación del capital mantiene (núm. 28), la jerarquización de los estados (núm. 19) y los desfases acumulados en materia de investigación científica y de escolarización impiden esperar que el sistema mundial en vigor pueda tender espontáneamente hacia una menor desigualdad entre los pueblos. Las lógicas que subyacen el mundo actual no pueden acarrear una difusión mundial del adelanto central.

La lógica del valor de intercambio —enriquecida algunas veces por los primeros brotes del valor de desarrollo— guía por todas partes al mercado de las economías. Asimismo, por todas partes, la lógica del Estado-nación orienta las políticas de los estados y canaliza las aspiraciones de los pueblos. Pero estas dos lógicas tienen un alcance contradictorio. Sus choques adquieren un aspecto económico, cuando estallan tensiones entre las *multinacionales* —o entre sus estados de origen— y los estados llamados de recepción que tratan de resistir por lo menos a algunas consecuencias de esta *coacción exterior*. Adquieren una forma más ideológica —o cultural— en las sociedades en las que los recursos de la tradición son mobilizados contra las modernizaciones consideradas demasiado extranjeras (núm. 27). Su aspecto se vuelve totalmente político cuando las esperanzas de los pueblos abandonados, las aspiraciones y las frustraciones de las jóvenes generaciones, las mutaciones de las clases dominadas y la gama completa de los demás movimientos sociales se manifiestan en crisis agudas, incluso violentas.

Como sus dos predecesores, el tercer mundo capitalista produjo más desigualdades, injusticias y miserias que las que corrigió. Su sola superioridad depende del hecho de que inhibió las guerras centrales, obligando, por ello, a descubrir otras maneras de manejar las contradicciones internacionales.

SEGUNDA PARTE

EL MUNDO EN EL SIGLO XXI
(De 1990 a 2100)

10

EL FINAL DEL SOCIALISMO DE ESTADO EN LA URSS
(De 1990 a 2100)

31. EL PARTIDO SOVIÉTICO

La China aislada de 1990 y la URSS en retroceso siguen siendo, sin duda alguna, potencias con las que hay que contar, pero ya no son hogares revolucionarios. Los titubeos de las retaguardias albanesas o coreanas y las bravatas de los puestos avanzados vietnamitas o cubanos son impotentes: el socialismo de Estado agoniza.

Para juzgar este proceso y sus consecuencias es necesario centrar el análisis en la URSS. En efecto, China ya no tiene un papel decisivo, no obstante sus dramas de 1989. En su enorme masa humana, la crisis estructural del socialismo de Estado sólo podrá madurar de aquí a uno o dos decenios (núm. 35). Además, su modesta importancia en las cuestiones mundiales y su tendencia milenaria al aislamiento (núm. 14) la privarán, todavía durante un tiempo, de cualquier influencia central.

Las rebeliones europeas de 1989 parecen ser más decisivas. En todo caso, es necesario constatar que la URSS se abstuvo de las maniobras por medio de las cuales habría podido desviar estos movimientos, sin reavivar la doctrina de Breshnev de triste reputación. La URSS incitó al PC polaco a aceptar las elecciones semilibres que permitieron a *Solidaridad* triunfar, en junio de 1989. Permitió al PC húngaro proseguir, a su manera, la reforma del país, hasta perderse en ella. Aceptó, sin demora ni represalia, la apertura de la frontera húngaro-austriaca por donde se precipitó el éxodo alemán del este. Rechazó cualquier ayuda militar al PC alemán del Este, quebrantado por manifestaciones. No impidió la apertura del muro de Berlín, en noviembre de 1989, consumando así la emancipación de la RDA, luego de Checoslovaquia. Un mes después, fomentó visiblemente la rebelión rumana. Por último, en Bulgaria, se cumplieron los deseos transformadores de la URSS más bien tres veces que una: por medio del viejo secretario general del partido, rápido negociador de los cambios políticos; luego, de nuevo, por su sucesor más presentable; y finalmente, en 1990, por el pueblo búlgaro, poco a poco consciente de las oportunidades de reforma. La flexibilidad soviética suscitó múltiples interpretaciones. Pero poco importa que la URSS haya perdido la guerra fría, cedido espacio para ganar tiempo, utilizado golpes de suerte para sacudir sus propias inercias, pagado su derecho de entrada al concierto de las naciones convenientes o tendido a las potencias capitalistas alguna trampa maquiavélica a largo plazo. Para quien presta atención a las efectivas transformaciones de la totalidad del sistema mundial, la URSS se encuentra en el meollo de las inquietudes chinas y de las rebeliones europeas. Los tumultos de los cuales es la sede desde 1985 y todavía lo será por largo tiempo, repercuten mucho más allá de sus fronteras.

El hogar de esta crisis es el Partido Comunista de la URSS, institución muy diferente al partido bolchevique anterior a 1917 o, aun, de los años revolucionarios. Es necesario partir de este inmenso partido, dirigiendo a toda la sociedad y disciplinado por sus propios dirigentes, y percibirlo en su antiguo esplendor, para entender la exacta medida de la crisis soviética. A principios de 1989, el PCUS reivindica casi 19 millones de afiliados y proclama un presupuesto del orden de 2 500 millones de rublos, equivalente al 1% del presupuesto del Estado federal, pero habrá que evitar prestar una excesiva atención a estos datos no confirmados. La misma reserva tiene que aplicarse a las organizaciones masivas que desmultiplican al partido. Sucede con la central sindical que afirma reunir 140 millones de afiliados, pues es cierto que los soviéticos se adhieren a este sindicato oficial, como los franceses cotizan en el seguro social: por simple y pura obligación.

La pertenencia al partido es de otra naturaleza. Los 5 a 6% de la población soviética que reúne, incluyen aproximadamente a todas las élites del país, a lo que se agregan los politiquillos ordinarios y múltiples elementos más altruistas o más ingenuos. Sólo los grandes talentos de las profesiones científicas, artísticas o literarias pueden eximirse de afiliarse, sin obstaculizar demasiado sus profesiones.

Así, el partido reúne prácticamente a todos los que en términos franceses, se clasificarían bajo los rubros de gobernantes, de altos funcionarios y de prefectos; de egresados de la Escuela Nacional de Administración, del Politécnico y los diplomados de otras grandes escuelas; de ejecutivos de todas las administraciones centrales, regionales o municipales; de oficiales generales o superiores de todos los ejércitos y de todas las policías; de directores de empresa y de cooperativas agrícolas; de ingenieros, empleados y técnicos; incluso de jefes de equipo y contramaestres; de directores de escuela, de hospitales o de hoteles, de cuadros sindicales y mutualistas y de agitadores rurales; de maestros y de médicos; de editores, de periodistas y de cineastas; de jueces, de inspectores de policía y de cuadros de la administración penitenciaria; y así sucesivamente, hasta agotar la lista de las funciones eminentes y de los oficios nobles.

Este partido omnipresente posee la omnisciencia que la historia y la leyenda otorgarían a una confederación de jesuitas, de albañiles, de inspectores de los informes generales, de espías y de expertos en intervenciones telefónicas. Por último, en cuanto a la omnipotencia, este partido puede ser considerado como la yuxtaposición de todos los estados mayores militares, políticos, económicos, bancarios, sindicales, de los medios de difusión, religiosos y demás de los que puede disponer el país. De tal manera que sería efectivamente omnipresente, omnisciente y omnipotente, si no fuera por las disfunciones que resultan de su obesidad, de su división del trabajo, de su burocratismo y de sus conflictos internos.

El Partido Comunista de la URSS soporta mal la comparación con los partidos de las repúblicas burguesas. No es una asociación voluntaria con fines políticos, una máquina electoral o un organismo de propaganda. No es ni siquiera un intrumento de poder, comparable con otros aparatos de Estado. Es esencialmente una federación de clases sociales.

Su influencia es completa sobre la mayor parte de las empresas y sobre la totalidad de los aparatos del Estado, como sobre los principales aparatos ideológicos, ubicados fuera de la jerarquía administrativa. Reúne, entonces, al conjunto de las clases dominantes de la sociedad soviética y lo esencial de las clases de empleados que pormenorizan su poder en la economía, el ejército, la administración y la cultura. Prolonga este conjunto, hundiendo sus tentáculos tan lejos como le es posible, en el seno de las clases dominadas: las de los obreros, empleados y campesinos de la economía, como las de los funcionarios y otros detentores de los aparatos. Las clases reinantes que ejercen efectivamente el poder, del centro a la última de las municipalidades, son seleccionadas por su esmero y, casi siempre, en su seno. Federa de esta manera al conjunto de las clases reinantes y dominantes, con todos sus apoyos en varias otras clases. Toda reflexión que redujera la acción de un partido como éste a los hechos y actos de sus dirigentes —incluso de los mejor obedecidos— dejaría escapar lo esencial: el ejercicio cotidiano de las capacidades, en otras partes sujetas a la propiedad o reservadas a los aparatos de Estado, y esto, hasta lo más recóndito del país.

En un partido tan amplio y cuya red se extiende a miles de kilómetros, las divergencias originadas por la división del trabajo en su seno y por la dispersión de la población que debe controlar, necesariamente produjeron desacuerdos entre los órganos y ministerios centrales y los diversos niveles de las periferias; entre los vecinos rivales del ejército y de la policía o de la diplomacia, de la información y de la acción internacional; o, aún más a menudo, entre los competidores por las asignaciones presupuestales, las soluciones técnicas y las prioridades de todo tipo. Pero durante mucho tiempo el partido logró reducir estas tensiones en su propio recinto, al mismo tiempo que evitaba que su resurgimiento, periódico u ocasional, participara en la organización de tendencias duraderas en su seno. Así, se pudieron circunscribir las crisis agudas, originadas en rebeliones o en penurias locales, en catástrofes naturales, accidentes graves o cambios políticos mal preparados por la propaganda, sin alimentar demasiados enfrentamientos recurrentes entre equipos hostiles.

Sin embargo, inevitablemente se formaron corrientes duraderas, en el espacio elitista de las direcciones centrales, regionales y locales, es decir entre las clases reinantes. Cristalizadas a partir de las escuelas proveedoras de ingenieros y de empleados diversamente especializados o a partir de estados mayores militares y otros, estas corrientes adquirieron forma en la estela de los dirigentes que su asención hacía aptos para proteger actividades o regiones completas y para aglutinar a su alrededor hombres de confianza.

En último término de estos enfrentamientos, la afirmación de las sucesivas generaciones, forjadas por pruebas muy diferentes, se manifiesta por sensibilidades contrastadas. Cuando la *glasnost* de los últimos años de 1980 las hizo más visibles, se pudo distinguir claramente a los octogenarios de la deskulakización y del gobierno por el gulag; a los septuagenarios de la *gran guerra patriótica*, consagrados al culto de los veteranos; los sexagenarios de los últimos fuegos stalinianos; los quincuagenarios, llegados al partido durante la era de Jrushov, entre los cuales la *generación Gorbachov* encuentra a sus principales cuadros; y las aportaciones más jóvenes de los años de 1970 y 1980, que se volvieron cínicas por la restauración breshneviana o se dinamizaron por los primeros efectos de la *glasnost gorbachoviana*. La *generación Gorbachov* es la más importante de estas cohortes decenales, pues tiene la edad para conquistar los puestos de mando y de oficialidad, de todo tipo y en todo lugar, y porque es portadora de nuevos rasgos colectivos —es decir enrarecidos desde la glaciación staliniana, si no es que desde la Revolución de octubre: una cultura a menudo adquirida en la enseñanza superior; una esperanza compartida, por lo menos durante una parte de los años Jrushov; un temor y un servilismo reducidos al ordinario de los politiquillos, bajo Jrushov como bajo Breshnev, de lo cual adquirieron una capacidad debidamente ejercida de observación crítica y de confrontación; y un conocimiento del mundo extrasoviético, tomado de los periódicos y de las radios extranjeras, si no es que de las funciones ejercidas en el *campo socialista* o aún más lejos.

Ninguno de los factores objetivos de heterogeneidad que se pueden identificar en el partido basta para predeterminar los enfrentamientos políticos. La edad, la formación y la experiencia adquirida son elementos que el partido sabe combinar en una dirección de los cuadros en la que las promociones y las sanciones, los arribismos y las concesiones se mezclan con los rendimientos individuales, para elaborar trayectorias muy diversas.

Éste era el partido que enterró a tres viejos secretarios generales en tres años, antes de hacer lugar, en 1985, a Gorbachov —es decir a equipos rejuvenecidos, bien decididos a salvar a la URSS de la decadencia. La *glasnost* deseada por la nueva dirección al principio sedujo a los intelectuales de algunas grandes ciudades. Los debates, amplificados por la elección de un Soviet Supremo menos prefabricado que antaño, y por la transmisión televisada de sus trabajos, hicieron conocer las incertidumbres del partido. Las opiniones confrontadas de esta manera empezaron a cristalizarse en tendencias en torno a diarios y revistas cuyas opiniones se volvieron más tajantes, en tanto que al lado del partido y a menudo contra él, se formaron asociaciones con miras políticas explícitas. Tras seis años de reculadas y de debates, el partido se volvió irreconocible y finalmente fue disuelto. La hemorragia sensible en las Juventudes

Comunistas a partir de 1987, se extendió después al propio partido. Las renuncias de 1989 fueron todavía semicamufladas por la persistencia del secreto tradicional, pero las de 1990 se volvieron tan masivas que la prensa multiplicó las evaluaciones contradictorias, sin dejar de estimular al movimiento. Comprometido de esta manera en la vía que lo transformará rápidamente en una gama de partidos más banales, cruza un punto envolvente, en julio de 1990, durante su XXVIII Congreso: el Buró político fue remplazado por una especie de comité de los primeros secretarios de los 15 PC existentes a escala de cada una de las repúblicas federadas en la URSS, en tanto que el Comité Central fue constituido en 85% por recién llegados. Luego llegó el *putsch* suicida de agosto de 1991... (núm. 34).

La sociedad soviética empezó a moverse. La revitalización de las inteligencias de Moscú y de Leningrado y las aspiraciones de las nacionalidades periféricas fueron afectadas, bien que mal, por las creaciones de cooperativas, por las huelgas de algunas corporaciones obreras, por el despertar de las religiones, antaño reducidas a una semiclandestinidad, y por la exuberancia multiforme de las jóvenes generaciones. En la sociedad que se sacude superando sus últimos miedos, el partido se irguió o adquirió vida a costa de su unidad funcional. Ayer federador de las clases dominantes y de sus apoyos, fue corroído por las incertidumbres de las clases a las que federa, antes de ser desgarrado por sus luchas.

El Partido Comunista de la URSS era más que un *partido-Estado*, era un *partido-clases-Estado*. Al tratar de reestructurar su Estado, trastorna necesariamente a las clases a las que daba forma y fuerza. El porvenir político y económico de estas clases o de sus remplazantes se decide de esta manera, al mismo tiempo que la forma del régimen.

32. EL ESTADO DIVORCIADO DEL PARTIDO

En todos sus niveles de decisión, el partido soviético era heredero de una tradición de autoridad, forjada bajo los zares y que se prolongó con Stalin, hasta hacer de lo arbitrario y del terror herramientas de gobierno (núm. 20). Atenuado con Jrushov, luego con Breshnev, el autoritarismo perdió mucho de su brutalidad y se cruzó de corrupción, pero no se encerró en una red de códigos y de leyes aplicados bajo el control de una justicia no demasiado distraída. Sin lugar a dudas, el derecho encontró aplicaciones menos raras en lo ordinario de las actividades de Estado, pero el aparato del partido continuó resolviendo sus problemas a su conveniencia, más que por estricto derecho. Las solidaridades del partido, los arbitrios de la urgencia y las orientaciones fijadas por el Buró político o su secretario general, pesaron más que las normas formales, los precedentes judiciales o las deliberaciones de los soviets municipales, republicanos o supremo. La *perestroika* rápidamente transformó este antiguo orden de cosas. El recurso más frecuente para los investigadores y los tribunales, la sumisión de los órganos represivos a normas mejor formalizadas y a controles menos flojos, la publicidad dada a múltiples escándalos, luego la multiplicación de las nuevas leyes y reglamentos y, por último, el despertar profundamente deseado de las capacidades deliberadoras de los soviets de todo nivel necesariamente alteraron las costumbres del partido: las de los dirigentes, habituados a una mayor flexibilidad por parte de las administraciones, como las de los afiliados, en lo sucesivo abandonados al derecho común para tantas cuestiones antaño resueltas en el seno del partido.

Pero no por ello se estableció un nuevo orden partidario, pues el equipo de Gorbachov se consolida, desplazando el centro de gravedad del poder hacia el Estado, para completar el que le otorgaba el partido. Este movimiento progresó por etapas, o más bien por tirones, sin calendario ni objetivo preconcebidos. Tras una primera reforma constitucional que permtió seleccionar un nuevo Soviet Supremo, elegido en parte por múltiples candidaturas, una nueva revisión permitió, dos años después, acentuar el carácter presidencial del régimen. Gorbachov llegó a ser el primer presidente de la URSS, elegido por el Congreso de los Pueblos.

La práctica de las nuevas instituciones tarda sin embargo en desaparecer las ambigüedades del nuevo sistema presidencial en el que muchas constituciones en vigor en todo el mundo parecen haberse dado cita. El modelo estadunidense se reconoce en los amplios poderes otorgados al presidente. Además, la elección prevista para los presidentes de cada una de las repúblicas federadas en la URSS y de las asambleas llamadas a deliberar en este nivel recuerda el dispositivo de los gobernadores elegidos y de los congresos particulares a cada uno de los estados federados estadunidenses. El *putsch* de 1991 decidió de otra manera: estas elecciones prefiguran los regímenes presidenciales que conservó cada una de las repúblicas al declararse independiente de Rusia (núm. 34). Por el contrario, el ejemplo indio parece haber inspirado el dispositivo que permite, al presidente, declarar el estado de emergencia en tal república o región autónoma y poner de esta manera fuera de circuito a las autoridades locales.

El estado de emergencia aplicable a todo el país y los poderes especiales que otorga al presidente se inspiran, según ellos, en la constitución francesa, así como la designación, por parte del presidente, de un primer ministro llamado a servirle de fusible, en caso de tensiones excesivas con el Congreso o con el Soviet Supremo. Francia, todavía, pero quizá también México —con su *Partido Revolucionario Institucional* más que semiprotegido de las competencias políticas— podrían asimismo servir de referencia al Partido Comunista de la URSS, si sobreviviera en diversos partidos presidenciales, tras haber perdido su monopolio.

Los debates constitucionales hechos de prisa en 1988 casi no aclaran las potencialidades de este ambiguo presidencialismo, sobre todo porque fueron dirigidos por parlamentarios sin experiencia, en una institución en pleno rodaje. Los retoques de 1990 son aún más equívocos, pues se improvisaron para tratar de responder a los desajustes de una economía cuya reforma se estanca y a los impulsos centrífugos de repúblicas ya atraídas por la autonomía más extrema, si no es que por una independencia completa. En septiembre de 1990, el presidente Gorbachov obtuvo, por la fuerza, poderes especiales para acelerar la reforma de la propiedad y de la organización económica y despachar las cuestiones presupuestarias y financieras. Dos años después, sólo en Rusia, el presidente Eltsine tuvo que proceder de la misma manera, y después recurrir a un referendo, con la esperanza de modificar por fin la organización de Estado, de hacer eficaces las reformas de la economía y de estabilizar la Comunidad de Estados procedente de la URSS. Sin embargo se dudará que estas disposiciones improvisadas puedan estabilizar la constitución y las instituciones republicanas y federales —o confederales— antes de largos años. Sólo una reorganización eficaz de la economía y una renovación de las relaciones entre las repúblicas podrán asentar una codificación, duradera y aplicable, de los poderes estatales. Las leyes y decretos de 1988 a 1993 no fijan nada. La URSS está en obra.

Hay que decir lo mismo de sus fuerzas políticas organizadas. Las etiquetas con las que se pudieron adornar los parlamentarios de la URSS y de las repúblicas son todas inexactas. Desde luego, los *radicales* están ávidos de innovaciones, pero la democracia que buscan por deseo está concebida como un dispositivo institucional y no como un justo equilibrio entre el Estado y una sociedad civil cada vez más sólida. Los *conservadores* no siempre cometen un error al desconfiar de las novedades: sobre todo, vale la pena mirar dos veces las del mercado y de la libre empresa. Los *nacionalistas* de las diversas repúblicas están lejos de ser apóstoles puros de la descolonización de los pueblos todavía avasallados, cuando las élites de las nacionalidades periféricas, a menudo comprometidas en brillantes carreras pansoviéticas, son inutilizables para ir en contra, *en el país*, de direcciones locales de una ley con frecuencia dudosa. Algunas veces, el abanico derecha-izquierda queda por construir.

Aun si perdura como partido de algunos presidentes, el Partido Comunista, expuesto a una creciente competencia por parte de otras organizaciones políticas, perdió muchos de sus atributos. La primera clase afectada es la de los reinantes, es decir de los elegidos, de los gobernantes y de los dirigentes militares y civiles de alto rango, que tienen autoridad en el aparato del Estado. El partido que proveía antaño todos estos puestos no perdió instantáneamente esta capacidad, pero, debido a la creciente función de los procedimientos electivos —y algunas veces, de las intervenciones militares— hay que esperar un reforzamiento de las filiales tecnocráticas de las escuelas y de cuerpos, de las complicidades milicianas y de los juegos de influencia en los que los jóvenes partidos rivales o herederos del ex partido comunista tendrán de seguro un lugar. En el cruce del pluralismo político, de las tecnocracias especializadas y del favor presidencial, la clase de los reinantes va a confirmar el impulso hacia más autonomía de la que adquirió desde los inicios de la *perestroika*.

Esta evolución al principio iniciada en la cabeza de los soviets municipales —empezando por Moscú y Leningrado— ganará terreno en el inmenso cuerpo casi-prefectoral que forman, en todos los niveles de la organización político-administrativa, los primeros secretarios y sus adjuntos inmediatos. Sin importar la inercia de las situaciones adquiridas y la variedad pronto impuesta por la diferenciación de las repúblicas y de las regiones autónomas, sin duda bastará un decenio para someter a estos prefectos y a sus sucesores a los presidentes de las repúblicas herederas de la URSS o, en caso de una evolución más democrática, a los gobiernos elegidos de las diversas repúblicas. Pero, a lo largo de esta transición y todavía por mucho tiempo, la herencia administrativa e ideológica de la época comunista continuará pesando sobre este cuerpo esencial, hasta que haya aprendido a gobernar de otra manera.

La descentralización de los poderes acumulados por los ministerios será aún más radical. De 1987 a 1990, se suprimieron 152 ministerios y agencias autónomas en las repúblicas y 156 en las regiones autónomas, paralelamente a la concentración de algunas decenas de ministerios federales. Pero estos recortes, que afectaron a 600 000 funcionarios, no modificaron en lo absoluto la importancia global del aparato del Estado. Sucederá de otra manera cuando se descentralicen efectivamente las competencias estatales, sobre todo hacia las empresas que se volverán autónomas o privadas.

Los ministerios con vocación militar y los estados mayores experimentarán un reflujo menor que el de los ministerios dirigentes de la economía. Desde luego, los 4.5 millones de hombres incorporados por el ejército en 1990 —de los cuales dos terceras partes son reclutas— descenderán por debajo de los niveles autorizados por las reducciones acordadas en Viena, en 1990. Son probables una reducción masiva del número de los generales y de otros oficiales superiores y una disminución global que afecte por lo menos a dos millones de hombres, salvo que se acentúen por el desarrollo eventual de un ejército profesional de alta tecnicidad. Pero, a juzgar por los rechinamientos ya perceptibles, esta reconversión estará expuesta a múltiples reticencias que la harán más lenta, ya que se habrán de efectuar delicados arbitrios entre lo nuclear, lo espacial, las nuevas armas, las fuerzas de mantenimiento del orden interno y los ramos más clásicos del aparato militar, todo en una URSS en vías de descomposición, donde el reparto de los ejércitos y de sus armamentos es una de las principales manzanas de la discordia. La evolución será igual de difícil en la URSS que en Estados Unidos: el íntimo vínculo entre los estados mayores y las industrias de armamento se enfrentará a resistencias. La desaparición de las células del partido en el ejército y del cuerpo de los comisarios políticos, las reticencias que enfrenta en lo sucesivo el reclutamiento, sobre todo en las repúblicas periféricas, y los disturbios del encuadramiento ante las misiones del orden público que se vuelven frecuentes, son factores de alcance más ambiguo, así como las emociones políticas –reales o supuestas– del alto mando o de diversas unidades especializadas.

En una URSS perdurablemente comprometida con una transformación radical, pero de orientación incierta, el ejército no puede ser considerado como un cuerpo homogéneo, ni como una fuerza precisamente disciplinada. Se vuelve un componente, quizá heteróclito, de un dispositivo político en plena evolución. Entonces se puede esperar que sea objeto de cuidados siempre más atentos, en regímenes presidenciales de los que es uno de los raros pilares todavía sólidos. Pero no se debe dar a esta fuerza –o más bien a este complejo de fuerzas– un valor particularmente conservador. El análisis de los votos emitidos por los parlamentarios de extracción militar, desde 1987, muestra que alrededor del 80% de los generales-diputados votaron en favor de los conservadores, cuando la proporción es casi exactamente inversa para los numerosos oficiales de rango inferior que se volvieron parlamentarios.

Los gobernantes y los oficiales y cuadros superiores que disminuyen su autoridad, incluyen a lo más a 5% de los asalariados del aparato del Estado. El 95% restante forma la amplia clase de detentores y su jerarquía de pequeños y medianos empleados, todos elementos de quienes el reclutamiento mezcla en dosis variables los títulos, las recomendaciones y los concursos, bajo la vigilancia de un partido cuya atención disminuye con el rango jerárquico. Para esta masa, el deslizamiento del poder, del partido hacia el Estado, tendrá al principio un débil alcance práctico, salvo en las repúblicas y regiones a donde llegará una política nacionalista de selección para discriminar los reclutamientos o los despidos. A estos tropismos, podrían agregarse, también, los efectos de una autonomía más ampliamente aceptada en las universidades, hospitales, liceos y demás establecimientos especializados. Pero la principal innovación se originará, por costumbre, en el reforzamiento de los corporativismos burocráticos y en el surgimiento de un sindicalismo independiente. Las primeras huelgas de funcionarios harán sin duda escándalo, pero en una sociedad en la que los tenedores, aún los más calificados, suelen estar mal pagados, su eclosión es probable. Los ex estados soviéticos del primer siglo XXI tendrán que acostumbrarse a las reivindicaciones de sus agentes, pues ésta es la suerte de todos los estados en los que la burocracia es abundante y la democracia está demasiado refrenada. En todo caso, a semejanza de Estados Unidos, estos conflictos podrían fragmentarse entre las repúblicas, las regiones y las grandes ciudades, según el juego de las independencias y de las descentralizaciones administrativas.

La separación entre el Estado y el partido fue pronunciada por un decreto presidencial de octubre de 1990 que consagra el pluralismo político y la igualdad de los partidos. Fue confirmada por la disolución del PCUS sancionando el *putsch* de agosto de 1991, pero habrá que dudar de que un decreto baste para desanudar la inmensa red de solidaridades y de costumbres con las que se entretejió este partido. El control ejercido por el PCUS sobre los ejércitos, las administraciones, las colectividades territoriales y los medios de comunicación ya no es un monopolio y se relaja, de hecho, tanto más claramente cuanto que las repúblicas o las ciudades se afirman como centros de decisión. La distribución de los activos, inmobiliarios y demás, utilizados por el PCUS, es reivindicada por varios lados y se hace efectiva por medio de ciertos poderes locales, pero, un poco por todas partes, múltiples equipos comunistas se conservan casi tan poderosos como antaño.

De todas maneras se dio un paso: el partido-Estado perdió su monopolio y su originalidad, si no es que todos sus poderes y todas sus influencias en el aparato del Estado. La separación del Estado y del partido es una verdadera laicización. Recuerda a ciertas separaciones entre estados e iglesias relacionadas con cada uno de ellos: es un trastorno ideológico tanto como político.

Se necesitará tiempo para que la separación del Estado y del partido produzca sus efectos, de tal manera que un bloqueo o un reflujo político que sobreviniera antes de finales del siglo XX, podría suspender o desviar las transformaciones en curso. Pero de un año al otro, la regresión hacia un partido-Estado conforme al modelo de los primeros años de 1980, se volverá cada vez más difícil, aun en las repúblicas periféricas en donde, como en Kazajstán, la persistencia de los antiguos equipos es particularmente marcada. Sin embargo, en la mayoría de los casos, si es oportuno, la nueva helada política tendrá que recurrir a otros medios además de la restauración del partido en sus anteriores funciones. Las ambigüedades del sistema presidencial podrían revelarse valiosas para este fin, sin que haya necesariamente que recurrir a alguna dictadura militar para suplir el antiguo partido. Las sociedades militares-nacionalistas ofrecen una gama de variantes en donde el parlamento no está reducido a la nada, ni la alta administración y el mando de los ejércitos están obligados a abastecerse de un partido único o del cuerpo de los oficiales. A diversos títulos, el Egipto de Nasser, el Irán de Jomeini, la Indonesia de Suharto y múltiples regímenes latinoamericanos de los años cuarenta a ochenta, pueden prefigurar una evolución como ésta.

Por lo demás, la reorganización política de la URSS no puede reducirse a las transformaciones que se volvieron visibles en la escena política, pues el presidente, los ministros, los parlamentarios, los altos funcionarios y los demás reinantes, aunque sean *aquellos por quienes* se ejerce el poder de Estado, no son aquellos *para quien* se ejerce, aun si recogen las prebendas y los honores. Las clases reinantes son la parte visible de las clases dominantes, no el grueso de sus tropas.

33. LA PROPIEDAD DESESTATIZADA

La economía soviética se estanca desde el inicio de la *perestroika*. Las reformas destinadas a dinamizarla son objeto de vivas discusiones, nada confidenciales, pero las decisiones tardan en ser tomadas y, más aún, en ser aplicadas. El abastecimiento de la población sigue siendo defectuoso. Los productos de primera necesidad faltan, su racionamiento, antaño ocasional, se vuelve sistemático en múltiples ciudades, incluyendo a Leningrado y Moscú. La separación se dio primero entre una demanda que la *glasnost* estimulaba por medio del espectáculo televisivo de la rica Europa y una oferta tradicionalmente poco diversificada y que se volvía cada vez más irregular por el abandono, pronto acelerado, de una planificación centralizada sin relevo asegurado. Los ingresos, algunas veces incrementados para calmar un conflicto local, alimentaron un ahorro durante un tiempo sobreabundante, a falta de encontrar en qué emplearlo. Esta situación se agravó durante muchos años en espera de las reformas prometidas, pero incesantemente postergadas. Los sucesivos primeros ministros, antes de la evicción de Gorbachov en 1991, no supieron, ni siquiera más que este último, elegir e imponer una política económica clara y coherente. Después de 1992, los nuevos primeros ministros, bajo la presidencia de Eltsine empezaron a actuar, pero de manera desordenada, mientras se generalizaba el desorden económico y el desorden político incrementaba las dificultades. La liberación de una gran parte de los precios —sin coordinación con las repúblicas no rusas— borró los ahorros y empobreció a la mayor parte de la población, pero sin proporcionar el impulso productivo anunciado. Es cierto que los dirigentes rusos, asustados, quizá, por los efectos drásticos de la liberalización efectuada en Polonia a partir de 1991 e incapaces, desde luego, de imponer una rápida ordenación de las grandes empresas del Estado y una reducción masiva de su mano de obra, rica en desempleados disfrazados, casi anularon los efectos esperados del movimiento de los precios, por una distribución generosa de créditos presupuestarios y bancarios que permitieron a las empresas (y a las administraciones) sobrevivir inalteradas a costa de una inflación creciente, de una dilución de las reservas de divisas y de un gran desorden en los intercambios entre las repúblicas ahora independientes y las regiones más autónomas que antes. Por lo demás, la comparación con Polonia tiene poco alcance.

La ex URSS tiene numerosas zonas industriales por renovar, que son tan arcaicas como los astilleros de Gdansk y tan contaminantes como las acerías silesianas. Su agricultura es tan poco productiva como la polaca, no por defecto, sino por exceso de colectivización. Sobre todo tiene que reformar una estructura que creó por sí misma, sin intromisión extranjera, y su gestión no se ve influida por una Iglesia reaccionaria, ni por una poderosa confederación sindical. Por último, sus riquezas naturales y su crédito internacional le dejan un margen de maniobra que la reforma del comercio exterior, decidida en 1988, no redujo demasiado: las empresas pueden exportar más libremente al mercado mundial y emplear, a su antojo, una parte de las divisas obtenidas de esta manera, pero la calidad de sus productos y la incertidumbre de sus precios de costo, aunados a su inexperiencia comercial, casi no les permiten hacer uso de esta libertad, aun si más o menos abusan de ella con fines privados o especulativos.

La deuda exterior de la URSS que era cercana a 62 mil millones de dólares a fines de 1990, va a aumentar durante algunos años, para flexibilizar el abastecimiento, luego para renovar la industria. Sólo la ayuda internacional masiva o un incremento sensible en las ventas de oro y de petróleo —muy probable— podrán atenuar este deslizamiento. La ayuda varias veces prometida por la CEE, luego por el G7 tarda en concretarse, aparte de algunas ayudas directamente proporcionadas por Alemania, para facilitar la retirada de las tropas rusas instaladas en la RDA. En efecto, la URSS se adapta mal y lentamente a los criterios del ajuste estructural buscado por el FMI (núm. 24), pero pesa demasiado para que el FMI pueda obligarla como a cualquier república sudamericana: de ahí los largos tratos, los compromisos mediocres y los demasiado cortos riachuelos de ayuda. La situación cambiará a este respecto, cuando la URSS haya elegido una estrategia de reforma clara o cuando la Europa comunitaria —si no es que Estados Unidos y Japón— haya comprendido que un esfuerzo masivo de redespliegue y de desarrollo de los principales países de la ex URSS podría sacar a la propia Europa de la crisis recurrente en la que se estanca desde 1975 (núm. 25).

Sin embargo, la principal vulnerabilidad de las repúblicas antaño soviéticas no depende de su balanza de pagos. Una economía en la que los 55 ministerios federales y los algo así como 500 ministerios republicanos, todavía en funciones, eligen a los clientes y a los proveedores de las empresas para el 90% de sus entregas, no puede progresar ni aun funcionar, si no aligera este dispositivo. La reducción de las entregas obligatorias, la apertura de las bolsas mercantiles y los edictos políticos incitando a las compañías a formar una clientela directa corrigen mal esta situación y acarrean diversos efectos perversos que, de hecho, son la espuma del mercado, pero que adquieren, aquí, una amplitud peligrosa: fraudes, desfalcos de fondos, acaparamiento privado de activos públicos, etc. Asimismo son indispensables reformas detalladas para aclarar las relaciones financieras entre las compañías y el Estado a fin de separar los impuestos, las cotizaciones sociales y los resultados aferentes a las propiedades estatales. La frontera entre las finanzas públicas y las cuentas de las empresas de todo tamaño se ve aún más comprometida por las subvenciones presupuestarias que aseguran la supervivencia de miles de empresas industriales y por las misiones adventicias de las que se ocupan muchas empresas: una parte de sus efectivos disfraza un desempleo que financian por lo tanto a ciegas; una parte de sus fondos sociales contribuye con funciones que, de hecho, competen al *welfare* o a las colectividades locales, incluso del mercado: seguros sociales, subsidios familiares, jubilaciones, vacaciones, habitación, salud, etcétera.

Los criterios de la eficacia económica se disciernen mal en la escala de las empresas en las que hay que hacer todo, que no pueden corregir las conminaciones ministeriales más que por medio de disimulos. La situación no es mejor en el nivel de las comunas y regiones en donde estas compañías se activan sin tener que rendir cuenta a las autoridades locales. Los ministerios acaban por perderse solos, en la neblina de dudosas informaciones que provienen de las empresas y en el pantano de las circulares que emiten en abundancia. Mientras más se diversifica, más titubea la economía, hasta ya no saber medir su producción.

Más allá de todas las prudencias coyunturales, el dilema es claro ya desde hace años: la reforma o la decadencia. Pero la reforma pone en juego poderosos intereses: los de los ministerios centrales y republicanos cuyas competencias, los efectivos y, a menudo, la propia existencia, se cuestionan en lo sucesivo; los de los directores y cuadros superiores de las actuales empresas cuya carrera está en juego y de los cuales el remplazamiento dependerá de filiales diferentes de las del partido; los de los pequeños cuadros y empleados, incrustados en las empresas para dirigir las obras sociales, y servir de milicia obrera o alimentar los flujos de papeleo hacia los órganos centrales de dirección. A lo que se agregan, fuera de la industria, los cuadros de sovjoces y koljoces, esos campesinos con las manos blancas, cuya agricultura podría ser eximida o agenciar de otra manera el efectivo y el empleo; también los de la distribución y del comercio intermediarios que tienden a privatizarse de autoridad y que redescubren todos los recursos del capital mercantil, en situación de penuria, de monopolio o de etapa impuesta (núm. 5).

En el nivel más bajo, la masa de obreros de la industria se verá también afectada, no por llamadas a la disciplina y a la sobriedad, sino por la reducción de los sobreefectivos —que se cuentan por millones, en toda la ex URSS—, por la ampliación del abanico de los salarios y por el posible incremento de la intensidad del trabajo. La indecisión en cuanto a las reformas económicas que deben operar encuentra, aquí, su razón principal: todas las clases sociales van a ser trastornadas poco o mucho.

Las reformas decididas de 1987 a 1993 evitaron este importante obstáculo, pero, por ello, sólo tuvieron un alcance limitado. La llamada de los capitales extranjeros, con vistas a constituir sociedades que mezclaran estos capitales a recursos soviéticos fue varias veces renovada. La esperanza era que las *multinacionales* apostarían sobre las perspectivas del mercado soviético y que acudirían con sus métodos de dirección, sus sofisticadas tecnologías y su conocimiento del mercado mundial. De hecho, la oleada se mantuvo modesta aparte del sector petrolero. En tres años, se proyectaron un millar de sociedades mixtas, pero sólo algunos cientos fueron objeto de inversiones efectivas. Si se aceptan ciertos grupos reincidentes, como *Fiat* que fabrica automóviles en la URSS desde hace varios decenios, estas sociedades mixtas tienen objetivos menores o emanan de *multinacionales* de poca importancia. Ni *Quelle*, ni *McDonald's* modernizarán radicalmente la economía soviética.

Las reticencias resultan, en parte, de las indecisiones estadunidenses que retrasan la flexibilidad de las reglas de Cocom (núm. 21) y frenan, por ello, la llegada de las *multinacionales* de las telecomunicaciones y de otros ramos de alta tecnología. Pero el principal obstáculo depende de la propia ex URSS. Su situación interior suscita inquietudes políticas temporales e inquietudes económicas quizá más duraderas. Si el rublo se vuelve convertible las reticencias se atenuarán, pues el pago de las importaciones y la transferencia de los dividendos ya no dependerán de los pesados mecanismos de la compensación o del trueque. Si, además, se autoriza plenamente la existencia de empresas 100% extranjeras y se libera la transferencia de capitales, a la entrada como a la salida de la URSS, las *multinacionales* afluirán más gustosas. Todos los demás obstáculos a la actividad de las sociedades —calidad de los suministros y de los transportes, incertidumbres fiscales, etc.— son de los que la ley o la costumbre pueden fácilmente superar, cuando se asegura el orden público y cuando la coyuntura económica no es demasiado aleatoria.

La convertibilidad del rublo es de alcance más difícil. Salvo si recibe el respaldo de un fondo de estabilización del rublo generosamente suministrado por el FMI y los principales países ricos —respaldo prometido desde 1992, pero que tarda en concretarse—, Rusia no podrá decidirse más que en el momento en que haya asegurado su posición y las perspectivas de su balanza de pagos, después de haberse comprometido más abiertamente en el juego internacional de los intercambios, lo que supone que haya logrado más que a medias la reestructuración general de su economía o que haya decidido —a *la polaca* o de otra manera— arriesgar la convertibilidad para acelerar su reestructuración.

La convertibilidad no implica una completa libertad de las transferencias de capitales, ni siquiera la libertad de las inversiones de capitales extranjeros: la Francia gaulista siempre rechazó esta última y la primera no fue restablecida más que bajo el gobierno de Mitterrand. Rusia puede, también, rechazar perdurablemente estas reformas que la harían porosa a los movimientos internacionales de capitales, sin privarse, por ello, de una mayor participación en los intercambios internacionales, ni de una adherencia al GATT y al FMI. Es probable que difiera largamente la libre transferibilidad de los capitales, salvo si la privatización rápida y general de sus empresas llega a ser su objetivo prioritario, en cuyo caso le sería indispensable una afluencia masiva de capitales extranjeros.

Una solución menos extrema, si no es que más halagadora, sería desarrollar en la URSS amplias actividades de subtratamiento que valoricen a sus materias primas y a sus trabajadores sobreabundantes, en beneficio de las *multinacionales* interesadas en diversas categorías de semiproductos. Una orientación como ésta que haría de ella una especie de inmenso *Taiwán-sobre-minerales* es precisamente la que se esboza, en tres o cuatro de las repúblicas de Asia central, para la búsqueda y la producción de petróleo y de gas.

Reducidas a lo esencial, estas diversas orientaciones internacionales permiten localizar dos umbrales decisivos: el de la convertibilidad del rublo y, más allá de las transferencias internacionales de capitales, el de la privatización de las empresas soviéticas.

El umbral de la privatización está por ser concebido, sin dejarse detener por los balbuceos de 1988-1993 sobre las formas de propiedad en la URSS. La propiedad privada de una *dacha* o de otros bienes de uso común no importa nada, aquí, ni la propiedad cooperativa de estos mismos bienes —aún si la cesión de una gran parte del patrimonio inmobiliario urbano podría favorecer al equilibrio del presupuesto.

Las cooperativas productoras de mercancías y de servicios ya no estarían en discusión si no fuera por los malentendidos, voluntarios o no, que su desarrollo provoca en la URSS. En principio, estas cooperativas se apoyan en una propiedad colectiva de los medios de producción —la de los trabajadores que los operan— pero basta autorizar el empleo de puros asalariados, aun escogidos en la familia de los cooperadores, para que, de laxismo en sospecha, las cooperativas aparezcan como sociedades capitalistas disfrazadas. El propio gobierno refuerza esta sospecha cuando pone en circulación proyectos en los que la cooperativa designa, por eufemismo, la sociedad anónima.

Lo cierto es que una parte de las nuevas cooperativas se convertirá en empresas privadas, dependiendo de un dueño individual, de una sociedad anónima o de otra forma de sociedad, a medida que estos instrumentos jurídicos dejen de ser considerados sospechosos. La maduración de un derecho comercial, fuertemente inspirado en modelos europeos, es ineludible, pero tarda en llegar. Las variaciones sobre los temas de la renta-venta y de la enfiteusis, a los que el gobierno soviético se dedicó después de 1985, para flexibilizar su agricultura o para reorganizar sus fábricas deficitarias y las acrobacias jurídico-diplomáticas que permiten el establecimiento de sociedades mixtas, son de hoy en adelante insuficientes, en tanto que queda por llevarse a cabo la radicalización de las reformas económicas.

Sólo la agricultura podría prescindir perdurablemente de estos instrumentos jurídicos, si las autoridades republicanas, regionales y locales se decidieran a multiplicar los arrendamientos de larga duración, debidamente transmisibles, sobre las tierras de los koljoces y, quizá, de los sovjoces. En China, este viraje fue tomado con éxito, a partir de 1976 (núm. 20). En la URSS, Gorbachov todavía no había logrado eliminar las oposiciones a una reforma similar, cuando sucedió la separación del Estado y del partido, en 1991. Pero esto no bastó para vencer las resistencias de múltiples autoridades de rango intrafederal. Se necesitará todavía mucho tiempo, antes de que los esfuerzos, más o menos conjugados, de las repúblicas reduzcan los obstáculos erigidos por los cuadros de los koljoces y de los pueblos y las redes de la distribución y de la administración que obtienen del sistema koljociano su razón de ser.

Los resultados serán más rápidos en los demás sectores de la pequeña producción mercantil donde las fórmulas cooperativas convienen a la artesanía, o al comercio al menudeo y a las producciones ideológicas. El comercio, en efecto, depende de la regularidad de los suministros industriales y agrícolas, por consiguiente de las redes del comercio al mayoreo. Las producciones ideológicas —es decir la libre actividad de las impresoras y de los estudios, de los espectáculos y de los deportes, de los juegos y de las distracciones, de las galerías y de las librerías, etc.— también pueden llevarse a cabo en gran parte, a escala de la artesanía y de la pequeña industria. Pero su expansión, como la del comercio, supondrá que caigan las prevenciones de una sociedad en la que, desde los años veinte, el comercio se asimila a la especulación y la libre circulación de las ideas casi siempre ha sido considerada con suspicacia.

Al abrirse más al mercado mundial, favoreciendo la llegada de capitales extranjeros y deseando la expansión de la pequeña producción mercantil de los campos y de las ciudades, las repúblicas herederas de la URSS multiplican las probabilidades de un capitalismo cuyo impulso se afirmará con el perfeccionamiento del derecho comercial, la diversificación de los bancos, la especialización de la fiscalidad, la creación de casas de bolsa, pero también con la creación de cajas de desempleo y de seguridad social —función a la que podrían pretender los sindicatos. En todo caso, la amplitud del capitalismo establecido de esta manera será muy diferente, según la privatización, parcial o no, del amplio sector estatal de la economía llegue a aunarse a las creaciones de empresas extranjeras, mixtas o indígenas.

En toda hipótesis se debe esperar un proceso de larga duración, pues la ex URSS posee varias regiones cuya reconversión requerirá tantos cuidados estatales como la de las primeras grandes zonas industrializadas de Gran Bretaña, Francia o Bélgica: en efecto, por querer demasiado "alcanzar a Inglaterra", la URSS staliniana se equipó con una industria que la evolución tecnológica transformó rápido en arcaica. Como además la ley de 1990 que repartió las propiedades estatales entre la URSS y sus repúblicas, confió a estas últimas el pleno dominio del suelo y de los recursos naturales, la eventual privatización de las minas dependerá de ellas, así como las dimensiones máximas de las tierras otorgadas en arrendamiento o los ritmos de la reforma de los koljoces. A partir de ese momento, se puede pensar que las repúblicas y regiones autónomas pesaran también cada vez más en la evolución de las empresas ubicadas en su territorio, ya sea que se trate de privatizarlas o de reorganizarlas de otra manera.

Los principales frenos a la privatización de las empresas estatales, dependen de las resistencias ancladas en el aparato del partido comunista —oficialmente disuelto pero del que sobreviven múltiples fragmentos (núm. 30)— y en los ministerios federales y republicanos, como en las mentalidades populares; del poco apetito que pueden suscitar las vetustas fábricas; de las incertidumbres, ya observadas, sobre el derecho, la fiscalidad, etc.; de la rigidez del rublo inconvertible y del control de los movimientos de capitales; y, por último, de la inexperiencia de los bancos y de los ahorradores, suponiendo que estos últimos tengan ganas de desviar sus ahorros de los bienes de consumo duraderos que esperan. Sin importar cuál sea la voluntad política de quitar estos obstáculos, se necesitará tiempo, salvo que haya una desbandada catastrófica. Mientras tanto, se pueden eventualmente esbozar varias otras innovaciones en el entrechoque de los intereses opuestos y mediante los zigzags de una dirección política tanto más flexible cuanto que es incierta. Estas innovaciones, con probabilidades desiguales, pueden provenir del suplemento de eficacia que la modernización de los equipos públicos repartirá en forma desigual; de los estímulos que las empresas todavía estatales obtendrán eventualmente de una fiscalidad más clara, de una reducción de sus cargas salariales en favor de las necesidades de su producción, de una mayor libertad de acción, en materia de precios, de inversiones, de gama de productos y de estrategia comercial o de un aparato bancario más inventivo; en resumen, de una descentralización radical del funcionamiento económico.

En efecto, la privatización o la renovación de las empresas estatales requieren un tronco común de reformas cuyos lineamientos acaban de ser trazados. Decir si este tronco común dará más ramas privadas que las ramas aún públicas, es apostar sobre la resultante a diez, veinte o treinta años, de las presiones internas e internacionales a las que las repúblicas ex soviéticas estarán sometidas; luego, a medida que se afirme su pluralismo político y que adquiera consistencia su sector desestatizado sobre las nuevas orientaciones políticas que surgirán de sociedades que evolucionen de este modo. Considerada a partir de los años de 1990, esta apuesta conduce a una probable preponderancia del mercado, de la empresa privada y de los demás atributos del capitalismo. Pero estas repúblicas no tienen ninguna experiencia de las *multinacionales* ni de otros efectos del capitalismo monopolista (núm. 28), ni ninguna costumbre de los efectos inmediatos de la acumulación del capital por los propios ciudadanos. Entonces, es posible esperar espasmos múltiples y quizá bloqueos.

Si sólo nos atenemos a los rendimientos económicos, se puede hasta temer que la agricultura tarde en llegar a ser eficaz —y que deje perder bellas cosechas, como la de 1990; que las capacidades de importación y de endeudamiento se dilapiden en productos de consumo y en fugas de capitales; que las indecisiones políticas difieran o quiten la gracia hasta a las reformas más pertinentes; en resumen que estos países se empantanen en atolladeros que, ya, se han hecho más profundos a lo largo de los años ochenta.

Pero, con o sin catástrofes o nuevos helamientos, la ex URSS inició una modificación radical de su estructura social. De aquí al 2000 y, más aún, durante los primeros decenios del siglo XXI, va a dar cuerpo a una burguesía capitalista, quizá extendida hasta las cimas de grupos monopolistas; se va a adornar con clases medias que la pequeña producción mercantil produce en abundancia, hasta lo profundo de los campos; se va a jaspear con todas las jerarquías de cuadros por medio de las cuales la propiedad detalla su poder. Naturalmente muchos de los ciudadanos que ocuparán estas posiciones sociales, en 2000 o 2020, provendrán de las filas del antiguo partido comunista, de las administraciones y de las empresas anteriores a la reforma. Sin embargo, estos cuantos decenios verán desplazarse a las clases dominantes, del partido en donde se habían federado hasta 1989-1990, hacia otros anclajes de los cuales el principal resultará de la apropiación privada de los medios de producción. De esta manera, la singularidad del partido soviético acabará por desvanecerse. Ayer, hilera de selección de los gobernantes, tuvo que abandonar esta función a los presidentes de los estados y a elecciones que se vuelven pluralistas. Ayer, hilera de selección de los dirigentes operacionales de la economía, tendrá que ceder por lo menos una parte de esta función a los directores, a cuadros y a otras clases de enraizamiento más burgués. Evidentemente, no se llevará a cabo sin vivas luchas de clases en el seno del partido parcialmente sobreviviente y de su entorno, en los parlamentos y demás soviets, como en los medios de comunicación o en las plazas públicas.

El dominio soviético termina, el partido que lo aseguraba está en crisis, las clases gobernantes y dominantes que este partido federaba se dispersan, antes de ser relevadas. Pero el relevo dependerá, en gran medida, del momento y del orden en el que se cruzarán los diversos umbrales de la reforma económica, es decir: el umbral de la convertibilidad del rublo y el de la apertura a los capitales extranjeros; el umbral de la privatización, parcial o general, de las empresas estatales; por último, el umbral de las reformas que den a las empresas no privatizadas otras formas de propiedad social que la del Estado, y otras formas de gestión, bastante descentralizadas para que puedan ser productoras en el mercado.

Entre todas las posibles combinaciones, se puede separar aquella en que, de indecisiones en retrocesos, la ex URSS agravaría su situación económica, pues esta eventualidad no puede ser más que transitoria: difiere el deslizamiento hacia el capitalismo, pero lo hace más probable a largo plazo. Es un rodeo, no una salida. Con esta reserva, la principal bifurcación atañe al grado de privatización del sector estatal. Si esta privatización es general, salvo los retrasos requeridos por las reconversiones de los equipos más obsoletos, y si se acompaña, como se debe, por una rápida convertibilidad del rublo, y después por una suspensión de todos los obstáculos a los movimientos internacionales de capitales, la ex URSS se convertirá en nuevas provincias del mercado mundial capitalista, en una nueva zona de expansión de las *multinacionales*, en nuevas formaciones económicas de tipo capitalista monopolista, en donde Rusia aventajará a la India, a México o a Brasil en el orden de la concentración capitalista, debido a su herencia industrial.

La otra vía principal no excluye el capitalismo, indígena o importado, pero supone que, por una limitación, prudente u obligada, de las privatizaciones, por un control mantenido de las inversiones extranjeras y de los capitales flotantes y por una renovación no demasiado torpe del actual sector público, algunas de las repúblicas originadas en la URSS mantendrán una economía mixta, quizá abierta, consecutivamente, a algunas innovaciones socialistas de mejor calidad que las de los años 1930-1970. Sin prejuzgar una historia venidera no escrita en ningún lado, se debe temer que la segunda variante tenga pocas probabilidades de llevarse a cabo en alguna de las repúblicas antaño soviéticas: ni en las repúblicas periféricas a las que su nacionalismo o su relativo subdesarrollo alejarán de nuevas experiencias semisocialistas; ni en la propia Rusia, en tanto que frecuentemente han sido tan desalentadoras la vida cotidiana, la experiencia política y la vida cultural de los años de 1925-1985. En la escala del socialismo internacional, la Rusia de esos años hizo prueba sobre todo de'un fuerte *nuisance value* —o capacidad de dañar—, no obstante los entusiasmos que suscitó en ciertos periodos o en ciertos sectores de la opinión pública. A esa misma escala, es de temerse que este *nuisance value* se prolongue todavía algunos decenios, en la medida en que las probabilidades de una renovación propiamente socialista se conserven inexplotadas bajo los escombros del socialismo estatal de factura staliniana.

11

EL PORVENIR DE RUSIA Y DE CHINA
(De 1990 a 2100)

34. EL REFLUJO HACIA RUSIA

No contento con federar a las clases gobernantes y dominantes de
la URSS, el partido soviético también deseaba ser federador de los
pueblos reunidos bajo su égida y el pivote de una alianza internacional de las clases federadas por los demás partidos-estados de tipo
soviético —por lo menos por los que no se habían emancipado de
su tutela (núm. 20). Por estas dos razones, la URSS retrocede hacia
su núcleo ruso, en tanto que los aislamientos estatal-socialistas,
infieles a Moscú, experimentan por resonancia una crisis análoga
a la que estremece al PCUS.

De todas las clases moldeadas en un partido-Estado, inspirado
en el modelo soviético, las más vulnerables son aquellas cuya
formación y supervivencia fueron aseguradas por el ejército soviético. Es lo que sucede con la RDA, sentada sobre un tramo de la
nación alemana, con Polonia, con Rumania y Hungría y también
con Checoslovaquia —que se orientó por sí misma hacia el socialismo de Estado, pero fue obligada, en 1968, a mantenerse. El caso
de Bulgaria es un poco diferente, pues el régimen impuesto en 1945
pudo fundamentarse en una sólida tradición rusófila.

Los partidos formados por una revolución o una guerra autónomas se revelaron más sólidos, en Yugoslavia y en Albania, como en
Cuba y Vietnam. El alejamiento de la URSS los obligó a echar raíces
más profundas. Sin embargo, Yugoslavia mezcla a una crisis económica *a la polaca*, una serie de tensiones nacionalistas más graves que
las de la URSS, pues todos los pueblos son minoritarios en ese país;
Vietnam busca a tientas una reactivación económica *a la china*;
Cuba se crispa, como un frágil conservatorio de las verdades
estatal-socialistas; y Albania, metida en este último papel desde hace
varios decenios, acaba por desprenderse a costa de una transición
tumultuosa. Pero esta imagen de 1993 fija una situación que se ha

vuelto fluida y que se desenredará diversamente, según el entorno regional de cada uno de estos países.

Lo mismo sucede con Corea del Norte en donde un partido de estilo antiguo permite que su secretario general se convierta en dinasta y en Mongolia en donde, por el contrario, una *perestroika a la búlgara* ofrece a los lejanos herederos de Gengis Khan —rehabilitado para esa ocasión— un pluralismo político, caballerosamente improvisado.

En todo caso, estos dos países inscritos en los confines de la URSS y de China, evolucionan bajo las miradas celosas de vecinos menos rápidos que antaño para la injerencia, pero cuya indiferencia queda por demostrarse.

A decir verdad, la URSS de finales del siglo XX ya no se preocupa por su antiguo glacís europeo o por sus confines de Extremo Oriente. Está totalmente absorbida por las crisis que amenazan a su integridad territorial, a sus fronteras interiores y a su organización plurinacional.

En los países bálticos en los que la Hansa, las órdenes militares-religiosas de las cruzadas germánicas y los ejércitos suecos ejercieron sus sucesivas influencias, al lado de una Lituania, enemiga o socia de Polonia, según las dinastías, la anexión por el imperio zarista, llevada a cabo en el siglo XVIII, fue interrumpida de 1920 a 1940, en época del *cordón sanitario* antisoviético (núm. 15), antes de que la URSS recupere su apertura sobre el Báltico, por medio de un acuerdo con la Alemania nazi que será renovado, sobre este punto, por los aliados, en Yalta.

Cincuenta años más tarde, los tres países bálticos llegan de nuevo a la independencia, después de que elecciones pluralistas consolidaron sus propios gobiernos, después de que Moscú trató de evitar el divorcio, por una separación física que ampliaría su autonomía, sin romper la unidad diplomática, militar y monetaria de la URSS y sin transtornar demasiado los intercambios económicos entre estas tres repúblicas y sus doce demás compañeros del *gran espacio económico* soviético. Pero la secesión buscada por las repúblicas bálticas se alimenta de sus propios éxitos, pues estas repúblicas gozan de un ingreso per cápita que rebasa en un 40 a 60% el promedio soviético y de una autonomía cultural fuertemente mantenida desde 1940.

De hecho, los tres países bálticos son bastante diversificados. Estonia, cuyo pueblo está emparentado con los finlandeses, cuenta con un tercio de inmigrados rusos y de otras nacionalidades soviéticas, contra alrededor de 15% en las dos repúblicas vecinas. Letonia, más influida por la Hansa y Suecia, practica su propio idioma, que es diferente del lituano. Por último, Lituania confirma más fuerte que sus vecinas su voluntad de independencia, pero no dice palabra de su capital histórica, Vilnius, arrancada en 1939 a Polonia —que la había anexado en 1920— ni del territorio mazuriano —la antigua Prusia oriental— integrado, en 1945, a la república de Rusia e incrustado entre Polonia, Lituania y el mar, sin comunicación terrestre con el resto de Rusia; ni, por último, de sus distritos orientales, tomados a una Bielorrusia que reivindica su restitución.

Por su parte, Moscú no olvidaba nada de eso, ya que el abandono de los países bálticos sería contagioso. De ahí las múltiples presiones que recuerdan a Lituania que la secesión no podía resultar de una declaración unilateral y que su negociación debería ser, si es posible, diferida hasta la revisión general de los lazos instituyendo a la URSS como *unión* de repúblicas. Pero este freno fue en vano.

La república soviética de Moldavia —desprendida de Rumania en 1940 y de nuevo en 1944, luego redondeada con algunos distritos tomados a Ucrania— también se agita por un impulso nacionalista. Los tumultos de Rumania moderan su irredentismo y las reacciones de las minorías rusa y gagauza que reivindican, una y otra, su propia independencia, en el seno de Moldavia independiente, ilustran una tendencia que podría pulverizar la inmensa República Federada de Rusia —o RSFSR—, el Kazajstán y las repúblicas transcaucásicas por lo muy inextricable que es el embrollo de los pueblos minoritarios.

Los motines y las batallas campales de las repúblicas transcaucásicas contrastan con las presiones más calmadas de los *frentes populares* bálticos o moldavos. Al norte del Cáucaso, la RSFSR incluye cinco repúblicas autónomas y dos regiones autónomas en donde viven pueblos no rusos, de diversos tamaños, en su mayor parte todavía pacíficos o temerosos. Al sur del Cáucaso, por el contrario, todo el espacio entre el Mar del Norte y el mar Caspio está agitado por complejas rebeliones. Cada una de las tres repúblicas federadas que reúne, pero también cada una de las tres repúblicas autónomas incrustadas en estas últimas —como el Najicheván azerí, bordeado por Turquía y Armenia— y cada una de las tres regiones autónomas que completan este mosaico —como el Alto-Karabaj, armenio en su mayoría, pero incluido en Azerbaidján— fue el teatro de manifestaciones, de motines, de pogromos o de conflictos fronterizos cuyo

conjunto provocó varias centenas de muertos, a partir de 1987.
El rompecabezas de etnias y de nacionalidades de la Transcaucasia fue conquistado en el siglo XIX, contra Persia y Turquía o por la anexión de pueblos asentados ahí, a lo largo de los siglos. En 1800, a lo más, vivían allí dos millones de habitantes, en los actuales territorios de Georgia, de Armenia y de Azerbaidján –incluyendo sus enclaves autónomos. En 1900, ya eran entre 7 y 8 millones, y en 1990, se aproximan a los 35 millones. Una red de fronteras, determinadas por el relieve, pero también por la historia de los años revolucionarios y por los rusos del periodo staliniano, se imprimió, bien que mal, en estos pueblos alineados a lo largo de la línea ferroviaria Bakú-Batum y de sus afluentes de carreteras.

Tras sesenta años de paz, impuesta por la fuerza y algunas veces aceptada –por ejemplo en la ciudad y la región de Bakú en donde el petróleo y sus industrias anexas mezclaron, desde hace mucho, las aportaciones rusas, armenias y demás, a los autóctonos azeris– las reivindicaciones territoriales y nacionalistas, poco a poco enardecidas desde 1985, provocaron choques brutales, de aspecto variado: conflictos étnicos, guerras civiles de apariencia más política o conflictos fronterizos.

Mal querida por los georgianos y maldecida por los armenios perdurablemente marcados por las masacres turco-kurdas de 1915-1917, Turquía se mezcló poco con sus vecinos, aun con los azeris emparentados con ella. Irán hizo lo mismo, ya que posee una fuerte minoría azeria, sometida desde hace varios decenios a una asimilación obligada que contrasta desfavorablemente con la autonomía cultural del Azerbaidján soviético. Pero su desinterés no resistiría a la implosión de una Transcaucasia que llegaría a ser, entonces, un inmenso Líbano, ocho veces más poblado que el original y más rico en conflictos potenciales. De ahí la intervención por la fuerza de una Rusia que teme esta purulencia, pero no puede, por lo tanto, privar a las repúblicas transcaucásicas de las innovaciones confederativas que intenta imponerse. A partir de 1990, elecciones pluralistas establecieron, en Georgia y en Armenia, parlamentos y gobiernos, hostiles al PCUS, que manifestaron su voluntad de independencia. Azerbaidján los siguió en 1991.

Al este del Mar Caspio, a lo largo de las fronteras iraní, afgana y china, cinco repúblicas soviéticas ocupan una Asia central en donde las montañas, las más altas planicies y las áridas estepas prevalecen por mucho sobre los oasis, los valles irrigables y las *tierras vírgenes* explotadas desde la época de Jrushov. Salvo el pueblo semiiraní de Tadjikistán, los pueblos mayoritarios son primos de los azerís y de los turcos, salvo en Kazajstán en donde entre otras las aportaciones rusas fueron sustanciales, por el efecto de las deportaciones stalinianas, y luego de las valorizaciones ulteriores. En el límite, se podría imaginar que un amplio Turkestán ruso se fusione con el Turkestán chino de Xinjiang, para establecer, entre Irán y Mongolia, un inmenso Estado de 100 a 110 millones de habitantes en donde las minorías tadjiks, rusas y demás, serían dominadas por una mayoría turca, con una demografía todavía exuberante. Pero este sueño panturaniano, hoy en día desprovisto de sustancia, se enfrentaría sin lugar a dudas a la hostilidad conjunta de los rusos y de los chinos, e incluso a la de los iranís, quizá propensos a exportar su celo chiita a los sunitas de Tadjikistán y de las otras repúblicas de Asia Central.

Sea lo que fuere, el fuerte crecimiento demográfico, el desempleo que conlleva desde que la URSS perdió su dinamismo económico y la persistencia de tradiciones hostiles a la emancipación de las mujeres, a la educación laica de los niños y a la modernización de las costumbres familiares, encuentran ya, en la región musulmana, un cimiento que cuaja tanto mejor cuanto que la propaganda comunista se debilita y que la promoción social, por medio del PCUS, pasó de moda. Sin llegar a ser el terreno de muy vivas tensiones nacionalistas, Asia Central no por ello dejó de seguir el movimiento general: desde 1991, cinco repúblicas se confirman independientes, respetando (¿provisionalmente?) las fronteras artificiales que la URSS les asignaba.

Para comprender a fondo la fragmentación de la URSS y su dinámica potencial, es importante captar la lógica general más allá de los accidentes locales. Desde este punto de vista, los años de 1990-1993 parecen haber sido decisivos, aún si no excluyen nuevas repercusiones.

La URSS de 1990 contaba con quince repúblicas federadas: las tres bálticas, al borde de la secesión; la moldava que no se decide a imitarlas; las tres transcaucásicas cuya emancipación algunas veces es frenada por el ejército ruso; las cinco asiáticas, con deseos aún imprecisos; y, por último, las tres eslavas en donde la amenaza de secesión servía de argumento para modificar el reparto de las competencias entre la Unión Soviética y las repúblicas federadas, si no es el reparto de los puestos en la cabeza de la Unión.

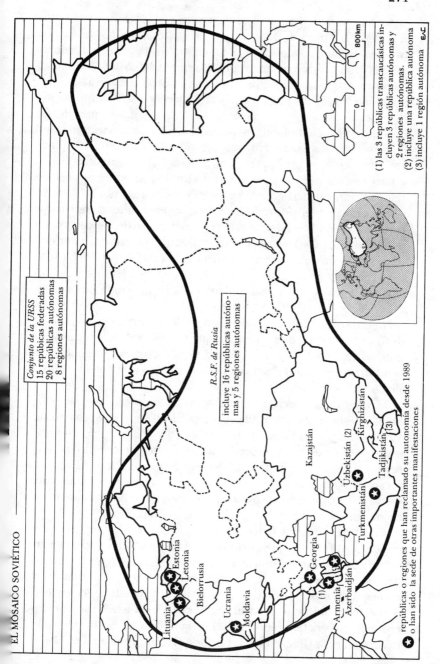

EL MOSAICO SOVIÉTICO

Conjunto de la URSS
15 repúblicas federadas
20 repúblicas autónomas
8 regiones autónomas

R.S.F. de Rusia
incluye 16 repúblicas autónomas y 5 regiones autónomas

(1) las 3 repúblicas transcaucásicas incluyen 3 repúblicas autónomas y
2 regiones autónomas.
(2) incluye una república autónoma
(3) incluye 1 región autónoma

Lituania
Estonia
Letonia
Bielorrusia
Ucrania
Moldavia
Georgia
Armenia (1)
Azerbaidján
Kazajstán
Uzbekistán (2)
Turkmenistán
Kirghizistán
Tadjikistán (3)

⭐ repúblicas o regiones que han reclamado su autonomía desde 1989
o han sido la sede de otras importantes manifestaciones

800 km
0

La amenaza de fragmentación envolvió a todos los demás conflictos de la URSS: luchas entre fuerzas políticas que hacen sus primeras armas; tensiones entre los centralistas y los reformadores para la organización de una economía que sus debates abandonan a la especulación; perspectivas inciertas en una estructura de clases en la que los estatus tradicionales se disgregan, sin recomposición de nuevos estatus; y, rematando todo, enfrentamientos de las corrientes de pensamiento, sacadas del olvido, de la clandestinidad o importadas del extranjero en beneficio de la *glasnost*. Las equívocas simplicidades de la pertenencia nacional —o, algunas veces, étnica— se ofrecen un poco por todos lados, como islotes de seguridad imaginaria en este océano de incertidumbre.

Sin embargo el poder federal todavía no disponía de sólidos triunfos. Sin duda el ejército estaba poco deseoso de convertirse en gendarmería, pero muchos de sus supernumerarios resultantes de su repatriación quedaban a disposición para esta actividad. La KGB, cuya reconversión y hasta la supervivencia dependían de los servicios que daba al poder central, le era fiel, incluso para obtener de la policía, es decir de las milicias republicanas, regionales y urbanas, un mínimo de ayuda. El PCUS estaba en decadencia, pero en forma desigual y variada, de tal manera que en diversas repúblicas y en muchas regiones y ciudades, seguía siendo el apoyo del gobierno central, por tradición o por convicción, si no es que por su composición plurinacional.

El equipo Gorbachov estimaba entonces probable que, por medio de negociaciones subsecuentes al referendo de marzo de 1991 o mediante la imposición de un estado de emergencia —o por una mezcla de estos dos procedimientos— el poder soviético podría revisar la organización de la URSS, es decir fundar esta Unión en una carta, contradictoriamente debatida. Creía que se gestaba una nueva URSS, de la cual a partir de ese momento la organización y las dimensiones se dejaban percibir, no sin variantes.

En cada república federada y en muchas de las repúblicas y regiones autónomas que incorporan, las aspiraciones nacionalistas están lejos de ser las únicas impugnadas. La URSS es al mismo tiempo la heredera de un imperio zarista jamás descolonizado; el embrión de una especie de *Commonwealth* poscolonial; el espacio económico, unificado por una experiencia planificadora, pero sin embargo más heterogéneo que el de la CEE en la que coexisten la rica Alemania y Grecia todavía pobre; y el espacio cultural en el que se mezclan las élites de todas las nacionalidades. Ampliar estas élites y su circulación o repatriarlas a su república de origen que se transformaría en una patria más exclusiva; conservar la ciudadanía soviética común o escindirla según las líneas de división nacionales; descentralizar el ejercicio del poder, el gobierno de la economía y la política cultural o segmentar todo entre estados distintos y exclusivos; ofrecer a todos una educación laica en todos los niveles, asegurar la libertad de los diversos cultos, como la libre propagación de las opiniones más diversas o dejar a los nuevos estados el cuidado de imponerse en estas materias de nueva elección, incluyendo la de una religión preponderante, hasta exclusiva; entre muchas otras, éstas eran las cuestiones que la URSS y sus quince repúblicas federadas tenían que resolver.

Desde ese momento, se comprende la circunspección de un poder central que percibe, más allá de las aspiraciones independentistas o autónomas de las repúblicas federales, muchas dificultades no reducibles a estas exigencias: despertar de los pueblos y poblados incrustados en estas repúblicas; demandas legítimas de pueblos, antaño privados de su territorio, como los alemanes del Volga o los tártaros de Crimea; lagunas e insuficiencias en los códigos, leyes y tribunales soviéticos; ausencia casi completa de tradiciones diplomáticas en las relaciones internas de la URSS; impulsos reaccionarios sensibles en varias repúblicas transcaucásicas y asiáticas; inercias resultantes de la geografía de las industrias, de los transportes, de las bases militares y espaciales; etcétera.

En 1990-1991, el Tratado de Unión sometido al análisis de los parlamentos republicanos y pansoviéticos esbozaba una nueva organización. Su orientación federal reservaba a la Unión capacidades exclusivas o preponderantes, en materia de defensa de las fronteras externas e internas, del control de los ejércitos, de política extranjera y de coordinación de la política económica, incluso la del comercio exterior. En todo caso, los poderes legislativos y fiscales —pero no monetarios— que el tratado reconocía a las repúblicas federadas, y las propiedades que les transfirió —sobre el suelo, los recursos naturales y las empresas estatales— daban a estas repúblicas capacidades superiores a las de los estados miembros de Estados Unidos de América septentrional, incluso por reconocimiento explícito de su derecho de secesión. Había que esperarse, además, a que las repúblicas que lo desearan, adquirieran ciertas capacidades internacionales, superiores a las de Bielorrusia y de Ucrania, que ocupan un escaño en la ONU desde 1946; y a que muchas de ellas hagan sentir su importancia en el Consejo Ejecutivo Federal que debe ejercer los poderes coordinadores reservados a la Unión, hasta en el Consejo Federal de Seguridad que supervisará las actividades de los ejércitos, de la KGB y de los ministerios del Interior y de Relaciones Exteriores.

Mientras tanto, esta transformación de la URSS, en una *Unión de Repúblicas Soviéticas Soberanas* quedó en el nivel de proyecto, pues el *putsch* de agosto de 1991 puso fin a su negociación.

En agosto de 1991, mientras la economía se degrada, su reforma se conserva en gran medida intencional y la separación del Estado y del partido amenaza a las administraciones federales, las tensiones nacionalistas ofrecen un poco por todas partes su cómodo disfraz para envolver las contradicciones en las que se debate la URSS. El *putsch*, iniciado por los conservadores de nuevo mayoritarios en el equipo Gorbachov, es una tentativa para resolver estas contradicciones por la fuerza, pero carece de fuerza: la KGB no sigue a su estado mayor, el ejército es reticente y el partido está muy dividido. Los putschistas no controlan casi nada del aparato de Estado federal y se enfrentan a la hostilidad de varias repúblicas federadas, empezando por Rusia de la que Eltsine es, desde hace algunos meses, el presidente electo por sufragio universal. El *putsch* fracasa, el partido es disuelto, la KGB se fragmenta entre las repúblicas, pronto seguida por el ejército. La *Unión de Repúblicas Soviéticas Soberanas* cede su lugar a una *Comunidad de Estados Independientes* (CEI) tan evanescente como ella. Las quince repúblicas originadas en la URSS se desean totalmente independientes las unas de las otras y reciben, a partir de 1992, suficientes reconocimientos internacionales para considerarse como tales.

Sin embargo, Estados Unidos y las demás potencias atentas a las capacidades nucleares de la ex URSS intentan ayudar a Rusia a recuperar todos los misiles instalados en Ucrania, en Kazajstán o en Bielorrusia y a controlar, sola, la flota transportadora de aparatos nucleares. La preponderancia monetaria de Rusia es más difícil de establecer —o más bien de restablecer, ya que el rublo padece la crisis económica— y su preponderancia energética tarda en manifestarse: los precios de los productos petroleros se elevan de nuevo, pero todavía están lejos de alcanzar los niveles internacionales en toda la ex URSS, en tanto que los alcanzaron, a partir de 1991, en todo el ex CAME (núm. 20). Sin invocar aún otros ejemplos, es claro que lo nuclear, el rublo y el petróleo bastarán, a plazo, para asentar la preponderancia de Rusia en la mayor parte de la ex URSS, ya sea bajo la forma de una CEI o por medio de algún otro sistema de tratados multilaterales o bilaterales.

Pero se necesitará mucho tiempo pues los nacionalismos adosados a las repúblicas independientes, originadas en la descomposición de la URSS —y aun en la descomposición/recomposición de algunas de las repúblicas antaño federadas— se alimentan de ambiciones y de ilusiones que tardarán en dar lugar a una evaluación realista de las fuerzas y debilidades de cada nuevo Estado y de las ayudas y limitaciones que le impone su entorno. La ex URSS estará en obra por varios decenios.

A más largo plazo, tras la estabilización de una CEI renovada, rebautizada y quizá recortada, nada impide pensar que esta federación —o más bien esta confederación— plurinacional modernizada, pueda ser materia de reflexión para otros países compuestos como India o pueda ofrecerse como base para alianzas o para cooperaciones a diversos países ribereños. Pero la URSS del siglo XXI podría también haberse achaparrado hacia su núcleo eslavo, prolongado por la totalidad o parte de Siberia. Salvo que permanezca perdurablemente crispado bajo alguna dictadura, este país sólo podría volver a ser una potencia sustancial después de haber largamente curado las heridas de su reforma y de su reflujo y desde luego ya no sería una potencia radiante, temida o admirada fuera de sus fronteras.

35. CHINA DESFASADA

Evaluada en la escala humana, China merecería ocho veces más atención que el conjunto de los países sublevados de Europa y cuatro veces más consideración que la URSS en su totalidad, pero sus veinticinco siglos de historia documentada sólo son conocidos por raros sinólogos cuyo conocimiento se difunde mal en la cultura occidental y sus mil cien millones de habitantes casi no atraen a los reporteros, aun cuando las autoridades chinas moderan su gusto por el secreto. De ahí enormes ilusiones de óptica, como la que hizo de la matanza de la plaza Tienanmen, en junio de 1989, un drama

de amplitud inaudita, en tanto que esta represión tuvo claramente
menos importancia –en porcentaje de la población– que la de junio
de 1848, en París, ejemplo escogido al azar, porque el salvajismo
francés, como el chino, fue ignorado por las masas campesinas que,
en Francia y dos años más tarde, elegirían a un príncipe-presidente
promovido al imperio.

Más del 75% de los chinos viven en el campo donde, no obstante
técnicas de producción todavía sumarias, 120 millones de hombres
son empleados en excedente, en tanto que 50 millones de emigrantes, liberados de las coacciones que los detenían antaño en el
pueblo, vagabundean entre el desempleo y los trabajos ocasionales.
Su país, tan amplio como Europa entre el Atlántico y el Ural, incluye
todos los contrastes, del desértico al sobrepoblado y del siberiano
al tropical. Las ricas regiones de Manchuria, de los bajos valles y de
la costa poseen la mayor parte de las 500 principales empresas del
país, al mismo tiempo que suministran el grueso de las producciones alimenticias. Sólo el 5% de las grandes empresas están instaladas en las seis provincias y las dos regiones autónomas del Gran
Oeste que abarca los dos tercios del territorio. Al este, los ríos
navegables, las vías férreas y las carreteras irrigan una economía
muy activa en la cual figuran sobre todo las cinco zonas económicas
especiales desgranadas de Cantón a Shangai. Al oeste, los transportes modernos siguen siendo raros, no obstante el avión y el autobús.
La conexión de la red ferroviaria al Transiberiano soviético, a través
de Xinjiang fue por fin terminada, en 1991, tras treinta años de
suspensión de la obra.

Las diecinueve provincias y las regiones autónomas de las marcas
fronterizas disponen de una autonomía administrativa que la nueva
China no borró, pues las provincias de 50 millones de habitantes y
más se dejan mal dirigir de lejos, según normas uniformes. En
cambio, las responsabilidades militares se reagrupan en siete mandos, vigilados por una Comisión Militar Central que está a horca-
jadas sobre el estado mayor de los ejércitos, en nombre del partido:
China no olvidó la desagregación del poder, entre los *señores de la
guerra* anteriores a 1949, ni los bandos rivales de la *revolución
cultural* que el ejército finalmente tuvo que someter, a principios
de los años setenta.

Los mandos militares, las administraciones provinciales y las
organizaciones del partido –de las que los 48 millones de afiliados
reúnen un poco más del 4% de la población– abarcan desde

CHINA ENTREABIERTA

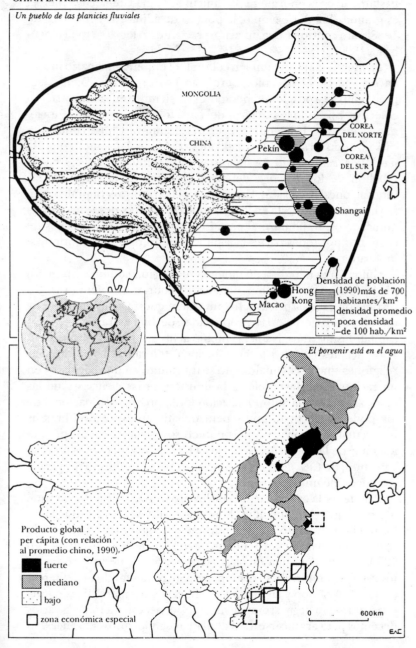

Un pueblo de las planicies fluviales

MONGOLIA

CHINA

Pekín

COREA
DEL NORTE

COREA
DEL SUR

Shangai

Hong
Kong

Macao

Densidad de población
(1990) más de 700
habitantes/km²
densidad promedio
poca densidad
−de 100 hab./km²

El porvenir está en el agua

Producto global
per cápita (con relación
al promedio chino, 1990)

fuerte

mediano

bajo

zona económica especial

0   600 km

E∧C

bastante lejos la enorme masa humana de una China cuya inercia es grande. Así, por ejemplo, la política decidida en septiembre de 1988, para controlar una inflación creciente no logró su total efecto hasta 1990.

La inercia china es también cultural. El imperio milenario murió hace apenas ocho decenios, pero Mao Tse-tung, luego Deng Xiaoping remplazaron a los emperadores de siempre en la imaginación colectiva, así como los cuadros del partido sucedieron a los funcionarios-letrados. Justo quincuagenaria, la nueva China comunista casi no transformó las mentalidades tradicionales, tanto como la *revolución cultural* de los maoístas impacientes por alcanzar la rebelión de los *Taipings* del siglo anterior, en el rango de las innovaciones inacabadas. Desde luego, el progreso económico, que se vuelve sensible hasta en lo profundo del campo, desde hace unos quince años, tranquilizó al partido establecido, pero está lejos de despertar por todas partes la aspiración a un progreso continuo e innovador.

China no es heredera de ninguna revolución comunal (núm. 6), ni de ninguna revolución democrático-burguesa (núm. 14). Su revolución estatal-socialista fue una larga guerra civil, seguida por una expropiación de las propiedades de bienes raíces y de los capitalistas urbanos. Nada la empujó al libre arbitrio individual, ni a los debates colectivos. Su tradicional tolerancia hacia diversas religiones —no occidentales— no se transmutó en una laicidad y en un racionalismo favorables a la difusión de las ciencias y de las técnicas, como a la autonomización local, provincial y nacional de los poderes electivos, aptos para debatir antes de decidir. Sus intelectuales se volvieron más numerosos y más diversos, pero al liberarse de la obediencia jerárquica tradicional, permanecen tambaleantes, de *Cien flores* en represión, entre un progreso despótico y el sueño de una democracia.

Para tener la exacta medida de los progresos realizados, hay que observar que el infanticidio de las niñas todavía hace estragos en los pueblos, en tanto que el síndrome del hijo único y consentido se extiende en la ciudad. Que subsisten 25% de iletrados totales en 1990, no obstante una escolarización masiva. Que los productos industriales entran al uso común, pero incrementando una diferencia entre el campo y las ciudades. China se estremeció. Si ninguna crisis duradera llega a romper su impulso, necesitará todavía varios decenios para arrancarse a sus atolladeros milenarios. Entonces, su masa hará de ella uno de los polos del sistema mundial, a medida que transcurra el siglo XXI.

Pero el partido-Estado que la dirige —y que, ahora como antaño en la URSS, federa sus clases gobernantes y dominantes (núm. 31)— no podrá proseguir el movimiento que inició tras diversos procedimientos rutinarios, pues la nueva estructura social que se formará de esta manera, lo fragilizará como fragilizó a su homólogo soviético. Por el momento, es cierto, el partido chino está aparentemente bien. Puso un término a la mayor parte de sus tentativas internacionales y no agotó a su Estado en competencias económico-militares con Estados Unidos o Japón. Está lejos de haber perdido el crédito que obtuvo por sus éxitos económicos posteriores a 1976. No es heredero de un largo pasado concentracionista, aun si su *revolución cultural* fue brutal. Nunca dejó de funcionar como filial de promoción y supo recuperar todos los cuadros degradados o despedidos durante sus cambios y rectificaciones.

La desconfianza de los intelectuales, la rebelión de los estudiantes y la actitud crítica adoptada por una fracción importante de la población pequinesa, durante la crisis de 1989, no llevaron al partido hacia una autorreforma similar a la que inquietó al partido soviético después de 1985. El partido chino es agitado por rudas batallas entre los equipos centrales igualmente impacientes de suceder a las viejas generaciones de dirigentes, simbolizadas por el octogenario Deng Xiao-ping. Periódicamente es asaltado por olas de reivindicaciones estudiantiles. Pero no está expuesto a las torpezas de una administración pletórica, ni a los bloqueos de la planificación centralizada, pues ésta está lejos de estar saturada por las raras empresas dirigibles a distancia. Así, nada incita a este partido a cuestionarse radicalmente.

El Estado chino perfecciona su administración. El censo general de la población que calculó, con una honesta precisión, sus 1 133 millones de habitantes en 1990, y que responde a un censo ya logrado, en 1982, simboliza este progreso. La red de aparatos especializados se vuelve menos lagunosa, la información mejora y circula mejor, el ejército se preocupa por más la tecnicidad que por el número de efectivos, la escolarización sigue ampliándose, aunque el acceso a la enseñanza superior se conserva parsimonioso, la radio y la televisión se propagan. Sólo los aparatos ideológicos mercantiles molestan el ordenamiento general. Desde luego todavía no se trata de estaciones emisoras, ni tampoco de diarios, pero ya empiezan a circular discos, videocasetes, libros y revistas, que provienen de talleres que el Estado controla después de haberlos hecho y mal.

Los estudiantes y los intelectuales no son los únicos expuestos a las novedades de las ideas y de los productos. El consumo transforma las costumbres urbanas, incluso las de los funcionarios y cuadros del partido. En las zonas económicas especiales y en las ciudades importantes donde también se implantan las empresas a las que se asocian capitales extranjeros, ofrecen posiciones y posibilidades que corroen las virtudes partidistas. En lo sucesivo la corrupción se inscribe al lado del burocratismo, del subjetivismo y de la pasividad, entre los pecados cardinales periódicamente denunciados, porque alejan a los cuadros de las masas. La separación aumenta entre, por una parte, los cuadros comprometidos con el desarrollo económico y los pequeños patrones chinos del sector privado o artesanal y, por otra parte, el grueso de los funcionarios y de los intelectuales, cuyo nivel de vida sigue dependiendo sólo del Estado. El campo, por último, no desiste de su desconfianza tradicional con respecto a las ciudades, sinónimos de impuestos y de soldados, más que de oportunidades y de servicios.

Para administrar estas contradicciones, el partido no dispone más que de la *pequeña democracia* definida por Deng Xiao-ping, en 1957, cuando era secretario general del partido, bajo la presidencia de Liu Shao-chi. La *gran democracia* es la que practican los estados democrático-burgueses y los regímenes que imitan más o menos sus elecciones y sus parlamentos. La *pequeña democracia* reina cuando el partido, sumergido en las masas, sabe mezclar, continuamente, las aspiraciones de la base y las orientaciones decididas en la cima. Pero esta fórmula, siempre difícil de comprobar y ya demasiado pequeña para una sociedad recién salida de la guerra revolucionaria, no ha sido enriquecida desde entonces. Algunas veces hasta se restringe, como en 1990, cuando la ostentación de los *dazibaos* fue sometida a un visto bueno previo. La simple promesa de flexibilidad se esboza del lado de Hong Kong, donde China va a recobrar su total soberanía en 1997.

El acuerdo que reglamenta el final del arrendamiento inglés promete medio siglo de autonomía local, según la carta publicada en 1990. El objetivo es evidentemente favorecer la búsqueda de la expansión capitalista. Uno de los medios conservados para este fin es la distribución de pasaportes británicos que garanticen el derecho de exilio a algunas decenas de miles de habitantes de los que se desea su permanencia en el lugar —empezando por los directores, cuadros y técnicos. Otro medio es el establecimiento de un Consejo Legislativo Local para ayudar a los nuevos dirigentes chinos de Hong-Kong, consejo en el que el 30% de los escaños es proporcionado por elecciones competitivas. La fórmula puede parecer parca, pero es totalmente nueva para los 3.7 millones de electores potenciales de la colonia, a los que los británicos nunca invitaron a votar y de los cuales, es cierto, sólo la mitad se hizo inscribir en las listas electorales. La fórmula es más nueva, aún, para China, donde el Consejo de Hong Kong será la única asamblea que posea un tercio de los elegidos escogidos por los electores.

Al unirse a China, Hong Kong aumentará de un solo golpe su PIB en 8% —cuando su población se incrementará apenas cinco milésimas. Se puede esperar que las cinco zonas económicas especiales, a imitación de Hong Kong —que ya producen más del 2% del PIB chino— reclamen un régimen municipal de la misma naturaleza. En efecto, estas zonas abiertas a los capitales extranjeros ya tienen que tomar en cuenta las presiones ejercidas por las casi Cámaras de Comercio donde los extranjeros se organizan, como aspiraciones transmitidas por los sindicatos locales, y, sobre todo, las nuevas ideas que se apoderan de las poblaciones impulsadas por el modernismo de las zonas especiales. Además, nuevas zonas especiales, que incluyen la isla de Hainán, recientemente erigida como provincia, y la aglomeración de Shangai, serán atraídas en pocos decenios hacia un movimiento similar, en tanto que, sin esperarlas, las ciudades costeras ya dinamizadas por una economía más vivaz, podrían, por su parte, aspirar a más democracia local.

De hecho, el principal fiador del nuevo estatuto de Hong Kong es Taiwán. Esta isla estaba tan atrasada como Hainán, cuando el *Kuomingtang* se replegó ahí, en 1949, seguido por muchos de los ricos chinos. Pero, en cuarenta años, se transformó en uno de los nuevos países industriales, émulo de Japón. En 1993, los 20 millones de taiwaneses producen un PIB igual a 12 o 13% del de China continental. Los capitales que provienen de su isla se invierten de buen grado en el continente, haciendo, por la forma, un rodeo por Hong-Kong. Taiwán es fiador de Hong-Kong porque China sólo podrá restablecer ahí su control si la experiencia hongkonesa hace que su soberanía sea agradable para las clases dominantes de la isla.

Sin ser un modelo político más afable que Corea del Sur (núm.

26), Taiwán está dotado sin embargo de un régimen evolutivo, mantenido por una sociedad ya compleja y en rápida transformación. Los octogenarios del *Kuomingtang* cedieron su lugar a gobernantes rejuvenecidos que sin embargo controlan un parlamento, aún poco pluralista. La rigidez del Estado se aligera por la modernidad de sus aparatos y por el engrosamiento de una sociedad civil en la que los diversos intereses de una población joven y bien escolarizada se expresan por medio de múltiples asociaciones de orden religioso, sindical, cultural y hasta político.

Al integrar Taiwán, China se dotaría de una segunda zona *política* especial, más cercana que Hong Kong de la dimensión provincial. Necesitaría, para ello, realizar un serio progreso hacia una cierta democracia local. Su tradición histórica autoriza la coexistencia de un poder provincial diversificable y de un poder central imperioso. La fórmula *un país, dos sistemas* que Pekín pretende aplicar a Hong-Kong, luego a Taiwán puede sorprender a los juristas europeos, pero no carece de precedente en diversas épocas de la China imperial.

En cambio, es dudoso que un coctel de democracia local, prudentemente dosificada, y de centralismo receloso, pueda satisfacer perdurablemente a una sociedad china donde la educación disemina los núcleos de agitación y de curiosidades intelectuales, donde la economía diversifica su impulso, donde los modernos medios de comunicación empiezan a abrir a la sociedad a los rumores del mundo exterior y donde el partido-Estado pierde su papel de hilera exclusiva de promoción social, en la exacta medida en que la economía alcanza los éxitos que busca.

La coacción que el partido afianza periódicamente, difiere las reformas, pero no las exime. De una crisis a otra, su necesidad se refuerza en razón de las transformaciones proseguidas durante el intervalo. Por el contrario, la importación de costumbres democráticas no sería de una gran ayuda inmediata. En el estado actual o próximo de China, un parlamento, suministrado por elecciones pluralistas, haría surgir una democracia *a la india*, es decir una representación de clientelas locales cuyos notables se enfrentarían, en algunos partidos-conglomerados manipulados de diversas maneras por los intereses más poderosos de la economía, del ejército y de las sectas.

Si China evita este porvenir *a la india*, sin lugar a dudas será para seguir una de las vías coreanas: ya sea la de Corea del Norte, con un creciente recurso a la propaganda normalizante y al ejército disciplinante, mientras que el partido-Estado permanecerá suficientemente unido y coriáceo; ya sea la de Corea del Sur, cuando por fin haya que contestar a las presiones relacionadas con el desarrollo del capitalismo por medio de un dominio militar-nacionalista, decorado con instituciones parlamentarias; comprendiendo bien que el paso de uno de estos dos modelos coreanos al otro puede ser resultado de una larga crisis, tanto como de un breve golpe de Estado. El desarrollo del capitalismo no es dudoso. Desde 1976, las autoridades practican una política de *puerta abierta* que desean selectiva. Lejos de abrirse a las importaciones de todo tipo, China se esfuerza por atraer, por prioridad, capitales extranjeros, en vista de inversiones ubicadas en las zonas especiales cuya producción debe destinarse a la exportación. De hecho, sus zonas especiales exportan los dos tercios de su producción. Pero una parte de sus productos permanece en China, en tanto que una parte de los capitales extranjeros se disemina hacia la hotelería pekinesa y otras diversas actividades urbanas. La crisis de junio de 1989 no modificó esta política, no obstante algunos meses de titubeo. El efectivo de las empresas con capitales extranjeros continúa creciendo, en beneficio de la industria más que de los servicios. Las zonas especiales siguen recibiendo, por prioridad, los suministros necesarios para su actividad. Se beneficiaron con las primeras desgravaciones a las restricciones de crédito, cuando el programa anti-inflacionista de septiembre de 1988 se relajó progresivamente. Su competitividad internacional se mantuvo o reforzó por medio de las tres devaluaciones que, de 1986 a 1990, redujeron en 40% la tasa de cambio del yuan, antes de que China alcance a México en el rango de los países que manejan atentamente el desliz lento y moderado de su paridad monetaria. No obstante el regreso de una rápida inflación, a partir de 1993, China volvió a encontrar, en la agricultura y en la industria, las tasas de crecimiento muy elevadas, a menudo iguales o superiores a 9 o 10% por año. Se transforma en una importante potencia económica, a la que el FMI quizá hizo mal en clasificar, a partir de 1993, en el cuarto lugar mundial, pero que seguramente no tardará en alcanzar este nivel y rebasarlo, tratándose por lo menos de su PIB global, pues, en lo que atañe al PIB per cápita, necesitará aún largos decenios sin fuertes accidentes para alcanzar, eventualmente, a la cohorte de los países económicamente desarrollados. La política de la *puerta abierta* permitió el uso de su crédito internacional —su deuda oficial alcanzaba 45 mil millones de dólares a finales de 1989—, reactivar su adhesión al FMI, declararse candidata al GATT y acariciar, algunas veces, la perspectiva de una convertibilidad del yuan. Ahora rebasa ya los niveles alcanzados por el Japón de los años treinta, tanto por su grado de apertura como por su producción per cápita.

Este resultado debe mucho a la pequeña producción mercantil que progresa en todas partes y al capitalismo indígena que la prolonga. En los campos, la producción campesina, de nuevo familiar, se completa por la de 19 millones de empresas rurales de carácter cooperativo o privado. En las ciudades se formaron 15 millones de empresas similares. Alrededor de la décima parte de estos 34 millones de talleres y de fábricas padeció debido al plan antiinflacionista de 1988, pero muchas de las actividades afectadas de esta manera se reactivaron mucho más, en cuanto se flexibilizó el encuadramiento del crédito. Estas empresas emplean de 90 a 100 millones de trabajadores y proporcionaron, a partir de 1990, una cuarta parte del PIB. Los planificadores, revigorizados por la reacción del verano de 1989, no dejan de desear una rápida progresión de este enorme sector al que pueden encuadrar, pero no dirigir. Si bien ninguna frontera fácilmente controlable separa a la pequeña producción artesanal o cooperativa, del pequeño capitalismo en el que el asalariado desborda las filas familiares. De año en año China se expone a una elección muy delicada, entre la represión detallada de este salariado y la reducción del desempleo, disfrazado o patente, de los millones de hombres que el campo no puede emplear.

En efecto, las industrias más importantes, cuyas inversiones planificadas son financiadas por medio de sus ganancias y de subvenciones presupuestarias, no pueden absorber más que una limitada fracción de los brazos suplementarios. Las grandes y medianas empresas del sector estatal-socialista continúan creciendo con nuevos equipos importados sobre todo de Estados Unidos y de Japón, pero su explotación a menudo es deficitaria y pesa sobre el presupuesto. De tal manera que China avanza poco a poco hacia los arrecifes en los que se dañó el crecimiento soviético: los de una gestión demasiado centralizada. Este Caribdis no se evitará más que creciendo hacia el Escila de un mercado flexible, de un aparato bancario diversificado y de una legislación comercial y fiscal adaptada a la gestión descentralizada que el sector capitalista de las ciudades y de las zonas especiales no dejará de reivindicar.

Así, la China de la primera mitad del siglo XXI alcanzará a la URSS de los años ochenta, teniendo que enfrentar una difícil elección: flexibilizar y dinamizar la economía creada a semejanza del socialismo de Estado o permitir que triunfe el capitalismo hasta privatizar, total o parcialmente, las empresas estatales. Se acercará entonces a una crisis decisiva.

A las inquietudes y aspiraciones de estos intelectuales, a las reivindicaciones técnico-comerciales de estos capitalistas indígenas e importados, a las flexibilidades buscadas por sus autoridades locales, se aunarán enfrentamientos internos al partido, similares a aquellos de los que la URSS fue el espectáculo después de 1985. Si desde antes no se da ningún resbalón, la China de los años 2010 o 2020 llegará al cruce de los caminos entre crispamientos y novaciones.

36. LA URSS Y CHINA EN EL SIGLO XXI

El final del socialismo de Estado es una perspectiva muy abierta, pero no un hecho consumado. De aquí a principios del siglo XXI aumentará su probabilidad casi hasta la certeza, pero no en escala mundial: China, en todo caso, tiene buenas posibilidades de perseverar, todavía por un tiempo, en su actual orientación que intenta encerrar a las empresas capitalistas en zonas limitadas, o limitar los intercambios mercantiles. Pero el "socialismo de mercado" no es, por el momento, más que una palabra carente de sentido, no un proyecto pensado, ni siquiera una verdadera orientación de investigación. Salvo algún cambio que haga uso de ingresos presupuestarios que lleguen a ser abundantes por el crecimiento del sector capitalista, para modernizar efectivamente a las empresas estatales; haciendo uso de la competencia mercantil y de la subvención pública para hacer que estas empresas sean ejemplares en el orden social tanto como en la innovación; y haciendo uso, además, de presupuestos más amplios para modernizar las mentes, no sólo a la manera de Singapur que privilegia los conocimientos y el orden público, sino aún más al elaborar formas de ciudadanía política y social; en resumen, al canalizar una parte suficiente de sus riquezas hacia la experimentación socialista; salvo entonces un cambio como éste, la China de los primeros decenios del siglo XXI deberá alcanzar a la URSS, en la exploración titubeante de una reconversión del socialismo de Estado a un capitalismo más o menos moderno. Después, en pleno siglo XXI, el abanico de los posibles porvenires se agrandará de nuevo, hasta para los que se ajustan, como aquí, sólo a los dinamismos internos de las principales formaciones estatal-socialistas de 1990, a reserva de volver a examinarlo más tarde desde otros puntos de vista.

Naturalmente ningún calendario de acontecimientos puede ilustrar, sin fanfarronada, dichas perspectivas. Pero el recorte del devenir macrosociológico en periodos de creciente longitud, permite sin embargo ordenar la reflexión en una escala apropiada. El último decenio del siglo XX, tan ricamente urdido por las tensiones del pasado, ayuda a separar las principales dinámicas de sus gangas contingentes. Para el siguiente periodo se necesitan dos decenios para seguir en forma diferenciada las grandes bifurcaciones que el análisis permite descubrir. Pero si estos dos decenios bastan para cuadrar las perspectivas demográficas mundiales, no se tiene sin embargo que reducir el primer siglo XXI a veinte años mecánicamente aislados: el segundo periodo aquí considerado, del orden de 15 a 30 años, atañe a la parte del siglo que terminará entre el centenario de la Revolución de octubre y el de la gran crisis bursátil de 1929. La misma escala centenaria, anclada esta vez en nuestro presente de los años noventa, permitirá por fin reflexionar sobre el alcance potencial de un siglo XXI total, es decir de un tercer periodo cuyo término, en 2100, no tiene un significado propio: se trata, de hecho, de estar atento a los crecimientos centenarios que pueden asolar el paisaje social, como a los aumentos seculares que trastornarán los modos de vida y las maneras de pensar, por lo menos tanto como fueron trastornados desde los años 1880-1990 hasta nuestros días.

Desde ahora hasta finales del siglo, Rusia tiene pocas probabilidades de restablecer su antigua influencia y su dinamismo. El desarme que progresa de una negociación a otra no la privará de su capacidad nuclear, pero el repliegue de los ejércitos hacia el territorio ruso debilitará su peso internacional. La apertura de las fronteras a los capitales más que a los productos extranjeros, a los turistas y a los candidatos al exilio, a los libros y diarios y a las estaciones de radio-televisión que prolonguen las redes occidentales, ayudarán sin duda a los soviéticos a descubrir las realidades del mundo exterior, pero no a superar sus crisis internas. La *perestroika* se proseguirá, de manera ambigua, entre las nostalgias del todo-por-el-Estado y las ensoñaciones del todo-al-mercado. Los pueblos soviéticos, por fin sin miedo, continuarán el largo aprendizaje del debate democrático, con y contra el partido comunista. La transferencia del poder de este partido hacia los nuevos estados concluirá sin duda en pocos años, pero será, de hecho, una transferencia del Buró político, antaño omnipotente, hacia presidencias bardeadas con poderes de emergencia. El deslizamiento será más claro en los niveles inferiores –de las regiones a las municipalidades– donde la diversidad de las relaciones de fuerza locales influye ya en el uso que se hace de las más amplias competencias. Se necesitaría una fuerte reacción para restablecer por todas partes la obediencia de antaño.

De todas las variantes considerables, en cuanto a la reforma de la economía, la menos probable es la privatización general *a la polaca*, con convertibilidad rápida del rublo, total apertura a las *multinacionales* bancarias e industriales, desarrollo del mercado financiero, libertad de precios y limitación de las ayudas presupuestarias a las empresas que no podrán ser cedidas hasta después de la reconversión. En efecto, este despiste hacia el capitalismo tendría todas las posibilidades de federar a las oposiciones más diversas, en beneficio de segmentos del antiguo partido o de cuerpos de ejército todavía ricos en medios de acción. La era de los *putschs* no terminó en agosto de 1991, la Georgia de 1992 y el Kirghizistán de 1993 permiten juzgarlo.

Mucho más probable es la privatización parcial y escalonada, de empresas estatales cuya suerte podrá ser diferenciada, de una república a otra, pero también en función de su carácter estratégico o simbólico. La deskoljozación, en lo sucesivo regida por las repúblicas, podría ser, a su vez, muy diversificada en su amplitud y sus plazos. El acuerdo concluido para los años 1991-1995 que prevé la adquisición anual por parte de Rusia de 10 millones de toneladas de grano estadunidense no traduce la esperanza de progresos masivos *a la china*. Además, las llamadas de ayuda alimentaria de Alemania y de la CEE hacen pensar que las necesidades reales se establecerán todavía mucho tiempo en la cercanía de 25-30 millones de toneladas importadas anualmente desde hace casi quince años.

Por sus temporizaciones y sus tanteos, la reforma debilitará sus resultados de la economía a mediano plazo, pero facilitará sin duda la costumbre del pluralismo político, el aflojamiento del control ideológico y la diversificación de la sociedad civil. En todo caso, el clima político y la evolución del régimen dependerán, ante todo, de las tensiones nacionalistas. La pérdida del glacís europeo, virtualmente adquirido a partir de 1989, será tanto mejor soportada cuanto que podría ser económicamente ventajosa y que las reticencias de los militares sin duda se desarmarán por la connivencia que se mantendrá entre rusos y estadunidenses, igual de deseosos de vigilar de cerca el *teatro europeo* en donde la unidad alemana hará sentir sus efectos. En cambio, las repúblicas soviéticas que aspiran a la independencia someterán a la URSS a una prueba más dura.

Las secesiones operadas suavemente, después de las negociaciones destinadas a organizar las relaciones ulteriores, serán compatibles con una democratización progresiva de la ex URSS, incluso con su renovación confederal, si se toman bien en cuenta los lazos económicos y los intereses estratégicos. Por el contrario, rupturas brutales, eventualmente enconadas por persistentes guerras fronterizas —como las que amenazan a la Transcaucasia— o aun secesiones suavemente intentadas, por zonas tan sensibles como Ucrania o las principales regiones autónomas de Siberia, conducirán casi inevitablemente a reacciones violentas con consecuencias duraderas.

El pronóstico para Rusia sería entonces muy oscuro si no fuera por los triunfos de los que continuará disponiendo: su poder militar y nuclear que, no obstante probables reducciones presupuestarias, lo protege de las injerencias extranjeras directas y continúa contribuyendo con el equilibrio, no demasiado belicoso, del sistema mundial; su equipo ideológico, en el que las influencias mercantiles tardarán en ser predominantes; sus élites plurinacionales, muy mezcladas en la mayor parte de las grandes profesiones; sus relaciones económicas entre repúblicas y regiones, en las que las dificultades comunes a las que falta mucho para que se agraven por una sobreexplotación rusa de una periferia colonial; sus riquezas naturales, situadas esencialmente en las tres repúblicas eslavas, incluso en la Siberia rusa; por último, su crédito internacional que no se arruina por los 62 mil millones de dólares de deuda acumulados a finales de 1990, y que se adosó a una balanza de pagos en la que el oro, el petróleo y otras materias primas garantizan más o menos el equilibrio, por lo menos a largo plazo.

Datos objetivos como éstos permiten al poder ruso un margen

de maniobra, pero sin apartar el riesgo de una nueva helada por la coalición de múltiples elementos, todavía federados en el partido comunista, o reunidos en los *frentes populares* de diversas repúblicas y en otras organizaciones políticas. Esta coalición podría exaltar cada vez menos los *esfuerzos heroicos* de las generaciones que *construyeron el socialismo* durante los años treinta, y que luego ganaron la *gran guerra patriótica* de los años cuarenta, antes de *reconstruir la patria*. Pero diversas corrientes religiosas podrían confrontarla, así como diversas corrientes políticas: las que se niegan al pluralismo de los partidos y a los rodeos del debate político; las que defienden paso a paso los *derechos adquiridos*, las que quieren poner una barrera al modernismo de las costumbres y de las modas, a las especulaciones de las bolsas de valores, etc. Según el caso, las dificultades del abastecimiento, los nuevos temores del desempleo o los sentimientos de inseguridad, nacidos de una delincuencia por fin visible, podrían ser evocados para dar más de lo debido. Asimismo, todos o parte de los mismos elementos podrían ser manejados en otras mezclas, si un populismo abiertamente anticomunista llegara a sancionar un estancamiento demasiado largo de la *perestroika*, como amenaza sancionar a varias de las gestiones comunistas en los países del ex *campo socialista*. Ni el *putsch* moscovita de agosto de 1991, ni los diversos conflictos periféricos purgaron este potencial en ninguna de las ex repúblicas soviéticas, aun en los tranquilos países bálticos.

Así, la ex URSS estará, por largos años, expuesta a una reacción política que podría modificar sus orientaciones y sus instituciones, sin dejar de provocar eventuales intervenciones armadas en las regiones trastornadas o en las repúblicas secesionistas. En el extremo, no se puede excluir a la multiplicación de las duraderas guerras "civiles" o "internacionales" en el antiguo territorio soviético, guerras tanto más peligrosas que desgarrarían a un país dotado de un amplio arsenal nuclear. Pero, antes de llegar a este límite, sin duda sería posible una dictadura.

La China del siglo XX que termina estaría probablemente menos desgarrada. En su caso, el respeto tradicionalmente otorgado a la autoridad que reina desde Pekín y el relativo bienestar obtenido por las campiñas, tras un largo siglo de miserias renovadas, deberían proteger todavía al Estado de las tempestades generales. El *mandato celeste* del poder establecido podría sobrevivir a los ocasionales tumultos de Pekín o de Shangai, como a la crisis que dividirá

sin duda a las cumbres del partido, tras la muerte de Deng Xiao-
ping, pues las clases masivas del campo, de la artesanía y de la
pequeña empresa urbana se erizan, al lado de un partido que
permanece como la principal posibilidad de promoción social y que
no será impugnado radicalmente, mientras dure un impulso económico jamás desmentido desde 1976 y mientras, además, el
capitalismo de más alto vuelo siga acantonado en sus zonas especiales y en algunas ciudades.

Además, sin duda China no se enfrentará a tensiones nacionalistas tan graves como las de la URSS, no obstante la rebelión
recurrente del Tíbet, pues su 8% de no Han está aislado en enclaves
reducidos o dispersos, en el seno de amplias periferias poco densas,
a menos que se les deje atrás por numerosos Han, como en
Mongolia interior. China tampoco se verá amenazada por ninguna
presión exterior que podría doblegarla, pues su fuerza nuclear y la
crisis soviética la protegen de las acciones militares, mientras la
atracción de su mercado potencial la protege de presiones económicas duraderas, y la modestia de su equipo de radio y televisión y
el débil despertar de sus inmensas provincias limitan, todavía
durante un cierto tiempo, su sensibilidad a las presiones ideológicas
provenientes del mundo exterior.

Así, el siglo XXI terminará con nuevos desacuerdos entre China
y Rusia. La primera, impaciente por la defensa de su partido-Estado
acuerda proteger a Corea del Norte, y se inquieta por las turbulencias democráticas de Mongolia exterior. La segunda se vuelve
peligrosa para el partido chino: ya no por sus presiones militares,
como en tiempos de Breshnev, ni siquiera por sus rigideces económicas que contrastaban con la flexibilidad china posterior a 1976,
sino más bien por sus orientaciones políticas de las que Pekín
denuncia el *liberalismo burgués*.

Para que Rusia y China se acerquen, de aquí a 2000 o poco
después, se necesitaría una de dos cosas: que la primera busque la
alianza del partido chino, tras haber experimentado una clara
nueva helada; o que la segunda se proyecte hacia un cambio
político, por una crisis más fuerte que la de la primavera de 1989
o por el surgimiento de una nueva generación en las cumbres del
partido. A falta de lo cual Rusia y China entrarán con los pies contra
la cabeza al siglo XXI.

En la CEI, el final del siglo XX habrá estado dominado por una
reforma política y un reflujo geográfico ricos en peripecias, cuando

los primeros decenios del siglo XXI más bien podrían estar marcados por un nuevo periodo de logros, de orden económico. Las redisposiciones del espacio soviético se proseguirán sin duda todavía, ya sea que Asia Central entre tardíamente a la era de la descolonización o que por el contrario, el reequilibrio político-administrativo de este espacio haga posible una revisión negociada de las fronteras internas consideradas insatisfactorias, ya sea, por último, que la CEI tenga que ajustarse a las turbulencias de sus nuevos vecinos, de los cuales algunos podrían tener una composición menos buena que Finlandia, en las riberas bálticas, como en los desarrollos polaco-húngaro o balcánicos. En cuanto al espacio chino, estará probablemente expuesto, también, a renovaciones de linderos: del lado de Asia Central, quizá, pero también por el hecho de la probable reunificación de Corea y de las renovaciones indochinas, a los confines de Birmania, de Tailandia y de un Vietnam por fin renaciente.

Después de los titubeos de los años noventa, la economía ex soviética probablemente tendría que estabilizarse en una formación transformada en mixta por la multiplicación de las asociaciones con las *multinacionales* de diversa proveniencia, pero también por el desarrollo de un sector privado autóctono, al lado de empresas públicas pertenecientes a las repúblicas federadas o a la confederación soviética, o tal vez a algún colectivo menos estatal, y por último a una clara apertura de los intercambios internacionales y a las monedas convertibles, o incluso a la libre transferencia de todos los capitales. En efecto, la hipótesis, aquí mencionada como la más probable, conduce a suponer que, más allá de las crisis y de los retrocesos, la CEI de los años 2015-2025 no se habrá vuelto todavía un segmento puro del mercado mundial capitalista, abierto a todas las corrientes *multinacionales* de la inversión y de la especulación, no porque el equilibrio delicado de sus relaciones de fuerza políticas internas no lo haya permitido, sino porque nuevos mecanismos socialistas desestatizados pasarían ya del estado de experimentación al de los notorios resultados.

Esta hipótesis tiene como corolario un crecimiento todavía modesto de la economía durante los primeros decenios del siglo XXI, pero suficiente para autorizar, a diferencia de los años 1980-2000, una clara progresión del PIB per cápita, paralela a la de Estados Unidos, aunque a un nivel todavía muy inferior a la de este país.

LA URSS Y CHINA DE AQUÍ A FINALES DEL SIGLO XXI			
	-I- *Fin del siglo* XX		-III- *Pleno siglo* XXI
	-II- *Inicios del siglo* XXI		
	1990	*2000*	*2020*	*2100*
Población (en millones)				
URSS[1]	294	318	358	471
China[2]	1 133	1 298	1 558	2 029
PIB (en % del total mundial)				
URSS[1]	9	6.9	5.8	8.3
China[2]	3.5	4.1	5.3	9.5
PIB per cápita (1990=100)				
URSS[1]	100	103	165	5 330
China[2]	100	150	347	14 157
PIB per cápita (en % del nivel estadunidense del año)				
URSS[1]	35	28	28	90
China[2]	3.5	4	6	24

[1] Incluye Mongolia exterior y toda la ex URSS. Los datos relativos a 1990 evalúan un potencial establecido, no un resultado efectivo.

[2] 1990: incluye Corea del Norte; 2000: incluye además Hong Kong y Macao; 2020: incluye además Taiwán, pero excluye Corea del Norte; 2100: sin modificación en relación con 2020.

En el peor de los casos, la CEI sería entonces una especie de Australia gigante, pero aún pobre, explotando en su provecho sus riquezas naturales. En el mejor de los casos, podría ser uno de esos elefantes cuyo galope retumbe en toda la economía mundial del próximo siglo. De tal manera que Rusia continuará siendo desgarrada entre la aspiración a una vida más rica, en lo sucesivo difundida mucho más allá de la inteliguentsia, y el culto nostálgico de sus propias tradiciones, gastadas y románticas. Sin embargo, su vulnerabilidad a la nueva helada política o a la implosión guerrera debería decrecer a lo largo de los años.

Sucederá algo muy diferente en China en donde, durante el inicio del siglo XXI, la situación se volverá tensa. La inclusión de Hong Kong obligará sin duda a este país a una política de *puertas muy abiertas*, ya que el acantonamiento de los capitalistas extranjeros en zonas especiales se volverá ilusorio y que las eflorescencias capitalistas de la pequeña producción mercantil proliferarán hacia cada ciudad y aldea. Salvo si se contrae a costa de una regresión económica cuyo costo político sería muy pesado, China tendrá que adaptarse, sin carecer de sacudidas ni de zigzags, a luchas de clases cada vez más diversificadas, a las que los eventuales progresos locales de la autonomía y de la democracia no brindarán un exutorio suficiente, pues las grandes elecciones relativas a las empresas de Estado —¿preservarlas, privatizarlas o renovarlas?— y las presiones ideológicas de una sociedad mejor educada y más expuesta a los riegos de los medios de comunicación, harán necesarios arbitrios políticos globales excediendo de las capacidades de un partido todavía único, pero desposeído de su exclusividad como oportunidad de promoción social.

Por lo tanto, China tendrá probablemente que caer en uno u otro de los porvenires políticos que prefiguran las dos Coreas rivales de 1990: la rigidez doctrinaria y policiaca de un partido que protege su unidad por medio de una dictadura militar-nacionalista de estilo norcoreano; o la democracia débilmente dosificada de un régimen político con un frágil pluripartidismo y con recursos militares y policiacos todavía abundantemente utilizados, como en Corea del Sur. No puede excluirse una renovación política de mejor calidad, eventualmente inspirada por una CEI que habría encontrado la vía para una modernización que no imite demasiado los modelos occidentales, o que resulte de experiencias maduradas en China misma, pero su probabilidad parece débil salvo la cristalización de fuerzas políticas innovadoras. Por consiguiente, las probabilidades de ver a China y a Rusia avanzar por vías paralelas, seguirán siendo mediocres durante el inicio del siglo XXI.

A más largo plazo, ninguna fatalidad condena efectivamente a China y a Rusia a renovar las querellas que las separan periódicamente, desde el primer tratado firmado entre rusos y chinos, en Nertchinsk en 1689, pero la gama de las posibilidades previsibles para la totalidad del siglo XXI no permite, a este respecto, ningún pronóstico seguro.

Durante este siglo en el que Rusia padecerá para mantener su arsenal militar en paridad con el de Estados Unidos y en el que su conversión, aún parcial, a la economía capitalista, aminorará por mucho su originalidad internacional, este país no podrá mantenerse en el nivel de las muy grandes potencias más que si, al mismo tiempo que relanza su economía, gana en ejemplaridad política por la calidad de su confederación plurinacional y en un resplandor cultural por una reinversión juiciosa de su igualitarismo. En efecto, la competencia entre Rusia, Estados Unidos y las otras potencias que van a reforzarse de aquí a entonces, podría llevarse a cabo, a lo largo del siglo XXI, en terrenos donde la CEI tiene sus oportunidades: los de la educación pública, de la cultura en masa, del propio *welfare*. El imperio mundial de Hollywood podría revelarse más vulnerable que el del Pentágono si la CEI sabe contener el materialismo mercantil.

Habrá que esperar el final del siglo XXI para que China pueda acariciar ambiciones como éstas, después de que el impulso adquirido por sus mil millones de habitantes se haya amplificado durante los decenios en los que mil millones más de hombres vendrán a inchar su población. Para este fin necesitará restablecer su soberanía sobre Taiwán y alcanzar al pelotón de los *nuevos países industriales*, émulos de Japón. Y entonces, adaptar a una economía móvil un sistema político flexibilizado y una cultura abierta. A este precio, China se volverá lo que promete ser desde hace ya un siglo: el mastodonte en el que la más antigua civilización elabora su propia modernidad, en la cercanía de una India también por despertar.

12

El MATRIMONIO FORZADO DE LA ECONOMÍA
Y DE LA ECOLOGÍA (De 1990 a 2100)

37. UN CRECIMIENTO ACELERADO

En el siglo XIX, la producción mundial aumentó 1% por año.
Teniendo en cuenta un desarrollo demográfico ya sensible, el PIB
promedio per cápita —es decir la producción total distribuida en
partes iguales en toda la población, aumentó 50% en cien años. En
el siglo XX, incluyendo su último decenio, el crecimiento de la
producción sin duda habrá sido, en promedio mundial, de 3% por
año y el PIB per cápita casi se habrá quintuplicado de 1900 a 2000.
En el siglo XXI, las hipótesis globales que van a ser discutidas,
permiten contar con una progresión promedio del PIB mundial, del
orden de 4 a 4.5% por año, lo que proporcionaría, a finales del
siglo, un PIB promedio per cápita veinticinco veces superior al del
año 2000.

Una expansión así parece imposible para quien se acuerda de la
eterna sucesión de las vacas gordas y de las vacas flacas que mantuvo
a las sociedades precapitalistas en su milenaria miseria. Sin embargo, la enorme progresión considerada para el siglo XXI sólo permite
suponer que, bajo la presión de una demografía y de una tecnología
igual de exuberantes, los resultados obtenidos después de 1950 por
los principales países de la OCDE (núm. 25) serán casi igualados, en
escala mundial, para el promedio de este siglo. Es decir, el récord
japonés de la segunda mitad del siglo XX no llegará a ser todavía la
norma mundial. Las estadísticas de la OCDE, bien homogeneizadas
para el periodo de 1960-1985, incluyen el alza petrolera de 1973
que padeció sobre todo Japón y permiten medir la singularidad
japonesa, por comparación con Europa occidental y América del
Norte.

El Japón de 1960 es todavía un país débil. Su reconstrucción ha
concluido, sus 5 millones de repatriados tienen empleo, su expansión demográfica está detenida, pero su territorio no posee más

EL CRECIMIENTO MUNDIAL *(tasas anuales promedio)*	siglo XIX (%)	siglo XX (%)	siglo XXI (%)
Población	0.6	1.35	0.9
Producto global real (PIB)	1	3	4.25
PIB per cápita (promedio mundial)	0.4	1.6	3.3

FUENTES 5 y 33: Estimaciones a partir de 1990. Tasas redondeadas.

que 15% de tierras arables y sus recursos mineros son pobres. Japón depende del mercado mundial para muchos de sus suministros y de sus mercados. No obstante estos obstáculos, su PIB aumentó 6.8% por año, durante todo el periodo de 1960-1985, en tanto que el resto de la OCDE progresó solamente 3.3% por año. Entre todos los factores que interactúan para producir esta diferencia, se puede observar que Japón no dispone de una mano de obra particularmente abundante, pues la disminución en los nacimientos posterior a 1945 desvanece rápido su ventaja inicial, sin modificar, por ello, su hostilidad hacia los trabajadores inmigrados. En todo caso, los horarios japoneses siguen siendo de los más largos, de tal manera que en total, la cantidad de fuerza de trabajo utilizada por Japón podría explicar, en promedio anual, alrededor del 0.7% de su crecimiento. Además, este país mantuvo sin interrupción tasas de ahorro y un funcionamiento del crédito muy favorables al capital industrial, lo que explica alrededor del 1.5% de su crecimiento suplementario por año. Queda por justificar un suplemento anual del orden de 1.1%, que resulta del tope de los gastos militares, de la calidad específica del capitalismo de Estado japonés (núm. 28) y de los efectos inducidos por la disciplina de una población regularmente receptiva a los beneficios de un crecimiento continuo.

Hacia 1800, la industria capitalista ocupaba un pequeño claro, de Manchester a Basilea y de París a Amberes. Actualmente, se presenta en toda la OCDE europea, estadunidense y japonesa y despunta en nuevas zonas, al sur de Asia y de América. En el próximo siglo, abarcará todo el planeta y el PIB mundial aumentará en la misma medida. Así, la enorme progresión económica esperada para el siglo XXI supone que se cumplan dos condiciones: que el área conquistada por el capital incorpore las inmensas poblaciones asiáticas y que los estados y las *multinacionales* sepan manejar el crecimiento de la economía, aun si su conocimiento no iguala al del Japón posterior a 1950.

La revolución informática les será de una gran ayuda. Los nuevos materiales cerámicos y compuestos, las aleaciones con memoria de forma, los metales vítreos, las biotecnologías animales y vegetales y muchas otras innovaciones pueden con derecho serle imputadas, porque la informática es la herramienta de las investigaciones tanto como de los automatismos de producción y de comunicación. En agosto de 1989, el BIT estimaba que los 200 000 robots en servicio —de los cuales 140 000 en Japón— llegarían a ser 10 millones en 2000, en tanto que, ya, la conducción por radio-satélite se extendía de los barcos a las flotas de camiones para volver óptimo su empleo.

Por encima de los robots y de otras máquinas o procesos, las iniciativas concertadas entre estados y *multinacionales* estimulan la maduración de las nuevas técnicas. Cinco años después de su lanzamiento en 1985, el programa Eureka respalda 386 proyectos en los que trabajan más de 2 000 empresas y laboratorios, que competen a dieciocho estados europeos. Estados Unidos y Japón hacen lo mismo y parecen esbozarse operaciones que asocian los tres polos japonés, estadunidense y europeo, sobre todo en materia de la compleja automatización de las fábricas y de las telecomunicaciones. Es probable que continúen desarrollándose dichas iniciativas y que, tomando debidamente en cuenta todos los fracasos y los éxitos, multiplicarán las capacidades productivas.

Todavía más esencialmente, la investigación científica de la que procede la mayor parte de las innovaciones tiene grandes probabilidades de ser mantenida o incluso desarrollada. En 1990, los cinco países de donde proviene la mitad de la producción mundial, consagraban entre 2 y 2.5% de su PIB al financiamiento de esta investigación, preparando de esta manera la aceleración del crecimiento y el mantenimiento de su preeminencia.

Las innovaciones originadas por la revolución informática arruinan a muchas empresas, hacen indispensable una frecuente reconversión de los trabajadores y trastornan incesantemente la organización de la producción. Pero proporcionan, al mismo tiempo, enormes capacidades suplementarias.

Siempre según el BIT, la población activa mundial que era de alrededor de 1 200 millones en 1950, será cercana a 2 750 millones en 2000. Sin embargo, durante este medio siglo, la tasa de actividad habrá disminuido de 46.5 a 44.4% y continuará a la baja durante todavía algunos decenios, puesto que el crecimiento de la población total se traducirá, al principio, en un reforzamiento de las jóvenes generaciones, en formación o fuertemente afectadas por el subempleo. Pero, mientras los estados contemporáneos aprenden a establecer *cuentas del tiempo de trabajo* tan elaboradas como sus cuentas económicas (núm. 28), la evolución futura de la población activa mundial se conservará incierta, así como el lugar que ocuparán en ella las mujeres o las probabilidades de hacer más breve la duración del trabajo. Sólo los países más ricos disponen, en estas áreas, de instrumentos estadísticos no demasiado mediocres: suficientes para calcular que en su seno, la reducción del tiempo de trabajo y el aumento del desempleo continuarán disputándose la prioridad política.

En cambio, no hay duda de que en todos los países, los impulsos favorables a la formación general y profesional de la mano de obra serán intensos, pues los incitarán las nuevas técnicas de producción, de comunicación y de organización. De ahí esta consecuencia, ya sensible para quien observa la competencia que Corea y Taiwán ejercen hacia Estados Unidos y Europa: nada garantiza que las poblaciones mejor formadas serán siempre las de los países industrializados desde hace mucho. Las corporaciones sujetas a los derechos adquiridos por los diplomados de ayer y las cámaras de comercio confiadas en las virtudes tradicionales de su mano de obra se expondrán a muchos desengaños.

La puesta en funcionamiento de los medios de trabajo incesantemente revolucionados se operará sin demasiadas dificultades, en escala mundial, por el número de brazos que brindará el crecimiento demográfico. Pero en la escala de cada país, los errores políticos, en materia de formación, de salarios y de duración del trabajo —por consiguiente, en materia de beneficios y de impuestos— podrán costar muy caro, en una competencia que se desplazará cada vez más, del precio de los productos hacia los costos de producción y de comercialización.

Durante los años setenta, el debate sobre los *límites del crecimiento* [23] hizo valer la idea de que el agotamiento de los recursos naturales no renovables y la intensidad de las contaminaciones industriales y urbanas bloquearían los potenciales de crecimiento proporcionados por la expansión demográfica y el progreso de las

tecnologías. Luego, razonamientos más sabios desplazaron la obje-
ción. En lugar de una imposibilidad natural, se descubrió una dificultad política, la de la elección de los buenos senderos de crecimiento
[26], atentos a no agotar a la naturaleza y a no sublevar a los hombres.
La lección será de actualidad durante todo el siglo XXI.

Si el crecimiento económico, considerado hasta finales de este
siglo, se realizara plenamente, la producción mundial de 2100 sería
noventa y tres veces superior a la de 1990. El buen sentido inclina
a rechazar una perspectiva como ésta, pero es miope. De 1950 a
1990, la producción mundial anual efectivamente se quintuplicó.
Proseguida durante ciento diez años, una expansión así se traduci-
ría en una producción final ochenta y cuatro veces superior a la del
año inicial. Así, el porvenir que se tiene en cuenta casi no es
diferente del pasado reciente, en lo que se refiere a su tendencia.

Se observará, además, que el quintuplicamiento del *volumen* de
la producción, entre 1950 y 1990, no se acompañó por un mismo
crecimiento de su *peso* global. Hasta donde se le puede estimar, el
tonelaje mundial de las mercancías en circulación entre estas dos
fechas, sólo se cuadruplicó. Como el petróleo transportado por
buques cisternas, oleoductos y camiones cisternas cuenta, en este
total, con más de una tercera parte, el creciente recurso a energías
primarias menos pesadas moderará el aumento del tonelaje de la
producción anual. Pero, sobre todo, el aligeramiento del peso
unitario de las mercancías, la multiplicación de los servicios inmateriales y los beneficios del teletrabajo y de la producción auxiliada
por computadora reforzarán una tendencia ya bien establecida: de
año en año, no deja de disminuir el peso de las materias primas
incorporadas a cada unidad del PIB mundial.

Lograr la transición demográfica, difundir las nuevas tecnologías, multiplicar las precauciones ecológicas impidiendo su mal
empleo, formar y emplear pertinentemente productores cada vez
más numerosos, perfeccionar sin cesar la organización de su trabajo
y la administración de sus colectividades: éstas son las principales
apuestas económicas del próximo siglo. Si fueran dominadas por
políticas más juiciosas que las del siglo XX, permitirían un enorme
progreso económico. Pero la pertinencia económica era y sigue
siendo el recurso más raro, en un mundo que fragmenta en
pequeños trabajos su porvenir. De ahí ese riesgo del que el siglo XX
dio múltiples ejemplos: el de los años perdidos en crisis económicas, en guerras, en *stop and go* inflacionistas; y, al mismo tiempo, el

de millones de hombres perdidos por hambrunas, por matanzas, por desempleo y por miserias menos espectaculares. La apuesta económica del siglo XXI se resume en una frase: hacer que cada decenio valga, tanto como sea posible, diez útiles años de trabajo por un mejor bienestar de la población mundial —y por la reducción de las desigualdades en su seno.

38. UN MERCADO SIN LÍMITES

En este fin del siglo XX, el comercio internacional continúa floreciendo (núm. 22). Las exportaciones de mercancías rebasaron los 3.7 billones de dólares en 1992 y crecen un año con otro de 6 a 8%, salvo en los periodos de baja coyuntura: en todo caso, en escala mundial y a largo plazo, dos veces más rápido que la producción. Las exportaciones de servicios aumentan aún más, más allá de los 600 mil millones de dólares alcanzados en 1990. Esta animación del mercado mundial tiene buenas probabilidades de proseguir, en beneficio de las *multinacionales* originarias de la OCDE y de algunos países exteriores como Brasil, Corea, México, etc. El impulso adquirido por China tiene buenas probabilidades de activarla más, aun si el GATT tarda en actualizar sus normas. En efecto, el ciclo plurianual de las negociaciones abiertas por el GATT en 1986, bajo el nombre de *Ronda de Uruguay*, que tendría que haber sido concluido antes de finalizar 1990, tuvo que ser prorrogado varios años; los afiliados afluyen, pero los obstáculos aduaneros y no arancelarios no se dejan fácilmente corregir.

En cuanto se regularicen las candidaturas, de 1991 a 1995, el GATT contará por lo menos con 105 miembros, considerando a la URSS como una sola unidad. Entonces se modificarán sus relaciones de fuerza internas. Hasta aquí, las sucesivas *rondas* permitieron apaciguar las querellas comerciales entre Estados Unidos, Japón y Europa. Así, la *Ronda de Uruguay* va a ser saldada por un programa plurianual que empezará por reducir las ayudas a los campesinados en toda la OCDE, abrirá un poco más a Japón a las mercancías extranjeras, roerá un poco el acuerdo *multifibras* y desencadenará, de manera circunspecta, la extensión a los servicios de la jurisdicción ejercida por el GATT, todo sin desarrollar más la fuerza de esta institución que no tiene poderes limitantes.

No obstante su aparente conflicto, la CEE y Estados Unidos siguen estando fundamentalmente de acuerdo en proteger a sus respectivos campesinados y, entonces, en mantener en la penumbra, los mecanismos de precios garantizados y de deducciones fronterizas con los que juega la política agrícola europea o las ayudas internas y las subvenciones a la exportación que emplea Estados Unidos. Su desacuerdo, mal ajustado por la *Ronda de Uruguay*, es más limitado: se trata simplemente de partes del mercado, fuera de la OCDE. Estados Unidos con el deseo de reconquistar el terreno perdido antes de 1985, durante la subida del dólar y la CEE con la intención de conservar los mercados entonces adquiridos. La alianza establecida en Cairns, Australia, en 1986, por catorce países exportadores de granos —todos extranjeros a la OCDE, salvo los tres ex dominios británicos— no verá satisfechas, tan pronto, sus esperanzas de un libre intercambio.

En el campo de los servicios, las dificultades son más variadas y más complejas. Estados Unidos —donde los servicios constituyen más de los dos tercios del PIB— pasó de un forzamiento inicial a una extrema prudencia, a medida que las discusiones de la *Ronda de Uruguay* revelaron los riesgos en los que el libre intercambio haría incurrir a sus transportes marítimos y aéreos, como a sus telecomunicaciones. Por su parte, la CEE obstaculizó el libre comercio de los servicios audiovisuales y de otros productos culturales para proteger las actividades de este orden, dispersadas entre sus naciones con culturas variadas. De prudencias en compromisos y en retrasos transitorios, el acento se desplazó finalmente hacia los servicios que califican a los productos materiales, es decir las marcas, patentes y derechos de invención, a menudo arriesgados por las falsificaciones y las piraterías. Fuera del sector financiero y bancario que goza de una libertad virtualmente total (núm. 40), el libre intercambio de los servicios es un amplio campo por explorar en el siglo XXI.

Los países más industrializados practican un ferviente libre intercambio, mientras obtienen una ventaja. Pero no rechazan ninguna protección para aliviar sus dificultades o sus tensiones internas. De esta manera, la CEE continúa racionando las importaciones de acero, veinte años después de su crisis siderúrgica de los años setenta, en tanto que el acuerdo *multifibras* protector de las viejas potencias textiles (núm. 21) juega con prolongaciones de una *ronda* a la otra, esperando ser alcanzado por un acuerdo *multipulgas* que ya se esboza entre Estados Unidos, Japón y, quizá, la CEE, para poner a cubierto la producción de los componentes electrónicos de los nuevos países industriales considerados demasiado golosos. Por otro lado, los acuerdos de *moderación voluntaria* para las exportaciones frenan las ofensivas japonesas, coreanas y demás, a los mercados europeos o estadunidenses del automóvil, de la informática o de la electrónica para el gran público. Por último, el nuevo campo de la fabricación y de los lanzamientos de satélites parece tener que cartelizarse pronto —por lo menos bajo la forma de un *código de buena conducta* entre Estados Unidos, la CEE, Japón, Rusia y quizá China— pues pesan mucho las inversiones necesarias en este campo muy prometedor en los presupuestos de los estados.

El libre intercambio es la regla del mercado mundial, pero se aplica con tantas excepciones como conviene a los estados aptos para defenderse. La palma pertenece a Estados Unidos que, en 1988, se dotó de una ley comercial que permite al gobierno reprimir a los socios comerciales considerados *unfair*, sin preocuparse por el *fair play* arbitrado por el GATT: la comodidad nacional prevalece sobre los compromisos internacionales. Pero sería hipócrita culpar sólo a este país. En el mercado mundial, la virtud reina cuando da resultados.

Sin ninguna duda las *rondas* del siglo XXI serán más inventivas que las anteriores, a falta de lo cual el GATT se desvanecería, tras haber más o menos concluido su tarea inicial: en efecto, la agricultura, los textiles y la vestimenta que resisten todavía el libre intercambio, no representan más que el 13% del comercio mundial, aparte de los servicios. El GATT va a ser dirigido hacia varias nuevas direcciones: la de los servicios, seguramente; pero también la de los intercambios que hay que organizar menos entre estados aislados que entre los *grandes espacios económicos*, como la CEE, la ANASE, la CEI y, pronto, la zona americana de libre intercambio u otros grupos más; y por último, la que resulta de frecuentes interferencias entre el comercio y las relaciones internacionales de orden más político.

La droga ofrece, a este respecto, un primer ejemplo de ninguna manera menor. Desde que el mercado mundial tomó una gran importancia, la producción, la comercialización y el consumo de los narcóticos se parecen desde todo punto de vista a los de otros productos exóticos, profusamente distribuidos en los países ricos: mundialización potencial de los mercados a partir de zonas de producción tradicionales: Asia, de Indochina a Turquía, para la amapola, los valles andinos para la coca, etc.; modernización de los laboratorios de extracción de las moléculas activas de las materias primas agrícolas; investigación de nuevos productos finales más atractivos; integración multinacional de la producción a la distribución de semimayoreo; utilización de los circuitos bancarios internacionales para la transferencia de fondos y el empleo de los beneficios adquiridos.

Sin carecer de hipocresía, los estados en los que se propaga el uso de las drogas, fingen ignorar la banalidad mercantil de estos productos. Gran Bretaña olvida que abrió, por la fuerza, el mercado chino del opio, durante el siglo pasado; Francia pierde la memoria de la Compañía arrendataria de los kifs y tabacos que dirigió, mientras el Maghreb hizo parte de su dominio; Estados Unidos se esfuerza por ignorar que las guerrillas reclutadas por su ejército para la guerra de Vietnam o las guerrillas afganas, africanas y latinoamericanas respaldadas por sus servicios clandestinos, a menudo fueron financiadas por tráficos de drogas debidamente tolerados; todos son ejemplos de los que nada indica que se prohíba la perennidad o el retorno.

A pesar de estas exóticas bajezas, muchos estados se niegan a abandonar el comercio de los narcóticos al libre juego del mercado internacional − e interno. Con mucha razón declaran a la droga *fuera de comercio*, pero raras veces se dan los medios de clasificar a los narcóticos en la sola farmacopea.

No se puede reducir el consumo de drogas si las bolsas de la miseria urbana en donde se envenena de bandidaje, no son atendidas por un *welfare* adecuado (núm. 27) y si las jóvenes generaciones, las familias y los educadores no son obligados a un esfuerzo preventivo incansablemente repetido. No se puede estorbar seriamente al tráfico sin establecer una frontera penal atinada entre los intoxicados por curar y los comerciantes por sancionar. Tampoco se puede estorbar a este tráfico sin atacar la producción de las drogas y su comercio al mayoreo, no por medio de baladronadas guerreras, sino mediante una ayuda perseverante que organice, de manera rentable, el relevo de la amapola, de la coca, etc.; y por una acción policiaca, no menos perseverante, contra las redes comerciales y bancarias en donde se insinúa el tráfico. Sin detener cada uno de estos eslabones, la droga proseguirá su bella carrera mercantil.

En el siglo XIX, se tuvo que perturbar el libre ejercicio del mercado mundial para ayudar a terminar con la esclavitud (núm. 12). En el siglo XXI, la policía del mercado mundial tendrá que dedicarse, mucho más allá de los narcóticos y de otras mercancías prohibidas, a la creciente lista de los productos por vigilar por razones ecológicas. Su necesidad llegará a ser tanto más apremiante en cuanto que las acciones llevadas a cabo por cada Estado en la escala de su territorio serán fácilmente evitadas en favor de intercambios internacionales más libres que nunca. Dicho de otra manera, la policía del mercado que era todavía en el siglo XX competencia de cada Estado requerirá, en el siglo XXI, de una cooperación internacional tan necesaria como difícil de establecer.

No se tratará solamente de someter al libre intercambio mercantil a las normas ecológicas, sanitarias o morales que tendrán que acordar los estados, sino también de aclarar las relaciones entre el mercado y las intervenciones más políticas que económicas que afectan a la pacificación de los conflictos o a la estimulación del desarrollo.

De esta manera, la eventual desmilitarización de ciertas regiones del mundo o la extensión de los acuerdos de no proliferación para armas diferentes a las nucleares llevarían a nuevas intervenciones que tengan por objeto el comercio del armamento. Las tradiciones del secreto y del contrabando que reinan en este mercado, en las relaciones entre los estados, como en las operaciones clandestinas o en la reventa de armamentos en desuso de segunda mano, obligarían a vigilar múltiples circuitos comerciales y bancarios, con una vigilancia igual o superior a la que puede suscitar el tráfico de los narcóticos.

Si la relajación de la tensión entre Estados Unidos y Rusia se tradujera finalmente por una reducción duradera de los presupuestos militares de las principales potencias, el mercado de la oportunidad recibiría, durante algunos años, aportaciones sustanciales y el mercado de los nuevos armamentos estaría sometido a la agresiva búsqueda a domicilio de clientes eventuales de las industrias que deseen diferir o diluir su reconversión: la coyuntura de los años 1990-1993 ya manifiesta estas tendencias. Pero las exportaciones no atañen, en promedio, más que a 5% de los armamentos producidos cada año, aún si pesan bastante en la balanza comercial de los cinco principales exportadores que son Estados Unidos y la URSS, seguidos de más lejos por Francia, Gran Bretaña y China —y de muy lejos por algunos antiguos proveedores (como Bélgica y Checoslovaquia o Suiza y Suecia) y por diversos recién llegados (entre los cuales se pueden mencionar Brasil, Sudáfrica, Israel e

India). En escala mundial, el comercio de las armas representa apenas más del 2% de los intercambios internacionales, de tal manera que sus fluctuaciones no tendrán, globalmente, más que un efecto marginal. En cambio, una baja sensible de los presupuestos militares tendría consecuencias nada marginales, tanto en las industrias de armamento de las que el 95% de la cifra de negocios se lleva a cabo en sus estados de origen, como en los otros ramos de actividad alimentados por estos presupuestos. Por ejemplo, en 1990, Estados Unidos consagró un poco más de 300 mil millones de dólares a sus ejércitos, es decir alrededor del 6% de su PIB. Sus militares fingen no poder economizar nada, pues sus reponsabilidades mundiales requieren de medios, o incluso de suplementos. Pero, salvo un entorpecimiento duradero de los gastos comprometidos en el Golfo, se puede esperar sin embargo que, tal cual, su presupuesto se reduzca al 4% del PIB de aquí al año 2000. Es decir una economía de 500 a 600 mil millones de dólares (en precios de 1990), por realizar en un decenio. Con un impulso así, también serán sustanciales los recortes presupuestarios de los aliados y de los adversarios de Estados Unidos. Podría ser que en diez años, del 1 al 2% del PIB mundial pueda ser reorientado hacia otros fines.

¿Cuáles? Sin entrar en los detalles de las variantes por Estado, es posible clasificar esquemáticamente las principales orientaciones, por orden creciente de eficacia mundial. En la parte inferior de la escala figuran las desgravaciones de impuestos de los cuales el interés depende de las tablas fiscales en vigor. La reducción de los déficit presupuestarios o el incremento de los gastos civiles, al prorrateo de su peso actual, serían apenas menos eficaces, salvo quizá en Estados Unidos en donde un mejor equilibrio del presupuesto federal podría tener felices consecuencias indirectas para el mercado mundial de los capitales. Sin embargo, más valdría privilegiar los gastos cuyo retraso entorpece la expansión económica: retraso de los equipos públicos, déficit de la formación y de la investigación, insuficiencias del *welfare*, etcétera.

Aún más eficaz, en escala mundial, sería la orientación definida a partir de 1978 por Leontieff en un informe a la ONU: compensar la reducción progresiva de las cargas militares, en los países industrializados, por medio de la transferencia, hacia los países por industrializar, de capitales tan gratuitos como sea posible y de empleo bien definido. Leontieff calculó de esta manera que una reducción de 20 a 40% de los gastos militares mundiales —lo que correspondería a los efectos directos e indirectos de las economías estadunidenses y rusas, previsibles de aquí a principios del siglo XXI— reempleada poco a poco, produciría un suplemento del PIB mundial que, todo lo demás igual, sería ya del 4% el vigésimo año y que alcanzaría el 10% en el trigésimo. Dicho de otra manera, el crecimiento económico mundial daría un salto manifiesto: cambiaría de trayectoria.

Es más difícil manejar la paz que la guerra, porque abre un abanico de posibilidades, entre las cuales se establecen difícilmente las elecciones políticas solicitadas por fuerzas contradictorias. Pero el ejemplo de los países parcialmente privados de gastos militares subraya sus promesas: eso sucede con Japón que circunscribe deliberadamente su presupuesto militar al 1% de su PIB; con Alemania, vinculada a los aliados de la segunda guerra mundial y a los pactos ulteriores; con Austria y Finlandia, obligadas a la neutralidad; con Suiza y Suecia que hicieron de dicha neutralidad su principal máxima.

Los beneficios de una tranquilidad internacional eventualmente duradera podrían ser dominados por un juicioso empleo político de las rentas mineras y del suelo cuya existencia —si no la cuota— no depende en lo absoluto de la paz y de las guerras. En efecto, el 30% de los intercambios internacionales involucran a las materias primas, minerales o vegetales, destinadas a la industria o a la alimentación, cuya producción está sujeta a límites geográficos: yacimientos mineros, sitios forestales, tierras y climas propicios a tales cultivos o a tales crías de ganado, etc. La renta expresa el efecto económico de estas coacciones pero su nivel es de esencia política: depende de la relación de fuerzas entre los dueños del suelo por utilizar y las *multinacionales* que compran los productos o explotan los yacimientos, relación de fuerzas que los estados que dominan las tierras fecundas y los sitios mineros, pueden desviar, más o menos, por sus orientaciones aduaneras, mineras y demás (núm. 21).

A largo plazo, más allá de los riesgos coyunturales, la evolución de las rentas del suelo y mineras favorece a los países ya industrializados, en proporción de su acumulación capitalista. Concretamente, esta tendencia se manifiesta por el desmoronamiento de la parte de los productos de base en los intercambios mundiales; por la sustitución de múltiples recursos naturales por productos de síntesis; y por la explotación prioritaria de los recursos más cómodos para los países del centro, en función de su localización, de su seguridad política o de su fácil anexión por parte de las *multinacionales* de buena procedencia. Los lejanos sitios periféricos, sobrepoblados o políticamente frágiles son, por el contrario, considerados con suspicacia. Estas tendencias fueron ilustradas, durante los años 1975-1990 por el desarrollo excesivo de los recursos petroleros situados fuera de la OPEP y en las cercanías de los principales mercados (Alaska, México, Mar del Norte) a lo que se aunó, a partir de 1984, una rápida sustitución de las compras de precio acordado sobre varios años, por transacciones efectuadas, con precios fluctuantes, en los mercados de Nueva York, Rotterdam y Singapur. La erosión de las rentas por el mercado mundial y su captura por las *multinacionales* se unen al sobreendeudamiento de muchos países para contrarrestar los modestos esfuerzos de la ayuda internacional al desarrollo.

Para acelerar el crecimiento de la producción mundial y mejorar su repartición por país, los estados tendrían que actuar en contracorriente del mercado mundial, jugando con las rentas mineras y del suelo, según dos líneas de acción. La primera sería infravalorar las rentas agrarias en el seno de los países ricos de la OCDE, a menudo sobreproductores de víveres. En efecto, sus exportaciones subvencionadas participan en el desajuste de las producciones alimenticias, en todo el mundo, más de lo que sirven para salvar a los pueblos convertidos en famélicos por los azares climáticos y por el abandono de los estados locales. En 1990, la OCDE estimó que las rentas europeas, estadunidenses y japonesas podrían reducirse, por etapas, en por lo menos 50 mil millones de dólares por año, si se eliminaba progresivamente el proteccionismo campesino de los estados centrales, para el mayor beneficio de los consumidores del centro, de los agricultores de múltiples periferias y de los comerciantes que unen a unos con otros. Aun distribuido en un decenio, el impacto de una acción así sería del mismo orden de magnitud que el del desarme.

Todavía más eficaz, la otra línea de acción sería satisfacer las orientaciones generales de la CNUCED, al favorecer la estabilización plurianual de las rentas mineras y del suelo dependiendo del mercado mundial. La fijación de las cortes, la constitución de existencias reguladoras, la imposición de cuotas de producción por país, y, por último, la penalización de los países que contravengan requerirían, evidentemente, sólidos acuerdos internacionales esta-

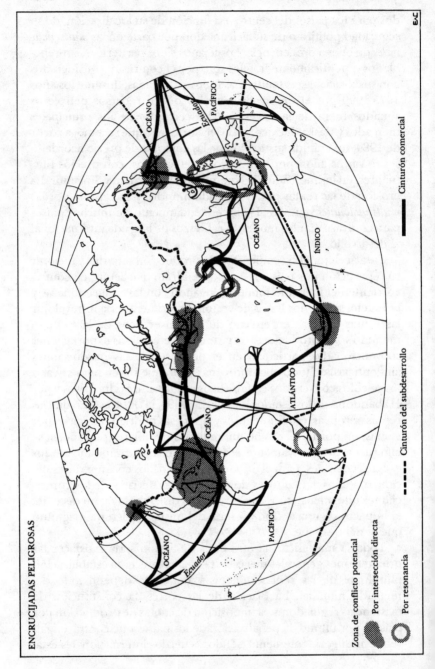

ENCRUCIJADAS PELIGROSAS

Cinturón comercial

Cinturón del subdesarrollo

Zona de conflicto potencial

Por intersección directa

Por resonancia

blecidos por instituciones especializadas, ellas mismas respaldadas por vigorosas intervenciones de las principales potencias, para disciplinar a las *multinacionales*, a los negociantes internacionales, a los bancos y a los estados faltos de delicadeza, todos agentes cuyas maniobras podrían desestabilizar los equilibrios mineros o agrícolas. Eso equivale a decir que este sometimiento de las rentas mercantiles al progreso económico mundial no se establecerá eventualmente más que a costa de difíciles modificaciones políticas internacionales.

39. CONTAR CON LA NATURALEZA

De 1950 a 1990, la población mundial aumentó en 1.9% por año. Si se toma en cuenta la proyección promedio de la ONU, su crecimiento anual será de 1.5% de aquí a 2020. Luego, suponiendo prudentemente que no se alcance la estabilidad demográfica planetaria hasta finales del siglo XXI, se registraría aún un aumento anual promedio de 0.75% entre 2020 y 2100. Estos porcentajes decrecientes parecen modestos, pero significan, en concreto, que el planeta contaría con más de 15 mil millones de habitantes en 2100, es decir casi el triple de los 5.3 mil millones de 1990. Toda la cuestión es saber si la transición demográfica, iniciada en Europa occidental a finales del siglo XVIII (núm. 7) se distribuirá de esta manera o si puede acelerarse.

En Europa y en la ex URSS, como en las Américas, la mortalidad disminuye ya hacia un nivel anual cercano al 1% de la población, nivel que Asia Oriental —incluida China— y África Austral alcanzan bastante rápido. Las zonas rezagadas, incluyendo India y África, tienen buenas probabilidades de acercarse con mucha rapidez. Lo esencial se lleva a cabo, entonces, del lado de las tasas de natalidad. La Europa escandinava y la occidental, seguidas de más lejos por la Europa meridional y América del Norte, tienden hacia una natalidad apenas superior a su mortalidad. Asimismo la moderación de los nacimientos se vuelve sensible en América Latina y en China, pero en otras partes tarda, sobre todo en los países islámicos del Cercano y Medio Oriente y en casi todas las regiones de África. Así, las tensiones demográficas del siglo XXI llegarán a su máximo en las zonas de gran pobreza, entre Dacca y Dakar. Ahí se decidirá, *a poco más o menos algunos millones,* el nivel de la población mundial hacia 2100.

Entre las amenazas que podrían afectar a la demografía del próximo siglo, hay que tener en cuenta dos cosas: una resulta de las angustias hoy en día provocadas por el sida; la otra se manifiesta por el temor, siempre renovado, de las carestías y de las hambrunas. La deficiencia inmunitaria de origen viral, llamada sida, fue localizada poco antes de 1980. Su propagación, por vía sanguínea o sexual, es medida por la OMS cuyas estadísticas tardan en desenmarañar los progresos efectivos de la epidemia, el aumento del número de los estados declarantes y el incremento de las vigilancias médicas. De hecho, los enfermos enumerados permiten extrapolaciones variables, según los modelos utilizados: entre 5 y 40 millones de contaminados (llamados seropositivos) en 2000. A falta de mejores terapéuticas de aquí a entonces, la OMS espera registrar hasta 1 millón de muertos por año a finales del siglo XX.

La probable longitud de las investigaciones necesarias para el establecimiento de tratamientos eficaces podría entonces acompañarse de una pandemia de la que resultaría, en algunos países por lo menos, una recrudescencia de la mortalidad bastante amplia para influir en su demografía. Si no se logran concebir pronto antígenos eficaces, esta enfermedad producirá, además, temibles anticuerpos sociales. En efecto, mucho antes de que comience a disminuir claramente el crecimiento de las poblaciones africanas más afectadas o a aumentar las tasas de mortalidad europeas y estadunidenses, las sociedades afectadas reactivarán sus antiguas técnicas de aislamiento de los leprosos o inventarán nuevas que podrían ser igual de espantosas.

Se puede dudar de que el sida alcance, en la fila de las principales catástrofes naturales, a la peste que asoló a Europa en el siglo XIV o a la viruela que despobló a la América del siglo XVI (núm. 7), a menos de que esta enfermedad inopinada sea la primera de una larga serie de mutaciones patógenas, imputables a las transformaciones industriales y técnicas del medio ambiente. Pero, si tuviese que perdurar sin recursos, se puede estar seguro de que el sida se inscribirá en el rango de las principales catástrofes naturales, por lo difícil que sería hacer coexistir, durante decenios, la circunscripción de su pandemia y el mantenimiento de los regímenes democráticos.

La mala nutrición y la hambruna son amenazas demográficas mucho más apremiantes que el sida, aun si la duplicación de la población observada entre 1950 y 1990, desbarató todos los temores maltusianos, excepto en algunas zonas en donde estados desfallecientes y guerras recurrentes, aunados a los riesgos climáticos, provocaron algunas veces hambres prolongadas y verdaderas hambrunas: es el caso de Etiopía que perdió, quizá, un millón de hombres en 1984 y que periódicamente se ve amenazada por una catástrofe similar (núm. 29).

En cuanto al porvenir, la zona más inquietante es África en casi todas sus regiones. El este etíope y sudanés o la banda sahariana son particularmente vulnerables, pero la diferencia entre la población y los recursos alimentarios aumenta también en otras partes: en Argelia, por ejemplo, en donde la producción de alimentos de 1990 ya no satisface más que el 40% de sus necesidades, contra el 73% veinte años antes.

En todo caso, es necesario apreciar la situación mundial, antes de juzgar una región particular. En 1993, se produjeron casi 1950 millones de toneladas de cereales, casi siempre consumidos en los países productores. El comercio mundial de los granos alcanzó 200 millones de toneladas, es decir el 10.25% de la cosecha anual. Al horizonte del año 2000, la FAO evalúa los déficit, casi todos situados en África, en alrededor de 130 millones de toneladas que serán fácilmente satisfechas por los excedentes de las cosechas europeas, americanas y —de más en más— asiáticas. A más largo plazo, los excedentes asiáticos podrían aumentar claramente, a medida que continúen progresando la irrigación, el empleo de abonos y el uso de máquinas. De la misma manera, la URSS, que se volvió fuerte importadora desde los años setenta empieza a obtener de suelos tan fértiles como los de América y Europa, con qué alimentar a toda su población.

Entonces, para los próximos decenios, no se vislumbra ningún déficit global. Mejor aún, Estados Unidos y la CEE multiplicarán los eriales, para aligerar el costo de las ayudas dispensadas a sus campesinados. De esta manera, Estados Unidos subvenciona ya el mantenimiento fuera de producción de 53 millones de hectáreas y la CEE hace lo mismo, su objetivo sería esterilizar 15 millones de hectáreas antes de finales del siglo XX. Sin duda esto no bastará, pues los agricultores inscritos en el triángulo Bristol-Amsterdam-Nantes podrían, solos, producir con qué alimentar a toda Europa.

Virtualmente, África es igual de rica: sus tierras disponibles o aprovechables —por ejemplo, en Sudán— y las ganancias de productividad que se obtendrían por una reforma radical de sus métodos de cultivo, podrían acercarla a la autosuficiencia alimentaria en uno o dos decenios. Entonces no es necesario hablar demasiado de los nuevos progresos de productividad que la difusión de los métodos daneses u holandeses podrían provocar un poco por todas partes en el mundo, para adquirir la certeza de que ninguna penuria global amenaza al planeta en su marcha hacia los 15 mil millones de habitantes.

Sin embargo, nada garantiza que Bangladesh, Etiopía, Sudán y veinte países más, por lo menos, no padecerán escaceses crónicas o hambrunas múltiples veces repetidas. Nada garantiza tampoco que, por mantenimiento o agravación de las desigualdades sociales en otros países más ricos que los anteriores, la mala nutrición por insuficiencia cuantitativa y por déficit cualitativos, pueda extender sus estragos, más allá de los 500 millones de hombres a los que afectaba en 1989, si se cree a la OMS. Pero estos dramas permanecerán vinculados con las carencias de los estados, incapaces de estimular la producción y de reformar la propiedad del suelo. En el siglo XXI, como hoy en día, la hambruna será política.

Como toda producción, la agricultura podrá desarrollarse si dispone de la energía y de las otras materias primas que le son indispensables. Ahora bien el suministro de energía se vuelve preocupante, por lo menos en algunas de sus formas primarias.

Las reservas explotables de petróleo y de gas se evalúan en unos 3.5 billones de barriles (o el equivalente), es decir menos de 60 años de consumo, de acuerdo al nivel de 1990. Nuevos descubrimientos continuarán sin duda incrementando esta reserva, pero el creciente consumo compensará más o menos este movimiento. Sin importar la resultante es seguro que las disponibilidades de petróleo y de gas se agotarán en pocos decenios, al mismo tiempo que se valorizarán los sitios mejor dotados —empezando por la región del Golfo árabe-pérsico— y provocarán una ineludible alza de los precios petroleros. Por lo tanto, la OPEP —quizá agrandada a Rusia, Argentina y a algunos otros países— recuperará pronto la autoridad sobre los precios mundiales y el inicio del siglo XXI será un periodo de creciente penuria o más bien de adaptación a nuevas formas de energía. Desde luego el carbón, cuyas reservas conocidas —un tercio situado en China— son diez veces superiores a las de los productos petroleros podrá tomar el relevo durante largos decenios a costa de mejores técnicas para la extracción de hulla y para su conversión en energías secundarias propias. Pero, a muy largo plazo, los únicos recursos virtualmente inagotables deben esperarse del sol —captado de diversas formas, incluso por desviación de vegetales— y de la energía nuclear.

En 1990, esta última suministra casi el 17% del consumo mundial de electricidad, es decir 5% por lo menos del consumo total de energía primaria. Teniendo en cuenta los equipos en circulación y en proyecto esta parte rebasará el 8% a finales del siglo. La evolución ulterior, guiada por las angustias obligadas que las penurias de energía y los riesgos de accidentes van a continuar provocando, dependerá finalmente de las precauciones de empleo que se tomen, de la evolución de las técnicas —sobre todo hacia el dominio de la fusión— y de la intensidad de los esfuerzos consagrados, además, a las técnicas que rentabilicen la energía solar. Así, el siglo XXI estará marcado por una muy grande aventura energética: el agotamiento virtual de los combustibles fósiles y la competencia entre las filiales nucleares y solares, para asegurar su relevo. Ya Japón ha elegido duplicar en veinte años su parque nuclear. Sin importar cuáles sean las elecciones políticas tomadas de etapa en etapa por los diversos países, ningún agotamiento irremediable de los recursos de energía primaria amenazará el crecimiento de la humanidad y de su producción.

De 1950 a 1990, la intensidad energética de la producción mundial probablemente aumentó de 0.4 a 0.5% por año. Dicho de otra manera, el consumo promedio de energía primaria por unidad de producción se incrementó a este ritmo. Pero se inició una clara inversión de la tendencia, desde el sobresalto de los precios petroleros en 1973 y 1979. En efecto, la intensidad energética disminuyó en 20% en la OCDE, en 4% en Brasil, y, aparentemente, en 19% en China; pero siguió incrementándose en la URSS (12%), en Corea y en India (14%) así como en México (28%). Ninguna fatalidad asocia mayores consumos de energía con el crecimiento de la producción. Depende de políticas pertinentes que los precios y el régimen tributario inciten a ahorrar la energía primaria, para todo fin, productivo o no. En todas las regiones del mundo, las técnicas modernizadas, las leyes anticontaminación y la tendencia alcista del precio de la energía a largo plazo aunarán sus efectos a tales políticas.

La OCDE estima que, de aquí a 2005, las mejoras técnicas ya conocidas, podrán incrementar el rendimiento de los convertidores de energía y reducir el consumo de los aparatos industriales y domésticos o de los medios de transporte, en proporciones generalmente superiores a 25 o 30%. Las innovaciones que la investigación científica y tecnológica no deja de producir, en estos diversos campos, prolongarán sin duda esta tendencia, sin contar las principales penetraciones que podrían resultar, por ejemplo, de aleaciones supraconductoras con temperaturas ambiente. Por consiguiente es de esperar que el consumo mundial de energía primaria aumente en lo sucesivo menos rápido que la producción mundial. Además será necesario que la política que busque ahorrar energía se complemente de diversas acciones sectoriales bien ajustadas.

Ya sea, por ejemplo, el automóvil particular. En 1960, circulaban en el mundo cien millones de estos vehículos. En 1990, el total de las matrículas rebasó los 400 millones. Suponiendo que su uso continúe aumentando en función del alza del PIB per cápita, el mundo de 2100 podría contar con tres a cuatro mil millones de automóviles: con los cuales roer con lluvias ácidas todos los bosques del planeta, después de haber reducido las tierras cultivables de 10 a 20% para dejar lugar a las autopistas. Evidentemente intervenciones políticas vendrán a desviar estas tendencias insostenibles. Aunque sea con retraso, incitarán a la producción de coches que economicen en energía y no contaminen y a una mejor dosificación de los transportes individuales y colectivos.

Ya sea, por un nuevo ejemplo, la cuestión de los desechos nucleares. Francia que cuenta a partir de ahora con más de 800 sitios nucleares —centrales, laboratorios, arsenales, etc.— es evidentemente muy sensible al riesgo de nuevos Chernobyl. Pero responde correctamente a este riesgo cuando multiplica las precauciones y los controles que rodean a sus instalaciones nucleares, en lugar de prever —como Suecia— el abandono de éstas. En efecto, aun si se puede considerar que la expansión de lo nuclear fue demasiado rápida en Francia o demasiado rica en excrecencias militares, la orientación adoptada responde sin embargo a las necesidades energéticas de larga duración y permitió ocupar un lugar eminente en la industria nuclear mundial.

Ejemplos como éstos deben ser generalizados, por cuanto que el crecimiento requerido por un siglo en el que la población pasará de 6 a 15 mil millones, será generadora de agresiones físicas. Sin carecer de retrasos a las consecuencias a veces dramáticas, la defensa del medio ambiente natural de las sociedades llegará a ser, de un decenio al otro, una de las más altas prioridades políticas del siglo XXI. Las evoluciones de la opinión en muchos países y las proposiciones planteadas por diversas organizaciones internacionales ya permiten esperar que no tardará demasiado el matrimonio de la economía y de la ecología.

En 1948, la *Unión Internacional para la Conservación de la Naturaleza* no era más que un organizador de coloquios internacionales. En 1970, sus propuestas se transformaron en el *Programa de las Naciones Unidas para el Medio Ambiente*. En esta época, la idea de una generosidad ilimitada de la naturaleza perdió su antiguo crédito, bajo los golpes, sobre todo, del *Club de Roma* y de los debates provocados por su informe alarmista de 1972 [26]. En 1980, el *Programa Mundial de Investigación sobre el Clima*, preparado por una organización internacional que reúne a 152 países, amplió el debate al multiplicar los estudios especializados, con vistas a una conferencia internacional sobre el clima que se llevó a cabo en 1990. Aún más masiva fue la conferencia de Río de Janeiro —llamada Cumbre de la Tierra— que reunió, en junio de 1992, a los representantes oficiales de ciento sesenta países así como a numerosas ONG. Los compromisos adoptados por la CEE, Japón y diversos otros países, durante estas conferencias —pero poco por Estados Unidos y la URSS— dan testimonio de que el paso del diagnóstico a la terapéutica está en curso a partir de ahí.

La única política pertinente, en escala secular, es la que acaba de ser esbozada por la convención de 1990 sobre la eliminación de los destructores de gas de la capa de ozono atmosférico y por la de 1992 sobre la protección de los recursos vegetales y animales en escala mundial. Pero quedan por llevarse a cabo inmensos progresos para disciplinar las industrias —sobre todo a las que operan en los estados débiles— como fueron antaño disciplinados los barcos negreros; para orientar a las industrias hacia la prevención de los riesgos, por medio de regímenes tributarios que penalizaban los desechos contaminantes, las técnicas sucias, los procesos de fabricación peligrosos para el medio ambiente; para someter a los nuevos productos y procesos a controles contradictorios, antes de autorizar su uso; y, más generalmente, para dominar la utilización y el reciclaje de las materias primas. Todas ellas orientaciones que merecen ser proseguidas sin ceder jamás ante las utopías reaccionarias del *crecimiento cero*, de la *tregua de los inventos* y demás *supresiones de lo nuclear* cuyo significado social concreto no podría ser más que el bloqueo o la reducción de la población mundial

—¿pero basada en matanza de qué tipo?— y la consagración de las actuales desigualdades del nivel de vida entre pueblos y entre clases —¿pero en qué represiones incrementadas?

El matrimonio de la economía y de la ecología adquirirá su plena utilidad si se acompaña de un máximo de debates contradictorios que ayuden a actualizar las decisiones políticas nacionales e internacionales, sin pánicos ni efectos de moda; y si, en el orden internacional, ayuda a mezclar una política justa de la renta y de la ayuda a la expansión de las precauciones y prohibiciones, inventadas por los países ya industrializados. Pues sería poco razonable que Europa, que destruyó muchos de sus bosques mucho antes de la revolución industrial, y que, hasta mediados del siglo XX, quemó todo el carbón que exigió esta última, lea la cartilla a Brasil que destruiría, en el Amazonas, *el pulmón del planeta* o a China, tan rica en carbón y tan pobre en industria, sin ayudar a estos países a modernizarse tan rápida como limpiamente.

El *Fondo Mundial para el Medio Ambiente* creado en 1990, por una feliz iniciativa del Banco Mundial, responde, de manera más pertinente a las necesidades ecológicas, relacionadas con la industrialización de los países todavía pobres —si, por lo menos, este fondo recibe perdurablemente dotaciones suficientes. De la misma manera, cuando la CEE empieza a gratificar a sus campesinos, para que se transformen, algunas veces, en guardianes del patrimonio natural, más que a sobreproducir, desvía felizmente su política agrícola, sin dejar de favorecer, a plazo, una útil reducción de su proteccionismo.

Alemania, los Países Bajos y algunos otros países parecen tentados por un perfeccionamiento de sus cuentas económicas nacionales que permitiría inscribir el costo de las destrucciones infligidas al medio ambiente natural, a fin de que disminuya la evaluación de la producción interior bruta (PIB). La intención es loable, pero sin duda sería preferible elaborar de otra manera las *cuentas de la naturaleza*, en escala nacional, luego internacional. En efecto, las cuentas económicas reducen todas sus evaluaciones a cantidades, ponderadas por precios. Expresar las relaciones entre la naturaleza y la producción por medio de mecanismos de precios, significaría reducirlas a lo que el mercado puede captar. Desde luego, es bueno que los contaminadores se vuelvan los pagadores y que los sobrecostos que se les apliquen sean calculados sobre bases sólidas. Pero las cuentas de la naturaleza podrían mantener más amplias ambiciones, a fin de calcular —y de plantear a debate contradictorio— los efectos atmosféricos, climáticos y biológicos de todas las producciones, así como la utilización de recursos naturales no reproducibles, la recuperación de materiales naturales, originados en productos anteriores, y las emisiones de líquidos y aceites más o menos rebeldes a las degradaciones naturales. Estos datos no podrán establecerse más que a costa de un difícil desbrozamiento teórico, aunado a repetidos debates. El empalme de las estadísticas ecológicas a las estadísticas económicas —cuyos índices de intensidad energética ya permiten hacerse una idea— requerirá de un esfuerzo no menos grande. La pertinencia de los movimientos ecológicos se juzgará ahí, cuando sus presiones, desprendidas de las nostalgias románticas y de los catastrofismos simplificadores, tenderán a multiplicar los contadores bien construidos y siempre vigilados, para sacar lecciones políticas bien fundamentadas.

De la misma manera que las cuentas del trabajo humano tendrían que ayudar a las sociedades a medir el empleo que hacen del tiempo de los hombres, a fin de aprender a reducir mejor las coacciones de la producción para maximizar el tiempo libre, las cuentas de la naturaleza tendrían que ayudar a estas sociedades a manejar su patrimonio natural como buenos padres de familia, como lo desearon sabiamente muchos pensadores de los siglos XVIII y XIX —incluyendo a Marx.

13

¿EL CAPITALISMO POR FIN MUNDIAL?
(De 1990 a 2100)

40. EL CAPITAL MÓVIL

La reprobación que pueden inspirar el tráfico de armas y el de drogas y la prudencia que puede movilizar la ecología, provocarán una como la otra, una cierta vigilancia con respecto al mercado mundial. Pero tanto esta póliza de los intercambios podrá tener como meta diversas mercancías, como le será difícil identificar y agotar los flujos financieros, originados en transacciones ilegales. El dinero que circula en la red bancaria mundial es eminentemente fungible: el *narcodólar* tiene el mismo olor que el *petrodólar* o que el dólar del tendero.

La movilidad internacional de los capitales, en el mercado mundial del dinero, está en el origen de muchos desórdenes monetarios y financieros. Las perturbaciones más aparentes que adquieren el aspecto de *cracs* bursátiles, no son necesariamente las más graves, pues los bancos centrales aprendieron a compensarlas por medio de una oferta de moneda que diluye la crisis bursátil en un difuso suplemento de inflación (núm. 24). Los incumplimientos bancarios son más peligrosos, sobre todo porque se renuevan con frecuencia. Ayer, las cajas de ahorro estadunidenses se derrumbaron, una tras otra, pero su salvamento apenas ha sido organizado, escalonado en dos o tres decenios, cuando la crisis llega a los bancos estadunidenses en donde la acumulación de los malos riesgos, internos e internacionales, mal compensados por provisiones insuficientes, puede desembocar en frecuentes quiebras a las cuales el presupuesto deberá aportar un remedio. Más allá de los bancos de los que modificará la reglamentación, el Estado federal estadunidense está también afectado: sus recurrentes déficit presupuestarios, su moneda fluctuante, su enorme deuda internacional acaban por poner en peligro su crédito. Pero Estados Unidos no goza de ningún monopolio: las peripecias financieras de Japón, del que los bancos disponen de reservas demasiado pequeñas y del que las firmas se aficionan a los riesgos internacionales, fuera de la vista de su banco central, finalmente estallaron en una profunda crisis financiera que hizo que el crecimiento económico de los años 1992-1993 volviera a los más bajos niveles registrados en este país desde hace veinte años; las tensiones monetarias y bursátiles de una Alemania que digiere difícilmente a la RDA repercutieron en toda Europa en tasas de interés excesivas; las vulnerabilidades de la libra esterlina, un tiempo atenuadas por los recursos petroleros que ya se agotan agravaron la tempestad monetaria europea del otoño de 1992 hasta poner en peligro la existencia misma del SME; y las fragilidades de diversas otras monedas, bancas y bolsas no dejan de acentuarse; ésta es la reserva siempre renovada de los riesgos nacionales que pueden desencadenar contragolpes internacionales.

El nerviosismo financiero del siglo XX que está por terminar es resultado de la convertibilidad casi general de las monedas, de la libre transferibilidad de los capitales que se extiende a partir de los principales países y de la apertura de las bolsas mundiales con operadores de todos los países, para todo tipo de operaciones (núm. 24).

Para protegerse, los bancos comerciales consolidan sus recursos prestables, reducen el costo, aminoran los riesgos de cambio o fraccionan los riesgos, vinculados con los eventuales incumplimientos de sus clientes. Para estos diversos fines, un florecimiento de operaciones interbancarias les sirve de reaseguro. Cada banco cree consolidar su posición y lo logra algunas veces; pero, para el conjunto de los bancos enlazados por las operaciones interbancarias internacionales, aumenta el riesgo global, porque estas operaciones amplifican el volumen de los créditos financieros enredados. La prudencia de los bancos produce una espuma de préstamos, de pensiones y de *swaps* interbancarios, que incrementan la presión cotidiana en los mercados de cambios y de las operaciones monetarias día a día, mucho más allá de las necesidades relacionadas con las operaciones comerciales. De ahí las advertencias, cada vez más apremiantes, del BRI de Basilea (núm. 23): la estabilidad del sistema financiero mundial está en peligro.

En el orden internacional, los bancos centrales no gozan de ninguna soberanía. Deben contemporizar con los mercados monetarios y financieros trasfronteras. Su club internacional —que es, precisamente, el BRI de Basilea— puede, desde luego, obtener la información sobre los créditos en *euromonedas* y otros dólares *off shore* o imponer algunas normas comunes a los bancos comerciales de los principales países, pero no puede coordinar sus actividades. Los bancos centrales más poderosos —los del G7— se prometen periódicamente cooperar, para mantener en los límites convenidos las tasas de cambio de sus monedas, pero sus acuerdos se desmienten rápido y tardan algunas veces en ser renovados. Aun el dólar, el yen y el marco —que constituyen, en 1993, casi el 90% de las reservas monetarias de los bancos centrales del mundo entero— fluctúan ampliamente los unos hacia los otros.

El *Fondo Monetario Internacional* (FMI) ya no puede remediar este desorden. Su socorrismo monetario exige frecuentes aumentos de capital. El de 1990 fue de 45 mil millones de DTS —es decir de casi 60 mil millones de dólares— y, para obtenerlos, el FMI tuvo que reforzar las cuotas-partes de Japón y Alemania y privar de sus derechos de voto a los estados —como Perú, Sudán, Zambia, etc.— que tienen cerca de 4 mil millones de dólares de retraso detrás de ellos. De aquí a pocos años, los 135 mil millones de DTS de su capital serán insuficientes para efectuar todos los salvamentos esperados, de tal manera que serán necesarios nuevos recursos, no sin nuevas redistribuciones del poder en el seno del FMI.

Ninguna institución internacional interviene como prestadora en último recurso, es decir como banco central mundial, hacia bancos centrales nacionales, de tal manera que la inflación del crédito internacional, alimentado por monedas *off shore*, la multiplicación de las burbujas y de los *cracs* bursátiles y la creciente espuma de las operaciones interbancarias continuarán haciendo sentir sus efectos desestabilizadores en toda la economía mundial, con el riesgo de desencadenar una importante crisis. El capital móvil amenaza con desestabilizar la acumulación capitalista, en la escala del mundo entero.

Los países de la CEE no disponen tampoco de un banco central, en la escala de su mercado común. De 1982 a 1989, el *Sistema Monetario Europeo* (SME) ayudó a los bancos centrales nacionales a defender las paridades establecidas entre sus monedas, pero a costa de los países cuya moneda se debilitaba y a costa de un alineamiento casi constante sobre una *Bundesbank* cuya prioridad no es optimizar el desarrollo económico europeo, sino simplemente estabilizar el poder de compra del *deutschmark*. Sin embargo, el SME gana terreno: Gran Bretaña se resignó, en 1990, a ocupar plenamente su lugar y varios países, escandinavos sobre todo, desean unirse. Luego en 1991, los países de la CEE negociaron la transformación de este SME en una *Unión Monetaria Europea* dotada a plazo, de una moneda única. El tratado de Maastricht que concluyó esta negociación propone dar vida, cuanto antes en 1994, a un comité coordinador de los bancos centrales que debería transformarse, algunos años después, en banco central europeo, para los países que hayan hecho "converger" suficientemente sus economías por medio de una reducción de los déficit presupuestarios y de las tasas de inflación. Pero el camino de esta *Bundesbank* paneuropea estará sembrado de trampas, de condiciones previas y de falsas salidas. Los estados menos desarrollados de la CEE —Grecia, Portugal, España, Irlanda— y los más reticentes a la unión monetaria, sobre todo Gran Bretaña, fueron todos obligados a severas —y algunas veces múltiples— devaluaciones en 1992-1993 y varios, entre ellos Inglaterra, salieron incluso del SME. De hecho, no es hora para las convergencias monetarias, sino para las devaluaciones competitivas. Saber si el tratado de Maastricht alguna vez llegará a ser aplicado y si hasta el SME sobrevivirá al siglo XX es una pregunta abierta. La respuesta más probable es que el banco central europeo no vea el día antes de dos o tres decenios y que su nacimiento esté condicionado al establecimiento, en escala europea, de una capacidad coherente de política económica, que permita tratar, con prioridad, el desempleo que corroe a todos los países europeos: demasiados desempleados, ningún escudo europeo.

La unión comunitaria de las reservas de oro y de divisas de los países de la *Unión Monetaria Europea*, contribuiría, mejor que el SME, con el buen comportamiento global de las monedas europeas, y después de la moneda unificada, ante el resto del mundo. Pero la maduración de un banco central europeo supone, además, que las normas que regulen el volumen y las tasas de crédito a la economía y a los estados se establezcan por sus cuidados. Desde luego, es técnicamente posible globalizar los márgenes del juego, país por país, de tal manera que los bancos centrales nacionales puedan detallar estas normas con cierta flexibilidad. Sin embargo, controles y sanciones serán indispensables para evitar que los deslices del crédito en los países laxistas molesten a sus socios de la *Unión Monetaria*. Entonces, un verdadero banco central europeo privará a los estados europeos de las comodidades que ofrece el crédito a sus tesorerías. Se puede dudar del que una reforma tan decisiva madure plenamente antes de los años de 2010 o 2020 y es posible estimar que se atorará en el camino, salvo en la eventualidad, ya observada, de que la moneda única apareciera como una de las armas por inscribir en una panoplia europea de reactivación económica, que tenga como meta principal el desempleo.

Una unión monetaria europea que lograra consolidarse podría hacer émulos. Se necesitaron veinte años de crisis y de guerras para que la sabiduría bancaria internacional se cristalizara en los acuerdos de Bretton-Woods (núm. 23). Es dudoso que, sin guerras mundiales de primera amplitud y con crisis económicas o financieras semicontrolables, la misma sabiduría pueda madurar más rápido, en el siglo XXI. Pero podría ser trastornada por elecciones políticas deliberadas, como la del gobierno de Alemania Occidental que impuso a su *Bundesbank*, demasiado prudente, la anexión monetaria inmediata de la RDA.

Hay que temer que las reformas del FMI y del Banco Mundial sean tardías e incompletas, a lo largo del siglo XXI, aun si ya se pueden percibir sus orientaciones deseables. Se trataría, evidentemente, de restablecer un régimen de paridades fijas entre las monedas; de organizar en escala mundial el poder de un prestamista en último recurso y la producción de préstamos internacionales a largo plazo y a buen precio; quizá también de organizar, siempre en escala mundial, la estabilización dinámica de las rentas del suelo y mineras y la distribución de una ayuda internacional al desarrollo, con un empleo debidamente controlado. Salvo modificación política, hoy en día insospechable, será necesario que la crisis de la deuda internacional se vuelva explosiva, para que exista la posibilidad de iniciar un programa como éste.

Los espasmos monetarios y financieros son particularmente peligrosos cuando agravan las tasas de cambio o de interés impuestas a los países muy endeudados. Sin embargo, su efecto no es el mismo en las tres grandes categorías de deudores.

Estados Unidos —hoy en día casi solo en la categoría de los ricos deudores netos— no tiene por qué inquietarse mucho, pues su moneda se conserva preponderante y su deuda internacional casi no excede de los 800 mil millones de dólares que alcanzó a finales de 1990. Sin embargo, si su restablecimiento presupuestario y comercial tarda, su endeudamiento podría rebasar pronto el billón de dólares e incrementar las reticencias de los países suscriptores de los bonos del Tesoro norteamericano, como Japón.

La deuda total de los países todavía (o antaño) estatal-socialistas es un cálculo delicado, por falta de verificaciones completas del BRI o del Banco Mundial. A principios de 1990, parece haber alcanzado los 200 mil millones de dólares de los cuales alrededor de 120 por parte de los países del Este europeo, el resto se repartió en dos partes, una grande para la URSS y una pequeña para China. Salvo excepciones, de las cuales las más graves atañen a Polonia y a Hungría, esta situación no tiene aún nada de alarmante, pero llega a serlo para Rusia, principal heredera de las deudas de la URSS y que tarda en reequilibrar su moneda y su comercio y que llegará a serlo, más generalmente, para todos los países cuya reestructuración económica será demasiado lenta y sinuosa. Sin embargo, este grave problema de finales del siglo XX tiene buenas probabilidades de reabsorberse durante los primeros decenios del siglo XXI, pues Rusia y China, si no es que todos los países del Este europeo se encuentran potencialmente entre los más ricos en recursos naturales como en conocimientos y en reservas de mano de obra calificada.

La tercera categoría es más dramática: es la de los países pobres de África, de los países semiindustrializados de América Latina y de algunos deudores asiáticos, que soportan una deuda global que, de 1982 a 1993, se elevó de aproximadamente 1 billón 300 mil dólares a casi 1 billón y medio de dólares (núm. 23).

A corto plazo, no se prevé ninguna desgravación notoria. A título del seudo *plan Brady*, el gobierno estadunidense obtuvo difícilmente de los bancos comerciales, reducciones menores y temporales. Así, México, deudor de más de 100 mil millones de dólares, de los cuales 50 a bancos comerciales, podrá disminuir en 2 mil millones el servicio de su deuda durante algunos años, pero se encontrará, después de 1995, con una mayor carga. Para él, como para Venezuela, Marruecos y los demás beneficiarios del *plan Brady*, una alza de 2% de las tasas del *Libor* anularía los flacos favores así obtenidos.

Es dudoso que los bancos comerciales recuperen, pronto, sus préstamos a los países poco solventes: el banco es un comercio capitalista, no una obra de beneficencia. En cuanto a los abandonos de los créditos estatales, otorgados a los países comprometidos en la guerra del Golfo, en 1990-1991 —Turquía, Egipto, etc.— como a los países más miserables de África y de Asia, son todavía excepcionales, pero parecen tener que multiplicarse.

Mientras los países de la tercera categoría continúen reembolsando en principal y en intereses, más de lo que reciben en dádivas y nuevos préstamos, África estará condenada a una creciente miseria y América Latina arriesgará transformarse en una inmensa Argentina, titubeando al borde de la desagregación social. Esta situación que no deja de agravarse desde hace más de diez años, sólo podrá enderezarse mediante esfuerzos masivos que hay que esperar no de los estados endeudados y exangües, sino de las intervenciones internacionales. Se trata, por una parte, de reducir drásticamente las cargas de los intereses, dejando a los estados y a las instituciones internacionales el cuidado de compensar más o menos las pérdidas bancarias que resulten de ello; por otra parte, de extinguir una gran fracción de los préstamos que se siguen debiendo o, por lo menos, de diferir el reembolso por medio de una larga moratoria. En efecto, la deuda dejará de inhibir el crecimiento económico de los países interesados, cuando su servicio se subordine a los progresos efectivos de su PIB.

Es dudoso que la prudencia de los estados y la sabiduría de los bancos conduzcan rápidamente a este tipo de soluciones, aun si, desde 1988, poco a poco se acerca uno a ellas. Pero, en lugar de mendigar remisiones a la africana, negociar desgravaciones semiilusorias, a la mexicana, u obtener descuentos mediante un alineamiento político con Estados Unidos, los principales endeudados podrían acabar por oponer a sus acreedores un frente de rechazo. El siglo XX no terminará sin que, por rechazo de los deudores o por una regresión de los acreedores, la deuda tontamente inflada durante los años setenta sea finalmente reducida a proporciones compatibles con el desarrollo de las economías afectadas.

Además se necesitaría, para acelerar el crecimiento de los países de América Latina, de África y de Asia, que la depuración de las deudas se acompañe de una aportación sustancial de nuevos capitales. Desde luego, el mercado internacional puede proporcionarlos en parte, puesto que es cierto que las *multinacionales* transfieren sus capitales en beneficio de sus intereses. Pero este mercado no protege de las fugas de capitales, sino más bien lo opuesto. En régimen de libre transferibilidad internacional, el oficio de banquero es hacer circular los depósitos recibidos según los deseos de los clientes; cuando la transferibilidad no es libre, consiste, demasiado a menudo, en la invención de operaciones facticias y de itinerarios indirectos, para satisfacer estos mismos deseos. La sabiduría liberal de los bancos lo decide de este modo. Considera asimismo que el retorno de los capitales fugados se opera cuando —y sólo cuando—

pueden rentabilizarse en su hogar de origen, sin temer devaluaciones, nacionalizaciones y otras maldiciones: eso sucedió con los capitales mexicanos a los que el *plan Brady*, las privatizaciones mexicanas y las perspectivas abiertas al proyecto de libre intercambio norteamericano devolvieron al país.

Sin embargo, el liberalismo bancario empieza a ser impugnado por los estados poderosos, incluyendo a Estados Unidos. Este último estableció en 1986, y perfeccionó en 1988, una ley sobre el control de los préstamos —la *Money Lending Control Act*— que intenta luchar contra el lavado de los narcodólares, que no es más que una transferencia de capitales, técnicamente análoga a las fugas de capitales, hacia diversos paraísos fiscales y bancarios. En 1989, los jefes de Estado del G7 decidieron cooperar para extender dichos controles. Así se inicia una política de eliminación del secreto bancario de la que hay que desear que desborde el comercio de los estupefacientes, para extenderse a todas las transferencias de capitales, consideradas ilícitas por los estados de origen de estos capitales. Una deontología financiera internacional de este tipo sanearía la profesión bancaria y favorecería enormemente el crecimiento económico mundial.

El otro grave defecto del mercado de capitales es su incapacidad de proveer un flujo suficiente de capitales de préstamo, y sobre todo de inversión (núm. 11), a los países en los que las perspectivas de crecimiento, sin importar lo fuertes que sean, no se acompañan de rápidas promesas de una elevada rentabilidad. De ahí el interés que se fijaría a una inflación regular de los préstamos proporcionados por el Banco Mundial y sus satélites, como por los bancos regionales —es decir continentales— de desarrollo, así como a un crecimiento de las cooperaciones del FMI, distribuidas sobre todo en forma de DTS.

Una ayuda internacional que rebase significativamente el 0.33 a 0.36% de su PIB que los países de la OCDE le consagran en promedio (núm. 28) sería muy útil para el crecimiento económico mundial, si este incremento se acompañara por una mejor definición de los objetivos a alcanzar, y por un mejor control de los resultados obtenidos. A este respecto las seudoayudas que financian guerras como las de Afganistán, de Nicaragua o del Golfo, los donativos de Estados Unidos a sus aliados estratégicos (Israel, Egipto, etc.), las contribuciones de Francia asegurando los fines de mes presupuestarios de su África, las comodidades ofrecidas a la fuga de capitales por el franco CFA, están lejos de ser ejemplares. Para que la ayuda sea útil, es deseable que sea distribuida y controlada por organismos multilaterales, de escala continental o mundial, y que sea finalizada, dando prioridad a la autonomía alimentaria de los países ayudados, al control de los nacimientos, a la formación de las jóvenes generaciones y a inversiones económicas debidamente seleccionadas. Además sería necesario que la ayuda, de esta manera eficaz, rebase sensiblemente la pequeña cincuentena de miles de millones de dólares que los países de la OCDE le consagran anualmente, a principios de los años noventa.

Las insuficiencias de la ayuda internacional, los riesgos del crédito internacional, las timideces de la exportación de capitales hacia los países nuevos, las dilapidaciones de capitales en vanas sinuosidades o en fortunas furtivamente exportadas, y, rematando todo, las anticipaciones de los corredores de bolsa, cambistas y demás tesoreros de los bancos y de las *multinacionales* que incrementan el nerviosismo de los mercados mundiales del dinero: éstas son las perturbaciones más graves de la economía contemporánea. Sin embargo hay que temer que su importancia sea enmascarada por diversos peligros domésticos, sobre todo los de las quiebras bancarias que, por el rodeo de los presupuestos estatales, obligarían a recurrir finalmente a los contribuyentes. Un impuesto sobre el ingreso nacional de los estados, debidamente redistribuido en gastos de desarrollo, estimularía el crecimiento de toda la economía mundial, incluso de la de los estados así gravados. Una reorganización del sistema monetario y financiero internacional, que canalice las actividades bancarias y regule las tasas de cambio, tendría la misma virtud. Pero, en la orilla del siglo XXI, no se perciben las fuerzas políticas que sabrán dar vida a orientaciones de este tipo. Se perciben mejor, ¡por desgracia!, las crisis financieras que obligarán a improvisar, a toda velocidad, semimedidas de utilidad variable.

41. LA CONQUISTA DEL ESTE

La conquista del Este europeo por parte del capitalismo va a reforzar el crecimiento económico mundial. La dote que Europa oriental aporta a su vecina capitalista es sustancial. Sus 140 millones de habitantes incrementan la población en 39%, sin reducir su nivel de formación, de salud o de cultura. Su producción sólo enriquece al PIB europeo en 16% aproximadamente, pero un nivel de vida inferior al de la otra Europa no es un *handicap*: es también un reservorio de demandas, un potencial de esfuerzos, una reserva adicional de fuerza de trabajo calificada.

Sin embargo, la aportación es de calidad desigual. Dos o tres países son de primera elección: Hungría, ya semifamiliarizada con el mercado y muy emprendedora; Checoslovaquia, no obstante sus fábricas algunas veces anticuadas, pues su Bohemia es, de origen, uno de los hogares de la industria europea; y sobre todo la RDA cuyas industrias pesadas y mecánicas son modernizables y que es rica en una mano de obra calificada y en mercados importantes en la URSS, si por lo menos Alemania unificada sabe explotarlos. La segunda elección es más dudosa. Polonia representa, sola, un pequeño cuarto de las poblaciones europeas del Este, pero también una pequeña mitad de sus deudas internacionales. La brecha política que operó *Solidaridad*, desde 1980, fue pagada con una aguda falta de realismo político: el de gobiernos de más en más impotentes, desde luego; pero también, el de un campesinado encerrado en sus arcaísmos y de los sindicatos, largo tiempo hostiles a todo tipo de reforma de los precios, de la productividad y del empleo, y que deben, por ello, padecer estas reformas en dosis masivas, en una situación que ha llegado a ser catastrófica; y además, el de una población que espera una milagrosa ayuda internacional con una fe que, como en todas partes, será desmentida.

En Yugoslavia, los desórdenes económicos produjeron, como en Polonia, una hiperinflación, pero aquí, sobredeterminó fuertemente los desórdenes políticos y nacionalistas que amenazaban a la débil unidad del país. El norte, más desarrollado y que voltea hacia Austria e Italia impuso, a partir de 1992, la independencia de Eslovenia y de Croacia; el centro y el sur que se dividen en situaciones comparables a las de Rumania, Bulgaria y Grecia, produjeron tres repúblicas independientes, Bosnia, Serbia y Macedonia; pero la primera, desgarrada en 1993 por una guerra interna envenenada por las intervenciones anexionistas de los vecinos croatas y serbios, arriesga ser tachada del mapa; y la segunda, cuyo control se extiende sobre las minorías húngara de Voivodina y albanesa de Kossovo, sin contar a los bosnios que probablemente habrá anexado, es como una especie de Yugoslavia en miniatura, como conglomerado de nacionalidades poco propensas a la coexistencia pacífica en un mismo Estado. De esta manera, la península balcánica tiene probabilidades de alcanzar a Grecia y Turquía, en la fila de las suburbios de Europa, de donde se exportan los refuerzos de mano de obra que el capitalismo europeo moviliza cuando la coyuntura es buena, pero a donde devuelve pañoleros, en cuanto retornan las crisis económicas.

Así, la reestructuración capitalista de las economías de Europa oriental tendrá que aplicarse a situaciones muy variables, pero según fórmulas de las cuales Rohatyn —quien dirige, en Nueva York, el banco Lazard— estableció una lista pertinente, a partir de noviembre de 1989.* Deseó que por encima de los bancos comerciales privados, los estados interesados en la reforma de las economías del Este europeo formen un banco multinacional; que los acreedores públicos y privados de Polonia y Hungría otorguen una moratoria de por lo menos tres años; que se creen agencias especializadas, similares a las del plan Marshall, para financiar la modernización de la agricultura, de los servicios públicos y de los equipos colectivos; y que por último, se fomente la formación de un mercado común del Este europeo, para permitir a los antiguos miembros del CAME (núm. 20) acercarse, en buen orden, a la CEE.

Los nuevos gobiernos instalados, desde 1990, en la mayor parte de los países en ruptura con el socialismo de Estado, tardaron en establecer sus orientaciones, no obstante las evidentes aspiraciones de poblaciones que reducen a menudo el capitalismo a la imagen que dan de él los supermercados. Su cimiento político es frágil en los países en los que los PC se deshacen más rápido que los aparatos de Estado estructurados bajo sus cuidados. Los nuevos partidos, aun dotados de mayorías cómodas, o incluso estables, padecen para organizarse. Las colectividades regionales y locales tienen una inercia comparable a la de las administraciones, a lo que se agregan muchas presiones ejercidas por o contra las numerosas minorías nacionales. Europa oriental y balcánica tiene gran necesidad de consolidar, con nuevos gastos, la coexistencia pacífica de los pueblos que la habitan, pero asimismo podría encontrar en sus conflictos nacionalistas derivados imaginarios de sus dificultades económicas. Rumania, Hungría y hasta Checoslovaquia comparten este riesgo con Yugoslavia, que se abandonó plenamente desde 1992, en tanto que Checoslovaquia se contentaba, más sabiamente,

* *New York Times*, 18 de noviembre de 1989.

con el divorcio amigable de sus dos principales nacionalidades. La mayor parte de los gobiernos parecen observar la evolución rusa, polaca y alemana, antes de establecer su propio procedimiento. Los tanteos de Rusia alimentan la voluntad de cambio, pero la experiencia polaca modera esta voluntad, pues su procedimiento, conforme a los cánones neoliberales del FMI, produce desde luego el desempleo y la inflación esperados como primeros efectos, pero tarda en suscitar el impulso capitalista y la afluencia de los inversionistas extranjeros prometidos por la doctrina, de tal manera que el matrimonio de una economía incierta y de un populismo certero —encarnado por Walesa— esboza una resultante poco atractiva. El ejemplo alemán es más prometedor, por lo menos a mediano plazo, pero obtiene mucho de su fuerza de la anexión operada por la RFA.

De ahí las vacilaciones húngaras y checas, las prudencias búlgaras, eslovacas y eslovenas y las impotencias rumanas y albanesas, sin hablar de las ruinas de casi toda la antigua Yugoslavia. La uniformidad estatal-socialista no es relevada por un modelo bien claro. Además, se vuelven aparentes riesgos precisos: el de una liquidación de los patrimonios nacionales que podría desembocar en la acogida no selectiva de inversionistas extranjeros; también el de un duradero desequilibrio de las balanzas de pagos, si las comodidades y las costumbres del CAME no fueran remplazadas por inversiones que fortifiquen, con prioridad, a las industrias aptas para exportar al mercado mundial.

En la conquista del Este, la RFA se aseguró sin dificultad un cuerpo de ventaja al anexar de hecho a la RDA, sin esperar que los vencedores de 1945 le otorguen el poder, ni que la CEE venga a regentear la adhesión de este decimotercer socio. Desde luego, la fusión de las dos Alemanias no concluirá hasta después de 1995, pero la RFA tiene la costumbre de las lentas digestiones: en 1960, terminó la integración, a su población activa, de 13 millones de refugiados a los que la derrota de 1945 había hecho retroceder; de diferente manera, requirió de cinco años para asimilar plenamente la Sarre que Francia mantuvo incorporada a su espacio económico hasta 1954.

La absorción de la RDA fue llevada a cabo sin rodeos y brutalmente. La unión política fue canalizada hacia una fórmula de adhesión de los *Länder* alemanes del Este a la RDA, que hizo desaparecer, con este Estado, sus propias leyes y su aparato administrativo y militar, a reserva de reorientar la transición por medio de un tratado decretado de una vez por todas. La unión monetaria fue llevada a cabo a partir de mediados de 1990, mediante una tasa de intercambio del marco alemán del Este contra *deutschmarks* que desde luego no encantó a la *Bundesbank*, pero que tuvo la ventaja política de satisfacer a las familias, al mismo tiempo que arruinó a las empresas: los ahorros y los ingresos fueron valorizados, sin dejar de desequilibrar las cuentas de las empresas y los presupuestos de las administraciones. Subvenciones y créditos, proporcionados por la RFA, atenuaron los peligros, pero sin evitar las quiebras en cascada, o incluso las bancarrotas administrativas.

A parir de su posición de fuerza —consolidada por los éxitos electorales, en el Este como en el Oeste, de los partidos en el poder de la RFA— el gobierno de Bonn pudo organizar la depuración y el reempleo selectivo de los funcionarios, magistrados y oficiales de la RDA y la transferencia de todas las propiedades económicas de este antiguo Estado a un *holding* fiduciario —el *Treuhandanstalt*— que debe darse prisa con la privatización, mientras la población alemana del Este se encamina hacia niveles de vida comparables con los de la RFA, pasando, durante algunos años, por el purgatorio pedagógico de un desempleo similar al de los años de reconstrucción: la integración en la Alemania unificada debe ser merecida.

Mejor aún, los diversos malos ejemplos de los que la RDA es portadora, fueron desenraizados: el de un sector público que otras intervenciones hubieran podido dejar perdurar; también el de un *welfare* más atento a los intereses de las mujeres y de los niños que en el caso de la RFA; por último el de los servicios sociales y culturales, con ayudas más generosas que en el Oeste, se entiende que en proporción con el ingreso nacional. La única anomalía alemana oriental que el tratado de unión tuvo que dejar subsistir, por lo menos durante algunos años, es de las más significativas: la libertad al aborto fue mantenida, para los *Länder* orientales, salidos de una RDA en donde, es cierto, de 1965 a 1989, las mujeres dieron a luz, en promedio, a medio niño más que sus compañeras de la RFA.

Desde principios de 1990, los grupos industriales de Alemania occidental eligieron entre las compañías alemanas orientales para volverlas sucursales, en tanto que las *multinacionales* no alemanas sólo consiguieron raras posiciones y que la CEE desvió su mirada de estas concentraciones hacia los márgenes de su zona de competencia. Sin embargo, la unidad económica de las dos Alemanias no procederá sin tensiones. La RFA de los primeros años de 1990 cuenta con 7 a 9% de desempleados entre su población activa y las reconversiones industriales de la ex RDA, como la inmigración de familias alemanas, ya instaladas en Polonia, en Rumania o en la URSS, van a reforzar esta población flotante desempleada. Por otro lado, las inversiones públicas y privadas, necesarias para llevar los equipos y la productividad de la ex RDA a los niveles de la RFA, son de gran amplitud: entre 500 mil millones y un billón de marcos, es decir 300 a 600 mil millones de dólares, a los precios de 1990. Pero la producción suplementaria llevada a cabo en Alemania, merced a la unificación, proporcionará cada vez más fácilmente el aumento de impuestos y de ahorro requerido para estas inversiones, durante el decenio en el que progresivamente se realizarán. Por último, habrá que esperar múltiples reivindicaciones de los propietarios de las tierras, de inmuebles y de empresas, despojados después de 1945, de tal manera que la Alemania unificada no evitará los infinitos contenciosos más que empleando una especie de *mil millones de emigrados* similar a la que la monarquía, restaurada en Francia después de 1815, utilizó para curar las llagas financieras de la nobleza y del clero, perjudicados por las expropiaciones revolucionarias.

Probablemente escalonadas en una decena de años, las transferencias financieras del Oeste al Este serán entonces masivas. Su financiamiento por medio de suplementos de impuestos y sobre todo de créditos bancarios y préstamos en bolsa, se acompañará sin duda de una inflación moderada que diluirá la carga entre los consumidores de la CEE. Pero, en toda hipótesis, esta inversión en modernización no tardará en ser autofinanciada, luego rentabilizada, por las ganancias de producción que desencadenará.

En efecto, a partir de 1990, la coyuntura de Alemania occidental fue estimulada, sobre todo en el sector de los bienes de consumo y en el de la construcción. En cuanto se calme la recesión de los años 1992-1993, la tranquilidad llegará al sector de los bienes de equipamiento, tan central a la economía de las dos Alemanias. Durante algunos años, por lo menos, se puede esperar que el volumen del PIB aumente de 3 a 3.5% por año en la ex RFA y, tras algunos años de marasmo, de 7 a 8% en la ex RDA, mientras que, por rebote, toda la CEE puede esperar registrar un suplemento anual de crecimiento del orden de 0.5% por lo menos. La conquista de Alemania por Alemania tendrá entonces efectos estimulantes para toda la economía europea, aun si esta estimulación es compensada por una recesión general en Europa occidental y por una mayor competencia comercial de los países asiáticos.

Ningún otro país de Europa oriental podrá reformar su economía tan fácilmente como la RDA. Ninguna *multinacional* no alemana gozará, en la antigua zona estatal-socialista, de facilidades comparables a aquellas de las que los grupos alemanes se benefician en la RDA. Por ello, las transformaciones serán más lentas y más diversas de Gdansk a Sofía, y los intereses extranjeros serán más variados. Sin embargo, las sociedades con capitales mixtos formadas en esos países, desde antes de 1989, y multiplicadas a partir de entonces, proporcionan ya interesantes indicaciones. Alemania aquí es también muy activa, sobre todo en Hungría y en Checoslovaquia, países en los que Francia se interesa también. Gran Bretaña manifiesta poco apetito, menos en todo caso que Austria y Finlandia que multiplican sus participaciones en las firmas medianas de diversos ramos. En cuanto a la cuarta gran potencia de la CEE —Italia— es la fuente de iniciativas industriales o comerciales bastante numerosas.

Las potencias extraeuropeas participan, también, en la conquista capitalista de Europa oriental. Estados Unidos, entorpecido por su déficit presupuestario, es avaro en fondos públicos, pero sus *multinacionales* son activas, sobre todo para establecer filiales industriales y sucursales comerciales en el ramo automotriz, del petróleo, de la informática, etc. Japón opera de la misma manera, para desarrollar su producción local de automóviles y de materiales electrónicos y ofrece además algunos créditos a largo plazo, no siempre relacionados con compras a Japón. Algunos otros países, americanos sobre todo, se unieron desde el principio al nuevo *Banco Europeo para la Reconstrucción y el Desarrollo* (BERD).

Este banco público internacional —los estadunidenses dirían: multilateral— concreta una de las sugerencias de Rohatyn. Está constituido más o menos como el Banco Mundial —o BIRD (núm. 22)— pero con un capital diez veces inferior, es decir 10 mil millones de ECU o alrededor de 13 mil millones de dólares (a la tasa de finales de 1990), que serán entregados en varios años. El BERD es europeo por su objetivo que es el de ayudar a la reconstrucción de las economías estatal-socialistas de Europa —incluyendo a la URSS— pero también por la repartición del capital y del poder en su seno: Estados Unidos posee el 10%, la CEE y sus países miembros el 51%, el resto se reparte, por dosis variables, entre la URSS y los países de Europa del Este, Japón y dieciocho otros países de Europa y de América, del Liechtenstein a Canadá y a México. Así, Estados Unidos, que deseaba prohibir al BERD contribuir con los equipos públicos y otorgar préstamos a la URSS, a fin de reservar todos sus créditos para la modernización y la privatización de las empresas, tuvo que hacer justicia a las voluntades europeas, a falta de lo cual el BERD se hubiera formado sin él. Desde su nacimiento este banco se unió a los bancos *multilaterales* de América (BID) y de Asia (BAD), en rebelión contra la tutela demasiado estrecha de Estados Unidos. El BERD no es el único instrumento de intervención de la CEE en el Este europeo. Tras haber multiplicado las promesas, a medida que el año de 1989 dispensaba sus divinas sorpresas, la CEE finalmente decidió consagrar, de 1990 a 1992, el equivalente a 3 mil millones de dólares a los países de esta zona, a lo que se agregarían créditos del *Banco Europeo de Inversión* (BEI) cuyo capital fue aumentado, para la ocasión, a 57.6 mil millones de ECU. Así, el BEI que servía hasta aquí para financiar los programas de reconversión industrial y de desarrollo regional de la CEE, es llamado a desbordarse hacia nuevos espacios. La conquista del Este no carecerá de municiones, pues promete ser rentable, o incluso breve. Pero estas municiones no se emplearán más que en la medida en que las reformas jurídicas, fiscales y monetarias de los países afectados establezcan el clima al que las empresas capitalistas están acostumbradas: en ello, Europa central y oriental tiene todas las probabilidades de avanzar más rápido que los estados de la CEI.

La organización colectiva de esta zona europea durante y después de su transición hacia el capitalismo dependerá del apetito cooperativo, sin duda desigual, que demostrarán los países, antaño asociados, involuntariamente, en el seno del CAME (núm. 20) y ya comprometidos en evoluciones diferenciadas, hasta divergentes.

Ahora que los países involucrados pueden emanciparse del CAME, su titubeo se vuelve sensible. A partir de 1990, se convino en que los intercambios se efectuarían, un año más tarde, a los precios mundiales y se pagarían en divisas convertibles. De golpe el petróleo y el gas entregados por la URSS se pagarán, en dólares, a un precio muy superior a las tarifas de 1989-1990 —alrededor de 7.5 dólares el barril— según el nivel en el que se establezcan los precios mundiales, sacudidos por las crisis del Golfo. Además, los mercados estables, ofrecidos por los contratos a plazo, colocados en la URSS o en otros países del CAME, no podrán ser sustituidos fácilmente por ventas en un mercado mundial en el que la competencia es algunas veces intensa y al que no siempre se adaptan bien los productos, aun húngaros o checos.

Los socios del antiguo CAME ansían unirse a las instituciones económicas en las que se reúnen los países de Europa occidental. Su recepción como *observadores* en la OCDE será tanto más fácil en cuanto que esta posición es ya la de los países que aceptan dejarse observar de cerca por una organización que, a menudo, los amonesta. En cambio, su eventual integración a la CEE se hará en orden disperso, durante los primeros decenios del siglo XXI, a medida que los países sean considerados aptos para unirse al mercado común sin perturbar demasiado su industria y, sobre todo, la agricultura. Es de suponer que la República Checa —aun sin reconversión con *buldozer*, como la de la RDA— y la flexible Hungría podrán ser recibidas antes que Polonia, sobre todo si esta última se enfrenta a un desliz que recuerde el de Argentina. En cuanto a las repúblicas balcánicas, se imagina uno mal que puedan preceder a Turquía en el seno de la CEE. Pero, antes de estas integraciones, la AELE (núm. 25) acojerá quizá a algunos de los países del antiguo CAME, al lado de Austria, Suiza y de los países escandinavos que la constituyen.

De esta manera, el mercado común que sigue unificando sus reglamentos de todo tipo, en el seno de una *Comunidad Económica Europea* en la que quizá se esbozará una moneda común a principios del siglo XXI, va a ser prolongado por diversas excrecencias. Los intersticios de esta CEE son ya ocupados por una AELE que casi no se distingue, en lo que atañe a los intercambios de productos industriales. Más allá de la RDA, incorporada a Alemania y, por lo tanto, a la CEE, ésta multiplicará los tratados de asociación con países del Este europeo debidamente seleccionados o con su eventual organización común. Al sur, por último, la CEE, ya presente a todo lo largo del Mediterráneo, de Portugal a Grecia y, además, asociada a Turquía y a varios países árabes dispone, pues, para varios decenios, de un reservorio de mano de obra, en espera de la época más lejana en la que Europa se interesará en estrechar sus lazos con el Maghreb y Anatolia.

Sin estas futuras extensiones y sin Rusia o la CEI —que se adjuntará quizá durante el próximo siglo— Europa es ya un mercado virtual de más de 500 millones de consumidores, rebasando el potencial norteamericano —incluyendo a México. Desde luego, este inmenso mercado está lejos de ser homogéneo, pero trabaja para

EUROPA DE AQUÍ A FINALES DEL SIGLO XXI				
	-I- Fin del siglo XX		*-III- Pleno siglo XXI*	
		-II- Principios del siglo XXI		
	1909	2000	2020	2100
Población (en millones)				
Europa del Este[1]	144	150	–	–
Europa del Oeste[2]	402	412	–	–
Conjunto de Europa[3]	–	–	589	680
PIB (en % del total mundial)				
Europa del Este[1]	3.7	3.6	–	–
Europa del Oeste[2]	23.1	23.6	–	–
Conjunto de Europa[3]	–	–	22.7	14
PIB per cápita (1990=100)				
Europa del Este[1]	100	135	–	–
Europa del Oeste[2]	100	145	–	–
Conjunto de Europa[3]	100	–	209	3 317
PIB per cápita (en % del nivel estadunidense del año)				
Europa del Este[1]	29	30	–	–
Europa del Oeste[2]	65	73	–	–
Conjunto de Europa[3]	–	–	65	105

[1] Conjunto del *campo socialista* posterior a 1945, incluyendo Albania y Yugoslavia, pero sin la URSS.
[2] Conjunto de Europa salvo el *campo socialista*.
[3] Conjunto de Europa, sin incluir a la URSS.

descompartimentarse, o hasta para convertir su *gran espacio económico* en una unidad política que adquiera plenamente ventaja de su tamaño.

No obstante este déficit relativo, podría hacerse sentir un nuevo dinamismo en el espacio mercantil europeo. La astenia que manifiesta la CEE desde 1975 (núm. 24) podría ya no estar a propósito. Con el apetito abierto por la conquista del Este, Europa está en condiciones de igualar, de nuevo, las tasas de crecimiento estadunidenses, o incluso de alcanzar, ya, las de Japón. Si tuviesen que confirmarse, estas tendencias le devolverían, en el siglo XXI, el predominio económico mundial que tuvo en el siglo XIX. Pero se abriría un porvenir totalmente diferente para esta misma Europa, si su incapacidad de decidir una política económica común la privara de los estímulos necesarios para corregir los incumplimientos de un mercado transformado en excesivamente libreintercambista hacia el resto del mundo.

42. GALOPES DE ELEFANTES Y GRANDES ESPACIOS ECONÓMICOS

Fuera de los países ricos de la OCDE —Estados Unidos, Japón, Europa occidental, Australia y Nueva Zelanda— se confirman otros desarrollos económicos en todo el mundo, en algunas partes de la OPEP y, sobre todo, en los *pequeños dragones* asiáticos que renuevan las hazañas de Japón. Pero Hong Kong, Singapur, Taiwán y Corea del Sur no reúnen más que al 1.5% de la población mundial, de tal manera que sus perseverantes desarrollos casi no modifican el crecimiento económico mundial.

Sucedería de otro modo si los estados más poblados tomarán a su vez el galope. Ahora bien, varios de estos elefantes parecen estar listos para acelerar el paso. A la vista de 2020, sus resultados calculables se parecen aún algunas veces a las promesas que una atenta observación permitía adivinar, en el Japón de 1960, para los treinta años por venir.

En 2020, dieciséis o diecisiete países contarán con más de 100 millones de habitantes, el decimoséptimo sería la CEE, si adquiriera la consistencia de un país unificado. Excluyendo a los grandes de hoy en día —Estados Unidos y Japón— y a la URSS ya analizada, quedan 13 países en donde se reunirá casi el 60% de la población mundial. El color histórico y moral de todo el siglo XXI se expondrá ahí.

Estos trece países difieren radicalmente de aquellos en los que hasta ahora se desplegó el capitalismo. La primera ola del capitalismo industrial abarcó a minúsculos estados —o fragmentos de Estado— como Inglaterra, Bélgica, Suiza o el noreste de Francia. Durante la mitad del siglo XIX, la siguiente ola barrió estados en construcción: Estados Unidos, aspirador de inmigrantes; Alemania e Italia, congregadores de principados (núm. 12). A menudo formados por una larga historia, los estados de tamaño elefantesco no se parecen a los de estas dos primeras promociones. En cambio, su densidad de población y su civilización nada europea, los hacen parecerse más o menos a Japón y a los *pequeños dragones* de cultura china [28] que la tercera ola capitalista arrastró más recientemente. Los trece elefantes de 2020 producen, hoy en día, de 20 a 21% del PIB mundial. Un pronóstico prudente, basado en sus resultados obtenidos y en sus tendencias actuales, permite estimar que, de aquí a treinta años, su parte podría elevarse a 25 o 26% del total mundial. En otros términos, su tasa de crecimiento económico podría establecerse anualmente, en un promedio cercano al 5%, contra alrededor del 4% para el conjunto mundial. Una diferencia así puede parecer menor, pero trastornaría a la mayor parte de los equilibrios continentales y mundiales, sobre todo porque nada garantiza, evidentemente, que cada uno de los trece elefantes tome el mismo galope.

Es posible esperar una contribución decisiva de China (núm. 35), pero también de India donde, de revoluciones verdes en desarrollos industriales, ya se alcanzan tasas elevadas de crecimiento y donde el déficit presupuestario y la deuda internacional están bastante bien controlados. Todo se jugará entonces, para India, en un triunfo bastante rápido de la transición demográfica y en un firme control de las tensiones nacionalistas y religiosas que podrían desgarrar a este país heterogéneo.

En otros tres países gigantes, el crecimiento, ya bien iniciado, fue inhibido durante los años ochenta, por el servicio de una deuda internacional que llegó a ser insoportable (Brasil, México) o por una larga guerra, costosa en hombres y equipo (Irán). Pero Irán se reconstruye, México adquiere un nuevo aliento, en la estela de Estados Unidos, y Brasil es el único que se tambalea aún, entre una implosión económica y una recuperación del impulso, como ya experimentó varios durante el último cuarto de siglo, no obstante la inflación recurrente. Tres países, entonces, para los cuales nada está garantizado, pero en donde todo es posible, merced a la acumulación ya realizada y a los capitales eventualmente repatriables (Brasil, México) y mediante rentas petroleras canalizadas por los estados (Irán, México).

Menos adelantados, otros cuatro gigantes presentan sin embargo signos alentadores desde hace ya dos decenios. En diversas regiones de Asia, tres de ellos siguen un camino similar al de India: Pakistán, sobre todo si India y él se evitan el *potlatch* periódico de guerras a propósito de Cachemira; Indonesia, donde la revolución

UN MUNDO DE SUBSISTEMAS

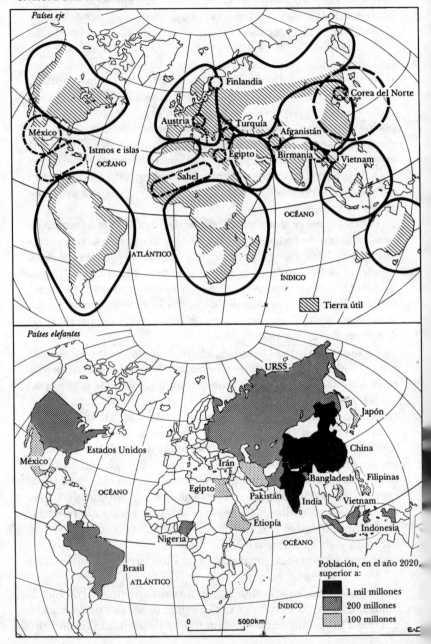

Países eje

Finlandia
Corea del Norte
México
Austria   Turquía
Afganistán
Istmos e islas
OCÉANO
Egipto   Birmania   Vietnam
Sahel
OCÉANO
ATLÁNTICO
ÍNDICO
Tierra útil

Países elefantes

URSS
Japón
Estados Unidos
China
México
Irán
Bangladesh   Filipinas
Egipto
Pakistán
OCÉANO
India   Vietnam
Etiopía
Indonesia
Nigeria
OCÉANO
Brasil
ATLÁNTICO
ÍNDICO

Población, en el año 2020,
superior a:
1 mil millones
200 millones
100 millones

0   5000km

verde fue tan eficaz que este país milita a partir de entonces en el seno del grupo de Cairns, en tanto que la animación inducida por Japón, Hong Kong y Singapur se vuelve sensible; Filipinas, por último, en donde estas mismas incitaciones operan –incluyendo al grupo de Cairns– y en donde, además, la inversión estadunidense sigue siendo activa. El cuarto miembro de esta categoría mediana es Egipto, en donde la unión de una ayuda estadunidense sustancial y de un flujo de divisas repatriadas del Golfo por los trabajadores calificados que son empleados en gran número, permitió dinamizar un poco la economía, no obstante la sobrecarga demográfica que la vuelve frágil. No se puede garantizar ningún galope de conjunto para toda esta categoría, pero es poco probable que, hacia 2020, Manila, Yakarta, Karachi y El Cairo sean aún, las cuatro, capitales de la miseria estancada.

Por el contrario, un temor así puede aplicarse a varios de los cuatro últimos elefantes de 2020, que se trate del enorme Bangladesh, regularmente asolado por sus ríos, de Vietnam o de Etiopía, hartos por varios decenios de guerra, o de Nigeria, originada en una reciente aglutinación y aún no consolidada. Pero, aun aquí, la desesperación puede ser burlada. Vietnam, a su vez, logró su revolución verde y llegó a ser desde 1989 exportador de arroz; en lo sucesivo podría experimentar el feliz arrastre de la vecina ANASE, si por lo menos China no lo obstaculiza. Bangladesh, por su parte, podrá cambiar por completo cuando la ayuda internacional logre finalmente dominar su Ganges y su Brahmaputra. En cuanto a Etiopía y Nigeria, su suerte principal es quizá la de figurar entre los raros muelles eventuales de un África que habrá que arrancar, de una u otra manera, a su ruina amenazante. Emprender la carrera, desde antes de 2020, es, aquí, más dudoso, pero es probable que suceda en una etapa posterior del siglo.

A propósito del Este europeo, algunas veces se formulan tres prescripciones (núm. 41): una moratoria para la deuda internacional; un organismo de compensación y de crédito, para saldar los intercambios internacionales ahorrando divisas raras; y una especie de plan Marshall que ayude a salvar los principales obstáculos al desarrollo económico. Transpuestas a los trece países gigantes de 2020, estas excelentes recetas harían maravillas, incluso por sus rebotes hacia las economías ya desarrolladas. A falta de una tal sabiduría, el mundo será más convulsivo, los países tendrán que encontrar e imponer sus propias vías, no todos lo lograrán, aun entre los más grandes. Pero es seguro que las posiciones adoptadas por India y Brasil, durante la *Ronda de Uruguay* del GATT (núm. 38) prefiguran la evolución de los próximos decenios. Varios de los estados con una enorme población se afirmarán en la escena internacional e intentarán, por todos los medios, tomar su impulso. Varios lo lograrán: varios galopes de elefantes acelerarán el crecimiento económico mundial, aun si los países ricos de la OCDE no se deciden a brindarles auxilio. Los centros de investigación japoneses que estiman que Asia producirá quizá la mitad del PIB mundial a mediados del siglo XXI –contra un pequeño 30% en 1990, incluyendo Siberia– validan esta optimisma previsión.

La evolución económica del mundo, en el siglo XXI, parece tener que confirmar la hipótesis de Hilferding sobre la función estimulante de los grandes espacios económicos. En efecto, la probable subida al poder de varios de los estados de tamaño elefantesco, la integración económica virtualmente extendida a toda Europa, la probable formación de un mercado común norteamericano y la activación, aún tardía, de una CEI con dimensiones no demasiado reducidas y de una China no demasiado crispada darán al mercado mundial el aspecto de una yuxtaposición de amplias placas tectónicas. Los pequeños cantones nacionales aún dispersos tendrán que soldarse a las placas que circundan, a falta de lo cual serán sacudidos por todos los temblores de un mercado al cual no tendrán recurso.

Los grandes espacios económicos son algunas veces herederos de antiguos imperios (China, Rusia). A menudo se formaron en la época colonial –India, Indonesia o, de otra manera, Estados Unidos y Brasil– de tal manera que las agregaciones voluntarias y progresivas son aún excepcionales –Europa en devenir, Asia del Sudeste ya esbozada (núm. 44), el eventual Gran Maghreb (núm. 46) y el punteado norteamericano (núm. 47)– pero podrían multiplicarse, más tarde, alrededor de Brasil y, quizá, de África del Sur, hasta de Nigeria.

Estos grandes espacios, actuales o potenciales, están urdidos por 3000 *multinacionales* industriales y financieras. Por ello, constituyen el nivel de acción al que la política económica debe elevarse, para controlar o desviar los impulsos transmitidos por el mercado mundial que constituyen estos espacios en conjunto. En efecto, los casi doscientos estados que ejercen su soberanía sobre los inmensos o minúsculos cantones del mercado mundial, no pueden dominarlo más que si su soberanía es sustentada por medios de información y de presión, adaptados a los grupos y a los bancos con vocación *multinacional*. De esta manera, una parte importante de los resultados económicos del siglo XXI se realizará alrededor de una doble cuestión política: la del reforzamiento eficaz de los grandes espacios económicos aún virtuales y de sus capacidades políticas y la de la coordinación internacional de estos poderes renovados, por relevo o reforma de las instituciones organizadas, después de 1945 o durante la guerra fría, en función de relaciones de fuerza hoy rebasadas.

Dicho de otra manera, los esquemas que describen al sistema mundial en términos de oposición Norte-Sur o que identifican un Tercer Mundo tricontinental, opuesto al grupo OCDE y al finado *campo socialista* acabarán por perder, antes de mucho tiempo, el poco significado que llegaron a tener. En el seno del susodicho Tercer Mundo, nuevas potencias, mañana muy sustanciales, empezaron ya a diversificarse y la tectónica mundial de los *grandes espacios*, actuales o potenciales, subraya de ahora en adelante hasta qué punto el sur es una ilusión óptica.

43. ¿UN SIGLO XXI RICO Y MISERABLE?

Las hipótesis del crecimiento económico para el siglo XXI deben aún ser consideradas globalmente. En efecto, no bastan para justificarlas los beneficios de la revolución informática, de la mejor calificación de una mayor fuerza de trabajo y de la elasticidad del mercado mundial. El esperado galope de varios países-elefantes, la conquista por parte del capitalismo del Este europeo —y quizás, de la CEI— y la dinamización de Europa, en el seno de una OCDE en donde la acumulación capitalista va a continuar centrándose, dan a este crecimiento global una gran verosimilitud. Pero el desorden monetario y financiero internacional, el virtual agotamiento de los yacimientos petroleros, los peligros ecológicos y las onerosas precauciones que inducirán, los riesgos de la ayuda internacional y las especulaciones que inflan y desinflan las rentas mineras y del suelo son amenazas demasiado importantes para que se pueda contar con un crecimiento bien ajustado. Las fuerzas políticas, aptas para imponer más sabiduría, están lejos de ser por todas partes vigorosas y de estar dotadas de pertinentes conocimientos.

Entonces hay que esperarse a que los estados conserven una previsión y un pacifismo similares a aquellos de los que dieron prueba durante la segunda mitad del siglo XX y preguntarse si, en este contexto mediocre, la acumulación mundial del capital podrá producir, en el siglo XXI, un crecimiento anual promedio del orden de 4.25% por año, es decir, más precisamente, un crecimiento per cápita cercano a 3.3% por año, como la hipótesis lo ha planteado (núm. 37). La segunda tasa es más importante porque asocia los resultados económicos a las necesidades demográficas. El ideal sería disponer, ya, de contabilidades nacionales que asocien a las evaluaciones mercantiles del volumen de bienes y servicios producidos —es decir a los PIB— las evaluaciones físicas de los recursos naturales utilizados y de los costos inducidos por su utilización, así como las evaluaciones del empleo otorgado por los hombres en su tiempo de vida, para fines de producción, de formación y de mantenimiento de su fuerza de trabajo, pero también para fines de placer, limitados por el subempleo o conquistados como tiempo libre. Un perfeccionamiento así de las cuentas de las naciones no existe más que como esbozos o intenciones. La inversión teórica que suscitó la crisis de los años treinta y que produjo las contabilidades nacionales tan útiles para la dirección de las políticas económicas, queda por ser prolongada, para dar origen a cuentas de la naturaleza y del trabajo que llegarían a ser, a su vez, los apoyos de políticas mejor orientadas (núm. 28). Después de lo cual, las ambiciones anunciadas por el *Programa de Naciones Unidas para el Desarrollo (PNUD)* podrían ser, a su vez, teóricamente dominadas, en lugar de ser anticipadas por vagos sincretismos estadísticos como los de las relaciones anuales del PNUD.

CRECIMIENTO DEL PIB MUNDIAL

	Estimaciones			Hipótesis	
	De 1973 a 1983 (%)	De 1983 a 1990 (%)	Fin del siglo XX: 1990 a 2000 (%)	Principios del siglo XXI: 2000-2020 (%)	Pleno siglo XXI: 2020-2100 (%)
Tasa anual global	2.85	3.36	3.8	3.9	4.33
Tasa anual per cápita	0.88	1.45	2.2	2.4	3.6

La variación del PIB per cápita, en un periodo muy largo, allana los riesgos coyunturales y los contragolpes de las guerras y de las revoluciones que perturban la producción. Así, la tasa de crecimiento promedio de la economía mundial entre 1913 y 1945 —que es cercana al 1.5% por año— no dice nada de las dos guerras mundiales, de la revolución rusa y del desarrollo estadunidense, salvo porque registra su impacto económico global, que se mide comparando esta tasa con la del 3% que aparentemente tiene que caracterizar al conjunto del siglo XX, o con la de alrededor de 5% que fue obtenida, en promedio mundial, durante los tres primeros decenios posteriores a 1945.

La hipótesis de crecimiento que se concibe para el siglo XXI, en su totalidad, permite suponer que las crisis, las guerras, las revoluciones y las catástrofes naturales provocarán, a lo largo de este siglo, una misma proporción de estragos que durante la segunda mitad del siglo XX. En términos más optimistas, se podría también decir: *menos estragos que durante el primer siglo XX*, sobre todo de 1913 a 1945.

Para fragmentar esta hipótesis secular, la riqueza de los datos tendenciosos y de las plausibles extrapolaciones conduce a distinguir tres horizontes sucesivos: un final del siglo XX que es casi mañana; un principio del siglo XXI, de alrededor de dos decenios, en donde el porvenir se deja entrever; y un pleno siglo XXI que, al mismo tiempo que es *terra incognita*, sirve sin embargo como una gran pantalla en la que se proyectan las tendencias a las que la duración da relieve.

Las hipótesis así desplegadas se asientan en datos cuyas fuentes fueron observadas en lo que atañe a la demografía (núm. 37). En cuanto a los datos económicos, provienen, esencialmente, de la OCDE y del Banco Mundial, pero fueron corregidos para incorporar los resultados de las economías estatal-socialistas, haciendo que fueran compatibles con las normas de cálculo de las economías capitalistas; para eliminar los riesgos debidos a las fluctuaciones erráticas del dólar y de otras monedas, después de 1970; y para atenuar la frecuencia de los sistemas de precio relativos, propios de los países ricos de la OCDE, en especial de Estados Unidos, al recurrir a las conversiones internacionales en PPC (núm. 28) disponibles o calculables; todas ellas correcciones que fueron objeto de estimaciones personales buscando favorecer las comparaciones internacionales a largo plazo, de tal manera que los datos establecidos de esta manera se alejan de las cifras refinadas en otra parte para otros fines y se distinguen, por diferencias considerables, de las comparaciones comunes del Banco Mundial, que toman, como patrón, a un dólar que se ha transformado en un metro de caucho.

A pesar de la crisis de la URSS, la militarización del Golfo árabe-pérsico, el desconcierto de América Latina y de Europa Oriental y las ansias de África, aparentemente es poco probable que el último decenio del siglo XX padezca accidentes de alcance mundial, de tal manera que la esperada progresión anual de 3.8% es prudente. Si tuviese que haber una diferencia, sería probablemente por exceso. En efecto, el siglo que termina es rico en esperanzas. La revolución informática se extiende tras haber agravado, con sus reconversiones, la crisis económica central de 1973-1982. La estimulación demográfica está en su máximo, en un mundo que crece en el equivalente a un México por año. Aunque circunspecto, el adelanto hacia un eventual desarme de las principales potencias también es previsible, así como la reestructuración económica del Este europeo y la probable aceleración de varios crecimientos asiáticos. Sin duda la recuperación del impulso de América Latina padecerá más para confirmarse, pero su retraso no bastará para desmentir el crecimiento esperado.

El pronóstico sería entonces muy optimista, si no fuese por las tempestades monetarias y financieras que continúan oscureciendo el horizonte. Las *multinacionales* no llegan a establecer su religión monetaria, no obstante las fluctuaciones de los cambios. La mayor parte de ellas continúa llevando contabilidades internas en la moneda de su país de origen, aun si sus ventas finales se facturan en diversas divisas. La contradicción es resuelta por los tesoreros centrales —cuando existen, lo que difícilmente llega a ser el caso— que se esfuerzan por obtener lo mejor de las garantías de cambio y de las inversiones a corto plazo que el mercado les ofrece, con el peligro de padecer reveses. La delincuencia financiera se vuelve entonces una amenaza para las *multinacionales* de las que Volkswagen está lejos de haber sido la única víctima.

Por otro lado, tratándose de los países sobreendeudados, la evolución de aquí a finales del siglo se inscribe entre dos límites: ya sea que se prosigan los procedimientos actuales hasta la crisis abierta, o bien que el FMI y el Banco Mundial hagan operar programas de ajuste estructural más atentos que hoy en día a la recuperación del crecimiento. Este segundo límite ya no es improbable, pues los signos de una catálisis innovadora empiezan a confirmarse: sin el petróleo mexicano no hubiera visto el día ningún *plan Brady* (núm. 39); sin una Polonia a la que había que salvar de una recaída hacia la URSS, ningún *neoplan super-Brady* hubiera visto tampoco el día; y, de Brasilia a Buenos Aires, como de Lagos a Manila, son apremiantes muchos otros salvamentos.

Sin embargo, será dudoso que el camino de los salvamentos a las reformas estructurales sea fácil: sin duda el nuevo Bretton-Woods, no es para este siglo (núm. 23), de tal manera que se proseguirá el ciclo pernicioso de los cracs bursátiles, dominados a costa de una inflación del crédito. Entonces, en escala mundial, las finanzas perjudicarán a la industria. Asimismo será dudoso que otras necesidades, sin embargo patentes, corrijan rápidamente ciertas miopías políticas: la de Estados Unidos, consumidor excesivo de petróleo; la de la OCDE, más atenta a gozar del desplome de las rentas del suelo y mineras, que a favorecer su estabilización dinámica; las de Rusia y de China, más preocupadas por el devenir de sus clases dominantes que por el dinamismo prioritario de sus economías. Por último, será dudoso que las esperas de la CNUCED en materia de ayuda al desarrollo y las presiones de los ecologistas en favor de una gestión más precavida (núm. 39) tengan, pronto, todos los efectos benéficos que se podrían esperar.

El pesimismo es también de rigor para los primeros años del siglo XXI, aun si una hipótesis escalonada sobre dos decenios permite allanar muchos accidentes. El potencial de crecimiento, entonces disponible, será poderoso, pero convulsiones dramáticas lo van a endeudar, de tal manera que el resultado excederá por poco el del siglo XX que termina.

Los esfuerzos de la CEE y los apetitos de las *multinacionales* darán impulso al Este europeo. La CEE, estimulada de esta manera, encontrará, por necesidad, refuerzos de mano de obra en los Balcanes, en Turquía y en el Maghreb y logrará quizás unificar sus monedas (núm. 40) sin que su nuevo banco central despliegue un celo antiinflacionario demasiado grande. Podrán manifestarse otros potenciales, de Brasil a varios países-elefantes de Asia, incluyendo a China, si supera bastante rápido sus probables crisis económicas. Podría ser también que en este fin de periodo, la CEI llegue a unirse a este pelotón y que las futuras *rondas* del GATT establezcan reglas de juego mejor adaptadas a la diversidad de los jugadores del mercado mundial.

Así, podrá ampliarse el espacio en el que la revolución informática desplegará sus efectos, en tanto que la explotación de los recursos naturales y de los productos de síntesis podría formalizarse por una presión político-ecológica de gran amplitud, en muchos países importantes así como en el orden internacional.

Pero, por el contrario, ¡cuántos focos de infección podrán envenenarse, de aquí a los años 2020! En América Latina hoy en día no se abre ninguna esperanza —salvo quizá para México— y sería muy posible que hagan falta las crisis curativas consideradas para los últimos años del siglo XX o que se revelen insuficientes, en cuyo caso la amenaza de desplomes económicos podría extenderse a todo el continente. En Estados Unidos, que entró caminando hacia atrás a la era de la privación petrolera y a la difícil reconversión que seguirá, todos los déficit —del presupuesto, de la formación, de los equipos públicos y del *welfare*— acumulados durante los últimos decenios del siglo XX, agravarán esta difícil transición, salvo que se imagine un sobresalto que todavía nada anuncia.

Las dificultades de Japón serán, sin duda, menos profundas y quizá, mejor atendidas, pero no dejarán por ello de madurar, pues no es posible prolongar todavía mucho los ritmos de crecimiento observados de 1950 a 1990, en este archipiélago sin suficientes recursos naturales y cuyos mercados, siempre lejanos, estarán expuestos a competencias prefiguradas por Corea del Sur.

Las tensiones más dramáticas vendrán de otra parte: de Vietnam, quizá; de Blangadesh, probablemente; y, seguramente, de África, en casi todas sus regiones, en la medida en que el crecimiento demográfico, la hiperurbanización y las carencias —hasta los desastres— económicas, constituirán una mezcla explosiva de miserias, bandidajes y milenarismos. Todavía en otras partes, pueden quedar activos potenciales de guerras periféricas, en el Cercano y Medio Oriente, en los confines indopaquistanís, etc., o formarse, por ejemplo, en las fronteras de un Brasil demasiado tiempo ebrio de deudas impagables y de inflaciones incontrolables, de tal manera que, durante el inicio del siglo XXI, el entremezclamiento habitual de los dramas económicos, de escapatorias guerreras y de cruzadas ideológicas podría enriquecerse con numerosas variantes.

Los riesgos serán tanto más agudos cuanto que, durante todo este periodo, la transición demográfica hará sentir sus efectos más masivos, en varios subsistemas continentales. En América Latina y en Asia meridional y oriental en donde esta transición progresa visiblemente, se proseguirán todavía las grandes cohortes de nacimientos. En el Cercano y Medio Oriente, como en toda África, la disminución de la mortalidad sin una reducción en el número de nacimientos producirá enormes excedentes. Entre 2000 y 2020, la población mundial aumentará en una tercera parte, es decir, dos buenos mil millones de hombres más. De ahí inmensas necesidades sanitarias, educativas, inmobiliarias, pero también urbanas, administrativas y policiacas, tanto más difíciles de satisfacer porque su carácter repentino afectará a países a menudo pobres.

Este sombrío pronóstico será parcialmente desmentido por los sobresaltos de una ayuda caritativa o prudente y por vigilancias a menudo mayores en las fronteras. Pero el esfuerzo por realizar tendrá una amplitud tal que sus insuficiencias y sus retrasos permitirán la maduración de muchos dramas. En el mejor de los casos, las principales potencias se verán obligadas a inventar, por último, fórmulas de ayuda internacional más generosas y por lo tanto más eficaces en términos de crecimiento económico mundial. En el peor de los casos, se renovará la era de las guerras y de las revoluciones de 1914 a 1945 (núm. 15), en una o varias de las grandes periferias, sin evitar rebotar en el conjunto del sistema mundial.

Hay que insistir de nuevo: el año 2020 es una fecha de pura comodidad para separar el inicio del siglo XXI, vagamente discernible, en su penumbra, de los oscuros decenios del pleno siglo XXI. Las hipótesis aventuradas para este último periodo tienen un valor puramente metodológico: proyectan sobre el porvenir aún indiscernible, interrogaciones puestas a la luz por el estudio de los mundos anteriores y por las reflexiones del cercano porvenir. Además, abarcan un periodo tan largo que los promedios borran los accidentes de todo tipo y tan alejado que la hipótesis de una maduración de la revolución informática puede servir de telón de fondo: de ahí la idea de que en promedio mundial, el PIB aumentará un poco más rápido que a principios del siglo —4.33% por año, contra 3.9% entre 2000 y 2020— lo que permitiría dar un salto enorme al PIB per cápita.

El avance hacia una población mundial casi estacionaria será lento. Nada garantiza que, hacia 2020-2030, se haya cruzado una etapa decisiva, sobre todo en África y en el Medio Oriente. Pero, por lo menos, la experiencia adquirida en las regiones en donde la natalidad acabará por moderarse, como en aquellas en las que las tensiones habrán tomado un cariz dramático, provocará reacciones de mejor calidad. En 2000, la subida hacia tensiones extremas será frecuente. Después de 2020, empezarán a enrarecerse estas mismas tensiones.

Un siglo antes, la primera guerra mundial, la Revolución rusa, la difusión internacional del comunismo, la crisis de los años treinta, el sangriento callejón sin salida del fascismo, la segunda guerra mundial y su apoteosis nuclear, enseñaron, a muchos estados, a dirigir un poco más atentamente sus economías y a encauzar las luchas de clases por medio de un generoso *welfare* (núm. 27). De la misma manera, en el siglo XXI es probable que las sociedades del pospetróleo, de la vigilancia ecológica, de la urbanización masiva y de las presiones demográficas y migratorias, puedan dirigir mejor los recursos naturales, incluyendo los productos para la renta; mejorar quizá la eficacia de las transferencias internacionales de capitales por medio de un taponamiento de las fugas hacia los paraísos fiscales, por un principio de reglamentación de la liquidez internacional —por medio de DTS, por ejemplo (núm. 24)— y por la consolidación de diversas zonas monetarias, empezando, quizá, por la del ECU europeo. Pero reformas más completas, que organicen un nuevo orden monetario internacional, que esclavicen las actividades bancarias y financieras a limitaciones prudentes y que fiscalicen en escala internacional la ayuda al desarrollo, permanecerán sin duda fuera de alcance, salvo innovación radical de las fuerzas políticas preponderantes.

Aun dejando de lado los vagos punteados posteriores a 2020, las hipótesis que acaban de plantearse anuncian un sustancial crecimiento económico: *una triplicación de la producción mundial, de l990 a 2020, y una duplicación del PIB promedio per cápita.* Se evitará, en todo caso, imaginar que estas perspectivas anuncian una edad de oro. En efecto, el significado práctico de estas hipótesis cambiará por completo según si las desnivelaciones internacionales se reducen o incrementan y si las desigualdades entre clases se atenúan o agravan, en el seno de cada Estado.

Es decir el ejemplo de India y de Estados Unidos. Después de un filtrado estadístico de las perturbaciones relacionadas con los cambios, los sistemas de precios y los usos muy diferenciados que estos dos países hacen de su riqueza, y pasando por alto las diferencias debidas a las cargas desiguales que soportan en materia de inversiones económicas, de equipos militares y de otros empleos que reducen el PIB disponible para el consumo, se puede estimar que en l990, el PIB indio per cápita, es al máximo igual al 4% del

PIB per cápita estadunidense, pero que alcanzará, en 2020, un nivel igual al 5% de un PIB per cápita estadunidense que se habrá, también, más que duplicado durante estos treinta años. Entonces, la diferencia entre Estados Unidos e India se habrá reducido un poco, pero esta evolución benéfica no garantiza de ninguna manera una atenuación de la miseria india. En efecto, en el límite extremo, basta con que 3% de la población india de 1990 tienda a apropiarse de un nivel cercano al promedio estadunidense, para que el 97% restante se sumerja en una miseria absoluta. Siempre en las cercanías de este límite extremo, bastará que en 2020 los pretendientes a un nivel de vida igual al promedio estadunidense para ese año se acerquen al 10% de la población india, para que el 90% restante permanezca sumergido en la miseria absoluta que tiene vigor en 1990.

En esta hipótesis extrema y excesiva, todo el aumento de producción indio serviría para hacer pasar, de 3 a 10%, el efectivo de los indios que viven a la estadunidense. En realidad, la distribución de la riqueza entre las clases —y entre los países— no puede modificarse de manera tan caricatural. La lógica capitalista difunde un poco los beneficios del crecimiento, pero no es de las más generosas. Dependerá de las luchas políticas internas e internacionales que la distribución mejore y que, de golpe, el crecimiento se estimule más. Si estas presiones siguen siendo insuficientes, la miseria popular de la que los nuevos países industriales de Asia ofrecen el espectáculo, en 1990 —y que recuerda a la miseria europea de *Los miserables,* caros a Hugo y a Dickens, ganará terreno, a medida que la industria conquiste nuevos territorios.

14

EL MUNDO DEL LADO DE BANDUNG
(De 1990 a 2100)

44. EL ASIA DE LOS SOLES NACIENTES

La periferia del sistema mundial era, ayer, una marquetería de civilizaciones maduradas aisladamente, y después desmembradas por imperios europeos; de ahí en adelante es un rompecabezas de sistemas regionales tan fluctuantes como el equilibrio europeo de antaño (núm. 8). Si no fuera por el significado ya atribuido por la geografía al término *continente*, se diría de los subsistemas, actuales o potenciales, que se reparten el mundo de hoy, que son *continentales*, más que *regionales*, no sólo debido a su superficie y población, a menudo muy amplias, sino por el hecho de su coherencia interactiva. En efecto, las atracciones —o las repulsiones— que ejercen los unos sobre los otros, los estados inscritos en cada uno de los subsistemas continentales son tales que captan casi toda la atención de estos estados y de las sociedades a las que controlan. Desde luego, el amplio mundo, más allá de cada región, hace sentir su existencia por la acción de las potencias mundiales, como del mercado mundial (núm. 19), pero en lo ordinario de los años, no es más que un mundo lejano ubicado más allá del horizonte cotidiano. Dicho de otra manera, cada sociedad está inscrita en dos mundos: su mundo regional que es —o se vuelve— muy presente y el amplio mundo, común a todo el planeta, en el que son las *multinacionales* y los estados de cierta amplitud los únicos en aventurarse si se omiten las imágenes exóticas de los televisores y los turistas que van a ver con sus propios ojos lo que muestran esas imágenes.

Muchos de los subsistemas continentales se sitúan en Asia y en África, en el inmenso espacio tardíamente emancipado, que ignoraba todo de Europa, antes de que ésta colonizara al planeta (núm. 7). La conferencia de Bandung, en 1955, es un buen emblema para designar a su conjunto. Los otros subsistemas regionales que se reparten Europa y las Américas no ignoraron todos la colonización, pero fueron formados de manera más duradera por Europa: esta íntima transformación hizo de ellos, casi, mundos europeos.

44 (I). Los aislamientos de Extremo Oriente

En los márgenes orientales de China, varios estados están condenados a una próxima desaparición: las dos Coreas, sin duda reunificables, los territorios de Macao y de Hong Kong cuyo retorno a China está programado y la isla de Taiwán que podría seguirlos pocos decenios después. En esta zona, en la que la transición demográfica termina y en la que se afirma el poder japonés, Corea del Sur continúa duplicando su PIB cada diez años. Se distancia cada vez más de Corea del Norte a la que vulnerabiliza la evolución del socialismo de Estado. Las labores de acercamiento diplomáticas, entabladas posteriormente entre la ex URSS y Corea del Sur, como entre Japón y Corea del Norte permiten contar con una reunificación coreana para principios del siglo XXI, si no es que antes. Instruida por la experiencia alemana, Corea del Sur evaluó ya el costo y la duración de esta reunificación, que iniciará, si es posible, de manera prudente y progresiva. Por su parte, China intentará quizás impedir esta fusión, pero asimismo podría obtener una ventaja, por ejemplo al lograr que una cooperación internacional desarrolle el bajo valle de Tumen, este río que sirve de frontera entre Rusia y Corea y que priva al noreste chino de su desembocadura directa al mar de Japón.

El porvenir de Taiwán se anuncia diferente, aunque este país siga, desde hace treinta años, un recorrido bastante similar al de Corea: régimen militar-nacionalista, protegido por Estados Unidos y vagamente democratizado hacia finales de los años ochenta, sobre un fondo de crecimiento económico a la japonesa. En efecto, el regreso de Taiwán a la dependencia de Pekín es probable a determinado plazo (núm. 39). Aquí, como en Hong Kong, Japón apuesta sobre esta hipótesis y se instala *como en China*, esforzándose por no disgustar a Pekín que, por su parte, respalda abiertamente los intereses taiwaneses. Los cables submarinos, a menudo reforzados, que transmiten las telecomunicaciones de Seúl a Tokio, de Taipei a Hong Kong y se prolongan hasta Singapur, materializan el mercado regional activo del que tejen el porvenir.

LOS AISLAMIENTOS DE EXTREMO ORIENTE

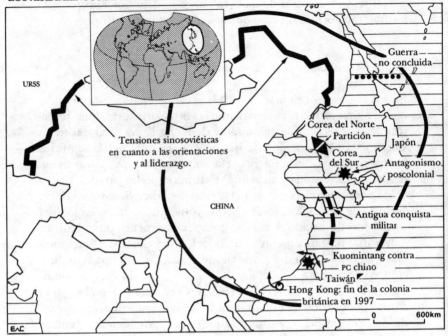

Sin embargo este mercado regional se conserva virtual, así como la cooperación política entre las potencias de esta zona. Las cicatrices de la guerra fría, sobre todo de su episodio coreano, también las de la Revolución china, y después las del divorcio entre China y la URSS y las secuelas de las guerras y colonizaciones japonesas son todavía bien visibles, aun si su tratamiento está en curso. El Extremo Oriente es como un archipiélago de estados antaño hostiles y ahora enfurruñados. Pero está desprovisto de envites regionales que podrían decidirse por una guerra —salvo aventurerismo coreano— y es movido por tantas economías potentes o ávidas de llegar a serlo, que su telón de fondo multimilenario vuelve a ser visible: el Extremo Oriente es un mundo de civilizaciones de carácter chino [28] cuya complicidad se manifestará cada vez más, cuando las cooperaciones económicas, y políticas, que se preparan, empiecen a dar frutos: es decir durante los primeros decenios del siglo XXI.

44 (II). Promesas entre India y China

En 1990, casi 500 millones de hombres viven al sur de China, en una región todavía con límites vagos que se extenderá probablemente de Vietnam— que experimenta con desconfianza las presiones de China— hasta una Birmania que parece inscribirse algunas veces en una órbita india.

Aparte de Singapur, los estados de esta región son pobres como lo era el Japón de los años cincuenta, pero, como él, adquieren su desarrollo. En Singapur, el nivel de vida rebasa ya los de Corea o de Taiwán, merced a las funciones hábilmente acumuladas por este crucero de grandes rutas marítimas, que se transformó en el depósito dominante de su región, no por alguna coacción de estilo antiguo (núm. 5) sino por la calidad de servicios tan sofisticados como los de Nueva York, Rotterdam o Kobe. Así, este pequeño Estado, emancipado de la Federación Malasia desde 1965, arrastra a sus vecinos del Johore malasio y de la isla indonesia de Batam, hacia crecimientos anuales a menudo cercanos al 10%. El resultado es apenas menor para el conjunto de Malasia en donde las minas y las plantaciones, aunadas al turismo —y a la piratería marítima— son reforzadas sucesivamente por un desarrollo industrial con un excelente porvenir. Mismo rendimiento, también, en Tailandia en donde una risicultura exportadora, una alfabetización muy difundida y una buena organización sanitaria proporcionan una sólida base para la expansión industrial que progresa tan rápido como lo permite el equipo de transportes y de telecomunicaciones.

Singapur, Malasia y Tailandia no son garantes del desarrollo regional. Pero ya, la enorme Indonesia —42% de la población general— se puso también en movimiento tras haber consolidado su autosuficiencia alimentaria. En lo sucesivo, las principales de sus 13 000 islas, extendidas sobre más de 5 000 kilómetros, están comprometidas en una producción artesanal e industrial que alimenta a un comercio muy activo, en tanto que las telecomunicaciones por satélite van a evitar a este archipiélago el tener que establecer demasiados cables submarinos. No obstante sus recursos petroleros, el archipiélago indonesio prepara su equipamiento de centrales nucleares; no obstante sus escandalosas desigualdades —algunas veces canalizadas por hostilidad hacia la minoría china— empieza a distribuir mejor su ingreso nacional, no por generosidad, sino para dinamizar el enorme mercado interior que representa, virtualmente, su población: la quinta del mundo.

Aun Filipinas, envarada por propiedades latifundistas, sobrecargada de deudas y polarizada por el comercio estadunidense, participa sucesivamente en los intercambios regionales, en tanto que Vietnam, extenuado por las guerras, pasó sin embargo, en pocos años, de cosechas famélicas a la exportación del arroz, a la exploración de sus recursos petroleros *off shore* y al estremecimiento de

EXTREMO ORIENTE, INDOCHINA Y AUSTRALIA DE AQUÍ A FINALES DEL SIGLO XXI

	-I-*Fin del siglo XX*		-III-*Pleno siglo XXI*	
	-II-*Inicios del siglo XXI*			
	1990	2000	2020	2100
Población (en millones)				
Japón y Extremo Oriente[1]	194	195	217	245
Indochinas[2]	452	536	720	1 289
Pacífico austral[3]	27	28	33	71
PIB (en % del total mundial)				
Japón y Extremo Oriente[1]	11.4	12.5	13.2	11.1
Indochinas[2]		4.1	5.3	9.5
Pacífico austral[3]	1.2	1.2	1.2	0.9
PIB pér cápita (1990=100)				
Japón y Extremo Oriente[1]	100	158	323	7 139
Indochinas[2]	100	144	323	9 645
Pacífico austral[3]	100	140	301	2 641
PIB pér cápita (en % del nivel estadunidense del año)				
Japón y Extremo Oriente[1]	66	81	103	231
Indochinas[2]	9	9	13	40
Pacífico austral[3]	50	54	62	87

[1] Incluye Corea del Sur, Hong-Kong, Macao y Taiwán, en 1990; los mismos, menos Hong-Kong y Macao en 2000; incluye las dos Coreas y excluye a Taiwán en 2020 y en 2100.

[2] Incluye, en cualquier fecha, a Filipinas, las Indochinas (= Vietnam, Laos, Camboya, Malasia, Singapur, Tailandia y Birmania) así como a Indonesia y Brunei.

[3] Australia, Nueva Zelanda, Papúa-Nueva Guinea e islas del Pacífico sur bajo tutela estadunidense o francesa.

una industria que llegará a ser sustancial en cuanto este país haya superado sus incertidumbres políticas y reconvertido sus empresas públicas, sobrecargadas de desempleados disfrazados de seudoasalariados. En lo sucesivo no quedan más que Camboya, Laos y Birmania, para ilustrar, en esta región, la perennidad de la miseria estancada.

Las promesas del sudeste asiático se cumplen. En efecto, esta región es rica en experiencias estatales, sobre todo por el hecho del Pagán birmano de los siglos IX a XIII, de los sultanatos de Sumatra (siglos IX-XI), del Anam desde el siglo X, del Angkor khmer de los siglos XII y XIII y del Majapahit javanés del siglo XIV. La experiencia de estos estados fue enriquecida por los emiratos mercantiles que se incrustaron en ellos, de Malaca a Johore (en Malasia) y de Bantam (Java) a Brunei (norte de Borneo), antes de que las potencias europeas llegaran a establecer sus protectorados. Desde los años sesenta, esta red de estados se reforzó por ejércitos separados del ejercicio del poder. Los parlamentos de la región a menudo tienen el mismo valor decorativo que en Corea o en Taiwán. La persistencia de las guerrillas comunistas hasta 1985 (Tailandia), y 1989 (Malasia), la perennidad de diversas rebeliones étnicas (Birmania, Filipinas, Timor, etc.), los duraderos contragolpes de la revolución abortada en 1965, en Indonesia, y los rencores heredados de las guerras vietnamitas y camboyanas, explican esta preponderancia política de los militares.

La diversidad étnica se mantiene por medio de tradiciones culturales y religiosas diferenciadas: las del hinduismo, sensibles más allá de su conservatorio balinés; las del budismo, presente en todas las penínsulas indochinas; las del islamismo, anclado en los emiratos malasios y predominante en Java y Sumatra; las de los colonizadores europeos, concretados por un catolicismo que disputa el terreno al islamismo en Filipinas, y por múltiples influencias administrativas, técnicas e idiomáticas —hasta hacer del inglés el idioma político habitual en Singapur y Malasia. En varios estados, las etnias y las religiones están tan mezcladas que la tolerancia se vuelve una necesidad de orden público: así se establece, de hecho, una mínima laicidad de la que se beneficia la política cultural.

El sudeste asiático está sometido a las presiones de las potencias que lo circundan. India se manifiesta protectora de las minorías indias, sobre todo en Malasia. China hace lo mismo por sus emigrados, numerosos en Indonesia y Singapur. Ejerce asimismo intensas presiones sobre Vietnam, ayudando a los khmers acampados en Tailandia y reivindicando los sitios petroleros de las islas Paracelso y Spratleys, en el mar de China meridional, más allá de los límites reconocidos por el derecho internacional.

En todo caso, el clima regional va a transformarse considerablemente durante los años noventa. El restablecimiento de relaciones diplomáticas entre Yakarta y Pekín —y luego Hanoi— permite a Singapur abrir asimismo una embajada en China y entrometerse más aún en la actividad de Hong Kong. La tranquilidad entre Rusia y China, seguida por una laboriosa pacificación de Camboya y por una diplomacia más flexible de Vietnam hacia China, abre a toda Indochina oriental la perspectiva de unirse a la ANASE.

En 1967, los estados habían incitado a la creación de esta *Asociación de Naciones del Sudeste Asiático* —o ANASE, más conocida por sus siglas en inglés ASEAN— para hacer de ella una alianza anticomunista. Desde la derrota estadunidense de 1975, la ANASE se reconvirtió de lo militar a lo económico, favoreciendo los intercambios entre sus miembros —ya el 20% de su comercio total— así como las inversiones conjuntas, sobre todo para la exploración de las zonas petroleras *off shore,* antaño disputadas entre ellos. Un acuerdo firmado en 1992 prevé la transformación de la ANASE en una zona de libre comercio, por etapas escalonadas hasta 2008. Estos esfuerzos son respaldados en lo sucesivo por los préstamos de un *Banco Asiático de Desarrollo* en el que Estados Unidos tuvo que resignarse a la preponderancia japonesa. Pero la creciente influencia de Japón incita a ciertos países, como Indonesia, Singapur o Brunei, a cultivar la alianza estadunidense para impedir su eventual presencia militar o el excesivo reforzamiento de su viejo aliado político, Tailandia.

Por lo demás, Japón es el principal proveedor de capitales en esta región, de tal manera que, de aquí a 2020, podría encontrarse a la cabeza de una zona de *coprosperidad asiática* que reúna —de Singapur a Seúl— a mil millones de hombres y que asegure de 18 a 20% de la producción mundial, es decir apenas menos que América del Norte o que toda Europa. De ahí el esfuerzo iniciado por Estados Unidos, con la cooperación de Canadá y de Australia, para incorporar a Japón, a Corea y a la ANASE a una organización de las naciones del Pacífico de la que se separarían únicamente las naciones de América Latina, pero en la que progresa la idea de invitar a Rusia y a China. Las primeras reuniones de esta organización

LOS PRÓXIMOS JAPONES

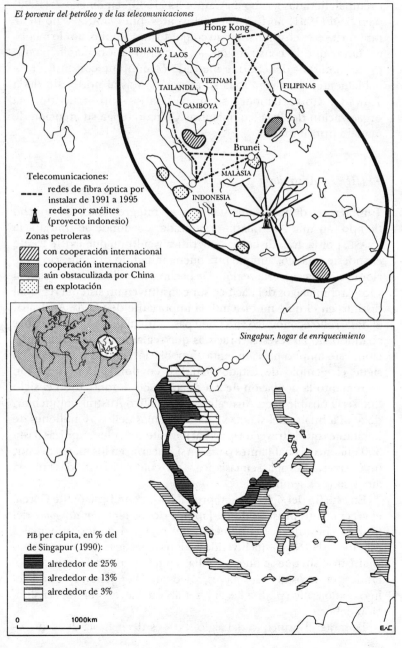

El porvenir del petróleo y de las telecomunicaciones

Hong Kong

BIRMANIA

LAOS

TAILANDIA

VIETNAM

CAMBOYA

FILIPINAS

Brunei

MALASIA

INDONESIA

Telecomunicaciones:

- - - - redes de fibra óptica por
instalar de 1991 a 1995

redes por satélites
(proyecto indonesio)

Zonas petroleras

con cooperación internacional

cooperación internacional
aún obstaculizada por China

en explotación

Singapur, hogar de enriquecimiento

PIB per cápita, en % del
de Singapur (1990):

alrededor de 25%

alrededor de 13%

alrededor de 3%

0   1000km

EⅿⅭ

eventual, llevadas a cabo en Camberra (1989), en Singapur (1990) y en Seúl (1991) no fueron concluyentes, pues la ANASE no tiene ningún interés en diluirse en un conjunto más amplio, por lo menos en tanto que la construcción —y la conservación más o menos proteccionista— del enorme mercado común que constituye probablemente, mantenga toda su atención. Más al norte, sin duda Taiwán y Corea tampoco serán partidarios entusiastas de una organización del Pacífico, mientras China retenga su atención de manera prioritaria.

44 (III). La Australasia

También es dudoso que Australia se integre, antes de mucho tiempo, en una Australasia organizada, en donde se uniría a la ANASE, por la gran distancia geográfica y cultural que existe frente el sudeste asiático, aunque una buena mitad de su comercio exterior la vincula con esta región. De hecho, Australia, Nueva Zelanda y los Archipiélagos del Pacífico sur constituyen un sistema regional distinto en el que, no obstante la importante deuda de Australia, el desarrollo económico va a buen paso. Además, después de haber abandonado las leyes casi racistas que reglamentaban su inmigración, este amplio país aumenta su población en 0.8% por año. Si sigue el ejemplo de Estados Unidos, en donde la inmigración incrementó la población de 2 a 3% por año durante todo el siglo XIX, sería posible ver a Australia —y al Pacífico Austral— aumentar, de aquí a finales del siglo XXI, a mucho más de los 70 millones de habitantes que la trayectoria actual permite considerar, quizás hasta 300 millones de habitantes o más. Así, nacería, en los mares del sur, una tercera Europa semiasiática —así como la segunda Europa americana es semiindia.

En este fin del siglo XX, son probables la reunificación de Corea, el crecimiento proseguido de Japón y de los *pequeños dragones* del mundo chino [28] y el aumento del régimen de los principales estados de la ANASE —incluyendo a sus potenciales adherentes como Vietnam—, sin que se pueda confiar en profundas reformas democráticas en estos diversos países, salvo quizás en Japón en donde el lujo democrático podría llegar a ser abordable, así como la civilización del ocio.

Durante el principio del siglo XXI —es decir hasta 2020-2025—

pueden esperarse inflexiones más manifiestas. Japón podría llegar a ser la locomotora, principal o anexa, de un crecimiento chino —estimulado de la misma manera por el respaldo de Taiwán, en tanto que Corea podría, asimismo, alimentarse de una valorización de Siberia oriental, no sin participar de la misma manera en la promoción de China. Más al sur, la prosecución de los resultados de la ANASE podría favorecer el desarrollo de una Indonesia que rebase los 300 millones de habitantes a fines de este periodo. Por lo tanto, Japón tendría que ajustar su influencia sudasiática a esta nueva potencia y a sus vecinos cada vez menos despreciables. En el mismo lapso, Japón perdería su actual singularidad de ser la única civilización no europea, poseedora de una economía desarrollada.

Todavía a más largo plazo, Asia del sudeste y, de otra manera Australia, podrían acercarse a los niveles de desarrollo europeo y norteamericano, a condición de flexibilizar sus organizaciones políticas, para que acompañe a esta maduración; a condición, también, de saber jugar con las presiones contrarias de Japón y de sus competidores regionales que serán entonces India y China.

45. EL ASIA DE LOS VOLCANES

Los incesantes espasmos del Cercano y del Medio Oriente podrían hacer olvidar que Asia meridional también está amenazada por erupciones. Entre los siete estados inscritos entre Birmania y Afganistán, al sur del Himalaya, cinco experimentaron crisis políticas importantes sólo durante el año 1990, en tanto que amenazó con estallar una cuarta guerra indopaquistaní y que la guerra civil larvada de Sri Lanka entró en su quinto año, sin desenlace previsible. Las Indias, antaño encorsetadas por Inglaterra, forman un subsistema continental en el que, sólo los estados minúsculos, poseen una coherencia confirmada.

45 (I). Las Indias por unir

La India actual es la principal heredera del Imperio Británico. Reúne pueblos largo tiempo dirigidos por estados rivales, pero impregnados por contagiosas corrientes civilizadoras (núm. 10). Su coherencia, muy imperfecta, se debe a las clases dominantes que el tutor inglés mantuvo y a las instituciones que aclimató. En efecto, se estableció un gobierno de forma parlamentaria, respaldado por un aparato de Estado especializado, en etapas limitadas pero progresivas. La armadura jurídico-institucional del país no tuvo que ser improvisada tras la partición de 1947, continuó desarrollándose poco a poco. Además, el Estado federal y los estados locales —Mizoram, constituido en 1986 es el vigesimosexto de estos estados— no tuvieron que transigir con una iglesia poderosa y doctrinaria, como en países cristianos o musulmanes. La variedad de los aparatos eclesiásticos, a menudo ligeros, permitió al orden jurídico federal imponer su primacía: esta mínima laicidad no irriga la vida cotidiana, ni la educación de los pueblos, pero permite al Estado central funcionar bastante bien, sobre todo porque su ejército garantiza la disciplina de los estados federados, o incluso la calidad de su orden público. Sin embargo, bajo este fuerte orden se incuban múltiples rebeliones con connotaciones religiosas. Son obra de los Sikhs del Pendjab, de los musulmanes de diversas regiones y de los hinduistas que transforman el sitio de Ayodya, cerca del Nepal en un Jerusalén fuertemente reivindicado por fundamentalismos contrarios.

La pluralidad de los partidos, la enormidad del cuerpo electoral y la realización regular de elecciones dan a India un aspecto democrático con un gran valor pedagógico, a cierto plazo, pero cuya importancia inmediata no debe ser sobreestimada. Los notables de las aldeas, los propietarios de la tierra, las sectas religiosas y muchos industriales dirigen enormes blóques de voces a los que se agregan o se oponen los bloques más populistas, reunidos por ciertos partidos de tradición comunista, congresista o hinduista, todo en un ambiente sucesivamente mediatizado: 6 millones de televisores se aúnan cada año a los 45 millones ya instalados en 1990, con lo cual pronto se penetrará a los 600 000 caseríos y pueblos de este país-continente.

En India, los motines del hambre se han enrarecido desde 1974 y las zonas de mala nutrición endémica se encojen poco a poco, aun si, por el hecho de una creciente población, tarda en disminuir el número efectivo de los mal alimentados. Los progresos de la revolución verde se difunden desde el Pendjab en donde fueron precoces. Pero la miseria popular aumenta, de oeste a este, a lo largo del Ganges o, de norte a sur, desde los ríos himalayos hasta el lejano Kerala. Sin embargo, la reducción de la fecundidad se

EL CONTINENTE INDIO

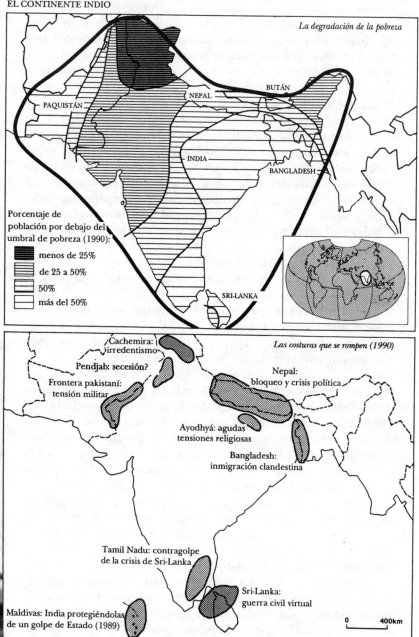

La degradación de la pobreza

BUTÁN

NEPAL

PAQUISTÁN

INDIA

BANGLADESH

Porcentaje de
población por debajo del
umbral de pobreza (1990):

menos de 25%

de 25 a 50%

50%

más del 50%

SRI-LANKA

Las costuras que se rompen (1990)

Cachemira:
irredentismo

Pendjab: secesión?

Frontera pakistaní:
tensión militar

Nepal:
bloqueo y crisis política

Ayodhyá: agudas
tensiones religiosas

Bangladesh:
inmigración clandestina

Tamil Nadu: contragolpe
de la crisis de Sri-Lanka

Sri-Lanka:
guerra civil virtual

Maldivas: India protegiéndolas
de un golpe de Estado (1989)

0   400km

E∧C

vuelve sensible casi por todas partes, aunque el control de la natalidad haya costado ya la vida a varios gobiernos. India no concluirá su transición demográfica antes de mediados del siglo XXI. Verá entonces a sus ciudades crecer aún más. Bombay, Calcuta, Madrás, Delhi figurarán entre las primeras aglomeraciones mundiales, durante todo este siglo.

Fragilizada por ciudades plagadas de zonas pobres, por olas de éxodo rural, fuera del valle sobrepoblado del Ganges, y por incesantes tensiones étnicas y religiosas, India también está desgarrada por su empotramiento tradicional que las políticas que buscan promover a las bajas castas hacen a veces explosivo. Sin embargo el país logra financiar regularmente un aparato de Estado apto para remendar sus desgarramientos. Su esfuerzo de equipamiento ferroviario y aéreo, sus grandes obras, sus políticas de educación y de salud permiten mantener un crecimiento económico cercano al 5% anual. Su presupuesto es moderadamente deficitario y su deuda internacional de 64 mil millones de dólares —a finales de 1989— sigue siendo soportable, aun si se triplicó durante el decenio de 1980.

Mientras no haya reabsorbido sus amplios sacos de extrema miseria, rural o urbana, India no podrá ejercer toda la influencia que su tamaño y su situación le prometen, pero esto no le impide hacer sentir ya esta influencia en su ambiente cercano.

India domina a los últimos estados himalayos. Un año de bloqueo le permitió reducir, en 1989-1990, las veleidades autónomas de un Nepal, convertido en seguida a la monarquía constitucional. Desde 1971, el Pakistán originado, también, en 1947, se dividió en dos partes, de las cuales una es el miserable Bangladesh. Este país expuesto a las crecidas y a los tifones, titubea de un golpe de Estado militar al siguiente, pero ya no puede amenazar a la India, por lo menos mientras la ayuda internacional no le haya brindado el dominio de las aguas de su delta sobrepoblado, y por consiguiente de la alta productividad que podría lograr, de aquí a algunos siglos, haciendo de él una nueva Holanda. En 1988, una incursión india a las Maldivas permitió que se consolidara el gobierno de este Estado musulmán independiente, al mismo tiempo que lo inscribió en la dependencia de Delhi. De 1987 a 1990, no bastó una expedición más fuerte para pacificar a la gran isla de Ceilán en donde la minoría tamula tiene tendencia a la disidencia. Pero es dudoso que India pueda permanecer descansando las armas, si esta isla desgarrada entre tres etnias y tres religiones, llegara a ser el teatro de una guerra abierta, pues su ejemplo podría contaminarla por medio del Tamil-Nadu, a su Estado tamula del sudeste. Lejos de ahí, los ricos confines del noroeste son igual de preocupantes. Cachemira, dividida por la partición de 1947, y el Pendjab preocupado por el autonomismo de los Sikhs, rodean la frontera con un Pakistán que ya se opuso con tres guerras a los ejércitos indios. Aquí, la guerra se disfraza fácilmente de cruzada del islamismo, contra el hinduismo —y recíprocamente— pero sirve también de exutorio a las luchas de clases y de etnias de las que Pakistán es tan rico como la India. Si no fuera por las presiones estadunidenses que frenan su equipamiento nuclear y por los beneficios que proporciona la ayuda estadunidense en tránsito hacia Afganistán, el ejército paquistaní volvería a iniciar con gusto problemas con India, sobre todo porque posee un poder casi exclusivo en un país en el que el electorado, iletrado en 75%, se alía ciegamente a los grandes propietarios y demás jefes tribales o religiosos, en un régimen claramente menos democrático que el de India.

India dispone de una marina de guerra —la 6a. del mundo, con 2 portaaviones y 18 submarinos— que confirman su voluntad de perpetuar el nombre del Océano Índico, pero su acción más allá del mar se reduce a algunas amonestaciones para proteger a sus emigrados, de las Islas Fidji al África austral. Rusia la respalda, desde el tratado de amistad de 1971, en tanto que Estados Unidos le es hostil, pues criticó tanto sus políticas vietnamita y afgana, como sus gestiones comerciales en el GATT. Sin embargo, estas tensiones heredadas de la guerra fría se atenúan. En el siglo XXI, el adversario principal podría ser China, no para renovar la vana guerra de los glaciares himalayos (1962), sino para influir en las ricas Indochinas del próximo siglo, si en todo caso Indonesia y Japón no bastan para alejar a los dos gigantes rivales del Asia continental.

Una *Asociación Sudasiática de Cooperación Regional*, creada en 1987, reúne, casi cada año, a los siete jefes de Estado de la región (incluyendo Pakistán) e intenta esbozar una organización regional. El final del siglo XX no bastará para hacerla madurar, por lo difícil que es coordinar las políticas internas e internacionales de los siete estados —o hasta definirlas y mantenerlas. El surgimiento de India y, quizá, de Pakistán, al rango de potencias más que regionales (núm. 19) sólo se confirmará durante el principio del siglo XXI, para afirmarse más claramente en el pleno siglo, en un momento en que, por su parte, Bangladesh, por fin salvado de las aguas, podría transformarse lentamente en lo que fue antes de la colonización inglesa: la Perla de Bengala.

45 (II). *El Cercano y el Medio Oriente en el crucero de los peligros*

De Afganistán a Egipto y a Turquía, otro sistema regional expone sus cordilleras volcánicas. Afganistán casi no pertenece a este Cercano y Medio Oriente convulsivo, no obstante la guerra iniciada en 1974 y adormecida —pero no concluida— desde 1989, pues un casi desierto lo separa de Irán. Turquía es la más comprometida en esta región, por la represión de los kurdos, por el equipamiento del Éufrates que la opone a Siria y por la vigilancia de su frontera iraquí, sin embargo su porvenir se juega del lado de Europa: un poco en Chipre —a medias ocupado desde 1974— y mucho en la asociación con la CEE y la OTAN. De los tres países eje, Egipto es el más implicado en el Cercano Oriente, a tal punto que sus fluctuantes vínculos con Libia y Sudán no bastan para atarlo a África. Egipto sigue siendo la parte tomadora en la tormentosa historia de la Media Luna fértil y del mundo árabe.

Tras cinco guerras e incesantes incursiones contra los campos palestinos de Líbano, Israel todavía no ha desarmado a todos sus enemigos árabes y no lo logrará mientras no se haya abandonado el sueño de una Gran Palestina judía —reavivado a partir de 1989 por un renuevo de inmigración procedente de la ex URSS— en beneficio de una organización binacional y, sin duda, biestatal, que incluya o no a Jordania, pero que garantice la existencia política de los palestinos árabes. En efecto, a diferencia del Frente Polisario de los confines argelio-marroquís, la OLP no podrá volatilizarse. La independencia que esta organización proclamó, en 1988, no garantiza nada, pero sería necesario imaginar que los subsidios sauditas, las armas sirias, las ambiciones iraquís y las purulencias libanesas se desvanecerán ante la superioridad militar israelita, eventualmente respaldada por un apoyo estadunidense más sostenido que nunca, para que Palestina se conserve perdurablemente virtual —e irredentista— como una especie de Kurdistán. No obstante la inmigración que proviene de la ex URSS, Israel estará dotado, a partir de 2020, de una población casi a medias árabe. Con o sin el

ASIA DEL SUR Y DEL OESTE DE AQUÍ A FINALES DEL SIGLO XXI				
	-I-Fin del siglo XX		-III-*Pleno siglo XXI*	
		-II-*Principios del siglo XXI*		
	1990	*2000*	*2020*	*2100*
Población (en millones)				
Indias[1]	1 132	1 365	1 972	3 272
Cercano y Medio Oriente[2]	205	272	450	1 075
PIB (en % del total mundial)				
Indias[1]	3.6	4.1	5.3	9.5
Cercano y Medio Oriente[2]	5.5	5.9	6.4	6.8
PIB per cápita (1990=100)				
Indias[1]	100	137	264	8 453
Cercano y Medio Oriente[2]	100	117	165	2 183
PIB per cápita (en % del nivel estadunidense del año)				
Indias[1]	3.5	4	5	15
Cercano y Medio Oriente[2]	30	28	24	65

[1] Incluye, en cualquier fecha, India, Pakistán, Bangladesh, Nepal, Bután, Sri-Lanka y las Maldivas.

[2] Incluye, en cualquier fecha, Afganistán, Irán, Irak, conjunto de la península arábiga, Siria, Israel, Líbano, Egipto y Turquía.

rodeo de aventuras militares y de crispaciones dictatoriales, este país está condenado a inventar una fórmula de paz más duradera que el *statu quo*.

El porvenir de Irán es un poco más incierto. Antiguo gendarme del Golfo, promovido por Estados Unidos hasta la evicción del sha en 1979, este país padeció una revolución, abortada en cruzada, luego contenida a costa de ocho años de una feroz guerra de usura, por Iraq, otro pretendiente regional al predominio militar en el Golfo. Las hostilidades cesaron en 1988, pero la paz no volvió sino hasta 1990, cuando Irak abandonó sus pretensiones territoriales para liberar a su ejército sucesivamente comprometido en Kuwait. Todo puede resultar de este largo partido de empate, de una revancha con repeticiones hasta una alianza que busque dominar la política petrolera del Golfo y de la OPEP. El desenlace dependerá en parte de las relaciones de fuerza que se establezcan, en Irán mismo, entre las clases capitalistas y técnicas, deseosas de reiniciar las modernizaciones de antes de 1979, las clases latifundistas, clericales y mercantiles cuya alianza apoyó al jomeinismo y las miserables clases populares a las que las limosnas del clero —garantizadas por la renta petrolera— habían convertido en reservorios de milicianos y de carne de cañón. Las satisfacciones políticas y diplomáticas otorgadas por Irak reforzaron al primer grupo, pero se necesitarán largos años de una perseverante *desjomeinización* y de recuperación del impulso económico, para purgar a Irán de su proselitismo arcaizante y, también, del exceso de desempleo urbano y de miseria rural con los que se alimentó este celo.

Por lo demás, la gendarmería petrolera del Golfo tiene un tercer pretendiente declarado. En efecto, la incursión iraquí de 1990 sobre Kuwait, ofreció a Estados Unidos la oportunidad de imponer su presencia militar masiva en Arabia Saudita y en los emiratos del Golfo, es decir, de sobreponerse a las reticencias de sus protegidos locales, desde luego deseosos de respaldar sus regímenes y sus rentas, pero inquietos por la nefasta resonancia que la irrupción de los ejércitos estadunidenses tendría sobre el conjunto de los países árabes o musulmanes.

La guerra que destruyó al ejército iraquí y lo expulsó de Kuwait a principios de 1991 fue envuelta por parte de Estados Unidos en una coalición en la que sus clientes musulmanes —de Marruecos a Egipto y Turquía— y sus aliados occidentales fueron bastante numerosos para atenuar la primacía estadunidense, sobre todo por las repetidas resoluciones del Consejo de Seguridad de la ONU que legitimizaron la intervención antiiraquí. Pero en cuanto se asentó la arena de esta *tormenta del desierto*, aparecieron claramente los dos objetivos principales de Estados Unidos: uno es instalar para siempre una fuerza aeronaval, o incluso terrestre, cuyo objetivo sería hacer de gendarme duradero del Golfo petrolero; la otra es rodear esta fuerza con una alianza de estados tan amplia como sea posible, para ayudar a la estabilización política de toda la región.

El primero de estos objetivos se logró de manera solapada, aun si las reticencias de Arabia Saudita se despertaran periódicamente. Pero el segundo objetivo parece permanentemente fuera de alcance, en la medida en que el levantamiento de minas de los conflictos regionales requerirá tiempo y habilidad, si es que llega a iniciarse.

De hecho, durante varios decenios, el control del petróleo del Golfo y de los emiratos árabes será el envite de luchas en las que Irán, Irak y Estados Unidos, tratarán de movilizar a un máximo de aliados en configuraciones diversas y siempre cambiantes. El ocasional resurgimiento, en Irak, de una laicidad a la Nasser —o a la Kemal Ataturk (núm. 27)— alimenta, de vez en cuando, la idea de que podría entablarse una gran alianza modernizadora de la *nación árabe* entre Egipto, Siria e Irak, luego reforzarse con Yemen, unificado desde 1990, y por el Líbano, eventualmente, reconstruido. El *Consejo de Cooperación Árabe*, formado en 1990, sin Siria, pero con Jordania, prefiguraba una alianza así, pero la guerra del Golfo arruinó este proyecto, sin prohibir su resurgimiento a cierto plazo. Siria, privada de su apoyo soviético, empantanada en una difícil tentativa de sumisión del Líbano e incapaz de confirmar su tutela sobre la mayor parte de las organizaciones federadas en la OLP, se encuentra en una posición delicada. En lo sucesivo, ya no se interesa más en una guerra frontal contra Israel. No sólo depende de estos dos países que los intereses palestinos y libaneses sean tomados en cuenta y pacificados.

Sobre todo porque la calma entre Estados Unidos y Rusia no elimina todas las sobredeterminaciones de las guerras israelí-árabes. Los subsidios de la rica Arabia continúan irrigando, según la ocasión, a Jordania o a Siria y a ciertas facciones palestinas o libanesas, en tanto que los sueldos repatriados del Golfo alimentan a Egipto y a los campos palestinos. Sin embargo Arabia se transforma. El agregado de tribus, reunido por las cabalgatas guerreras de los años treinta, es ahora un país propietario y que explota en directo sus recursos petroleros y un desierto modernizado a un alto costo. No obstante el arcaísmo de sus tribus, de sus imams y de sus costumbres, Arabia obtuvo recursos para formar empleados de buena calidad para el ejército, la administración y las empresas. El rigor de la vida pública, mantenido por vigilantes sensores religiosos empieza por el espectáculo de tropas extranjeras y, más profundamente, por la reticencia de las jóvenes generaciones, más ricas y mejor educadas que nunca. Ayer el laxismo de la vida doméstica era la mejor válvula de seguridad de una sociedad en la que coexisten mal el extremo arcaísmo y la fulgurante modernización. Mañana, un sistema político de aspecto tradicional no podrá ya enarbolar a esta sociedad renovada. A fines del siglo XX o poco después, el dominio político se transformará también para alinearse, probablemente, con el modelo militar-nacionalista grato a Irak, a Siria y a Egipto.

Con la ayuda de su protector estadunidense, Arabia Saudita amplió su influencia a los emiratos que habían escapado, en 1932-1934, del fundador de su dinastía. El *Consejo de Cooperación del Golfo* formaliza este predominio. En todo caso, la unificación de los Yemen que se concretizó a partir de 1990, está cargada de potenciales perturbaciones. Arabia cuenta, en el mejor de los casos, con 13 millones de habitantes de los cuales una tercera parte son extranjeros, a menudo yemenitas. Los dos Yemen, en lo sucesivo reconciliados por el descubrimiento de un yacimiento de petróleo en su frontera, por la reorientación de la ex URSS y por la necesidad común de respaldar al poder del Estado con un ejército sólido, totalizan, también, 12 o 13 millones de habitantes sobre las altas planicies de la *Arabia feliz* cuyas especies y cafés hicieron la gloria del puerto de Moka. En 1990, en lo más duro de la crisis del Golfo, cientos de millares de yemenitas tuvieron que huir de Arabia, en tanto que su gobierno se negaba a unirse a la coalición antiiraquí. Así se confirmó la sujeción por tenazas de la que Arabia en su totalidad está amenazada constantemente.

Sujeción por tenazas, porque la población del Cercano y del Medio Oriente se concentra en su periferia. Al norte y al oeste esta región está bordeada por Irán, Turquía y Egipto que reúnen a las dos terceras partes de sus habitantes. Luego, Irak, Siria y Yemen, formados en un segundo círculo, contienen las dos terceras partes del resto. Por su parte, Arabia y los emiratos del Golfo ocupan un desierto central al que sólo sus torres de perforación, sus *lugares santos* y sus bases estadunidenses protegen, más o menos, de las envidias de los estados vecinos, sobrepoblados y pobres, de donde sin embargo proviene la mayor parte de los trabajadores que emplean. Es dudoso que las limosnas de Arabia puedan apaciguar largo tiempo a las enormes ciudades en donde se acumulan, contradictoriamente, la miseria y los primeros beneficios de la modernización. Que provenga de El Cairo, de Bagdad, de Teherán —o aun de la más lejana Estambul— la tormenta no es dudosa. La incursión iraquí de 1990 sobre Kuwait no hizo más que anunciarla. Va a afectar a una región en donde una potencia nuclear (Israel) está rodeada por dos o tres estados que intentan igualarla en explosivos o en misiles (Egipto, Siria e Irak).

El eclipse soviético es perdurable, pero no aligerará la vigilancia

LA ZONA DE LOS VOLCANES

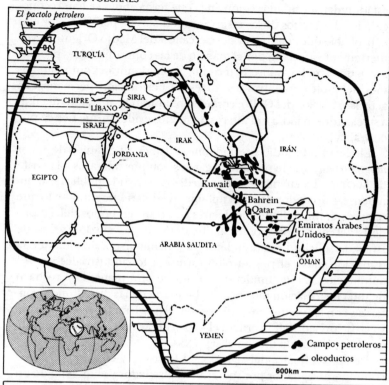

El pactolo petrolero

TURQUÍA

CHIPRE
LÍBANO
SIRIA
ISRAEL
JORDANIA
IRAK
IRÁN
EGIPTO
Kuwait
Bahrein
Qatar
Emiratos Árabes Unidos
ARABIA SAUDITA
OMAN
YEMEN

● Campos petroleros
⌐ oleoductos

0   600km

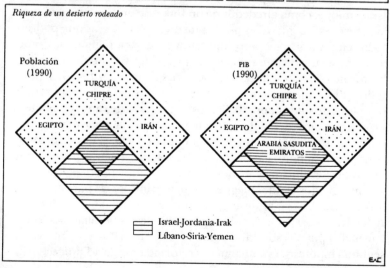

Riqueza de un desierto rodeado

Población
(1990)

TURQUÍA
CHIPRE
EGIPTO   IRÁN

PIB
(1990)

TURQUÍA
CHIPRE
EGIPTO   IRÁN
ARABIA SASUDITA
EMIRATOS

▨ Israel-Jordania-Irak
▤ Líbano-Siria-Yemen

EℒC

estadunidense, en una región en la que hasta ahora se han reconocido los dos tercios de las reservas mundiales de petróleo. Por ello es probable que el porvenir del Cercano y del Medio Oriente se vea fuertemente afectado por el manejo de las contradicciones propias a Estados Unidos: sobre el terreno, ¿se impondrán como gendarmes del Golfo, mientras las torres de perforación permanezcan activas? ¿Y, lejos del Golfo, cómo equilibrarán la atención que dan a su electorado judío y el interés no menos evidente que tienen por la Arabia petrolera?

El electorado judío proporciona, a Israel, el estatuto de *major non-NATO ally* que le permite pagar sus equipos militares a la tarifa de la OTAN. La cuenta se cubre mediante la ayuda pública estadunidense —alrededor de 3 mil millones de dólares por año— a lo que se agregan mil millones de dólares suscritos, en bonos del Tesoro de Israel, por la diáspora, estadunidense o no. Salvo invasión de Israel, la solicitud estadunidense va a debilitarse a medida que la transición hacia el pospetróleo torture a los industriales y a los automovilistas estadunidenses. Dicho de otra manera, el rechazo de toda negociación internacional —aparte de las discusiones fronterizas con los vecinos inmediatos— en el que Israel se obstina desde su creación, en 1948, perderá el apoyo de Estados Unidos antes de que haya avanzado mucho el siglo XXI.

De aquí a finales del siglo XX, el Cercano y el Medio Oriente continuarán agitados por sobresaltos, alrededor y en el seno de un Israel miope, como alrededor de un Irak y de un Irán más o menos aventureros. La guerra es posible de diversas maneras que podrán todas emponzoñarse, pero sin aclarar la situación general. Como lo subraya su caricatura libanesa, el Cercano y el Medio Oriente, hartos de combates, tardan en resignarse a una paz benéfica para todos. En el mejor de los casos, el próximo decenio empezará a purgarlos de sus humores belicosos, sin carecer de vanos combates.

A principios del siglo XXI, en tanto que la región más que duplicará sus 200 millones de habitantes de 1990, el desierto árabe continuará siendo rico en rentas petroleras. Poco a poco serán previsibles evoluciones menos dramáticas que las del siglo XX, ya sea que Estados Unidos juegue con toda su influencia para pacificar a Israel y a Arabia, al mismo tiempo que mantiene el respeto de Irak e Irán, ya sea que Arabia logre multiplicar a sus aliados árabes, ajuiciados por sus subsidios como lo están Jordania y Egipto. Esta segunda hipótesis, eventualmente reforzada por la adjudicación al mejor postor de un petróleo intensamente solicitado por Japón, Europa y Estados Unidos, podría incitar a estos últimos a obligar a Israel a la tranquilidad. Pero estas dos hipótesis pecan de un mismo exceso de optimismo: implican que los teocratismos judaicos, wahabite y chiita, se doblegarán sin demasiadas dificultades a la fuerza del derecho y de las armas, más que subyugarlos; que los estados renacientes, de Yemen al Líbano quizás, y los estados facticios como los emiratos −incluso Kuwait−, Jordania o la eventual Nueva Palestina de la OLP, no excitarán ningún apetito; y que el juego mundial de las potencias no obstaculizará la cicatrización de las llagas regionales. Es tanto como decir que los accidentes son probables.

Más adelante en el siglo XXI, una modificación trastornará a la región: el petróleo se agotará poco a poco. En los países que hayan preparado este término, convirtiendo su cuota-parte de las rentas petroleras o de los subsidios sauditas en equipos públicos, en inversiones productivas y en una formación adecuada de sus fuerzas de trabajo, el pospetróleo podría no ser más que una transición insensible. En Arabia misma, el centro de gravedad podría refluir hacia la Meca y su peregrinaje o desplazarse hacia un extremo sur yemenita, rejuvenecido por la irrigación y el turismo, como por eventuales elecciones pertinentes: Aden que, antaño, estuvo por seguir el ejemplo de Beirut, podría decidirse a valorizar en lo sucesivo su situación al borde de la principal vía marítima del mundo, hasta desearse la émula de Singapur.

A la inversa, si la extinción de las riquezas petroleras tuviera que sobrevenir en una región mal preparada o desgarrada por amplias guerras, podríamos también asistir a una africanización del Cercano y del Medio Oriente, pues esta región presenta ya un rasgo común con África a la que domina desde otros aspectos: pertenece, en 1990, a la minoría de regiones en donde tarda en afirmarse la transición demográfica, y en la que, por este hecho, el siglo XXI verá establecerse miles de millones de habitantes suplementarios.

46. ÁFRICA, ¡POR DESGRACIA!

46 (I). Al sur del desierto, la miseria...

A menudo el siglo XXI será espantoso en África para la casi totalidad de las zonas sudsaharianas, en donde los colonizadores europeos prácticamente no encontraron estados consistentes y no crearon ninguno, si se exceptúa a la Unión Sudafricana, con un recorrido tan complejo. La colonización se apoderó de innumerables caudillos y de algunos principados bastante pequeños y modestamente aparejados, como Ashante o Soroko, transformados luego, en los núcleos de Ghana o de Nigeria. Casi por todas partes se plantó en el polvo de los caciques locales una administración poco densa y de rito metropolitano, que entretejió los territorios conquistados sin preocuparse por su composición étnica. Durante el largo siglo en que África fue colonizada en su totalidad, estas administraciones no trabajaron por la amalgama provincial de las etnias coexistentes, ni por la producción de élites locales acarreadas al gobierno de esas provincias, y después de estados aún más amplios. Las colonias fueron conservatorios del salvajismo pintoresco que decoró el Jubileo londinense de Victoria (1897) o la Exposición Colonial de París (1932). Un poco de policías y soldados, pero ningún oficial; algunos raros comisionados; algunos sacerdotes, y luego algunos maestros: éstos fueron los hombres promovidos por las administraciones coloniales, atentas solamente al mantenimiento formal del orden público y a la valorización de las minas y las plantaciones.

Las colonias edificaron ciudades más administrativas que mercantiles, y carreteras o líneas férreas para llevar los productos hacia los embarcaderos portuarios. No edificaron ciudades dotadas de ciudadanos, de tal manera que los aglomerados urbanos del siglo XX que termina, se inflan en un cuadro administrativo que el Estado local organiza bien que mal, pero en donde se carece de experiencia citadina. No interconectaron las magras redes carreteras y ferroviarias, no incitaron al desarrollo de los intercambios regionales, a la instalación de industrias ligeras y a la federación de numerosas provincias en estados sustanciales.

En el corazón de los estados, los clanes pueblerinos mantienen el arcaísmo de la ganadería y de la agricultura, la dependencia de la mano de obra familiar, la sumisión de los menores, la excesiva fecundidad de las mujeres, la perennidad de las brujerías y de las sectas. En algunas funciones públicas y en ciertas ciudades, los hombres y algunas mujeres se liberaron difícilmente de las solidaridades tribales, pero tardan en liberarse de la numerosa familia, de la rápida rentabilización de toda función y del gasto ostentatorio. De los cuarenta estados africanos, la mayoría casi no tiene existencia, salvo la soldadesca. El impuesto, el ingreso por exportación y la ayuda internacional se dirigen demasiado a menudo hacia los clanes familiares, en lugar de constituir un ahorro invertible o un gasto público generador de equipos y de educación. África comprendió las lecciones del pillaje colonial, y se las aplica en lo sucesivo a sí misma [7].

Desde luego, ciertos estados más sustanciales que el promedio y algunas ciudades dotadas de élites cultas permiten transformaciones que el tiempo haría decisivas, si los periodos en que el mercado mundial no reduce progresivamente las rentas no fuesen tan raros y breves. Como se carece de este tiempo, África se desgarra en conflictos étnicos o tribales en cuanto un golpe de Estado militar, una hambruna o alguna otra crisis alteran el orden local. Las eventuales intervenciones de las potencias complican estos conflictos, pues las guerras civiles o internacionales encuentran más brazos disponibles de los que pueden armar. En 1990 —año totalmente ordinario— más de la mitad de los estados africanos conoció guerras así, masivas o endémicas, nuevas o recurrentes, pero siempre ricas en matanzas y pillajes.

Las poblaciones africanas tienen una excesiva juventud: Kenia posee el récord mundial, con 51% de personas de menos de quince años. Casi por todas partes la población crece un promedio de 3% anual, con una mortalidad ya disminuida al 1.5% y una fecundidad igual a 4.5% de la población total. Se puede temer que, si la mortalidad continúa disminuyendo —no obstante los estragos esperados por el sida— la tasa bruta de natalidad seguirá aumentando durante algunos decenios por lo numerosas que son las mujeres núbiles, en sociedades que tardan en favorecer el retraso del matrimonio, la escolarización de las mujeres, la abolición de la poligamia, la contracepción masculina y femenina y el aborto. La perennidad de las tradiciones que aseguraron la supervivencia de los pueblos poco productivos y a menudo diezmados por la trata de la esclavitud, provoca sucesivamente una proliferación miserable. La producción agrícola, poco modernizada, salvo por ciertos cultivos de exportación, se separó cada vez más de las necesidades alimentarias. El África de 1960 era autosuficiente, la de 1990 importa más del 25% de sus vituallas, sin que se eviten todas las hambrunas. En Sudán y en Etiopía, en donde el bloqueo de la ayuda alimentaria es una forma de la guerra, verdaderas hambrunas hicieron estragos. En muchas zonas urbanas, una fuerte policía y las importaciones de arroz se vuelven la base del orden público. En los estados de mejor ley, la estimulación de las producciones alimenticias, la rehabilitación de los alimentos locales ante los cereales importados, la ayuda al transporte y al almacenamiento de los productos y al establecimiento de precios favorables a la agricultura se vuelven poco a poco preceptos fundamentales. Pero esos estados resisten mal a las llamadas del mercado mundial y a los consejos del FMI, atento a los ingresos de la exportación que permiten el servicio de la deuda externa.

De aquí a fines del siglo XXI es posible que el África sudsahariana tenga que alimentar a 4 mil millones de habitantes, si su transición demográfica se opera con la lentitud que se teme. Lo logrará si valoriza sus buenas tierras mal cultivadas. Pero esto se traducirá en una enorme transferencia de la población activa hacia actividades que habrán de crearse por otro lado, pues la agricultura eficaz es casi una agricultura sin campesinos. Se necesitarían verdaderos estados, los cuales son raros.

Nigeria es quizás uno, y, en toda hipótesis su caso es importante, pues este país posee el 45% de la población instalada entre el Valle del Senegal y el del Congo. Es una federación, tardíamente reunida por el colonizador británico, que unió a los principados de Sokoro, de los territorios costeros densamente poblados, en donde estos principados durante largo tiempo cazaron esclavos antes de que les hicieran la competencia los negreros europeos. Sin embargo, esta federación resistió a la guerra de Biafra, a múltiples golpes de Estado militares y a la dilapidación de sus rentas petroleras, en una época infladas por las alzas de precios posteriores a 1973. Dotada de un gobierno militar que logró mantenerse desde 1985, Nigeria padece en lo sucesivo la cura de austeridad que el FMI impone a los deudores retrasados y que el rebote de los precios petroleros, en 1990, hace soportable. Se necesitarán por lo menos diez años para juzgar el enderezamiento de esta federación en la que los tres estados federados de 1960 fueron subdivididos, poco a poco, en 21 estados, y para apreciar su actitud para hacer un mejor uso de sus rentas reinfladas que el enrarecimiento mundial del petróleo hará más regulares, a principios del siglo XXI. Zimbabwe ofrece promesas menos grandiosas, pero menos aleatorias. En efecto, este país de alrededor de 10 millones de habitantes —doce veces menos poblado que Nigeria— es un buen ejemplo de la descolonización tardía, pero lograda. La independencia de 1980 garantizó, durante por lo menos diez años, un multipartidismo que retrasó el éxodo de los 300 mil colonos británicos y que permitió manejar las tensiones étnicas entre las guerrillas antaño rivales. El aparato de Estado se mantuvo, entonces, bajo un nuevo dominio que consagró a la escuela y a la salud —o incluso a la contracepción— gran parte de su presupuesto. La autosuficiencia alimentaria sigue siendo adquirida, las exportaciones han aumentado. Pero un crecimiento demográfico de 3.6% anual vuelve frágil a este joven Estado en donde la productividad de los grandes dominios y el deseo de una distribución de las tierras se contradicen y hacen difícil la gestión política.

La Unión Sudafricana influirá en el porvenir del vecino Zimbabwe, como en el de toda la región al sur de Zaire. Su transición del *apartheid* hacia un poder ejercido en nombre de la mayoría negra, será benéfico si se opera rápido, sin debilitar la economía y sin degenerar en conflictos interétnicos. En 1989 se inició un movimiento así y se acelera poco a poco, pero las maniobras políticas y las matanzas étnicas amenazan su curso. Sin embargo, si lo logra, este movimiento podría brindar, al África austral, la mole en donde podrán arrimarse muchos estados. Si fracasa, la Unión Sudafricana podría transformarse en un segundo Zaire, con riquezas mineras bien explotadas y ferozmente guardadas, en medio de un océano de miseria y de desórdenes.

De Senegal a Zambia y de Costa de Marfil a Kenia o a Tanzania una docena de otros estados africanos ofrecen algunas probabilidades de afirmarse. Pero es obligatorio constatar que la mayoría de los pueblos africanos vive, hoy en día, bajo el cayado de estados cuyo aspecto marcial nunca esconde el carácter etnocrático y que son incapaces de hacer madurar a una nación o aun, más modestamente, de cuidar que su población sea alimentada. La imitación de algunas formas importadas de las antiguas metrópolis coloniales disfraza mal a estas pirámides de reyezuelos, coronados con concusionarios o megalómanos. África registró casi cien golpes de Estado desde 1960, pero pocas guerras o revoluciones fecundas. No reno-

ERUPCIONES AFRICANAS

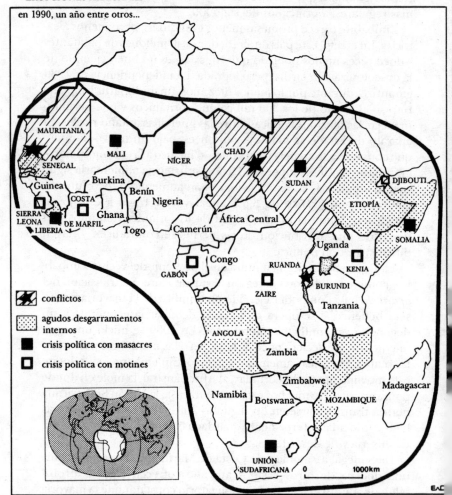

en 1990, un año entre otros...

MAURITANIA

MALI

NÍGER

CHAD

SUDAN

DJIBOUTI

SENEGAL

Guinea

Burkina

Benín

Nigeria

ETIOPÍA

COSTA

SIERRA
LEONA

Ghana

África Central

SOMALIA

LIBERIA

DE MARFIL

Togo

Camerún

Uganda

Congo

RUANDA

KENIA

GABÓN

ZAIRE

BURUNDI

Tanzania

conflictos

agudos desgarramientos
internos

crisis política con masacres

crisis política con motines

ANGOLA

Zambia

Zimbabwe

Madagascar

Namibia

Botswana

MOZAMBIQUE

UNIÓN
SUDAFRICANA

0   1000km

vó las fiscalidades coloniales asentadas sobre la capitación y sobre los derechos de aduana. No resistió a las delicias de las ayudas que difieren la edificación de los aparatos de Estado y a la selección de las lenguas autóctonas que había que enseñar. No se echó la culpa, no se hizo cargo de sí misma. El continente africano con un PIB global tres veces inferior al de Brasil, tiene que hacer frente a una deuda superior a la de este país. Diversos prestamistas empezaron a sacar las consecuencias, abandonando sus viejos créditos a los estados más pobres. Sin embargo, varios estados arruinados por el desplome de las rentas dejaron primero de invertir, y luego de pagar a sus funcionarios. Su vulnerabilidad se vuelve extrema cuando dejan de saldar a sus aduaneros y a sus policías: entonces se inicia el bandidaje de *las grandes compañías* que se cobran sobre el habitante. Uganda en 1980 y Liberia en 1990 ilustran este proceso que contamina asimismo a Zaire. Etiopía, Somalia y Sudán —pero también Mozambique y Angola— muestran sus efectos, cuando se vuelve endémico, tras haberse sobrecargado de revoluciones y de guerras inacabadas. Aunados a las feroces represiones de los estados, en donde las *grandes compañías* se suceden en el poder, de un golpe de Estado al siguiente, estos ejemplos prefiguran el porvenir de casi toda el África sudsahariana, salvo sobresaltos políticos mayores —y bien ayudados.

De ahí en adelante, África está sumergida en una crisis africana, sin chivos expiatorios exteriores. Los conflictos alimentados por el antagonismo soviético-estadunidense pierden este respaldo (núm. 48). Los bancos huyen de un continente del que ya no emana más que el 1.5% del comercio mundial y en el que las *multinacionales mineras* son las únicas perseverantes. Los antiguos colonizadores tienen más tendencia a agotar su ayuda que a estrechar su neocolonialismo. Los capitales captados por los dirigentes africanos huyen hacia cielos más clementes. Las élites intelectuales a menudo hacen lo mismo.

De 1990 a 2000, la población aumentará en una tercera parte y, 75% más, durante los dos decenios siguientes. En parte se va a aglutinar en las capitales mundiales de la miseria, como Kinshasa y Lagos, que alcanzarán los 7 u 8 millones de habitantes a partir de 2000 y serán alcanzadas por otras ciudades como Dakar, Accra, o Nairobi. El potencial de motines de la costosa vida y de las rebeliones aún más ciegas, va a aumentar, con gran respaldo de las sectas y de los mesianismos, hasta producir salvajes migraciones, epidemias mal contenibles y pillajes por parte de las *grandes compañías*.

Expuesta a las miradas mediáticas, África no dispondrá de los largos siglos de destripamientos locales y discretos y de lentos progresos titubeantes, por medio de los cuales las sociedades de otros continentes escaparon poco a poco de su recurrente miseria, a la manera de la Europa occidental de los siglos IX-XIV. Su miseria visible, y las amenazas que inducirá, le valdrán sin duda un suplemento de ayuda alimentaria y médica, así no fuese más que para circunscribir a África a los pueblos africanos y a sus riesgos sanitarios. Se impondrán también la ayuda para la edificación de aparatos estatales —africanos y eficaces— y el desvanecimiento de las deudas acumuladas, pero con retraso y a costa de dramáticos acontecimientos. Bien clasificada en la repartición de premios de la OCDE, la ayuda francesa no es, por ello, ejemplar. Francia se encerró en la trampa del franco común a toda la *Comunidad Financiera de África* (CFA), como si existiera una comunidad así y pudiera manejar una moneda común. La ayuda militar francesa no es más convincente, pues tuvo como principal efecto estabilizar regímenes mediocres o criminales, sin gran beneficio para los pueblos afectados y sin alejar la sospecha de que la protección de los intereses mineros, petroleros y diplomáticos de Francia misma, es su principal motivación. Los subsidios y las cooperaciones ofrecidos a los estados africanos exigen más matices, aunque las suntuosidades así financiadas de la coronación del emperador Bocassa en la Basílica de Yamussukro —y el mantenimiento de cooperantes en donde la morgue se disputa algunas veces con la generosidad, constituyen un sistema con una débil utilidad global.

La ayuda incrementada que Europa y las organizaciones internacionales tendrán que proporcionar inevitablemente al África de principios del siglo XXI, se acompañará por coacciones. Es deseable que sea explícitamente finalizada y con un empleo verificado. Que tienda a sanear las finanzas públicas por medio de la reducción de los efectivos militares y civiles, por la eliminación de desvíos y por una objetivización atenta de las inversiones por realizar, el objetivo sería imponer a los estados el rápido equilibrio de sus gastos de funcionamiento por medio de recetas fiscales. Que tienda asimismo a establecer formas de democracia local y a someter a las empresas públicas a las reglas de un manejo sano. Que tienda, sobre todo, a favorecer todos los moderadores de la fecundidad, para acelerar la indispensable transición demográfica (núm. 37). Este tipo de reformas no podrán llevarse a cabo si los aportadores de capitales y las ONG que operan localmente se ven amenazados por desórdenes públicos. Serán necesarias intervenciones pacificantes y es deseable que las efectúen los *cascos azules*, que se originen en la ONU o en cooperaciones interafricanas —más eficaces que la de la CEDEAO, en Liberia, en 1990— más que contingentes venidos de las antiguas metrópolis coloniales. En cuanto a la democratización de los estados africanos, es deseable que se parta de lo esencial: no el rito parlamentario, sino la edificación de comunas autónomas; no un pluripartidismo de fachada, sino el respeto de las libertades de asociación y de expresión; no la imitación de las fórmulas europeas de gobierno, sino el establecimiento de fiscalidades respetadas, de gendarmerías respetables y de escuelas autóctonas omnipresentes.

También hay que desear que los aportadores de ayuda sepan favorecer la estructuración de las principales regiones africanas alrededor de estados aptos para impulsarlas, hasta para dirigirlas: una Unión Sudafricana liberada del *apartheid*, una Nigeria consolidada, en el centro de una *Comisión Económica de los Estados de África Occidental* (CEDEAO) vuelta sustancial; una asociación este-africana de la que Kenia y Tanzania formarían quizás el núcleo, pero cuyos ensueños monetarios del *Pacto Preferencial de África Oriental* brindan malos augurios. Y así sucesivamente, en la escala de las regiones en donde se puede movilizar un potencial de modernización.

En vista panorámica, se puede esperar entonces que el fin del siglo XX esté marcado por una desbandada de seudoestados. A corto plazo, es frágil la esperanza de que la Unión Sudafricana se arrancará al *apartheid*, Nigeria al engaño, Etiopía a la guerra y Sahel a la hambruna. En 2000, al sur de la línea Nuakchot-Khartum, África se resquebrajará por todas partes.

Sin embargo, las tensiones más agudas se harán sentir durante el curso de los primeros decenios del siglo XXI, cuando África —aparte del Maghreb— pase, en veinte años, de 700 millones a 1.2 mil millones de habitantes. Estos 500 millones suplementarios multiplicarán las necesidades sanitarias y alimentarias, en proporciones que excederán a las capacidades de producción entonces disponibles. En grandes zonas de escasez, hambrunas asesinas sancionarán cualquier riesgo climático, cualquier retraso de la ayuda y sin duda también cualquier guerra. Por consiguiente hay que esperar desórdenes políticos muy graves, que puedan ir hasta un recorte reglamentado de los territorios dotados de estados evanescentes. La funesta serie de implosiones en la que Liberia y Somalia se inscribieron en 1990, puede prolongarse largamente.

El principio del siglo XXI será también la época en la que, después de los vagabundeos del siglo XX que termina, progresará pragmáticamente la difícil invención de injerencias internacionales útiles, rebasando el salvamento alimentario y sanitario, para consolidar el orden público y respaldar al aparato de los estados y a los sistemas regionales solidificables, ya sea que la OUA ofrezca o no su ayuda a estas operaciones en las que la CEE, la ONU y otras instancias internacionales tendrán que implicarse. Se tendrá la esperanza de que la Organización Mundial de la Salud no tenga que administrar los lazaretos africanos que nacerían de una propagación masiva y constante del sida, y que el Alto Comisionado para los Refugiados no tenga que manejar demasiados campos y barreras opuestas a los éxodos africanos originados en guerras regionales.

Más allá de los años 2020-2025, el pleno siglo XXI no se volverá idílico. Las acciones cuyo objetivo es el dominio de la fecundidad tardarán en producir efectos masivos, de tal manera que todavía podrían aparecer en África 2 a 3 mil millones de habitantes suplementarios antes de finales del siglo. Sin embargo, tendrían que ser esbozadas algunas zonas de recuperación antes del periodo anterior, de tal manera que las ayudas —finalizadas más que caritativas e iluminadas por estos primeros resultados— podrían emplearse con una creciente eficacia, hasta hacer madurar, por fin, un tratamiento africano de la crisis africana. Sin embargo, no es dudoso que las *primas de seguro* contra los desórdenes mundiales de origen africano continúen elevándose para Europa como para el Cercano y Medio Oriente y para las organizaciones internacionales.

46 (II). El África mediterránea

Entre el Sahara y el Mediterráneo, el Maghreb es como una isla amarrada al continente africano del que comparte cada vez menos su historia. Al igual que Egipto esencialmente se ha volteado hacia el Cercano y el Medio Oriente, los principales países de la *Unión del Maghreb Árabe* (UMA) fundado en Casablanca en 1989, son polarizados por la CEE. La desértica Mauritania, antigua pasarela de reinos de cherifes hacia el oro y los esclavos del sur, y Libia, también desértica, pero dotada de sustanciales rentas petroleras, escapan a este eurotropismo, que es muy sensible, en cambio, de Marruecos a Turquía, en países cuyos trabajadores y productos tienen a Europa como principal mercado.

ÁFRICA DE AQUÍ A FINALES DEL SIGLO XXI

	-I- *Fin del siglo XX*		-III- *Pleno del siglo XXI*	
		-II- *Principios del siglo XXI*		
	1990	*2000*	*2020*	*2100*
Población (en millones)				
Maghreb[1]	63	80	113	255
Otras Áfricas[2]	547	717	1 267	4 062
PIB (en % del total mundial)				
Maghreb[1]	1.4	1.5	1.4	1.1
Otras Áfricas[2]	3	3	4.9	10.2
PIB per cápita (1990=100)				
Maghreb[1]	100	112	150	1 139
Otras Áfricas[2]	100	111	224	4 725
PIB per cápita (en % del nivel estadunidense del año)				
Maghreb[1]	24	20.5	16	15
Otras Áfricas[2]	8	7	8	12

[1] Marruecos, Mauritania, Argelia, Túnez y Libia. Se recuerda que Egipto fue incluido en el Cercano y Medio Oriente (núm. 43 [II]).
[2] Conjunto de África salvo los estados considerados en nota 1.

Por lo demás, la UMA todavía no es más que una asociación sin sede ni secretariado, una esperanza de irrigar proyectos de interés común, mediante las rentas libias. De hecho, los cinco países de la UMA comercian poco entre ellos —ni siquiera el 5% de sus intercambios exteriores— pues sus producciones son análogas, salvo el petróleo. Todos experimentan un impulso demográfico del que sin embargo se ha iniciado una disminución. Marruecos, en donde la dominación es de tipo aristocrático-nacionalista (núm. 12), conserva la dinastía y las instituciones de un reino secular —de extensión muy variable, es cierto— y se enriquece poco a poco con administraciones más modernas y un decoro vagamente democrático. Además, su soberano es el jefe del islamismo local, lo que ayuda a moderar las exaltaciones religiosas. La vecina Argelia se deseaba republicana y socialista. Desarrolló el aparato de Estado heredado de la colonización francesa, prolongándolo, mediante múltiples excrecencias económicas, de la explotación petrolera a la distribución comercial. Pero su incuria demográfica y sus mediocres resultados, aparte de la economía petrolera, la expusieron a una deriva en la que el desempleo juvenil y el proselitismo religioso unen sus nefastas consecuencias. Por último, Túnez padecería los mismos males que Argelia si no fuera por su mayor flexibilidad económica y política.

Salvo aventuras alimentadas por el régimen libio o por una reactivación del Frente Polisario que sueña con erigir como Estado independiente, entre Marruecos y Mauritania, una parcela desértica que no cuenta más que con 100 mil habitantes, la suerte de la UMA se jugará principalmente, en el encuentro de dos movimientos: por un lado, la aptitud de los estados para hacer mejor uso de sus rentas y de sus presupuestos, para desarrollar el empleo y la escolarización, al mismo tiempo que modera su demografía; y, por el otro, las estimulaciones venidas de Italia en donde desemboca un gasoducto argelio-tunecino, de Francia y de España en donde atracan los buques metaneros procedentes de Argelia y, sobre todo, de toda Europa a los que la UMA puede seguir surtiendo trabajadores y podría perjudicar con muchos productos, si la cooperación económica transmediterránea se organizará para este fin. La ayuda procedente de toda la CEE tendría que favorecer a estos dos movimientos, a falta de lo cual el Maghreb podría padecer, en su totalidad, la mezcla explosiva del desempleo juvenil y de la exaltación religiosa.

Sin embargo, en toda hipótesis el Maghreb no se enfrentará a las angustias de otras regiones africanas. En el mejor de los casos podría llegar a ser, en el siglo XXI, la ribera meridional de un Mediterráneo convertido en una nueva California; aún mejor, podría integrarse a una Comunidad más que europea, que llevaría hasta el Sahara su actual frontera mediterránea. Pero se necesitará, para ello, que los pueblos de las dos riberas reaprendan a coexistir pacíficamente como en el califato de Córdoba de los siglos X-XII, sin tener en cuenta los cruzados de todas las obediencias.

15

EL MUNDO AL ESTILO DE EUROPA
(De 1990 a 2100)

47. ¿UNA O DOS AMÉRICAS?

Durante los dos largos siglos en que el primer mundo capitalista adquirió forma, la exuberancia demográfica de Europa encontró una salida de la que carecen los pueblos con crecimiento más tardío: pobló varias amplias regiones, con tierras vacías —o vaciadas para la ocasión (núm. 12).

Una Nueva Zelanda, una Nueva Gales del Sur transformada en el núcleo de Australia, una Nueva Inglaterra de donde surgió Estados Unidos, varias nuevas Holandas, sumergidas en América del Norte o en la Unión Sudafricana, una nueva Francia tardíamente desarrollada en Quebec y otras esporas de procedencia escandinava, germánica, eslava o italiana se unieron así a las proyecciones españolas y portuguesas de los siglos anteriores, originadas en conquistas y mestizajes más que en trasplantes masivos (núm. 7).

De estos injertos, nacieron algunas veces nuevas Europas. Una adquiere matices, al sur de los archipiélagos asiáticos, la otra se resigna a perder su predominio, al sur de África, por último, otras se desarrollan en estas Américas que Europa acabó por considerar como un Nuevo Mundo admirable. El siglo XXI bien podría ser aquel en el que el Antiguo Mundo europeo recobre mucho de su prestigio respecto de las lejanas Europas.

47 (I). Las Américas centrales

Entre Estados Unidos y el continente sudamericano, tres Américas centrales sirven de barreras. El primer corte es el de las islas del Caribe, dispersas en un Golfo de México que es tan amplio como el Mediterráneo. Cuatro grandes Antillas se prolongan por decenas de islas, hasta la Guyana que son especies de islas amazónicas. Estas islas, diferenciadas por sus antiguos colonizadores, fueron todas marcadas por una economía de plantación. Sus pueblos, de origen africano mezclados por la trata, produjeron lenguas criollas y sincretismos religiosos, rítmicas músicas y cocinas picantes. En todo caso sus parentescos siguen siendo latentes, pues los vínculos son raros entre estas islas con producciones análogas, cuyo comercio, turismo y emigración se orientan hacia las antiguas metrópolis coloniales y hacia Estados Unidos. La Comunidad Caribeña —Caricom— de las pequeñas islas antaño inglesas o la región de Antillas-Guyana, bajo control francés, son yuxtaposiciones, más que asociaciones.

Tras haber eliminado a España, a finales del siglo XIX, Estados Unidos extendió su protectorado de hecho a varias de las Grandes Antillas. Puerto Rico concluirá su conversión como miembro número 51 de Estados Unidos cuando el Congreso organice un referendo para este fin; la insolente Cuba castrista para la que disminuye la ayuda soviética, es impacientemente esperada en el seno estudunidense; Santo Domingo, dividido en dos repúblicas menesterosas, continúa vegetando bajo el control de los propietarios de plantaciones y de sus milicias, aunque Haití intenta difícilmente escapar de ellos. Jamaica es la única de las Grandes Antillas que explora, con gran dificultad, las vías de la independencia.

El segundo corte depende menos de la geografía que de los desprecios culturales. Separa a Estados Unidos de sus repúblicas plataneras. Los 30 millones de habitantes de las siete repúblicas situadas entre México y Colombia están, en efecto, sometidas a una jerarquía en la que el bajo pueblo indio es despreciado por una mayoría o algunas veces por una minoría de mestizos, ellos mismos subordinados a las élites de las plantaciones y de los aparatos de Estado o de Iglesia, todo esto bajo la altanera superioridad de los consejeros militares estadunidenses. Este orden caricaturesco es alterado por rebeliones populares y por corrientes reformadoras en las que las iglesias, las universidades y algunos partidos tienen su parte. Para apaciguar una rebelión local, Estados Unidos se comprometió a transferir, en 2000, al Estado de Panamá, la plena soberanía del canal. Una transferencia así, consecutiva a las presiones que impidieron la intervención militar directa de los ejércitos estadunidenses contra el gobierno de Nicaragua (1979-1990) y las felices tentativas democráticas de Costa Rica, podría, en fin, abrir la era de las reformas consumadas en estos países fértiles y atormentados. Pero nada ha sido adquirido a este respecto, tras la gran operación montada por Estados Unidos en 1990 para expulsar a un jefe de Estado panameño que se había vuelto indócil. La tercera América Central está formada por México. No obstante la usura del régimen político originado en su revolución de 1911, este país hace bastante buen uso de sus rentas mineras y petroleras. Pero el decenio de 1980 lo obligó a evolucionar. El fraude electoral se prosigue, pero ya no logra estabilizar al régimen. El nuevo endeudamiento sirve sobre todo para reembolzar las deudas acumuladas durante los años setenta. México se resignó entonces a una cura de austeridad, conforme a las prescripciones del FMI, después a una desprotección de su economía y a una lenta revisión de sus costumbres electorales y administrativas. Este viraje, operado a partir de 1986, favorece a las exportaciones hacia Estados Unidos y a la repatriación parcial de los capitales —evaluados en más de 60 mil millones de dólares— que huyeron antaño. Sin carecer de circunspección, Estados Unidos se vuelve cooperativo. Sus empresas fluyen hacia las zonas francas de la frontera común. Simultáneamente, se incita a los bancos estadunidenses a dar muestras de buena voluntad hacia sus deudores mexicanos y empiezan a resignarse. En 1992, se rubricó un Tratado de Libre Comercio entre México, Canadá y Estados Unidos, pero falta ratificarlo, luego hacerlo operar sin que carezca de etapas transitorias.

En todo caso, Estados Unidos tiene que contar con las reticencias de sus sindicatos y de sus industrias menos competitivas. Teme asimismo la afluencia de inmigrados que inflaría su minoría hispánica, ya igual al 8% de la población total. Pero el interés global de Estados Unidos está en otra parte: México posee reservas petroleras que permitirán alargar, por lo menos un decenio, su transición hacia el pospetróleo. El interés de México sería ahorrar este tesoro petrolero para venderlo tarde y al mejor precio, eliminando así sus despilfarros internos. Las necesidades de Estados Unidos son más apremiantes. Por su parte, México desea abrir mejor el mercado norteamericano, esperando que sus bajos salarios le permitan encauzar la competencia estadunidense el tiempo necesario para que sus empresas se nivelen técnicamente. Estas apuestas cruzadas, concretadas por medio de delicadas negociaciones, podrían hacer de México una pasarela, es decir un ejemplo de cooperación entre *gringos* y *latinos*. La cuestión tiene importancia, pues México, primer Estado hispanófono del mundo, es también el amparo en el que son acogidos los refugiados políticos de América Latina cuando es necesario. La vía abierta por México sería entonces ejemplar.

47 (II). ¿La América brasileña?

Brasil ocupa una posición central en América del Sur, desde que se desplomó la preponderancia argentina. Ya no es la época en que se concentraba al ejército brasileño en las fronteras con Uruguay y Paraguay. Argentina está enferma por una deuda de 70 mil millones de dólares que sus resagos aumentan en 3.5 mil millones por año; enferma, sobre todo, por una crisis política, agravada por la junta militar que cedió el poder en 1983, y por las rebeliones militares,

LAS AMÉRICAS DE AQUÍ A FINES DEL SIGLO XXI				
	-I- *Fin del siglo XX*		-III- *Pleno siglo XXI*	
	-II- *Principios del siglo XXI*			
	1990	*2000*	*2020*	*2100*
Población (en millones)				
Américas del Norte[1]	277	294	472	661
Américas Latinas[2]	448	535	551	990
PIB (en % del total mundial)				
Américas del Norte[1]	24.3	23.3	21.2	11.2
Américas Latinas[2]	6.9	6.4	6.9	7.3
PIB per cápita (1990=100)				
Américas del Norte[1]	100	131	160	1 788
Américas Latinas[2]	100	113	254	4 433
PIB per cápita (en % del nivel estadunidense del año)				
Américas del Norte[1]	99	100	76	87
Américas Latinas[2]	17	15	21	38

[1] En 1990 y 2000, incluyen Canadá y Estados Unidos (incluso Alaska y Puerto Rico); en 2020 y 2100, se adjunta México.

[2] Conjunto de las Américas salvo los estados considerados en la nota 1.

a menudo renovadas desde entonces. Esta crisis se enraizó en el acaparamiento latifundista de las buenas tierras y en la industrialización protegida pero frágil de los años cuarenta luego abismado por los retornos de llama de la competencia del posperonismo (núm. 24). Desde 1983, Argentina tropieza, de austeridad en hiperinflación, y se vuelve una tierra de emigración. La situación en Chile es un poco mejor, pues la inflación es moderada y el crecimiento se prosigue en alrededor del 5% por año. Pero se lograron estos resultados por medio de quince años de una dictadura despiadada, de la cual la sustitución de Pinochet por un presidente electo no eliminó las consecuencias políticas y morales.

Brasil está considerado como el gigante del continente sudamericano. Llegó a ser la décima potencia industrial del mundo, justo después de China y de Canadá. No obstante una deuda de 115 mil millones de dólares, agravada por los 8 mil millones impagados de 1988-1990, pasó los años ochenta, prosiguiendo su crecimiento económico al lento ritmo de 5 a 6% por año. Las tres cuartas partes de sus exportaciones y la mitad de su PIB provienen del Estado de Sâo Paulo, pero, con o sin industrias, todas sus ciudades costeras se inflan, hasta Recife y Salvador de Bahia, estos puertos de un *Nordeste* tan vulnerable como el Sahel africano.

De 1960 a 1983, se duplicó la superficie de las tierras cultivadas, pero 400 de las 560 millones de hectáreas pertenecen a grandes propietarios o a sociedades anónimas. La reforma agraria, a menudo prometida, desde que en 1985 la dictadura militar fue remplazada por un gobierno más civil, es incesantemente reclamada por los campesinos sin tierra pero sigue siendo un deseo piadoso: los productos de exportación, la caña de azúcar como fuente de carburante automotriz y la productividad alimenticia ofrecen, a la gran propiedad, todas las coartadas deseables. Sin embargo, el centro de gravedad político del país se desplazó hacia las ciudades en donde vive ya más del 50% de la población y en las que las clases asalariadas, algunas veces bien sindicalizadas, y las clases medias, más cultas que los viejos notables locales, tienen en lo sucesivo una buena importancia.

Sin embargo, la inflación desgasta al país, por olas cada vez más altas. De 1980 a 1986, el alza anual de los precios pasó de 50 a 250%. Un restablecimiento, entonces intentado, la redujo al 40% en 1987, pero saltó al 400% en 1988 y al 1 200% en 1989. El año 1990 habría batido el récord, si no fuera por el nuevo plan de austeridad, puesto en operación por un presidente populista, recién elegido: tras cuarenta años de industrialización proteccionista, Brasil acaba de adherirse al GATT y anuncia el rápido abandono de sus protecciones aduaneras, o incluso de sus olas inflacionistas que se reiniciaron en 1993. Así, Brasil penetra dando tumbos en la vía impuesta por Estados Unidos a los principales deudores de sus bancos.

Salvo Chile y Ecuador, todos los países del continente sudamericano tienen una frontera común con Brasil, pero las realizaciones trasfronteras son raras: el comercio exterior no es importante más que con los países del cono sur; una enorme presa hidroeléctrica sobre el río Paraná es explotada en común con Paraguay, que tiende a transformarse en una especie de provincia brasileña; por último, un pacto que fue firmado en julio de 1987, con Argentina y Uruguay, en vista de la constitución de un mercado común, para el cual todo queda por ser hecho no obstante el entierro del hacha de guerra por parte de estos países. Otro pacto, firmado en 1969 en Cartagena y reiterado en Quito en 1987, asocia a los estados andinos —salvo Chile que se retiró— pero sin efectos prácticos.

Así el sistema regional sudamericano, centrado en Brasil, no es todavía más que una vaga potencialidad. Se concretará si Brasil hace que su predominio sea útil. Por ejemplo, si toma, con éxito, la cabeza de un sindicato de renegociación razonable de la deuda latinoamericana, hasta de un frente de rechazo de esta deuda, tras el eventual fracaso de su cura de austeridad y de su liberalismo aduanero. En este caso, Perú, cuya situación es tan dramática como la de Argentina, Colombia y Bolivia a las que las cruzadas antidroga de Estados Unidos cansarán rápido y hasta Venezuela, petrolero pero endeudado, podrían interesarse en unir sus esfuerzos con los de Brasil y Argentina, para evitar que se prolonguen los dramas del decenio de 1980 agravándose. México mismo podría unirse a este frente si se desmintieran sus esperanzas comerciales.

47 (III). ¿Una sola América?

Quizá para anticiparse a este riesgo después de haber proporcionado los débiles alivios del susodicho *plan Brady* (núm. 23), Estados Unidos propuso, en junio de 1990, crear una zona de libre intercambio panamericana. Es dudoso que la negociación de esta eventual zona, y después las transiciones necesarias para su operación

progresiva, puedan concluir antes de 2010, si no es que de 2020.
Anteriormente, será necesario que el libre intercambio con México
haya visto el día y que el tratado con el mismo objetivo, ya concluido
en 1989, entre Estados Unidos y Canadá haya recorrido una buena
parte de la transición decenal que debe llevarlo a su plena aplicación. La economía canadiense ya ha sido penetrada por los capitales
estadunidenses, no sin reciprocidad. La dificultad no será entonces
económica, sino cultural. En efecto, Canadá que se reviste de una
gran inmigración (núm. 28) no desea ser un *melting pot* como
Estados Unidos. Quebec, a medias tentado por la independencia,
ejerce con vigor una autonomía cultural que desea completa. Las
provincias anglófonas están veteadas, también, de bolsas de inmigrantes, más o menos autónomas. En 1985, los canadienses cuya
lengua materna es el inglés representaban el 60% de la población
total; en 2000, no serán más que 50%. Además, Canadá difiere de
Estados Unidos por una política de salud pública, de cooperación
internacional y de *welfare* con una generosidad tan ejemplar como
la de Suecia.

De esta manera, el libre intercambio continental no será una
panacea para Estados Unidos. Flexibilizará su evolución económica
de los próximos decenios, pero a costa de competencias educativas,
welfaristas y caritativas que dañarán su buena conciencia *republicana*, como sus tímidos atrevimientos *demócratas*. Una zona comercial
que vaya de Yucatán al Labrador y estimulada por ambiciosas
políticas públicas, permitiría seguramente un rebote de Estados
Unidos. Pero, necesitarían, para ello, alejarse de sus rutinas liberales y militaristas. Sin haber tomado la medida de los esfuerzos así
requeridos, el Estados Unidos anémico de después de Reagan
extiende sin embargo sus proposiciones del libre-intercambio a
toda América Latina, como si los aduaneros fueran los únicos
obstáculos entre las Américas y la felicidad.

En espera de esta hipotética unificación de las Américas, Estados
Unidos posee todas las cartas buenas. Sus créditos se apoyan en un
Banco Mundial y en un FMI cuyo respaldo no tiene fallas, como
parece ser el de los demás países de la OCDE acreedores de América
Latina. Sus fuerzas armadas se creen respetadas en los quince países
latinoamericanos a cuyos oficiales instruyeron. Maestros y alumnos
se reúnen, cada dos años, en una *Conference of American Armies* en
donde se denigra al comunismo, a la droga, al terrorismo y a la
delincuencia. Sus *multinacionales* conservan toda su importancia,

no obstante el proteccionismo aún frecuente de los países latinoamericanos. Pero ninguna de estas cartas conviene a la parte que se compromete.

Estados Unidos podría dirigir a su antojo a la América endeudada, si estuviera en condiciones de aliviar esta deuda y de aunarle dones y préstamos a largo plazo, con bajas tasas de interés, permitiendo a sus deudores recobrar el crecimiento constante y sostenido que los hacía solventes. La vulnerabilidad de los bancos estadunidenses, el déficit presupuestario de Estados Unidos y el rechazo de las distribuciones de DTS por el FMI cierran esta vía. De ahí el riesgo de un dramático desenlace: por una serie de implosiones, como las que amenazan desde ahora a Argentina y a Perú; por revoluciones, en Brasil o en otros países que rechacen una ruina así; por una crisis económica mayor en Estados Unidos, agobiado por las deudas impagadas; o por diversos ensayos de solución militar; sin contar las mezclas de estas diversas posibilidades.

Como riesgo extremo, la guerra y la revolución no tienen nada de imposible, no obstante la disimetría entre una potencia nuclear y países de los cuales ninguno dispone de armas equivalentes. Un conflicto que solidarizaría a muchos pueblos latinoamericanos contra la arrogancia norteamericana sería largo y feroz, tanto en las inmensas ciudades-barrios bajos de México, São Paulo, Río de Janeiro, Buenos Aires, Bogotá y Lima, como en las altas planicies andinas o en el *sertão* brasileño, todos terrenos propicios para el bandidaje obstinado y para las guerrillas tenaces, como la del *Sendero Luminoso* peruano.

Sin embargo, otros desenlaces son sin duda más probables. Japón, que extiende sus inversiones norteamericanas hacia México y que acaricia la idea de financiar un segundo canal de Panamá para dar una mejor salida a su tráfico, indica una tendencia que se reforzará, aun si Europa llegara a autocentrarse demasiado. Bajo una presión y una cooperación internacionales convenientes, la crisis de la deuda podría diferirse y diluirse sobre todo por medio de periódicos subsidios de DTS. Esto supondría, probablemente, una cierta renovación de la *Organización de Estados Americanos* (OEA), para que adquiera más autonomía ante Estados Unidos. Otra condición podría ser la multiplicación de los Puerto Ricos, es decir de los estados relacionados con la federación estadunidense: así se podría promover a Panamá y su canal o a Cuba posterior a Castro. De otra manera, el Caribe y México podrían ser convertidos en

LA GRAN CABEZA DE LAS AMERICAS

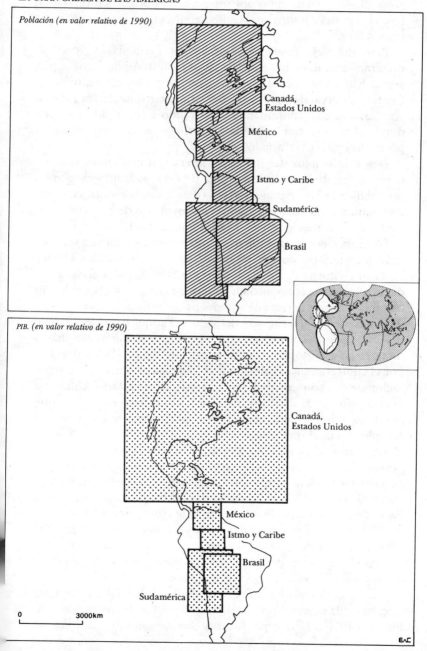

Población (en valor relativo de 1990)

Canadá, Estados Unidos

México

Istmo y Caribe

Sudamérica

Brasil

PIB. (en valor relativo de 1990)

Canadá, Estados Unidos

México

Istmo y Caribe

Brasil

Sudamérica

0   3000km

E∧C

zonas-tapón, enriquecidas por medio de abundantes inversiones, hasta hacer del contorno del Golfo de México un segundo Mediterráneo feliz.

Pero, de aquí a finales del siglo XX, estas risueñas perspectivas no serán admisibles. Las Américas proseguirán sus distintos impulsos: el Norte acercándose precavidamente al libre-intercambio; el Centro, observando los efectos del viraje mexicano hacia Estados Unidos; y el Sur, continuando arrastrándose hacia el crucero en donde el tratamiento —generoso o brutal— de su deuda le abrirá porvenires muy contrastados.

Desde principios del siglo XXI, intervendrán algunas pruebas decisivas, según la evolución propia de Estados Unidos, según las probabilidades de desgravación de la deuda latinoamericana, según las continuaciones dadas a los diversos proyectos de libre comercio y aun según la suerte reservada, en 2000, al canal de Panamá.

De estas elecciones resultarán consecuencias enormes que podrán manifestarse por un rebote económico de Estados Unidos hasta su taciturna decadencia, pero también por una aceleración del crecimiento económico en América Latina hasta la explosión revolucionaria o guerrera de grandes países sudamericanos. En este último caso, la primera parte del siglo XXI adquiriría el aspecto de una época de guerras y de revoluciones que se parecerán más o menos a las que atormentaron a Europa de 1914 a 1945 (núm. 15). Por el contrario, una evolución más benéfica ayudaría a la cristalización de dos sistemas regionales, alrededor de Estados Unidos al norte y, sin duda, alrededor de Brasil al sur; pero es dudoso que pueda establecerse una cooperación armoniosa de las Américas completas a tan breve plazo.

En cuanto al pleno siglo XXI, se reconocerá que las anteriores perspectivas son demasiado contrastadas para que sea posible percibir las tendencias que probablemente prevalecerán después de 2020 o de 2025. Las hipótesis pesimistas, nada inverosímiles, hacen temer una especie de miserable languidez en América Latina. Temer asimismo que Estados Unidos, mal desintoxicado del petróleo y del sobrearmamento, mezcle a su actual arrogancia una amargura desabrida de la que las relaciones internacionales podrían verse afectadas de muchas maneras.

Pero este pesimismo no tiene nada de ineluctable. Podría ser que, más allá de la crisis de la deuda, Brasil recobre el impulso de los años 1950 a 1985 y que Estados Unidos aprenda a dosificar la iniciativa y el *welfare* en un *New Deal* cuyo prestigio político y cultural saldría engrandecido. En ese caso, la invención de un *equilibrio americano*, emparentado con el *equilibrio europeo* de antaño (núm. 8) debería remplazar, en la escala de toda América, a la doctrina imperial hoy en día predominante.

48. EUROPA DE NUEVO EUROPEA

Europa se lanza hacia el siglo XXI con un vigor en principio renovado por el tratado de Maastricht, pero en realidad contrariada por una recurrente crisis económica. En Bruselas se finge creer que este impulso es propiciado por la CEE, como si bastara con una asociación mercantil para borrar siglos de rivalidades a menudo feroces. En París, en donde, bajo la convergente presión de los partidos comunistas y gaulistas, durante largo tiempo se refunfuñó más que en otras partes ante el protectorado estadunidense instaurado después de 1945 (núm. 19), se subordinan con gusto los méritos de la CEE a los de la tranquilidad entre Estados Unidos y Rusia. En Bonn se valoriza más bien la *Ostpolitik* posterior a 1970, de la que la unificación alemana de 1990 sería el resultado, él mismo prometedor de un nuevo dinamismo paneuropeo. Y así sucesivamente, cada país agrega sus matices a un cuadro cuyo color dominante no es dudoso: Europa se siente rica en porvenir.

Los cuidados y deferencias con los que rodea a sus dos tutores de ayer, para que acaben de desvanecerse, sin peripecias ni rencores, durarán sin duda todavía algunos años: el tiempo que la CEI haya repatriado a sus tropas y que Estados Unidos se haya resignado a hacer que la OTAN sea discreta, si no es que diáfana. De ahí las ayudas proporcionadas por Alemania, para el mantenimiento del ejército soviético estacionado en la ex RDA hasta 1993-1994, para la reinstalación de éste en la URSS y para la atenuación de las crisis de suministro que padecieron Moscú y Leningrado en el momento más ardiente de la *perestroika*. En lo que Alemania no está sola: la CEE, en su totalidad, colabora con la ayuda solicitada por Moscú.

Con un estilo totalmente diferente, Europa manifiesta asimismo una cortesía inusitada hacia Estados Unidos. En otras épocas, la RFA había protestado cuando este país se sirvió de sus reservas europeas para equipar de emergencia a Israel, pero, en 1990, la transferencia masiva, hacia el Golfo, de efectivos y de materiales estadunidenses, en principio integrados a la OTAN, fue recibida con una visible satisfacción. Se puede pensar que el celo francés en desplegar algunos miles de hombres en Arabia responde, por lo menos en parte, a motivaciones análogas. Los rusos se van y están perennemente debilitados, ¿quién los lloraría? Los estadunidenses, aún poco concientes de su debilitamiento, se van por otras razones, pero sin ser extrañados y sin que se desee su regreso. El haber perdido su corsé militar da flexibilidad a Europa.

La conquista pacífica de los países antaño incluidos en el pacto de Varsovia y de sus vecinos balcánicos, seguramente estimulará a toda la economía europea (núm. 41), pero sus beneficios políticos serán más inciertos, por lo menos durante algunos años. En efecto, deben salvarse tres importantes obstáculos simultáneamente y sin gran circunspección, por lo impacientes que están los pueblos afectados.

El primer obstáculo se refiere a la reorientación de las economías y, casi por todas partes, a la reestructuración social que implica, como en la URSS (núm. 33). La sustitución de los intercambios al estilo CAME por un comercio internacional con mercados aleatorios, con precios fluctuantes y con pagos en divisas convertibles es una operación tanto más delicada que se inicia en un momento en el que la crisis del Golfo tensiona los precios petroleros y desorganiza a los mercados medio-orientales de varios países, entre ellos el de Rumania. Aparte de este accidente coyuntural, la reconversión económica será compleja, pues afecta a las subvenciones presupuestarias y a los precios internos, tanto como a las propiedades de las empresas y de las tierras o al nivel del empleo.

Ahora bien, estas modificaciones deben ser operadas por gobiernos recién elegidos, en estados con funcionarios algunas veces impugnados y agenciamientos y reglamentos prometidos a múltiples reformas. Este segundo obstáculo será difícil de salvar, pues la inestabilidad gubernamental será frecuente en países en los que los partidos políticos deben ser construidos en todas sus piezas y en donde los gobernantes experimentados son casi todos eliminados de los gobiernos y de los estados mayores administrativos, militares y policiacos. De Polonia a Bulgaria, a menudo se tendrá que esperar el principio del siglo XXI, para encontrar poderes de Estado sólidamente establecidos y eficazmente utilizados.

El tercer obstáculo es probablemente el más peligroso a corto y

EUROPA SE VUELVE EUROPEA

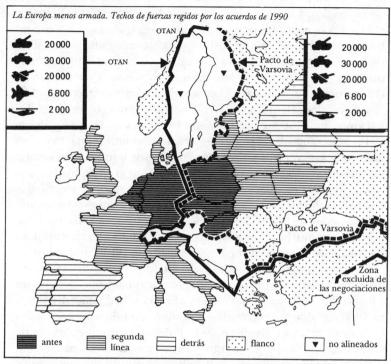

La Europa menos armada. Techos de fuerzas regidos por los acuerdos de 1990

OTAN

20 000
30 000
20 000
6 800
2 000

OTAN → Pacto de Varsovia

20 000
30 000
20 000
6 800
2 000

Pacto de Varsovia

Zona excluida de las negociaciones

antes · segunda línea · detrás · flanco · no alineados

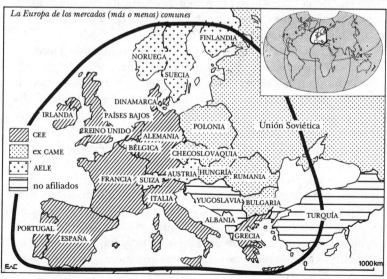

La Europa de los mercados (más o menos) comunes

FINLANDIA
NORUEGA
SUECIA
DINAMARCA
IRLANDA
PAÍSES BAJOS
REINO UNIDO
ALEMANIA
BÉLGICA
POLONIA
Unión Soviética
CHECOSLOVAQUIA
FRANCIA SUIZA
AUSTRIA HUNGRÍA
RUMANIA
ITALIA
YUGOSLAVIA BULGARIA
ALBANIA
TURQUÍA
PORTUGAL
ESPAÑA
GRECIA

CEE
ex CAME
AELE
no afiliados

ExC

0   1000 km

mediano plazo. Se refiere al hecho de que todos los países, aquí considerados, fueron tardíamente tallados, entre el Mar Báltico y el Mar Egeo, en los imperios ruso, austro-húngaro y turco y casi no tuvieron tiempo de operar, *por sí mismos*, su amalgama nacionalista (núm. 13). Después de 1918 se proclamaron como naciones, cuando eran, en el mejor de los casos, agrupaciones de provincias emparentadas y, aún más a menudo, Macedonias étnicas, en diferentes escalas. Después de 1945 fueron de nuevo proclamados naciones, no obstante sus frecuentes cambios de fronteras desde 1918. Sola, Yugoslavia se deseó orgánicamente multinacional, en tanto que varios otros países otorgaron a sus minorías nacionales estatus inspirados, teórica y prácticamente, en el ejemplo soviético (núm. 34). Por este hecho, el reflujo del tutor ruso, de sus aliados comunistas locales y de sus homólogos en los países más temprano emancipados de la URSS deja al desnudo tensiones entre nacionalidades que muchos de los partidos en gestación reavivan por su nacionalismo. Yugoslavia es desgarrada desde 1991 por una guerra civil cuyo ejemplo podría ser seguido en Bulgaria, y aun en Checoslovaquia. Conflictos propiamente internacionales pueden oponer a Rumania y a Hungría o a Albania y a Serbia —finalmente originada en una Yugoslavia desgarrada— a nombre de minorías nacionales que se volverían irredentistas. Sólo Polonia parece dispensada de este riesgo, por lo pequeñas que parecen sus minorías nacionales, pero su Iglesia reaccionaria le brinda un sustituto de guerra ideológica, pretendiendo hacer prohibir la contracepción, el aborto, el divorcio y otras abominaciones modernistas.

Al salvar estos obstáculos, las sociedades de Europa oriental y balcánica estarán expuestas, por lo menos hasta fines del siglo XXI, a espasmos en los que la economía y el nacionalismo pueden entremezclarse catastróficamente, sin que el eventual desarrollo del capitalismo pueda servirles de panacea. De ahí la importancia de las ayudas que recibirán del resto de Europa. No hay duda de que la CEE y quizá la AELE aportarán su ayuda humanitaria, si es necesario, y mercantil, seguramente; hasta quizás estas uniones aduaneras sabrán incitar la sustitución del CAME, por una organización que mantenga un mínimo de cooperación económica y monetaria entre las susodichas sociedades o la mayor parte de ellas. Es deseable, asimismo, pero nada seguro, que las intervenciones pacificadoras que necesitará Europa oriental y balcánica, puedan serle brindadas, por parte de la CSCE, por una fuerza, no demasiado tardíamente creada, para defender la integridad territorial y la independencia política de los estados europeos, pero también para respaldar los derechos de las minorías nacionales, todo ello haciendo progresar de buena manera el derecho de injerencia internacional. Amplio programa, y mal desempeñado, pero sin embargo insuficiente: encima se necesitaría que los ocho países interesados se asocien a las transformaciones políticas que van a operarse en la otra Europa, no como observadores o participantes en la OCDE y en el *Consejo de Europa*, sino como actores que tomen su lugar al lado de los demás estados. De suerte que la manera en que Europa occidental va a desenmarañar su embrollo institucional les importe antes que nada.

La Europa de los primeros años noventa reúne diferentemente a sus estados. Doce de ellos intercambian sus mercancías en el gran espacio económico organizado de la CEE. Otros seis estados son los veteranos de una *Asociación Europea de Libre Intercambio* (AELE) de la que Austria desea separarse para entrar a la CEE, en tanto que tres países nórdicos —Suecia, Noruega y Finlandia— se preparan para acompañarla y que Suiza y Liechtenstein los siguen de bastante cerca. Nueve estados, miembros de la CEE, firmaron la convención de Schengen (1990) que hace de Alemania (unificada), del Benelux y de Francia, un territorio sometido a las mismas normas de visa y de asilo y a los mismos controles policiacos, territorio que los demás miembros de la CEE están invitados a ampliar, para concretar la libre circulación de personas, pero Francia, que fue una de las inspiradoras de esta convención, duda en lo sucesivo en aplicarla, pues un cambio de la mayoría política la hizo bascular, en 1993, de una prioridad europea hacia una obsesión por la seguridad y el nacionalismo. Por último, si se omiten las diversas alianzas que tienen los proyectos de tipo Eureka, Ariane, Airbus, etc., queda el *Consejo de Europa* en el que unos treinta estados —entre los cuales se encuentran ya varias repúblicas bálticas y balcánicas, además de los países de Europa central— delegan representaciones parlamentarias para debates de los que los derechos de los pueblos europeos obtienen cierto provecho. A lo que se podrían agregar las instituciones, con dominante político-militar, de la OTAN y de la CSCE a las que volveremos a hacer referencia (núm. 52).

Esta Europa con una geometría variable está preocupada por diversas olas, a menudo propias de la CEE que reúne a dos tercios de la población europea (aparte de la URSS). La Comisión de

Bruselas hizo ratificar antes de 1993 por el Consejo de Ministros de la CEE, las 282 directrices que deben perfeccionar la libre circulación de las mercancías, de los capitales y de las personas prometida por el *Acta única* que fue revisada por el tratado de Roma en 1987. La inclusión de estas directrices en el derecho interno de los estados miembros —es decir su operación eficaz— es mucho menos rápida que las ratificaciones bruselenses, sin embargo progresa. En cambio, las dificultades enfrentadas para la elaboración de ciertas directrices hacen en lo sucesivo ambicionar, más modestamente, un aligeramiento de los controles fronterizos y un enrarecimiento de las disparidades reglamentarias de un país al otro. La libre circulación de las personas supone, en efecto, que el acuerdo de Schengen se generalice y que las profesiones sometidas a órdenes o a exigencias de diplomas, sean liberadas de las restricciones que se refieran a la nacionalidad de los profesionistas y de sus diplomas. La libre circulación de los productos debe combinarse con fiscalidades indirectas no uniformizadas, lo que requiere control o fraude. La libre circulación de los capitales, casi perfecta a partir de 1990, debe, también, unirse a fiscalidades desiguales, de ahí el riesgo de transferencias de ahorros de un país a otro.

Otros impulsos resultarán por una parte, del tratado de Maastricht y, por otra, de la multiplicación de los candidatos a la CEE. El tratado firmado en 1991 probablemente será ratificado por los doce estados miembros pero, se sabe (núm. 40), sólo conducirá a una eventual unificación monetaria hasta principios del siglo XXI, mientras que la unión política de la que es una promesa progresará, de manera sin duda aún menos segura, a medida que la OTAN pierda importancia (núm. 52).

Aparte de la RDA, todos los estados europeos recortados en el siglo XX (núm. 16), reunidos en el XIX (núm. 11) o formados un poco antes (núm. 9), se aferran a sus propias instituciones. Sus redes administrativas, sus actividades educativas y culturales, sus funciones judiciales y policiacas se preservan con un celoso cuidado. Muchas directrices bruselenses tropiezan contra las capacidades presupuestarias de estos estados. En efecto, no existe ningún impuesto fijado y cobrado por la CEE para ser gastado para fines de los que decidirían independientemente de los estados. Los recursos de la CEE resultan de contribuciones nacionales, iguales a los derechos de aduana percibidos por cada Estado miembro y a una fracción determinada de su propio IVA. De la misma manera, los gastos con orden de pago de Bruselas, en aplicación de las políticas agrícolas, regionales o de cooperación, se derivan de las decisiones tomadas por el Consejo de Ministros que representa a los estados miembros. Tratándose de su presupuesto, la CEE es una cooperativa de estados soberanos.

Un poder con pleno ejercicio adquirirá forma en Europa, cuando clases lo bastante poderosas se interesen en respaldar de esta manera su dominio, como refuerzo de los actuales estados. Las *multinacionales* no experimentan una necesidad así, salvo en el ramo automotriz al que la competencia japonesa irrita demasiado. Temerían que una legislación europea estreche sus operaciones bancarias y bursátiles. La directriz comunitaria que relevará, en 1993, las normas nacionales en materia de fusiones y de entendimientos, fija en 5 mil millones de ECU, el umbral por debajo del cual la Comisión de la CEE no tendrá ninguna curiosidad, pero este umbral podría disminuir, de tal manera que su existencia es una traba virtual al libre juego de la acumulación capitalista. Las clases capitalistas de menor envergadura no tendrían nada que hacer con un poder europeo, más inaccesible aún que el Estado local del que deploran las intromisiones, cuando no lo llaman en su auxilio. Por último, las clases asalariadas —o por lo menos sus organizaciones sindicales— no han comprendido todavía el beneficio que podrían obtener de una cooperación paneuropea. A partir de ahí, la Europa política se demora una aspiración difusa de clases poco numerosas, como los campesinados respaldados por la política agrícola común o los cuadros y técnicos, iniciados en el espacio europeo de los negocios y de las técnicas. A lo que se agregan los potenciales refuerzos de algunas corrientes de pensamiento ecologistas, pacifistas, algunas veces hasta socialistas: con qué alimentar una esperanza, no con qué fundar un poder que domine o sustituya a los estados europeos.

Desde el origen y, más aún, desde su tratado de 1963, Francia y Alemania fueron las locomotoras de la CEE. Durante por lo menos un decenio, Alemania estará muy ocupada en ella misma y en su entorno inmediato. La incorporación de sus nuevos *Länder* orientales, la incitación económica y cultural de una Checoslovaquia, de una Hungría y de una Austria muy sensibles a su influencia y el manejo de los intereses inducidos de esta manera en el Báltico, en Rusia y en los Balcanes, darán a los bancos, a las empresas, a las universidades y a los medios de comunicación alemanes, muchas oportunidades de desarrollarse. Además, Alemania se reforzará por algunos beneficios más íntimos. La población más fértil de la ex RDA y la inmigración más o menos germánica, proveniente del Este europeo, repararán las debilidades demográficas de una RFA demasiado envejecida, aunque a más largo plazo, la diferencia de las tasas de natalidad y de las nuevas inmigraciones podrán reducir la diferencia demográfica entre Alemania y Francia, si se prolongan las tendencias de los años ochenta. La extensión a los *Länder* orientales y la eventual imitación, en otros países, de las instituciones regionales y de los procedimientos electorales por medio de los cuales la RFA democratizó felizmente su funcionamiento estatal, no podrán más que ayudar en la convalescencia moral de un país cuyas clases dirigentes llevaron antaño el fascismo hasta el nazismo.

Los nuevos tropismos orientales de Alemania se agregarán a las prudencias de su *Bundesbank*, para moderar los impulsos europeos hacia la unión monetaria y política. Sin embargo diversos progresos, ignorados por el tratado de Maastricht, son perfectamente previsibles, para clarificar los poderes de la Comisión y del Consejo de Ministros, en el seno de la CEE; para dotar al Parlamento europeo de capacidades más sustanciales que los falsos pretextos actuales y para aunarle, quizás, una especie de Senado representativo de los parlamentos nacionales.

Sin embargo estos cambios casi no modificarían la naturaleza del *no Estado europeo* o, para decirlo en términos equivalentes, pero más positivos: de la *cooperativa interestatal* que es la CEE. Para obtener una modificación más esencial se necesitaría dar, al mismo tiempo, una base directa y propia a la CEE o, más bien, a la organización que le sucedería; y enriquecer a esta organización con poderes perennemente sustanciales.

Las capacidades otorgadas a la Comisión por el Acta única de 1986 aclaran este último punto. En efecto, la Comisión recibió la misión de proponer todas las directrices necesarias para la unificación del mercado. Dicho de otra manera, invitó a ayudar a los estados a deshacerse de todo lo que sigue diferenciando a sus mercados nacionales. Suponiendo que logre esta tarea a la perfección, la Comisión habrá llevado a bien una misión temporal, que casi no enriquecerá sus capacidades permanentes. Habrá conducido a los estados a perder sus capacidades, sin que estos poderes sean recuperados y redefinidos en escala europea —aparte de algunas transferencias menores, de orden estadístico o técnico. El tratado de 1986 no hace progresar al *no Estado europeo* hacia un estatus más sustancial.

En cambio, algunas de las cláusulas del tratado de Maastricht podrían dar a esta transformación un nuevo impulso, si —contrariamente a las actuales voluntades de los gobiernos europeos— fueran interpretadas, algún día, de manera muy extensiva. Si la institución europea se encarga de dirigir la política monetaria de la que el futuro banco central no sería, entonces, más que el instrumento técnico; si esta institución se vuelve la fuente de una política económica, sacando un provecho coherente del potencial económico europeo, en periodo de crisis como en fase de expansión; si esta misma institución se da por misión extender su solicitud *welfarista* de los campesinados a todas las clases que lo merezcan, y recibe, para este fin, capacidades fiscales y reglamentarias que le permitan pasar de las recomendaciones a las acciones; y si, mucho más generalmente, esta institución se compromete a una transición que, sin importar lo larga que sea, sería la fuente de una política extranjera, de una política universitaria, de una acción cultural, etc., que abarque las políticas nacionales en estas áreas: entonces —sólo entonces— la institución heredera de la CEE adquiriría un estatus propiamente estatal y se transformaría, al mismo tiempo, en uno de los principales poderes mundiales. Se juzgará el enorme cambio que una transformación así representaría, observando que su cumplimiento más rápido hubiera impedido las cacofonías europeas de los primeros años noventa, que se trate de la *Ronda de Uruguay* en sus relaciones con la política agrícola común, del desarme llamado convencional, de las adaptaciones relacionadas con la unificación alemana o de las decisiones que afectan de cerca o de lejos a la guerra del Golfo, o de las acciones que pueden pacificar a Yugoslavia o de las devaluaciones en cascada de 1992-1993.

De hecho, el tratado de Maastricht permitirá sólo a la Europa de los doce estados recorrer, a principios del siglo XXI, una parte muy pequeña del camino que transformará quizá la cooperativa-CEE en una confederación-en-proceso. Se llevará a cabo una etapa decisiva de este proceso cuando la institución europea sea dotada de una expresión directa y propia de la soberanía popular, es decir cuando disponga de un Parlamento, elegido según una ley común a todos los estados miembros, y dotado de poderes reales: el de votar el impuesto y el presupuesto, de elegir y de emitir la Comisión, de deliberar acerca de las principales directrices —incluso aquellas de las que tomaría la iniciativa. Entonces —y sólo entonces— la Asamblea europea empezará a existir como un verdadero parlamento, es decir como punto de aplicación de todas las aspiraciones que emanen de sociedades civiles que se transformarán, por sí mismas, en más europeas que nacionales.

La amplitud de las transformaciones requeridas por una eventual maduración política de la institución europea, derivable de la CEE, es tal que se necesitarán varios decenios, aun si ningún bloqueo interrumpe el movimiento. Durante este lapso, la expansión de la CEE no podrá permanecer en suspenso. Pero, a diferencia de los años 1960 a 1970 en los que toda expansión servía de maniobra dilatoria, para impedir toda innovación que habría hecho de la CEE más que una unión aduanera, el centro de ayuda de nuevos adherentes podría ser, después de 1993, uno de los incentivos de la renovación política. La acogida de Austria, de Noruega, de Suecia, de Finlandia y de Suiza, más tarde de Turquía, de Malta y de Chipre —todos candidatos ya declarados— y la organización de asociaciones colectivas abiertas a un buen número de países del antiguo CAME y al conjunto de la *Unión del Maghreb Árabe* permitirían extender la influencia de la CEE al acelerar su reorganización. En efecto, la CEE no podrá duplicar el número efectivo de sus estados miembros sin redistribuir las funciones entre sus dos centros de decisión —el Consejo de Ministros y la Comisión— y sin extender el campo de las decisiones que debe tomar la mayoría, y el del control parlamentario. Asimismo, la dialéctica de la extensión y del ahondamiento podría ser enriquecida por eventuales asociaciones colectivas —maghrebinas, mediterráneas, balcánicas, europeas del Este y de otras configuraciones más— pues la existencia de estos grupos impondría la revisión de muchas prácticas establecidas —política agrícola, *acuerdo multifibras*, etc.— en tanto que su naturaleza colectiva abriría la vía a una reestructuración de los poderes confederados europeos, para representar ahí distintamente a las potencias que se adhieran individualmente —Alemania, Francia, Gran Bretaña, Italia y algunas otras— y a los grupos regionales que se adhieran colectivamente. Sin embargo, esta amplia perspectiva no se abrirá sin duda antes del pleno siglo XXI, si llega a hacerlo. Desde otro punto de vista, se observará asimismo que la acogida de nuevos afiliados y asociados —individuales y colectivos— planteará a la CEE problemas de los que ya esbozó una solución parcial, en los acuerdos llamados de Lomé. Así, por ejemplo, la unión monetaria obligará a reglamentar el porvenir del franco CFA, en tanto que el desarrollo del área abarcada por el acuerdo de Schengen obligará a definir toda una política de inmigración, incluso frente al Maghreb y África por completo, de tal manera que, poco a poco, Europa se encontrará colectivamente implicada en la elaboración y la aplicación de una política africana (núm. 46). Al centrar la atención ya no en África, sino en el porvenir de la CEI, en las *rondas* ulteriores del GATT o en el porvenir del sistema monetario internacional, más allá de sus probables crisis, se concibe que cada expansión empujará un poco más a Europa hacia el ejercicio de una función mundial, por consiguiente hacia una mejor especificación de su organización colectiva. Sin embargo, no se subestimarán las obstinadas resistencias que deben esperarse de muchos de los estados: los aparatos de Estado, los parlamentos y los gobiernos nacionales llegarán a ser, de hecho, obstáculos tanto como agentes de la maduración política europea y esta contradicción, de larga duración, se tramará y se manejará de manera muy diferente de un país al otro.

De aquí a fines del siglo XX, el sistema *continental* europeo experimentará tres modificaciones, no necesariamente convergentes: una evolución militar posterior a la guerra fría; una transición acelerada hacia el capitalismo, para los países del Este, hasta para la CEI; y, al Oeste, una actividad económica que confirme la atracción mercantil de la CEE. Es dudoso que transformaciones políticas manifiestas logren, tan pronto, coronar estos movimientos. La Europa de 2000 no tendrá, en común, ni moneda, ni impuesto, ni bandera. Será un amplio mercado liberal, tan vulnerable a las crisis cíclicas como la Europa anterior a 1914, si no fuera por los efectos estabilizantes imputables a los presupuestos *welfaristas* de los estados y a los programas plurianuales de inversión de las administraciones y de las *multinacionales*. Pero es posible que, durante todos los años noventa, Europa aúne a sus encantos mercantiles nuevos atractivos, más culturales. Podría verse obligada a ello, para apaciguar a las minorías nacionales en ebullición, al mismo tiempo que las valorice. Podría también tender a ello más generalmente, por medio de iniciativas políticas, enriqueciendo los medios que se desencadenan por encima de las fronteras, renovando el sistema universitario y favoreciendo el plurilingüismo, incluso en los niveles medios de la enseñanza.

Durante la primera etapa del siglo XXI, la adquisición de poder de Alemania, permitirá, si conviene a este país —consolidar el sistema político paneuropeo, no para borrar ningún Estado, sino para afirmar las capacidades de la CEE en materia de política económica, para coordinar mejor las políticas extranjeras y para reunir las pequeñas potencias europeas a los arbitrajes convenidos entre Alemania, Francia, Italia y el Reino Unido, si por lo menos este último no se aleja. Suecia, España y hasta Checoslovaquia acabarán por unirse a este club elitista. Los nuevos adherentes, provenientes de la AELE y del Este europeo, y los eventuales asociados colectivos de la CEE incitarán a la Europa política en vías de agenciamiento, a más intervenciones internacionales, hacia África y la CEI, como hacia el sistema mundial en su totalidad. En el mejor de los casos, una especie de *Soziale Marktwirtschat* —es decir de economía social de mercado, que designa el pacto concluido entre los bancos, las *multinacionales* y los sindicatos alemanes, desde los años cincuenta— podría llegar a toda Europa, para gran beneficio de sus regiones mediterráneas y balcánicas.

A falta de un entrenamiento como éste, la Europa del principio del siglo XXI se transformará en una amplia Helvecia, harta y friolenta, dura con sus pobres y rodeada de estados de segunda zona que, de Lisboa a Estambul y a Varsovia, le servirán de reservorios de mano de obra.

El pleno siglo XXI prolongará sus tendencias, no sin accidentes de los que los principales podrían provenir de crisis económicas más frecuentes, a medida que la revolución informática pierda su novedad y que los competidores asiáticos y estadunidenses de Europa se hagan apremiantes; o de crisis políticas, imputables sobre todo a un exceso de arrogancia de Alemania, a un acercamiento institucional de Gran Bretaña y de Estados Unidos, a un exceso de autonomismo político de defensa; o, por último, de crisis ideológicas en las que podrían tener una función importante las rebeliones de las minorías nacionales, y la intolerancia hacia las olas migratorias.

Sin embargo, si Europa logra festejar el centenario de la capitulación nazi de 1945, sin haber iniciado ninguna guerra importante en el territorio de la CEE en vías de expansión y si prosigue, a tumbos, el crecimiento económico que le promete su acumulación capitalista, tiene buenas probabilidades de recobrar, durante la segunda parte del siglo XXI, la primacía mundial que ejerció durante los siglos XVIII y XIX (núm. 14) sin volver a ser, por ello, una guarida de estados colonialistas. En tal caso, como de aquí a entonces, una generosa cooperación será la mejor prima de seguro que pueda pagar. Pero su contribución al bienestar del sistema dependerá también, en mucho, de su aptitud para ayudar a otras regiones a inscribir sus religiones bajo una hegemonía jurídica y laica, a dar jurisdicción a sus instituciones y a democratizar sus prácticas políticas. Todas ellas orientaciones que suponen que sabrá predicar con el ejemplo.

49. DEL EQUILIBRIO EUROPEO A LOS EQUILIBRIOS CONTINENTALES

A fines del siglo XX, tras la restitución de Hong Kong a China (núm. 35) y después de la renovación o de la dispersión de la ex URSS (núm. 34), el planeta estará cubierto por estados independientes, salvo algunas lejanas islas, secuelas de imperios coloniales a menudo retenidas por cadenas doradas. Esta independencia generalizada no tiene nada de igualitaria. Yuxtapone estados cuyo territorio, población, producción y resplandor cultural y la fuerza armada son de lo más variados. Un campo de fuerzas imperialistas, provocadas por la desigual acumulación del capital (núm. 27), inscribe a todos estos estados en su trama omnipresente, en tanto que las interacciones de las potencias mundiales se manifiestan, por todas partes, en intervenciones desigualmente apremiantes.

En este mundo de independencias formales, de complejas interdependencias y de desigualdades reales, la proximidad favorece a la formación de grumos locales, de sistemas regionales de estados. Los intercambios, los parentescos y las querellas, entre pueblos vecinos, ofrecen a los estados materia para políticas más prudentes o conquistadoras, dominadoras o cooperativas. A largo plazo, estas políticas se combinan en una especie de equilibrio regional que raras veces es más estable que el *equilibrio europeo* de los siglos anteriores.

Los sistemas regionales son variados, sin embargo sus dinámicas están emparentadas, salvo en la proximidad de las grandes potencias que se privilegian de su juego mundial. Así, las Américas tardaron en madurar en regiones bien específicas, mientras Estados Unidos hizo de la *Organización de Estados Americanos* (OEA) una filial de subordinación, de la que Canadá permaneció alejado hasta 1989. Mientras más se debilite Estados Unidos en escala mundial, más se volverá necesaria su fuente de recursos regional y más las Américas se acercarán a un *equilibrio americano*, entre estados siempre atentos al más poderoso de ellos, pero no sometidos a todas sus chifladuras.

La cercanía de tres potencias mundiales que se observan de hito en hito, impide al Extremo Oriente evolucionar hacia una regionalización explícita. Se necesitarán por lo menos dos decenios para que Japón, China, Corea probablemente reunificada y la ex URSS siberiana transformen sus relaciones bilaterales de 1990 en un sistema multilateral en el que se formará, con el tiempo, una especie de equilibrio del este asiático.

Europa es rica en potencias que fueron o llegan a ser mundiales, pero su situación difiere de la del Extremo Oriente. La experiencia adquirida a costa de dos guerras mundiales, de una revolución mayor y de un largo duelo entre el comunismo y el fascismo (núm. 17) obligó a este continente a buscar un nuevo equilibrio pacífico. Los éxitos obtenidos en esta vía son manifiestos —excepto Yugoslavia ¡por desgracia!— pero queda por respaldarlos la costumbre secular de los pueblos que, por sí sola puede inhibir a los estados, llevándolos a diluir sus poderes en una organización política en escala regional, sin importar lo compleja que sea.

Las potencias mundiales no son parásitos sólo de su entorno. Trastornan también a las regiones más lejanas, sobre todo al inmiscuirse en sus guerras. Las raíces propiamente regionales de las guerras que sobredeterminan de esta manera, aparecen claramente cuando vienen los grandes cambios de sus políticas internacionales. Desde que Estados Unidos y Rusia rivalizan en el celo aparente, para calmar los conflictos regionales en donde indirectamente se enfrentan, es obligatorio observar que estos conflictos perduran, pues los intereses regionales que ponen en juego superan a las excesivas determinaciones internacionales.

La moderación soviética que llevó a Vietnam a evacuar Camboya, en 1988, y el viraje estadunidense en contra de los khmers rojos, en 1990, no apagaron sin retraso una guerra en la que China y varios países del sudeste asiático veían ante todo la oportunidad de reprender a un Vietnam considerado amenazante o indócil. Las acciones y abstenciones, más rápido convergentes, de Estados Unidos y de la URSS, tardan en pacificar a una Nicaragua en la que la guerra civil hace explícitas las luchas de clases tan intensas e indecisas como en el resto del istmo central, sobre todo en El

Salvador, Honduras y Guatemala. De la misma manera, Etiopía, Somalia y Eritrea, privadas de interventores cubanos y alemanes del Este, si no es que incluso de subsidios sauditas, tardan en encaminarse, como el vecino Yemen, hacia una pacificación aparentemente deseada por Moscú y Washington, pues es difícil terminar las guerras étnicas que desintegran al imperio abisinio y una revolución que, después de 1974, trastorna las estructuras de este modesto imperio.

Arcaico y pobre como Etiopía, pero más aislado que ella, Afganistán cedería más rápido a los apaciguamientos soviético-estadunidenses, si no fuera por las ganas estadunidenses de obtener en el terreno una victoria que lavaría la afrenta vietnamita de 1975 y de mantener un dominio sobre Paquistán por el que transita la ayuda. Hasta en Mozambique y en Angola en donde el retiro cubano, la independencia de Namibia y el viraje de la Unión Sudafricana contra el *apartheid* calmaron el juego, tienden a perseverar las guerrillas locales, que provienen de desacuerdos étnicos o de casi bandidajes. Estas guerras mal apagadas enriquecen la reserva de los conflictos recurrentes o despertables, como los que fueron emponzoñados antaño por las potencias mundiales, en Corea y en Vietnam, como alrededor de Taiwán y de Israel. Las guerras sobredeterminadas son primero guerras locales. Se les puede avivar, pero no apagar, de lejos, porque los sistemas regionales existentes o en formación no son edenes a los que, sólo las secuelas de la guerra fría o de una descolonización reticente vendrían aún a transtornar.

Los futuros conflictos regionales podrán nacer, algunas veces, en los *países eje*, en la unión de dos o varios sistemas regionales.* Finlandia y Austria que fueron, hasta 1989, los principales ejes entre Europa occidental y oriental están privadas en lo sucesivo de esta función —lo que impone a Finlandia una delicada reorientación de su comercio de trueque con la ex URSS—, en tanto que varios países de los Balcanes son desgarrados o vulnerables, como si toda esta península formara un eje entre la Europa desarrollada y la antigua URSS. Más allá del Mar Negro, la lista de los ejes por vigilar se prolonga con Turquía, vecina a la vez de Europa, de la CEI y del Cercano Oriente. El eurotropismo manifestado por los gobiernos turcos no permitió reunificar a Chipre, ni establecer una sólida paz

* Véase mapa de la página 338.

greco-turca. No basta tampoco con desviar a Ankara de todos los tumultos del Medio Oriente, ya sean de origen kurdo, iraquí o sirio, sin contar los nuevos trastornos que fermentan en la Transcaucasia soviética (núm. 34).

Egipto se encuentra también en la unión de varios sistemas regionales. Implicado plenamente en los conflictos del Cercano y el Medio Oriente, es solicitado por los alborotos de Sudán y de Etiopía, por la agitación de su vecino libio y, mañana sin duda, por los efectos de incitación o de animosidad que Europa suscitará en el Mediterráneo oriental.

Más adelante en Asia, los ejes afgano, birmano, vietnamita y norcoreano hacen todos oír frecuentes rechinidos, pero no para todos existe la promesa de un porvenir de tensiones. La desidia del conflicto afgano, la fusión de las dos Coreas, el eventual deslizamiento de Vietnam hacia la ANASE y la inclusión de Birmania en una u otra región que la bordean, modificarán el estatuto internacional de estos cuatro países, sin que por todas partes sean necesarias crisis abiertas.

En las Américas, la estructuración regional es todavía demasiado indecisa, para que todos los ejes sean ya localizables, pero hay que esperar que el retorno eventual de Cuba a la órbita estadunidense y la intensificación de los lazos entre México y Estados Unidos pongan a estos dos países en posición a veces delicada ante el conjunto latinoamericano.

En cuanto a África, casi no se pueden apreciar las consecuencias hipotéticas de sus polarizaciones aún indecisas. Sin embargo, el frente de rechazo que se había esbozado alrededor de la Unión Sudafricana, durante los años ochenta, o las diversas tensiones que se hacen sentir en Mauritania, en Mali, en Níger o en el Chad dan testimonio de que también África tendrá muchas cicatrices, tras haber dado forma a sus conjuntos regionales.

Las tensiones que pueden llegar a ser guerreras son particularmente graves en el corazón de los sistemas regionales de los que muchos estados se disputan el predominio. Las largas guerras intraeuropeas del pasado, las agudas vigilancias del Extremo Oriente, los recurrentes conflictos entre India y Paquistán, las indecisas competencias entre Irak e Irán o Siria e Israel, ilustran esta tendencia que podría afirmarse asimismo, alrededor de Indonesia o de Brasil, si siguen madurando los sistemas regionales en los que están implicados. La *Unión del Maghreb Árabe* verá o no el día, pero ya

Marruecos y Argelia se disputan la primacia. Sólo las regiones en las que un Estado domina a todos los demás, aunque se unan contra él, escapan a este tipo de tensiones: podría ser un día el caso de Brasil, ya es el de Australia en el Pacífico sur y África ganaría mucho si fuera también el caso de Nigeria y de la Unión Sudafricana, en sus respectivas regiones.

En varias regiones, el establecimiento de un predominio indiscutido o la edificación de un equilibrio pacificador, podrían ser perturbados por nuevas potencias cuya primacía regional ya está establecida, pero que se lanzan hacia un papel mundial más confirmado. China está inscrita en una trayectoria así, aun si su aislacionismo enmascara el alcance. India sin duda no está más adelantada que China a este respecto, pero manifiesta más claramente sus pretensiones, de tal manera que se puede entrever el momento en que Asia del sudeste —en la que Japón y Estados Unidos se interesan de cerca— padecerá asimismo la apremiante cercanía de India y de China. A lo largo del siglo XXI, podrían dibujarse otras configuraciones, en las que Brasil se volvería atento a su África original; en la que Australia y Canadá —debidamente inflados de inmigrados bien asimilados— se entrometerían con sus primos del *Commonwealth*; y en el que México asumiría plenamente su fresca primacía en la *Hispanidad*. Todas ellas tendencias que significan sobre todo que en el siglo de las comunicaciones instantáneas, las proximidades culturales podrían pesar tanto o más que las cercanías geográficas.

Por lo demás, cada sistema regional está expuesto a los tumultos que pueden arder en el corazón de las sociedades a las que reúne. África —en donde las etnogénesis tardan a menudo y en la que las etnólisis progresan difícilmente hacia la aglutinación de provincias estabilizadas, ulteriormente integrables en nacionalidades— es el ejemplo más dramático de una turbulencia de identidades que no dispensa a ningún continente. Las cizañas soviéticas, balcánicas, medio-orientales, indias o indonesias lo recuerdan constantemente, pero no tienen que hacer olvidar que Europa oriental —y hasta occidental— y las Américas no agotaron sus reservas de etnias enclavadas y de minorías nacionales, yuxtapuestas, bien que mal, bajo un mismo Estado.

Envenenadas o no por estos enfrentamientos de distintos pueblos, todas las luchas de clases, sustentadas por la desigualdad de los ingresos, de los patrimonios, de los estatus y de los prestigios, también pueden inflamarse, hasta hacer de algunos países llagas abiertas, como hay muchos en América Latina y como se forman en los países en donde la industria tarda en ser calmada por el sindicalismo y el *welfare*. Se evitará pensar que se trata entonces de negocios locales por naturaleza, de los que los Perús y las Indonesias del siglo XXI tendrán que preocuparse, pues la historia de los siglos XIX y XX está llena de revoluciones entre las cuales diversas *internacionales* exportaron los ejemplos. Sólo durante el curso de los últimos cuatro decenios, Colombia, Bolivia, Hungría y Etiopía alargaron la lista ya larga, que el porvenir enriquecerá, con o sin el apoyo de una *Internacional* existente o por crear. Si fuera necesario aventurarse a establecer, en 1990, la lista de los países importantes en los que una revolución no es nada improbable, en el horizonte de los próximos decenios, Egipto y Paquistán, Indonesia y Filipinas, Perú y Argentina o hasta Brasil figurarían en una buena posición.

Otros elementos podrán complicar aún más las tensiones explosivas, dándoles el aspecto de una cruzada religiosa, de un vagabundeo de pueblos o de una corrupción criminógena de las relaciones internacionales. Quien dude de este último rasgo que preste atención a la geografía de la amapola y de la coca, como a los circuitos de su transformación y de su entrega a los ricos mercados de Europa y de Estados Unidos: será para constatar que, de los confines birmanos a las soledades afganas y a los diversos cantones libaneses, esta geografía fue dibujada por las principales guerras de los últimos decenios, a menos que haya seguido el trazado de las revoluciones abortadas, de Bolivia a Colombia y a Panamá.

La multiplicación de los equilibrios regionales similares al antiguo equilibrio europeo no anuncia una pacificación general. Traduce solamente el hecho de que la decadencia de los imperios coloniales, el reflujo de la URSS y el probable debilitamiento de Estados Unidos dejan a descubierto un conjunto de potencias independientes, desiguales y combativas, cuyas configuraciones regionales se esbozan cada vez más claramente. La expansión económica, el desarrollo cultural y la paz interna e internacional quedan por conquistar y estabilizar en cada una de estas configuraciones tan diferentes —y no en un enfrentamiento Norte-Sur imaginario en el que se desvanecería la especificidad de cada uno de los subsistemas continentales.

16

UN EXCESO DE ESTADOS
(De 1990 a 2100)

50. DISUASIÓN, PROLIFERACIÓN, MODERACIÓN...

Desde que la URSS renunció, las guerras regionales fermentan cada vez más. Las antiguas resisten a los esfuerzos de Estados Unidos y de la URSS, convertidos en bomberos de la paz; las nuevas aguzan el ardor de Estados Unidos que se proclamaría con gusto *sheriff* del pueblo planetario, si no fuese por el armamento nuclear que se conserva disuasivo: ¿pero de qué?

Desde su conferencia en Reykjavik (1986), las dos principales potencias nucleares amplifican sus acuerdos de 1972-1974. En 1987, decidieron eliminar del centro de Europa todos los misiles de mediano alcance, para gran tranquilidad de Alemania. Luego se dedicaron a los misiles *estratégicos*, es decir, a los cohetes de alcance intercontinental y a los vectores, lanzados desde un avión o desde un barco, que pueden dañar el territorio estadunidense o soviético. Su acuerdo, retrasado hasta 1991 por los sobresaltos de la *perestroika*, no termina en la eliminación, al principio considerada, del 50% de los aparatos nucleares, sino en la supresión del 30% de este arsenal entre 1991 y 1997, con variantes según las categorías de los vectores y el número de ojivas nucleares que transportan. Además, el acuerdo detalla los procedimientos de control que garantizan la ejecución confiable de este desarme muy parcial, y cuya ejecución se ha vuelto más delicada por la aparición entre los herederos de la URSS de un Kazajstán y de una Bielorrusia, nucleares, pero fieles a los compromisos de Rusia y de una Ucrania, también nuclear, pero propensa al chantaje de la ayuda occidental para llevar a cabo, en un tiempo útil, su parte de los acuerdos de desarme. Cualesquiera que sean estas peripecias, sin duda habrá otras etapas para reducir el armamento nuclear embarcado en buques —en lo que Estados Unidos se interesa mucho— para contener la proliferación de los misiles crucero y para eliminar los aparatos de corto alcance, aún numerosos en el centro de Europa.

Estos acuerdos autorizarán sin embargo todo tipo de modernizaciones. Así, los aviones, los misiles furtivos, los señuelos y los interruptores electrónicos, los láser y las bombas neutrónicas se seguirán perfeccionando.

Dos de los cambios esperados eluden el tabú nuclear. Uno atañe a la precisión de los cohetes que ya es del orden de aproximadamente cien metros con un alcance de once mil kilómetros y que pronto podría afinarse hasta inutilizar el explosivo nuclear, para destruir un blanco limitado. El otro resulta de las bombas y misiles químicos que utilizó Irak, en 1986-1988, para limitar las ofensivas iranís, y luego para aterrar a su minoría kurda; este armamento, prohibido por las convenciones internacionales, amplía el campo de la disuasión entre potencias medianas, como lo subrayó Israel, oponiendo implícitamente su capacidad nuclear a toda tentativa iraquí de emplear estas armas en un enfrentamiento.

Así, la gama de las disuasiones se amplía por la añadidura, a lo nuclear, de misiles de alta precisión o con carga tóxica. De hecho, se alarga la lista de los estados aptos para disuadir por lo menos a algunos de sus vecinos, en particular en el Cercano y Medio Oriente, por la instalación —hasta la fabricación— de misiles y de armas químicas. A ello se agrega, en muchas regiones, la existencia de armas nucleares más o menos operacionales.

En 1990, siete países, por lo menos, se equiparon con dichas armas. Estados Unidos, la URSS, Gran Bretaña, China y Francia lo están desde hace mucho (núm. 18). India se unió a ellos a partir de 1974. Israel entró más discretamente en este club en el que África del Sur figura también, así como Paquistán, preocupado por no dejarse distanciar por India —con la que sin embargo firmó, en 1988, un tratado de no ataque a las instalaciones nucleares, lo que marca una etapa importante en el aprendizaje de la disuasión.

A estas potencias desigualmente equipadas, se agregan varios candidatos: Irak, a quien Israel bombardeó un reactor en 1981, pero que perseveró hasta la guerra del Golfo, Irán, también sin duda; y, quizá también Egipto, Indonesia o hasta Corea. Al comprometerse recíprocamente a no proseguir sus investigaciones, Argentina y Brasil se retiraron de esta lista en 1990, si es que menos creemos en su juramento de endeudados, hecho bajo la mirada paternal del presidente de Estados Unidos. Por último, tomaremos en cuenta para recordarlo a la mitad de los países de la OCDE que podrían equiparse, si lo desearan, empezando por Alemania y Japón cuyas tecnologías nucleares son de las más sofisticadas. Salvo un redoblamiento de las presiones que imponen el respeto del tratado de no proliferación de 1968 —a sus 141 estados firmantes, como a los raros reticentes— el mundo de los años 2020-2030 podría contar con una veintena de estados armados por lo menos con algunos aparatos nucleares.

La mutua disuasión de Rusia y Estados Unidos se conservará eficaz, si no es que central. En efecto, no obstante el modernismo de los aparatos estadunidenses y la manifiesta superioridad de Estados Unidos en todos los océanos, Rusia conserva una capacidad naval y terrestre de réplica intercontinental a cualquier primer golpe que hiciera blanco en ella. Además, estas dos potencias se mantienen en posiciones nucleares aproximadamente equilibradas en los diversos teatros de operaciones potenciales, en Europa y en Extremo Oriente, en tanto que, felizmente, tienden a desaparecer las *armas de teatro* cuyo disparo puede ser decidido en el lugar, reduciendo en la misma medida el riesgo de decisiones no reflexionadas. La paridad largo tiempo buscada, pero jamás alcanzada por la URSS, se le escapará aún más a principios del siglo XXI, sin embargo este país conservará la suficiente influencia para mantener el respeto de Estados Unidos, salvo un improbable cataclismo interno de la CEI.

Potencia nuclear de segundo orden, Gran Bretaña no se alejará de su alineamiento con Estados Unidos, salvo conversión —largo tiempo improbable— en un ejército europeo (núm. 52). Otra potencia del mismo orden, China continuará incrementando su arsenal nuclear, pero seguirá siendo por largo tiempo incapaz de igualar a Estados Unidos o a Rusia y aun de adoptar una postura amenazante ante Japón u otras potencias asiáticas, pues éstas no carecerían ni de aliados ni de equipos para replicar. Por último Francia —de la que sus 300 a 400 ojivas y seis submarinos hacen de ella la más grande de las pequeñas potencias nucleares— continuará manifestando una estrategia de no guerra que sería simpática, si no fuera por el alcance equívoco de los cohetes Plutón y Hades. Dos movimientos contrarios apremiarán a Francia a nuevas elecciones: la eventual necesidad de nuclearizar a un ejército europeo que adquiera forma durante el inicio del siglo XXI y, a más largo plazo, los eventuales rebotes de los acuerdos internacionales cada vez más limitantes.

En cuanto a los estados más modestamente equipados, que se unirán a Israel y a India en la tercera categoría de las potencias nucleares, hay que esperar que su importancia, esencialmente regional, conduzca a la multiplicación de los *dúos disuasivos* que reproduzcan, en escala más modesta, las actitudes recíprocas de Estados Unidos y de Rusia. Así, a las disuasiones de proximidad —ya establecidas entre Rusia y China, como entre esta última y Estados Unidos protector de Japón y de Corea y, virtualmente, entre China e India— podrían aunarse las parejas India-Pakistán, Israel-Irak, o Irak-Irán, e incluso Argentina-Brasil, si los juramentos de 1990 se revelaran frágiles.

Desde las pruebas indias de 1974, la proliferación se conservó titubeante y discreta, quizá por falta de un envite que valiera el esfuerzo de un equipo nuclear. Pero sería ingenuo inferir, a partir de un pasado circunspecto, un porvenir de igual moderación, o imaginar que la proliferación del ramo nuclear ampliará casi automáticamente los beneficios de la no guerra de los que Europa goza desde 1945. En efecto, la multiplicación de las armas nucleares incrementa el riesgo de accidentes, suscita la tentación de ataques preventivos, renueva múltiples veces el difícil aprendizaje de la disuasión recíproca y conduce más allá de todos los dúos regionales, a eventuales cacofonías mundiales. Salvo renuevo formal, el tratado de 1968 expirará en marzo de 1995. Su prórroga se torna frágil por Estados Unidos que prefiere proseguir sus quince pruebas anuales, en lugar de unirse —como Rusia parece estar dispuesta a hacerlo— a la solicitud de los estados no nucleares, deseosos de ver que se prohíban todas las pruebas. Entonces, es necesario prever una difícil negociación. Desde todo punto de vista, la paz por lo nuclear es un programa altamente riesgoso.

Desde luego es recomendable un redoblamiento de los esfuerzos contra la proliferación nuclear, sobre todo si se acompaña por presiones que busquen inhibir y reglamentar un máximo de conflictos regionales. En efecto, la modernización de los armamentos nucleares hará que muchas de las futuras guerras sean tan espantosas como las matanzas iraquí-iranís de 1980-1988, pero no tan breves como la Guerra del Golfo de 1991. Cada una de estas guerras reavivará la voluntad de muchos estados de acceder a las capacidades defensivas —u ofensivas— de un arsenal nuclear. La paz por lo nuclear supone, en realidad, que las principales potencias, ya equipadas, sepan pasar de sus recíprocas disuasiones a un directorio mundial, para imponer, aparte de la no proliferación de lo nuclear y de otros armamentos más peligrosos, la reducción de los arsenales nucleares, químicos, bacteriológicos y demás y, a menudo también, la desinfección obligatoria de los conflictos regionales y locales que amenazan con emponzoñarse. Amplio programa que rebasa por mucho la destrucción de las reservas de armas químicas —que Estados Unidos y Rusia iniciaron a partir de 1990, sin esperar que un tratado rejuvenezca la prohibición de estas armas— o el reforzamiento, tan necesario, de los poderes reservados a la Agencia de Viena, guardiana del tratado de no proliferación.

Las orientaciones estratégicas a largo plazo, analizadas en Estados Unidos, para hacer frente a la probable multiplicación de los conlictos regionales, tras el fin de la guerra fría, invitan a extender la amenaza nuclear a cada uno de estos conflictos [19, 218]. De ahí la escala de los riesgos nucleares a los que el siglo XXI se encontrará expuesto. El menos grave es la explosión accidental, riesgo escandaloso pero técnico. El disparo de advertencia nuclear sobre un blanco simbólico bien aislado, y el disparo de desesperación de un país débil que responde a un peligro extremo provocarían un escándalo más esencial, por el empleo deliberado de armas de destrucción masiva. Pero el escándalo llegaría a su tope, si una o la otra de las principales potencias nucleares utilizaran su arsenal contra cualquier país. Una activación así del arma nuclear sería particularmente peligrosa, aun si se tradujera por el empleo de aparatos raros, en zonas semidesérticas, según una estrategia antifuerzas con efectos aparentemente poco catastróficos. Entonces se abriría la vía hacia una proliferación reforzada y hacia represalias diversas, pero espantosas —matanzas, terrorismo, etc.— o incluso hacia un invierno planetario al que llegarían probablemente los disparos nucleares repetidos.

El camino inverso no puede ser recorrido más que en lentas etapas en las que, de verificación de los acuerdos pasados en estabilización de los arsenales, se progresaría por medio de una recuperación de las precauciones contra las sorpresas del empleo y contra las proliferaciones insidiosas, hasta convenir en nuevas etapas de desarme parcial, pero eficazmente controlado. Europa parece entrar en esta vía que conduciría de la disuasión a la seguridad. Extremo Oriente, en donde se enfrentan tres potencias nucleares, se beneficiaría si hiciera lo mismo, para hacer retroceder las desconfianzas aún grandes en esta región (núm. 44). En tanto

que China y Rusia reducen sus efectivos terrestres, Mongolia se
vació, en 1992, de tropas soviéticas, Estados Unidos aligera sus
efectivos en las bases coreanas y japonesas, una perspectiva así ya
no es improbable.

En toda hipótesis, se necesitarán largos decenios pacíficos y
múltiples tranquilidades regionales, antes de que la más mínima
disuasión, aunada a posturas defensivas bien verificables, llegue a
ser la doctrina nuclear mundial. En cuanto a la destrucción integral
de los arsenales nucleares, es dudoso que, en el siglo XXI, pueda
estar a propósito.

51. ESTADOS UNIDOS ENFERMO DE IMPERIO

Alrededor del *National Security Council*, del Pentágono y del Depar-
tamento de Estado, la Presidencia estadunidense continúa funcio-
nando como un gobierno de las relaciones mundiales que dirige su
red de embajadas, de servicios de información y de fuerzas aéreas,
navales y terrestres, dispersas en todo el *rimland* planetario.

Por Azores y Portugal, el vado hacia el Golfo árabe-pérsico se
prolonga por Italia, heredera de las bases que España duda en
rechazar, luego hacia Grecia en donde acaba de ser renovado el
arrendamiento estadunidense y hacia Turquía cuyos aeropuertos
orientales dependen o no de la OTAN, según las necesidades, en
tanto que Egipto ofrece asimismo facilidades aeronavales. Al norte
de este eje, el dispositivo de la OTAN se despliega del Mediterráneo
a Spitzberg.

En el inmenso desierto que es el Pacífico, la siembra de las bases
no es menos densa. En las Islas Hawai, Pearl Harbor es el primer
relevo, luego San Diego o Panamá. De ahí, en la tercera parte del
trayecto hacia Japón, se sitúa Midway, en tanto que, hacia Filipinas,
Wake y Guam marcan las etapas antes de Subic Bay cuyo arrendamiento termina. Por último, casi a la mitad del camino de Filipinas
a Japón y Corea, la principal base está en Okinawa.

Más al sur, Singapur y Malasia ofrecen facilidades que sustituirán
la base aeronaval de Clark de la que Filipinas desea recobrar el
control. Luego, más allá de Darwin, donde Australia acaba de volver
a centrar su dispositivo aeronaval, el Océano Índico está menos
ricamente dotado. En Omán, Estados Unidos dispone de una base

aeronaval, desde la primera guerra del Golfo –la de 1980-1988– pero su principal apoyo es una isla al sur de India –Diego García bajo tutela británica– que fue totalmente desalojada de sus habitantes, en 1973, para transformarse en la base aeronaval considerada como la más moderna del mundo, pero que nunca se muestra. La vuelta del mundo estadunidense no puede omitir las bases de Panamá de donde salen las intervenciones en el Caribe y en América del Sur, ni las Islas de la Ascención y de las Malvinas desde donde Inglaterra coopera en la vigilancia del Atlántico Sur, ni las bases africanas, de las cuales la principal –en Simonstown– podría, de nuevo, brindar oficialmente sus comodidades a Estados Unidos, ahora que el *apartheid* pasa de moda.

Suponiendo que la guerra del Golfo de 1991 no modifique los planes a mediano plazo del Pentágono, el total de las tropas estadunidenses debería disminuir de 2 100 000 a 1 600 000 hombres, entre 1990 y 1995, y distribuirse en cuatro fuerzas compuestas, destinadas respectivamente al Atlántico, al Pacífico, a lo estratégico y, por último a las diversas eventualidades –*contingency*– de las que el mundo es rico. En otros términos, el presupuesto militar estadunidense, del orden de 300 mil millones de dólares en 1989-1990, continuaría siendo consagrado, a medias, a los 450 000 soldados, aviadores y marinos, estacionados en el extranjero.

Para asegurar la eficacia de las fuerzas así desplegadas, el gobierno estadunidense desea alejar las inútiles coacciones. Las alianzas no lo molestan, en la medida en que las controla y encuentra respaldos. Pero a menudo lo irritan los procedimientos de la ONU. El Consejo de Seguridad vuelve a ser útil si se juzgan sus decisiones antiiraquís del verano de 1990, pero su gestión es lenta y apremiante: tiende a prohibir lo que no autoriza. Valdría más reservar las consultas internacionales a un grupo serio, como el G7, salvo si se refuerza este grupo por la adjunción de la ex URSS, si se confirma su evolución mercantil. En cambio, Estados Unidos no espera más que recriminaciones de la Asamblea General de la ONU y de la mayor parte de sus agencias, salvo de las que controla estrechamente, como el Banco Mundial y el FMI.

De hecho, Estados Unidos ejerce su influencia en toda América. La OTAN hace lo mismo en Europa. Sin duda habrá que cuidar su porvenir, pues los máximos de tropas establecidos por el tratado de noviembre de 1990 van a desmovilizar a Europa occidental: como el Pacto de Varsovia, la OTAN debe reducir sus equipos a

20 000 tanques, a 6 800 aviones de combate, etc. A estos máximos por tipos de armas no nucleares se aunarán normas geográficas que atañen tanto al *teatro central*, de Benelux a Hungría, como a los *retardados* de Europa occidental y de la URSS —ellos mismos fraccionados en dos zonas— y los *flancos* nórdicos y balcanoturcos. Los efectivos no se limitan por países, salvo para Alemania unificada que se comprometió, por medio de tratados separados, a no movilizar a más de 370 000 hombres y a desnuclearizar a la ex RDA. Todas ellas obligaciones a cumplir por etapas, de 1991 a 1994. Pero la desbandada del Pacto de Varsovia en marzo de 1991 y la impaciencia alemana aceleraron este calendario sabiamente escalonado. Como además, las diversas cláusulas de los tratados de 1990 están sujetas a múltiples verificaciones y controles, hay que esperar que las trampas sean marginales: así ya se ve el exceso de tanques rusos pasar fuera de la zona del tratado, más allá del Ural, en tanto que el exceso estadunidense compite masivamente con el equipamiento de las tropas estadunidenses en el Golfo.

Dicho de otra manera, Europa se va a desalojar. En 1989, las dos Alemanias poseían 1 500 000 soldados, alemanes o no. En 1995, quedarán al máximo 500 000 entre los cuales los 370 000 alemanes de un ejército en lo sucesivo unificado. También, sin duda, no se alcanzará este maximo: Francia habrá replegado a sus 48 000 hombres y no dejará, en Alemania, más que a los soldados incluidos en el cuerpo mixto germanofrancés, inaugurado en 1990; Gran Bretaña probablemente se propasará, si la OTAN insiste, pero los aliados con modestos contingentes se inclinarán más bien hacia la retirada; en cuanto Estados Unidos, que contaba todavía en 1989 con 320 000 hombres en Europa, sus efectivos podrían disminuir a un nivel simbólico, salvo las bases inglesas y mediterráneas: a un máximo de 90 000 hombres en 1995.

Para evitar un desmoronamiento así, Estados Unidos desea que la OTAN vuelva a ser controlada, con la fiel ayuda de Gran Bretaña. La Organización debe ser renovada, para ampliar sus misiones. Al mezclar el control de los desarmes convenidos en 1990 con las atribuciones del COCOM y quizá también con las investigaciones de la Agencia de Viena, se podría hacer de ella gendarme de paz en Europa. Asimismo sería posible generalizar el ejemplo de la brigada francoalemana, reuniendo a gran parte de los ejércitos europeos en fuerzas multinacionales, lo que haría disminuir la integración por parte de la OTAN, de los estados mayores a los cuerpos de

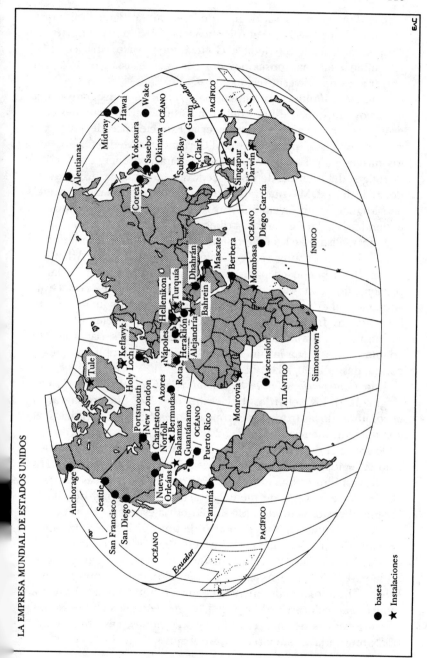

LA EMPRESA MUNDIAL DE ESTADOS UNIDOS

● bases
★ Instalaciones

tropas. Por último, sería tiempo de borrar el antiguo límite que acantona a la OTAN entre el Atlántico y la URSS, pero al norte del Trópico de Cáncer. Sin duda, el Golfo árabe-pérsico, África quizás, y, mañana, algunas porciones del continente asiático deberían entrar al campo de esta acción.

Con estos límites más amplios, la OTAN debería asignarse una ambiciosa misión. Después del comunismo, otros dragones tendrán que ser muertos para proteger al Este europeo de los espasmos nacionalistas, para albergar al Cercano y al Medio Oriente de los misiles y de las armas químicas y para contener a todos los enemigos del interior, de los poseedores de bombas a los proveedores de drogas. Más que nunca, la OTAN tendría que ser el arcángel San Miguel de un Occidente cuyos intereses bien entendidos se extienden, vía Japón, hasta las riberas del Océano Pacífico.

El formalismo de los estados europeos es tal que estas modificaciones impodrán una renegociación del Tratado del Atlántico Norte. Sería bueno prepararla, estrechando aún mejor los lazos privilegiados con Alemania, las relaciones especiales con Gran Bretaña y, si es posible, reintegrando por lo menos una parte de los ejércitos franceses al nuevo dispositivo: por ejemplo, a la defensa aérea o a la flota mediterránea. Además, sería prudente adaptar a la OTAN a la función simbólicamente ampliada que se confía, desde 1990, a la CSCE.

Esta *Conferencia sobre la Seguridad y la Cooperación en Europa* originada en los Acuerdos de Helsinki de 1975, que consagraron el conjunto de las fronteras europeas —prestó algunos servicios, al corroer la influencia soviética en Europa oriental. Los acuerdos de 1900 sobre el desarme convencional en Europa fueron colocados bajo su égida para salvar las apariencias de los soviéticos. Pero Estados Unidos estima evidentemente que no sería necesario, por ello, dotar a la CSCE de medios prácticos que harían de ella la garante de estos acuerdos, pues qué podría esperarse de un organismo en el que 34 países disponen de una voz igual —y hasta 35, después de que se uniera Albania en 1990, y luego una buena cuarentena, después de 1991, a medida que los estados originados en la ex URSS hagan su entrada— y en el que, por consiguiente, Rusia y Estados Unidos tienen la misma importancia. La CSCE tendría que colocarse, al lado de la OCDE, entre los clubes en los que los estados debaten sus intereses comunes, en tanto que la OTAN renovada se ocuparía de los trabajos prácticos.

Para pacificar las riberas occidentales del Pacífico, son necesarias otras reformas. Doce mil soldados estadunidenses saldrán de Corea y de Japón, en respuesta a las desmovilizaciones rusas que afectan a 200 000 hombres, en Siberia, y que se refieren también a los misiles de mediano alcance, orientados hacia China, y a los barcos que patrullan el Pacífico. Pero la presencia estadunidense parece estar asentada perdurablemente: en Corea, después del armisticio de 1953 y en Japón, por la aplicación del Tratado de Seguridad de 1960. Esta situación es estable porque Japón, enfrentado a la URSS y a China y despreciativo de una Corea que fue su colonia, se conserva políticamente sometido a Estados Unidos, a diferencia de Alemania en la que cuatro potencias ocupantes tuvieron voz y voto hasta 1990.

Estados Unidos pudo remodelar la constitución, las instituciones y el ejército japonés, en provecho de sus intereses. Estima que en lo sucesivo son necesarios diversos retoques, pues la obligación constitucional de ajustarse a una fuerza de autodefensa y el límite de mil *millas* alrededor del archipiélago, impuesto a los barcos armados y a los aviones militares de Japón, brindan a éste pretextos de los que abusa, cuando la solidaridad con su aliado estadunidense debería incitarlo a intervenciones más francas, ayer en Vietnam, más recientemente en el Golfo petrolero y, mañana, en donde la pacificación de Asia lo haga deseable. Japón, que paga el 50% de los gastos de manutención de los ejércitos y de las bases estaduni-denses instaladas en su territorio, se hizo rogar demasiado tiempo antes de proporcionar algunos miles de millones de dólares suple-mentarios, para financiar la intervención de Estados Unidos contra Irak. En todo caso, varias contradicciones irritan a Estados Unidos: ¿cómo flexibilizar la constitución y el tratado que refrenen a Japón, sin exponerlo a las tentaciones de una plena soberanía? ¿Y cómo canalizar los resultados económicos y las capacidades financieras de Japón hacia empleos que no obstaculicen a Estados Unidos, sin exponerse a los riesgos de la guerra comercial a la que tan a menudo aspira el Congreso estadunidense (núm. 18)? Todo, utilizando de la mejor manera los temores de la ANASE, ávida de inversiones japonesas, pero temerosa de cualquier rearmamento de Japón (núm. 44).

Una fuerza que integre elementos aeronavales japoneses, bajo un mando estadunidense, permitiría a Japón contribuir con la defensa de sus intereses, hasta el Océano Índico y el Golfo de donde proviene su indispensable petróleo. Quizá también unirse, con Estados Unidos, Australia e Indonesia, en una alianza que incluyera a Paquistán y que permitiera, si fuera necesario, moderar las tendencias rebeldes que manifiesta a menudo India. Pero nada parece urgir en esta zona que vigila Diego García.

La urgencia es más manifiesta en todo el Cercano y el Medio Oriente en donde se eternizan las crisis embrolladas (núm. 45) y en donde los aspirantes a gendarmes del Golfo son más molestos que útiles para los dominios principescos de toda Arabia y para los intereses petroleros a los que estos emiratos protegen. Felizmente, la invasión de Kuwait por Irak, y después la guerra de principios de 1991, eliminaron muchos bloqueos: Estados Unidos ya no busca promover un gendarme regional, si no se compromete directamente; Arabia Saudita ya no aleja a las fuerzas estadunidenses de su territorio; los países árabes que dependen de la ayuda financiera de Estados Unidos y de los emiratos petroleros, se unieron contra Irak; y varios países europeos, entre ellos Gran Bretaña y Francia, aportaron una contribución que prefigura quizá la reorientación de la OTAN. A partir de entonces, es concebible una alianza, sobre todo porque Rusia ya no sería un obstáculo.

Egipto, a quien Estados Unidos entrega 7 mil millones de dólares a título de sus deudas militares, y Turquía que espera beneficiarse de una buena fracción de los 13 mil millones de dólares reunidos por Estados Unidos para socorrer a los estados dañados por el embargo, decretado en 1990 contra Irak, serían los dos pilares regionales de esta alianza en la que la adhesión de Irak es sin duda prematura, pero en la que diversos otros estados de la península arábiga podrían unirse a Estados Unidos o, aún mejor, a toda la OTAN. A partir de entonces, el *Central Command* estadunidense, creado en 1979 para controlar todas las operaciones inscritas entre Egipto y Pakistán podría salir de Florida —en donde lo exiliaban las reticencias de una región— e instalarse al pie del cañón, en Arabia o en el Sultanato de Omán.

Si la ronda de las alianzas que materializan el *rimland* estadunidense pudiese cerrarse de esta manera, no sería sin embargo para rodear un *heartland* sino-ruso considerado amenazante. En efecto, Estados Unidos espera extender su influencia pacificadora hasta el corazón de las masas continentales antaño hostiles. Al abstenerse de respaldar demasiado rápido a las independencias proclamadas por las repúblicas bálticas y transcaucásicas y molestar demasiado las contribuciones alemanas o europeas a la URSS, favoreció a la prosecusión de la incierta *perestroika* soviética (núm. 31), con la firme esperanza de que este país llegue a ser un nuevo cantón del mercado mundial. Estas maneras comprometedoras resultan evidentemente de las capacidades nucleares que hacen de Rusia un país respetable y de las esperanzas que sus evoluciones militares y económicas permiten acariciar. Pero no será más que durante los primeros decenios del siglo XXI cuando se presenten nuevas elecciones importantes y serán muy diferentes, según si la URSS se vuelve a unir o no.

El mismo retraso vale para China, pues ninguna alianza sino-soviética parece temible para los próximos decenios, de tal manera que China podrá continuar siendo tratada como una potencia sombría pero solitaria, apta para defenderse y para continuar su progresión económica, pero aún incapaz de pesar sobre la evolución de las cuestiones mundiales o aun asiáticas. Como la URSS, China podría desde luego endurecerse bajo un régimen militar, eventualmente aventurero, lo que inclina a la prudencia, pero sin ningún temor mayor.

Para esquematizar al imperio mundial de Estados Unidos, bastó extrapolar tendencias bien visibles en la práctica internacional y en la opinión pública de este país, pero es injusto aislar estos movimientos. Subrayan lo que la guerra del Golfo promovió, no lo que enmascaró: las capacidades de invención y de generosidad que permitieron a Estados Unidos promover el Plan Marshall, antes que la OTAN; soñar con una *Alianza para el Progreso* latinoamericana, antes de actuar como gendarme de la América endeudada; inventar un *Peace Corps* antes de otorgar prioridad sólo a los militares, etc. Se hace mejor justicia a Estados Unidos al comparar lo que hizo con Japón —no sin ilusiones— con lo que el Japón de los años 1930 y 1940 habría hecho con ellos, si hubiera ganado la guerra que desencadenó en Pearl Harbor.

Por lo demás, el imperio mundial de Estados Unidos jamás verá el día, pues este país no tiene ni el resorte, ni el recurso que le permitiría afirmarse imperiosamente como la única superpotencia mundial. Sus presiones militares vienen de un país en donde la guerra de 1941-1945 no acabó más que con el 0.2% de la población —y las guerras de Corea y de Vietnam, con mucho menos todavía— de tal manera que la moral del pueblo estadunidense nunca fue sometida al sufrimiento de la guerra industrial que se transformó en una larga carnicería en la que desaparecen del 5 al 10% de los hombres jóvenes. Además, el déficit financiero de Estados Unidos es tal que el *burden sharing* –o repartición de la carga– se vuelve el leitmotiv de los análisis anuales sobre el presupuesto de la OTAN o de Japón y que la movilización de fuerzas en el Golfo, durante el verano de 1990, estuvo acompañada por una insistente colecta, para reunir los 20 o 30 mil millones de dólares necesarios para el transporte y la manutención de las tropas y de las armas, como para la ayuda a los países lesionados por el boicoteo contra Irak. En la mejor de las hipótesis, Estados Unidos necesitaría diez años para enderezar su presupuesto y su balanza de pagos. Durante este lapso los resultados de las economías japonesa, europea y demás dominarán a los suyos, de tal manera que en el póker diplomático, su superpotencia nuclear no bastará para diversificar las apuestas.

Durante largo tiempo –algunos decenios quizá– Estados Unidos se conservará como un coloso con pies de barro. Su productividad demasiado pequeña, sus salarios que se estancan desde 1975, su anémico ahorro, sus frágiles instituciones financieras, sus déficit comerciales, el derroche petrolero, la degradación de sus equipos públicos y de muchas de sus grandes ciudades, su enseñanza demasiado a menudo mediocre en todos los niveles, su violencia mantenida por el comercio de las armas de puño, sus prisiones casi igual de pobladas que las de la CEI, sus vulnerabilidades frente a la droga y a la pobreza y el creciente desinterés de su población en la religión, la información o la política, constituyen el retrato de un atleta cansado, más que de un constructor de imperios.

Aún más profundamente, la América imperial padece una carencia esencial. Aparte de la fuerza de las armas y del desarrollo del mercado, no tiene ningún proyecto. Su discurso democrático es desmentido por muchas de sus intervenciones exteriores. Su proyección cultural mal rebasa el nivel de Hollywood o Disneylandia. Y sobre todo, nada permite a Estados Unidos impedir o curar las próximas guerras, es decir las convulsiones de los países y de los sistemas regionales que buscan las vías del desarrollo económico y de la modernización político cultural y que se pierden en los callejones sin salida del nacionalismo exacerbado o de la conquista vanamente intentada. Su confianza demasiado exclusiva en las *fuerzas del mercado* le impide evitar las guerras regionales, en tanto que la anemia perniciosa de la sociedad estadunidense daña las probabilidades de los rebotes innovadores.

Al cambiar al siglo XXI, la historia parece dominada por el reflujo de la URSS, pero una decadencia puede esconder otra. El *Titanic* estadunidense ve llegar los icebergs petroleros, financieros y demás, pero tarda en cambiar de dirección.

52. EL IMPERIO MUNDIAL POR COMPARTIR

El mundo no adquiere el aspecto de un imperio estadunidense. Se parecerá más bien a un imperio conjunto de las potencias mundiales: en resumen, una cooperativa imperial.

Alemania recién unificada es la más avanzada de las potencias no estadunidenses. Por fin, el antiguo ángel negro del siglo XX (núm. 17) logró el aprendizaje democrático, mediocremente iniciado de 1848 a 1933. Las profundas reformas posteriores a 1945-1950 maduraron en dos generaciones. En lo sucesivo, la democracia local y regional está bien asentada. El parlamento, aprovisionado por elecciones que mezclan, en dosis iguales, el escrutinio mayoritario local y los elegidos de manera proporcional, funciona mucho mejor que su homólogo francés. El contrato social, hecho explícito bajo el nombre de *Soziale Markwirtschaft*, promueve, desde luego, la economía de mercado, pero rodeándola de *welfare* y de convenciones colectivas cuya calidad no es rebasada más que en Suecia y en los Países Bajos. El mediador elegido en cada batallón compensa la rigidez de la jerarquía militar. El modelo alemán de la empresa más avaro en pequeños jefes que el modelo francés, valoriza la calificación técnica en toda la jerarquía. Por último, la íntima alianza de las empresas y de los bancos asegura al capitalismo alemán una coherencia casi japonesa. El conjunto da a la sociedad alemana una estabilidad que no tiene nada que ver con los brincos aventureros.

En lo sucesivo unificada, Alemania tiene que encontrar sus nuevas marcas, lo que le llevará por lo menos diez años: el tiempo de hacer fructificar a la ex RDA (núm. 41) y de volver a tomar posiciones frente al antiguo *campo socialista*; el tiempo, también, de ajustar su nueva fuerza a una CEE pronto expandida, si no es que ya adornada con prolongaciones monetarias y políticas.

Durante algunos años, las secuelas del Pacto de Varsovia podrán darle materia de reflexión, no por temor a las tropas soviéticas en espera de evacuación, a las que mantendrá hasta 1994, sino debido a las dudas, hasta a los tumultos, de los países antaños vinculados por este pacto. Bulgaria que simula temer a Turquía, Rumania y Hungría divididas en cuanto a la suerte de los húngaros de la Transilvania rumana, Polonia siempre incierta entre Alemania y la CEI, Checoslovaquia con nacionalidades mal soldadas, dudan en la sustitución del Pacto de Varsovia: si los rusos se fueron, ¿hay que establecer un tipo de alianza política, para calmar los conflictos regionales, con la eventual ayuda de la CSCE o de la OTAN? Alemania pesará mucho en esta elección que atañe a su vecindario oriental y balcánico —es decir una zona en la que se reforzará su importancia económica y cultural— pero también su función paneuropea: ahí se ejercerá su elección en cuanto al porvenir deseable para la OTAN, la CSCE y las demás instituciones políticas europeas.

La unidad devolvió a Alemania el prestigio de una potencia plenamente soberana. El gigante económico ya no es el enano político que Francia y otros países gozaban viendo en ella. Las restricciones que limitan al ejército alemán a 370 000 hombres y que desnuclearizan el territorio de la ex RDA no obstaculizan más a Alemania unificada que las directrices originadas en la CEE; pues las unas y las otras fueron negociadas con toda libertad.

Alemania jugó con las negociaciones de 1990, para iniciar una nueva *Ostpolitik* de la que el mercado ruso es el principal blanco. Las indemnizaciones de la mudanza de las tropas soviéticas y los créditos bancarios prometidos a la ex URSS —todo en un equivalente a 15 mil millones de marcos, es decir 12 mil millones de dólares, sin incluir las ayudas alimenticias del invierno de 1990-1991— favorecieron desde luego la conformidad de la URSS para el mantenimiento de la Alemania unificada en la OTAN. Pero, así como el compromiso de respetar los contratos plurianuales concluidos por la RDA, estas facilidades financieras buscan conservar el conjunto de las relaciones comerciales establecidas por la RDA con la URSS.

En todo caso, Alemania no hizo voto de fidelidad eterna a la OTAN. Permanecerá ciertamente hasta el final de la retirada de las tropas y de los desarmes convenidos en 1990. Pero ayudará a Francia a consolidar la CSCE, más de lo que lo desea Estados Unidos, así no fuese más que para ayudar a la URSS a disfrazar su retirada militar en pacto de seguridad. Asimismo se esforzará por eliminar, de su territorio, los aparatos nucleares de corto alcance (núm. 50). Queda lo esencial, es decir la reorganización militar a la que tendrá que entregarse evidentemente la Europa de los años noventa. Sin duda, hasta fines del siglo, ninguna de las soluciones competidoras ganará claramente. Algunos países desearán unirse a Francia y a España, en la fila de los ejércitos no integrados a la OTAN. Estos mismos países y otros podrían también dar una creciente consistencia a la *Unión de Europa Occidental*, nacida en 1947, como pacto militar, pero dominada por la OTAN a partir de 1949. Francia desea reanimar esta UEO para hacer de ella el pilar de la Europa militar, Gran Bretaña se opone a este proyecto, Alemania arbitrará finalmente en la materia. Podría ser que la UEO constituya el *segundo pilar*, puramente europeo, que equilibrará la potencia estadunidense en el seno de la OTAN. Más tarde, hasta podría ser que la UEO del siglo XXI haga, de la OTAN, un memorial de la influencia estadunidense, como la OCDE es el memorial del Plan Marshall (núm. 24).

En toda hipótesis, la decisión se tomará en Europa, pues Estados Unidos reducirá a casi nada su compromiso terrestre, o incluso sus bases aeronavales y sus reservas nucleares en este continente. La actitud alemana será decisiva, pues se tratará de evacuar las tropas extranjeras y las armas nucleares de corto alcance que estorban en su territorio. Pero la prosecución dependerá también de Francia y hasta de Inglaterra, si su fidelidad a Estados Unidos se flexibilizara hasta hacer que sus fuerzas nucleares sean autónomas. En efecto, la edificación de un equipo nuclear europeo que asegure una suficiente disuasión ante la capacidad nuclear soviética es, a mediano y largo plazo, la condición de una emancipación político-militar de Europa. Los cohetes Plutón y Hades de Francia no pueden dañar más que a Inglaterra, Alemania o el Maghreb, de tal manera que su utilidad europea es nula, hasta negativa. Sólo los misiles balísticos embarcados, enterrados o transportados por avión y los misiles de crucero de largo alcance podrían contribuir a una defensa europea, a partir de bases francesas o de sitios mejor dispersos en la eventual comunidad militar europea.

Por lo demás, Europa, dotada de una capacidad de disuasión que le sería propia, casi no necesita ejércitos masivos. En su seno serían útiles algunas brigadas de *guardianes de la paz* para garantizar las fronteras establecidas pero, hacia el exterior, ninguna fuerza de acción rápida o perseverante parece necesaria, a menos que Europa se desee heredera de los compromisos poscoloniales de Francia, en África, o que logre afirmar una política extranjera común que la llevaría a multiplicar sus contingentes entre los *cascos azules* de la ONU. Pero, en todo caso, podría ser preferible que Europa, madre de los imperios coloniales y de las guerras mundiales del siglo XX, sepa volverse discreta durante el próximo siglo, como ya lo es Japón y como convendría serlo a Estados Unidos.

Vinculada por diversos tratados como por su propia constitución, Alemania no puede operar fuera del territorio nacional, salvo para misiones defensivas, que surjan de la carta de la OTAN o del Tratado de 1954, mediante el cual Alemania se unió a la UEO. Una revisión constitucional podría extender su campo de acción a las misiones decididas por la ONU. Si llega el caso, la misma extensión podría aplicarse a las intervenciones pacificadoras, eventualmente decididas por la CSCE si el centro de prevención de los conflictos que este organismo instaló, en Viena, en 1991, no se contenta con observar y denunciar, sino que se propone también actuar, cuando los riesgos fronterizos, relacionados sobre todo con las perturbaciones nacionalistas de Europa oriental y balcánica, le brindan la ocasión.

Alemania tendrá una importancia a menudo decisiva, en todas estas evoluciones. Según su inclinación, la OTAN sobrevivirá o se volverá un club especializado en donde los estados confronten sus experiencias militares. Si lo acepta, la CSCE se alejará del modesto papel en el que Estados Unidos desearía acantonarla para dar vida al secretariado permanente de Praga, a la oficina de las elecciones de Varsovia y a la Asamblea Interparlamentaria que la Conferencia de París, de noviembre de 1990, decidió aunar al Centro Vienés de Prevención de los Conflictos. Si lo desea, la UEO puede llegar a ser el marco de una cooperación militar de los principales estados europeos, como prolongación o no de la OTAN, pero liberada del mando estadunidense. Si lo desea, podrán cobrar vida los proyectos que den consistencia a la cooperación económica y monetaria, en el seno de la CEE (núm. 48).

Alemania puede frenar la realización de estos proyectos o manejar su operación, cada vez que Francia, Italia, España y el Benelux deseen hacerlo con ella —o se resignen a ello. En cuanto a Gran Bretaña podrá unirse a este concierto, pero su capacidad para retrasar las evoluciones que otros deseen no dejará de disminuir, con su importancia económica y diplomática en las cuestiones europeas y mundiales. A cierto plazo, tendrá finalmente que elegir, entre la Europa a la cual la une el túnel y la insularidad política que haría de ella una especie de protectorado estadunidense en el mar de Europa.

Por lo demás, las evoluciones político-militares de Europa serán lentas y titubeantes, no obstante las urgencias yugoslavas, y otras, de tal manera que su resultado dependerá, en gran medida, de la evolución general del clima europeo, durante los dos o tres próximos decenios. Los eventuales progresos del control parlamentario sobre la CEE y los estados en los que, como en Francia, el Parlamento es anémico, pero también los probables progresos de la cooperación interregional, en una Europa en donde la moda es la descentralización, y en fin los progresos deseables de la cooperación entre los aparatos ideológicos —cine, prensa, radio y televisión, ediciones, artes y letras, etc.— llevarán finalmente a los estados hacia acuerdos —o suspicacias— que desborden de las comodidades mercantiles de la integración económica.

La emancipación de Japón está menos avanzada que la de Alemania, pero va a progresar rápidamente. El control militar ejercido por Estados Unidos persistirá —mientras el equilibrio nuclear de Extremo Oriente haga indispensable su presencia— pero la influencia que proporciona ya está compensada por un control inverso, de orden financiero, que se estrecha de año en año. Japón posee más del tercio de la deuda pública estadunidense. Antes de fines del siglo, poseerá la mitad de los bonos del Tesoro, emitidos por Washington. Aunque la dirección del FMI le pudiera pertenecer en 1992, Japón tendrá otras ambiciones. Este país no es una Arabia Saudita, lista para pagar algunos miles de millones de dólares, cada vez que Estados Unidos pida limosna, para sostener al FMI, financiar las guerras de Agfanistán o de Etiopía o para hacer de gendarme en el Golfo. Se niega a pagar sin tomar parte eficaz en las decisiones y será infiel a Estados Unidos cada vez que sus intereses mercantiles —sobre todo en el sudeste asiático— entren en contradicción con las decisiones estadunidenses. Antes de mucho tiempo, la entrada de Japón al Consejo de Seguridad de la ONU será un problema, salvo reforzamiento del G7 como directorio mundial (núm. 51). En el orden militar, también es previsible una revisión. Estados Unidos ofrece la oportunidad, al apremiar a Japón a cooperar más en sus intervenciones, entre Singapur y Kuwait, pero la modificación constitucional necesaria para este fin no será tan específica. La autolimitación de los gastos militares al 1% del PIB japonés puede durar, sobre todo porque este PIB aumenta rápidamente. Los límites que restringen a la aviación y a la flota serán por lo menos disminuidos. De la misma manera, llegará a su fin la hipócrita tolerancia del Japón antinuclear, con respecto a las armas que guarnecen las bases y los barcos de Estados Unidos, ya sea para prohibir este armamento, ya sea más bien para equiparse él mismo, a fin de adquirir una capacidad disuasiva autónoma, frente a la URSS y a China, o incluso ante Estados Unidos. En todo caso, es probable que Japón se imponga nuevas limitaciones en cuanto a la naturaleza y al volumen de sus equipos, en cuanto a su zona de acción o a las decisiones internacionales que tendrán que autorizarla, pues tendrá que resolver su propia contradicción: emanciparse de Estados Unidos, sin inquietar a Asia y sin dañar su desarrollo económico mundial.

Antes de mucho tiempo, todos los vecinos de Japón se deshielarán ante él. Por algunas concesiones sobre los Kuriles, Rusia va a incitar a Japón a interesarse, por fin, en su Siberia, sobre todo porque la crisis del Golfo petrolero, de 1990-1991, habrá reforzado el interés en las reservas siberianas de petróleo. Luego Corea modificará su importancia al unificarse. Cuando el Extremo Oriente se una de esta manera a Asia del sudeste, en la zona económica dirigida por Japón, este país aparecerá como una gran potencia plenamente asiática y su monomanía —que fue al principio militar, luego mercantil— alcanzará su límite. Una potencia se desarrolla plenamente cuando aúna a sus resultados económicos una diversificación cultural y una flexibilización política, propios para envolver su creciente complejidad. Modelo del mundo de los junquillos y de los ideogramas, Japón no puede inquietar útilmente a la vieja civilización china, más que si moderniza y enriquece su funcionamiento ético-político, a falta de lo cual entrará, en el próximo siglo, en nuevos conflictos con China y Corea.

Poderío de Estados Unidos, emancipación de Alemania y de Japón: sin embargo, este trío no va a dirigir solo las cuestiones mundiales, pues también figuran otros estados en el pelotón de la cabeza de las potencias ya mundiales o aptas para llegar a serlo en pocos decenios. En Europa, Alemania tiene que contar con dos docenas de estados nada despreciables, empezando por Gran Bretaña y Francia, ricos todavía en adherencias imperiales, Italia cuya importancia relativa no deja de aumentar y España, despertada del franquismo y que redescubre las potencialidades de la *hispanidad* americana y de un mundo árabe del que formó parte gloriosamente durante seis siglos. Por lo demás, Rusia y China no estarán fuera de la jugada: en dos o tres decenios la primera podría salir de su marasmo económico, renovar su federación e inventar un modo de empleo de Europa, de Japón y de algunos otros socios, hasta recobrar su nivel mundial, aun si, evidentemente, también la amenazan otras evoluciones más mediocres (núm. 36); de manera menos incierta, la segunda está en vías de transformarse en una gran potencia mundial del siglo XXI. Por último, desde antes de mediados del siglo XXI, serán probables otros surgimientos, si no es que todos son seguros: el de India, y el de Paquistán; los de Brasil y México, o el de Argentina; los de Australia y Canadá, para quien será una confirmación más que una renovación; sin contar otros impetrantes, empezando por Corea.

Así, el sistema mundial, desprovisto del ordenamiento simplificador que le imponía la guerra fría, va a fransformarse en un mosaico de sistemas regionales bastante distintos (núm. 49), pero inervados por las mismas redes de bancos y de *multinacionales*, mosaico del cual se desprenderá una constelación de potencias mundiales, pronto enriquecida por nuevas estrellas. En este mundo multipolar, en el que el mercado mundial acabará insinuándose en cada territorio —ya sea albanés, birmano o cubano— ninguna potencia dispondrá de un espacio exclusivo.

Los antiguos antagonistas de la guerra fría no podrán forjar entre ellos una alianza que dirigiría la política internacional, por la medida en que Rusia está debilitada e incierta y que Estados Unidos pierde el control de sus apoyos alemanes y japoneses. La confianza que Estados Unidos inspira a diversos gobernantes —árabes o no— que se acuerdan de la manera en que abandonó al sha de Irán (1979) o a sus fieles Marcos de Filipinas (1987), Zia de Paquistán (1988), etc., casi no es superior a la estima que Rusia puede obtener en lo sucesivo, de La Habana a Pyongyang, así como en los pueblos que vieron durante largo tiempo, en ella, el hogar de todos los combates antiimperialistas. De ahí la obligación de llegar a fórmulas más complejas para las cuales la carta de las Naciones Unidas, aunque envejecida, establece el marco.

De aquí a fines del siglo XX, la configuración de las potencias mundiales seguirá dominada por Estados Unidos. Rusia anémica, pero no desdentada, Alemania controlada todavía por las secuelas de la OTAN y Japón desencadenándose, pesarán sin embargo sobre él, más que Francia, Gran Bretaña, y todas las demás potencias.

Pero, a partir de principios del siglo XXI, lo obsoleto de la OTAN, la afirmación de Alemania unificada y la emancipación de Japón modificarán el equilibrio mundial, sobre todo porque toda Europa, el sudeste asiático y, quizás, América Latina estarán, en diversos grados, en vías de confirmación y de enriquecimiento, en tanto que por el contrario, Estados Unidos perderá su importancia relativa tanto como su crédito. Las principales incógnitas de este periodo dependerán, por un lado, del ritmo y de la amplitud del ascenso chino y de la recuperación rusa y, por otra parte, de la evolución de Europa —¿hacia una autonomía nuclear?— y del mundo entero —¿hacia una proliferación agravada o contenida? Utilizando poco o mucho a la ONU, se esbozará claramente la configuración multipolar de las potencias. Sus principales pruebas serán no sólo el resultado de los espasmos del Cercano y el Medio Oriente y, más aún, de África, sino también la manera en que las potencias se orientarán en un mundo ávido de profesores y de médicos, sombreado por satélites aptos para difundir el peor de los circos y la mejor de las culturas, y habitado por 2 mil millones de habitantes suplementarios, apenas en veinte años.

Durante todo el siglo XXI, se multiplicarán poco a poco las potencias capaces de pesar en la mayor parte de las cuestiones mundiales, hasta rebasar la docena, a fines del siglo. Es dudoso que la ONU pueda adaptarse sin retrasos a esta evolución, pero sin embargo serán probables la regionalización de su Asamblea General y la reforma de su Consejo de Seguridad (núm. 53). Japón y Alemania serán sin duda miembros permanentes de este Consejo, salvo en caso de que Europa hablara ya con una sola voz. En 2045, esta Europa festejará su primer siglo sin guerra importante; podría haber madurado, hasta hacer de su CEE una comunidad efectivamente europea y transformar su CSCE en una especie de ONU regional, ejemplo que podría ser seguido por la gloriosa Asia entre Seúl y Yakarta y por una América Latina que habría tranquilizado a Washington.

En este caso, las vigilancias políticas internacionales se ejercerán, de más en más, hacia nuevos fines: política energética acompañando el relevo del petróleo, cuidados ecológicos requeridos por un mundo en que la industria se banalizará, códigos de buena conducta de los medios de comunicación, etc. Sin embargo, la política tradicional —la que la guerra prolonga por otros medios...— conservará todos sus derechos en una África que su difícil transición demográfica hará convulsiva, en un Cercano y Medio Oriente que tardarán en apagar sus volcanes y en los confines de los países elefantes que todavía no hayan aprendido a galopar (núm. 42).

En todo caso, esta perspectiva bastante optimista proviene de hipótesis quizás infundadas: que Estados Unidos, sin importar la rabia que sienta por perder su superpotencia, sabrá encontrar la vía hacia algún rebote útil o una reinversión para su propio mejoramiento: que, de la docena de potencias que lleguen a ser mundiales, ningún Estado sueñe con la supremacía, con una cruzada o con una nueva felicidad para hacer compartir de emergencia a otros estados, aunque sean reticentes; que a lo largo del rosario de los conflictos regionales y locales, no resulte ninguna infección mundial, por ejemplo tras la violación de un tabú nuclear; y que por último el siglo XXI sabrá dominar las nuevas discontinuidades que marcarán el ritmo de la sucesión de las generaciones en la imaginación de los pueblos, aun si estas discontinuidades son más suaves que el 1917 ruso, el 1941 estadunidense o el 1945 japonés...

53. DISCIPLINAR A LOS ESTADOS...

¿Cómo se adaptarán los estados cuyo número efectivo quintuplicó durante el siglo XX, a la estructura política internacional del próximo siglo?

La desigualdad objetiva de estos estados es evidente, no obstante la igualdad tan perfecta como imaginaria que establece el derecho internacional entre ellos. Con razón, la historia de todos los sistemas mundiales toma como punto de partida su desigualdad consustancial y ubica el centro del que es dominada su estructura de conjunto. El imperio central de los antiguos mundos (núm. 4), la ciudad central de los mundos mercantiles (núm. 6) y las potencias predominantes de los mundos capitalistas aparecen entonces como la llave maestra de sus respectivos sistemas mundiales. En los primeros mundos capitalistas, el centro es una placa de estados, al principio yuxtapuestos, de donde la economía mundial, la moderna cultura y las posesiones imperiales reciben sus impulsos esenciales (núm. 14). Después de *la era de las guerras y las revoluciones* (núm. 17), esta placa de estados centrales empieza a corroerse (núm. 29).

En lo sucesivo, la economía mundial está sometida a un campo de fuerzas, unificado por una acumulación del capital que ignora las fronteras. Los estados considerados en este campo imperialista, gozan de variables flexibilidades, según su riqueza per cápita, y de capacidad de acción exterior que dependen principalmente de su producto global. Se esfuerzan a veces por influir en la evolución de este producto, pero los principales agentes de la acumulación que son las *multinacionales* industriales y financieras influyen más directamente en la cotización y la localización de este producto, al coordinarse o no con sus estados de origen y de actividad. Así, la pirámide de las potencias económicas y las redes de *multinacionales* se combinan dinámicamente al dar cuerpo o desalojar el territorio de diversos estados. Además, también proliferan redes propiamente políticas o culturales: bases y alianzas militares; redes de telecomunicaciones y de medios de difusión; enlaces diplomáticos; instituciones culturales y científicas proyectadas hacia el extranjero; iglesias, partidos y ONG, etc. Por ello, el centro del mundo está estratificado y es móvil. Se necesitaron algunos siglos para que Amsterdam o Londres se consolidaran, antes de iniciar una decadencia, pero bastó un cuarto de siglo para construir, en Singapur o en Hong Kong, el primer asiento de una probable excrecencia del centro.

En la época de las producciones auxiliadas por computadora y de las telecomunicaciones mundiales e instantáneas, pero también en la época en que el capital establecido en fábricas o en máquinas debe ser amortizado en menos de cinco años, salvo si se vuelve obsoleto, la única garantía de centralismo —es decir de riqueza perdurable del apilamiento local de los centros de acciones económicas, políticas y culturales— resultará, en lo esencial, de dos factores: la calidad y la adaptabilidad de la fuerza de trabajo; la comodidad y la eficiencia de los equipos públicos de todo tipo, producidos o suscitados por el Estado (núm. 28). Dicho de otra manera, el centralismo resultará, en todo momento, del efecto acumulativo de las políticas proseguidas durante los dos a tres decenios precedentes.

El centro del mundo ya no es una placa de estados, en lo sucesivo es una red de ciudades que llegaron a ser preponderantes por sus funciones económicas, administrativas y culturales. La creciente vulnerabilidad de muchas conurbaciones, podría provocar, de aquí a algunos decenios, una condensación de las funciones centrales, en enclaves aún más limitados y sin duda más escasos: algunos barrios de ciudades suntuosas pero en vías de putrefacción, como Nueva York, o contaminadas, como Tokio, unidas a algunos países exiguos y disciplinados, como los Países Bajos, o algunas regiones como Londres y sus condados vecinos, todo amenizado con Singapures que no cesarán en multiplicarse, sin jamás provocar un Estado extendido.

Las potencias de rango mundial (núm. 52) y el centro del sistema mundial designan entonces realidades con un recubrimiento espacial imperfecto. El rango se adquiere por fuerza escueta, en equipos y en bases militares, en injerencia en países cercanos o lejanos, de tal manera que la URSS de los años de 1950 a 1980 pudo tener un papel mundial, sin disponer de los atributos del centralismo (núm. 29). Por el contrario, ciudades como Amsterdam, Zurich o Milán, pueden provocar que todo o parte de sus países se orienten hacia una posición central cuya posesión no proporciona automáticamente, a su Estado, una influencia mundial.

Tratándose de Estados bien anclados en el centro por la riqueza, la complejidad y la brillantez de sus ciudades, se observará que, bajo diferenciadas formas de regímenes, expresan todos un dominio intervencionista-burgués, es decir un orden político en el que las clases capitalistas y propietarias ejercen, de manera a menudo indirecta, una influencia preponderante, en tanto que el Estado que cobra y en seguida gasta hasta el 45-50% del PIB, interviene necesariamente en múltiples aspectos del funcionamiento social. Este tipo de estados se acomoda bien a regímenes democráticos, aun si, en todas partes del mundo, tardan en canalizar los nuevos poderes político-culturales, originados en la expansión de las *multinacionales* multimedias que el satélite hace omnipresentes, y en establecer el código de buena conducta aplicable por las otras *multinacionales* industriales y financieras. Entonces se puede augurar que los parlamentos del siglo XXI tendrán que hacerse respaldar por sólidas capacidades de peritaje y de acción de los medios de comunicación, si desean ejercer un papel más que decorativo.

Más allá, en las inmensas regiones periféricas del mundo que es inútil unificar imaginariamente bajo el nombre de *Tercer Mundo*, de *Sur* o bajo cualquier otro título —los tipos de dominio heredados por la historia precapitalista terminan su lento desfallecer. Cuando los principados africanos y árabes hayan sido modernizados, el dominio intervencionista-burgués no se transformará, por ello, en el modelo político exclusivo. Aquí y allá, sobre todo en China, el dominio estatal-socialista podría sobrevivir todavía un tiempo. Sin embargo, el principal competidor será, durante un largo tiempo, el dominio militar-nacionalista que maduró a lo largo del siglo XX, en numerosos países, bajo regímenes que dosifican de modo desigual la exaltación populista, la dictadura militar y diversos elementos de la decoración democrática.

Este modelo, en el que el nacionalismo precede a la cristalización eficaz de la nación y en el que la coacción gana generalmente sobre el consentimiento de las clases dominadas, se adapta bien a las sociedades en las que no pudieron madurar la revolución municipal y la revolución democrático-burguesa (núm. 26) y en donde se opera con dolor la modernización rechinante que acompaña los inicios de la acumulación capitalista: la de las clases asalariadas, se entiende, y más aún la de los desclasados, ya arrancados a la tierra, pero a los que no puede absorber el mercado del trabajo (núm. 13). Estos rasgos caracterizan a inmensas masas humanas: toda África, casi toda Asia y América Latina en muchos de sus estados.

Sin embargo, el siglo XXI no se reducirá al dúo de los estados intervencionistas-burgueses, a menudo centrales, y de los estados militares-nacionalistas, siempre periféricos, pues formas de régimen bastante variadas irizan esta distinción fundamental en la que, además, no se han establecido los estados. Por ota parte, van a surgir nuevos agenciamientos que experiencias logradas podrían convertir en modelos: eso sucederá con Corea, con Taiwán y el sudeste asiático, en donde parece estar formándose un nuevo tipo de Estado, inspirado por ciertos rasgos de la historia japonesa.

Cada vez más seguido, estados de formación reciente o de equipamiento mediocre, se desploman bajo los impulsos internos y externos. El Líbano de 1975, Etiopía y Somalia poco después, Afganistán y Camboya después de 1979 y, de manera más limitada, Uganda, Sudán, Liberia o varios países de América Central, como Honduras o El Salvador, se debilitaron de esta manera, hasta producir, algunas veces, enormes flujos de refugiados. En 1990, África contaba con 17 millones de ellos y América Central con 1 millón, es decir alrededor del 2.5% de la población total en uno y otro caso. Los cataclismos demográficos que maduran en África, en el Cercano y el Medio Oriente y en algunas otras zonas como Bangladesh, podrían multiplicar los desplomes estatales de este tipo, durante la mayor parte del siglo XXI. La presión en favor de una reestructuración política del sistema mundial se incrementará de la misma manera.

Ella conduciría a transformaciones benéficas si acabara en una organización de los poderes internacionales, regionales —o continentales— estatales e infraestatales, en pirámides en las que cada piso ejercería competencias correspondientes a su escala, en tanto que cada nivel superior garantizaría el orden público de los niveles inferiores, ahorrándoles las formas bárbaras del dominio político. Una perspectiva así es sin duda irónica, pero no es totalmente utópica. Tres buenos decenios de una progresiva organización enseñaron a los grandes y a muchos pequeños estados de toda Europa a cooperar pacíficamente. A su manera, India e Indonesia poscoloniales mantuvieron la coexistencia, más o menos pacífica, de pueblos entre los cuales eran —y siguen siendo— posibles múltiples guerras. En escala más corta, los principados mercantiles yuxtapuestos en Malasia o en los Emiratos Árabes Unidos ven acelerarse, sin dramas, su fusión en un Estado modernizable. Se esbozan otros ejemplos más dudosos en el Caribe (núm. 47) o en la *Fundación de las Islas del Pacífico*, reunida en 1988.

En la época de los grandes espacios económicos y de los sistemas regionales de equilibrio interestatal, sería valioso el encaje piramidal de los poderes, pues relativizaría dos aspectos de los dominios estatales establecidos: la propiedad exclusiva de un territorio, heredado de la historia; y la fusión —efectiva, proyectada o soñada— de la población de este territorio en una nación acoplada al Estado. En efecto, se puede pensar, con Toynbee, que la fisión del átomo y el Estado-nación no pueden coexistir largo tiempo y, sobre todo, que se debe dar atención a una de las raras predicciones de Raymond Aron, formulada en 1962: "De aquí a cincuenta años a lo más, será imposible admitir que la repartición de la tierra entre los pueblos es un hecho consumado y que la tasa de progresión demográfica es cuestión de cada nación considerada individualmente, pero no de la humanidad considerada en su conjunto" [1, 749].

¿Puede tener la ONU una función decisiva en esta área? Se enriqueció, en 1993, con su 183avo adherente. Pero existen aún algunas Suiza y Corea, ausentes de la ONU, y entre los treinta territorios del Pacífico o del Caribe que permanecen bajo la tutela de potencias, como Estados Unidos, Francia, Gran Bretaña, etc., varios podrían acceder a una independencia que les abriría las puertas de la ONU. Así, con el actual impulso, la ONU podría muy

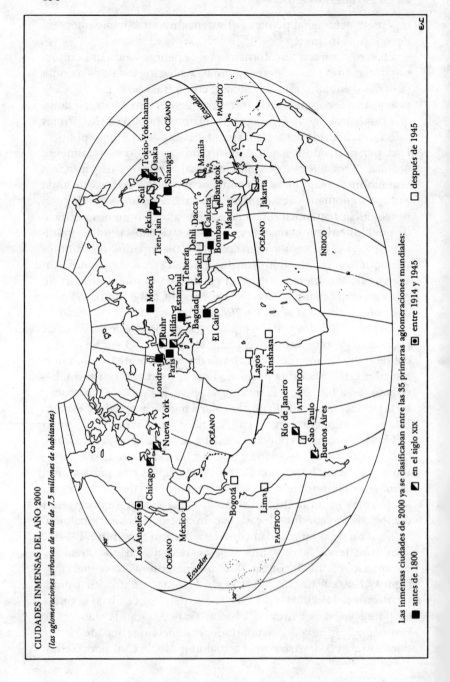

CIUDADES INMENSAS DEL AÑO 2000
(*las aglomeraciones urbanas de más de 7.5 millones de habitantes*)

Las inmensas ciudades de 2000 ya se clasificaban entre las 35 primeras aglomeraciones mundiales:

■ antes de 1800   ● en el siglo XIX   ◉ entre 1914 y 1945   □ después de 1945

bien contar con 200 miembros. En el peor de los casos, los aglomerados de pueblos diversos, como India o Indonesia, podrían, al
desagregarse, producir una abundancia de nuevos candidatos a una
Asamblea General en la que la regla sea el principio de *un Estado,
una voz.*

Un principio así casi no tiene sentido en una asamblea de estados
soberanos cuyo gobierno no esté vinculado por sus decires o sus
votos a la ONU, sobre todo porque esta organización internacional
no dispone ni siquiera de la autoridad moral que haría sagradas sus
eventuales reprobaciones. La ONU tiene importancia sólo en algunos de sus órganos. Su secretariado es, en el mejor de los casos, una
agencia diplomática cuyos engranajes fueron multiplicados, a partir de 1945, sin gran utilidad, y sin gran influencia sobre las agencias
satélites, también multiplicadas, en escala mundial como en escala
continental. Una hinchazón así no tiene importancia financiera, sin
importar lo que digan Estados Unidos y algunos otros países con
retraso en las cotizaciones, pues todo el sistema de la ONU cuesta
menos caro que una gran ciudad como Nueva York: de 4 a 5 diez
milésimos del PIB mundial.* El déficit es de la organización, se
origina en una bruma de instituciones parlanchinas y demasiado a
menudo inoperantes.

Algunas veces, el Consejo de Seguridad es más prometedor, aun
si la guerra fría lo transformó a menudo en tribuna de propaganda.
Para el próximo porvenir, la coherencia manifestada por los miembros permanentes de este Consejo en contra de Irak, invasor de
Kuwait, augura quizá intervenciones más frecuentes y más firmes
que en el pasado, en cuyo caso el déficit principal de la ONU se
volvería patente —y reparable.

En efecto, las sanciones económicas o militares que el Consejo
de Seguridad puede decidir, proceden muy generalmente de una
voluntad de defender el *statu quo* político mundial. Se trata de
mantener las fronteras, de restaurar las autoridades legítimas, de
garantizar a los estados soberanos. La ONU tiende entonces a
funcionar como conservatorio de los estados a los que federa. Busca
mantener una paz que se confunde con el orden existente, no sabe
prever los efectos de los grandes dinamismos demográficos, económicos y culturales que preocupan al sistema mundial. Al intentar
defender la paz en el orden actual ayuda a producir los desórdenes

---

* Maurice Bertrand, *Refaire l'ONU! Un programme pour la paix*, Ginebra, Ed. ZOE,
1986. Las siguientes reflexiones deben mucho a esta obra pertinente.

generadores de las futuras guerras.

Otra cosa sucedería si la guardia confiada al Consejo de Seguridad estuviera aunada a una prudente previsión de las inevitables transformaciones y a un paciente trabajo diplomático tendiente a organizar las evoluciones ineluctables. El Consejo Económico y Social, creado por la carta de 1945, hubiera podido satisfacer esta función, en escala mundial, si no es que en escala regional en donde existe la misma necesidad. Pero decayó, por anemia grasosa, cuando sus 18 miembros originales se elevaron, por etapas, a 54, mientras que se multiplicaron, lado a lado las agencias que tenían la misión de promover la ayuda, el comercio, la cooperación, el desarrollo, etc. La ONU económica, ecológica y social queda por ser inventada, para orientar las actividades del FMI y del Banco Mundial, para incitar al GATT a respaldar los productos-de-renta, para unir a la OPEP y a la AIE y hacerles concebir una política a largo plazo del petróleo y, más generalmente, para ayudar a los estados a producir, ladrillo a ladrillo, este *nuevo orden económico mundial* tan celebrado en las tribunas de la ONU.

De todas maneras convendría que este trabajo a largo plazo se concretizara correctamente en el terreno, lo que supone una doble acción de la ONU, en escala continental —es decir en la escala de los sistemas regionales (núm. 49): una acción diplomática, con el fin de disminuir los conflictos potenciales, ahí en donde se repiten frecuentemente; pero también una acción práctica, para coordinar las operaciones regionales de diversas agencias bajo una dirección responsable. Por esta última razón —y debido a la urgencia— sería deseable que África, recortada en zonas muy poco numerosas, se vuelva el primer continente en donde se agencie firmemente la cooperación orgánica de la OMS, de la FAO, del HCR y de todos los demás órganos útiles, de la ONU, y que se hagan grandes esfuerzos para que se extienda al máximo de organizaciones no gubernamentales.

Una coordinación regional así ayudaría a hacer madurar otras reformas con las cuales contribuirían igualmente las instituciones, independientes de la ONU, que nacen o se consolidan en diversos continentes. Autorizaría, a plazo, la formación de especies de ONU regionales que manejarían, en primera instancia, los conflictos regionales y que permitirían reducir la Asamblea General a sólo los miembros delegados por las asambleas regionales. Uno de los principales papeles de las asambleas regionales —y de su secretariado propio— tendría que ser multiplicar las negociaciones, lentas y prudentes, pero propias para calmar el juego regional, incitando a medidas de confianza y de control que ayuden a prevenir los conflictos abiertos y localizando, de manera detallada, las amenazas vinculadas con el desprecio del medio ambiente natural, con las tensiones demográficas, con los terrorismos políticos, con las exaltaciones racistas o fanáticas y con todas las demás fuentes de inseguridad que surgirán de la abundancia en el siglo XXI.

Llevando más lejos la utopía, para responder a los males, ya diagnosticables, de los que padecerá el sistema mundial en su totalidad, sería deseable que la ONU llegue a ser el hogar de interrogaciones técnicas permanentes sobre los efectos potenciales de las innovaciones industriales y científicas; que sea también la fuente de proposiciones que tengan como meta regularizar con un mismo movimiento el crédito, el comercio y el desarrollo, en escala mundial; que ayude a actualizar las normas antiproliferación nuclear (y demás); y que, de poco en poco, enseñe a los estados a prevenir los riesgos que imponen a los pueblos que controlan, por imprevisión de los porvenires, aun los más previsibles, y por una estimación excesiva de los valores y de las virtudes originadas en su historia pasada.

El mundo aprendió, con inmensos sufrimientos, a socorrer a los apátridas y a los refugiados que las guerras producen en abundancia y a distribuir un poco de ayuda internacional, por caridad o como prima de seguro. Es ahí un progreso real, respecto del salvajismo anterior. Un nuevo progreso sería prevenir las catástrofes, onerosas en vidas humanas, que provocarán, durante el próximo siglo, las lentitudes de la transición demográfica. Después de lo cual, otras etapas, ya desde ahora calculables, se volverán a su vez deseables, para atenuar las desigualdades de las clases y de los pueblos. Pero sería demasiado pedir a los estados que convierten estas desigualdades en un orden público, que avancen intrépidamente en esta dirección. Más vale desear que aprendan, primero, a jerarquizarse, es decir a establecer, entre ellos, un derecho que tenga probabilidades de rivalizar con sus armas y un orden internacional que pueda moderar sus poderes soberanos.

54. EL DERECHO DE LOS PUEBLOS A DISPONER DE ESTADOS DE DERECHO

Si se presta demasiada atención a los actos de los estados y a los discursos de sus clases gobernantes, se puede olvidar la incómoda carga que estos estados transportan hacia un porvenir demasiado a menudo ignorado, carga que a veces está tan mal estibada que el barco ya no responde al timón de sus gobernantes. El olvido sería tanto más grave, pues durante el próximo siglo, la cultura de cada pueblo (núm. 26) será transformada, en todas las regiones, más de lo que lo fue durante cualquiera de los siglos anteriores.

A finales del siglo XXI, los países con una mayoría rural serán una singularidad evanescente. Los 8 o 9 mil millones de habitantes suplementarios que el siglo producirá (núm. 37) inflarán las ciudades. A escala mundial, las industrias del alojamiento, los servicios públicos y los transportes urbanos serán los más solicitados, para reducir el enorme impulso de las zonas miserables. En 1986, el BIT pudo calcular que se necesitaba, desde entonces, un esfuerzo anual suplementario, igual al 1.5% del PIB mundial, para reabsorber en menos de una generación el hábitat precario e insalubre. A partir de 2020, el esfuerzo anual para este fin deberá ya cuadruplicarse. No obstante los retrasos que podrían acumularse a lo largo del siglo XXI, la producción del tejido urbano contará más, en el próximo siglo, que lo que importó la producción de automóviles y de carreteras, en el siglo XX. La experiencia urbana llegará a ser el fondo común de la vida humana, en el mundo entero. Pero será una experiencia diferenciada en la que las ciudades-bandidos, como Lagos o Karachi, y las ciudades en descomposición, como Nueva York, podrían ser más numerosas que las ciudades a veces suntuosas de la vieja Europa o que los nuevos logros, como Singapur en donde, en treinta años, una compañía pública supo ubicar al 90% de una población enormemente incrementada.

Otras experiencias se mundializarán también, sobre todo las del automóvil, de la televisión, de la escuela y del hospital o, más alto en la escala de los ingresos, las del turismo y de las distracciones. Todos estos movimientos serán subtendidos por la enorme innovación técnica que acaba de madurar gracias a la conjunción de diversos motines y de señales numeradas, fácilmente transmisibles y descodificables por toda una gama de terminales. Todos estarán envueltos por aparatos ideológicos que ignoren las fronteras, a semejanza de las multinacionales japonesas u otras que readquieren los grandes estudios hollywoodenses. La actividad de las iglesias, de las universidades, de los órganos de información, de los editores, de los partidos, de los sindicatos, de los ONG, etc., se transformará radicalmente, de manera hoy insospechada. Además, los progresos de la traducción automática ayudarán a desbabelizar las comunicaciones, aun si la transcodificación lingüística no restituirá toda la carga de las distintas culturas de las que las lenguas son los vehículos.

El número de rizos en el que cada hombre inscribirá sus relaciones de todo tipo, se ampliará considerablemente (núm. 26), provocando una individualización más marcada, si es cierto que el hombre se singulariza, como individuo, cuando participa, simultánea y sucesivamente, en un mayor número de círculos de convivencia. La repetición de banalidades que caracteriza a muchas emisiones de radio o de televisión dejará el lugar —si los estados lo vigilan— a la apertura de elecciones en el espacio de las comunicaciones accesibles. Una mayor individualización para todos y una comunicación más rica para quien sepa orientarse: la movilidad ideológica de los pueblos aumentará considerablemente, por abundancia de las opiniones y de los tipos de vida.

Por lo demás, la innovación más radical, que ya se inició y que se proseguirá ineluctablemente, cualesquiera que sean las resistencias de los estados árabes y africanos, resultará de la transición demográfica de la que la humanidad no puede escapar. Los medios para una disminución de la fecundidad trastornan a muchas tradiciones. Celibato, retraso en el matrimonio femenino, aborto y contracepción masculina o femenina perturban la función de las familias, las costumbres que transmiten, la sexualidad de los individuos, la función social de las mujeres, y, entonces, de los hombres, etc. Poco a poco resulta una verdadera revolución cultural, ya iniciada en el centro del sistema mundial, pero que llegará a todo el mundo.

Experiencias mundializadas, comunicaciones de alcance mundial, generalización de la transición demográfica: sin embargo estas profundas labores no garantizarán una mejor coherencia de las culturas, ni una coexistencia más fácil de los pueblos herederos de diversas historias, pues las identidades colectivas tienen una fuerte inercia: se requieren varias generaciones y un trabajo multiforme de las familias y de los aparatos ideológicos, para reducir una mentalidad dominante al estado de secuelas folclóricas.

El sistema mundial en vigor producirá extranjeros en abundancia, ya sean trabajadores, estudiantes, turistas o refugiados. La miseria de las inmensas y pobres ciudades y de las campiñas asoladas por bandos armados, en los estados evanescentes (núm. 46) se unirá a la desigual dispersión de los crecimientos demográficos, de los empleos ofrecibles y de las riquezas acumuladas, para provocar huidas masivas, hacia hipotéticos éxodos. La producción de visas de entrada a los países ricos o favorables a la inmigración pesará más que las *rondas* del GATT en las relaciones internacionales del siglo XXI.

A menudo, esta producción de extranjeros saturará las capacidades integradoras de las sociedades, salvo un esfuerzo metódico por parte de los estados que atraigan un asentamiento suplementario o que susciten el recibimiento de diásporas. Es probable que en el porvenir, por lo menos una parte de los grandes espacios disponibles —en Argentina, en Brasil, en México, en Perú, pero también en Mongolia y en China del Noroeste o en Siberia, y todavía en Sudán, en el Zaire o en África austral, etc.— vea densificarse su población, luego de migraciones organizadas, si llegan a ser disponibles los capitales necesarios para este fin. Pero el establecimiento de este tipo de corrientes migratorias será delicado, en un mundo que está completamente ocupado por estados celosos de sus territorios y por pueblos orgullosos de su propia identidad.

Las *leyes de retorno* explicitan las diferencias de identidad, distinguiendo, entre todos los que llegan, a los buenos inmigrantes recibidos por prioridad; pero no por ello permiten una asimilación inmediata de los recién llegados. Los 185 000 judíos soviéticos recibidos en Israel, en 1990, ignoran casi todo del hebreo y del modo de vida israelita. El medio millón de inmigrantes, de origen supuestamente germánico, que afluyó a la RFA, en 1989, además de los tránsfugas de la RDA, devaluó, un poco más, a los inmigrados turcos y yugoslavos que sirven de volante de mano de obra a la rica Alemania.

De una manera más general, todos los estados que exaltan la identidad de un pueblo, *en perjuicio* de otros elementos, que viven en su territorio o cerca de sus fronteras, amenazan gravemente su orden público interno y la paz de sus vecinos. Los inmigrados con estatus incierto, los extranjeros diversamente discriminados no son más que personajes de un drama que se juega, en otra parte, por acaparamiento tribal o étnico de las armas y de los recursos de los estados más rudimentarios (núm. 19), por desdén de las minorías nacionales y por cualquier otra exaltación xenófoba.

La sabiduría empírica de los imperios que su inmensidad hacía heterogénea o de las ciudades abiertas al comercio lejano, progresivamente despejó ciertas normas que los estados centrales de los mundos capitalistas perfeccionaron durante los siglos XIX y XX, por medio de una dialéctica en la que la exaltación nacionalista y el respeto de los extranjeros —asilo, refugio, derecho de las minorías, protección de los individuos, etc.— progresaron en conjunto. Varias de las formaciones estatal-socialistas del siglo XX, empezando por la URSS, teorizaron un modelo de Estado multinacional que su práctica no aplicó más que parcialmente, no sin hipócritas contradicciones. Con menos gastos teóricos, diversos otros estados prosiguieron en esta misma vía, de manera siempre contradictoria: en los extremos de la riqueza económica y de la variedad cultural, India y Canadá son, tanto como la URSS, ejemplos que hay que meditar.

Su lección más evidente es que la coexistencia pacífica de diferentes pueblos es un *deber del Estado,* un trabajo político sin el cual los enfrentamientos entre etnias o entre nacionalidades recuperan un vigor que los aparatos religiosos, partidarios u otros a menudo están listos para estimular. El mundo es demasiado rico en tensiones insatisfechas, para que se pueda fomentar en cualquier lugar esta fibra siempre contagiosa. La sabiduría del siglo XXI tendría que ser el asegurar, por coacción etática, la coexistencia pacífica de los pueblos y de las fracciones de pueblos, incluidos en un mismo Estado o ubicados en estados contiguos, ayudándolos a valorizar sus propias culturas, pero impidiendo que tomen venganza contra otros pueblos o elementos de pueblos. Nada será más peligroso, en este siglo, que el *derecho de los pueblos a disponer de ellos mismos,* cuando este derecho se traduce en la reivindicación de un nuevo Estado, plenamente soberano, en el que una antigua minoría nacional se vuelve el ama de su *Estado-nación,* con gran riesgo para las subminorías inscritas en él. La única manifestación razonable —es decir pacífica— del *derecho de los pueblos a disponer de ellos mismos* es jugar prudentemente con poderes bien descentralizados, en una pirámide firmemente jerarquizada.

En todo caso, estas orientaciones suponen que en su totalidad o en fracciones, los pueblos ocupan territorios coherentes y distintos. A menudo es el caso, aun si la yuxtaposición lugareña de antaño fue remplazada por un embrollo industrial y urbano a menudo inextricable. Pero también existen pueblos, a veces privados de todo Estado de referencia, que fueron o se han dispersado, por el mundo, y cuyo exilio transformó la identidad sin borrarla. El derecho internacional que otorga protección a los apátridas y a los refugiados se enriquecería al consagrar la existencia de las *nacionalidades aterritoriales* cuya gestión correspondería a organismos como el *Congreso Mundial Judío* o el *Congreso Mundial Gitano* etc., nacionalidades cuya ciudadanía sería regida por los estados de residencia. Las respectivas responsabilidades de un *Congreso Mundial* como éste, de los estados de residencia y del eventual *Hogar Nacional* instalado en algún Estado territorial —como Israel, Líbano, Armenia, etc.— tendrían que ser negociadas entre estos diversos temas de derecho internacional, según principios que definiría la ONU.

De aspecto tan utópicas como las sugerencias económicas o políticas que las precedieron, las propuestas que tengan como meta sojuzgar mejor a los estados a los intereses de los pueblos y calmar mejor las pasiones de los pueblos por la acción de los estados, tienen sin embargo un mérito esencial. Indican el camino a tomar para incrementar el consentimiento del que los estados benefician y, entonces, para aligerar la coacción que ejercen.

El sistema mundial actual casi no suscita entusiasmo, pues sus progresos reales o potenciales están envueltos por guerras y por crisis repetitivas o nuevos cataclismos, como los que amenazan a África. Los medios de comunicación modernos, mal guiados por estados inexperimentados y mal domesticados por usuarios aún fascinados, dramatizan en exceso el espectáculo que extraen de este mundo. Lo que es mejor, las innovaciones hegemónicas del siglo XX (núm. 27) se desploman sin relevo bien asegurado. El *fascismo* no sobrevive como concepción del mundo, pero persiste en la práctica política de diversos estados en los que podría enriquecerse, mañana, con capacidades nuevas, proporcionadas por la electrónica de vigilancia o por drogas psicotrópicas. El *comunismo* cuyos éxitos ideológicos fueron más considerables, sin embargo nunca pudo sostenerse con prácticas etáticas poco ejemplares, de tal manera que acabó por desplomarse.

A partir de entonces, las renovaciones hegemónicas del siglo XIX (núm. 14), tan imperfectas sean, adquieren un vigor renovado. El Estado de derecho, enriquecido con un *welfare* sustancial y prácticas electivas y parlamentarias no demasiado carentes de sentido, da forma a opiniones públicas de bastante buena calidad, aun si la exaltación nacionalista que las deformó durante largo tiempo, no se ha agotado todavía y si la degradación mediática que las sumerge tarda en ser refrenada.

Sin embargo el frecuente desorden del mundo en este final del siglo XX beneficia sobre todo a las hegemonías arcaicas de forma religiosa (núm. 9). El islamismo ocupa, desde este punto de vista, un lugar preponderante por razones que deben mucho a los aumentos demográficos, a las rentas petroleras y a las crisis políticas de las regiones islamizadas, empezando por el Cercano y el Medio Oriente árabe y poco a la lectura de un Corán que —como toda Biblia— puede soportar las críticas más diversas. Estas reviviscencias activadas por la Arabia conservadora, por el Irán con una revolución desviada y por algunos estados modernistas a los que sus procedimientos políticos rutinarios vulnerabilizaron —como Egipto, Argelia o Irak— acompañan con sus rebotes a los trabajadores inmigrados en Europa y por lo menos a una parte de los intelectuales que huyeron.

Pero el islamismo no goza de ningún monopolio. Las regiones cristianas, diversamente estimuladas por un desplome comunista que creen haber provocado, intentan consolidar sus bastiones europeos y americanos y evangelizar a una África y a un Asia, más ávidas de empleos que de bautizos. Las religiones más pequeñas no son más generosas: el rabinato que envara a Israel acentúa su conservatismo; el budismo que florece en Birmania no estorba en nada a la dictadura militar. Sólo los países en donde deben coexistir pueblos diversos y confesiones múltiples, en un Estado orientado hacia la expansión económica y el desarrollo cultural, logran unir el celo religioso con una laicidad mínima: la de la calle, sino la de la escuela. Asia empieza a enriquecerse con dichas evoluciones que preparan, quizá, una hegemonía jurídica de mejor calidad; pero no una hegemonía similar en todos sus puntos a aquellas de las que las ricas sociedades multiplicaron las variantes, en el centro del sistema mundial.

¿Llegará a ser una hegemonía jurídica así la marca de las sociedades desarrolladas, como si la economía mercantil, el Estado de derecho y el pleno ejercicio de las libertades de asociación y de expresión fueran, por naturaleza, los efectos de la modernización consumada? Evitaremos prejuzgar, sobre todo porque la occidentalización, en lo sucesivo iniciada en todas las sociedades, suscita poderosas reacciones políticas y culturales, de tal manera que se elaboran diversos sincretismos, por el mestizaje de las antiguas civilizaciones y de las modernizaciones de estilo europeo-americano (núm. 30). La carrera por la primacía se llevó a cabo, hasta ahora, entre estados desarrollados, pero podría ser que en el próximo siglo, se dispute más bien entre civilizaciones, diferenciadas menos por sus niveles de producción que por sus orientaciones político-culturales.

Las reglas del *savoir-vivre* entre estados —es decir los medios de convertir las luchas de miles de pueblos, de tamaño desigual, y de decenas de estados que los incluyen, en fecundos dinamismos internacionales— se conservan inciertas, porque la larga tradición belicosa de los estados, todavía exacerbada durante la era de las guerras y de las revoluciones (núm. 17) oculta las tímidas experiencias acumuladas, del *derecho de la gente* a la *Sociedad de las Naciones* y a la ONU, como de los *Tribunales Russell* a la *Amnistía Internacional*. Sin embargo, los rudimentos de este *savoir-vivre* se dejan percibir en los tratados internacionales en los que las normas técnicas y los derechos de los ciudadanos prevalecen sobre las reparticiones territoriales. De ahí a reconocer, en todas las materias, el predominio de las decisiones del Consejo de Seguridad, de los juicios de la Corte Internacional de La Haya y de las normas de ética política elaboradas por las ONG más experimentadas y a apoyar estas orientaciones con recursos militares, financieros y de medios de comunicación de los estados aptos para darles fuerza, existe una diferencia todavía inmensa. Se dudará que el siglo XXI baste para resolverlo, aun si los beneficios de la paz y del crecimiento económico pueden suscitar, como los del *welfare* y del desarrollo cultural, más consentimiento que las exaltaciones guerreras y las desigualdades competitivas.

OTRO MUNDO

Pueblo amigo, camarada, compañero de planeta
PICHETTE

Seguramente, un nuevo mundo adquiere forma desde fines de los años de 1980, pero no se le asignará ni fecha de nacimiento, ni nombre de bautizo, pues los sistemas mundiales se suceden por medio de sordas transiciones cuyo alcance no permite ser leído en el acontecimiento. Con el muro de Berlín, se desplomó un lienzo del pasado, pero no por ello se ha trazado ningún plan de porvenir.

Durante milenios, la letanía de los antiguos mundos, algunas veces interrumpida por una avalancha de pueblos migrantes, fue acompasada por la usura de los estados, sobre todo por la descalcificación del esqueleto militar de los más amplios de ellos. El único transformador de los antiguos mundos que haya producido sustanciales innovaciones fue el comercio lejano, aunque a menudo los imperios de todo tamaño hayan sabido podar la yedra mercantil, para sacar provecho.

Esta yedra vivaz prosperó más salvajemente cuando sus raíces, protegidas de los imperios por la distancia, pudieron envolverse con ciudades o con emiratos florecientes y cuando sus ramas proliferaron hasta agarrarse a mundos antiguos aún ignorantes los unos de los otros.

Finalmente, los mundos mercantiles más sólidos entremezclaron sus ramajes, en Europa, en tanto que sus estados protectores afirmaban su poderío a medida que sus flotas edificaban imperios de un nuevo tipo. Las redes mercantiles se inflaron de nódulos coloniales, se corroyeron aún más los antiguos imperios, se desprendieron lienzos enteros como provincias lejanas de los imperios coloniales en formación. Poco a poco, el mundo colonial y mercantil, enraizado en Europa, proyectó sus tentáculos por todos los mares del planeta.

Hacia fines del siglo XVIII, un segundo transformador entró en acción. Conjugando una revolución de las técnicas de producción y una innovación de los empleos del capital mercantil, adquirió la forma de un capitalismo industrial, más tarde enriquecido por prolongaciones financieras; contaminó, desde el interior, a todo el sistema colonial y mercantil hasta convertirlo en un primer mundo capitalista que acabó por extenderse a todo el planeta.

Este mundo estalló a principios del siglo XX, por el conflicto de las potencias europeas que se habían repartido el planeta. En tres largos decenios de revoluciones, de crisis económicas y de guerras, engendró una sociedad soviética que se deseó anticapitalista y cuyo ejemplo y las conquistas finalmente afectaron a una quinta parte de las tierras emergidas. Sin embargo, no por ello se relajó el motor fundamental de la acumulación capitalista, de tal manera que las tempestades del primer siglo XX caracterizaron un segundo mundo capitalista.

El tercer sistema mundial capitalista, el de los años de 1945-1950 a 1985-1990 tomó su originalidad de tres distintas innovaciones: la persistencia de una amplia región estatal-socialista radicalmente opuesta al capitalismo; la descolonización que cubrió de estados soberanos a todo el planeta; y el armamento nuclear de las principales potencias. De ahí los resultados contrastados de este mundo que prohibió las guerras centrales y estimuló las guerras periféricas, a mismo tiempo que liberaba a la acumulación capitalista de las barreras coloniales.

Con los mundos ocurre como con los hombres: ningún destino los guía, ninguna destinación los espera. Pero los unos y los otros son llevados por un devenir cuyos resortes pueden ser localizados cuando están bien tendidos. No es posible adivinar las innovaciones que influirán en su porvenir, pero se pueden conocer los impulsos que su pasado imprime.

A diferencia de los dos sistemas mundiales anteriores que terminaron por guerras centrales, de más en más mundiales, el tercer mundo capitalista concluyó por el desplome de uno de sus pilares. El reflujo de la URSS, el aislamiento de China y la emancipación de los países, antaño corseteados por el Pacto de Varsovia pusieron fin a la *guerra fría* en el *teatro* europeo —pronto desentorpecido de sus accesorios nucleares y guerreros— y en los terrenos periféricos de las *luchas antiimperialistas*. Mejor aún, la mayor parte de los países estatal-socialistas de ayer, viraron hacia el libre mercado de los productos y de los capitales y hacia la propiedad privada de los medios de producción. Aparte de China semirreticente, el capitalismo está en condiciones de operar a escala mundial. Entonces, el cuarto mundo capitalista será claramente más capitalista que sus tres predecesores, pues ningún coto reservado colonial, ni un enclave estatal-colonial, ni aun una alta barrera aduanera, fraccionarán el campo de la acumulación del capital. Un capitalismo destrabado de esta manera desplegará plenamente las propiedades que se le conocen. Estimulará la producción de las mercancías y la comercialización de las actividades nuevas o aun extranjeras a su área, tanto como se lo permitan las leyes y las costumbres. Resolverá sus desequilibrios coyunturales y sus desproporciones estructurales —originadas en perdurables modificaciones de las técnicas, de las solicitudes y de las localizaciones— por medio de crisis cuya gravedad dependerá de las capacidades de acción de los estados. Desprovisto de potencias imperiales con dominios reservados, activará sin embargo el campo de fuerzas imperialista que alimenta las desigualdades entre clases y entre pueblos, dejando a cargo de los estados y de los ONG el aminorar o no estas desigualdades por los medios del *welfare* y de la cooperación internacional.

Sometido desde el origen a este tipo de impulsos capitalistas, el nuevo sistema mundial también es heredero de los contenciosos acumulados por una multitud de estados desiguales y por los pueblos heterogéneos a los que estos estados controlan. Entonces, las guerras regionales, las revoluciones locales y las crisis coyunturales que serán su suerte habitual podrían agravarse debido a temibles innovaciones.

Consideradas desde los primeros años de 1990, podrían resultar peripecias muy peligrosas: el desbordamiento mundial de las guerras originadas en el Cercano y el Medio Oriente volcánico o en la miserable África sudsahariana; la violación deliberada del tabú nuclear por cualquier potencia, sin importar cuál sea su equipo y la inspiración. En estas diversas direcciones, de hecho entrecruzables, se esboza el mismo riesgo importante: que el cuarto mundo capitalista llegue a ser, a su vez, una era de guerras y de revoluciones, igualando o rebasando los contrarresultados económicos, políticos y culturales del segundo mundo capitalista, el de los años de 1911-1914 a 1945-1950.

Una regresión así es posible, porque las clases dirigentes de las principales potencias mundiales podrían no entender nada a la *posguerra fría*. Privadas de la *amenaza comunista* que suscitó prudentes políticas *welfaristas* y anticrisis, así como un confinamiento regional de los conflictos armados, podrían tardar en medir los impetuosos efectos que puede producir la expansión ilimitada del capitalismo, en perjuicio de las clases asalariadas y de las generaciones dependientes de redistribuciones fiscales y *welfaristas*, como de los países exportadores de productos-en-renta. En efecto, el predominio incontrolado de la acumulación capitalista, por medio de un mercado libre de obstáculos, conduciría a crisis económicas tan asoladoras como las del siglo XIX europeo, pero esta vez a escala de todo el mundo, es decir en un área capitalista veinticinco a cincuenta veces más poblada que la de las grandes crisis del siglo XIX.

Sin embargo, el mundo posterior a 1990 no está sometido a ninguna fatalidad. Tardía o no, la sabiduría que los pueblos y los estados sacan de sus luchas, puede concretizarse por nuevos contrapesos político-culturales, impuestos a un mercado mundial que se vuelve demasiado pesado.

Que se trate de regular la circulación internacional de los capitales de préstamo o de inversión, de canalizar la libre convertibilidad de las monedas, de ajustar los intercambios de mercancías entre los grandes espacios económicos, de moderar los riesgos de los precios para los productos-en-renta, de hacer solvente más o menos la demanda de los países desprovistos o de someter las técnicas industriales a las protecciones ecológicas: todas estas reivindicaciones, ya impetuosas, prometen contrarrestar los desórdenes mercantiles y, entonces, liberar más rápido los enormes potenciales de producción de la que es portadora la revolución informática.

Pero dichas orientaciones implican que las principales potencias mundiales aprenderán a manejar su pluralidad y sabrán llegar, por lo menos ocasionalmente, a decisiones cooperativas, de hecho seguidas de efectos. Un aprendizaje así será más fructuoso, si el sistema mundial desalienta la desagregación de los países inmensos y heterogéneos —como China, India, la CEI, etc.— y fomenta la cristalización del actual exceso de estados en agrupamientos sin duda regionales —pero quizá también fundados en otras afinidades, más culturales que geográficas— para que el número de socios, aptos para pesar en las decisiones de interés mundial, aumente mezclando a las potencias mundiales actuales, otras potencias que expresen por lo menos una parte de los intereses de las sociedades periféricas.

Si la pluralidad de las potencias mundiales se asume de esta manera, extendida y organizada, el mundo podría no sólo evitar la proliferación salvaje del armamento nuclear que resultaría de una violación del tabú que bloquea su empleo, sino también separarse de la proliferación lenta y solapada que seguirá siendo la regla mientras se perpetúe el exceso de estados. Se plantearían entonces dos líneas de evolución, sin que se puedan prejuzgar sus respectivas probabilidades: ya sea hacia una rigurosa antiproliferación, preparada y acompañada por un desarme parcial de las potencias nucleares; ya sea hacia el delicado aprendizaje, en varias regiones, de una recíproca disuación, combinable con la que Rusia y Estados Unidos continuarán ejerciendo el uno hacia el otro.

Rodear el mercado mundial de antepechos, reducir el exceso de estados, extender las capacidades disuasivas de lo nuclear: transformaciones así del sistema mundial posterior a 1990 serían sin duda benéficas, pero su evidencia no deslumbrará a los gobiernos más que a costa de apremiantes luchas y debates.

La postransición demográfica que ya se puede sospechar no moviliza más la atención de los estados. Desde luego, la reducción de la fecundidad es en lo sucesivo el objetivo de la mayor parte de ellos, aparte del Cercano y del Medio Oriente y del grueso de África. Pero la adaptación de las leyes a las nuevas relaciones sociales que se establecen entre los individuos, las familias y las generaciones, a medida que la transición demográfica se lleva a cabo, casi no alimenta la reflexión política, como si la herencia, el reparto familiar de los ingresos, la alianza de los linajes, la prima de educación de los niños o los efectos inducidos por una sexualidad más libre, fueran cosas inesenciales. Por ello, el mundo experimenta a ciegas la más radical de las revoluciones.

De la misma manera, habrá que temer que la revolución informática sea considerada, sin razón, como un simple rebote de la revolución industrial capitalista. De hecho, esta innovación de aspecto técnico empieza apenas a trastornar las capacidades productivas de las sociedades, pero va a producir en pocos decenios, una discontinuidad todavía más clara que la que se estableció, en algunos siglos, entre las sociedades industriales y sus antepasados. Se debe temer que los estados tarden en descubrir los inmensos problemas que provocará esta innovación en materia de educación, de empleo, de producción, de salud, de cultura, etc. Las carabelas de la informática ya se hicieron a la mar, pero ningún Estado sabe hacia qué Américas bogan...

Explosión mercantil, revolución informática, trastorno demográfico: estas olas de fondo se mezclarán a la resaca de la occidentalización que acosa a todas las sociedades aún poco industrializadas, sin que los estados demasiado numerosos, a veces demasiado pequeños y a menudo demasiado pobres, sean aptos para manejar la modernización, para aclimatar las innovaciones. De ahí su frecuente valorización de los recursos tradicionales, sobre todo religiosos, para retener valga lo que valga los impulsos modernizadores y las frecuentes miserias que atropellan.

Las sociedades en las que la razón, el debate y la democracia tienen derecho de ciudadanía permanecerán, durante largo tiempo, minoritarias y vulnerables. A lo más se puede alimentar el optimismo progresista al que la Europa de las Luces dio origen, observando que precisamente esta Europa es más libre que nunca. Puede orientarse hacia un porvenir más generoso que conquistador, en beneficio de la paz regional que sabrá eventualmente consolidar, de la expansión económica que podría proseguir y del nuevo *Renacimiento* del que el final de la guerra fría le da la ocasión. De ahí a reflexionar en las nuevas probabilidades de un socialismo que se volvería, por último, la voluntad de comprender a las sociedades, para transformarlas por medio de elecciones democráticas aclaradas, no hay más que un paso, pero se evitará darlo aquí. El paso de la teoría social al proyecto socialista requiere otra obra.

El mundo que adquiere forma desde 1985-1990 es peligroso. Su resorte más esencial —la acumulación del capital— tiene una extraordinaria eficacia, para producir mercancías y crisis, desigualdades y guerras. La naturaleza misma del sistema mundial se jugará entonces, durante un tiempo, alrededor de una alternativa simple: ¿desembocará el final de la *guerra fría* en una mayor variedad de guerras regionales, fácilmente movilizables si las grandes potencias de Europa y de América se inmiscuyen, enfrentándose a los intereses y las convicciones de las inmensas masas de Asia, de África y de América Latina? O bien, ¿va a proseguirse y enriquecerse en esta especie de cuarto mundo capitalista, el aprendizaje de la disuasión, de la circunspección antiguerras y de la acción anticrisis, que se inició en el tercer mundo capitalista, cuando el *peligro rojo* —que fue la fuente de tantas prudencias— en lo sucesivo desapareció?

Se necesitarían pocas guerras del Golfo o de Yugoslavia para que gane la primera opción, en un mundo que redescubre el salvajismo del principio del siglo XX. Pero se necesitarán todavía largos decenios de paz europea y de levantamiento de minas de los conflictos regionales –con gran respaldo de soluciones políticas y no militares– para que la segunda opción, al confirmarse, permita percibir en todas las áreas los inmensos beneficios que puede proporcionar a los pueblos.

ANEXOS

BIBLIOGRAFÍA RESUMIDA

El repertorio completo de los libros y de los artículos consultados por las necesidades del presente libro ocuparía todo un volumen. A muchas de estas obras se hizo referencia en los tomos II a VI de *La sociéte* o se catalogaron en las obras conservadas a continuación, que fueron elegidas en función de su valor metodológico o de su pertinencia muy actual en un área esencial...

(1) Aron, Raymond, *Paix et guerre entre les nations,* París, Calmann-Lévy, 1962.

(2) Aron, Raymond, *Penser la guerre, Clausewitz* (2 vols.), París, Gallimard, 1976.

(3) Aron, Raymond, *Les dernières années du siècle,* París, Julliard, 1984.

(4) Bairoch, Paul, *De Jéricho à México; villes et économie dans l'histoire,* París, Gallimard, 1985.

(5) Bairoch, Paul y Maurice Levy-Leboyer, *Disparities in economic development since the Industrial Revolution,* Londres, Macmillan, 1985 (1a. edición en 1981).

(6) Balazs, Étienne, *La bureaucratie céleste,* París, Gallimard, 1988.

(7) Bayart, Jean-François, *L'État en Afrique,* París, Fayard, 1989.

(8) Bennassar, Bartolomé (bajo la dirección de), *Histoire des espagnols* (2 vols.), París, A. Colin, 1985.

(9) Bouvier, Jean, René Girault y Jacques Thobie, *La France impériale 1880-1914* y *L'impérialisme à la française 1914-1960,* 1er vol., París, Mégalis, 1982; 2o. vol., París, La Découverte, 1986.

(10) Braudel, Fernand, *Civilisation matérielle, économie et capitalisme XVe-XVIIIe siècles* (3 vols.), París, A. Colin, 1979.

(11) Chevalier, François, *L'Amérique Latine de l'indépendance à nos jours,* París, PUF, 1977.

(12) Coquery-Vidrovitch, Catherine, *Afrique noire, permanences et ruptures,* París, Payot, 1985.

(13) Dolinger, Philippe, *La Hanse XIIe-XVIIIe siècles,* París, Aubier, 1984 (1a. edición en 1964).

(14) Dvornik, Francis, *Les Slaves,* París, Le Seuil, 1970 (1a. edición en 1956).

(15) Foucher, Michel, *Fronts et frontières - Un tour du monde géopolitique,* París, Fayard, 1988.

(16) Gernet, Jacques, *Le monde chinois*, París, A. Collin, 1972.

(17) Gille, Bertrand, *et al.*, *Histoire des techniques*, París, Gallimard, 1978.

(18) Hilferding, Rudolph, *Le capital financier*, París, Ed. Minuit, 1970 (1a. ed., Viena, 1910).

(19) Joxe, Alain, *Le cycle de la dissuasion (1945-1990)*, París, La Découverte y Fundación para los Estudios de Defensa Nacional, 1990.

(20) Kindleberger, Charles P., *The international corporation - A symposium*, Cambridge, Massachusetts, MIT Press, 1970.

(21) Lacoste, Yves, *Unité et diversité du Tiers-Monde* (3 vols.), París, Maspero/Hérodote, 1980.

(22) Lane, Frédéric C., *Venise, une république maritime*, París, Flammarion, 1985 (1a. ed. Mass., 1973).

(23) Meadows, Dennis L. *et al.*, *The limits to growth*, Nueva York, 1972 (Ed. francesa, Fayard, 1973).

(24) Meinig, Donald W., *The shaping of America*, New Haven y Londres, Yale U.P., 1986.

(25) Morishima, Michio, *Why has Japan succeeded?*, Cambridge U.P., 1982 (Trad. francesa bajo el título *Capitalisme et confucianisme*, París, Flammarion, 1987).

(26) Tinbergen, Jan (bajo la dirección de), *RIO: Reshaping the International Order*, Nueva York, 1976.

(27) Touraine, Alain, *La parole et le sang. Politique et société en Amérique Latine*, París, O. Jacob, 1988.

(28) Vandermeersch, Léon, *Le monde sinisé*, París, PUF, 1986.

(29) Wallerstein, Immanuel, *The modern world system* (2 vols.), Nueva York, 1974 y 1980 (Ed. francesa, Flammarion, 1980 y 1984) [Ed. española, *El moderno sistema mundial*, Madrid-México, Siglo XXI, 1979 y 1984].

Los anuarios estadísticos, los atlas, las colecciones de datos de las instituciones nacionales e internacionales que contribuyeron son también muy numerosos. Entre los más utilizados, sólo se mencionarán:

(30) Mc Evedy, Colin y Richard Jones, *Atlas of world population history*, Penguin Books, 1978.

(31) *Grosser Historischer Weltatlas* (3 vols., colaboradores muy numerosos), Munich, Bayerischer Schulbuch Verlag, 1953 a 1970 (y actualizaciones posteriores).

Entre los periódicos y revistas, se mencionarán solamente dos publicaciones de fácil acceso al público francés y con gran pertinencia:

(32) *Hérodote*, Revista de geografía y de geopolítica.

(33) *Population et Société*, Boletín del Instituto de Estudios Demográficos.

PARA MAYORES PRECISIONES TÉCNICAS

El lector que desee examinar más a fondo los conceptos macrosociológicos que emplea el presente volumen, podrá acudir a los tomos II a VI de *La société* (Ed. Seuil, 1977 a 1983) mencionados a continuación por su número.

aparato(s) de Estado, aparatos ideológicos (III).

bloque mecánico (II, V, VI).

capital, capitalismo (II), ciudad (V); civilización (VI); clases (IV, VI); convivencia (VI); cultura (VI).

democracia (V, VI); discurso social (común, total) (VI); dominación (IV, V).

economía (II); iglesias (III); imperios (V); Estado (V); etnia (VI); explotación (II).

formación económica (II); formación política (V); formación ideológica (VI).

hábito (VI); hegemonía (VI).

identidad(es) (VI); ideología (VI).

mercancía, mercado (II); modo de producción (II).

nación, nacionalidad (VI).

pueblos (VI); política (V); poder del Estado (V); primacía (VI); propiedad (II).

régimen (forma de) (V); reinantes (V); redes ideológicas (VI); revolución(es) (II, V, VI).

socialismo de Estado (II, V); sociedad civil (V); estatus (de clase) (IV).

detentores (V); tribus (VI).

valor (II); vector (III, VI).

welfare (VI).

SIGLAS

AELE   *Asociación Europea de Libre Intercambio* (núm. 25).
AID   *Agencia Internacional para el Desarrollo* (núm. 28).
AIE   *Agencia Internacional de la Energía* (*cf.* OCDE).
ANASE   *Asociación de las Naciones de Asia del Sudeste* (núm. 19).
ASEAN   *véase* ANASE.
BAD   *Banco Asiático de Desarrollo* (núm. 22).
BEI   *Banco Europeo de Inversión* (núm. 41).
BID   *Banco Interamericano de Desarrollo* (núm. 22).
BIRD   *Banco Internacional para la Reconstrucción y el Desarrollo*, llamado también *Banco Mundial* (núm. 22).
BIT   *Oficina Internacional del Trabajo, Agencia de la* ONU.

BRI   *Banco de los Reglamentos Internacionales (en Basilea)* (núm. 22).

CAD   *Comité de Ayuda al Desarrollo* (cf. OCDE) (núm. 28).

CAME   *Comité de Ayuda Mutua Económica* (núm. 20).

CEDEAO   *Comunidad Económica de los Estados de África Occidental* (núm. 46).

CEE   *Comunidad Económica Europea* (núm. 25).

CEI   *Comunidad de Estados Independientes* (cf. URSS) (núm. 34).

CIA   Central Intelligence Agency (*Agencia Central de Inteligencia*) (núm. 28).

CFA   *Comunidad Financiera Africana.*

CNUCED   *Conferencia de Naciones Unidas para el Comercio y el Desarrollo* (núm. 28).

COCOM   Coordinating Committee (cf. OCDE) (núm. 21).

COMECON   *véase* CAME.

CSCE   *Conferencia sobre la Seguridad y la Cooperación en Europa* (núm. 51).

DEE   *Derechos Especiales de Emisión* (núm. 22).

EAU   *Emiratos Árabes Unidos.*

ECU   European currency unit (moneda imaginaria de la CEE) (núm. 23).

FAO   Food and Alimentation Organization (*agencia de la ONU*) (núm. 28).

FSM   *Federación Sindical Mundial* (núm. 20).

GATT   General Agreement on Tariffs and Trade (*Agencia reguladora del comercio internacional*) (núm. 21).

G7   *Grupo de las siete principales potencias industrializadas* (núm. 29).

HCR   *Alto Comisariado para los Refugiados.*

IDS   *Iniciativa de Defensa Estratégica* (núm. 18).

LIBOR   London Interbank Offered Rate (*tasas del mercado monetario londinense entre bancos*) (núm. 24).

MITI   Ministry of International Affairs and Industry (*Ministerio Japonés de la Industria y de las Relaciones Económicas Exteriores*) (núm. 28).

NASA   National Aeronautics and Space Administration (*Agencia Espacial de Estados Unidos*) (núm. 28).

NEP   *Nueva Política Económica (URSS, años de 1920)* (núm. 15).

NORAD   *North America Defence* (núm. 18).

OCDE   *Organización para la Cooperación y el Desarrollo Económico* (núm. 25).

OEA   *Organización de Estados Americanos* (núm. 19).

OECE   *Ancestro de la OCDE* (núm. 25).

OIT   *véase* BIT.

OLP   *Organización para la Liberación de Palestina.*

ONG   *Organización No Gubernamental (reconocida por la ONU)* (núm. 27).

ONU	*Organización de las Naciones Unidas.*
OPA	*Oferta Pública de Compra* (núm. 24).
OPEP	*Organización de Países Exportadores de Petróleo.*
OTAN	*Organización del Tratado del Atlántico Norte.*
OUA	*Organización de la Unidad Africana.*
PC	*Partido Comunista.*
PCUS	*Partido Comunista de la URSS.*
PIB	*Producto Interno Bruto* (núm. 28).
PNB	*Producto Nacional Bruto* (núm. 28).
PNUD	*Programa de Naciones Unidas para el Desarrollo* (núm. 43).
PPC	*Paridad del Poder de Compra (comparación internacional de los PIB)* (núm. 28).
PRI	*Partido Revolucionario Institucional (de México)* (núm. 29).
RDA	*República Democrática Alemana.*
RFA	*República Federal de Alemania.*
RSFSR	*República Socialista Federativa Soviética de Rusia.*
SDN	*Sociedad de Naciones* (núm. 15).
SME	*Sistema Monetario Europeo* (núm. 23).
UEO	*Unión de Europa Occidental* (núm. 52).
UEP	*Unión Europea de Pagos* (núm. 22).
UMA	*Unión del Maghreb Árabe* (núm. 46).
URSS	*Unión de Repúblicas Socialistas Soviéticas* (núm. 34).

MAPAS*

* Todos los mapas fueron establecidos por el taller *Études de Cartographie* de Lille.

tipografía y formación:
compuservicios especializados en edición, s.r.l.mi.
baskerville 10/12
impreso en cuadratín y medio, s.a.
calz. emilio carranza 401, col. san andrés tetepilco
dos mil ejemplares y sobrantes
28 de septiembre de 1994